Alexey Pehov
Donner

ALEXEY PEHOV

DONNER

DIE CHRONIKEN VON HARA 3

Aus dem Russischen
von Christiane Pöhlmann

Piper München Zürich

Entdecke die Welt der Piper Fantasy:

 Piper-Fantasy.de

Von Alexey Pehov liegen bei Piper vor:

Schattenwanderer. Die Chroniken von Siala 1
Schattenstürmer. Die Chroniken von Siala 2
Schattentänzer. Die Chroniken von Siala 3
Wind. Die Chroniken von Hara 1
Blitz. Die Chroniken von Hara 2
Donner. Die Chroniken von Hara 3

Die russische Originalausgabe erschien 2009
unter dem Titel »Shnezy vetra« bei AL'FA-KNIGA,
Moskau.

ISBN 978-3-492-70271-3
© 2009 Alexey Pehov
Copyright der deutschsprachigen Ausgabe:
© Piper Verlag GmbH, München 2013
Karte: Erhard Ringer
Satz: Tobias Wantzen, Bremen
Druck und Bindung: CPI – Clausen & Bosse, Leck
Printed in Germany

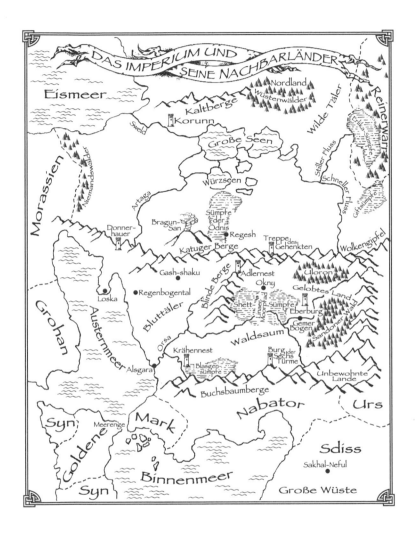

Wenn der Orkan zur Rache dich treibt,
    ein Grab auch für dich liegt bereit.

KAPITEL

»Da platzt doch die Kröte!«, stöhnte Luk unter der Kapuze hervor. »Nicht schon wieder!«

»Nicht schon wieder *was?*«, fragte Ga-nor, der sich das zu einem Zopf zusammengebundene Haar auswrang.

»Nicht schon wieder Regen! Falls du es noch nicht bemerkt hast: Das geht jetzt schon zwei verfluchte Wochen so.«

Ga-nor murmelte nur etwas, das Luk nicht verstand.

»Ist dir dieses Wetter wirklich einerlei?«, hakte er nach.

»Solange mich der Regen nicht umbringt, ja.«

Darauf folgte ein gewaltiger Nieser und weitere Nörgelei vonseiten Luks. In letzter Zeit lag er Ga-nor unaufhörlich damit in den Ohren, wie sehr ihm die ewige Reiterei zuwider sei, noch dazu bei diesem miserablen Herbstwetter.

»Ich hab dir schon hundertmal gesagt, wir sollten uns irgendwo verkriechen, wo wir ein Dach überm Kopf haben. Mir erzählt doch niemand, dass es hier nirgends eine Schenke gibt. Da könnten wir wenigstens im Trockenen sitzen. Und bekämen was Gutes zu essen, heißen Shaf …«, schwärmte er – und sein Magen fing erbärmlich an zu knurren. »Die Hauptsache wär aber, nach diesem ständigen Regen endlich mal durchzutrocknen. Sieh dir bloß mal mein Pferd an. Ja, genau, mein Pferd. Meinst du nicht auch, es verwandelt sich allmählich in Wasser? Hör auf zu lachen. Falls ich nicht demnächst in dieser Saukälte verrecke, wachsen mir bestimmt Kiemen, du wirst schon sehen.«

»Wir dürfen unsere Zeit nicht in einer Schenke vertrödeln«,

entgegnete Ga-nor, der sich jetzt ebenfalls die Kapuze über das nasse Haar zog. »Glaub mir, mich entzückt dieses Wetter auch nicht. Aber wir müssen weiter. Der erste Herbstmonat neigt sich bereits dem Ende zu, und wenn der dritte erst einmal vorbei ist, sind die Pässe durch die Katuger Berge zugeschneit. Dann kommen wir da nicht mehr durch, sondern müssen bis zum Frühjahr hier unten im Süden bleiben. In Gesellschaft der Herren Nekromanten. Würde dir das vielleicht gefallen?«

Für den wortkargen Nordländer war dies eine außergewöhnlich lange Rede. Luk nieste erneut und schnäuzte sich geräuschvoll. »Ich habe es schon einmal gesagt, doch ich wiederhole es gern«, brummte er schließlich. »Wir kommen nie im Leben über die Treppe des Gehenkten. Die Nabatorer mögen vielleicht unfähig sein – blind sind sie nicht. Der Pass ist zu schmal, als dass wir uns da unbemerkt rüberstehlen könnten.«

»Dann mach halt einen anderen Vorschlag«, verlangte Ga-nor gelassen.

Und beendete damit die Auseinandersetzung. Im Grunde wusste Luk selbst, dass es nur diese eine Möglichkeit für sie gab, nach Norden vorzustoßen: die Treppe des Gehenkten. Der zweite Pass, bei Burg Donnerhauer, lag zu weit westlich. Der Weg dorthin würde sie noch mehr Zeit kosten, obendrein führte er durch die Bluttäler, was die Sache zusätzlich erschweren würde, denn vor Gash-shaku und Altz dürfte es inzwischen von Nabatorern nur so wimmeln.

»Wenn du nicht durch die Berge willst, bliebe uns nur, uns irgendwo zu verkriechen und abzuwarten«, hielt Ga-nor fest.

»Alles, nur das nicht! Da würden uns mit Sicherheit irgendwann Untote oder Ascheseelen aufspüren. Nein, die ganze Zeit in irgendeinem Versteck zu hocken und in Erwartung dieser ehrenwerten Gäste mit den Zähnen zu klappern, das ist nichts für mich«, wehrte Luk ab. »Wie weit ist es denn eigentlich noch bis zur Treppe des Gehenkten?«

Ga-nor richtete sich in den Steigbügeln auf, sah sich aufmerksam um und zuckte die Achseln. Das war die Antwort, die er in letzter Zeit auf alle Fragen Luks am häufigsten gab.

»Aber wir reiten in die richtige Richtung?«

»Ja.«

Luk seufzte. Mitunter brachten ihn die einsilbigen Äußerungen seines Freundes schier um den Verstand. War es denn zu viel verlangt, sich ein wenig miteinander zu unterhalten? Statt immer nur mit sich selbst?

Die Gegend, durch die sie ritten, trug auch nicht gerade zu ihrer Aufmunterung bei: spärlicher Wald, wenige gelbe Blätter an den Zweigen, meist aber kahle Bäume, ein grauer Himmel, eine blasse Sonne, die sich kaum durch die Wolken brach, ganz zu schweigen vom Regen, der alle Tümpel übertreten ließ.

»Vor zwei Tagen hast du auch schon behauptet, wir würden uns in die richtige Richtung bewegen«, knurrte Luk. »Aber die westlichen Ausläufer der Blinden Berge sind immer noch nicht in Sicht.«

Ga-nor jedoch hielt mal wieder nur Schweigen für ihn bereit.

»Da platzt doch die Kröte!«, brauste Luk auf. »Ich ertrag das nicht länger.«

»Sprichst du von deiner ewigen Nörgelei?«

»Nein! Ich spreche davon, dass mir diese Ödnis zum Hals raushängt! Erinnerst du dich eigentlich noch, wann wir das letzte Mal etwas Anständiges zu essen bekommen haben? Ich nämlich nicht. Und mein Magen erst recht nicht. Die ganze Zeit über stopfen wir nur irgendwelchen Mist in uns hinein. Pass auf, es dauert nicht mehr lange, dann futtern wir Ratten.«

»Schon geschehen.«

»Bitte?!«, fragte Luk verständnislos zurück.

»Gestern Abend standen Ratten auf unserem Speiseplan«, erklärte Ga-nor seelenruhig. »Genauer gesagt, Zieselmäuse.«

Luk sah Ga-nor entsetzt an, begriff, dass dieser keineswegs gescherzt hatte, und sagte mit brechender Stimme: »Ich glaub, ich muss gleich kotzen.«

»Stell dich nicht so an. Schließlich hast du gestern ordentlich zugelangt.«

»Da wusste ich ja auch nicht, dass wir Rattenfl…«

In dieser Sekunde riss Ga-nor jedoch die Hand hoch und gebot Luk zu schweigen. Dieser griff sofort nach dem Streitflegel. Die Stille, die sich herabsenkte, wurde nur vom Regen, der auf ihre Kapuzen prasselte, und vom Schnauben ihrer unruhigen Pferde durchbrochen. Die Straße verschwand weitgehend hinter einem Regenvorhang, sodass sie eine Sicht von weniger als hundert Yard hatten.

Eine Minute verstrich. Noch eine.

»Runter von der Straße!«, befahl Ga-nor. »Sofort!«

Das taten sie zwar, doch es änderte nicht viel. Der Wald war viel zu spärlich, als dass sie beide und die Tiere sich dort hätten verstecken können, die schmalen Espen boten kaum Deckung, die wenigen Sträucher verbargen die Spuren der Tiere nicht.

Luk knüpfte sogleich einen Lederbeutel vom Sattel, der die Armbrust gegen den Regen schützte, entnahm die Waffe, untersuchte die Sehne, spannte sie, holte einen Bolzen aus einem zweiten Beutel und setzte ihn ein. Fünf Minuten bangen Wartens vergingen, ehe Ga-nor schließlich sagte: »Ich habe mich getäuscht.«

»Meloth sei gepriesen«, stieß Luk aus. Da er Ga-nors Instinkten blind vertraute, entlud er die Armbrust wieder und steckte sie rasch in den Lederbeutel, um sie nicht länger als nötig der Feuchtigkeit auszusetzen.

Wortlos führten sie die Pferde auf die Straße zurück und saßen wieder auf.

»Du hast dich also getäuscht?«, fragte Luk, wenn auch nicht in vorwurfsvollem Ton, denn auch er vertrat die Ansicht, dass sie gar nicht vorsichtig genug sein konnten. Sobald Ga-nor auch nur den geringsten Verdacht schöpfte, suchten sie deshalb stets Deckung. Zweimal waren sie den Nabatorern auf diese Weise bereits entkommen. In den letzten Tagen jedoch stellten sich Ga-nors Warnungen häufig als falscher Alarm heraus.

»Ich habe ein Wiehern gehört«, brachte Ga-nor zögernd heraus.

»Glaubst du etwa, in dieser Ödnis streift außer uns noch jemand herum?«

»Das nennst du Ödnis? Ich schwöre dir bei Ug, dass ganz in der Nähe ein Dorf ist.«

»Wie kommst du denn darauf?«

»Riechst du den Rauch nicht?«

Luk sog die Luft tief in sich ein, doch der Geruch der nassen Pferde überlagerte alles andere.

»Vielleicht hast du also gar kein Wiehern, sondern Geräusche aus dem Dorf gehört?«, schlug Luk vor.

»Red keinen Unsinn! Bis zu dem ist es noch eine Viertelleague.«

Ga-nor streifte die Kapuze zurück und lauschte zum wiederholten Mal an diesem Tag in den kalten Regen hinein. In letzter Zeit schlief er kaum noch. Wenn das so weiterging, würden ihm schon bald gravierende Fehler unterlaufen – die ihn in die eisigen Hallen Ugs brächten.

»Vielleicht sollten wir doch zusehen, dass du zu deinem heißen Shaf kommst«, sagte er schließlich. »Und ich zu etwas Stroh zum Schlafen. Wir müssen beide frische Kräfte sammeln.«

»Das ist die erste gute Nachricht seit einer Woche!«, meinte Luk strahlend. »Außerdem dürfte es bald Frost geben, da könnten wir gut etwas Wärmeres als unsere Umhänge gebrauchen. Vielleicht können wir im Dorf ja ein paar Sachen kaufen ...«

Ga-nor verzog das Gesicht. Sie hatten nur wenig Geld. Und für einen Kupferling und etwas Silber würde ihnen sicher niemand Winterkleidung überlassen.

Die Pferde liefen nun schneller, als spürten auch sie, dass sie bald ausspannen durften.

Doch kurze Zeit später zügelte Ga-nor abrupt sein Tier, sprang aus dem Sattel und untersuchte aufmerksam den Boden.

»Ist da was?«, fragte Luk ungeduldig.

»Spuren. Von Pferden.«

»Bist du sicher?« Luk vermochte sich einfach nicht vorzustellen, wie irgendjemand diesem Schlamm eine brauchbare Spur entnehmen wollte.

»Hier ist vor gut einer Stunde jemand langgeritten.«

»Bestimmt Bauern«, brachte Luk heraus, der auf gar keinen Fall von der Aussicht auf heißen Shaf Abschied nehmen wollte.

»Bauern gehen zu Fuß. Und wenn sie ein Tier haben, dann

nur eine alte Mähre, die ihren wackeligen Karren zieht.« Ga-nor sprang wieder in den Sattel und wendete sein Pferd. »Hier sind aber viele Tiere langgekommen. Wir reiten wieder in den Wald. Schlagen wir uns durch ihn zu den Blinden Bergen. Wenn alles gut geht, müssten wir sie in ein paar Tagen erreichen.«

Nur vereitelte da Hufgetrappel ihren Plan.

Aus der Richtung, aus der auch sie gekommen waren, näherten sich über die Straße Pferde. Um sie herum erstreckten sich nur Felder, die der Regen in die reinste Sumpflandschaft verwandelt hatte. Ihre Tiere würden darin keine zwanzig Yard weit kommen. In der Zeit wären die Verfolger längst heran. Und wenn es unter ihnen Armbrustschützen gäbe, würde die Sache übel enden.

Deshalb traf Ga-nor die einzig mögliche Entscheidung: Mit Ugs Namen auf den Lippen sprengte er die Straße hinunter. Luk zögerte nur eine Sekunde, ehe er ihm folgte.

Links und rechts von ihnen flog Schlamm auf, sodass Tiere wie Reiter schon bald mit Dreck bespritzt waren. Der Regen schlug ihnen in die Augen. Ihre Finger krallten sich derart um die Zügel, dass sie binnen Kurzem ertaubten. Luk schmiegte sich gegen die streng riechende Mähne seines Pferdes und versuchte, nicht hinter Ga-nor zurückzubleiben. Dieser Ritt erinnerte ihn an die missglückte Flucht aus Alsgara, an jenen Tag, als Rowan die Stadt mit seinen Katapulten angegriffen hatte.

Irgendwann verengte sich die Straße, zog sich auch nicht länger schnurgerade hin, sondern wand sich in ein Tal hinein, das zwischen zwei kleineren Hügeln mit Lehmhängen lag. Selbst bei Sonnenschein wäre es nicht gerade einfach gewesen, diese Anhöhen zu erklimmen, bei dem Regen aber konnte erst recht keine Rede davon sein. Verzweifelt preschten sie weiter und hielten nach einer Stelle Ausschau, an der sie die Straße verlassen konnten.

Der Regen nahm immer stärker zu, ja, er ging allmählich sogar in Schneeregen über. Die Tiere, durch den Ritt erhitzt, schüttelten unzufrieden die Köpfe. Sie waren bereits müde und fingen an zu straucheln.

Endlich sahen sie weit vor sich über den kahlen Wipfeln einzelner Espen graublauen Rauch und einen Glockenturm.

»Ins Dorf!«, schrie Ga-nor.

»Was, wenn da Feinde lauern?«

»Schlimmer kann's jetzt auch nicht mehr kommen! Siehst du den Wald hinterm Dorf? Wenn wir den erreichen, sind wir in Sicherheit.«

Während sie die Straße hinunterjagten, betete Luk inständig zu Meloth, dass die Pferde sie nicht im Stich ließen. Schon erreichten sie den kleinen Friedhof, auf dem Birken wuchsen und der eine windschiefe hölzerne Einfriedung hatte. Dahinter stand ein moosbewachsener Kahler Stein – und ein grober, klotziger Galgen, an dem einige Leichen hingen. Luk sah ihn in dem Augenblick, als ein Bolzen durch den Regen schoss und in den Hals von Ga-nors Pferd einschlug.

Ga-nor gelang es, geschickt über die Schulter abzurollen. Er landete neben dem Galgen. Luk, der in solchen Situationen eine schnelle Auffassungsgabe zeigte, zügelte sein Pferd, sprang aus dem Sattel, stolperte, fiel, rollte ebenfalls ab – und entkam damit einem weiteren Bolzen. Wie eine Schlange kriechend, arbeitete er sich zu Ga-nor vor.

»Da platzt doch die Kröte!«, knurrte er.

»Halt den Kopf unten!«

Sie lagen unter einem kümmerlichen Strauch am Straßenrand.

»Nabatorer!«, flüsterte Luk. »Und jede Menge Tote.«

Die Leichen am Galgen, bereits blau angelaufen und von den Aasgeiern benagt, schwankten sanft hin und her. Der Kleidung nach zu urteilen, handelte es sich um Bauern.

Im Unterschied zu Luk, der ein Gebet murmelte, achtete Ga-nor nicht auf die Toten, sondern suchte fieberhaft nach einem Versteck. Bis zum Friedhof würden sie es nicht schaffen, das waren hundert Yard über offenes Gelände. Da wäre ein Wunder nötig, um ihn zu erreichen, ohne sich einen Bolzen in den Rücken einzufangen. Das Dorf schied auch aus – denn hinter den Heuballen am Straßenrand lauerten ebenjene Schützen, die sie beschossen.

Obwohl Luk eine nur kaum merkliche Bewegung machte, pfiff sofort der nächste Bolzen durch die Luft, der ihn beinahe am Kopf getroffen hätte. Er stieß einen Fluch aus, presste sich noch stärker in den Schlamm und schielte zu Ga-nor hinüber, der sein Schultergehänge abgeknüpft hatte, um die Scheide mit dem Schwert an sich zu nehmen und die Klinge blankzuziehen. Luk folgte seinem Beispiel und bewaffnete sich sowohl mit dem schmalen Dolch wie auch mit dem Krummmesser.

»Was ist, mein Freund?«, fragte er Ga-nor. »Zeigen wir es diesen Nabatorern?«

»Das sind keine Nabatorer.«

Mittlerweile waren ihre Verfolger in Sichtweite gekommen, auch sie auf völlig erschöpften Pferden. Es waren Soldaten, manche in Kettenhemd, andere in Rüstung. An der Spitze ritt der Bannerträger. In dem durchweichten Lappen, der an der Fahnenstange klebte, ließ sich nur noch mit Mühe die Standarte des Imperiums erkennen.

»Da platzt doch die Kröte, das sind ja unsere Leute!«, schrie Luk aufgeregt und wollte schon aufstehen, doch Ga-nor drückte ihn zu Boden.

»Bleib liegen!«, zischte er. Er behielt die heranrückende Einheit fest im Blick. Auch das Schwert lag nach wie vor griffbereit neben ihm, ja, er hatte sogar die Beine angezogen, damit er notfalls aufspringen konnte.

»Aber das sind doch unsere …«, murmelte Luk noch einmal.

»Dann mach denen mal klar, dass wir keine Feinde sind«, brummte Ga-nor.

In diesem Augenblick entdeckten die Verfolger sie, und fünf Mann scherten aus, um auf die beiden zuzuhalten. Die Übrigen preschten, ohne die Geschwindigkeit zu zügeln, weiter auf das Dorf zu. Dennoch entging Ga-nor nicht, wie erschöpft die Soldaten waren und dass sich viele von ihnen aufgrund von Verletzungen kaum noch im Sattel halten konnten.

Den fünf Männern, die sich ihnen näherten, ritten zwei Soldaten in Rüstung voran, auf deren stählernen Harnischen springende Leoparden eingraviert waren.

Einer der beiden war noch jung. Das dunkelblonde Haar zeigte ein mattes Silber an den Schläfen, was darauf deutete, dass in seinen Adern das Blut der Imperatorfamilie floss. Die blauen Augen unter den geraden Augenbrauen blickten aufmerksam und müde. Das feine, edle Gesicht wurde durch eine gebrochene Nase entstellt, die noch nicht wieder verheilt war. Die eingefallenen Wangen wurden von Bartstoppeln bedeckt. Über der rechten Braue prangte eine kleine, notdürftig vernähte Wunde.

Der zweite Mann schien ein echter Gigant zu sein; er hatte den Helm noch auf.

Die drei Soldaten hinter ihnen trugen einfache Rüstungen: Jacken mit aufgesetzten stählernen Platten sowie Kettenhemden mit Kapuzen. Zwei von ihnen hielten die Armbrust im Anschlag.

»Wer seid ihr?«, fragte der Gigant. Die Stimme hinter dem heruntergelassenen Visier klang dumpf und dröhnend, wie eine Tempelglocke.

»Wir sind Freunde«, antwortete Luk.

Beide standen nun vorsichtig auf.

»Werft die Waffen weg«, verlangte der junge Mann.

Ga-nor kam dem Befehl rasch nach, Luk grummelte etwas, folgte dann aber dem Beispiel seines Gefährten. Der Dolch und das Messer flogen auf den Boden. Aber selbst jetzt senkten die zwei Reiter die Armbrüste nicht.

»Führt sie ab«, befahl der Gigant. Daraufhin jagte er mit dem jungen Mann in Richtung Dorf davon.

»Was soll das heißen?!«, empörte sich Luk, als ihm die Hände gefesselt wurden. »Wir sind doch Freunde!«

»Das klären wir später«, erwiderte einer der beiden Armbrustschützen in bedrohlichem Ton. »Steht still. Das gilt vor allem für dich, Rotschopf. Ich kenne euer Volk.«

»Da platzt doch die Kröte, wir sind keine Feinde!«, versuchte es Luk ein letztes Mal.

»Halt jetzt endlich den Mund, sonst werd ich dir mal zeigen, was eine Kröte ist, du elender Kerl!«, zischte der andere Armbrustschütze. Nun endlich begriff Luk, wie dieser Streit enden würde, und schwieg.

»Du kannst unseren Kommandeuren erzählen, wer du bist. Falls sie dir zuhören«, erklärte der Erste, während er die Schnüre um Ga-nors Hände so fest anzog, dass dieser mit den Zähnen knirschte.

Von den drei Reitern eskortiert, mussten die beiden durch den Schlamm stapfen. An einem Gemüsegarten kauerten zwei weitere Armbrustschützen unter ihren Umhängen verborgen, um die Straße im Auge zu behalten.

»Ihr seid flink«, bemerkte einer von ihnen. »Und so sauber!«

»Wenn hier Dreckschweine anwesend sind, dann seid ihr das!«, knurrte Luk, doch zum Glück hörte ihn niemand.

Im Dorf wimmelte es von Soldaten, von den eigentlichen Bewohnern war dagegen nichts zu sehen. Entweder versteckten sie sich oder hatten längst das Weite gesucht.

»He! Mann!«, rief einer ihrer Bewacher. »Wohin sollen die beiden?«

»Zu Mylord Rando.«

»Und wo finde ich den? Oder soll ich etwa in jedem Hof nach ihm suchen?«

»Er ist im Tempel.«

»Klar, jetzt muss er beten«, brummte Luk, wofür er sich einen leichten Stoß in den Rücken einfing.

Durch das kleine Dorf führte nur eine einzige dreckige Straße, die von zwei Dutzend unansehnlichen Häusern gesäumt wurde. Die Gemüsegärten schützten niedrige Zäune, am Brunnen gab es einen länglichen Schwingbaum. Dann entdeckten sie noch eine einstöckige Schenke, deren Schild schon völlig verblichen war, den Tempel mit breiter Vortreppe und hölzernem Glockenturm, der so brüchig wirkte, dass er bei der nächsten Bö einzustürzen drohte, sowie hinter den Bauernhäusern eine Wassermühle.

Jemand verlangte über die ganze Straße hinweg nach einem Hurensohn von Medikus. Rechts unter einem Strohdach, das vom Regen durchnässt war, lagen drei Tote. Der in ein Kettenhemd gewandete Priester des Meloth murmelte ein Gebet und segnete sie.

Jemand führte die Pferde zum Schutz vor dem Regen in eines der Häuser. Am Dorfrand wurden mit verzweifelter Hast Beile geschwungen, immer wieder waren scharfe Befehle zu hören. Auf dem Glockenturm hatten sich bereits einige Bogenschützen eingerichtet. Luk war sich sicher, dass sie selbst bei diesem miesen Wetter die Umgebung gut einsehen konnten. Nachdem er den Blick hatte schweifen lassen, kam er zu dem Schluss, dass sich im Dorf etwa fünfzig Soldaten aufhielten.

Die Tür zum Tempel stand sperrangelweit offen. In seinem Innern war es schummrig, ihn schmückten lediglich ungeschickt gemalte Darstellungen des Meloth.

»Wir können uns das auf gar keinen Fall erlauben, Rando!«, tönte jemand mit tiefem Bass. Die Stimme gehörte jenem Giganten, den Luk und Ga-nor bereits kennengelernt hatten. Jetzt hatte der Mann seinen Helm abgenommen und sein grobes, kantiges Gesicht mit der fleischigen Nase und dem breiten Kinn voller Bartstoppeln entblößt. »Eine solche Verzögerung wäre unser Tod!«

»Nein, weiterzureiten wäre Wahnsinn«, widersprach Rando, ebenjener junge Mann, der den Giganten vorhin begleitet hatte. »Die Pferde sind müde. Und die Männer auch. Wir brauchen mindestens einen Tag Ruhe.«

»Aber die Nabatorer sind uns auf den Fersen.«

Außer diesen beiden waren noch fünf weitere Männer anwesend, zwei in Rüstungen mit dem Leoparden-Emblem, die Übrigen in Kettenhemden, schweinsledernen Jacken und verdreckten Hosen. Sie alle blickten finster und ausgelaugt drein und vermochten sich kaum noch auf den Beinen zu halten.

»Ich glaube, fürs Erste haben wir sie abgehängt«, bemerkte nun einer von ihnen.

»Da täuschst du dich, Glum«, widersprach ihm ein schwarzbärtiger Mann mit einem Falchion am Gürtel, allem Anschein nach ein gebürtiger Morassier. »Sie werden uns nachsetzen, denn wir sind eine zu große Gefahr in ihrem Rücken. Dennoch hat Mylord Rando recht. Noch eine Stunde, und sowohl die Pferde als auch die Männer sterben vor Erschöpfung.«

»Das tun sie bereits«, verbesserte ihn ein blonder Mann, der gerade den Tempel betrat. »Ich habe die Verwundeten in einem der Häuser unterbringen lassen. Der Medikus ist bei ihnen.«

»Ich danke dir, Kallen. Woder, ich habe Befehl erteilt, die Straße zu versperren und das Dorf zu sichern«, setzte Mylord Rando den Giganten in Kenntnis.

»Du bist der Kommandeur«, entgegnete Woder. Dann drehte er sich dem Eingang des Tempels zu, an dem Ga-nor und Luk warteten. »Also, wenn ihr jetzt noch mal erklären würdet, wer ihr seid.«

»Luk, Soldat im Eisturm in der Burg der Sechs Türme.«

Daraufhin stieß Kallen einen erstaunten Pfiff aus und kniff die Augen zusammen.

»Ga-nor aus dem Irbisklan. Fährtenleser in der Burg der Sechs Türme.«

»Wir haben gehört, niemand habe den Sturm auf die Burg überlebt«, sagte der Morassier.

»Und wir haben gehört, vom Himmel fliegen Kröten«, knurrte Luk. »Wir konnten jedenfalls entkommen.«

»Bei Altz wurde uns versichert, in den Bergen seien alle gestorben«, mischte sich nun ein hagerer, fast schon skelettöser Mann mit einer schmalen Nase und großen Segelohren ein, der bis jetzt geschwiegen hatte. Seine Kleidung wies ihn als Glimmenden aus.

»Lassen wir das Spekulieren, Jurgon. Wir haben andere Möglichkeiten, das zu klären«, sagte Rando, um sich dann an Glum zu wenden. »Crayg soll herkommen.« Daraufhin eilte Glum zum Ausgang, während Rando fortfuhr: »Gut, nehmen wir einmal an, ich glaube euch. Aber selbst in dem Fall seid ihr lange unterwegs gewesen. Fast vier Monate. Offenbar hattet ihr keine große Eile, euch wieder der Armee anzuschließen. Zum Beispiel am Linaer Moorpfad, wo es die ganze Zeit über Kämpfe gab. Oder an der Treppe des Gehenkten.«

»Wir sind keine Deserteure«, blaffte Luk ihn an.

»Darüber entscheiden wir!«, brüllte Woder.

»Von der Burg der Sechs Türme aus haben wir uns durch den

Wald nach Alsgara geschlagen«, gab Ga-nor Auskunft. »Zu den Schreitenden.«

»Wozu das denn?!«, fuhr ihn der Glimmende Jurgon an, und der Adamsapfel in seinem schmalen Hals hüpfte unter der durchscheinenden, pergamentenen Haut.

»Weil uns die Schreitende aus der Burg der Sechs Türme darum gebeten hatte. Das heißt, sie hat mich darum gebeten … bevor sie gestorben ist«, erklärte Luk. Die Schnüre schnitten ihm erbarmungslos in die Handgelenke, die kalte, nasse Kleidung klebte an seinem Körper, und die ganze Situation kam ihm unglaublich ungerecht vor.

»Und?«, wollte Jurgon wissen. »Seid ihr im Turm gewesen?«

»Ja.«

»Mit wem habt ihr gesprochen?«

»Mit der Herrin Irla.«

Jurgon nickte Rando kaum merklich zu.

»Gut. Und dann habt ihr die Stadt verlassen?«

»Ja. Wir wollten zur Treppe des Gehenkten«, antwortete Ganor. »Und von dort aus weiter nach Norden.«

»Wie sieht es in Alsgara aus?«, fragte einer der Männer.

»Wir haben die Stadt vor fast einem Monat verlassen. Seitdem haben wir selbst nichts mehr gehört. Wir haben uns durch die Wälder gekämpft, weil die Straßen voller Nabatorer waren.«

»Auch euch haben wir zunächst für Nabatorer gehalten«, sagte Luk. »Deshalb sind wir so schnell wie möglich abgehauen. Nachdem Alsgara belagert worden ist, machen wir nichts anderes, als uns vor dem Aussatz aus Nabator und Sdiss zu verstecken.«

»Die Stadt wird belagert?«, fragte der Morassier erstaunt. Auf die Übrigen hatte diese Mitteilung die gleiche Wirkung.

»Mhm, seit dem letzten Sommermonat«, murmelte Luk. »Wusstet ihr das etwa nicht?«

»Sämtliche Nachrichten erreichen uns nur mit ungeheurer Verspätung«, erklärte Jurgon.

In dieser Sekunde kam Glum mit einem Bogenschützen zurück. Der musterte die beiden Gefangenen genauestens und antwortete auf die unausgesprochene Frage Randos, indem er den Kopf schüttelte. »Die sehe ich zum ersten Mal, Kommandeur.«

»Und?«, fragte Woder. »Was ist mit euch? Kennt ihr diesen Mann?«

»Nein«, antwortete Luk, obwohl er eine Fangfrage vermutete. Ga-nor zuckte nur die Achseln.

»Crayg hat in der Burg der Sechs Türme Dienst getan.«

»Vor wie vielen Jahren?«

»Vor fünfzehn«, antwortete der Mann verlegen.

»Vor fünfzehn Jahren kannte ich noch nicht mal das Wort Buchsbaumberge«, fuhr Luk ihn an. »Sucht euch jemand andern, den ihr über dem Löffel barbieren könnt!«

Daraufhin erntete er nur finstere Blicke.

»Wie heißt die Statue des ersten Hauptmanns?«, wollte Crayg weiter wissen.

»Langer Esel«, antwortete Luk in herausforderndem Ton.

»Weiter?«

»Wie viele Tore gibt es in der Gartenmauer?«

»Sechs. Das zweite von links ist bereits seit neun Jahren vermauert.«

»Was ist auf der Kuppel des Feuerturms dargestellt?«

»Nichts – denn die Kuppel ist nie fertig gebaut worden.«

»Scheint alles zu stimmen«, wandte sich Crayg wieder den anderen Männern zu.

»*Scheint!*«, spie Woder aus. »Auf dein *scheint* können wir verzichten. Bist du dir sicher, dass sie in der Burg gedient haben?«

»Scheint so … äh … ja. Wer noch nie in der Burg gewesen ist, hätte diese Fragen nicht beantworten können.«

»Gut. Du kannst gehen.«

»Und was sollen wir jetzt mit denen machen?«, fragte der Morassier.

Schweigen hing in der Luft.

»Sperrt sie ein«, entschied Rando schließlich. »Und stellt ihnen eine Wache vor die Tür.«

KAPITEL

Seit zwei Tagen litt Rando rey Vallion unter Fieber und vermochte sich kaum noch im Sattel zu halten. Bis auf Jurgon ahnte jedoch niemand etwas davon, Meloth sei gepriesen. So erschöpft, wie seine Soldaten waren, wollte er ihnen weitere Sorgen ersparen. Und ein kranker Kommandeur war kaum geeignet, ihren Kampfgeist zu stärken …

Nachdem die Männer den Tempel verlassen hatten, betrachtete er kopfschüttelnd die heiligen Darstellungen des Meloth. Der Gott musste sich von ihm und von seinem Land abgewandt haben, wenn er all das Leid zuließ, das über ihn hereinbrach. Diesen Gedanken sprach er allerdings nicht laut aus, wollte er sich von dem Priester seines Heeres, der gerade den Tempel betrat, doch keinen Rüffel einhandeln.

Der nicht sehr groß gewachsene Gottesmann, der ein Schwert durchaus zu führen wusste und die Männer immer wieder aufmunterte, war Randos Rettung gewesen: Mit seinem unerschütterlichen Glauben hatte er den Soldaten in manchem Kampf neuen Mut eingeflößt. Ohne ihn, den Priester Othor, wären sie mittlerweile alle tot, daran bestand für Rando kein Zweifel. Die Männer brauchten Hoffnung, vor allem in jenen Augenblicken, in denen sie so schwer zu schöpfen und so leicht zu verlieren war.

»Fühlt Ihr Euch nicht wohl, Mylord?«

»Doch, durchaus, es besteht kein Grund zur Sorge «, widersprach Rando und schloss kurz die Augen, um den schneidenden Schmerz zu verdrängen. »Ich bin bloß müde.«

»In dem Fall solltet Ihr einmal ausschlafen.« Der Priester trat näher an ihn heran und betrachtete aufmerksam Randos Gesicht. Zwischen seine Brauen grub sich eine Sorgenfalte. »Hört auf meinen Rat, Rando. Die Männer bedürfen Eurer nicht weniger als des Segens Meloths.«

»Ihr führt lästerliche Reden im Mund, Othor.«

»Meloth wird mir meine Worte verzeihen«, versicherte der Priester ernst. »Sollte ich Euch dagegen nicht dazu bringen können, ein wenig auszuruhen, wird er mich in die Glücklichen Gärten schicken. Denn wenn Ihr sterbt, sterben wir alle.«

»Gut, ich werde mich hinlegen«, versprach Rando, in dessen Schläfen es erneut schmerzlich pochte. »Nur will ich vorher noch mit Jurgon reden.«

»Er ist am Glockenturm, zusammen mit Glum. Ich werde für Euch beten.«

Nachdem sich der Ritter von Othor verabschiedet hatte, trat er hinaus und hielt sein Gesicht in den eiskalten Regen. Die Tropfen rannen über sein Haar und liefen ihm in den Kragen, sickerten angenehm kühl über seinen Rücken und tränkten das Hemd unter der Rüstung. Der Ofen, der in Randos Brust lodderte, erkaltete nach und nach, das Gliederreißen wich, der Nebel vor den Augen lichtete sich. Auch die erbarmungslose Müdigkeit, die ihn in der letzten Woche in ihre Zange genommen hatte, plagte ihn nicht mehr.

In diesem Augenblick kam Woder auf ihn zu.

»Ich werde die Posten kontrollieren«, sagte der Gigant. »Du siehst erschöpft aus.«

»Habt ihr euch eigentlich alle gegen mich verschworen, Onkel?«, fragte Rando. »Oder willst du die Stelle meiner Mutter einnehmen und mich mit deiner Sorge überschütten?«

Diese Worte brachte er in wesentlich schärferem Ton hervor, als er beabsichtigt hatte.

»Ich bin nicht meine Schwester«, antwortete Woder. »Aber ich habe ihr versprochen, mich um dich zu kümmern, auch wenn du der Kommandeur bist.«

»Ein schöner Kommandeur bin ich!«, stieß Rando bitter aus. »Alle Männer unter meinem Befehl sind gestorben.«

»Nicht alle. Acht von ihnen haben überlebt.«

»Acht – von zweihundert! Machen wir uns doch nichts vor: Unser Regiment ist vernichtet worden! Vollständig!«

»So ist der Krieg. Von ihm darfst du kein fröhliches Gelage erwarten. Daran müssen wir uns wohl gewöhnen.«

»Tut mir leid, aber ich habe nicht die Absicht, mich daran zu gewöhnen!«, fuhr ihn Rando mit einem zornigen Blick aus seinen blauen Augen an. »Denn inzwischen haben sich wieder etliche Soldaten unter mein Kommando gestellt. Und sie alle hoffen darauf, dass ich sie hier herausbringe.«

»Über Mangel an neuen Männern können wir wahrlich nicht klagen«, entgegnete Woder. »Meloth sei mein Zeuge, aber ich habe noch nie einen derart bunt zusammengewürfelten … Haufen gesehen. Doch obwohl es durch die Bank die reinsten Hungerleider sind, kämpfen sie vorzüglich. Nicht schlechter als jeder Adlige. Dafür schätze ich sie. Bei der Gelegenheit, was gedenkst du eigentlich mit dem Rotschopf und seinem Kumpan, diesem Schwatzschnabel, zu machen?«

»Darüber habe ich noch nicht entschieden.«

»Ich kauf denen ihre Geschichte nicht ab. Woher wollen wir wissen, dass es keine Spione sind? Oder Deserteure. Und die einen wie die anderen hätten nur eines verdient: den Strick.«

»Crayg sagt, was sie auf die Fragen nach der Burg der Sechs Türme geantwortet haben, stimmt. Trotzdem ist er sich nicht sicher, ob sie wirklich diejenigen sind, für die sie sich ausgeben. Jurgon bestätigt allerdings, dass sie die Wahrheit sagen, und das zählt für mich. Außerdem ist einer von ihnen ein Nordländer. Und dieses Volk hegt bekanntlich keine große Zuneigung für die Nekromanten. Deshalb kann ich mir beim besten Willen nicht vorstellen, dass sich ein Irbissohn auf die Seite der Schwarzmagier schlüge.«

»Zu Beginn des Sommers hätte ich dir da noch zugestimmt«, knurrte Woder grimmig wie ein Bär. »Aber heute? Denk nur an all die Verräter, von denen wir wissen. Wer hätte denn je ahnen können, dass Okny den Nabatorern den Schlüssel der Stadt auf einem purpurnen Samtkissen überreicht?! Oder dass ein Teil der Armee von Altz abzieht und es dem Feind damit ermöglicht, uns in den Rücken zu fallen?!«

»Du hast ja recht. Aber verlange nicht von mir, kurzen Prozess zu machen und die beiden zu köpfen. Lass uns erst klären, woran wir mit ihnen sind.«

»Hör mal, ich will dich doch nicht drängen, ihnen das Leben zu nehmen, schließlich sind wir nicht wie die Nabatorer. Trotzdem solltest du sie auf gar keinen Fall auf freien Fuß setzen. Ein frei herumlaufender Nordländer hat nämlich die äußerst unangenehme Eigenschaft, einen gefährlichen Gegner darzustellen … Aber jetzt haben wir lange genug hier im Regen herumgestanden. Lass uns endlich unter einem Unterstand Schutz suchen.«

Rando folgte seinem Onkel ohne jeden Widerspruch.

»Die Männer fürchten sich vor diesem Dorf«, bemerkte Woder nach einer Weile, wobei er eine Krähe beobachtete, die sich gerade, gegen den Regen ankämpfend, mühevoll in die Luft erhob. »Und auch mir gefällt es hier nicht. Dieser Ort ist seltsam.«

»Ich kenne dich gar nicht wieder, Onkel.«

»Ehrlich gesagt, ich kenne mich selbst nicht wieder«, brummte Woder und schwieg eine Weile, bevor er schließlich fortfuhr: »Wenn ich daran denke, wie es aussah, als wir hier eingetroffen sind. Nirgendwo auch nur eine Menschenseele, nur diese Gehenkten, an denen bereits die Vögel nagten. Sie sind vermutlich sechs oder sieben Tage tot. Und alle Häuser leer …«

»Zu bedauerlich, dass wir keinen guten Fährtenleser unter uns haben. Der hätte uns vielleicht sagen können, was hier geschehen ist.«

Die Männer hatten neben einer der Scheunen Blut entdeckt, aber niemand hatte zu sagen gewusst, ob es sich dabei um das eines Menschen oder eines Tieres handelte. Zwar gab es zahlreiche Spuren, doch waren sie alt und kaum noch zu erkennen. Dennoch vermuteten die Soldaten, dass sich bis auf die Leichen am Galgen alle Dorfbewohner in den Wald hatten retten können.

»Was, wenn die Bauern zurückkommen?«, fragte Woder.

»Davon gehe ich nicht aus. Sie dürften sich hüten, sich in die

Nähe bewaffneter Männer zu wagen. Nein, ich glaube, sie warten ab, bis wir weiterziehen.«

»Trotzdem sollen die Posten die Augen offen halten.«

»Ich habe bereits entsprechende Order gegeben.«

Jurgon befand sich nicht mehr am Glockenturm. Rando öffnete die Tür, trat ein, sah sich in dem Raum um und entdeckte in der hinteren Ecke eine grob gezimmerte Wendeltreppe. Unter dem kläglichen Knarzen der Stufen machte er sich an den Aufstieg.

Als er es halb geschafft hatte, rief von oben jemand, wer da sei. Er nannte seinen Namen und brachte das letzte Stück so langsam hinter sich, dass er nicht außer Atem geriet. Einer der Bogenschützen, die hier Wache hielten, saß auf den Stufen und nagte an einem großen Stück harten Brotes. Sein Gefährte hielt bibbernd Ausschau, denn hier oben wehte ein scharfer Wind. Den Langbogen hatte er gegen die hohe Brüstung gelehnt.

Der Ritter legte den Kopf in den Nacken und betrachtete die alte Glocke und das frei hängende Seil.

»Es ist alles ruhig«, meldete der Wachtposten.

Rando knüpfte die Flasche vom Gürtel, an deren Boden noch etwas Schnaps plätscherte. »Nehmt einen Schluck. Gegen die Kälte.«

Der Soldat nickte dankbar und nippte ein wenig am Schnaps, um ihn anschließend an seinen Gefährten weiterzureichen. Rando besah sich derweil die Umgebung: die graugelben Dächer der Häuser, den braunen Schlamm überall, die kahlen Gemüsegärten. Im Westen floss an einer Mühle ein Fluss. Der anhaltende Regen hatte ihn anschwellen lassen und die umliegenden Wiesen in einen unpassierbaren Sumpf verwandelt. Im Osten bot sich ein ähnliches Bild, sodass die vom Regen gefluteten Felder ein natürliches Hindernis bildeten. Hinter ihnen erhoben sich Lehmhügel, im Norden und Süden schlossen Wälder an.

»Der Wald bereitet mir Sorgen«, erklang mit einem Mal eine leise Stimme in Randos Rücken. Er fuhr erschrocken zusammen, denn er hatte nicht gehört, wie jemand nach oben gekommen war. Es war der Befehlshaber der Schwertträger, der Morassier

Iltz. »Die Dorfbewohner haben mit Sicherheit Pfade angelegt, da könnte sich mühelos jemand anschleichen. Auch von der Straße nach Osten könnte Gefahr drohen, ebenso wie auf der, über die wir gekommen sind, also der von Südwesten. Aber darum kümmert sich Glum bereits: Er lässt Barrikaden errichten und postiert Bogenschützen.«

»Gut. Aber wir brauchen noch einen zweiten Schutz. Und zwar hier«, er zeigte auf die Stelle. »Sollten die Nabatorer die erste Barrikade durchbrechen, stellen wir uns ihnen an dieser zweiten Absperrung entgegen.«

»Ihr klingt genau wie Herr Woder«, bemerkte der Morassier. »Glaubt Ihr wirklich, dass sie uns immer noch verfolgen?«

»Für ausgeschlossen halte ich es jedenfalls nicht. Allerdings wäre ich auch nicht enttäuscht, wenn sich kein Feind in diesem Dorf blicken ließe.«

»Da wäre ganz gewiss niemand enttäuscht«, versicherte Iltz lächelnd und berührte den Griff des Falchion. »Falls die Nabatorer aber doch auftauchen, stehen unsere Chancen hier viel besser als auf offenem Feld.«

Rando nickte bloß.

»Jurgon hat mir befohlen, Euch zu ihm zu bringen«, erklärte Iltz nun.

»Seit wann hat der *mir* Befehle zu erteilen?«, knurrte Rando.

»Ihr kennt diese Glimmenden doch«, entgegnete Iltz und grinste in den schwarzen Schnauzbart. »Sämtliche Träger des Funkens vergessen nur zu gern, dass sie nicht überall das Sagen haben. Aber da ich Euch nun schon einmal gefunden habe, kann ich die Bitte ja auch übermitteln.«

Beide stiegen gemeinsam hinunter und stapften durch den Schlamm zu der verfallenen Schenke. Das Blechschild schaukelte quietschend im Wind, aus der Regenrinne, die jede Sekunde herabzufallen drohte, tropfte es unablässig.

»Ich werde dann mal die Posten kontrollieren«, kündigte Iltz an und stiefelte in Richtung östlicher Dorfrand davon.

Rando stieß die Tür zur Schenke auf und trat ein. Nach der Kälte draußen kam es ihm hier drinnen geradezu heiß vor. Zwei lange Tische und vier Bänke waren vor die Wand geschoben worden, der Fußboden verschwand unter einer dicken Schicht trockenen Strohs. Von der Decke hing ein Kerzenhalter, dessen stark tropfende Talgkerzen mattgelbe Lichtpunkte an Wände und Decke warfen.

In dem Raum hielten sich gut zwanzig Mann auf, all jene, denen Rando befohlen hatte, sich etwas auszuruhen, bis sie wieder Wache schieben oder beim Bau der Barrikaden behilflich sein mussten. Einige Soldaten hatten es sich auf den Tischen und Bänken bequem gemacht, andere direkt auf dem Stroh. Fast alle schliefen bereits, ausgelaugt von dem langen Ritt. Ein kahler, kurz gewachsener Mann flickte geschickt seine Hose, ein anderer kaute freudlos an einem Stück Brot, und ein nicht mehr junger Armbrustschütze nährte das im Kamin fauchende Feuer mit Holz. Als sie Rando bemerkten, begrüßten sie ihn mit einem erschöpften Nicken.

»Wisst ihr, wo Jurgon steckt?«, fragte der Ritter.

»Oben«, nuschelte der »Schneider«, der einen Faden zwischen den Zähnen festgeklemmt hatte. »Da studiert er die Karten.«

Sofort begab sich Rando in den ersten Stock hinauf, wo er den Glimmenden auf Anhieb fand.

»Was fällt dir ein, meinen Leuten Befehle zu erteilen?«, herrschte Rando ihn an.

»Immer sachte«, sagte Jurgon, ohne den Blick von den Karten zu heben. »Das war die einzige Möglichkeit, dich in die Schenke zu locken. Sonst hättest du ja noch hundert Jahre die Patrouillen überprüft, mit den Offizieren geredet und die Pferde gefüttert.«

»Und was, bitte schön, wäre daran falsch gewesen?«

»Nichts. Vor allem, wenn kein Spiegel in der Nähe ist … Schau dich doch mal an! Jeder Tote sieht besser aus als du.«

»Das ist … lediglich eine lausige Erkältung.«

»Die dich in wenigen Tagen ins Grab bringen wird. Zumindest, wenn du nicht endlich Vernunft annimmst und dich aufs Ohr haust.«

»Red nicht mit mir, als sei ich noch ein Rotzlöffel!«

»Ich werde so lange in diesem Ton reden, wie du es verdienst, *Mylord!*«, polterte Jurgon und knallte die Faust auf den Tisch, während sich seine großen Ohren röteten. »Du hilfst den Männern nämlich überhaupt nicht, wenn du vor Erschöpfung aus den Latschen kippst. *Du* bist das Herz dieser Einheit. Sie folgen *dir*, nicht Woder, Iltz oder mir. Wenn du tot bist, gehen wir alle unter.«

»Fang nicht wieder damit an!« Müde knüpfte Rando die Scheide mit dem Bastardschwert vom Gürtel und warf sie auf den Tisch. »Gut, die Soldaten sprechen vom Glückspilz Rando – aber bei einem Glimmenden kann ich auf dieses abergläubische Geschwätz gut und gern verzichten.«

»Den Gefallen würde ich dir mit Freuden tun, denn du weißt genau, dass ich an solche Albernheiten nicht glaube. Aber unsere Männer glauben durchaus an sie. Und wenn ihnen dieser Glaube Mut und Zuversicht gibt, dann sollten wir uns auf dieses Spiel einlassen. Obendrein haben sie so ganz unrecht nicht: Wir haben die Belagerung von Altz durchbrochen und einen großen Teil des Südens unbeschadet hinter uns gebracht. Ich selbst würde das nicht anders als ungeheures Glück nennen … Hast du noch Kopfschmerzen?«

»Ja.«

Der Glimmende stand auf, goss Wasser in einen Becher, fuhr mit der Hand darüber, damit es sich erwärmte, und gab einige Kräuter hinein. Sofort breitete sich ein widerwärtiger, bitterer Geruch im Raum aus.

»Dieses Gebräu soll ich ja wohl nicht trinken?«, fragte Rando.

»Wenn du nicht willst, dass man mit dir redet wie mit einem Rotzlöffel, dann schon«, erwiderte Jurgon lächelnd und hielt ihm den Sud hin. »Denn dieses *Gebräu* bringt dich wieder auf die Beine.«

Rando nahm den Becher an sich, nippte vorsichtig an dem Aufguss und verzog das Gesicht. »Das schmeckt noch ekelhafter als das Gesöff meines Onkels, das er als Wein bezeichnet«, behauptete er. Dann fiel sein Blick auf eine der Karten auf dem Tisch. »Was ist das?«

»Ich habe einen Plan des Dorfes gezeichnet. Woder und du, ihr habt beide recht. Wir können hier nicht bleiben, aber wir können den Weg auch nicht fortsetzen. Deshalb möchte ich vorsichtshalber ein paar magische Überraschungen für etwaige Gäste vorbereiten. Hier, hier und hier.« Er tippte mit einem tinteverschmutzten Finger auf den Plan. »Ich würde zwar gern noch drei weitere Fallen in diesem Abschnitt aufstellen, aber ich fürchte, dafür reichen meine Kräfte nicht aus.«

»Das ist ein guter Vorschlag. Was meinst du, könntest du eine Falle auf dem Teil der Straße aufstellen, der zwischen den Bäumen und den Hügeln liegt?«

»Ja«, antwortete Jurgon und erhob sich. »Ich werde mich gleich damit befassen.«

»Nimm ein paar Mann mit«, verlangte Rando, nachdem er den leeren Becher abgestellt hatte.

»Selbstverständlich«, erwiderte der Glimmende. »Hast du eigentlich schon entschieden, was mit den Gefangenen geschehen soll?«

»Nein.«

»Der Name der Schreitenden aus dem Turm stimmte zumindest.«

»Den könnten sie auch irgendwo aufgeschnappt haben«, murmelte Rando. Mit einem Mal merkte er, wie seine Lider schwerer und schwerer wurden.

»Möglich wäre es«, gab ihm Jurgon recht. »Wenn du nichts dagegen hast, würde ich mich gern noch einmal mit ihnen unterhalten.«

»Tu das.« Nun vermochte sich Rando nicht länger zu beherrschen und gähnte herzhaft. »Hör mal … was hast du mir … in diesen Aufguss getan?«

»Zwei Stunden Schlaf werden nur zu deinem Besten sein«, entgegnete Jurgon lächelnd.

Doch da antwortete Rando bereits nicht mehr. Den Kopf auf die überm Tisch verschränkten Arme gebettet, schlief er tief und fest.

Kapitel

3

Man hatte Ga-nor und Luk zunächst in einem der Häuser untergebracht, doch da die Soldaten kurz nach ihrer Einquartierung Anspruch darauf erhoben, mussten die beiden in den Tempel überwechseln. Der Priester Othor erklärte sich mit der Nutzung des Meloth geweihten Hauses als Gefängnis einverstanden. Den beiden Gefangenen wurde eingeschärft, jeder Versuch, die Wachen draußen zu ärgern, würde schlecht für sie enden.

»Was meinst du, wann diese Dummköpfe zur Besinnung kommen?«, fragte Luk, nachdem die Soldaten die Tür hinter ihnen verriegelt hatten. Er verübelte es Randos Männern sehr, dass sie ihn für einen Verräter hielten und ihm die Hände gefesselt hatten.

»Keine Ahnung«, antwortete Ga-nor gelassen, der mit ausgestreckten Beinen gegen eine Wand gelehnt dasaß. »Immerhin hätten sie uns auch hängen können.«

Allein der Gedanke ließ Luk erschaudern. »Nur gut, dass sie uns nicht auch noch die Füße gefesselt haben«, stellte er fest, als er sich neben Ga-nor niederließ. »Ich glaube, wir können es uns sparen, diese liebreizenden Herren nach Abendessen zu fragen, oder?«

Ga-nor deutete lediglich ein unfrohes Grinsen an, und damit verstummte ihr Gespräch. Bedrückende Stille breitete sich aus.

Nur ein paar Mäuse huschten unterm Fußboden herum, der Regen prasselte aufs Dach, und von draußen drangen Schreie und Geschimpfe herein. Der Abend brach an. Durch die hohen, schmalen Fenster sahen sie die Sonne untergehen. In dem ohnehin schummrigen Tempel herrschte nun undurchdringliche Finsternis. Nach einer Weile kam der Priester in Begleitung von ein paar Soldaten zurück, um die Altarlampen zu entzünden. Ihr Licht reichte jedoch nur aus, um den Altar und einen kleinen Teil des Bodens davor dem Dunkel zu entreißen. Die Wände lagen nach wie vor in dichtem Schatten. Schließlich trat der Priester an sie heran.

»Wollt ihr beten?«, fragte er.

»Verzeih, Priester, aber ich bete nur zu meinem Gott«, sagte Ga-nor leise.

»Es gibt nur einen Gott. Und es spielt keine Rolle, mit welchem Namen du dich an ihn wendest, ob nun mit Meloth oder mit Ug«, erwiderte Othor ebenso gelassen. »Hören wird er dich in jedem Fall.«

»Ich bin mir nicht sicher, dass meine Glaubensbrüder deine Auffassung teilen.«

»Viele von uns Priestern hängen diesem Irrtum ebenfalls an. Doch auch wir sind Menschen, und so liegt es in unserer Natur zu irren, da unterscheiden wir uns nicht von den anderen Kindern Gottes ... Ich werde für euch beten.«

»Dann will ich hoffen, dass du gehört wirst«, sagte Luk und seufzte. »Irgendeine Hilfe könnten wir jetzt nämlich wirklich gut brauchen.«

Othor ging zum Altar und begann, in einem Singsang Verse aus dem Buch der Schöpfung vorzutragen.

»Kann ich euch sonst noch helfen?«, fragte er, nachdem er sein Gebet beendet hatte.

»Ja – mit etwas Wasser.«

»Das sollt ihr haben.«

Doch selbst als Othor ihnen etwas zu trinken gab, nahm er ihnen die Fesseln an den Händen nicht ab. Danach blieben die beiden wieder allein. Diesmal für sehr lange Zeit.

»Da platzt doch die Kröte!«, entfuhr es Luk irgendwann. »Ich komme mir vor wie eine Fliege nach einer Begegnung mit einer Spinne.«

»Beweg deine Finger, dann lockern sich die Schnüre.«

»So weit, dass wir uns von den Fesseln befreien können?«

»Das nicht. Aber wenigstens schlafen deine Hände dann nicht ein.«

Kaum befolgte Luk Ga-nors Rat, klang das unangenehme Gefühl der Taubheit langsam ab, bis es schließlich ganz verschwand.

»Ein heißer Shaf!«, bemerkte Luk voller Inbrunst. »Was gäbe ich jetzt für einen Becher heißen Shafs und eine Schale Fleisch. Hast du übrigens gehört, was die gesagt haben? Die Nabatorer sind uns auf den Fersen. Und werden uns schon bald eingeholt haben!«

»Ich hoffe, dass wir zu diesem Zeitpunkt bereits nicht mehr hier sind.«

»Ist dir was eingefallen, wie wir hier wegkommen?«

»Wir müssen die Leoparden einfach von unserer Unschuld überzeugen.«

»Die Leoparden? Ach so, du meinst diese Ritter! Das sind Männer aus Korunn, oder? Schützen sie den Imperator?«

»Nein, da verwechselst du sie mit der Garde. Die Leoparden des Imperiums bilden eine der Einheiten der schweren Reiterei. In den letzten sechs Jahren waren sie bei Altz stationiert. Es sind gute Soldaten.«

»Die aber ihren Meister gefunden haben, sonst wäre es jetzt nicht so ein armseliger Haufen. Was für ein Gemetzel muss bloß hinter ihnen …«

Luk verstummte mitten im Satz, da im Fenster etwas aufblitzte. Eine Sekunde später hörten die beiden ein durch die Entfernung gedämpftes Donnern.

»Zieht ein Gewitter herauf?«, fragte Luk.

»Ich glaube nicht.«

Von draußen drangen Schreie an ihr Ohr, in die sich mit dumpfem Ton ein Horn mischte. Es rief zu den Waffen.

Rando träumte von seiner Mutter. Im Traum sah sie genau so aus, wie er sie aus der Zeit in Erinnerung hatte, als sein Vater noch lebte: jung, fröhlich und stets unverzagt. Mit einem glockenhellen Lachen streichelt sie den Welpen ihres grauen, zerzausten Wolfshundes. Der kleine Hund knabbert sanft an den Händen seiner Herrin und versucht, sich unter drolligem Geknurr auf den Rücken zu drehen.

Das weiße Kleid seiner Mutter strahlt, dass es fast silbrig wirkt. Die feine Perlenkette aus Grohan um ihren Hals nimmt sich eleganter und schöner aus als alle Familienbrillanten. Das dunkelrote Haar funkelt im Sonnenlicht wie das Fell eines Fuchses. Sie scheint aus Luft geschaffen, geradezu zauberisch, ganz wie eine Jungfrau aus den alten Legenden.

Beseelt genoss Rando ihren Anblick – bis ihn der Schrei des Horns jäh aus dem Schlaf riss. Benommen schnellte er hoch. Im Raum war es dunkel, aus dem Gang fiel mattes Licht herein, vor den Fenstern zuckten im Fackellicht Schatten. Das Horn ertönte noch einmal. Und noch einmal. Der Ritter fasste nach seinem Schwert, stürzte zur Tür hinaus, überwand mit vier Sprüngen die Treppe und stürmte auf die Straße.

Der Regen hatte endlich aufgehört. Im ganzen Dorf brannten, von den Soldaten entfacht, gewaltige Lagerfeuer.

»Rando!«, rief Woder, der einen gigantischen Streithammer in Händen hielt. »Wir haben Besuch!«

»Wo ist Jurgon?!«

»Ich weiß es nicht. Aber seine Falle hat tadellos zugeschnappt!«

In diesem Augenblick erblickte Rando Iltz und schrie ihm zu: »Wenn der Feind durchbricht, sollen sich alle zur Schenke zurückziehen, damit wir die Kerle hier in Empfang nehmen können!«

»Was glaubt Ihr, Mylord?«, erwiderte der Morassier. »Sind es viele?«

»Ich rechne mit dem Schlimmsten. Wenn du Glum siehst, schick ihn zu mir!«

Dann wandte er sich den sechs Soldaten zu, auf deren Harnischen ein Leopard prangte. »Begebt euch in die hinterste Linie!«, befahl er ihnen. »Bildet Paare! Falls der Feind durchkommt, lasst ihn nicht zu den Bogenschützen vordringen!«

»Dafür reichen auch vier Mann, Mylord«, entgegnete ein

rotgesichtiger, bärtiger Hüne. »Iltz' Männer unterstützen uns schließlich auch noch.«

»Ganz bestimmt«, pflichtete ihm ein stupsnasiger junger Leopard bei. »Ihr dagegen dürft nicht ohne Leibgarde bleiben, Mylord.«

»Wenn unsere Verteidigung steht, kann ich getrost auf eine Leibgarde verzichten!«

»Mylord!«, rief Glum, der gerade herbeigeeilt kam.

»Wie viele deiner Männer sind auf dem Glockenturm?«

»Zwei.«

»Stell noch drei im ersten Stock der Schenke ab. An den Fenstern. Weitere vier postiere an der Straße nach Osten. Und weise den Schwertträgern ihren Platz zu.«

»Zu Befehl.«

Entgegen seinem Befehl blieben zwei Ritter bei Rando. Das kannte er bereits: Seine Männer widersetzten sich ihm mitunter völlig offen. Vor allem, wenn sie fürchteten, ihm drohe Gefahr.

»Hol euch doch das Dunkel, dann bleibt halt bei mir«, schickte er sich ins Unvermeidliche. »Kommt mit!«

Jurgons Falle dürfte ihnen die Verfolger nicht endgültig vom Hals geschafft haben, daran hegte er keinen Zweifel. Nicht, solange unter diesen Verfolgern ein Nekromant war, der eine Falle entschärfte, bevor diese überhaupt zuschnappen konnte. Wenn sich nun jemand in diesem magischen Fußeisen verfangen hatte, musste dies als glückliche Ausnahme gelten.

Seine Soldaten hatten Baumstämme behauen, genau wie er es befohlen hatte, um daraus eine Barrikade zu errichten, hinter der jetzt die mit Bogen und Hellebarden bewaffneten Soldaten lauerten. Zwei weitere Schützen hielten sich auf den Dächern der nächststehenden Häuser bereit.

»Sie werden doch nicht durch die Gemüsegärten kommen, oder?«, wollte Rando von Iltz wissen.

»Nur wenn sie ausgemachte Dummköpfe sind«, erwiderte dieser gelassen. »Da müssten sie unter Zäunen durchkriechen und durch Modder waten. Außerdem würden sie innerhalb von

Sekunden mit Pfeilen gespickt. Auf so was lässt man sich nur ein, wenn man drei-, vierhundert Mann an der Hand hat und kein Mitleid mit seinen Soldaten kennt.«

»Wir haben nur wenig Pfeile«, berichtete Woder mürrisch, der gerade angeritten kam. »Jeder Bogenschütze hat höchstens ein Dutzend. Und mit Armbrustbolzen ist es noch schlechter bestellt.«

»Ich verstehe nicht, wo die bleiben«, murmelte Kallen.

Die Straße war noch immer leer. Siebzig Yard vor der Barrikade brannten zwei große Lagerfeuer, die die Biegung beleuchteten, hinter der der Friedhof lag.

»Sollen wir Späher ausschicken?«, fragte Iltz.

»Das wäre keine gute Idee, mein Junge«, antwortete Woder. »Darauf ...«

Eine purpurrote Flamme erhellte sein Gesicht.

»Hol mich doch das Dunkel! Was ist das?!«

»Eine weitere Falle Jurgons! Auf der Weststraße! Sie ist gerade zugeschnappt!«, schrie Rando. »Da sollen sofort zwei Dutzend hin! Und die Armbrustschützen zur Schenke! Iltz! Du bleibst hier! Lass den Feind nicht durch!«

Auf der halbdunklen, nur vom Widerschein der Lagerfeuer beleuchteten Straße tobte der Kampf. Inmitten des Gemenges huschten fünf oder sechs schwarze Schatten umher. Diese Untoten stellten die größte Gefahr für Randos Männer dar.

Als der Ritter mit seiner Leibgarde zur Weststraße gekommen war, hatten sich ihm zwei Nabatorer in den Weg gestellt. Einer von ihnen fiel sofort den Schwertern seiner beiden Leoparden zum Opfer, den anderen traf ein Pfeil, der vom Glockenturm aus abgegeben worden war, in den Rücken. Nun aber griff ein Untoter entschlossen und mit klirrenden Schwertern an.

Rando beabsichtigte freilich nicht, sich auf einen Schwertkampf einzulassen. Man hatte ihn gelehrt, niemals die eigenen Kräfte zu vergeuden, schon gar nicht mit Säbelrasseln. Deshalb wich er geschickt zur Seite, um einem Angriff zu entgehen, holte mit der schweren Klinge aus – und enthauptete den Untoten.

Er sprang über die Leiche, wehrte mit dem Bastardschwert linkerhand einen Dolch ab, bohrte dem Feind die Klinge in den Bauch, duckte sich unter der Streitaxt eines anderen weg, hackte ihm die Beine ab und stürmte weiter.

Woder brüllte wie ein Bär und zerschmetterte mit seinem Streithammer allen Gegnern die Knochen. An seiner Seite kämpfte Othor, der fluchte, was das Zeug hielt.

Gleich einer Katze sprang Jurgon hinter den Schwertkämpfern hervor, um einen smaragdgrünen Klumpen gegen den letzten Untoten zu schleudern. Die grüne Masse verletzte diesen an der Seite, worauf er deutlich langsamer wurde, sodass zwei Soldaten den Feind mühelos erledigen konnten.

Unterdessen verbrannte Jurgon alle Feinde, die in seine Reichweite gelangten.

Aus den Augenwinkeln bemerkte Rando, wie der Priester Othor zu Boden ging und ein Messer aufblitzte. Doch noch ehe der Mörder sein Werk vollenden konnte, traf ihn ein Armbrustbolzen unter dem Helm, und er sank kraftlos auf Othor. Der Diener Meloths stieß den Körper von sich, sprang auf und verpasste dem nächsten Gegner einen Kinnhaken. Woders Streithammer spaltete diesem dann prompt den Brustkorb. Anschließend ließ der Gigant die schreckliche Waffe über dem Kopf kreisen, bis einer der noch lebenden Feinde Fersengeld gab.

Aus den Fenstern der Schenke und vom Glockenturm kamen zwar nur wenige, dafür aber präzise Pfeile. Ein Nabatorer schlitzte Rando mit einem Schwert den Armschutz auf, verwundete ihn jedoch nicht. Daraufhin holte der Ritter mit dem Bastardschwert aus, zielte auf das ungeschützte Kinn seines Gegners und köpfte ihn. Zusammen mit seinem Onkel bildete er die Spitze des Angriffs. Und nach und nach gewannen sie die Oberhand.

Als zum zweiten Mal ein Feuer aufloderte, fiel Luk nichts anderes ein, als mal wieder seine vielgeliebte Kröte zu zitieren.

»Das ist Magie«, erklärte Ga-nor gelassen.

»Unsere? Oder die der Feinde?«

»Die unserer Feinde, würde ich vermuten.«

»Verflucht!«

Das Horn war so jäh verstummt, als habe sich der Bläser verschluckt. Stattdessen klangen nun Schreie und Waffengeklirr zu ihnen heran.

»Was ist das denn?«, fragte Ga-nor und spitzte die Ohren.

»Ein Kampf, was sonst!«

»Das meine ich nicht. Hörst du dieses Geräusch denn nicht?« Wie ein großer Vogel neigte Ga-nor den rothaarigen Kopf und spähte durch den Raum. »Das kommt von unten.«

»Klar«, sagte Luk, der immer noch nicht verstand, warum sein Freund so alarmiert war. »Unterm Fußboden sind Mäuse. Die wuseln da schon eine ganze Zeit rum.«

»Nein. Das ist ein anderes Geräusch. Wenn das von Mäusen stammen würde, dann müssten es riesige Biester sein.«

»Dann sind es eben Ratten.«

»Es müssten auch riesige Ratten sein.«

»He! Was machst du da?!«

»Ich versuche aufzustehen. Das würde ich dir übrigens auch empfehlen!«

In diesem Moment ließ ein gewaltiger Schlag von unten die Dielen des Fußbodens erzittern.

»Meloth steh uns bei!«, stieß Luk aus, nachdem sein Herz für drei lange Sekunden ausgesetzt hatte. »Da platzt doch die Kröte – was ist das nun wieder?!«

Die Antwort auf seine Frage bestand in einem weiteren Schlag. Fast schien es, als wollte ein wütendes Tier den Boden aufreißen und zu ihnen hochklettern.

»Zur Tür!«, rief Ga-nor, der bereits auf den Beinen war. »Rasch!«

Abwechselnd fluchend und betend rappelte sich Luk mit Mühe hoch.

Beide stießen zugleich mit der Schulter gegen die Tür.

»Die ist abgeschlossen!«

»Hämmer dagegen! Die müssen uns unbedingt hören«, verlangte Ga-nor. Er selbst umrundete langsam den Altar, behielt die Dielen dabei aber scharf im Auge.

Luk wusste zwar immer noch nicht, was eigentlich vor sich ging, trat jedoch mit den Beinen wiederholt gegen die Tür.

»Das hört doch niemand!«, maulte er. »Nicht, wo alle kämpfen!«

»Schrei so laut du kannst!«

»Was?«, fragte Luk verwundert.

»Schrei!« Ga-nor inspizierte mittlerweile den hinteren Teil des Tempels, der völlig im Dunkeln lag. »Sollen mich doch die Eiswürmer holen! Ich hab die Kellertür gefunden!«

Er eilte zu Luk zurück. »Komm mit, mein Freund! Mal sehen, ob wir die nicht durchgeschlagen kriegen!«

Doch das sollten sie nicht. Die Tür war solide und noch dazu von außen mit einem schweren Riegel verschlossen. Dafür barst mit einem Mal eines der Fußbodenhölzer. Grauenvoller Verwesungsgeruch breitete sich aus. Aus dem Dunkel des Kellers schob sich erst eine, dann eine zweite Hand herauf. Schwarze Finger mit abgebrochenen Nägeln klammerten sich an den Dielen fest, lodernde grüne Augen funkelten auf.

»He! Ihr! Zu Hilfe!«, schrie Luk aus Leibeskräften und hämmerte erneut gegen die Eingangstür. »He! Seid ihr taub?! Zu Hilfe!«

Ga-nor stürzte zu dem Untoten, der bereits zur Hälfte durch das Loch gekrochen war, um ihm mit aller Wucht den Stiefel in die Visage mit den gebleckten gelben Zähnen zu treten. Von dem Angriff völlig überrascht, krachte der Untote nach unten zurück. Ga-nor zog einen Kerzenständer mit brennenden Kerzen an das Loch und stieß ihn ebenfalls in die Tiefe. Als er dem Untoten folgte, beleuchtete er kurz das grausige Bild aus zuckenden Händen und aufgerissenen Mäulern.

»Ug steh uns bei!«, stieß Ga-nor aus. Selbst ihn machte dieser Anblick fassungslos. »Da unten wimmelt es von diesen Kreaturen!«

»He! Holt uns hier raus!«, schrie Luk noch lauter. »Kommt schon!«

Sobald der nächste Untote versuchte, durch das Loch in den Tempel zu gelangen, teilte er das Schicksal seines Vorgängers. Ihn ersetzten allerdings gleich zwei weitere Geschöpfe. Während Ga-nor den einen erledigte, schaffte es der andere, den Irbissohn am Fuß zu packen und zu Boden zu ziehen.

Luk ließ Tür Tür sein und eilte seinem Freund zu Hilfe. Als er ihn erreichte, kletterte der Untote gerade vollends aus dem Keller heraus und wollte sich auf Ga-nor werfen, der so schnell er konnte zur Wand robbte. Mit einem verzweifelten Aufschrei stieß er den Untoten zurück in die Tiefe, wäre ihm allerdings beinah gefolgt.

»Was ist da los?«, erklang nun eine aufgebrachte Stimme von draußen.

Luk wäre vor Erleichterung fast in Tränen ausgebrochen. »Macht auf!«, rief er, nachdem er sich geräuspert hatte. »Schnell! Hier sind Untote! Sie kommen durch den Keller! Hört ihr?! ... Aaaah!«

Blaue Hände schlossen sich um sein Bein und setzten alles daran, ihn nach unten zu ziehen.

Zu ihrer beider Glück verzichteten die Soldaten draußen darauf, sich auf Luks Gestammel einen Reim zu machen, schoben den Riegel an der Außentür sofort zurück und stürmten mit blankgezogenen Klingen in den Tempel. Kallen erfasste die Lage mit einem Blick, eilte Luk zu Hilfe und hackte dem Untoten die Arme ab.

»Bringt sie raus!«, schrie Jurgon, der jetzt ebenfalls hereingeeilt kam.

Die Soldaten halfen den beiden Gefangenen auf die Beine. Kallen schlug nach wie vor heftig mit der Streitaxt zu, wobei er vor Abscheu spie und schauderte.

»Geh da weg!«, befahl ihm Jurgon, holte mit beiden Armen aus – und von seinen Handtellern lösten sich zwei flüssige Feuerbälle.

Etwas krachte. Ein vielstimmiger Schrei erklang, und aus dem Loch im Boden schlug eine Feuersäule hoch. Sie beleckte die Decke und fiel fauchend über alles her, dessen sie habhaft werden konnte. Die Soldaten wichen vor der Hitze zurück. Jede Sekunde drohte der Fußboden in der Feuersbrunst im Keller zu versinken.

»Rückzug!«, brüllte Jurgon und stieß einen Soldaten in Richtung Tür. »Hier geht gleich alles in Flammen auf!«

Jurgon sprang als Letzter aus dem Tempel, schloss die Tür hinter sich und legte mit Kallens Hilfe den schweren Riegel wieder vor.

Kapitel

4

Über die aufgeweichte, in den Wochen schlechten Wetters ausgeblichene Steppe zogen stahlgraue Wolken, die weiterhin großzügig für Regen sorgten. Bald ließ der Wind nach, bald fegte er in Böen übers Land, peitschte wütend auf das Gras, vereinzelte Büsche und meinen Umhang ein. Irgendwann hatte er mit seinem Angriff Erfolg – und riss mir die Kapuze vom Kopf.

Obwohl es bereits vor anderthalb Stunden getagt hatte, ließ sich die Sonne nicht blicken, sondern hielt sich hinter dem Regenvorhang verborgen und vertrieb die nächtliche Finsternis, die sich an der Erde festklammerte, nur allmählich. Seit gestern hatte eine herbstliche Kälte Einzug gehalten. Nach meinen Berechnungen waren wir zwar wesentlich näher am warmen Austernmeer als an den kalten Ausläufern der Katuger Berge, aber dennoch fürchtete ich, der Wind aus Norden würde uns schon bald den ersten Schnee bringen. Als ich mir die Kapuze wieder überstreifte, hatte der eisige und unangenehme Regen meine Haare und meinen Bart bereits völlig durchnässt. Den endlosen, dichten Wolken nach zu urteilen, bestand nicht die geringste Hoffnung, dass sich das Wetter im Laufe des Tages bessern würde.

Der Einzige, der sich über dieses Mistwetter freute, war Ghbabakh. Wie alle Froschmäuler genoss er das vom Himmel kommende Nass, quakte vor Vergnügen und hatte für uns andere nur leicht befremdete Blicke übrig, hielt er Regen doch für einen Segen seines Sumpfgottes Khaghun, weshalb man alles – vom Schauer bis zum Wolkenbruch – mit einem Lächeln auf den Lippen zu empfangen habe. Selbst Yumi sah das anders, sodass wir uns alle wenn irgend möglich in den Wagen zurückzogen, um uns die Hände oder Pfoten über einem Kohlenbecken zu wärmen.

Ich war ein gutes Stück gen Osten gewandert. Als ich mich umdrehte, lag der Westen noch fast finster vor mir. Trotz des heraufziehenden Dämmerlichts bereitete es mir Mühe, den Wagen und die Pferde auszumachen. Wer nicht wusste, wo und was er suchen sollte, würde ihn nie entdecken.

Im Unterschied zu den anderen hatte ich auch in dieser Nacht kein Auge zugemacht. Schlaf war mir zu einer Geißel geworden, die mir nicht schlechter zusetzte als mein Gewissen. Sobald ich auch nur einnickte, sah ich einen Reigen aus purpurroten Karten vor mir. Ich griff erst nach einer, dann nach der nächsten, schließlich nach der dritten – doch jede einzelne von ihnen zeigte die Jungfrau. Der Künstler – in welchem Reich der Tiefe er jetzt auch weilen mochte – hatte sie als Lahen wiedergegeben.

Deshalb schlief ich nie lange, falls ich es denn überhaupt einmal tat.

Auch heute hatte mich ein Albtraum weit vor Tagesanbruch aus dem Schlaf auffahren lassen. Seitdem dachte ich jede Minute daran, was wohl geschehen wäre, hätte ich in diesem seltsamen Traum die richtige Karte aus Yolas Spiel gewählt. Würde mein Augenstern dann noch leben? Oder wäre trotzdem alles so gekommen, da sich auf unser Leben nie auswirkte, was sich in der Welt der Illusion ereignete?

Diese Fragen quälten mich, doch es gab niemanden, der sie mir hätte beantworten können.

»He, Ness!«, rief hinter mir jemand.

Erschaudernd drehte ich mich um und warf Shen einen tadelnden Blick zu. Warum tauchte er jetzt hier auf? Er war in einen Umhang gehüllt, bibberte vor Kälte und trug ein vorwurfsvolles Gesicht zur Schau.

»Hast du schon wieder nicht geschlafen?«, wollte er wissen.

Ich antwortete nicht. Weshalb auch? Das war ja wohl offensichtlich.

Shen musterte mich mit einer Mischung aus Mitleid und Missbilligung. »Hör mal, Ness …«

»Hör endlich auf, meine Kinderfrau zu spielen! Ich komm schon selbst mit allem zurecht!«

Erstaunlicherweise nahm er mir diese Bemerkung weder übel, noch machte er auf dem Absatz kehrt.

»Ness, es sind jetzt fast zwei Wochen vergangen, seit Lahen gestorben ist. Langsam wird es Zeit, dass du …«

Ich funkelte ihn nur zornig an, doch das reichte, damit er verstummte. Jedem anderen an seiner Stelle hätte ich längst eine verpasst. Aber Shen war und blieb ein Dummkopf, insofern würde diese Art der Auseinandersetzung bei ihm nicht das Geringste fruchten.

»Du willst dir sicher noch die Füße vertreten«, zischte ich deshalb bloß. »Möglichst weit weg von mir, wie ich annehme.«

»Ich wollte dich nicht verletzen«, rechtfertigte er sich. »Ich wollte dir nur sagen, dass du sie nicht zurückholst und …«

Daraufhin bedachte ich ihn mit einem noch finstereren Blick. Der große Heiler der Zukunft räusperte sich und setzte erneut an, mir seine Gedanken darzulegen: »Pass auf, ohne dich sind wir hier verloren. Rona ist krank, und ich … Beim Reich der Tiefe aber auch! Wenn du glaubst, ich würde nicht darunter leiden, dass Lahen tot ist, dann irrst du dich gewaltig! Glaubst du etwa, ich hätte sie sterben lassen, wenn es mir möglich gewesen wäre, sie zu …«

»Geh dir einfach die Füße vertreten, ja?«, bat ich ihn mit brechender Stimme.

»Ach, mach doch, was du willst! Aber beschwer dich nachher nicht bei mir, ich sei nicht für dich da gewesen!«, knurrte er, ließ mich stehen und stiefelte zum Wagen zurück.

»He, Shen!«, rief ich ihm nach.

»Was denn?«, drang es mürrisch unter seiner Kapuze hervor. Immerhin blieb er stehen.

»Dich trifft an alldem keine Schuld.«

»Nicht?! Und wen trifft sie dann?! Der Skulptor konnte Menschen auferstehen …«

45

»Du bist nicht der Skulptor. Womöglich sind diese Geschichten über die Auferstehungen ohnehin nichts als Märchen. Ich mache dir jedenfalls nicht den geringsten Vorwurf.«

Sein freches Gebaren hatte sich im Nu verflüchtigt. Ich meinte sogar, er schniefte, würde meine Hand jedoch nicht dafür ins Feuer legen.

Schließlich kam er noch einmal zu mir zurück.

»Du klagst dich doch auch an, obwohl du ihr wahrlich nicht hättest helfen können«, sagte er. »Du machst gerade eine schwere Zeit durch, das ist mir klar, aber glaube mir: Dass Lahen nicht mehr unter uns weilt, darfst du dir nicht vorwerfen.«

»Bist du da so sicher?«, erwiderte ich mit schiefem Grinsen. »Du willst mich aufmuntern, ich weiß, und dafür bin ich dir auch dankbar – aber ich war es nun einmal, der euch in diese Falle geführt hat. Niemand hat uns gehindert, unseren Weg mit Lereck fortzusetzen. Der Priester wollte die Straße am Meer nehmen, aber das habe ich abgelehnt. Nur deshalb sind wir Lepra in die Hände gefallen.«

»Du bist wirklich ein Sturkopf«, sagte Shen und seufzte schwer. »Man kann dich einfach nicht von deiner Meinung abbringen.«

Mit diesen Worten drehte er sich um und überließ mich einzig der Gesellschaft des heulenden Windes. Ich blieb noch eine Weile stehen und lauschte dem Regen, der auf das hohe Gras prasselte. Irgendwann raffte ich mich auf und stapfte zur Straße. Wenn auch ohne jede Hoffnung.

Die Spur, die ich beim Anwesen entdeckt hatte, hatte mich nach Nordosten geschickt, war jedoch vor acht Tagen verschwunden. Das verfluchte Wetter hatte uns jede Möglichkeit genommen herauszufinden, woher Lepras Gäste gekommen waren. Wohin sie gegangen waren, stellte dagegen kein Rätsel dar: ins Reich der Tiefe. Jedenfalls die meisten von ihnen. Den Nekromanten war ein warmer Empfang bereitet worden, den keiner von ihnen überlebt hatte – bis auf denjenigen, der Lepra und meinen Augenstern ermordet hatte. Und mit dem hatte ich noch ein Wörtchen zu reden.

Nur erwies sich das als unmöglich, hatte sich dieser Drecks-kerl doch in Luft aufgelöst, sowohl im wörtlichen wie im über-tragenen Sinne. Denn auch von Lahens Leiche hatten Spuren weggeführt, diese brachen allerdings nach vierzig Yard ab, ende-ten in einem kreisrunden Brandfleck. Shen hatte vermutet, der Schweinehund habe meine Frau nicht lange überlebt, sondern sei wie ein Streichholz niedergebrannt. Dem stimmte ich jedoch nicht zu. Wenn es so gewesen wäre, hätte ich Knochen finden müssen, schließlich war das Feuer nicht so heiß gewesen, dass es auch sie hätte verschlingen können. Dann hätte die Erde an-ders ausgesehen …

Wut und Verzweiflung nagten an mir. Wo sollte ich den Mör-der jetzt noch suchen? Wenn ich nicht den leisesten Hinweis in Händen hatte. Jeder könnte Lahen umgebracht haben, ein Nekromant ebenso gut wie eine Schreitende oder eine der Ver-dammten. Oder jemand, an den ich nicht mal im Traum dachte.
Nun schwand auch noch meine letzte Hoffnung, den Ort zu er-reichen, zu dem die Spuren auf dem Anwesen wiesen. Sie wur-den erbarmungslos vom Regen getilgt. Trotzdem verfolgte ich die Straße hartnäckig weiter, hielt verbissen nach irgendeiner Kleinigkeit Ausschau, die mich am Ende zu Lahens Mörder füh-ren würde.

Auch wenn ich selbst jeden Tag weniger daran glaubte.

»Aus, du Hund?«, fiepte Yumi traurig, als er den Kopf zwischen der linken und rechten Plane des Wagens hervorschob.

Ich blickte Ghbabakh fragend an, der neben den Pferden her-lief.

»Er fragwat, ob du nicht zufälligwa etwas Zwiebakwa üb-rigwa hast«, übersetzte mir der Blasge die Worte des Waiyas.

Seufzend klemmte ich mir den Zügel unter die Achsel, holte einen Zwieback aus meiner Tasche, brach ihn in zwei Hälften und reichte die eine davon Yumi. Seine schwarzen Augen fun-kelten begeistert, als er mit den schmalen Händen danach griff, sich das Stück in die Wange schob und sich in deutlich gehobe-ner Stimmung ins Wageninnere zurückzog.

»Der verdrückt ganz schön was.«

»Nicht so viel wie ich«, erwiderte Ghbabakh grinsend und klopfte sich auf den Bauch.

Und recht hatte er. Ein Blasge isst selten, dann aber viel. Vor zwei Tagen hatte dieser Muskelberg geradezu leichtfüßig einer Saiga nachgesetzt, sie gefangen – und samt Hörnern und Hufen verspeist.

»Du siehst aus, als hättest du schlecht gweschlafen, Menschlein.«

»Mir geht's bestens«, knurrte ich.

»Dein Freund teilt diese Meinungwa aber nicht. Man darf nicht an sein totes Weibchen denkwen.«

»Du musst es ja wissen«, zischte ich.

»Gwanz richtigwa«, bestätigte er ernst und stellte stolz seinen giftigen Kamm auf. »Als ich noch ein kleiner Sjiri war, also noch nicht mal wusste, ob ich zu einem Männchen oder einem Weibchen werden würde, habe ich mit Khaghun gesprochen, der mir viele Gweschichten erzählt hat. Wir sterben nicht. Wir gwehen nur fort. In eine andere Welt. Eine bessere. Die warm ist. Und voller Sonne, Regwen, Regwenbögwen und Regwenwürmern.«

»Das tröstet mich ungemein«, presste ich heraus.

»Das sollte es auch«, erklärte er und verzog sein Froschmaul zu einem Lächeln. »Gweht es dir jetzt besser?«

»O ja.«

»Gwut! Khaghun sagwat, man darf sich nicht nach denen sehnen, die fortgwegwangwen sind. Denn in dem Fall gweht es ihnen schlecht. Wir müssen sie freilassen, damit sie ihr neues Leben gwenießen.«

»Und wohl auch die Regenwürmer?«

»Richtigwa«, bestätigte er. »Aber du bist noch kwalein und hast mir nicht zugwehört und mich nicht verstanden. Pass auf, morgwen sieht die Welt schon wieder anders aus. Jetzt werd ich mich mal etwas in der Gwegwend umsehen.«

Der Blasge verließ die Straße und verschwand im hohen Gras. Die nächsten paar Stunden würde er sich nun nicht mehr blicken lassen. Ich lenkte die Pferde, die unseren gelb-braunen Holzwa-

gen zogen, um eine große Pfütze herum. Trotz des Regens hatte
der Schlamm noch nicht ganz die Herrschaft über die Straße gewonnen, sodass der Wagen nicht alle zwanzig Yard stecken blieb.
Im Gegenteil, das war überhaupt erst ein Mal geschehen, als unser Sturkopf Shen geradewegs durch eine Pfütze gefahren war.
Ghbabakh, der wie jeder Blasge über enorme Kräfte verfügte,
hatte den Wagen jedoch ohne Mühe aus dem Matsch gezogen.

Dass Ghbabakh und sein kleiner Freund ihren Weg mit uns
fortsetzten, störte mich nicht im Geringsten, auch wenn ich
nicht wusste, weshalb sie Gefährten brauchten. Dieses illustre
Pärchen streifte schon seit langer Zeit gemeinsam durchs Land,
war noch vor dem Krieg aufgebrochen. Gerade Ghbabakh pfleg-
te eine Leidenschaft für dieses Umherziehen und glaubte in
seinem unverwüstlichen Optimismus fest daran, dass alles gut
werden würde. Wenn nicht heute, dann morgen.

Mein Platz war auf dem Kutschbock. Von dort aus behielt ich
die Straße im Auge, lenkte die Pferde, lauschte auf den Regen –
und sah Lahens Grab vor mir. Ich hatte sie etwas abseits vom
Anwesen begraben, näher bei den Hügeln. Shen hatte mir einen Spaten gebracht und mir eigentlich zur Hand gehen wollen,
aber ich hatte seine Hilfe abgelehnt und das Grab allein ausgehoben. Am Ende hatte Ghbabakh einen Findling angeschleppt,
der uns als Grabstein diente. Yumi, die gute Seele, hatte in den
Beeten sämtliche Blumen gepflückt, die die Kämpfe hier überstanden hatten, und sie mir überreicht, dabei wie stets etwas
von seinem Hund murmelnd.

Obwohl am Ende der Zeremonie die Nacht bereits hereingebrochen war, hatte ich mich mit einer Laterne bewaffnet und
trotz des wieder einsetzenden Regens nach den Spuren des Mör-
ders gesucht, weil ich fürchtete, am Morgen könnten sie bereits
weggespült sein. Aber schon zu diesem Zeitpunkt hatte der Regen mehr als genug Unheil angerichtet. Und ohne Yumi, der sich
als hervorragender Fährtenleser herausstellte, hätte ich die Abdrücke der Hufe, die von Nordwesten zum Anwesen führten,
nie entdeckt.

Den Rest der Nacht hatte ich das Haus gründlich durchstöbert und mir erlaubt, alles, was uns unterwegs von Nutzen sein konnte, an mich zu nehmen. Bei Tagesanbruch hatte ich mich dann von meinem Augenstern verabschiedet und ihr versprochen zurückzukommen, jedoch kein Wort darüber verloren, was ich mit ihrem Mörder zu tun gedachte. Wahrscheinlich hätte sie das nicht gutgeheißen. Wohl zu Recht, schließlich war mir selbst klar, welcher Gefahr ich mich aussetzte, wenn ich einen Unbekannten jagte, der imstande gewesen war, Lepra zu töten. Dennoch klammerte ich mich an diesen Plan, klammerte mich an meine Rache und meinen Hass. Ein Ertrinkender hätte es mit einem Strohhalm nicht anders gemacht.

Denn überließe ich mich allein meiner Angst vor der Einsamkeit, würde ich früher oder später den Verstand verlieren. Deshalb gab es nur eine Möglichkeit, mich vor dem Wahnsinn zu retten: Ich brauchte ein Ziel, das ich mit allen Kräften zu erreichen versuchte.

»Ness!«

Ich schüttelte meine Erinnerungen ab und drehte mich zu Shen um, der den Kopf zwischen den Planen heraussteckte.

»Hast du eigentlich ein Wort von dem, was ich gerade gesagt habe, mitbekommen?!«

»Nein. War es wichtig?«

»Überleg dir das nächste Mal, wann du wieder in deine Grübeleien versinkst. Sonst schleicht sich womöglich noch mal jemand unbemerkt an.«

»Dein Vertrauen in meine Fähigkeiten als Wachtposten ist doch immer wieder überwältigend«, giftete ich. »Was wolltest du mir denn nun unbedingt mitteilen?«

Seufzend kletterte er zu mir auf den Kutschbock, hüllte sich fest in seinen Umhang und blickte finster auf die endlosen Felder welken, nassen Grases. »Wie ich diese Gegend hasse!«, stieß er angewidert aus. »Sie riecht nach Tod.«

»Glaub mir, mein Junge, es gibt noch etliche andere Dinge und Orte auf dieser Welt, die diesen Gestank ausdünsten. Angenehme Düfte erwarten dich letzten Endes nur in den Glücklichen Gärten. Also finde dich besser damit ab.«

»Das will ich nicht, und das werde ich auch nicht. An diesen Gestank kann man sich einfach nicht gewöhnen.«

»Da irrst du. Du gewöhnst dich daran – was die Angelegenheit allerdings nur noch schlimmer macht.«

Er nickte nachdenklich. »Soll ich dich ablösen?«, fragte er nach einer Weile.

»Nicht nötig. Wir machen ohnehin bald Rast. Die Pferde sind müde, sie müssen sich etwas ausruhen.«

»Ghbabakh ist schon wieder verschwunden. Den hält nicht mal der Regen ab.«

»Er ist genauso rastlos wie du und gibt erst Ruhe, wenn er bis über beide Ohren in Schwierigkeiten steckt«, entgegnete ich und holte den Zwieback unter meinem Hemd hervor, um ihn Shen anzubieten. Der lehnte jedoch ab.

»Aus, du Hund!«

»Ich wusste, dass du jetzt auftauchst, mein Freund«, sagte ich zu Yumi und gab ihm etwas Zwieback. Er biss sogleich hinein, zermalmte das Stück mit seinen zahllosen Zähnen, zwinkerte Shen zu und zog sich wieder in den Schutz des Wagens zurück.

»Ein komischer kleiner Kerl«, murmelte Shen.

»Ich tröste mich damit, dass er mehr kann, als mir meinen Zwieback wegfuttern.«

»Er hilft mir mit Rona«, sagte Shen.

»Wie geht es ihr?«

»Sie schläft fast die ganze Zeit.«

Nach der Begegnung mit Lepra hatte das Mädchen noch nicht zu ihrer früheren Verfassung zurückgefunden. Deshalb war es meiner Meinung nach das Beste, wenn sie schlief, denn das ersparte uns ihre hysterischen Schreie und ihr Gewimmer. Shen kümmerte sich um sie, konnte bisher aber keine großen Erfolge vorweisen: Nach wie vor erkannte Rona niemanden, wollte mit niemandem sprechen und weinte in einem fort. Zum Essen mussten wir sie mehr oder weniger zwingen. Erstaunlicherweise beruhigte sie sich etwas, wenn ich in der Nähe war, oft schlief sie dann sogar ein. Shen nahm dieses Phänomen mit einem Stirnrunzeln zur Kenntnis, verlor jedoch kein Wort darüber.

»Was gedenkst du mit ihr zu tun?«

»Dein Ton gefällt mir nicht«, maulte er. »Jedenfalls werde ich Rona nicht im Stich lassen!«

»Sag mal, mein Kleiner, wofür hältst du mich eigentlich? Ich habe nicht die Absicht, eine Geisteskranke davonzujagen.«

»Sie ist nicht geisteskrank!«

»Sondern?«, fragte ich neugierig.

»Sie aufzugeben wäre unmenschlich.«

»Es ist unmenschlich, mit einem Mädchen, das keine Ahnung hat, was um sie herum vorgeht, durch die Lande zu ziehen und ihr Leben dabei aufs Spiel zu setzen. Unser Weg führt zum Regenbogental, und wenn du mich fragst, sollten wir sie dort lassen. Die Schreitenden können sich besser um Rona kümmern als wir zwei. Und, offen gestanden, ist sie eine Belastung für uns, denn sollten wir in Gefahr geraten, wirst du ihr Leben verteidigen, nicht deins.«

»Wie kommst du darauf?«

»Das lese ich dir an der Nasenspitze ab.«

»Was für ein bemerkenswerter Menschenkenner du doch bist!«

»Wir können das Thema gern beenden, denn alles, was es dazu zu sagen gibt, habe ich gesagt. Du möchtest ihren Vormund spielen und die Verantwortung für ihr Leben übernehmen – bitte, das ist deine Sache. Aber wenn wir in Schwierigkeiten geraten und sie stirbt, verschone mich mit Vorwürfen.«

»Weil das deine Schadenfreude trüben könnte?«

»Ach, Shen, wenn du nicht eine solche Giftnatter wärst, würdest du wirklich einen ganz passablen Gefährten abgeben«, konterte ich, aß meinen Zwieback auf, entkorkte die Wasserflasche und trank einen Schluck. »Im Übrigen scheinst du vergessen zu haben, dass mir Rona das Leben gerettet hat, indem sie Kira ausgeschaltet hat. Halte von mir, was du willst, aber glaube mir, ich werde mich nicht freuen, wenn das arme Mädchen vor ihrer Zeit in die Glücklichen Gärten eingeht.«

Offenbar ließ er sich meine Worte durch den Kopf gehen, denn nun wandte er sich in wesentlich friedlicherem, wenn auch leicht angesäuertem Ton an mich: »Sie vertraut dir mehr als mir.«

»Gut möglich. Sie spürt deinen Funken. Und in der letzten Zeit hat das Mädchen keine guten Erfahrungen mit Funkenträgern gemacht ... welcher Art auch immer der Funke sein mochte. Aber das legt sich bestimmt bald wieder.«

»Du hast die Spur nicht wieder entdeckt?«, wechselte Shen das Thema.

»Nein.«

»Worauf hoffst du dann eigentlich noch?«

»Auf mein Glück, das Schicksal und die Güte Meloths«, gab ich zuversichtlich zurück, obwohl sich in meinem Innern alles schmerzlich zusammenzog. Lahen hatte keines der drei genannten Dinge gerettet. Nicht einmal ich bin in der Sekunde ihres Todes an ihrer Seite gewesen ...

»Das heißt, es gibt kaum noch Hoffnung.«

»Hoffnung gibt es immer, mein Junge. Vor allem, wenn du den Kopf nicht in den Sand steckst. Ich werde die Wahrheit herausfinden. Früher oder später bringe ich alles in Erfahrung. Und dann sollte sich dieser Dreckskerl tunlichst vor mir in Acht nehmen.«

Als ich diese Drohung ausstieß, musste ich ein derart finsteres Gesicht gemacht haben, dass Shen nicht weiter in mich drang: »Warum willst du eigentlich noch ins Regenbogental?«, erkundigte er sich stattdessen. »Du wirst da doch gar nicht erwartet. Im Gegensatz zu mir.«

»Falsch. Nicht auf mich, sondern auf *dich* wartet dort niemand mehr. Und es wäre äußerst töricht, den Schreitenden die Artefakte auszuhändigen. Das habe ich dir schon mehr als einmal gesagt. Aber du hast recht, jetzt, da Lahen tot ist, zwingt mich niemand mehr, mich ins Regenbogental zu begeben. Allerdings gibt es hier nur diese eine Straße. Der werde ich – selbstverständlich mit deiner gütigen Billigung – noch ein Weilchen folgen.«

»Du meinst: so lange, bis du den Mörder gefunden hast?«

»Oder irgendwelche Hinweise auf ihn.«

»Und dann?«

»Da du unbedingt in der Schule der Schreitenden bleiben willst, werden sich unsere Wege dann trennen, denn ich gebe nicht eher Ruhe, als bis ich den Mörder Lahens ins Reich der Tiefe geschickt habe. Außerdem verspüre ich nicht die geringste Lust, zusammen mit dir in diesem Nest voller verlogener Schreitender zu hocken.«

»Du vergisst, dass ich ebenfalls ein verlogener Schreitender bin.«

»Nicht mehr. Seitdem Lahen angefangen hat, dich auszubilden, bist du nicht mehr ganz der, für den die anderen Funkenträger dich halten.«

»Vielen Dank aber auch!«, bemerkte er grinsend. Dieses Grinsen gefror jedoch, kaum dass er die Kette aus edlem Spinell sah, die ich durch meine Finger gleiten ließ. Die roten Steine glitten geschmeidig über meine Haut, ihr Schliff fing die trüben Sonnenstrahlen ein. »Ich hatte angenommen, du hättest diese Kette weggeworfen.«

Ich bedachte ihn mit einem nachdenklichen Blick, linste auf die roten Steine und schenkte schließlich wieder der Straße meine ungeteilte Aufmerksamkeit, um den Wagen nicht in irgendein Loch zu lenken.

»Sie sorgt dafür, dass ich mein Ziel nicht aus den Augen verliere«, räumte ich ein. »Allerdings stellt sie ein Rätsel dar. Dir ist noch nichts dazu eingefallen?«

»Nein, leider nicht. Soll ich dich wirklich nicht ablösen?«

»Nicht nötig, wir sind ja fast da.«

»Gut. Dann sehe ich mal nach Rona. Wenn du mich brauchst, ruf einfach.«

Wieder allein, ließ ich die Kette unverändert durch die Finger gleiten und hing meinen Gedanken nach. In der Nacht nach Lahens Tod hatte ich ein halb zerstörtes Gästezimmer entdeckt, das eine echte Überraschung für mich bereithielt: die Leichen von einer Schreitenden und zwei Glimmenden. Weder ich noch

Shen zweifelten daran, dass sie aus dem Turm kamen, denn ihre Kleidung sprach Bände. Die Schreitende kannte Shen nicht, aber einen der Glimmenden hatte er schon in Alsgara gesehen. Als wir die Toten untersuchten, fand ich diese rote Kette.

Was jemand aus dem Turm im Anwesen der Verdammten zu suchen hatte, war uns beiden, Shen und mir, schleierhaft. Die drei sahen nicht aus, als hätte Lepra sie gefangen genommen, außerdem schienen sie gerade erst angekommen zu sein, trugen sie doch noch ihre staubige Reisekleidung. Wer oder was diese Funkenträger umgebracht hatte, ließ sich nicht sagen, aber im Tod sahen sie noch am ehesten wie Fische aus, die ans Ufer gezogen worden waren.

Was meinen Besuch im Regenbogental anging, da hatte ich Shen angelogen. Für den gab es nämlich einen triftigen Grund: Allem Anschein nach wiesen die Spuren in ebendie Richtung, schließlich gab es nur diese eine Straße. Auch die drei Toten aus dem Turm sprachen für sich … Jetzt musste ich nur noch herausfinden, was sie zu der Verdammten Lepra geführt hatte – vielleicht brachte mich das Lahens Mörder ja näher. Deshalb wollte ich im Regenbogental Augen und Ohren offen halten und mein Glück zwingen, indem ich mit einer der Schreitenden redete, selbst wenn ich damit mein Leben riskierte.

Doch warum sollte ich den Tod noch fürchten? Ich hatte nichts mehr zu verlieren. Und wie ich einen Funkenträger zum Plaudern bringen würde, war mir klar. Zu gegebener Zeit würde ich mir den Funkentöter von Shen leihen, mochte der Junge auch nicht sonderlich entzückt davon sein.

Als mir ein kleiner Hügel auffiel, lenkte ich die Pferde an einer geeigneten Stelle durch den Straßengraben vom Weg herunter und den Hang hinauf. Der Wagen kam zwar gleich schwerer vorwärts, die Erde unter den Rädern und den Hufen schmatzte, aber nach acht Yard erreichten wir festeren Grund, sodass es von dort an leichter ging.

Nach einer Weile zügelte ich die Tiere. An diesem Platz würden wir rasten. Er lag zwar dicht an der Straße, sodass unser Wagen allzu sichtbar war, aber ich wollte es lieber nicht wagen, mich noch weiter durch unbefestigtes Gelände zu schlagen. Selbst Ghbabakhs Kräfte dürften nicht ausreichen, uns notfalls wieder auf die Straße zurückzuziehen. Außerdem rechnete ich eigentlich nicht mit ungebetenen Gästen, schließlich war uns bisher auch keine einzige Menschenseele begegnet. Die sechs Ansiedlungen, an denen wir vorbeigekommen waren, mussten bereits vor langer Zeit verlassen worden sein. Die Menschen waren vor dem heraufziehenden Krieg nach Nordwesten geflohen. Aber auch die Nabatorer zeigten keine Eile, in dieses Gebiet vorzudringen. Ihr Augenmerk richtete sich auf die Treppe des Gehenkten, Gash-shaku und Alsgara.

Was uns nur recht sein konnte.

»Shen! Spann die Pferde aus!«, rief ich und sprang vom Kutschbock.

Während sich der Heiler um die Tiere kümmerte, stellte ich lange Stangen auf, um mit Yumis Hilfe zwischen ihnen und dem Wagen eine Plane zu spannen. Als alles fertig war, führten wir die Pferde unter diesen Unterstand.

»Wollen wir lange rasten?«, fragte Shen, während er einem der Tiere den Hals abrieb.

»Eine Stunde vielleicht. Wie lange reicht der Hafer noch?«

»Drei Tage, wenn wir sparsam sind.«

»Also gehen wir von zweien aus. Im nächsten Dorf müssen wir unbedingt Futter besorgen. Allein mit trockenem Gras halten die Gäule nicht durch.«

»Du übertreibst.«

»Tu ich nicht. Vergiss nicht, dass sie einen Wagen ziehen müssen.«

Yumi brachte einen Sack an, und wir fütterten die Pferde. Der Regen ließ etwas nach, verwandelte sich in Nieseln, das jedoch nicht viel besser war. Ein Lagerfeuer anzufachen wäre jedoch vergebene Liebesmüh gewesen, da wir ja eh bald weiterzögen. Shen und ich verschwanden im Wagen, Yumi übernahm die Wache, offenbar mit Freuden.

»Weck mich in einer Stunde«, bat ich Shen, schielte noch einmal zu der in eine Decke gehüllten Rona und drehte mich auf die Seite, sobald mir der Heiler versprach, meine Bitte zu erfüllen.

Diesmal suchten mich keine Träume heim.

»Geh weg! Verschwinde! Du bist genau wie sie! Genau wie Kira! Fort mit dir!«

Unwillkürlich sprang ich auf und griff nach dem Messer, doch schon im nächsten Moment verstand ich, was hier vor sich ging, und unterdrückte einen Fluch, der mir auf der Zunge lag. Rona kauerte in einer Ecke, ein Häufchen Elend, verweint und verängstigt. Vor ihr kniete Shen mit einer Schüssel Suppe in der Hand. Er blickte völlig verwirrt drein. Die Finger von Ronas rechter Hand waren mit Raureif überzogen, offenbar war sie kurz davor, Shen mit einem Zauber zu beglücken.

Wunderbar! Ich hatte ja schon immer mal zusammen mit zwei fuchsteufelswilden Katzen in einem geschlossenen Raum eingesperrt sein wollen.

»He«, wandte ich mich sanft an das Mädchen und steckte gleichzeitig das Messer weg. »Beruhige dich bitte. Wenn wir das wollten, hätten wir längst Gelegenheit gehabt, dir etwas anzutun. Aber das will niemand. Wirklich nicht. Du musst Shen also nicht in einen Eiszapfen verwandeln, wie du es bei Kira getan hast. Glaub mir, das hat er wirklich nicht verdient.«

Zunächst fürchtete ich, sie hätte mich nicht gehört. Doch nach einer Weile fiel Rona gleichsam noch weiter in sich zusammen und löschte ihren Funken. Ich atmete tief durch und näherte mich ihr, wobei ich jede abrupte Bewegung vermied. Nachdem ich Shen die Schale abgenommen hatte, bedeutete ich ihm mit einer Kopfbewegung, den Wagen zu verlassen. Obwohl er das Gesicht verzog, folgte er meiner Aufforderung.

Sobald wir allein waren, setzte ich mich neben Rona, deren Blick wieder stumpf war.

»Du musst etwas essen«, sagte ich und hielt ihr die Schüssel hin. Da sie aber noch immer keine Anstalten machte, etwas zu sich zu nehmen, führte ich ihr den Löffel an den Mund. »Du tust niemandem einen Gefallen, wenn du verhungerst.«

Das veranlasste Rona, schweigend die ganze Suppe aufzuessen.

»Danke, dass du mir das Leben gerettet hast«, sagte ich, als ich ihr die Schale abnahm.

»Nichts zu danken«, presste sie fast widerwillig heraus.

»Du bist krank und hast Fieber. Leg dich also bitte wieder hin. Ich werde mal sehen, ob wir ein paar Kräuter für dich finden.«

»Das kommt von meiner Gabe«, erklärte sie, streckte sich aber aus und schloss die Augen. »Medizin hilft da nicht. Ich muss schlafen, einfach nur schlafen …«

Daraufhin wollte ich aus dem Wagen klettern.

»Wenn er seine Gabe einsetzt, ist sein Funken dunkel«, hauchte sie. »Er ist böse. Er unterscheidet sich durch nichts von der Verdammten Lepra.«

»Red keinen Unsinn, Schreitende!«, fuhr ich sie an. »Deine Freundin Kira hatte nicht einen dunklen Fleck in ihrem Funken, trotzdem willst du sie am liebsten vergessen. Gut, mag sein, der Heiler verfügt über Fähigkeiten, die dir Angst einjagen – aber er ist ein weit besserer Mensch als deine kleine Freundin! Deshalb solltet ihr beide endlich Frieden miteinander schließen. Das gilt vor allem für dich. Der Junge kümmert sich ständig um dich und sorgt sich um deine Gesundheit. Da ist es nicht gerade höflich, ihn mit Kampfzaubern zu befeuern, meinst du nicht auch?«

»Ja«, antwortete sie nur und fiel in nachdenkliches Schweigen.

»Und?«, fragte Shen. »Wie geht es ihr?«

»Sie hat sich beruhigt«, antwortete ich und setzte mich neben ihn auf den Boden. »Aber vielleicht solltest du dich ein wenig von ihr fernhalten.«

»Sie will mir nichts Böses.«

»Bist du da so sicher?«

»Rona ist immer noch nicht wieder ganz sie selbst.«

»Genau deswegen sollst du dich ja von ihr fernhalten«, beharrte ich. »Wenn du mich fragst, will dir das Mädchen nämlich durchaus ans Leder. Aber so haben es die Schreitenden ja immer mit Abtrünnigen gehalten, oder etwa nicht?«

»Spar dir dein kluges Geschwätz! Ich weiß schon, was ich tue.«

»Wie du meinst«, entgegnete ich. »Hauptsache, ihr beharkt euch nicht die ganze Zeit und haut mir den Wagen nicht in Stücke … Sag mal, wie lange habe ich eigentlich geschlafen?«

Erst jetzt fiel mir auf, dass die Sonne gerade am Horizont aufging, obwohl sie nach meinen Berechnungen eigentlich hätte untergehen sollen. Auch das Wetter hatte sich verändert, die Wolkendecke zeigte Risse, es regnete nicht mehr, dafür ging der Wind stärker, brachte aus Osten ununterbrochen Kälte heran.

»Die ganze Nacht.«

»Ich hab dich doch gebeten, mich zu wecken!«

»Und ich habe mir erlaubt, diese Bitte zu überhören!«, blaffte er mich an, noch immer verärgert wegen des Zwischenfalls mit Rona.

Sei's drum. Ein Streit hätte eh nichts genützt, außerdem war ja im Grunde nichts Schlimmes geschehen. Die anderen waren ohne mich zurechtgekommen, ich hatte mich endlich einmal ausgeschlafen und fühlte mich nicht mehr wie an der Wand verschmiert.

Shen schielte schon wieder zum Wagen hinüber, murmelte, er wolle nach Rona sehen, stand dann aber doch nicht auf. Yumi war wie vom Erdboden verschluckt, Ghbabakh auch noch nicht wieder aufgetaucht.

»Wie weit ist es noch bis zum Regenbogental?«, fragte Shen.

»Wir werden es nicht vor dem zweiten Herbstmonat erreichen«, antwortete ich. »Frühestens.«

Shen stöhnte.

»Was hast du denn geglaubt? Sieh dir doch mal die Straße an! Über die können wir nur kriechen. Daran wird sich auch nichts ändern, bis die Fröste einsetzen. Übe dich also in Geduld und genieße die Landschaft.«

Daraufhin erklärte er mir unumwunden, wohin ich mir diese Landschaft stecken könnte. Ich grinste bloß. Der Junge ließ seine schlechte Laune an mir aus. Ronas Genesung verlief ganz und gar nicht so, wie er sich das vorgestellt hatte. Seit das Mädchen wieder einigermaßen klar denken konnte, ging sie auf ihn los. Außerdem verstand er allmählich, dass er für unser langsames Vorwärtskommen verantwortlich war, denn in seiner Sorge um die Schreitende hatte er darauf bestanden, einen Wagen zu nehmen.

Wir brauchten eine halbe Stunde, um die Pferde anzuspannen, dann brachen wir auf und fuhren wieder auf die Straße, ohne uns Gedanken um Yumi und Ghbabakh zu machen. Die beiden waren schließlich nicht das erste Mal verschwunden.

Gegen Mittag tauchten im Norden flachere, aus der Entfernung kaum zu erkennende Grabhügel auf. Angst jagten sie mir aber nicht ein. Warum auch? Wenn die Toten uns hätten verschmausen wollen, dann hätten sie das längst getan, und zwar gleich auf Lepras Anwesen, unmittelbar nach ihrem Tod.

»Hör mal, Shen, als ich Thia erledigt habe …«

»Du meinst, beinahe erledigt hättest«, stellte er klar.

»Von mir aus auch das. Damals haben sich doch zahllose Tote aus ihren Gräbern erhoben, nicht wahr? Zum Beispiel in der Dabber Glatze.«

»Mhm. Das geschieht immer, wenn ein dunkler Funke erlischt.«

»Warum ist das dann nach Lepras Tod ausgeblieben?«

»Weil der Funkentöter all ihr Dunkel bis auf den letzten Rest aufgenommen hat. Deshalb hat es bloß geregnet.«

Etwas an dieser Erklärung störte mich, sodass ich weiter über das Problem nachdachte. Als Shen mein Schweigen auffiel, wollte er wissen, worüber ich grübelte.

»Da passt was nicht zusammen. Lahen verfügte schließlich auch über den dunklen Funken.«

»Lahen war doch keine Verdammte, die diesen Aspekt der Gabe seit Jahrhunderten praktizierte«, sagte er. »Ihr Tod konnte gar nicht diese Folgen haben. Sonst bräuchte ja nur irgendein Nekromant zu sterben, und es würden … Was verziehst du jetzt schon wieder das Gesicht?«

»Lahen hat mir erzählt, es komme auch nach dem Tod von jemandem, der nicht schon Jahrhunderte gelebt hat, zu einem solchen Ausbruch von Kraft.«

»Vermisst du die Untoten etwa?«, stichelte er. »Ich weiß einfach nicht, wie das alles zusammenhängt, und damit Schluss! Genügt dir diese Antwort?«

Die nächste Stunde setzten wir unseren Weg schweigend fort. Abermals bezog sich der Himmel, sodass ich mich fest in den Umhang hüllte. Gegen Abend würde es bestimmt wieder in Strömen regnen. Ich überließ Shen die Zügel und kletterte kurz nach hinten in den Wagen. Rona hatte sich eingerollt und schlief, wobei sie leise seufzte. Ich nahm den Bogen an mich und kehrte damit auf den Kutschbock zurück.

»Sie schläft«, antwortete ich auf Shens unausgesprochene Frage.

All meine Waffen hatte ich auf dem Anwesen Lepras eingebüßt. Vor allem um mein Wurfbeil tat es mir entsetzlich leid. Es hatte mich bereits durch den Krieg im Sandoner Wald begleitet. Nachdem dieser vermaledeite Hamsy es mir abgenommen hatte, war ihm nichts Besseres eingefallen, als es in schwarzen Staub zu verwandeln. Nicht einmal meinem Bogen trauerte ich in dieser Weise nach, obwohl mir der Kerl den ebenfalls verbrannt hatte. Doch für ihn hatte ich immerhin Ersatz gefunden, nachdem ich mich gründlich in der Waffenkammer des adligen Herrn jenes Anwesens umgesehen hatte.

Der Bogen aus Eibenholz war fast zwei Yard lang und außerordentlich schwer, ein wahres Monstrum also. Allein ihn zu spannen, setzte eine gewisse Erfahrung voraus – und enorme Kräfte. Dafür stünde mir mit ihm in einem Kampf auch gleich eine gute Schlagwaffe zur Verfügung. Sollte ich vor Wut schäumen, könnte ich mit ihm vermutlich sogar eine der Verdammten erledigen.

Bevor ich mich für den Bogen entschieden hatte, hatte ich mir das Holz genau angesehen. Die Waffe war bisher kaum benutzt worden. Folglich lief ich kaum Gefahr, mitten im Kampf mit zwei Teilen in der Hand dazustehen. Bei einem derart unhandlichen Stück verbot sich jeder Gedanke an eine weitere schwere Waffe, mit der ich meinen Feind gegebenenfalls in die Glücklichen Gärten schicken konnte, natürlich von selbst. Deshalb vervollständigte ich meine Ausrüstung nur noch mit einem langen Messer in einer schlichten Lederscheide.

Die Zahl der Pfeile im Köcher hielt ich vorsichtshalber auch klein: Bei mehr als zwölf würde ich nach kurzer Zeit sowieso ins Schwitzen geraten. Für ihre Auswahl aber ließ ich mir Zeit. Insgesamt hatte ich zwar mehr als hundert Pfeile entdeckt, doch infrage kamen für mich überhaupt nur vierundzwanzig.

Da mir dieser Bogen völlig unvertraut war, musste ich zunächst ein Gefühl für ihn entwickeln. Deshalb suchte ich mir jeden Abend ein Ziel und übte mich bis zur völligen Erschöpfung im Schießen, damit ich mit meinem neuen Gefährten bald auf Du und Du stünde.

»Mir jagt dieses Monstrum Angst ein«, gestand Shen.

»Das kann ich nur begrüßen«, erwiderte ich. »Denn dann werden es sich auch alle anderen zweimal überlegen, bevor sie sich mit mir anlegen.«

»An deiner Stelle würde ich mich aber nicht darauf verlassen, dass er dir sämtliche Schwierigkeiten vom Hals hält.«

»Sämtliche Schwierigkeiten hält dir nur der Tod vom Hals«, entgegnete ich gelassen. »Was lachst du?«

Er warf mir einen vorsichtigen Blick zu, bevor er sich zu einer Antwort herabließ: »Rona geht es besser.«

»Was heißt?«

»Sie kann ihre Gabe wieder kontrollieren.«

»Freu dich lieber nicht zu früh«, warnte ich ihn. »Nachdem Lepra in ihrem Kopf gewütet hat, ist das Mädchen immer noch krank, selbst wenn es Momente gibt, in denen sie bei klarem Verstand zu sein scheint. Meiner Meinung nach solltest du angesichts der Tatsache, eine verrückte Schreitende neben dir zu haben, die tödliche Zauber kennt, lieber die gebotene Vorsicht an den Tag legen.«

»Sie tut mir nichts!«

»Da wäre ich mir nicht so sicher. Nicht bei deinen neuen Fähigkeiten. Dabei geht es mir übrigens weniger um dein Wohl als um Lahens Andenken. Sie hat sich zu viel Mühe mit dir gegeben, als dass du deine Seele leichtfertig Meloth überantworten solltest. Aber wenn du recht hättest und Rona wirklich wieder gesund wäre, würde mich das freuen. Ehrlich. Ich hatte immer gedacht, ein solches Umschmieden ließe sich nicht rückgängig machen.«

»Zu Ronas Glück war Lepra offensichtlich keine große Meisterin auf diesem Gebiet.«

Jeden Kommentar, dass ein unerfahrener Meister oft mehr Schaden anrichtet als ein erfahrener, behielt ich für mich. Zerstören kann schließlich jeder – aber etwas Neues aufbauen?

Mit einem Mal tauchte der Blasge vor uns auf und winkte uns zu. Shen erwiderte den Gruß. Als wir ihn erreicht hatten, zügelte ich die Pferde. Auf Ghbabakhs Schulter saß wie stets Yumi. Er hielt sich an den giftigen Stacheln fest.

»Wo seid ihr denn gewesen?«, erkundigte sich Shen.

»Wir sind durch die Gwegwend gwestreift und haben gwebetet und gwejagwat«, antwortete Ghbabakh, und bei der Erinnerung schob sich kurz ein halb durchscheinendes Häutchen vor seine gelben Augen.

»Und? Habt ihr was erlegt?«

»Aus, du Hund!«, rief Yumi freudig bestätigend und sprang geschickt auf das Dach des Wagens.

»Wir haben auch einen Rastplatz hergwerichtet. Dort kwönnen wir uns ausruhen. Es regwanet nämlich bald.«

Obwohl die Pferde eigentlich noch bei Kräften waren, sah ich keinen Grund, warum wir nicht Rast einlegen und etwas essen sollten.

Der Blasge stapfte durch die Pfützen, bis er irgendwann die Straße verließ und uns zu einer Fläche mit festgetrampelter Erde führte. In einer kleinen Grube flackerte bereits ein Feuer. Eine ausgeweidete Saiga lag daneben.

»Das sieht nach einem guten Essen aus«, lobte ich ihre Beute.

»Die habe nicht ich gwefangwen«, erklärte Ghbabakh. »Das war Yumi.«

Shen und ich warfen einen erstaunten Blick auf den Waiya, der sich jetzt hinter dem Blasgen versteckt hielt. Wie er dieses Tier wohl erlegt hatte, das so viel größer war als er?

»Außerdem hat Yumi bemerkwat, dass uns jemand folgwat.«

»Wer und wo?«, fragte ich gelassen, während Shen unwillkürlich nach seinem Dolch griff.

»Ein Mann, ein Reiter. Er ist sehr vorsichtigwa. Er folgwat uns, kwommt uns aber nicht zu nah.«

»Ist es ein Kundschafter?«

»Aus, du Hund!«

»Yumi sagwat, dass er bestimmt kwein Kwundschafter ist. Dazu versteht er zu wenigwa von der Sache. Man sieht ihn schon aus der Ferne. Er reitet einfach hinter uns her, ohne sich zu tarnen.«

»Das gefällt mir nicht«, brachte Shen zum Ausdruck, was auch ich dachte.

»Mir auch nicht«, meinte ich daher und nahm den Bogen und den Köcher an mich.

»Wo willst du hin?«

»Mal hören, was dieser Kerl von uns will.«

»Ich komme mit dir mit!«

Aber sicher. Wenn mir jemand zu meinem Glück gefehlt hatte, dann Shen mit seiner Hitzköpfigkeit.

»Nein, bleib du lieber bei Rona.«

Das rettete mich, denn Shen gab seinen Plan, mit mir durch die Gegend zu schleichen, sofort auf.

»Soll ich dich begwaleiten, mein Freund?«

»Nein«, lieber nicht. »Ich komm schon allein zurecht. Bleib du besser hier bei den anderen, falls sonst noch jemand auftaucht. Aber Yumi könnte sich vielleicht mal umsehen, ob jemand in der Nähe einen Hinterhalt angelegt hat?«

»Aus, du Hund!«, fiepte der Waiya und verschwand sofort im Gras.

Ich stemmte die Bogenschulter gegen den Boden, hielt die Luft an, spannte alle Muskeln und presste mich mit meinem ganzen Gewicht auf den Bogen. Mit der freien Hand legte ich die Sehne an der oberen Schulter ein.

»Wenn ich in einer Stunde nicht zurück bin, dürft ihr anfangen, euch Sorgen zu machen.«

Shen setzte ein mürrisches Gesicht auf, sagte aber keinen Ton. Wahrscheinlich würde er noch finsterer dreinblicken, wenn er mal seine Tasche untersuchte, hatte ich mir doch klammheimlich seinen Funkentöter ausgeliehen. Seit ständig Funkenträger um mich herumschwirrten, neigte ich zu noch größerer Vorsicht. Und sollte uns ein Nekromant auf den Fersen sein, hätte ich ihm mit diesem Artefakt immerhin etwas entgegenzusetzen.

Zunächst blieb ich auf der Straße, doch nachdem ich unseren Rastplatz einigermaßen weit hinter mir gelassen hatte, schlug ich mich ins Gras und bewegte mich parallel zur Straße weiter. Sobald ich eine geeignete Stelle entdeckt hatte, kauerte ich mich hin, um den Reiter abzupassen.

Das Gesetz der universellen Schweinerei schlug natürlich prompt zu, und es fing an zu regnen. Ich zischte wütend und legte meinen Umhang über den Bogen, um ihn gegen die Nässe zu schützen. Der Zustand der Sehne bereitete mir mehr Sorgen als meine eigene Gesundheit oder trockene Kleidung.

Da die Büsche mir viel von der Sicht nahmen, müsste ich mich zu voller Größe aufrichten, wenn ich einen Schuss abgeben wollte. Andererseits konnte ich mir hier aber sicher sein, dass mich von der Straße aus niemand sah. Der Wind pfiff, das Gras um mich herum raschelte, der Regen nahm zu – und ich dachte die ganze Zeit an Lahen. Irgendwann würde mir das noch den Verstand rauben. Einmal mehr warf ich mir vor, damals nicht auf Shen gehört und nicht versucht zu haben, Lepra zu töten. Vielleicht wäre es mir ja doch gelungen, der Verdammten einen Pfeil in den Hals zu jagen. Es hätte einfach gelingen müssen ...

Dann hörte ich ein Pferd schnauben. Ich richtete mich etwas auf und spähte vorsichtig zur Straße. Sofort vergaß ich den Bogen. Diesen Mann kannte ich. Gut, er hatte sich verändert, seit ich ihn das letzte Mal gesehen hatte – dennoch bestand kein Zweifel, wer das war. Ihn zu töten wäre ein kaum wieder gutzumachender Fehler. Zumindest wenn ich auf der Stelle zur Tat schritt.

Hastig tastete ich den Boden ab, bis ich auf einen Stein von passender Größe stieß, der die Form eines Wachteleis hatte. Aus meiner Tasche zog ich eine lederne Schleuder hervor. Sobald der Reiter die Stelle erreicht hatte, an der ich lauerte, sprang ich auf, ließ die Waffe über dem Kopf kreisen und schleuderte den Stein in seine Richtung.

Er traf ihn im Nacken. Der Reiter fiel plump aus dem Sattel und landete im Matsch, der hoch aufspritzte. Zu meiner Verwunderung verlor er jedoch nicht das Bewusstsein, sondern rappelte sich sogleich auf alle viere hoch und schüttelte benommen den Kopf.

Ich stürzte zu ihm.

Kaum dass er mich bemerkte, huschten blaue Funken über seine Hände. Doch schon in der nächsten Sekunde warf ich mich auf ihn, wir verknäulten uns und rollten im Kampf von der Straße ins Gras. Dort erstarrten wir: Pork – oder genauer gesagt Thia, die sich im Körper des Dorftrottels eingenistet hatte – ließ von allen magischen Mistigkeiten ab, als er – sie! – sah, was ich ihr gegen den Hals presste: den Funkentöter.

»Willst du mich umbringen?«, fragte Thia durch Porks Mund. Die braunen Augen der Verdammten blickten mich müde an. Angst las ich in ihnen jedoch nicht.

»Nenn mir nur einen Grund, warum ich das nicht tun sollte«, verlangte ich und drückte ihr das Messer noch fester an die Kehle.

»Weil ich dir helfen kann, den Mörder von Talki und deiner Frau zu finden«, sagte Thia bloß. »Weil ich dir zu deiner Rache verhelfen kann.«

»Und warum sollte ich dir glauben?«

»Weil mein Rachedurst noch viel größer ist als deiner. Nichts will ich mehr, als dieses Dreckstück zu vernichten! Deshalb stehst du vor einer schlichten Wahl: Entweder du schlitzt mir auf der Stelle die Kehle durch oder du nimmst meine Hilfe an. Im letzteren Fall müsstet ihr alle einer Verdammten vertrauen.«

Ich sah ihr noch einmal in die Augen, löste widerwillig die Hand mit dem Funkentöter von ihrem Hals und stand auf. Sie machte auch jetzt keine Anstalten, mich anzugreifen, sondern betastete lediglich die Stelle an ihrer Haut, an der ein rubinroter Blutstropfen austrat.

»Du hast eine kluge Entscheidung getroffen, Bogenschütze«, sagte sie.

»Ich heiße Ness.«

Kapitel 5

Bis zum Einbruch der Dämmerung blieb nicht mehr als eine halbe Stunde. Die Steppe wirkte mit jeder Minute finsterer und unwirtlicher. Wahrscheinlich wünschte ich mir mittlerweile genauso sehr wie Shen, dass wir diesen Ort endlich hinter uns ließen. Noch eine Woche, und das Gras, selbst das höchste und dichteste, würde den Kampf gegen den Wind aufgeben, sich niederlegen und einer durchwehten Ödnis Platz machen. Dann würde es noch kälter werden …

Wir hofften inständig, zu diesem Zeitpunkt Dörfer erreicht zu haben.

Ich legte den nächsten Pfeil ein, zog die Sehne meines »gezähmten Monsters«, wie Shen den Bogen nannte, zurück, spürte, wie die Befiederung meine Wange streifte und schoss. Der Pfeil flog in hohem Bogen zum Himmel hinauf, näherte sich den niedrigen, dräuenden Wolken, durchbohrte sie fast, setzte dann aber zum Sturzflug an, um schließlich zitternd im Ziel stecken zu bleiben.

»Aus, du Hund!«, rief Yumi triumphierend, vollführte einen Salto rückwärts und landete wie eine Katze auf allen vieren.

»Er sagwat, dass er höchst beeindruckwat ist«, übersetzte mir Ghbabakh. »Ein Treffer aus einer Entfernungwa von mehr als dreihundertundfünfzigwa Yard!«

»Freut mich, dass ich zu eurer Unterhaltung beitragen kann, Jungs«, sagte ich und hob meine Jacke auf, die ich anzog, während ich auf mein Ziel zuging. Yumi folgte mir.

Als er sich daranmachte, mir zu helfen, indem er die Pfeile

aus der Zielscheibe zog und in den Köcher zurücksteckte, erhob ich keine Einwände. Ich schnappte mir mein aus Brettern gezimmertes Ziel, legte es mir über die Schulter und ging zurück.

Voller Neugier untersuchte der Blasge meinen Bogen, berührte dabei die Sehne aber nur mit äußerster Vorsicht, als fürchte er, die Waffe zu zerbrechen. Pah! Die war doch kein Strohhalm!

»Wir benutzen kweine Bögwen«, erklärte er, als er meinen Blick auffing.

»Ich weiß, ihr gebt dem Wurfbeil den Vorzug.«

»Das Wurfbeil ist für Kwinder und gwewöhnliche Männer. Aber wir Khagher, also die Kwariegwer unter uns, gwareifen zur Streitaxt.«

Ich hatte das berühmte Sumpfheer zwar noch nie gesehen, hatte aber gehört, dass die Khagher diese schwere Waffe fast fünfzig Yard weit zu schleudern vermochten. Deshalb konnte ich mir lebhaft ausmalen, welche Breschen sie damit in die Reihen ihrer Gegner schlugen.

»Wie fühlst du dich heute, Menschlein? Bist du immer noch so traurigwa?«, erkundigte sich der Blasge besorgt nach meinem Befinden.

»Ich komm schon zurecht.«

»Du hast dir meine Worte also nicht zu Herzen gwenommen«, stellte Ghbabakh fest. »Es ist nicht gwut, dass du dich von innen tötest.«

»Wir Menschen unterscheiden uns eben von euch Blasgen. Wir trauern um diejenigen, die von uns gegangen sind.«

»Aus, du Hund!«

»Yumi sagwat, dass das nicht stimmt. Wenn jemand stirbt, gwarämen sich alle Gweschöpfe. Und alle Gweschöpfe dieser Welt sind Kwinder Khaghuns.«

»Ihr solltet diese Fragen vielleicht besser mit einem Priester des Meloth erörtern, nicht mit mir. Ich könnte mir vorstellen, das wäre für alle Beteiligten höchst aufschlussreich.«

»Aus, du Hund«, bemerkte Yumi und sah mir fest in die Augen.

»Die Verdammte, die du gwestern mitgwebracht hast, sieht

nicht wie ein Weibchen aus. Das erstaunt Yumi. Er nimmt an, dir ist da ein Fehler unterlaufen.«

»Nein, das ist die Verdammte Typhus, daran besteht gar kein Zweifel. Shen und ich, wir sind ihr schon früher in diesem Körper begegnet.«

»O ja, uns ist durchaus aufgwefallen, dass der Jungwe diesen Mann kwennt.«

Man hätte Shens Miene sehen sollen, als ich mit Typhus zurückgekehrt war. Zur Ehrenrettung des Jungen sei jedoch festgehalten, dass er sie nicht gleich mit ein paar Zaubern oder auch mit bloßen Fäusten angegriffen hat. Beides hätte ich ihm ohne Weiteres zugetraut. Doch sein Gesichtsausdruck hatte Bände gesprochen. Er hatte nicht vergessen, wie Typhus ihn gefangen genommen hatte, mit ihm über Alsgara geflogen war und ihn erniedrigt, ihn – im wörtlichen wie im übertragenen Sinne – in den Dreck getreten hatte.

Heute hatte er noch kein Wort mit mir gewechselt, die ganze Zeit nur finster dreingeblickt und war dann irgendwann abgezogen, um sich um Rona zu kümmern.

Das Mädchen hatte sich meine Worte offenbar zu Herzen genommen und verzichtete jetzt auf Streitereien mit Shen. Sie kam immer mal wieder für knapp eine Stunde zu sich, die übrige Zeit schlief sie jedoch, weinte oder brabbelte völlig unverständliches Zeug. Deshalb mochte Shen mir noch so oft versichern, sie befände sich auf dem Weg der Besserung – ich war da anderer Ansicht.

Bei unserem Rastplatz war alles wie gehabt, ruhig und still. Der Wagen stand parallel zur Straße. Unsere beiden Pferde hatten Typhus' Tier bereitwillig in ihrer Mitte aufgenommen. Shen kümmerte sich um das Lagerfeuer, während sich Typhus einen warmen Pullover über die Schultern geworfen hatte, gegen ein Rad gelehnt dasaß und ihn aus halb geschlossenen Augen beobachtete. Als sie mich bemerkte, nickte sie mir zu, doch ich sah mich nicht veranlasst, den Gruß zu erwidern.

»Darf ich dich kurz sprechen?«, fragte mich Shen in kaltem Ton.

»Mhm«, brummte ich nur, denn mir schwante, was er von mir wollte.

»Lass uns ein ruhigeres Plätzchen dafür suchen.«

»Wenn du willst. Obwohl mir das nicht nötig erscheint.«

Als wir den Wagen hundert Yard hinter uns gelassen hatten, platzte Shen mit seiner Frage heraus: »Warum hast du sie nicht umgebracht?«

»Und warum hast du es nicht getan?«, fragte ich grinsend zurück. »Du hast schließlich weit mehr Gründe als ich, ihr den Tod zu wünschen. Nach allem, was sie dir in Alsgara angetan hat, meine ich.«

»Weil ich angenommen habe, du hättest *deine Gründe*, sie nicht auf der Stelle zu erledigen«, räumte er zögernd ein. »Deshalb wollte ich erst von dir hören, was hier Sache ist.«

Ich sah ihn grinsend an.

»Was ist?«, brummte er.

»Diese Worte aus deinem Munde. In der Regel verhältst du dich weniger besonnen.«

»Damit wäre wohl ein für alle Mal geklärt, dass ich im Gegensatz zu dir kein hoffnungsloser Fall bin! Also, was hast du dir dabei gedacht, als du sie hier angeschleppt hast?«

»Ich brauche ihre Hilfe.«

»Das kann doch nicht dein Ernst sein! Typhus ist schlimmer als eine Schlange, die du an deiner Brust nährst. Bei ihr musst du gewärtig sein, dass sie dir jederzeit den Kopf abbeißt! Und nicht nur dir!«

»Gut möglich.«

»Die Verdammte hat dich an der Angel wie ein Fischer seinen Fang! Ich trau ihr nicht über den Weg!«

»Ich auch nicht. Aber wenn ich mit ihrer Hilfe Lahens Mörder finde …«

»Ist dir vielleicht schon mal in den Sinn gekommen, dass dieses Dreckstück Lahen getötet hat?«

»Durchaus.«

»Und?!«

»Ich habe keine Beweise.«

»Seit wann hätte dich das je aufgehalten?«, höhnte Shen. »Typhus will den Tod dieses Unbekannten genauso sehr wie ich.«

»Und das glaubst du ihr? Die lügt doch das Blaue vom Himmel herunter!«

»In dem Fall bräuchte sie uns nicht und hätte uns schon längst erledigt, genug Gründe, uns zu hassen, hat sie.«

»Glaub mir, sie wird uns umbringen!«

»Gut möglich. Aber solange sie von diesem Vorhaben noch absieht, will ich mir ihre Hilfe zunutze machen. Auch wenn sie hundertmal eine Verdammte ist.«

»Und da lädst du sie einfach ein, sich uns anzuschließen?! Noch dazu als freier Mensch, nicht als unsere Gefangene?!«

»Habe ich denn eine andere Wahl? Oder schlägst du etwa vor, sie zu fesseln und zu knebeln?«

»Das wäre das Dümmste nicht«, murmelte er. »Allerdings würde es uns wohl kaum vor ihr schützen.«

»Eben. Wir können sie nicht an die Kandare nehmen. Wenn die Verdammte möchte, bringt sie uns beide um, dich wie mich. Aber ich bin mir sicher, dass es für sie fürs Erste von Vorteil ist, uns am Leben zu lassen. Später … werden wir dann weitersehen. Wenn du sie aber im Auge behalten willst, bitte, das sei dir unbenommen.«

»Trotzdem ist und bleibt es ein Spiel mit dem Feuer.«

»Auf das ich mich jedoch einlasse. Mich kann nichts von meinem Ziel abbringen, nicht mal die Aussicht, mir die Finger zu verbrennen.«

»Bei der Gelegenheit: Gib mir den Funkentöter zurück, den du dir klammheimlich von mir *ausgeborgt* hast«, sagte er und streckte fordernd die Hand aus.

»Nein.«

»Was heißt hier *nein*?«, fragte er, während flammende Zornesröte in seine Wangen schoss.

»Genau das, was du darunter verstehst. Bei dir ist er nicht in sicheren Händen. Wenn ich ihn dir stehlen konnte, dann kann Typhus das erst recht.«

»Was für ein Vertrauen in mich!«

»Das ist keine Frage des Vertrauens, sondern des gesunden Menschenverstands. Wenn die Verdammte die Klinge in die Hände bekommt, ist dein Leben ebenso wie das von Rona in wesentlich größerer Gefahr als jetzt.«

»Als ob Typhus das Artefakt dafür bräuchte!«, schnaubte Shen, wenn auch schon etwas friedfertiger. »Gut, gib mir den Funkentöter zurück, wenn wir im Regenbogental sind. Die Mutter hat mir befohlen, ihn einer Schreitenden zu übergeben.«

»Von mir aus«, willigte ich ein. Zum Schein, versteht sich. »Allerdings glaube ich, du hast immer noch nicht ganz begriffen, was Lahen dir gesagt hat. Solltest du jetzt tatsächlich zu den Schreitenden gehen, könnte das dein letzter Gang sein. Einen Träger des dunklen Funkens werden sie niemals am Leben lassen. Und dein Funken ist inzwischen nicht mehr rein licht.«

»Red keinen Unsinn. Sie werden die Veränderung gar nicht bemerken. Ich bin Heiler. Mein Funken ist überhaupt erst zu erkennen, wenn ich meine Gabe anrufe.«

»Dann dürfen wir ja alle gespannt sein, wie lange du ohne Magie auskommst.«

»Mit Sicherheit lange genug, um ihnen meine Geschichte vorzutragen. Danach werden sie wissen, dass keine Gefahr von mir ausgeht.«

»Wie heißt es doch gleich im Buch der Schöpfung? Selig sind die Gläubigen.«

»Ich wusste ja gar nicht, dass du solche Schriften liest«, erwiderte er grinsend.

»Ich stecke eben voller Überraschungen. Im Übrigen brauche ich noch die Pfeilspitzen.«

Er wusste natürlich, wovon ich sprach, und schüttelte den Kopf. »Vergiss es!«

»Warst nicht du es, der mir gerade Vorträge über unsere Sicherheit gehalten hat? Was ist, hast du deine Meinung geändert?«

»Nein, aber ...«

»Falls uns Typhus doch Scherereien macht, werde ich vielleicht nicht nahe genug an sie herankommen, um sie mit dem Funkentöter auszuschalten. Dann brauche ich einen Pfeil. Du willst ja wohl nicht, dass wir wegen deiner Uneinsichtigkeit alle untergehen, oder, mein Kleiner? Also, mach keine Sperenzchen und gib mir die Spitzen. Ich habe keine Lust, meine Zeit mit diesem Geplänkel zu vergeuden! Außerdem ist es schon fast dunkel.«

Er zögerte noch immer, wollte unseren Streit offenbar fortsetzen, brummte am Ende aber: »Ach, zum Reich der Tiefe mit dir!« und holte aus seiner Gürteltasche ein Bündel, schlug es auf und legte mir eine Pfeilspitze aus diesem seltsamen weißen Material auf die Hand.

»Aber mehr als eine bekommst du nicht«, stellte er klar.

»Und was, wenn ich danebenschieße?«

»Wirst du schon nicht«, versicherte Shen im Brustton der Überzeugung. »Ich hab immerhin gesehen, zu was du imstande bist.«

Als wir zum Rastplatz zurückkehrten, war es bereits so finster, dass wir uns am Licht des Lagerfeuers orientieren mussten. Ghbabakh schlief unter dem Wagen, Yumi briet das Fleisch, Typhus saß neben ihm und versuchte, ein Gespräch mit Rona anzuknüpfen. Die schwieg zwar, machte aber wenigstens keine Anstalten, die Verdammte anzugreifen.

»Lass sie sofort in Ruhe!«, brüllte Shen und wollte sich schon auf Typhus stürzen. Ich legte ihm jedoch beschwichtigend die Hand auf die Schulter.

»Ganz ruhig«, verlangte ich.

»Ich habe nicht die Absicht, ihr Schaden zuzufügen«, versicherte Typhus. »Außerdem hat sie sich aus freien Stücken zu mir gesetzt.«

»Du lügst!«

»Nun komm mal wieder zu dir, Shen«, sagte Typhus, die allmählich die Geduld verlor. »Wenn du mir nicht glaubst, frag doch deine Freunde.«

»Das stimmt, Rona ist von sich aus zu ihr gwegwangwen«, bestätigte Ghbabakh aus der Dunkelheit.

»Ich kann ihr helfen«, erklärte Typhus.

»Lass die Finger von ihr!«, zischte Shen und führte Rona weg, die jetzt anfing zu jammern.

»Aus, du Hund«, fiepte Yumi und hielt der Verdammten ein Stück Fleisch hin.

»Danke«, sagte Typhus.

»Wie fühlst du dich eigentlich in diesem Körper?«, wollte ich von ihr wissen.

Typhus runzelte ungläubig die Stirn. »Wieso interessieren dich derartige Nichtigkeiten?«

Nach diesen Worten biss sie in das heiße Fleisch und kaute lange darauf herum. Als sie jedoch merkte, dass ich sie immer noch aufmerksam ansah, ließ sie sich zu einer Erklärung herab: »Wenn es dir also gar keine Ruhe lässt: In dieser Hülle ist es nicht sonderlich komfortabel. Kein Vergleich mit meinem eigenen Körper. Insofern: Vielen Dank auch, dass du mich zu diesem Umzug gezwungen hast.«

»Nun mach mal halblang. Zuerst hast schließlich du uns angegriffen. Da mussten wir uns ja wohl verteidigen.«

»Beenden wir dieses Gespräch, es führt eh zu nichts«, knurrte sie. »Schon gar nicht gibt es mir meinen alten Körper zurück.«

Ha! Wenn die schöne Dame nun im Körper des Dorftrottels festsaß, hatte sie damit meiner Ansicht nach nur ihre verdiente Strafe erhalten.

»Shen hat mir erzählt, dass du auf seine Hilfe gehofft hast«, sagte ich.

»Stimmt«, bestätigte Typhus. »Er hätte mir helfen können, in einen angemesseneren Körper zu wechseln. Falls Talki den nötigen Zauber herausgefunden hätte, versteht sich.«

»Und deine neue Behausung wäre …«

»… der Körper deiner Frau gewesen«, bestätigte sie kalt. »Deshalb kannst du dir vermutlich ausmalen, welche Wut ich auf denjenigen habe, der sie und Talki umgebracht hat.«

Es kostete mich einige Mühe, gelassen fortzufahren: »Du weißt, wer das war?«

»Nein«, gab sie bedauernd zurück. »Es kann sonst wer gewe-

sen sein. Auf dem Anwesen haben sich allerlei Gäste herumge-
trieben.«

Mir fielen sofort die Angehörigen des Turms ein, deren Leichen ich dort entdeckt hatte.

»Vielleicht war es Rowan. Zuzutrauen wäre es ihm, vor allem
wenn er sein letztes bisschen Hirn eingebüßt haben sollte. Oder
Alenari, obwohl ihr das im Grunde nicht ähnlich sieht. Auch
Ley käme infrage, sofern er seine Truppen allein gelassen hat. Ja,
sogar Mithipha, falls sie unvermutet zu etwas Verstand gekommen sein sollte, was ich persönlich jedoch bezweifle. Möglicherweise haben wir es aber auch mit einem Aufstand der Auserwählten zu tun, vielleicht wollten die ja nicht länger unter unserer Fuchtel stehen. Wer auch immer es getan hat, muss kurz
vor mir auf dem Anwesen eingetroffen sein. Und ist nach der
Tat sehr geschickt verschwunden.«

»Aber wie?«

»Hast du den verbrannten Kreis auf dem Boden gesehen?«

»Ja.«

»Er bedeutet, dass der Mörder einen Weg genommen hat,
der gewöhnlichen Menschen verschlossen ist. Der Kerl kann
jetzt sonst wo sein. Ihn aufzuspüren, wird uns einige Mühe kosten.«

Auf dieses *wir* ging ich nicht ein, schließlich konnte sich
unser Verhältnis schlagartig ändern – und dann wäre die Verdammte womöglich nicht mehr eine so freundliche, hilfsbereite
Frau. Nicht auszuschließen, dass sie nach einem solchen Wan-
del sogar den Wunsch hegte, mir den Kopf abzureißen. Typhus
musste jedoch ahnen, in welche Richtung meine Gedanken
wanderten, denn sie warf einen beredten Blick auf den Funkentöter, der an meinem Gürtel baumelte.

»Bist du uns die ganze Zeit gefolgt?«, fragte ich.

»Ja. Vom Anwesen aus.«

»Ich habe in dem Haus die Leichen von einer Schreitenden
und zwei Glimmenden entdeckt. Können sie etwas mit der Geschichte zu tun haben?«

»Du hast eine entschieden zu hohe Meinung vom Turm«, fuhr

sie mich an. »An dem Tag, an dem eine der Schreitenden imstande ist, jemanden wie Talki zu vernichten, schließe ich mich den Priesterinnen des Meloth an, das schwöre ich. Die Magie, die auf dem Anwesen zur Anwendung kam, hat nichts mit den kläglichen Zaubereien der Schreitenden von heute gemein. Das war ein dunkler Funke. Nein, ich vermute eher, Talki hat die Funkenträger aus dem Turm für ihre eigenen Zwecke eingespannt. Von Zeit zu Zeit labte sie sich gern an fremder Kraft.«

»Ich bin auch auf etliche tote Nekromanten gestoßen. Die haben purpurrote oder grüne Gürtel getragen. Die mit den grünen Gürteln gehörten zu Lepra, oder? Aber wessen Gesindel trägt purpurrote Gürtel?«

Sie legte einen Ast weg, auf dem noch zwei Stück Fleisch steckten.

»Meins«, räumte sie widerwillig ein.

Ghbabakh schwirrte irgendwo im Schatten herum, machte nun aber mit einem Geräusch auf sich aufmerksam, damit ich wusste, er würde mir gegebenenfalls Hilfe leisten. Ich nahm es zur Kenntnis, beherrschte mich jedoch und wartete auf Typhus' Fortsetzung der Geschichte.

»Diejenigen, die uns besonders nahe stehen, bringen das mit einer bestimmten Farbe des Gürtels zum Ausdruck. Grün ist den Auserwählten Talkis vorbehalten, Gelb denen Mithiphas, Blau steht für die Nekromanten Alenaris, Schwarz für Rowans, Weiß für die Diener Leys und Purpurrot für meine. Allerdings habe ich meine Nekromanten nicht mehr gesehen, seit wir die Burg der Sechs Türme eingenommen haben. Ich hatte sie zu Alenari nach Altz geschickt, damit sie diese nach Gash-shaku begleiten.«

»Ach ja?«, spie Shen aus, der sich jetzt zu uns gesellte und von unserem Koch Yumi sein Fleisch entgegennahm. »Und das sollen wir dir glauben? Dass du mit alldem nichts zu tun hast?«

»Du solltest deinem Freund einen Maulkorb verpassen, Ness«, sagte Typhus.

»Gut, mag sein, dass sie die Wahrheit sagt«, wandte sich Shen an mich, ohne auf die Verdammte einzugehen. »Aber wenn du mich fragst, will sie uns von der Spur abbringen. Oder mit unserer Hilfe mit der Verdammten Blatter abrechnen.«

»Was bist du nur für ein törichter Junge!«, brachte Typhus unter schallendem Gelächter hervor. »Mit deiner hohen Meinung von dir selbst stellst du ja sogar noch Rowan in den Schatten! Und der ist schon anmaßend bis zum Dorthinaus! Ich halte euch zwar durchaus für Männer, mit denen zu rechnen ist, aber dass ihr etwas gegen Alenari ausrichten könnt – tut mir leid, das traue ich euch nun wirklich nicht zu. Nicht mal mit diesem netten Dingelchen da«, sagte sie und deutete auf den Funkentöter. »Nein, ich hoffe nicht darauf, dass ihr sie tötet. Darüber hinaus wäre ich ehrlich erleichtert, wenn sie mit der ganzen Geschichte nichts zu tun hätte. Sie wäre eine zu gefährliche und unangenehme Gegnerin. Mit ihr würde ich mich lieber nicht anlegen.«

»Wo ist die Verdammte Blatter eigentlich grade?«, fragte ich und kam damit einer Erwiderung Shens zuvor.

»Das weiß ich nicht genau. Irgendwo bei der Treppe des Gehenkten. Zusammen mit Ley.«

»Das kann nicht sein!«, widersprach Shen. »Sie liegt mit ihren Truppen vor Gash-shaku!«

»Ja, ja, und Talki erfreut sich ihres Lebens und weilt im Osten«, höhnte Typhus. »Während das, was wir kürzlich mit eigenen Augen gesehen haben, nicht mehr als ein Trugbild war … Wirklich, mein Kleiner, allmählich solltest du aufwachen!«

»Ich heiße Shen, merk dir das, Verdammte!«

»Und ich Thia! Was du ganz genau weißt.« Ihre Augen funkelten kalt. »Klagst du bei mir den gebotenen Respekt ein, so erwarte ich ebendiesen auch von dir. Glaub mir, zurzeit befindet sich Alenari in weiter Ferne. Und wir vergrößern den Abstand zu ihr mit jedem Tag.«

»Wir ziehen aus gutem Grund in diese Richtung«, sagte ich. »Die Angreifer müssen aus dem Regenbogental zu diesem Anwesen gekommen sein. Das ist die einzige Spur, die wir haben, und es wäre dumm, ihr nicht zu folgen.«

»Nur hast du sie bereits verloren. Auf der Straße ist nichts mehr zu erkennen.«

»Hast du einen besseren Vorschlag?«

Darauf erwiderte sie kein Wort.

»Eben«, fuhr ich fort. »Also setzen wir unseren Weg fort.«

»Aus, du Hund!«, teilte uns Yumi mit, gähnte und huschte zum Unterstand.

»Recht hat er, es wird Zeit zu schlafen«, sagte ich und stand auf, um dem Beispiel des Waiya zu folgen.

»Ich halte Wache«, erklärte Shen.

»Wenn Gefahr droht, weck mich«, bot Typhus an.

Ich beobachtete, wie sie zum Wagen ging, und gesellte mich dann zu Ghbabakh, Yumi und den Pferden unter den Unterstand. Das feine Gehör Yumis würde Typhus bestimmt jede Möglichkeit nehmen, sich an mich anzuschleichen, während ich schlief, und mir den Funkentöter zu stehlen. Töten könnte sie mich allerdings auch aus einiger Entfernung. Mühelos sogar.

Erstaunlicherweise beunruhigte mich dieser Gedanke aber in keiner Weise.

»Gwute Nacht«, wünschte Ghbabakh.

»Aus, du Hund«, pflichtete ihm Yumi bei, der sich aus Gräsern im Nu eine Art Nest gebaut hatte.

»Euch auch«, erwiderte ich, legte mich hin und deckte mich mit dem Umhang zu.

»Die Verdammte Typhus brauchen wir nicht zu fürchten«, sagte Ghbabakh da.

Ich stützte mich auf die Ellbogen hoch und blickte ihm in die seltsamen, goldschimmernden Augen. »Nicht?«, fragte ich erstaunt. »Du musst zugeben, das ist eine interessante Sicht der Dinge. Also, verrat mir doch mal, warum ihr Typhus' Begleitung mit solcher Gelassenheit hinnehmt?«

»Aus, du Hund«, antwortete Yumi an seiner Stelle.

»Er sagwat, man soll das Dunkwel nicht fürchten, selbst wenn es in deiner Nähe ist. Wenn du immer mit etwas Bösem rechnest, verlierst du nämlich den Kwariegwa noch vor der ersten Schlacht.«

»Aber was sollte ich dann von ihr erwarten? Doch wohl nicht etwa Gutes?«

»Taten.«

»Ich fürchte nur, wenn sie anfängt zu handeln, ist es längst zu spät.«

»Nein, da irrst du dich. Sie will dich nicht töten. Sie hat einen Gwarund, warum sie sich uns angweschlossen hat. Die Verdammte Typhus ist schlau. Sie denkwat nach, sie ist nicht wie du. Deshalb musst du verstehen, was sie eigwentlich will, dann wirst du auch wissen, was du von ihr zu erwarten hast.«

»Habt ihr das denn verstanden?«

Die beiden tauschten einen beredten Blick.

»Ja, die Verdammte Typhus ist nicht nur auf Rache erpicht. Sondern auf etwas Kwostbareres. Etwas Gwareifbareres. Und solangwe sie das nicht hat, ist es pure Zeitverschwendungwa, sie zu fürchten.«

»Mach das mal Shen klar.«

»Aus, du Hund«, versprach mir Yumi.

Daraufhin drehte ich mich um, denn für heute war unser Gespräch beendet.

Übler hätte der Tag gar nicht beginnen können. Ein Donnern riss mich aus dem Schlaf und katapultierte mich samt Umhang in die Luft. Die Landung fiel entsprechend schmerzhaft aus.

Um mich herum tobte Chaos.

Die Pferde gebärdeten sich schier wahnsinnig, Yumi fiepte aufgelöst etwas von seinem Hund, Shen und Rona hingen vier Yard über der Erde. Weiße, grell leuchtende Lichtstricke wanden sich um sie.

»Könntet ihr euch vielleicht wieder beruhigen?«, erkundigte ich mich mit finsterer Miene bei Typhus. Sie sah wütend aus, ihre Unterlippe blutete.

Die Erklärung für dieses Tohubawohu war einfach: Am Morgen war Rona so weit zu sich gekommen, dass sie die Verdammte erkannte, aber nicht so weit, dass sie sich auch zusammenriss, im Gegenteil, sie ließ sich nicht davon abhalten, mit bloßen Fäusten auf Typhus einzuprügeln. Das Mädchen musste wirklich ernste Probleme im Oberstübchen haben, wenn sie gegen eine Verdammte eine solche Attacke ritt. Und auch Shen gab mir inzwischen Anlass zur Sorge – schließlich war er ihr zu Hilfe geeilt.

Zum Glück hatte Typhus einen kühlen Kopf bewahrt und die beiden nicht in Stücke gerissen und im weiten Umkreis der Bluttäler verteilt, sondern sie lediglich gefesselt. Damit hatte sie der Eitelkeit dieser beiden Schreitenden allerdings einen üblen Stich zugefügt. Shen fluchte, was das Zeug hielt, während Rona in Tränen ausbrach.

Natürlich blieb es an mir hängen, die Gemüter zu beruhigen. Ich bat Typhus, sich zurückzuziehen, Shen riet ich, endlich den Mund zu halten. Um Rona zu trösten, brauchte ich jedoch fast eine Stunde. Die ganze Zeit über hielt sie meine Hand, wimmerte leise und schielte voller Angst zu der wütenden Typhus hinüber.

Als wir weiterzogen, setzte sich Rona neben mich auf den Kutschbock. Ich legte ihr eine warme Wolldecke um die Schultern und wollte mit ihr reden. Doch selbst ein so wortkarges Gespräch wie jenes, das wir vor ein paar Tagen im Wagen geführt hatten, scheiterte. Als ich einsah, wie vergeblich mein Bemühen war, gab ich es auf.

Irgendwann kletterte Rona wieder nach hinten in den Wagen und überließ ihren Platz Shen. Der sah mich so grimmig an, als trage ich die Schuld an dem ganzen Vorfall. Typhus ritt uns voraus und behelligte uns nicht, wofür ich ihr höchst dankbar war.

Die Grabhügel verschwanden wieder, vor uns erstreckten sich abermals bloß karge Felder. Das spärliche Gras stand längst nicht mehr so hoch, der Wind nahm immer stärker zu. In der Luft hing ein bitterer, feuchter Geruch, der von der Kälte kündete, die uns auf den Fersen war. Ghbabakh lief neben dem Wagen her, während Yumi, solange es noch nicht regnete, auf dem Dach schlief.

Nach zwei Stunden scheuchten wir eine Saiga-Herde auf, aber da wir noch genug Fleisch hatten, machte niemand Jagd auf die grau-gelben Tiere. Wir ließen sie mit langen Sprüngen Richtung Süden davonstreben. Als ich mich auf dem Kutschbock aufrichtete und ihnen nachsah, hakte sich mein Blick verärgert an dem tief hängenden grauen Himmel fest.

»Sag mal, Verdammte, kannst du nicht für gutes Wetter sorgen?«, fragte ich Typhus, sobald sie sich uns mal wieder näherte.

»Noch im Krieg der Kraft wäre dergleichen möglich gewesen, aber inzwischen sind diese Zeiten längst vorbei. Selbst ich kann heute weder Meere austrocknen noch Berge zerstören«, antwortete sie amüsiert. »Nicht einmal, wenn du es dir noch so sehr wünschst.«

Schon bald setzte der Regen ein. Ich hüllte mich wie üblich in meinen Umhang, Yumi flüchtete sich sofort ins Wageninnere. Um Typhus herum flirrte kurz die Luft, anschließend wölbte sich über ihrem Kopf eine weiße Kuppel, die sie gegen die Tropfen abschirmte. Sie liefen zum Rand dieser Haube herunter und fielen von da zu Boden. Über uns spannte sie keinen solchen Schutz – und selbstverständlich ließen wir uns nicht dazu herab, sie darum zu bitten.

»Übrigens habe ich mich geirrt«, sagte Shen plötzlich und riss mich damit aus den traurigen Gedanken an Lahens Tod. »Ich meine, als du nach den Untoten gefragt hast, die nach Lepras Tod hätten auftauchen müssen. Bei der Verdammten ist alles klar, ihr Funken wurde durch den Funkentöter gelöscht. Aber die Nekromanten … Sie waren stark, gehörten den höchsten Kreisen an. Niemand in Sdiss würde es wagen, sie umzubringen, denn nach ihrem Tod stößt das Reich der Tiefe seinen Atem aus. Dadurch wird unweigerlich ein Teil der dunklen Gabe in der Welt verteilt. Der hätte dann dafür gesorgt, dass sich die Toten aus den Gräbern erheben. Aber all das ist nicht geschehen.«

»Worauf willst du hinaus?«, fragte ich, da mir Typhus' zufriedenes Grinsen auffiel.

»Darauf, dass sie an allem schuld ist«, sagte Shen und zeigte mit dem Finger auf die Verdammte. »Ich würde meinen Kopf verwetten, dass wir es ihr zu verdanken haben, wenn die Untoten nicht wie wild durch die Gegend rennen. Du hast doch die ganze Kraft in dich aufgenommen, oder etwa nicht?«, fragte er jetzt Typhus.

»Völlig richtig«, antwortete sie und erkundigte sich dann: »Hast du vielleicht etwas dagegen einzuwenden?«

»Nein.«

»Siehst du. Leider vermagst du ja solche Kraftströme bisher noch nicht aufzunehmen.«

»Soll mich dieses *bisher* etwa aufmuntern?«

»Aber sicher«, erwiderte sie. »Wenn du kein ausgemachter Taugenichts bist, wirst du das früher oder später nämlich lernen. Fremde Kraft nicht aufzunehmen, das ist, als ob du eine Münze nicht vom Boden aufklaubst.«

»Steckt jetzt auch Lahens Kraft in dir?«, fragte ich unter meiner Kapuze hervor.

Sie seufzte und sah mich eindringlich an. »Nein. Bedauerlicherweise nicht. Wohin ihre Gabe verschwunden ist, weiß nicht einmal ich. Unter der Kraft, die sich über dem Anwesen zusammenballte, war sie jedenfalls nicht. Der Mörder muss mir zuvorgekommen sein.«

»Aber du hättest sie dir gern selbst einverleibt?«

»Selbstverständlich«, antwortete Typhus. »Deine Frau kommt nicht zurück, deshalb braucht sie das, was von ihrer Kraft übrig geblieben ist, nicht mehr. Im Unterschied zu mir. Wenn ich vor der Wahl stehe, fremde Kraft ins Nichts abdriften zu lassen oder sie meinem eigenen Funken zuzuschlagen, entscheide ich mich immer für Letzteres.«

Der Regen nahm zu und vertrieb unsere Lust, das Gespräch fortzusetzen. Shen erbot sich, die Pferde zu übernehmen, doch ich schickte ihn in den Wagen und blieb allein auf dem Kutschbock zurück. Typhus ritt jetzt hinter uns, in Gesellschaft des geselligen Ghbabakh. Immer wieder drang sein tiefer Bass an mein Ohr, gemischt mit Quaklauten.

Es war so kalt, dass meine Hände bereits ganz eisig geworden waren. Wenn ich mir nicht längst eine Weste aus Elchpelz angezogen hätte, wäre ich vermutlich schon halb erfroren. Wir kamen nur noch mit quälender Langsamkeit voran. Mehrfach blieben wir im Schlamm stecken. Dann musste ich jedes Mal vom Kutschbock springen und die Pferde am Zügel weiterführen, während Ghbabakh den Wagen von hinten anschob. Irgendwann wurde der Boden endlich fester, und das rötliche Steppengras klebte nicht länger an den Rädern. Nun merkte ich gar nicht mehr, wie die Zeit verging.

»He, Bogenschütze!«, rief mich die Verdammte. »Ist alles in Ordnung mit dir?«

»Natürlich nicht«, knurrte ich. »Du könntest wirklich mal für besseres Wetter sorgen.«

»In einem Monat haben wir den Regen hinter uns. Im Osten gibt es schon längst Schnee, aber hier im Westen gießt es halt noch wie in Strippen. Ebendeshalb hasse ich diese Gegend auch so. Übrigens«, schlug sie nun einen anderen Ton an, »du führst Selbstgespräche. Ist dir das klar?«

»Was willst du eigentlich von mir?«, fragte ich unfreundlich.

»Von dir gar nichts, ansonsten aber ein Dach über dem Kopf. Für so was vergeude ich meinen Funken nämlich nicht gern«, säuselte sie. »Aber da vorn dürften wir wohl eins finden, meinst du nicht auch?«

Ich spähte in die Richtung, in die sie wies.

Hinter dem Regenvorhang waren schwarz-gelbe, strohgedeckte Dächer zu erkennen.

»Wie sieht's aus?«, fragte Typhus. »Bleiben wir über Nacht da?«

»Von mir aus gern. Aber erst sollten wir die Häuser kontrollieren. Ich hab gehört, dass Reisende hier gern von Untoten empfangen werden.«

»Solange ich in der Nähe bin, braucht ihr euch darum keine Sorgen zu machen«, versicherte Typhus.

»Wunderbar. Trotzdem möchte ich mir diese Häuser vorher erst genauer ansehen. Neben Untoten gibt es noch genügend andere Gefahren. Ich bin auch nicht gerade darauf erpicht, einer Einheit Nabatorer in die Arme zu laufen. Oder ein paar Bauern, die eine Stinkwut auf Marodeure haben.«

»Sowohl mit den einen als auch mit den anderen würden wir ohne Mühe fertig.«

»Du hast eine zu hohe Meinung von dir. Es gibt immer jemanden, der stärker …«

»Durchaus möglich«, fiel sie mir ins Wort.

»… der stärker ist und dir deine Überheblichkeit austreibt«, beendete ich meinen Satz. »Soll alles schon vorgekommen sein.« Ihre Augen funkelten zornig. Doch obwohl ich ins Schwarze getroffen hatte, folgte kein Sturm. Ghbabakh hatte recht gehabt. Die Verdammte brauchte uns, sodass sie vorerst jede unbedachte Äußerung von mir überging. Noch vor einer Weile, da war ich mir ganz sicher, hätte mich eine solche Bemerkung den Kopf gekostet.

Aber ich würde schon noch rauskriegen, was sie von uns wollte. Und zwar sehr bald. Denn wenn sie ihr Ziel erst einmal erreicht hatte, wäre das mein Ende.

»Aus, du Hund«, fiepte Yumi und schob trotz des Regens den Kopf zwischen den Planen hervor. Shen tat es ihm nach.

»Warum biegst du ab?«, fragte der Junge.

»Wir wollen zu diesen Häusern.«

»Die sehen verlassen aus.«

»Den Eindruck hab ich auch«, bestätigte ich.

»Allerdings entzückt mich der Gedanke an eine zweite Dabber Glatze nicht gerade.«

»Yumi sagwat, dass er sich umschaut«, mischte sich nun Ghbabakh ein. »Aber ich gwalaube, dass dieses Flekwachen Erde seit Langwem verlassen ist. Nirgwends gwibt es Rauch. Es riecht auch nicht so, als wären die Häuser bewohnt. Also, fahren wir hin und sehen nach.«

Ich übergab Shen die Zügel und schnappte mir den Bogen.

Der Weiler lag zweihundert Yard von der Straße entfernt. Zu ihm führte ein schmaler Weg, der von verdörrten Sträuchern gesäumt wurde. Die Pferde schienen die nahende Rast zu spüren und liefen prompt schneller. Yumi kehrte zurück und kletterte wie ein flinker Iltis zu Shen hinauf, um ihm in ernstem Ton etwas von seinem Hund zu berichten. Dann schüttelte er das Wasser von seinem grünlichen Fell und schlüpfte ohne viel Federlesens unter den Umhang des Heilers.

»In dem Weiler ist niemand«, übersetzte Ghbabakh für uns.

Daraufhin verstaute ich den Bogen wieder im Wagen.

Die drei kleineren Häuser mit den dazugehörigen Wirtschaftsbauten und den verödeten Beeten empfingen uns mit bedrückender Stille. Insgesamt gab es nur einen Brunnen. Neben ihm stand ein alter, radloser Karren.

Ich nahm mir das erste Haus vor. Nachdem ich die unverschlossene Tür aufgestoßen hatte, fand ich mich in einer schmalen, schummrigen Diele wieder. Ich ging in das einzige Zimmer. In ihm herrschte entsetzliches Chaos. Alles war umgeworfen – als ob jemand Hals über Kopf aufgebrochen wäre.

»Wir bleiben hier«, meldete ich den anderen, als ich wieder aus dem Haus trat.

»Warum sind die Menschen fortgegangen?«, fragte Shen, während er mir half, die Pferde auszuspannen.

»Vielleicht sind sie geflohen«, antwortete Typhus beim Absitzen. »Das kommt öfter vor, wenn ein Krieg ausbricht. Oder in dieser Gegend hat eine Seuche gewütet.«

»In diesem Fall müssten hier Leichen liegen«, widersprach ich. »Nein, ich glaube eher, der Krieg hat die Menschen aus ihren Häusern gejagt.«

»Wir sollten uns jedenfalls die Möglichkeit, mal wieder ein Dach über dem Kopf zu haben, nicht entgehen lassen«, hielt Typhus fest.

Da es keinen Pferdestall gab, brachten wir die Tiere in eines der anderen Häuser. Wir durften wohl zu Recht davon ausgehen, dass die ehemaligen Besitzer nichts dagegen haben würden. Ghbabakh schleppte einen großen Ballen Stroh heran, den Yumi entdeckt hatte. Wir rieben die Pferde ab, tränkten sie und gaben ihnen Futter. Erst danach kümmerten wir uns um uns.

In dem Zimmer, das wir mit Beschlag belegt hatten, rußte der Herd zunächst so stark, dass wir uns die ersten zwanzig Minuten überhaupt nicht in dem Raum aufhalten konnten. Danach gab sich das aber, und es wurde sogar recht gemütlich.

Ghbabakh weigerte sich trotzdem, in ihm zu übernachten, und meinte, es gebe ohnehin nicht genügend Platz und sei viel zu stickig. Deshalb richtete er sich in der Diele ein und legte einen Riegel vor die Außentür. Er selbst versperrte mit seinem Körper den Weg zu uns. Yumi leistete ihm anfangs Gesellschaft, kam aber nach einer Weile völlig durchgefroren zu uns und rollte sich neben dem Herd zusammen.

Shen sorgte für Rona. Das Mädchen verhielt sich weitgehend ruhig, saß reglos da, beobachtete aber Typhus, die es sich abseits vom Herd bequem gemacht hatte, mit scharfen Blicken. Zwischendurch wirkten Ronas Augen immer wieder völlig leer, zudem nickte sie gelegentlich ein oder murmelte etwas Unverständliches. Shen wich nicht von ihrer Seite. Meiner Ansicht nach tat seine Nähe dem Mädchen mittlerweile wohl.

Typhus war ungewöhnlich schweigsam und einsilbig, anscheinend hing sie ihren eigenen Gedanken nach. Irgendwann erhob sie sich und ging hinaus. Yumi folgte ihr, ohne uns vorher zu fragen oder unsere entsprechende Bitte abzuwarten. Der kleine Kerl verstand sein Handwerk so gut, dass ich völlig beruhigt sein konnte: Ihm würde nicht entgehen, wenn die Verdammte irgendeine Schuftigkeit ausheckte.

Allmählich dunkelte es, der Regen trommelte gleichmäßig aufs Dach. Als das Reisig niedergebrannt war, wollte ich in die Scheune gehen, um Nachschub zu besorgen, stieß in der Tür allerdings mit Typhus zusammen. Ihr Gesicht war wutverzerrt. Sie brüllte mich an, ich solle ihr nicht im Weg stehen, und stapfte zu ihrem Nachtlager.

Yumi fiepte bedeutungsvoll, als er meinen Blick auffing.

»Er sagwat, dass sie einen Spiegwel aus Wasser gwemacht hat«, übersetzte mir Ghbabakh seine Worte. »Aber etwas hat nicht gwekwalappt. Deshalb ist sie jetzt sauer.«

Ein Spiegel aus Wasser. Davon hatte mir Lahen einmal erzählt. Eigentlich hießen diese Dinger Silberfenster, und die Verdammten benutzten sie, um sich miteinander zu verständigen.

Ich ließ Reisig Reisig sein und stiefelte zu Typhus zurück.

»Mit wem wolltest du dich in Verbindung setzen?!«, herrschte ich sie an.

Zunächst starrte sie mich verständnislos und erstaunt an,

dann aber grinste sie verschlagen. »Ich sollte diesem kleinen Miststück wohl die Pfoten ausreißen.«

»Ich fürchte, in dem Fall hätte Ghbabakh ein paar Fragen an dich und wäre dir längst nicht mehr so freundlich gesonnen.«

»Damit kannst du mir nicht drohen, und das weißt du auch ganz genau«, entgegnete sie und schielte zu Shen hinüber. »Ich wollte mit Alenari sprechen. Um von ihr zu hören, was sie über Talkis Tod weiß. Aber sie hat mir nicht geantwortet.«

»Warum nicht?«

»Woher soll ich das wissen? Sie war nie sonderlich gesprächig. Übrigens hat mich dieser Stein ganz schön hart getroffen, sodass ich immer noch Kopfschmerzen habe. Vielleicht hat es ja deswegen nicht geklappt. In ein paar Tagen dürfte ich aber mehr Erfolg haben.«

»Wem willst du hier eigentlich was vormachen?«, mischte sich Shen jetzt ein. »Kopfschmerzen vermindern die Konzentrationsfähigkeit, trennen dich aber nicht von deinem Funken ab. Außerdem gibt es neben der Verdammten Blatter auch noch andere.«

»Was bist du nur für ein schlaues Kerlchen!«, höhnte Typhus. »Und an wen sollten wir uns mit unserem kleinen Problem bitte schön wenden? An Ley? Ich bin mir sicher, dass er mit dieser Geschichte nichts zu tun hat. An Mithipha? Würdest du einer Närrin vertrauen? Oder vielleicht an Rowan? Oh, glaub mir, er wäre mehr als alle anderen erfreut, uns zu helfen – und dich als Dreingabe zum Frühstück zu verschmausen, wenn er begreift, wen er da vor sich hat!«

»Der kann doch getrost auf mich verzichten. Soweit ich mich erinnere, hasst er dich.«

»Das tut er ohne Frage. Aber den Funken eines Heilers würde er sich nie im Leben entgehen lassen. Rowan ist zwar ein widerlicher Sadist, aber kein Dummkopf. Er zerhackt dich in tausend kleine Stückchen und presst deine kostbare Gabe aus dir heraus. Und im Anschluss daran gleich auch noch dein Herz.«

Shen schnaubte verächtlich, setzte den Streit aber nicht fort. Typhus sagte die reine Wahrheit – das wusste selbst er.

KAPITEL

Randos Blick wanderte zum Fenster. Ein Haufen brennenden Holzes, das war alles, was vom Meloth-Tempel übrig geblieben war. Die Nacht war fast vorüber. Der Wind frischte auf, seine Böen fachten die Brandstellen erneut an. Vom Westen krochen schwere, regenschwangere Herbstwolken heran. Bald würde ein neuer, feuchtkalter Tag anbrechen.

Sie saßen in der Schenke und sprachen die jüngsten Ereignisse noch einmal durch. Auf einem Dreifuß neben dem Ofen hockte Glum, in seiner Gesellschaft fanden sich Yoger und Lofer, die beiden Leoparden, die Rando während des Kampfes verteidigt hatten. Der massive Woder hatte die Rüstung abgelegt und nahm die Hälfte einer Bank ein. Sein Streithammer lag vor ihm auf dem Tisch. Othor bereitete sich ein karges Mahl zu, während er durch die Finger seiner linken Hand eine Kette gleiten ließ. Der Glimmende Jurgon fehlte, denn er sprach mit Ganor und Luk, die ihm alle Einzelheiten des Vorfalls im Tempel berichten sollten.

Auch Iltz war nicht unter ihnen. Er war während des Kampfes gestorben, als er die ins Dorf eindringenden Nabatorer abgewehrt hatte. Die Magie des Nekromanten, der die Verfolger kommandierte, hatte ihm und einigen anderen Soldaten den Tod gebracht.

»Achtzehn Mann«, hielt Glum die traurige Zahl fest. »Drei weitere werden den Mittag wahrscheinlich nicht mehr erleben. Zwei sind vorerst kampfunfähig, neun leicht verwundet, wobei ich irgendwelche Kratzer und Beulen gar nicht erst erwähne.

Sicher, wir haben ihnen ordentlich eingeheizt, aber was sollten ein paar Mann gegen … wie viele ausrichten? Nein, einen zweiten Angriff überstehen wir nicht. Außerdem haben sie einen Nekromanten.«

Bei der Erwähnung des Magiers fielen Rando sofort wieder die Untoten ein. Wenn sie aus dem Keller herausgekommen wären, hätte es das Ende der Einheit bedeutet. Jurgon hatte behauptet, im Keller des Tempels habe es von diesen Kreaturen nur so gewimmelt. Ihre Vermutung, die Bauern seien in den Wald gezogen, war also falsch gewesen. Niemand hatte das Dorf verlassen. Die Gehenkten waren längst nicht die einzigen Opfer in diesem Dorf – sondern letzten Endes nur diejenigen, die noch recht glimpflich davongekommen waren. Die übrigen Dorfbewohner hatte der Feind in den Keller geworfen. Ob sie da schon tot gewesen waren oder noch lebten, würde wohl niemand mehr herausfinden. Danach hatte sich der Nekromant der Sache angenommen …

»Warum sind diese Biester nicht schon vorher aus dem Keller ausgebrochen?«, fragte Lofer, einer der erfahrensten Leoparden.

»Das weiß Meloth allein«, bemerkte Othor seufzend.

»Meloth hilft uns hier auch nicht weiter. Er hat die Untoten nämlich nicht aufgehalten«, sagte Jurgon, der gerade hereinkam und sich einen Platz suchte. »Ein Nekromant lenkt seine Kraft gern auf eine große Zahl von Leichen, statt sie zu vergeuden, indem er die Straßen nach einzelnen Toten durchkämmt. Und wie wir erlebt haben, versteht unser Freund seine Sache vortrefflich.«

»Kannst du diesen Nekromanten besiegen?«, fragte Woder, den Blick auf seine gewaltigen, vom Streithammer verhornten Pranken gerichtet.

Der Glimmende grinste unfroh und fuhr sich mit der Hand durch das nasse Haar, sodass es ihm zu Berge stand. »Bei den vielen Toten, die er auf einen Schlag hat wiederauferstehen lassen, muss er sehr stark sein. Deshalb nehme ich an, er gehört dem Siebten oder Achten Kreis an. Damit dürfte ich ihm in einem offenen Duell kaum etwas entgegenzusetzen haben.«

»Warum hat er uns dann nicht alle auf der Stelle niedergemacht?«, knurrte Woder.

»Woher soll ich das wissen? Möglicherweise hat er uns überschätzt, uns für gefährlicher gehalten, als wir es gegenwärtig sind, und lässt deshalb Vorsicht walten. Vielleicht spielt er aber auch einfach nur mit uns. Oder er wartet auf jemanden. Oder dieser Bogenschütze von Glum hat sich nicht geirrt und den Mistkerl tatsächlich verletzt.«

»Wir müssen dieses Dorf sofort verlassen«, bemerkte Glum leise. Offenbar befürchtete er, man könnte ihn wegen dieser Worte der Feigheit bezichtigen.

»Stimmt«, unterstützte ihn Woder und blickte noch finsterer drein, »nur wie? Die Nabatorer haben uns in diesem Kaff eingekesselt.«

»Dann sollten wir uns durch den Wald schlagen.«

»Mit den Pferden? Und unseren Verwundeten?«, fragte Rando kopfschüttelnd. »Abgesehen davon kennt niemand von uns diesen Wald. Vermutlich würden wir bis zum Einbruch des Winters in den Kiefern herumirren. Nein, wir müssen die Straße nach Osten nehmen. Sie biegt an den Blinden Bergen gen Norden ab und führt zu den Katuger Bergen. Wenn wir dann ihren Ausläufern zurück nach Westen folgen, kommen wir womöglich noch über den Pass bei Burg Donnerhauer.«

Doch weder Rando noch seine Gefährten glaubten daran.

»Wenn wir in diesem Nest nicht verrecken wollen, sollten wir wohl Späher ausschicken, die die Oststraße erkunden«, brummte Woder und erhob sich schwer von seinem Platz. »Wer weiß, vielleicht finden wir ja doch noch einen Weg heraus. Ich werde mich gleich darum kümmern.«

»Und ihr schnappt euch ein paar Männer«, wandte sich Rando an die Leoparden. »Bringt die Toten in eine Hütte am Dorfrand und verbrennt sie. Und zwar alle«, stellte er klar, als er sah, wie die Gesichter der Männer versteinerten. »Ja, ihr habt richtig gehört. Alle. Unsere genauso wie die der Feinde.«

»Das ist unmenschlich, Mylord«, erwiderte Glum. »Wir können doch nicht unsere eigenen ...«

»Hast du vergessen, dass ein Nekromant in der Nähe lauert? Wenn der seine Kraft noch einmal einsetzt, werden uns diese Toten fressen, als seien wir Schweinswurst. Das werde ich mit allen Mitteln zu verhindern wissen.«

»Er hat recht, Glum«, mischte sich Jurgon ein. »Ich würde den gleichen Befehl erteilen. Begleite also die Leoparden und erläutere unseren Männern, wie notwendig dieser Schritt ist.«

Sobald die Tür hinter den Männern ins Schloss gefallen war, wandte sich Rando an den Glimmenden.

»Hast du das gleiche ungute Gefühl wie ich?«

»Du hast die richtigen Befehle erteilt«, versicherte Jurgon. »Das darfst du als Trost verstehen.«

»Auf den ich verzichten kann. Und zwar getrost!«, schnaubte Rando. »Hast du noch ein paar von diesen schrecklichen Kräutern?«

»Setzt dir das Fieber wieder zu?«

»Etwas«, gab Rando zu. »Was ist mit den beiden Gefangenen?«

»Die hab ich freigelassen«, antwortete Jurgon, während er Wasser in eine blecherne Schale goss.

»Wie bitte?«, entfuhr es Rando.

»Keine Sorge, von denen geht keine Gefahr aus.«

»Seit wann führst du hier das Kommando?!«, herrschte Rando ihn an. »Das ist meine Einheit. Für die ich die Verantwortung trage!«

»Nur dass du in dieser Verantwortung allmählich ertrinkst. Es dauert nicht mehr lange, dann gehst du an ihr zugrunde. Betrachten wir es also so, dass ich dir lediglich etwas Arbeit abgenommen habe. Ich hab sie vorhin gleich noch mal nach dem Turm befragt. Das, was sie mir erzählt haben, weiß nur jemand, der *in* ihm war, nicht *vor* ihm. Abgesehen davon bin ich mir sicher, dass wir ihnen vertrauen können.«

Rando trat dicht vor Jurgon. Er war größer und kräftiger als der Glimmende. Und er fürchtete sich nicht vor dessen Funken.

»Das war das letzte Mal, dass du eine wichtige Entscheidung

getroffen hast, ohne dich vorher mit mir abzusprechen«, zischte er. »Habe ich mich klar ausgedrückt?«

»Völlig klar«, antwortete Jurgon gelassen.

Ein scharfer und beißender Brandgeruch hing in der Luft. Rando betrachtete die schwarze, verbrannte Erde und die noch immer glühenden Holzscheite. Das war alles, was von dem riesigen Scheiterhaufen übrig geblieben war. Von den toten Soldaten zeugte an diesem Morgen nur noch Asche.

Er wusste, dass er richtig gehandelt hatte. Die Lebenden waren wichtiger als die Toten. Trotzdem plagte ihn sein Gewissen. Nur Othor befand sich in diesem Augenblick neben ihm, alle anderen schliefen oder hielten Wache. Der Priester schwieg eine Weile, bis er schließlich in die schwieligen Hände spuckte und nach einem Spaten griff.

»Es ist eine Sünde, wenn sie ohne letzte Ruhestätte bleiben«, erklärte er, als er Randos fragenden Blick auffing. »Sorgen wir also dafür, dass ein wenig Asche in die Erde kommt. Das ist meiner Ansicht nach durchaus gerecht, selbst wenn es nicht nur unsere Männer waren, die verbrannt wurden, sondern auch Nabatorer. Doch Meloth lehrt uns, unseren Feinden zu vergeben. Vor allem, wenn sie bereits tot sind«, stieß Othor mit einem heiseren Lachen aus. »Zuweilen erheitert mich das Buch der Schöpfung ungemein. Derjenige, der es verfasst hat, muss viel vom täglichen Leben verstanden haben.«

»Dass Ihr Euch immer so gotteslästerlich äußern müsst.«

»Oh, das verzeiht Meloth seinem Diener. Das tut er immer, solange wir nichts Böses im Schilde führen«, erwiderte der Priester, ohne in seiner Arbeit innezuhalten. »Habt Ihr vielleicht Jurgon gesehen? Ich würde gern mit ihm über den niedergebrannten Tempel sprechen.«

»Da hatte er vermutlich keine andere Wahl.«

»Das glaube ich auch. Deshalb muss ich ihm erklären, dass er keine Sünde auf sich geladen hat. Das Haus Meloths ist eine heilige Stätte, trotzdem wird er das Feuer niemandem verübeln. Die Seelen, die der Nekromant aus den Glücklichen Gärten

93

gerissen hat, haben nun, nachdem sie durch die reinigenden Flammen gegangen sind, endlich Ruhe gefunden. Daher war das Feuer ein Segen für sie. Jurgons Herz sollte also nicht von Schuldgefühlen gequält werden. Er muss wissen, dass ihn Gott jetzt nicht weniger liebt als zuvor.«

Rando zog es vor, nicht in Worte zu kleiden, was er gerade dachte: Der Glimmende würde im Moment wohl kaum unter Gewissensbissen leiden.

»Ich werde ihm Eure Worte übermitteln.«

Othor schnaubte zufrieden und setzte zum nächsten Spatenstich an.

Obwohl der Morgen Regen verheißen hatte, war es bislang trocken geblieben und hatte sich sogar überraschend aufgeklart. Der Wind trieb die grauen Wolken nach Osten, hinter die Blinden Berge, und legte einen herbstlich blauen Himmel frei. Die Sonnenstrahlen wärmten die matschige Erde, fast schien es, als hätte es die verregneten, grauen Tage nie gegeben. In Augenblicken wie diesen war die Verlockung groß, das Leben sorglos zu genießen und sich einem trügerischen Gefühl von Sicherheit zu überlassen. Doch alle wussten, was das hieße: sich im Nu in einen Toten zu verwandeln.

Denn noch immer lauerte der Nekromant in der Nähe.

»Die Zeit rinnt uns davon«, sagte Rando zu Woder.

Die beiden verschafften sich gerade einen Eindruck, wie die Arbeiten an den Barrikaden auf der Oststraße vorangingen.

»So ist es, mein Neffe. Die Nabatorer werden sich nicht an diesem kleinen Hindernis den Schädel einrennen, sondern in aller Ruhe nach einem Schlupfloch Ausschau halten. Und wir haben zu wenig Männer, um alle Löcher zu stopfen.«

»Aber mit Sicherheit zählen auch die Nabatorer nicht nach Tausenden, sonst wären wir alle längst nicht mehr am Leben. Falls sie woanders angreifen, warnen uns die Posten. Damit bleiben uns immer noch ein paar Minuten, um uns neu zu formieren.«

»Hauptsache, die greifen nicht von zwei Seiten zugleich an!«, knurrte Woder. »Bis zum Einbruch der Nacht dürfte alles ruhig bleiben. Aber dann? Willst du meinen Rat hören?«

»Ich weiß auch so, was du mir sagen wirst. Wir sollten fortgehen. Im Grunde bin ich deiner Meinung. Mittlerweile sind wieder alle einigermaßen bei Kräften, wir könnten versuchen durchzubrechen. Aber wie viele Männer würde uns das kosten? Und was, wenn unsere Feinde weiter hinten die Straße versperrt haben? Wenn wir dann feststecken, könnten die sich uns einzeln vornehmen. Nein, lass uns abwarten, bis die Späher zurückkehren, dann treffe ich meine Entscheidung. Bis zum Einbruch der Dunkelheit bleiben uns immerhin noch acht Stunden.«

»Letzten Endes weiß ich noch nicht mal, ob es wirklich klug wäre zu fliehen«, gestand Woder, den Blick fest auf die leere Straße gerichtet. »Überleg doch mal, meinst du nicht auch, die haben genau gewusst, wo sie uns abpassen müssen? Damit sie uns in diese Falle …«

Auf einem der Glockentürme blies ein Hornist Alarm.

»Zum Fluss!«, riefen die Posten. »Rasch!«

Als Rando, Woder und einige Soldaten auf die Mühle zueilten, war bereits alles entschieden. Einer ihrer Männer hockte auf dem Boden und presste die Hand auf die blutende Schulter, der andere zerriss flink einen Lappen zu Verbandsstückchen.

»Einen Medikus!«, schrie Woder wütend.

Hier am Ufer roch es streng nach Entengrütze, nach Tod und Angst. Der lange Regen hatte den Fluss stark anschwellen lassen. Vereinzelte gelbe Blätter schossen über das dunkle, ölige Wasser dahin wie die Schiffe der Kaufleute aus der Goldenen Mark, wenn sie von einem Hurrikan erfasst werden.

Ga-nor stand neben zwei Leichen und sprach leise mit Yoger. Die beiden Toten zu seinen Füßen waren grauenvoll zerhackt. Die mit Schlamm beschmierten Köpfe lagen etwas abseits. Als Rando die zwei Männer erkannte, unterdrückte er nur mit größter Mühe einen Fluch. Sein Onkel verfügte nicht über diese Selbstbeherrschung und bedachte das gesamte letzte Jahr im Allgemeinen und diesen blutrünstigen Nekromanten im Besonderen mit einigen unflätigen Worten.

»Das waren …«, setzte Yoger an, doch Rando gebot ihm mit einer Handbewegung Schweigen. Er wusste, wer diese Toten waren.

Die erfahrensten Kundschafter, die sie am Morgen ausgeschickt hatten.

»Was ist geschehen?«, wollte er von Yoger wissen.

Der Leopard zuckte bloß die Achseln und blickte die beiden Soldaten am Boden fragend an.

»Wir … haben hier … Wache geschoben«, krächzte der verletzte Soldat, dem der Medikus der Einheit gerade einen festen Verband anlegte. »Ich habe mich kurz entfernt. Um zu piss… um mein Wasser abzuschlagen. Da in den Büschen. Mit dem Rücken habe ich zum Fluss gestanden. Plötzlich höre ich einen Knall. Als ich mich umdrehe, hat sich dieses … Mistviech schon in meiner Schulter verbissen. Mein Kettenhemd hat es zerfetzt, als wenn es Papier wäre … Nur gut, dass dieser Nordländer in der Nähe war und mein Geschrei gehört hat. Der hat den Untoten zerhackt und mich damit in letzter Sekunde gerettet.«

Ga-nor sagte dazu kein Wort.

»Wir haben nicht genug Männer, um überall Wachen aufzustellen«, bemerkte Woder leise, indem er sich zu Rando vorbeugte.

»Das ist auch nicht nötig, die zwei Patrouillen reichen. Aber man soll unseren Männern einschärfen, dass niemand allein herumläuft.«

»Wird erledigt. Wo willst du hin?«

»Jemand muss die Wege in den Wald überprüfen.«

»Ich will doch wohl hoffen, dass nicht du die Absicht hast, diese Aufgabe zu übernehmen?«, sagte Jurgon, der gerade über einen Pfad herbeikam. Da er es für nötig erachtete zu erklären, warum seine Hosen bis zu den Schenkeln beschmutzt waren, fügte er hinzu: »Ich habe noch eine Falle aufgestellt. Falls sie es über den Fluss versuchen sollten. Aber das war mein letzter Beitrag zu unserer Verteidigung. Mein Funke braucht jetzt etwas Zeit, um sich zu erholen.«

»Dann verzichten wir auf diese Falle«, entschied Rando. »Wir brauchen deinen Funken, falls es zum offenen Kampf kommt. Warum also Kraft für etwas vergeuden, das möglicherweise gar nicht nötig ist?«

Der Glimmende betrachtete seine verdreckte Kleidung und schob beleidigt die Unterlippe vor. »Dann habe ich mich also umsonst eingesaut, ja? Aber was den Wald angeht, da hast du recht. Wir müssen versuchen, ihn zu erreichen. Nur die Verletzten …«

»Tragen werden schon erstellt«, fiel ihm Rando ins Wort. »Aber zunächst müssen wir die Gegend auskundschaften.«

»Wir haben keine Späher mehr. Wir müssen auf gut Glück aufbrechen. Oder doch die Oststraße nehmen, um von dort aus zu den Blinden Bergen zu gelangen. Ich könnte euch Deckung geben und versuchen, den Nekromanten abzulenken.«

»Nein, die Straße scheidet aus«, entgegnete Rando. »Auf der würden sie uns wie die Hasen abschießen.«

»Ich bin ja nur ein Glimmender und kein Soldat. Aber ich weiß, dass sich der Nekromant irgendwo in der Nähe befindet.« Er machte eine ausholende Handbewegung, um die ganze Gegend zu erfassen. »Er wartet auf etwas – und das beunruhigt mich. Auf der Oststraße laufen wir Gefahr, etliche Männer zu verlieren, das sehe ich ein. Aber ein paar würden es doch schaffen. Sollte uns der Nekromant jedoch in diesem Nest beehren, geht es uns allen an den Kragen. Dann bleibt *niemand* von uns am Leben.«

»Vermutlich müssen wir ein Opfer bringen, um wenigstens einen Teil der Männer zu retten. Das heißt aber nicht, dass wir leichtsinnig handeln dürfen. Wenn wir Männer verlieren, weil wir übereilt aufbrechen und die Gegend vorher nicht sorgsam auskundschaften, wäre das mehr als dumm.« In diesem Augenblick fiel Rando auf, dass Ga-nor, der etwas abseits stand, nur auf das Ende seiner Rede zu warten schien. »Was willst du?«, fragte der Ritter, wobei er sich alle Mühe gab, die Worte nicht zu scharf klingen zu lassen.

»Gestattet«, sagte Ga-nor und neigte den Kopf, »aber mein

Freund und ich werden hier gegen unseren Willen festgehalten. Ich weiß nicht, wie lange Ihr noch warten wollt, aber wir haben nicht die Absicht, in diesem Dorf zu überwintern. Wir werden noch heute Nacht verschwinden.«

Woder brummte etwas, doch Rando bedeutete ihm mit einer Geste zu schweigen und dem Nordländer zuzuhören.

»Ich bin Spurenleser. Ich könnte den Wald und auch die Straße überprüfen.«

»Im Gegenzug für …?«

»Für nichts«, antwortete Ga-nor. »Wie ich bereits gesagt habe: Wir wollen hier weg. Und zwar schnellstens. Wenn ich einen Weg entdecke, können wir gemeinsam aufbrechen. Solltet Ihr Euch uns jedoch nicht anschließen wollen, gehen wir allein.«

»Ich vertraue dir nicht, Irbissohn«, erklärte Woder.

Ga-nor erwiderte den forschenden Blick des Mannes mit unerschütterlicher Ruhe.

»Gut«, traf Rando seine Entscheidung. »Aber du erkundest die Gegend ohne deinen Gefährten. Der bleibt hier.«

»Nur zu gern«, erwiderte Ga-nor grinsend.

»Glum«, rief Rando den Befehlshaber der Bogenschützen. »Sorge dafür, dass ihn die Posten durchlassen.«

»Ich will nur hoffen, dass der den Nabatorern jetzt nicht alles haarklein von uns erzählt«, knurrte Woder, sobald Ga-nor abgezogen war.

»Suche nicht überall das Dunkel, mein Freund«, kam Jurgon Rando mit einer Antwort zuvor. »Statt uns über Spitzel den Kopf zu zerbrechen, sollten wir uns besser um den Nekromanten Gedanken machen.«

Am Himmel schrien schmerzlich die Kraniche. Rando rey Vallion hob den Kopf, schirmte die Augen gegen die grelle Sonne ab und verfolgte die Keilformation, in der die Vögel nach Süden flogen.

Ihre durchdringenden Schreie klangen genau wie an jenem Tag, als Woder seiner, Randos, Mutter die traurige Botschaft überbracht hatte, der Vater sei am Gemer Bogen im Kampf gegen Einheiten des Elfenkönigs, des Delben Vaske, gefallen. Deshalb verhieß das Lied der Kraniche dem jungen Mann auch jetzt nur eines: die Nähe des Todes.

Rando ließ den Blick über die Dächer der verwaisten Häuser des Dorfes wandern und trat langsamen Schrittes den Rückweg an. Noch immer schwängerte Brandgeruch die Luft. Woder, der neben ihm herging, schnaufte lautstark und bettete den Streithammer bald auf die eine, bald auf die andere Schulter.

Als sie die Schenke betraten, fand sich darin niemand. Woder holte aus seiner Tasche eine Karte, die bereits stark gelitten hatte. Die Ecken waren umgeknickt, an den Faltstellen klafften Löcher. Nachdem er sie auf dem Tisch ausgebreitet hatte, beugte er sich über die verblichene Zeichnung.

»Wir müssen die Pferde hierlassen«, durchbrach Rando nach einer Weile ihr Schweigen.

»Richtig«, bestätigte Woder. »Und jetzt lass uns darauf hoffen, dass der Nordländer gute Neuigkeiten bringt.«

Der in welkes Herbstlaub gehüllte Wald lag bereits in einem friedlichen Schlummer, dem ersten Vorboten jenes tiefen Schlafes, dem er sich jedes Jahr überließ, sobald der Winter heraufzog. Die zum Teil schon kahlen Zweige raschelten über Ga-nor und sangen ihm ein zärtliches, kaum vernehmbares Wiegenlied.

Der Irbissohn bewegte sich ohne Eile über einen der zahlreichen Pfade vorwärts, die sich durch das ergraute Farnkraut zogen. Sonst nutzten diese Wege Bauern, denen gegenüber sich der Wald stets freigiebig zeigte: Er teilte sein Holz, die Pilze, Beeren und Tiere mit ihnen. Doch jetzt waren die Menschen aus dem Dorf tot – und die Soldaten hatten anderes im Kopf als die Gaben des Waldes.

Nachdem er an einigen Stellen vorbeigekommen war, an denen die Bäume gefällt worden waren, blieb er neben einer Tanne stehen, deren Stamm noch alte, mit dem Beil ausgeführte Markierungen aufwies. Erneut lauschte er. In den Zweigen rauschte der Wind. Die wenigen Vögel brachten die Erinnerung von Leben in die herbstlich triste Stille zurück.

Hinter dem Hain lag eine kleine Senke, an deren Rand Brennnesseln wuchsen. Durch sie floss ein kleiner Bach, der die gelben Blätter davontrug. Es roch bitter nach Feuchte und welkem Laub. Ga-nor ging mit leichtem Schritt weiter, wobei er alle matschigen Stellen mied, an denen seine Spuren klar zu erkennen gewesen wären. Nach rund zehn Minuten blickte er zu der durch die Äste dringenden Sonne hoch, um sich zu orientieren, und wandte sich vom Bach ab.

Nun gab es keine Wege mehr, selbst Tierpfade fehlten, doch Ga-nor pirschte sich weiter und weiter durch den Wald. Keine Sekunde vergaß er dabei die Gefahr. Seine Rechnung war einfach: Wenn er im Wald einen großen Bogen schlug, dann müsste er mögliche Posten der Nabatorer umgehen und würde hinter ihrem Lager herauskommen, wo ihn der Feind nicht mehr erwartete.

Neben einer jungen Espe blieb er abermals stehen, um den Riemen abzuknüpfen, mit dem er die Armbrust, die er von Glum entliehen hatte, auf dem Rücken trug. Die unhandliche und recht schwere Waffe eignete sich nicht besonders gut bei der Erkundung einer Gegend. Andererseits wusste der Irbissohn genau, dass – sollte sich Meloth von ihm abwenden und es zu einer Begegnung mit dem Nekromanten kommen – seine Rettung in einem Bolzen lag, nicht im Schwert. Insgeheim hatte er bereits beschlossen, den Diener der Verdammten zu erschießen, sofern es ihm vergönnt wäre, sich dem Zauberer auf Schussweite zu nähern.

Der Tod des Nekromanten wäre das Risiko wert.

Mit aller Kraft spannte er die Sehne der Armbrust und hielt sie bereit, legte aber noch keinen Bolzen ein, sondern beließ die drei Geschosse hinter seinem Gürtel, neben der Scheide für das Dolchpaar.

Wenn er sich nicht täuschte, trennten ihn von der Stelle, an der er sich jetzt befand, höchstens dreihundert Schritt von der Straße. Die nächsten Minuten lief er parallel zur Straße weiter, dann näherte er sich ihr.

Der Rauch eines Lagerfeuers stieg ihm in die Nase, kurz darauf wieherte in der Nähe ein Pferd. Die Blätter, ja, selbst die

Äste unter Ga-nors Füßen, sonst so verräterisch, gaben keinen Laut von sich, denn der leichte Schritt des Spurenlesers rührte sie nicht auf. Nun lichteten sich die Bäume vor ihm ein wenig. Stets in Deckung bleibend schlich Ga-nor zwanzig Yard weiter. Irgendwann schob er die Armbrust auf den Rücken, um auf dem Bauch an einen niedrigen Busch heranzurobben. In seinem Schutz stemmte er sich auf die Knie hoch, warf einen Blick auf die Zweige des Baumes neben ihm – und schoss wie eine große rote Katze in die Luft. Seine kräftigen Finger schlossen sich gleich einer Zange um einen Ast. Ga-nor zog sich nach oben, warf ein Bein über den Ast, suchte mit dem Fuß Halt im Baum und fand sich schließlich in der Krone wieder. Im Nu kletterte er Richtung Stamm und ließ sich auf einer Astgabel nieder, durch die gelben Blätter vor allen Blicken geschützt.

Von diesem Versteck aus bot sich ihm eine hervorragende Sicht auf eine große, von Ahornbäumen gesäumte Lichtung. Dahinter machte er mit einiger Mühe die Oststraße aus. Ga-nor zählte auf der Lichtung mehr als achtzig Nabatorer und fast ebenso viele Pferde. Ein Teil der Soldaten stellte Zelte auf, als wollten sie längere Zeit an diesem Ort rasten. Die übrigen Männer entästeten die gefällten Bäume. Neben diesen Zimmerleuten türmte sich bereits ein Berg zugespitzter Pfähle. Schon bald würde die Straße mit einem soliden Hindernis versperrt sein, dessen war sich Ga-nor sicher. Am gegenüberliegenden Ende der Lichtung standen reglos vier Untote. Die Nabatorer achteten darauf, ihnen nicht zu nahe zu kommen. Der Nekromant war nirgends zu sehen.

Nach einer guten halben Stunde kletterte Ga-nor wieder vom Baum herunter.

Länger dort zu bleiben wäre gefährlich gewesen.

Lautlos schlich er an der Straße entlang zum Dorf zurück, jede freie Fläche meidend. Auf dem Weg entdeckte er schon bald die ersten Posten, die gar nicht daran dachten, sich zu verbergen. Sie unterhielten sich völlig sorglos in ihrer groben Sprache. Ga-nor verzichtete auf eine Auseinandersetzung, huschte hinter ihnen vorbei und drang tiefer in den Wald vor. Nach vierhundert Schritt gelangte er abermals auf eine Lichtung. Das Sonnenlicht schuf hier aus den feuchten, zitronengelben Blättern am Boden einen goldenen Teppich. Dort war der zweite Spähtrupp postiert.

Die drei Nabatorer führten einen heftigen Streit. Obwohl Ga-nor ihre Sprache nicht besonders gut verstand, entnahm er den Gesten und dem aufgebrachten Ton der Männer, dass sie etwas beunruhigte.

Schließlich beendete einer der Männer die Auseinandersetzung mit einer entschiedenen Handbewegung und stürzte Hals über Kopf zu der Stelle, an der Ga-nor lauerte. Ein anderer rief ihm ein paar Worte hinterher und eilte ihm dann nach, als der Erste nicht innehielt.

Das Reich der Tiefe für diese unglückselige Fügung von Umständen verfluchend, legte Ga-nor einen Bolzen in die Armbrust und gab einen Schuss ab, kurz bevor der Mann ihn erreichen konnte. Sofort sprang er hoch, setzte über die Leiche hinweg und rammte dem zweiten Nabatorer die abgefeuerte Armbrust auf den Schädel. Der dritte und letzte Gegner zog sein Schwert blank und warf sich dem Irbissohn entgegen.

Ga-nor seinerseits zückte gleich beide Dolche und duckte sich unter dem kraftvollen Streich seines Gegners weg, der ihn sonst vom Scheitel bis zum Brustkorb aufgeschlitzt hätte, um daraufhin selbst zum Angriff überzugehen. Er streckte den Feind mit einem geschickten, seitlich ausgeführten Haken zu Boden. Um den Schwertarm des Angreifers auszuschalten, musste sich Ga-nor von dem Dolch in seiner Linken trennen. Er umfasste das Handgelenk des anderen, drückte den Arm des Mannes mit dem Knie nach unten und trieb ihm die Klinge gleich dreimal in den ungeschützten Hals.

Nachdem er sich erhoben und den Dolch aus der Leiche gezogen hatte, wischte er die Waffe mit trockenen Blättern ab, rieb sich mit dem Handrücken das fremde Blut von der Wange und zog sich schnellstens von der offenen Stelle in die Büsche zurück. Erst dort blieb er stehen, um zu lauschen.

Im Wald waren keine Warnrufe zu hören, niemand eilte ihm

nach, kein Horn ertönte. Die kurze Kampfhandlung auf der namenlosen Lichtung war von keinem der anderen Posten bemerkt worden.

Ga-nor hatte die Leichen nicht versteckt. Warum auch? Wenn die Toten entdeckt würden, wäre er längst weit weg.

Auf dem Rückweg durchquerte er einen recht hellen Teil des Waldes, in dem es zahlreiche Lichtungen, gefällte Bäume und alte, bereits von niedrigem Unterholz überwucherte Freiflächen gab. Ga-nor folgte einem kleinen, trägen See, dessen öliges Wasser ruhig dalag. Am anderen Ufer schwammen ein paar Wildgänse. Sobald sie den Mann erblickten, gerieten sie in Aufruhr und zogen sich in das hohe, gelbe Schilf zurück. An der Senke, an der er vorhin vorbeigekommen war, gelangte er wieder auf einen Pfad. Mit einem Mal blieb er jedoch stehen und schnupperte.

Es roch nach Blut.

Er lud die Armbrust und pirschte sich langsam weiter.

Eine der Tannen bestand nur noch aus ihrem Stamm. Er war entrindet, Harz trat aus. Die honiggelben Tropfen sickerten nach unten und mischten sich dabei mit Blut. Zwei Yard über dem Boden baumelte ein Mann. Er trug einen Umhang, der einst weiß gewesen war, jetzt aber purpurrot leuchtete und von einem gelben Gürtel gehalten wurde. In seiner Brust steckte ein Stab, der den Nekromanten förmlich an den Baum nagelte.

Der Sdisser vergoss erstaunlich viel Blut. Obwohl es bereits seine ganze Kleidung getränkt hatte, floss es immer noch in Strömen zu Boden, um dort den dicken ockerfarbenen Teppich aus Tannennadeln zu fluten. Das Gesicht des Toten war versteinert, hatte sich in eine wächserne Maske verwandelt. Alle Züge traten spitz hervor, die braunen Augen glichen Glaskugeln, die im Schmerz gebleckten Zähne schienen einem Wolf, nicht einem Menschen zu gehören.

Da das Blut noch nicht getrocknet war, konnte der Tod erst vor Kurzem eingetreten sein. Möglicherweise befand sich der Mörder also noch in der Nähe.

Ga-nor duckte sich und sah sich rasch um. Die Bäume standen dicht an dicht, sodass um ihn herum Halbdunkel herrschte. Hinter jedem Stamm, in jedem Schatten konnte der Feind lauern.

Eine Minute verging. Noch eine …

Aus den Augenwinkeln nahm der Irbissohn an den unteren Ästen einer Tanne in seiner Nähe eine Bewegung wahr. Er riss den Kopf herum – aber es war nur ein Vogel. Ein stattlicher Rabe, der ihn mit starrem Blick beäugte. Obwohl das Ganze kaum länger als eine Sekunde dauerte, durchlief Ga-nor, der wahrlich nicht als ängstlich gelten durfte, ein kalter Schauer der Angst. Der Vogel musste das spüren, denn er spreizte die pechschwarzen Federn und stieß ein heiseres, unangenehmes Krächzen aus.

Ga-nor hob mit größter Vorsicht die Armbrust, um dem verfluchten Tier den Garaus zu machen, der Rabe bekam die Bewegung aber dennoch mit. Die schweren Flügel klatschten, der Vogel schoss davon und verschwand hinter den Bäumen.

Der Irbissohn fluchte und wünschte dem widerwärtigen Geschöpf den Tod an den Hals, und zwar noch vor Einbruch der Nacht. Dann trat er dicht an den Toten heran, um sich ein Bild davon zu machen, wer oder was den Mann umgebracht hatte. Er konnte jedoch keinen Hinweis entdecken. Fast meinte er, der Nekromant sei von der Luft selbst an diese seltsame Schandsäule genagelt worden.

»Das war ich«, erklang da leise und gelassen eine weibliche Stimme hinter Ga-nor.

Er wirbelte herum – und gab aus der Armbrust einen Schuss ab. Doch der Bolzen, der die Frau etwas unterhalb der Brust hätte treffen müssen, verbrannte noch in der Luft, knapp ein Yard vor seinem Ziel.

Ga-nor brachte sich mit einem Sprung in Sicherheit, schleuderte dabei noch den linken Dolch gegen seine Feindin, rollte über die Schulter ab und blieb in geduckter Stellung stehen, nun einzig mit dem Dolch in seiner Rechten bewaffnet. Die erste Klinge flog so langsam durch die Luft, dass Ga-nor schon meinte, diese sei verdichtet und wolle den Tod aufhalten, der für die Unbekannte bestimmt war. Seine Gegnerin dagegen hob völlig mühelos den Arm und packte die Klinge am Griff.

Nachdem sie die Waffe nachdenklich hin und her gedreht hatte, zerbrach sie die Schneide und ließ die nunmehr ungefährlichen Bruchstücke zu Boden fallen. Ga-nor hatte bereits begriffen, dass er trotz all der Wendigkeit und Kraft, mit der die Ug ihn gesegnet hatte, gegen diese Frau nichts würde ausrichten können. Daher verfolgte er lediglich aufmerksam jede ihrer Bewegungen.

Äußerlich machte die Frau keineswegs den Eindruck, besonders gefährlich zu sein. Sie war jung, recht groß, schlank und geschmeidig, hatte ein freundliches Gesicht, ausdrucksvolle graue Augen, klar geschwungene Brauen, volle Lippen und prachtvolles schwarzes, allerdings ziemlich wirres Haar, das sie wie ein Umhang einhüllte. Nicht einmal die von den Nordländern als Göttin der Nacht verehrte Ura hätte sich dieses Haares geschämt, das selbst im schummrigen Licht des Waldes glitzerte und funkelte.

Das graue Reisegewand nahm die Farbe der Augen auf und wurde von einem geflochtenen Ledergürtel gehalten, der die schlanke Taille umschloss. Die schmalen Handgelenke zierten Armreifen aus dunklem Sdisser Gold.

»Du weißt, wer ich bin?«, fragte sie.

»Die Verdammte Scharlach.«

»Richtig. Obwohl ich diesen Beinamen nicht mag. Ich wollte dich nicht erschrecken, Barbar.«

Ga-nor hüllte sich in Schweigen und lauerte noch immer in geduckter Stellung darauf, dass die Verdammte einen Fehler beging.

»Mir machst du mit deinem Schweigen nichts vor«, fuhr Scharlach grinsend fort. »Also, bring dein Spielzeug schon zum Einsatz, vorher denkst du ja ohnehin an nichts anderes. Danach können wir dann hoffentlich wie zwei vernünftige Menschen miteinander reden.«

Selbstverständlich ging Ga-nor nicht auf diese Aufforderung

ein, sondern richtete sich lediglich auf. Doch seine Haltung vermochte die Frau nicht zu täuschen.

»Wie du meinst«, sagte Scharlach und umrundete den Baum mit dem Toten. Daraufhin setzte sich Ga-nor ebenfalls in Bewegung, wobei er darauf achtete, Abstand zu der Verdammten zu halten, auch wenn er wusste, dass sie ihn jederzeit mit einer einzigen Bewegung ihres Fingers zerquetschen könnte. Sogar aus einer Entfernung von mehreren Schritten.

»Im Grunde kommst du mir gerade recht«, ergriff Scharlach erneut das Wort. »So kann ich dir nämlich versichern, dass mir das Dorf, zu dem du unterwegs bist, völlig einerlei ist. Gewiss, wenn es nötig wäre, würde ich es ohne mit der Wimper zu zucken dem Erdboden gleichmachen. Aber … ich versuche stets, nicht überstürzt zu handeln. Im Unterschied zu diesem Dummkopf.« Sie nickte zu dem Toten hinüber. »Er hatte Befehl, euch in Ruhe zu lassen, aber dieser hitzige Narr musste die Toten ja unbedingt zum Leben erwecken.«

Sie wich einer Blutlache aus, und ihre grauen Augen funkelten belustigt.

»Merk dir genau, was ich jetzt sage, denn ich wiederhole mich nicht gern. Wenn du in das Dorf zurückkommst, in dem sich deine Gefährten wie Ratten in der Falle fühlen, sprich mit den Soldaten. Sag ihnen, dass ich ihnen ihr Leben schenke und sie ziehen lasse, sofern sie mir die Kommandeure ausliefern, und zwar gesund und munter. Alle anderen sollen von mir aus ihre Sachen packen und machen, dass sie wegkommen. Ich werde sie bestimmt nicht daran hindern.«

»Wer gibt schon was auf das Wort einer Verdammten?!«, entgegnete Ga-nor voller Verachtung.

»Alle«, antwortete sie unter schallendem Gelächter. »Berichten nicht selbst eure Lügenmärchen davon, dass es nicht zu meinen Gepflogenheiten gehört, mein Wort zu brechen? Schon gar nicht, wenn es lediglich um eine Handvoll angeschlagener Soldaten geht.«

»Was versprichst du dir davon?«

»Wenn du nur ein paar Kakerlaken lebend einfangen willst,

wäre es dumm, in einen Porzellanladen zu gehen und alles mit einem Knüppel zu Bruch zu schlagen«, antwortete Scharlach gelassen. »Das übersteht nämlich niemand, weder das Geschirr noch die Kakerlaken. Deshalb verzichte ich auf ein solches Vorgehen. Du dürftest vermutlich auch keinen Wert darauf legen. Niemand braucht Blut, das umsonst vergossen wird. Tu also, worum ich dich bitte. Ich bin mir sicher, die einfachen Soldaten werden ihr Leben nicht für zwei oder drei Dummköpfe hergeben, die ihnen diesen Schlamassel überhaupt erst eingebrockt haben. Übermittel deinen Freunden mein Angebot. Ich werde bis zum Sonnenaufgang auf ihre Entscheidung warten.«

»Und wenn sie sich weigern?«

»Dann suche ich euch auf. Und das wird dann nicht so glimpflich abgehen.«

Nach diesen Worten drehte sie sich um und lief ruhigen Schrittes davon. Ga-nor wagte es trotzdem nicht, den letzten Dolch gegen ihren ungeschützten Rücken zu schleudern. Nach einer Viertelminute war die Verdammte zwischen den Bäumen verschwunden, während er allein zurückblieb. Allein mit dem Toten.

Irgendwo in den Zweigen krächzte ein Rabe.

KAPITEL

7

Fünfzig Schritt vor der Barrikade verlangten die Posten von Ga-nor, er möge seinen Namen nennen. Er blieb folgsam stehen, sagte, wer er sei, hob beide Arme und drehte sich einmal um sich selbst, damit ihn alle begutachten konnten. Erst danach durfte er weitergehen.

»Der sieht eigentlich noch ganz lebendig aus«, bemerkte einer der Bogenschützen. »Überhaupt nicht wie ein Untoter.«

»Du hast Glück gehabt, Nordländer. Niemand hat daran ge-glaubt, dass du zurückkommst.«

»Oder höchstens als Untoter.«

Ga-nor zuckte lediglich die Schultern. Nach der Begegnung mit Scharlach stand ihm nicht der Sinn nach dieser Art von Scherzen.

»Wie sieht's aus?«, fragte der Bogenschütze.

»Nicht gerade rosig«, antwortete Ga-nor, verzichtete aber auf Einzelheiten. Um weiteren Fragen zuvorzukommen, wollte er wissen: »Wo ist euer Kommandeur?«

»Mylord Rando? In der Schenke oder am Glockenturm. Viel-leicht auch an der Barrikade auf der Weststraße. Frag die ande-ren, sie werden's wissen.«

Jeder, der ihm auf seinem Weg begegnete, warf ihm einen neu-gierigen Blick zu. Manch einer sprach ihn an und erkundigte sich, wie ihre Chancen stünden, aus dem Dorf herauszukom-men. Er antwortete jedoch auf alle Fragen nur einsilbig. Luk fand er am Glockenturm, wo er gegen sich selbst würfelte.

»Hast du nichts Besseres zu tun?«

»Da platzt doch die Kröte«, rief er lachend. »Bin ich froh, dich zu sehen!«

»Vielleicht, weil du auf meine Rückkehr gewettet hast?«, mutmaßte Ga-nor. »Wie viele Münzen hab ich dir jetzt eingebracht?«

Luk gab vor, beleidigt zu sein, klaubte die Würfel zusammen und steckte sie in einen abgeriebenen Lederbeutel.

»Willst du damit behaupten, du kannst dir nicht vorstellen, dass ich mich einfach so über die Rückkehr meines Freundes freue?«

»Käme ich nie drauf«, versicherte Ga-nor grinsend. »Ich freu mich schließlich auch, dich wiederzusehen.«

»Wie kannst du mir dann unterstellen, ich würde so eine Wette schließen?!«, plusterte sich Luk wie ein Truthahn auf. »Außerdem: Welche Wetten willst du mit diesen Männern überhaupt abschließen, wenn nicht einer von denen auch nur eine müde Münze in der Tasche hat?! Fünf Kupferlinge und eine Silbermünze – das kannst du ja wohl nicht als Gewinn bezeichnen!«

Ga-nor schnalzte mitleidsvoll mit der Zunge. Im Gegenzug reichte Luk seinem Freund dessen Schwert.

»Hier, nimm dieses Monstrum zurück«, sagte er. »Im Übrigen wäre es eine Schande gewesen, nicht zu wetten. Wo mir doch klar war, dass ein solcher Ausflug der reinste Spaziergang für dich ist. Also, was gibt's Neues? Kommen wir hier lebend raus oder sollten wir bei Othor die letzte Beichte ablegen, solange die Leute bei ihm noch nicht Schlange stehen?«

»Othor?«

»Der Priester. Meiner Meinung nach ist das ein abgefeimter Kerl. Reden kann er ja, aber seine Augen wirken durch und durch verschlagen. Aber nun sag schon, wie sieht's aus?«

»Nicht gut. Die Straße ist versperrt. Und es wimmelt von Nabatorern.«

»Du hast vergessen, diesen Nekromanten aufzuzählen«, knurrte Luk und spuckte verärgert aus.

»Der ist tot.«

»Alle Achtung!«, rief Luk begeistert, wenn auch etwas ungläubig. »Wie hast du das denn geschafft?«

»Oh, das ist nicht mein Verdienst«, sagte Ga-nor und blickte beunruhigt auf die untergehende Sonne. »Das haben wir einer Verdammten zu verdanken.«

»Bitte?!« Luk traten fast die Augen aus den Höhlen. »Einer Verda…«

»Pst! Komm mit! Wir müssen zu Mylord Rando. Die Zeit läuft uns davon.«

Als Ga-nor seinen Bericht vortrug, herrschte Grabesstille. Woder strich sich nachdenklich über den Bart und warf immer wieder einen vielsagenden Blick auf seinen Neffen. Rando, noch erschöpfter und hohlwangiger als in den letzten Tagen, saß auf dem Fußboden, das Schwert quer über die Schenkel gelegt. Obwohl ihn fröstelte, brannten seine Augen, als trieben geheimnisvolle Wesen von innen glühende Nadeln in sie hinein.

Jurgons Miene verfinsterte sich bei jedem Wort, das der Irbissohn hervorbrachte, während sein linkes Lid verräterisch zuckte. Sämtliche Versuche, sich diese Blöße nicht zu geben, scheiterten. Niemandem entging, wie sehr die Neuigkeiten den Glimmenden erschütterten.

»Wenn das, was du gesagt hast, wahr ist, dann wären wir in einer verflucht misslichen Lage«, brachte Woder in giftigem Ton hervor, nachdem Ga-nor geendet hatte. »Aber ich will das einfach nicht glauben. Bist du sicher, dass es sich um die Verdammte Scharlach handelt?«

»Er hat sie zutreffend beschrieben. Zumindest wird sie in den kanonischen Texten und auch auf den Portraits genau so dargestellt«, bemerkte Jurgon. »Daher sollten wir davon ausgehen, dass es Scharlach ist.«

»Für mich steht das außer Frage«, erklärte Ga-nor und nahm sich vom Tisch einen Krug mit Wasser, trank einen kräftigen Schluck und wischte sich den Bart mit dem Ärmel ab. »Und sie glaubt, die Soldaten würden Mylord ausliefern.«

»Da irrt sie sich!«, widersprach Rando heftig.

»Das würde ich lieber nicht zu laut sagen, Mylord«, hielt Jurgon dagegen. »Menschen sind seltsame Wesen. Vor allem, wenn ihr Leben an einem seidenen Faden hängt. Die Geschichte kennt zahlreiche Beispiele, bei denen sich Treue in Verrat verwandelt.«

»Scharlach versichert, sie würde ihr Wort halten. Aber wir dürfen ihr nicht trauen. Sie ist eine ausgestoßene Frau. Mit einer dunklen Seele.«

»Gut gesprochen, Nordländer«, höhnte Woder. »Aber wenn du so klug bist, dann verrat uns dummen Männern doch mal, was wir jetzt tun sollen?«

»Fliehen«, erwiderte Ga-nor völlig gelassen.

»Eben. Denn wenn Ihr in diesem Nest nicht auf den Tod warten wollt, habt Ihr hier nichts mehr verloren«, mischte sich Luk ein. »Ga-nor und ich, wir werden das Dorf jedenfalls verlassen, sobald es dunkelt.«

»Ich denke, das werden wir auch tun«, bemerkte Rando, ohne seinen Onkel anzusehen. »Du scheinst ein guter Spurenleser zu sein. Bevor wir alle aufbrechen, schicke ich zwei Einheiten voraus, eine über die Hügel, die andere durch den Wald. Der Rest von uns käme dann etwas später nach. Eine der beiden Truppen würde ich gerne dir anvertrauen.«

Als Woder diesen Vorschlag hörte, verzog er das Gesicht, sagte aber keinen Ton.

»Das ehrt mich, Mylord«, erwiderte Ga-nor und neigte würdevoll den Kopf.

»Dann nimmst du den Weg über die Hügel. Ich stelle dir gleich ein paar Männer ab.«

»Dagegen würde ich Einwände erheben«, erklärte Ga-nor. »Wir gehen zu zweit. Luk und ich. Ich kenne Eure Männer nicht und kann nicht einschätzen, über welche Erfahrung sie verfügen. Ohnehin reichen zwei Mann für diese Aufgabe vollkommen aus. Wir müssen unbemerkt bleiben. Aber je größer eine Einheit ist, desto schwieriger wird das. Wenn Ihr wollt, dass ich für Euch über die Hügel gehe, müsst Ihr mir diese Bitte erfüllen.«

Rando schwieg eine ganze Weile, ehe er seine Entscheidung traf: »Gehen wir davon aus, dass du mich überzeugt hast, Irbissohn. Kannst du Karten lesen?«

»Ja.«

»Dann sieh sie dir an. Ihr geht durch die Felder bis zu diesem Hain«, sagte der Ritter und fuhr mit dem Finger über die Karte. »Wenn der Weg frei ist, haltet ihr auf die Hügel zu. Dort wartet ihr auf uns. Wir brechen eine Stunde nach euch auf. Habt ihr das verstanden?«

»Da platzt doch die Kröte«, schnaubte Luk. »Haltet Ihr uns eigentlich für durch und durch dämlich?!«

»Nein. Macht euch auf den Weg, sobald die Nacht hereinbricht. Jurgon, setz die Posten davon in Kenntnis, dass sie die beiden durchlassen.«

Sobald Ga-nor, Luk und der Glimmende die Schenke verlassen hatten, rieb sich Rando die dröhnenden Schläfen.

»Die Verdammte ist hinter dir her«, wandte sich Woder an seinen Neffen.

»Warum sollte sie das?«

»Als ob du das nicht genau wüsstest! In deinen Adern fließt altes und edles Blut.«

»Genau wie in deinen.«

»Ich spreche von der Familie deines Vaters. Von den rey Vallions. Du gehörst der Familie des Imperators an, auch wenn du in der Thronfolge erst an zwanzigster Stelle kommst. Aber der Imperator hat keine Erben.«

»Eben, Onkel, an zwanzigster Stelle. Das ist nicht die erste Stelle und noch nicht einmal die fünfte.«

»Vergiss nicht, dass sich solche Dinge in Kriegszeiten rasch ändern können. Ein Blick in die Geschichte zeigt dir, dass mitunter auch noch entferntere Verwandte unversehens auf dem Herrscherthron saßen. Außerdem bist du, wenn ich mich nicht irre, hier im Süden mittlerweile der einzige Mann, in dessen Adern das Blut des Falken fließt. Offenbar hast du die Legenden vergessen, die dir meine Schwester in deiner Kindheit erzählt hat. In ihnen heißt es nämlich, dass während des Krieges der Nekromanten ein Falke, also ein Angehöriger aus der Familie des Imperators, der Verdammten Blatter in die Hände gefallen ist.«

»Und? Korunn hat sie damals dennoch nicht eingenommen. Niemand weiß also, ob an der alten Legende, mit dem Blut eines Falken könne der Koloss in der Hauptstadt überwunden werden, etwas dran ist.«

»Damals hat sie es nicht geschafft – aber heute hat sie vielleicht mehr Glück.«

»Meinst du?«, fragte Rando und sah seinen Onkel erstaunt an. »Bisher habe ich dich noch nie so verzagt erlebt.«

»Ich bin kein Narr. Genauso wenig wie du. Aber wir haben den Süden bereits verloren. Wann die Treppe des Gehenkten fällt, ist auch nur noch eine Frage der Zeit. Selbst wenn wir den Winter noch überstehen – im nächsten Frühjahr werden unsere werten Gäste ihren Blick nach Norden richten. Und dann könnte der Krieg auch die Hauptstadt erreichen. In dem Fall käme ihnen dein Blut sehr gelegen.«

»Falls das alles nicht doch bloß eine Legende ist.«

»Anscheinend glauben die Nabatorer aber daran. Erinnerst du dich noch, wie seltsam sie sich in der Schlacht vor Altz verhalten haben? Sie haben gewütet wie die Besessenen. Wir waren bereits bis an die Stadtmauern zurückgedrängt – und es hätte sie nichts gekostet, unsere Einheit zu zerschlagen.«

»Wir hatten halt Glück, dass wir diesem Kessel noch einmal entkommen konnten.«

»Ich würde eher sagen, man hat uns durchgelassen. Sie wussten, wer den Befehl über diese Einheit hat. Dann haben sie sich uns an die Fersen geheftet und uns so lange gejagt, bis wir in der Falle saßen. Deshalb bin ich mir sicher, dass die Verdammte es auf dich abgesehen hat.«

»Willst du damit andeuten, sie hätte dafür gesorgt, dass wir nicht von hier wegkommen?«

»Sie ist stark, aber nicht allmächtig«, sagte Woder nach langem Schweigen. »Und man kann sie genauso gut täuschen wie jeden sterblichen Menschen. Meiner Ansicht nach sollten wir unsere Männer daher nicht in zwei, sondern in drei Gruppen aufteilen, um dann in verschiedene Richtungen zu ziehen. In den Wald. Über die Hügel. Und zum Fluss.«

»Du hast recht«, erwiderte Rando. »Machen wir es so, wie du sagst.«

Das trübe und unfreundliche herbstliche Dämmerlicht schlug über dem namenlosen Dorf die schweren Flügel der heraufziehenden Nacht zusammen. Von Osten krochen Regenwolken heran. Es war kühl geworden, erneut ging ein scharfer, schneidender Wind, der es darauf anlegte, die zahlreichen Lagerfeuer zu löschen, die die Soldaten entzündet hatten, um die Finsternis zu vertreiben. Hunderte rubinroter Funken stoben von den Flammen auf, wurden von einer Brise erfasst und in einem feurigen Wirbel die Straße hinuntergetrieben.

Im Dorf herrschte Aufregung. Befehle wurden erteilt, Waffen klirrten, der spärliche Proviant wurde unter den Soldaten verteilt. Glum schrie die Namen der Männer und ordnete sie einer der drei Gruppen zu. Am Fluss machten sich einige mit Beil und Hammer zu schaffen, um behelfsmäßige Flöße zu bauen.

»Wann werden die Nabatorer wohl begreifen, dass sie fliehen wollen?«, fragte Luk Ga-nor, der gerade seinen Gürtel umband.

»Schnell genug. Bis dahin werden sie noch nicht so weit gekommen sein, wie sie es sich wünschen. Dann müssen unsere Feinde allerdings entscheiden, welcher der drei Gruppen sie nachsetzen.«

Luk versicherte sich ein letztes Mal, dass seine pelzgefütterte Jacke fest geschnürt war. Sie besaß zwar keine Metallplatten, hielt dafür aber warm, was am Ende den Ausschlag gegeben hatte. Er verzichtete sogar auf ein Kettenhemd. Jedes zusätzliche Gewicht könnte sich bei ihrem Unternehmen als hinderlich herausstellen. Und er hatte an seinen Waffen schon genug zu tragen.

»Beim Reich der Tiefe!«, brummte er und wischte sich einen Tropfen von der Wange. »Schon wieder Regen! Wenn du wüsstest, wie satt ich den habe!«

»Freu dich lieber über ihn, er kommt uns nämlich gerade recht. Bist du fertig?«

Luk nahm seinen Rundschild vom Boden auf, schulterte ihn und wand die Kette des Streitflegels um seine Hand.

»Ich denke schon«, antwortete er. »Obwohl ich zugeben muss, dass mir nicht ganz wohl bei der Sache ist.«

»Was den Vorteil haben wird, dass du tust, was ich sage«, entgegnete Ga-nor. »Also los, gehen wir. Es ist fast dunkel.«

»Meiner Ansicht nach war es ein Fehler von uns, dass wir uns auf die Hügel eingelassen haben«, knurrte er. »Wir hätten uns in den Wald schlagen sollen, auch wenn ich den hasse. Aber ich glaube, das wäre sicherer gewesen.«

Ga-nor bettete den uralten Sack von einer Schulter auf die andere um und zeigte mit dem Finger zum Wald hinüber.

»Dort lauert die Verdammte«, erinnerte er Luk. »Der möchte ich nicht noch mal in die Arme laufen. Bei einer zweiten Begegnung könnte Ug nämlich mit wichtigeren Dingen als der Rettung meines Lebens beschäftigt sein. Und niemand sollte die Geduld der Götter herausfordern.«

»Nur gut, dass wir nicht zum Fluss müssen. Bei diesem Wetter möchte ich nicht für alle Soren der Welt auf dem Wasser sein«, brummte Luk. »Deshalb hätte ich auch keinen Fuß in diese Richtung gesetzt! Da verreck ich lieber hier, als dass ich da rumkrebse.«

»Glaub mir, notfalls würdest du dich nicht nur kopfüber in einen Fluss stürzen, sondern auch in eine Jauchegrube.«

»Auf unserem Weg sind wir frei zu sehen!«, meckerte Luk weiter, während er seinem Freund nacheilte. »Uns erwarten nichts als brache Felder voller Pfützen, Schlamm und ...«

»Dunkelheit. Heute Nacht ist es stockfinster. Dazu kommt der Regen. Wie gesagt, der steht diesmal auf unserer Seite.«

»Trotzdem. Wenn wir nach Norden gegangen wären ... in den Wald ...«

»Mach dir keine Sorgen«, unterbrach ihn Ga-nor. »Du kriegst deinen Wald schon noch. So viel, bis er dir wieder zum Hals raushängt. Hinter den Feldern beginnen flachere Hügel. Früher oder später erreichen wir da die westlichen Ausläufer der Blinden Berge.«

»Ich soll euch bis zu den Posten begleiten«, rief Kallen, der ihnen hinterhereilte.

Den Rest des Weges bis zum Dorfrand legten die beiden Freunde schweigend zurück. An der Barrikade blieben sie stehen. Ein finster dreinblickender Soldat trat an sie heran. Er war mit einem schweren Bogen bewaffnet und hatte bereits einen Pfeil angelegt. Ein zweiter Mann kauerte verborgen im Dunkel, doch Ga-nor spürte seine Anwesenheit. Der Bogenschütze sah Kallen fragend an.

»Lasst die beiden durch«, befahl dieser.

»Schlaf nicht, Luk«, verlangte Ga-nor, der bereits durch einen eilends hergestellten Spalt in der Barrikade schlüpfte.

Luk brach der Schweiß aus, er fühlte sich schutzlos und verletzlich. Am liebsten hätte er sich auf den Bauch geworfen und wäre gerobbt, denn seiner Ansicht nach konnte ihn jenseits der Barrikade jeder sehen.

In der Mitte des Feldes blieb Ga-nor stehen. »Wickel einen Lappen um die Kette«, zischte er. »Die klirrt so laut, das sie noch in einer League Entfernung zu hören ist.«

»Wo soll ich denn jetzt einen Lappen herkriegen?«

»Wozu hast du einen Umhang?«

»Damit ich nicht nass werde natürlich.«

»Verstehe. Hauptsache, du bist trocken! Was spielt es da noch für eine Rolle, ob du tot bist?«

Daraufhin wickelte Luk unter ständiger Anrufung seiner heißgeliebten Kröte den Umhang um den Streitflegel.

»Gut«, lobte ihn Ga-nor. »Ich geh voraus. Zähl bis zweihundert. Das schaffst du doch wohl, oder?«

»Nein, ich kann nur bis fünfundzwanzig zählen«, giftete Luk.

»Dann zähl halt achtmal bis fünfundzwanzig. Danach folgst du mir. Aber leise.«

»Das ist mir auch klar, schließlich bin ich kein Narr.«

»Wenn du vom Weg abkommst, bleib einfach stehen. Ich find dich dann schon.«

»In dieser Dunkelheit erkenne ich kaum noch meine eigene Nasenspitze – wie soll ich da den Weg finden?!«

»Keine Sorge, du gewöhnst dich dran. Halte den Dolch griffbereit«, riet ihm Ga-nor noch, ehe ihn die Finsternis verschluckte.

Ga-nor hatte schon immer gute Augen gehabt. Die langen Streifzüge durch die Buchsbaumberge hatten ihn zudem geschult, sie auch im Dunkeln zu gebrauchen. Trotzdem konnte er diesmal nicht auf sein Sehvermögen zurückgreifen: Die Schwärze war undurchdringlich. Deshalb musste er sich auf sein Ohr und, wenn auch in geringerem Maße, auf seine Nase verlassen. Doch der Regen und der Wind vertrieben die meisten der Gerüche, auf die es angekommen wäre, verstärkten dagegen die, auf die es nicht ankam.

Bei jedem Schritt schmatzte der Schlamm. Daran änderte nicht einmal das niedrige, verwelkte Gras etwas. Schon bald überhörte der Irbissohn dieses Geräusch jedoch und bewegte sich wesentlich sicherer vorwärts.

Er hielt auf einen großen Espenhain zu, der vor den Hügeln begann. Einen besseren Ort für einen Hinterhalt hätten die Nabatorer nicht finden können.

Doch sollten da tatsächlich Feinde auf ihn, Ga-nor, warten, würde er sie als Erster bemerken – und zusammen mit Luk überfallen, das stand für den Irbissohn außer Frage.

Als er sich umdrehte, trennte ihn vom Dorf bereits eine derart große Entfernung, dass er nur noch einige flackernde, matte Feuer zu erkennen vermochte. Behände sprang er über einen Zaun, der das Feld umzog, und presste sich auf den Boden, damit ihn niemand bemerkte. Vor ihm erhob sich, in Regen und Finsternis kaum auszumachen, eine Wand aus Bäumen.

Von den Zweigen fielen Tropfen, die den Teppich aus abgefallenen Blättern nässten. Bestens! Damit würde das Laub kein verräterisches Rascheln von sich geben! Der Wind zauste die Wipfel. Die alten, gespaltenen und über die Jahre dunkel gewordenen Stämme zeichneten sich als dichte Schatten in der Finsternis ab. Ga-nor huschte zum ersten Baum hinüber, dann weiter von einem zum anderen, dabei den Geruch der verfaulten Blätter, des Herbstes, des Regens und der feuchten Erde in sich einsaugend.

Der Regen trommelte leise, das Gras wisperte, die Wipfel knarrten. Es war ein Wald wie jeder andere auch, wenn er von schlechtem Wetter heimgesucht wurde. Trotzdem spürte Ga-nor mit all seinen Sinnen die Gefahr.

Er verharrte, spitzte die Ohren und lauschte zwanzig lange Sekunden auf das gleichmäßige Prasseln des Regens.

»Die Ablösung«, hörte er da einige Yard vor sich eine leise Stimme sagen.

Ga-nor zog den Dolch blank und presste sich gegen einen Baum.

Die Posten packten eifrig alles zusammen, jemand murmelte etwas, ein Schwert klirrte, als es in die Scheide gesteckt wurde.

»Wann werden wir wieder abgelöst, Sergeant?«, erkundigte sich einer der neu eingetroffenen Männer.

»In zwei Stunden.«

Die bisherigen Posten liefen dicht an Ga-nors Versteck vorbei und verschwanden in der Dunkelheit. Der Irbissohn lauschte ihren sich entfernenden Schritten nach, bis sie vollständig verebbt waren.

Mit einem Mal rührte sich jemand in seiner Nähe und seufzte. Danach breitete sich peinigende Stille aus.

Als Ga-nor es nach ein paar Minuten wagte, sich wieder zu bewegen, stieß er prompt auf eine Falle: Unvermittelt knackte ein Ast.

Der Irbissohn sprang sofort zurück, doch schon bohrte sich eine Streitaxt in den Stamm, hinter dem er sich bis eben noch verborgen hatte. Es folgte ein wütendes und sehr enttäuschtes Knurren, an das sich aufgeregte Schreie anschlossen.

»Was ist da los?!«

»Jemand ist in Norbs Falle getappt.«

Ga-nor schleuderte den Dolch in Richtung der Stimme. Ein leiser Schrei verriet ihm, dass er getroffen hatte. Umgehend tastete er nach dem Schwert auf seinem Rücken und machte sich zum Kampf bereit. Als ein Blitz zuckte, sah er, dass drei Männer auf ihn zuhielten.

Der schnellste von ihnen schützte sich mit seinem Schild

gegen die wilden Schläge Ga-nors, vermochte sich aber nicht lange auf den Beinen zu halten. Doch noch ehe ihn Ga-nor mit dem Schwert erledigen konnte, stürmte bereits der nächste Nabatorer auf ihn zu und verlangte seine volle Aufmerksamkeit, sodass der Erste sich wieder hochrappelte. Da der dritte Mann seinen Gefährten auf keinen Fall in die Quere kommen wollte, mischte er sich vorerst nicht in den Kampf ein.

»Hol Verstärkung«, brüllte der Erste. »Was stehst du hier rum?!«

Daraufhin pflügte der dritte Soldat durch die feuchten Büsche, deren Zweige laut knackten.

Mit einem tiefen Schrei wandte sich Ga-nor abermals dem schildtragenden Mann zu und stieß ihm die zweischneidige Klinge wie eine Lanze ins Gesicht. Kaum krümmte er sich, schlitzte der Irbissohn ihm den Schenkel auf. Flink zog er das Schwert wieder aus dem Fleisch und erledigte mit wenigen Streichen den zweiten Nabatorer, der dem Verletzten zu Hilfe gesprungen kam.

Der erste Angreifer, nunmehr allein, warf sich trotz seiner Verletzung mit ungeheurer Wut auf Ga-nor. Er schlug wild um sich und nahm dem Irbissohn jede Möglichkeit, von der Verteidigung zur Attacke überzugehen. Plötzlich standen sie mit gekreuzten Klingen dicht voreinander.

Sein Feind verfügte über eine nahezu tierische Kraft. Ga-nor musste sich derart anstrengen, dass die Adern auf seinen Händen hervortraten. Deshalb wollte er es mit einer Finte versuchen, die jedoch missglückte. Nun blieb ihm nur noch eine Möglichkeit: Während er sich zu Boden fallen ließ, zog er den anderen mit sich. Die beiden verknäulten sich ineinander, rollten über den Boden und hämmerten mit Fäusten aufeinander ein. Ga-nor schlug schmerzhaft mit dem Kopf gegen einen Stein oder eine Wurzel. Ihm flimmerte es vor Augen – und im nächsten Moment lag er auf dem Rücken, vom Gewicht seines Gegners niedergedrückt. Matt blitzte in der Nacht das Messer des Nabatorers auf.

In letzter Sekunde fing der Irbissohn die Hand seines Angreifers ab und presste sie mit aller Kraft nach oben, damit der Nabatorer ihm nicht die Kehle aufschlitzte. Doch der Stahl näherte sich erbarmungslos weiter und weiter seinem Hals. Schon lange war Ga-nor nicht mehr an einen Mann geraten, der so wendig und kräftig war wie dieser.

Jetzt ging Ga-nor dazu über, ihn mit den Füßen in den Rücken zu treten, damit der Kerl wenigstens kurz das Gleichgewicht verlor. Der jedoch wich geschickt allen Tritten aus und drückte Ga-nor mit dem Knie einen Arm zu Boden, sodass er sich kaum noch bewegen konnte.

Mit einem Mal ächzte der Nabatorer allerdings ungläubig und kippte langsam zur Seite, wobei er Ga-nor über und über mit Blut bespritzte, das ihm aus dem aufgeschlitzten Hals schoss. Der Irbissohn schob den Sterbenden von sich und griff nach der Hand, die Luk ihm entgegenstreckte.

»Da komm ich ja anscheinend grade recht«, bemerkte dieser finster, während er seinem Freund half aufzustehen.

»Warte hier. Schlag auf alle ein, die sich noch rühren«, befahl Ga-nor, während er sich mit dem Ärmel seiner Jacke die blutverschmierten Augen abwischte, um schließlich dem letzten Nabatorer hinterherzustürzen.

Er berührte den Boden kaum, so schnell rannte er, setzte hier über flache Büsche und umgestürzte Baumstämme, umrundete dort Gruben, die unter abgefallenem Laub klafften. Trotzdem lief er niemals Gefahr, die Spuren aus den Augen zu verlieren.

Der Regen nahm mehr und mehr zu, der Boden war glatt wie eine Eisbahn. Irgendwann hielt er kurz inne, um die Stiefel auszuziehen und barfuß weiterzulaufen, warf anschließend auch noch seine Jacke ab, die er bereits aufgeknöpft hatte. Immer wieder zuckten Blitze, und im Donner meinte er, das ebenso heisere wie spöttische Krächzen eines Raben zu hören.

Ga-nor kannte nur noch ein Ziel: den Feind einzuholen. Er glich nunmehr jenem legendären Irbis des Ug, der seiner Beute nachjagte, die es um jeden Preis zu fangen galt. Die Schnelligkeit, mit der er durch den Wald preschte, hätte jedem Boten des Imperiums zur Ehre gereicht. Selbst nach dem Kampf barst er geradezu vor Kraft. Seine Muskeln krampften sich nicht vor Müdigkeit zusammen, die Lungen brannten nicht wie Feuer. Doch während seine Gedanken kalt und berechnend waren, tobte in seinem Herzen eine alles vernichtende Wut, der er indes nicht nachgab.

Der Vorsprung des Nabatorers schmolz mit jeder Sekunde dahin wie ein Zuckerhut in einem Fass voll kochenden Wassers. Auf einer kleinen Lichtung blieb Ga-nor stehen, legte sich flach auf den Boden, presste das Ohr gegen die Erde, schrie innerlich triumphierend auf, veränderte die Richtung und setzte die Jagd fort. Schon nach einer Minute hörte er, wie der Mann, der offenbar nicht wusste, wie man sich im Wald bewegte, sich seinen Weg durch die Sträucher brach.

Als ein Blitz aufzuckte, sah Ga-nor den Rücken des Mannes vor sich. Der schien seinen Verfolger zu spüren, denn er drehte sich um, stieß einen halb erstickten Schrei aus und warf die Waffe von sich, um noch schneller laufen zu können. Er hatte allen Grund, Angst zu haben: Ihm war ein unbarmherziger, wilder und durch und durch nasser Irbis auf den Fersen.

Ga-nor brauchte nur noch wenige kräftige Sätze, dann hatte er den Nabatorer erreicht. Er schoss durch die Luft, fiel dem Mann in den Rücken und begrub ihn unter sich – und unter seinem Dolch.

Nachdem sich Ga-nor wieder erhoben hatte, schüttelte er sich wie ein wildes Tier, wobei ihm die Haare auf die Schultern klatschten. Da ihm ein Zweig die Wange aufgeritzt hatte, drückte er den Handrücken gegen die blutende Wunde. Sein rechtes Jochbein, dem der Nabatorer bei ihrem Zweikampf eben einen Faustschlag verpasst hatte, brannte inzwischen wie Feuer.

Er hob die Leiche ein wenig an und warf sie sich über die Schulter, als wöge sie nichts, um sie in einer Mulde zwischen den Wurzeln eines Baumes zu verstecken und mit feuchten Blättern zu tarnen.

Auf dem Rückweg sammelte er seine Jacke und seine Stiefel wieder ein.

»Da platzt doch die Kröte!«, rief Luk aufgebracht. »Wo bist

du denn bloß gewesen? Ich bin vor Sorge schon halb verrückt geworden!«

»Wo sind die Toten?«

»Die hab ich versteckt. Ganz in der Nähe.«

»Gut gemacht.«

»Willst du meinen Umhang? Nicht? Bitte, es ist dein gutes Recht, triefnass durch die Gegend zu krauchen.«

»Wir müssen sofort weiter, dieses Geplänkel hat uns schon zu viel Zeit gekostet«, erklärte Ga-nor. »Sieh also zu, dass du nicht zurückbleibst.«

»Bei Meloth!«, stöhnte Luk. »Den Spruch kenn ich. Und er hängt mir, ehrlich gesagt, schon zum Hals raus.«

»Pass auf, dann kommt er dir bald auch noch zu den Ohren raus«, entgegnete Ga-nor mit einem unschönen Grinsen.

»Wenn wir bloß der Verdammten nicht in die Arme laufen!«, grummelte Luk – doch da sprach er bereits mit dem Nichts. Ga-nor war längst weg. Fluchend packte er den Streitflegel, rückte den Rundschild auf dem Rücken zurecht und eilte seinem Gefährten nach.

Der überstürzte Aufbruch mündete in einen hitzigen Lauf, bei dem Luk einzig darauf achtete, seinen Freund nicht aus den Augen zu verlieren.

Mit der Zeit beruhigte sich das Gewitter ein wenig. Es blitzte und donnerte nicht mehr, nur der Regen pladderte noch, als habe er sich gegen die beiden verschworen. Den Espenhain hatten sie inzwischen weit hinter sich gelassen, nun schlugen sie sich durchs Unterholz, wobei sie darauf achteten, in der Nähe der Hügel zu bleiben und jede offene Fläche zu meiden.

»Wir haben's geschafft, oder?«, wollte Luk schwer atmend wissen.

»Das wird sich zeigen«, antwortete Ga-nor, während er sich ein Lager unter einem einzelnen Baum einrichtete. »Lass uns hier auf die anderen warten.«

»Wie du meinst«, murmelte Luk erschöpft. »Hast du was dagegen, wenn ich derweil ein Nickerchen mache?«

»Tu dir keinen Zwang an.«

Luk seufzte, machte es sich bequem und schlief sofort ein. Die nächste halbe Stunde saß Ga-nor reglos da und lauschte in die regnerische Nacht hinein, bis er schließlich eine kleine Runde drehte, um sich die Beine zu vertreten.

Der Regen, der jetzt längst nicht mehr so wütend niederging, brachte kaum noch Kälte mit sich. Doch mit einem Mal kam es hinter den Hügeln, dort, wo die Bäume standen, zu einer Reihe von Explosionen, die die Wolken in ein zartes Rosa tauchten. Alles endete jedoch ebenso unvermittelt, wie es begonnen hatte.

Ga-nor spähte einige Minuten lang derart angestrengt in die Nacht, dass ihm die Augen schmerzten. Dann hielt er es nicht mehr aus und erklomm einen Hügel. Obwohl er nicht sehr hoch war, eröffnete sich dem Irbissohn von oben eine hervorragende Sicht. Nach einer Viertelstunde, während der er in die schwarze Nacht gestarrt hatte, stieg er wieder hinab.

Und weckte Luk.

»Was ist los?«, fragte der. »Ist es schon morgens?«

»Wir müssen zurück«, flüsterte Ga-nor.

»Bitte? Wohin zurück? Und wann?«

»Zurück ins Dorf. Auf der Stelle.«

»Da platzt doch die Kröte! Was ist das schon wieder für eine Idee?! Für wen willst du da bitte sehr dein Leben riskieren? Wenn die Verdammte Blatter sie angegriffen hat, sind sie sowieso alle tot.«

»Ich geh auf alle Fälle zurück. Aber ich zwinge dich nicht mitzukommen. Du kannst auch gern hier warten.«

Luk zuckte zusammen, als sei er geschlagen worden, spuckte Ga-nor verächtlich vor die Füße und murmelte etwas von dreisten Barbaren, die nicht den geringsten Anstand im Leib hätten, wenn sie eine solche Meinung von ihren Freunden hegten.

Der Nordländer nahm die zornige Tirade mit einem Grinsen hin.

Kapitel

Rona weinte die ganze Nacht. Jeder Versuch Shens, sie zu beruhigen, scheiterte. Typhus wälzte sich von einer Seite auf die andere, bis sie uns schließlich alle anfauchte und zum Schlafen in ein Nachbarhaus abzog, nicht ohne sich vorher meine Decke zu schnappen.

Nachdem ich mir das Gewimmer eine Stunde lang angehört hatte, verscheuchte ich Shen unsanft von seinem Platz, fasste nach Ronas Hand und versicherte ihr, alles sei gut und niemand habe die Absicht, sie Kira zu übergeben.

Wie schon früher, glaubte sie mir sofort und schlief kurz darauf ein. Da ich fürchtete, sie zu wecken, sobald ich mich rührte, saß ich wer weiß wie lange an ihrer Seite und dachte an Lahen. Ich bildete mir ein, sie würde mir etwas ins Ohr flüstern. Auf ihre Worte lauschend, nickte ich ebenfalls ein.

Erst als eine Frauenstimme von draußen nach mir rief, wachte ich auf. Das war Lahens Stimme, ohne Zweifel. Aber wie konnte das möglich sein?! Stirnrunzelnd schielte ich zu Rona hinüber. Sie schlummerte friedlich, die rechte Hand unter die Wange geschoben, mit der linken meinen kleinen Finger umklammernd. Behutsam machte ich mich von ihr los und stahl mich auf Zehenspitzen zur Tür, um weder Rona noch Shen oder Yumi zu wecken. Der Waiya spitzte die Ohren, linste zu mir herüber, kam jedoch zu dem Schluss, dass er mich nicht eskortieren müsse, und schlief weiter.

Wegen des Halbdunkels, das im Haus herrschte, kostete es mich einige Mühe, beim Verlassen des Zimmers nicht zu poltern. Die Diele war leer, Ghbabakh nirgends zu sehen. Als ich aus dem Haus trat, ließ mich die morgendliche Kälte erschaudern. Ich sah mich aufmerksam um.

Bis zum Morgengrauen blieb noch mindestens eine halbe Stunde. Über den Boden waberte feiner Nebel. Es regnete nicht mehr, doch ringsum gab es nur Schlamm und Pfützen. Das Haus zeichnete sich als dunkle Silhouette gegen den langsam heller werdenden Himmel ab.

Ghbabakh schlief unter dem Wagen, offenbar war es ihm selbst in der Diele zu stickig geworden.

Ich wollte schon ins Haus zurückkehren, als aus dem Nachbarhaus ein leises Wiehern zu mir herandrang. Außerdem hörte ich im Brunnen ein Planschen, das klang, als schlage ein Fisch mit dem Schwanz auf das Wasser ein. Ich schielte aus den Augenwinkeln zum Brunnen hinüber, machte vorsichtshalber einen weiten Bogen um ihn und beschloss, diesem Geräusch erst später auf den Grund zu gehen.

Als ich das Haus betrat, das wir zum Pferdestall erkoren hatten, beäugten mich die Tiere voller Misstrauen. Eines wieherte kläglich, das zweite stapfte nervös mit dem Huf auf, das dritte bedachte mich mit einem Blick, als wolle es mich gleich beißen.

Leise und zärtlich auf die Pferde einredend, näherte ich mich ihnen. Sie schienen sich tatsächlich etwas zu beruhigen. Als ich vor ihnen stand, bemerkte ich jedoch, dass klebriger Schweiß ihre Körper überzog. Verständnislos strich ich einem von ihnen über die Nüstern. In dieser Sekunde spürte ich, wie sich eiskalte Finger in meinen Nacken legten. Das Pferd schlug aus, wobei es fast die morsche Wand eingerissen hätte. Ich sprang zur Seite, griff nach dem Messer und spähte in geduckter Stellung im leeren Raum umher. Die Tür quietschte noch leise, gab dann aber Ruhe.

Möglicherweise hätte ich ja all das auf ein Zusammenspiel meiner blühenden Phantasie und der Zugluft geschoben – hätten nicht die Pferde in ihrer Panik fast den Verstand verloren. Wenn sich bloß in der Nähe keine Untoten herumtrieben! Mit einem Messer, selbst einem scharfen, würde ich gegen diese Kre-

aturen nichts ausrichten. Deshalb wollte ich zu meiner Schlaf-
stätte zurück und mich mit etwas Soliderem bewaffnen.

Ich eilte hinaus und rannte fast zurück. Kurz vor der Tür hielt
ich abrupt inne. Was, wenn eines dieser Biester auf dem Dach
lauerte und sich gleich auf mich stürzte?

Der Tag war weiter heraufgezogen, der Nebel hatte sich etwas gelichtet. Grabesstille umgab mich, selbst das Plätschern im
Brunnen war verstummt. Ich änderte meine Richtung und hielt
nun auf den Wagen zu, um Ghbabakh zu wecken – als mich jemand mit leiser Stimme rief.

Das Messer noch fester packend, fuhr ich herum.

Etwa vierzig Schritt vor mir stand eine Frau. Ihr Gesicht
konnte ich nicht genau erkennen, nahm nur strohblondes Haar
wahr. Und einen dunklen Rock, den ich kannte: So einen hatte Lahen gern getragen. Schon im nächsten Moment war sie
hinterm Haus verschwunden, in der Luft hing nur noch die immer leiser werdende Stimme – die genau wie die von Lahen
klang.

Wie angewurzelt blieb ich stehen.

Natürlich hätte ich jetzt einen der anderen wecken sollen,
damit wir uns gemeinsam im Weiler umsahen. Nur ertrug ich
diese Ungewissheit keine Sekunde länger. Ich musste mich auf
der Stelle davon überzeugen, dass es sich nicht um ein Trugbild
handelte. Deshalb umrundete ich das Haus, behielt dabei aber
die Straße im Blick. Nach wenigen Schritten hatte ich den Rücken der halb im Nebel verborgenen Frau wieder vor mir.

Die Unbekannte verharrte auf einem Feld. Abermals konnte
ich kaum glauben, wie sehr sie Lahen glich. Ich musste an mich
halten, nicht ihren Namen zu rufen. Aber offenbar hatte sie meinen Blick gespürt, denn mit einem Mal drehte sie sich zu mir
um. Kaum sah ich ihr Gesicht, wich ich entsetzt zurück. Es war
seltsam. Schrecklich. Zusammengesetzt aus verschiedenen Ge-
sichtern.

Lahen, Ghinorha, Ceyra Asani und die Verdammte Lepra –
sie alle steckten in dieser Frau.

Dann jedoch geschah etwas, das sich überhaupt nicht mehr

erklären ließ: Die Unbekannte überwand den keineswegs geringen Abstand zwischen uns mit nur zwei Schritten.

Es war wie in einem Traum. Ich zwinkerte, rührte mich nicht vom Fleck und dachte gar nicht mehr an mein Messer – bis es zu spät war, weil sie unmittelbar vor mir stand. Ein verschrumpelter Schädel mit kalten dunkelblauen Augen schob sich an mein Gesicht, Modergestank und der bittere Geruch nach Wermut stiegen mir in die Nase, kräftige Finger schlossen sich um meinen Hals.

Als ich endlich mit dem Messer zustach, nützte das rein gar nichts. Die Klinge schien in eine faule Eiche zu dringen, nicht in einen menschlichen Körper. Ohne irgendwelchen Schaden anzurichten, blieb sie im Holz – nein, im Körper dieser Frau! – stecken. Jemand musste meine sämtlichen Kräfte bis zur Neige ausgetrunken haben, denn ich vermochte keinen einzigen Schlag mehr auszuführen. Nebel umwogte die grauenerregende Fratze, sodass sie vor meinen Augen verschwamm und sich auflöste.

»Ness! Kämpfe!« War das Lahen, die da schrie? »Schlag sie!«

Nichts anderes wollte ich ja … nur raubte mir jeder Versuch den letzten Atem.

»Schlag dieses Viech!«, brüllte Lahen ebenso wütend wie verzweifelt. »Worauf wartest du noch?!«

Ein stechender Schmerz durchfuhr meine Brust, die Lungen drohten, gleich zu platzen, Tausende von Kohlen mussten in ihnen glühen. Nun rissen sie mir das Fleisch auf – und polterten heraus. Endlich konnte ich wieder frei atmen. Ich fiel auf die Knie und rang nach Luft. Alles um mich herum drehte sich. Jemand stieß einen entsetzlichen Schrei aus. Ich tastete nach meinem Messer, ohne zu verstehen, dass es bereits im Körper dieser unbekannten Frau steckte, die über mich hergefallen war.

Ich musterte sie: Mittlerweile hing ihre Kleidung in brennenden Fetzen an ihr, ein Auge fehlte. Trotz der Wunden verfolgte sie jedoch unverändert die Absicht, mich zu töten. Wahrscheinlich hätte sie diesen Wunsch auch in die Tat umsetzen können, wenn sie nicht abermals angegriffen worden wäre.

Ein weißer Blitz schoss über mich hinweg, durchbohrte dieses Monstrum, riss es in Stücke und setzte das feuchte Gras in Brand. Als ich mich umdrehte, erblickte ich Typhus, die gerade den dritten Blitz schleuderte. Dankbar fiel ich in Ohnmacht.

Eine warme, eine vertraute Hand legte sich mir auf die Stirn.

Lahen!

Ich erschauderte, schlug die Augen auf – und die Worte, die mir bereits auf der Zunge lagen, blieben ungesagt.

Nein, ich hatte mich geirrt! Nicht mein Augenstern, sondern Rona beugte sich über mich.

»Aus, du Hund!«, fiepte Yumi besorgt und reichte mir einen feuchten Lappen.

»Keine Sorge, mein Freund«, beruhigte ich den Waiya, »das ist nur ein schlechter Traum gewesen.«

Das Sprechen fiel mir überraschend schwer, fast so, als presse mir jemand mit dem Stiefelabsatz die Kehle zu. Jedes Wort bereitete mir Schmerzen.

»Schlecht, ja, aber eben kwein Traum«, mischte sich Ghbabakh ein. »Denn du hast nicht gweschlafen, sondern bist ohnmächtigwa gwewesen. Yumi holt jetzt Shen.«

Prompt sprang der Waiya davon.

»Aber wenn es kein Traum war«, krächzte ich, »was ist es dann gewesen?«

»Eine Frau aus dem Dunkwel«, antwortete Ghbabakh, um mir dann in vertraulichem Flüsterton mitzuteilen: »Die hätte dich beinahe umgwebracht. Wie hast du sie überhaupt entdeckwat?«

»Durch die Pferde«, sagte ich, nachdem ich unter Qualen geschluckt hatte. »Die Tiere haben sie gewittert.«

»Im Gwegwensatz zu uns. Nicht mal Yumi hat was gwemerkwat.«

»Aus, du Hund«, bestätigte Yumi verwirrt, der gerade zurückkehrte.

In seiner Begleitung befanden sich Shen und Typhus. Hatten sie sich in der Zeit, da ich bewusstlos gewesen war, also doch nicht umgebracht. Wirklich bemerkenswert. Shen sah mich fragend an, Typhus grinste.

»Du bist einer der unverschämtesten Glückspilze, die mir je begegnet sind«, erklärte sie. »Wenn ich nur den Bruchteil einer Sekunde später eingegriffen hätte, würdest du jetzt das Reich der Tiefe durchstreifen.«

»Was ist das für eine Missgeburt gewesen?«, wollte ich wissen.

»Sprich besser nicht so viel!«, riet mir Shen. »Diese Missgeburt hat dir ganz schön den Kehlkopf malträtiert. Ich habe das zwar geheilt, aber du solltest deine Stimme trotzdem in den nächsten Tagen schonen.«

»Was für ein talentierter junger Bursche«, stichelte Typhus. »Seine Fähigkeiten überwältigen mich schier. Stell dir vor, in weniger als einer Minute hat er den Knorpel geflickt. Damit ist alles wieder wie neu! Wahrlich, ein großer Heiler!«

»Halt den Mund!«, verlangte Shen gelangweilt.

»Kriege ich eigentlich noch eine Antwort?«, brachte ich mich in Erinnerung. »Wer war das?«

»Eine Kir-lle«, antwortete Rona leise und schielte dabei zu Typhus hinüber. Von einer Sekunde auf die andere brach sie in Tränen aus.

»Nicht schon wieder!«, stieß Typhus verärgert aus.

»Aus, du Hund!«, meinte Yumi, der wie eine Katze um die Beine des Mädchens strich.

»Er sagwat, dass die Zeit der Trauer vorüber ist. Kwomm, gwehen wir da rübcr«, sagte Ghbabakh und führte Rona zu der Bank in der hinteren Ecke des Zimmers.

»Eine Kir-lle«, wiederholte ich nachdenklich. »Aber die singen doch …«

»Und? Hat sie ein Lied gesungen?«

Ich schüttelte den Kopf. Jene Geister, die durch Ruinen streifen und dich verschlingen, nachdem sie dich zuvor mit ihrem Lied einlullen, hatte ich bis auf den heutigen Tag für ein Märchen aus längst vergangenen Zeiten gehalten. Zwar hatte ich Geschichten darüber gehört, dass solche Wesen früher hoch im Norden des Imperiums anzutreffen gewesen wären – aber nie im Leben hätte ich damit gerechnet, einem von ihnen selbst zu begegnen.

In die Stille, die eingetreten war, mischte sich Ronas Schluchzen.

»Ich könnte ihr helfen«, bemerkte Typhus und nickte in Richtung des Mädchens. Als sie unsere misstrauischen Blicke auf sich spürte, fügte sie sogleich mit fröhlichem Lachen hinzu: »Ehrlich.«

»Niemals!«, erklärte Shen kategorisch. »Nur über meine Leiche!«

»Halt den Mund, Shen«, knurrte ich. »Wovon sprichst du, Verdammte?«

»Wäre es dir vielleicht möglich, mich nicht so zu nennen?«, herrschte sie mich an. »Das ärgert mich nämlich.«

»Also, wenn du mich fragst, ärgert Shen schon deine bloße Anwesenheit hier. Mich allmählich übrigens auch. Du hast versprochen, dass wir den Mörder suchen, aber das Einzige, was du tust, ist deine Nase in Dinge zu stecken, die dich nichts angehen.«

»Du bist ein undankbarer Hundesohn«, hielt Typhus fest. »Erst heute Morgen habe ich dir das Leben gerettet! Und was deine Rache angeht, darfst du sicher sein: Wenn die Stunde gekommen ist, helfe ich dir.«

»Würd ich ja gern glauben ...«

»Ich verspreche dir, du wirst der Erste sein, der erfährt, wer der Mörder ist. Und jetzt lenk nicht vom Thema ab! Ich versuche nämlich gerade, euch etwas sehr Wichtiges klarzumachen: Nachdem Talki im Kopf von diesem hübschen Ding herumgewühlt hat, stellt die Kleine eine Gefahr dar, die ihr nicht unterschätzen dürft. Ich könnte dem Mädchen jedoch zu seinem ursprünglichen Bewusstsein zurückverhelfen. Falls ihr daran Interesse habt, natürlich nur.«

»Selbstverständlich haben wir das.«

»Bitte?!«, stieß Shen entgeistert aus. »Bist du noch bei Verstand? Ich werde niemals zulassen, dass ...«

»Soll sie deiner Ansicht nach etwa in diesem Zustand bleiben?«, fiel ich ihm ins Wort. »Willst du wirklich, dass sie weiter in einem Albtraum lebt und sich wie eine Geisteskranke aufführt?«

Er schluckte, seine Augen funkelten, dann antwortete er zögerlich: »Nein, aber …«

»Dann sollten wir uns vielleicht mal anhören, was die Verdammte zu sagen hat, oder? Ihre Worte fügen Rona bestimmt keinen Schaden zu.«

Daraufhin willigte er ein, Typhus die Sache wenigstens darlegen zu lassen, bedachte sie jedoch nach wie vor mit hasserfüllten Blicken.

»Das Gehirn des Mädchens ist nicht so stark beschädigt, wie es den Anschein hat«, erklärte Typhus. »Ich habe sie genau beobachtet und lege meine Hand dafür ins Feuer.«

»Aber Lepra …«, setzte Shen an.

»Talki ist nicht Rowan«, unterbrach ihn Typhus. »Sosehr sie sich beim Umschmieden auch abmüht, sie kratzt lediglich an der Oberfläche des Bewusstseins, verändert es aber nicht grundlegend. Sie hat einiges verhunzt, doch all das lässt sich wieder gerade rücken. Hätte Rowan sich Rona vorgenommen, sähe die Sache anders aus. Wen dieser Grabwurm in den Klauen gehabt hat, den kann man nicht mehr heilen.«

»Du meinst also, Rona könne geheilt werden?«, hakte ich nach.

»Ja, denn sie ist nicht immer so …«, sagte Typhus und tippte sich mit dem Finger gegen die Schläfe. »Es gibt Tage, an denen geht es ihr besser, das wisst ihr selbst. Außerdem kann sie immer noch Magie einsetzen. Wer einen wirklichen Bruch seines Bewusstseins hat verkraften müssen, verliert in der Regel die Fähigkeit, seinen Funken anzurufen. Das trifft für dieses Mädchen jedoch nicht zu. Shen! Lass mich ihr helfen, sonst wird deine Freundin erst in zwei Jahren wieder die Alte sein. Geben wir ihr doch ein normales Leben zurück.«

»Sie ist nicht meine Freundin«, widersprach er, um sogleich die Frage anzuschließen: »Hast du nicht eben grade gesagt, sie wird von selbst wieder gesund, wenn wir lange genug warten?«

»Theoretisch stimmt das. Allerdings mit einer Einschränkung: Nach grob geschätzt fünf Jahren verliert sie die Kontrolle über ihren Funken.«

»Die Verdammten haben ein interessantes Verständnis davon, was ein *normales Leben* ist«, bemerkte ich süffisant. »Wenn ich dich richtig verstanden habe, willst du damit behaupten, dass auch du ein solches führst, oder?«

Typhus funkelte mich zornig an, brach dann aber überraschend in schallendes Gelächter aus. »Ganz recht. Also, ich wiederhole es, ohne fremde Hilfe wird dieses Mädchen nie wieder ein normales Leben führen.«

»Wie willst du ihr helfen?«, fragte Shen. »Indem du ihre Seele dem Reich der Tiefe verkaufst?«

»Durchaus nicht, mein Kleiner. Ich werde dir nur verraten, was du tun musst. Du bist zwar ein großer Skeptiker, aber letzten Endes ein ganz passabler Heiler.«

»Von einer imperiumsweit bekannten Persönlichkeit ein solches Kompliment zu hören ist selbstverständlich die pure Wonne«, giftete Shen zurück. »Aber falls du es noch nicht weißt, ich vertraue dir und deinesgleichen nicht.«

»Es ist eure Entscheidung, was aus dem Mädchen wird«, entgegnete Typhus bloß.

»Hat schon mal jemand versucht, einen Menschen nach einer Umschmiedung zu heilen?«, wollte ich wissen.

»Ja. Und sogar mit Erfolg.«

Shen sah mich fragend an.

»Vielleicht sollten wir es wagen«, brachte ich leise heraus.

»Und wenn sie ihr Schaden zufügt?!«

»Das glaube ich nicht.«

»Warum nicht?«, hakte Typhus grinsend nach. »Kannst du meine Gedanken lesen?«

»Ja«, grummelte ich.

»Gut! Versuchen wir's!«, willigte Shen schließlich ein. »Aber merk dir eins: Wenn du ihr etwas antust, bring ich dich um.«

»Ich werd's mir merken«, erwiderte sie. »Dann fangen wir heute Abend an.«

»Warum nicht gleich?«

»Weil es ewig dauern wird, dir beizubringen, was du tun musst.«

Er verkniff sich jede Erwiderung und stapfte in die Ecke zu Rona hinüber.

»Wenn das geklärt wäre, sollten wir allmählich aufbrechen«, sagte ich.

»Das ist keine gute Idee«, widersprach Typhus. »Das Wetter wird immer schlimmer. Gegen Abend zieht ein Sturm herauf. Es wäre besser, den hier abzuwarten.«

»Was macht dein Kopf?«, wollte ich von Typhus wissen.

»Die Frage zielt darauf ab, ob ich bereits mit jemandem gesprochen habe, nicht wahr? Nein, habe ich nicht. Alenari schweigt nach wie vor. Und mich mit den anderen in Verbindung zu setzen, das hätte keinen Sinn.«

»Dann kann ich nur noch einmal festhalten, dass du nicht die geringsten Anstalten machst, mir zu helfen.«

»Ich habe versprochen, dir zu helfen, sobald die Zeit heran ist. Und daran hat sich nichts geändert. Du wirst dein hübsches kleines Messerchen schon noch in die Eingeweide dieser Kreatur treiben können. Fasse dich also in Geduld, Bogenschütze, wir kommen ganz bestimmt beide zu unserer Rache.«

Ich schnaubte zwar skeptisch, ließ mich am Ende jedoch von ihrer Zuversicht anstecken: »Gut, aber versuche morgen gleich noch mal, mit der Verdammten Blatter in Verbindung zu treten. Vielleicht klappt es ja doch.«

»Einverstanden«, erwiderte sie. »Sag mal, was muss eigentlich geschehen, damit du dich nicht ins Regenbogental begibst?«

»Weshalb sollte ich das Tal meiden?«

Sie schielte zu den anderen hinüber und fuhr mit gedämpfter Stimme fort, damit sie uns nicht hörten: »Weil ich fürchte, das könnte für unseren jungen Freund übel enden.«

»Er dürfte kaum Wert darauf legen, von dir als Freund bezeichnet zu werden.«

»Noch nicht«, parierte sie. »Aber zurück zu deiner Frage: Du bist doch sonst nicht so dumm. Warum begreifst du dann jetzt nicht, welcher Gefahr sich der Junge aussetzt? Er verfügt mittlerweile über den dunklen Funken. Da werden die Schreitenden Kleinholz aus ihm machen, noch ehe er auch nur einmal mit der Wimper zuckt.«

»Das musst du ihm sagen, nicht mir.«

»Auf mich hört er aber nicht.«

»Wenn du glaubst, er hielte mich für eine Respektsperson, irrst du dich gewaltig.«

»Die Welt darf ihren letzten Heiler einfach nicht verlieren! Bei allen Sternen Haras, wir können ihn doch nicht …«

»… zu etwas zwingen. Richtig! Warten wir also ab, bis wir das Regenbogental erreicht haben.«

»Und dann?«, hakte sie nach. »Was hast du dann vor?«

»Ihm eins über den Schädel zu ziehen und ihn zu fesseln.«

»Wenig elegant, dafür aber wirkungsvoll«, lobte sie mich. »Du darfst mit meiner Hilfe rechnen.«

»Zu liebenswürdig«, murmelte ich. Trotzdem würde Shen uns sicher auf Trab halten, stur, wie er war und mit all den Flausen im Kopf. »Ach ja! Ich wollte dich noch was fragen!«

»Nur zu.«

»Ist der Besitzer dieses Körpers tot?«

Die braunen Augen mit den goldfarbenen Einsprengseln wanderten angespannt über mein Gesicht.

»Wart ihr Freunde?«, fragte Typhus schließlich.

»Nein. Aber ich kannte ihn, er hat in meinem Dorf gelebt.«

Daraufhin entspannte sie sich ein wenig. »Er lebt noch, schläft aber. Hast du eigentlich eine Ahnung, wie anstrengend es ist, in einem Tölpel zu stecken? Du kannst mit denen einfach nicht vernünftig zusammenarbeiten. Außerdem sind sie schwer unter Kontrolle zu halten.«

»Was hast du mit seinem Körper angestellt? Als ich ihn das letzte Mal gesehen habe, war er ein Dickwanst, der ständig gesabbert hat. Heute erkenne ich ihn kaum wieder.«

Bei dem Bild, das ich gerade heraufbeschworen hatte, verzog sie das Gesicht.

»Du musst zugeben, es liegt wenig Vergnügen darin, einem

vollgefressenen Schwein zu ähneln«, antwortete sie. »Deshalb habe ich ein wenig an dieser Körperhülle gearbeitet und sie etwas gestählt. Der ehemalige Besitzer dürfte mit dem Ergebnis höchst zufrieden sein.«

»Ich fürchte, er wird deine Mühe kaum zu schätzen wissen.«

Sie widersprach mir nicht.

»Du hast doch diesen verbrannten Kreis erwähnt«, wechselte ich das Thema. »Und behauptet, dass Lahens Mörder durch ihn verschwunden sei.«

»Lahen? So hieß also deine Frau?« Sie gab sich den Anschein, als habe sie nie ein Gespräch zwischen mir und Shen belauscht. Und ich tat so, als glaube ich ihr. »Dieser Kreis funktioniert ähnlich wie die Wegblüten, ihn zu benutzen ist jedoch äußerst gefährlich und nur denjenigen möglich, die den dunklen Funken besitzen. Der Weg führt durch eine andere Welt – in der allerlei hungrige Geschöpfe hausen. Sie verlangen ein Opfer. Genauer gesagt, unzählige Opfer. Eine ungeheure Menge Blut. Deshalb habe ich ihn stets gemieden.«

»Wer nimmt dann diesen Weg?«

»Rowan, Ley und Alenari sowie in der ganzen Zeit, in der ich nun schon lebe, etwa zwanzig Auserwählte. Aber von denen haben nur acht die Reise überlebt.«

»Sonst noch wer?«

»Wie bitte?«, fragte sie verständnislos.

»Ist sonst noch wer imstande, diesen Weg zu nehmen? Bis auf diejenigen, die du eben aufgezählt hast, meine ich.«

»Mithipha und ich. Wir wissen, wie man diesen Weg gehen muss, haben ihn aber nie gewählt. Für Talki gilt das im Übrigen auch. Ihr ist das eigene Leben viel zu teuer gewesen, als dass sie dieses Risiko eingegangen wäre.«

»Und du bist sicher, dass du Mithipha ausschließen kannst?«

»Ja. Der Weg spart dir zwar viel Zeit, bringt aber auch ein hohes Risiko mit sich. Darauf würde sie sich niemals einlassen.«

Ich nickte nachdenklich. Gerade setzte der Regen wieder ein …

Das Wetter verschlechterte sich zusehends. Eisiger Regen peitschte wütend auf die müde Erde ein. Der Wind nahm stündlich zu. Wenn er in dieser Weise weiterfegte, stünden wir gegen Mitternacht ohne Dach überm Kopf da. Um von unserem Haus zu dem der Pferde zu gelangen – mit anderen Worten: um die Straße zu überqueren –, musste ich mich mit aller Kraft gegen die Böen stemmen. Ich wollte mir lieber gar nicht erst vorstellen, wie es uns jetzt in der freien Steppe ergangen wäre …

Als ich den »Stall« endlich erreicht hatte, bekam ich die Tür kaum auf. Im Innern holte ich erst einmal tief Luft. Eine Öllampe spendete helles Licht.

»Aus, du Hund!«, begrüßte mich Yumi.

Ich nahm den Umhang ab, wrang ihn aus und warf ihn auf eine Bank.

»Was machst du denn hier? Hängen dir die ewigen Streitereien der beiden auch zum Hals raus?«

»Aus, du Hund!«, brachte er seine Einstellung zum Ausdruck.

Typhus versuchte gerade, Shen den Zauber zu erklären, der zu Ronas Heilung nötig war. Wie nicht anders zu erwarten, war ihr irgendwann der Geduldsfaden gerissen. Nun beharkten sich die beiden derart lautstark, dass ich es für geboten hielt, das Haus zu verlassen und nach den Pferden zu sehen.

»Wo hast du den denn her?«, fragte ich, als ich sah, dass Yumi mit dem abgebrochenen Oberschenkelknochen eines Menschen herumspielte.

»Aus, du Hund!«, antwortete er versonnen.

»Den willst du doch wohl nicht essen, oder?«

Der Waiya stellte die Ohren auf, und sein Satz vom Hund klang diesmal ausgesprochen beleidigt.

»Tut mir leid, ich wollte dir nicht zu nahe treten«, entschuldigte ich mich.

Daraufhin steckte Yumi das obere Ende des Knochens in den Mund, blähte die Wangen auf und schickte seinen Speichel durch dieses seltsame Blasrohr. Zum Glück nicht in meine Richtung.

»Aus, du Hund!«, fiepte er wieder, anscheinend völlig hingerissen, dass er mit dem Ding so vortrefflich weit spucken konnte. Mich traf ein lobheischender Blick.

Mir blieb nichts anderes übrig, als begeistert mit der Zunge zu schnalzen, eine Beifallsbekundung, die Yumi vollauf zufriedenstellte.

Die nächste halbe Stunde kümmerte ich mich um die Pferde. Der Wind beunruhigte sie, allerdings nicht in dem Maße, wie es die Kir-lle heute Morgen getan hatte. Irgendwann gesellte sich Shen zu mir.

»Ist dein Unterricht beendet?«, erkundigte ich mich.

»Ja.«

»Wie geht es Rona?«

»Unverändert.«

Er wollte mir nicht erzählen, was zwischen ihm und Typhus vorgefallen war, mich wiederum interessierte das nicht so brennend, dass ich nachfragte.

»Sag mal«, meinte er plötzlich, während er nach einer Forke griff, »weißt du eigentlich, dass du im Schlaf mit Lahen sprichst?«

»Ich träume halt«, gab ich widerwillig zu. »Ist das vielleicht ein Verbrechen?«

»Nein, natürlich nicht. Ich habe nur gedacht, du solltest es wissen.«

Ich klärte ihn nicht darüber auf, dass ich jeden Tag mit Lahen sprach. Im Traum, aber auch im wachen Zustand. Sie fehlte mir so, dass ich mich manchmal Stunden mit der Leere unterhielt. Als könne mein Augenstern mich hören …

Diese Gespräche waren mir zur Gewohnheit geworden, mochte dies nun zum Guten oder zum Schlechten sein. Immerhin bewahrte es mich davor, völlig den Verstand zu verlieren.

Schweigend fütterten wir die Pferde.

Nach wie vor fegte der Wind um die Häuser.

KAPITEL

Ein höfliches Räuspern weckte Mithipha Danami. Mit äußerster Langsamkeit schlug sie die Augen auf und schaute eine Weile zur Zeltdecke hoch, auf der Sterne gezeichnet waren. Dann reckte sie sich genüsslich in den Seidenlaken und spähte durch den durchscheinenden pfirsichfarbenen Vorhang, der das Bett vom Rest des Raumes trennte.

Ein breitschultriger Mann kniete in ehrerbietiger Haltung vor ihr und wartete geduldig, bis sie ihm seine Aufmerksamkeit schenkte. Damit hatte sie freilich keine Eile. Sie setzte sich erst auf und zog den Vorhang ein wenig zur Seite, um den Mann eingehend zu mustern. Da ihr sein Anblick jedoch missfiel, ließ sie den zarten Stoff zurückgleiten.

»Du siehst bedrückt aus, Zamir«, stellte Mithipha fest. »Ist etwas geschehen?«

»Leider ja, Herrin«, erwiderte der Auserwählte. »Uns ist ein ärgerlicher Fehler unterlaufen.«

»Ach ja?« Sie behielt den Ton ihrer Stimme zwar bei, ihr Blick ruhte indes länger als üblich auf dem Nekromanten. »Muss ich so früh am Morgen etwa schon mit bösen Überraschungen rechnen?«

»Ich fürchte ja, Herrin.«

Mithipha seufzte, legte sich wieder auf den Rücken und versuchte, ihre Verstimmung zu verbergen, indem sie zu den Sternen am Zeltdach hinaufblickte. Sie ertrug es nicht, den Tag mit schlechten Neuigkeiten zu beginnen.

»Kann dein Bericht warten?«, brachte sie schließlich heraus.

»Ja, Herrin.«

»Dann geh hinaus!«

Lautlos verließ der Mann das Zelt, und Mithipha klatschte leicht in die Hände, um ihre Sklavinnen herbeizurufen. Im Unterschied zu Thia bereitete es ihr keinerlei Vergnügen, ihren nackten Hintern vor den Auserwählten zu zeigen. Nicht etwa, weil sie sich schämte, o nein. Sie wollte schlicht und ergreifend nicht die geringste Gemeinsamkeit mit ihrer einstigen Freundin haben.

In einem feinen, federleichten Gewand erhob sie sich aus dem Bett, und ohne auf die Frauen zu achten, die sich tief vor ihr verbeugt hatten, setzte sie sich auf einen Stuhl vor dem Spiegel. Eine der Sklavinnen fing sogleich an, das prachtvolle Haar Mithiphas zu bürsten, eine andere brachte eine Bronzeschüssel mit bereits angewärmtem Wasser aus einer Mineralquelle, die dritte machte zunächst das Bett, um anschließend nicht vorhandenen Staub von den Möbeln zu wedeln.

Auf einem kleinen Tisch lag ein Buch in einem unscheinbaren Einband, das Mithipha nun an sich nahm.

Sie verehrte Bücher. Diese bildeten ihre eigentliche Familie, galten ihr als die besten Freunde, die treuesten Ratgeber und die geduldigsten Lehrer. Für nichts sonst hegte sie eine solche Leidenschaft. Die unschätzbaren Folianten aus der Zeit des Skulptors, die bereits mürben Schriftrollen aus dem Krieg der Kraft, die in Leder gebundenen Bände aus der Epoche des Großen Niedergangs, die Abhandlungen aus dem Krieg der Nekromanten und dergleichen Schätze mehr fügten sich zu einer Sammlung, die ihren ganzen Stolz ausmachte. Nicht einmal die sonst so überhebliche Talki war sich zu fein, sich ihrer zu bedienen. Doch selbstverständlich ließ Mithipha sie stets nur einen ausgewählten Teil dieser kostbaren Sammlung einsehen.

Die wertvollsten Raritäten hütete sie dagegen wie ihren Augapfel. Darin durfte nur sie allein lesen, diese überließ sie keinem anderen. Denn Wissen bedeutete Macht. Und Macht würde sie mit niemandem teilen. Hin und wieder warf sie den anderen Gebietern und Gebieterinnen einen harmlosen Knochen hin, den diese abnagten, ohne auch nur zu ahnen, dass es sich lediglich um einen Brosamen handelte. Diese Dummköpfe glaubten doch allen Ernstes, sie, die Graue Maus, sei überhaupt nicht in der Lage, ihnen etwas vorzuenthalten.

Einzig Alenari wusste um Mithiphas wahren Charakter, wusste, dass sie die Graue Maus nur spielte. In diese Rolle war sie noch während ihrer Ausbildung im Regenbogental geschlüpft.

Warum Alenari den anderen dieses Geheimnis nicht enthüllt hatte, wusste Mithipha nicht. Und erst recht rätselte sie, warum sie im Gegenzug für ihr Schweigen nichts verlangte.

Das Schlagen der Flügel ihres Raben riss sie aus ihren Gedanken. Sie legte das Buch, das sie bisher noch nicht geöffnet hatte, wieder auf den Tisch und lächelte Shider zu. Der lief würdevoll über die Stuhllehne, sprang auf den Tisch, sträubte die kohlschwarzen Federn, öffnete den Schnabel ein wenig und sah seine Herrin an.

Die Sklavin beendete das Bürsten. Mithipha entledigte sich mit einer einzigen Bewegung der Schultern des Nachthemdes, das von beflissenen Händen aufgefangen wurde. Anschließend zog sie in aller Ruhe ein graues Kleid an, streifte die samtenen Pantoffeln ab, blieb jedoch barfuß, um sich dem Genuss, den dicken Sdisser Teppich unter sich zu spüren, hinzugeben.

Nachdem sie sich goldene Armreifen übergestreift hatte, schnippte sie mit den Fingern. Sofort brachte eine der Sklavinnen auf einem silbernen Tablett fein zerteiltes Fleisch. Das ließ den Raben nicht gleichgültig. Er legte den Kopf auf die Seite und krächzte heiser. Mithipha warf ihm eines der blutigen Stücke zu. Der Vogel fing es geschickt mit dem Schnabel auf und schluckte es gierig hinunter.

»Er soll jetzt hereinkommen«, befahl Mithipha.

Die dunkelhäutigen Sklavinnen verneigten sich und verließen das Zelt. Unmittelbar darauf betrat es der Nekromant.

»Spar dir die Formalitäten!«, verlangte Mithipha, noch ehe sich der Auserwählte auf sein Knie niederlassen konnte. »Sprich!«

»Ein Teil der Männer aus dem Dorf ist uns entwischt. Sie haben sich in drei, nicht wie angenommen in zwei Gruppen aufgeteilt. Ich habe nicht an den Fluss gedacht. Alle, die diesen Weg gewählt haben, konnten fliehen.«

Mithipha zog lediglich eine Braue hoch und fütterte den Raben gelassen weiter. Thia hätte an ihrer Stelle in einer vergleichbaren Situation ganz gewiss gebrüllt und getobt ...

»Was ist mit dem Rest?«, fragte sie schließlich.

»Ein Teil hat versucht, über die Hügel zu entkommen, den konnten wir weitgehend zerschlagen. Wir haben ihren Glimmenden getötet und zwei Leoparden gefangen genommen. Einer von ihnen ist inzwischen seinen Verletzungen erlegen«, erklärte er, um sogleich hinzuzufügen: »Aber sein Haar wies kein Silber auf.«

»Was ist mit dem anderen?«

»Auch in seinen Adern fließt kein Falkenblut.«

»Höchst bedauerlich.«

Diese Worte ließen den Nekromanten zusammenzucken. Dennoch hielt er dem Blick Mithiphas stand, wagte nicht, ihm auszuweichen.

Mithipha zuckte die Achseln. Gestern hatte sie mit denselben Worten Halid, einen Auserwählten des Siebten Kreises, an einen Baum genagelt. Nichts anderes hatte er ihrer Ansicht nach verdient. Nicht, nachdem er sich ihrem Befehl widersetzt, Eigeninitiative gezeigt und die ganze Angelegenheit damit beinahe verpfuscht hätte. Wer einmal den Gehorsam verweigerte, der würde dies womöglich auch ein zweites Mal tun. Auf solche Männer konnte sie getrost verzichten. Von ihnen galt es, sich frühzeitig zu trennen, damit sie am Ende nicht noch echtes Unheil anrichteten.

»Fahr fort«, befahl sie dem Nekromanten.

»Ein Teil der dritten Gruppe konnte sich in den Wald durchschlagen. Den Mann, den wir suchen, haben wir leider nicht in unsere Gewalt gebracht.«

»Hast du dafür gesorgt, dass die versprengten Reste beider Gruppen verfolgt werden?«

»Selbstverständlich, Herrin.«

»Und? Werdet ihr sie einholen und mir lebend bringen?«

»Die Untoten sind ihnen jedenfalls auf den Fersen.«

»Warum bist du dann noch hier? Folge ihnen! Und zwar unverzüglich! Sonst könnte ich dir diesen Fehler wirklich verübeln. Das heißt: warte!«, rief sie ihm nach, nachdem er sich bereits zum Ausgang umgewandt hatte. »Dieser Gefangene – wenn ich dich richtig verstanden habe, lebt er noch?«

»Ja, Herrin.«

»Man soll ihn mir vorführen.«

»Er steht umgehend zu Eurer Verfügung, Gebieterin.«

Nach diesen Worten verließ er eiligst das Zelt. Mithipha blieb allein zurück, stellte das Tablett vor den Raben hin und wusch sich die Hände.

Enttäuschung, dass der Plan gescheitert war, empfand sie im Grunde nicht. Alenari hatte sie darum gebeten, einen Angehörigen der Imperatorfamilie lebend gefangen zu nehmen. Sie wollte unbedingt ein Experiment durchführen und versuchen, mit dem Blut des Gefangenen den Koloss in Korunn auszuschalten, ein Werk, das der Skulptor eigens zum Schutz der Hauptstadt geschaffen hatte.

Mithipha hatte eingewilligt, ihr zu helfen, kostete sie diese Gefälligkeit doch letzten Endes nichts. Seitdem sie aus der Festung der Sechs Türme aufgebrochen war, verfolgte sie daher gespannt, wie ihre Nekromanten Jagd auf die Beute machten.

Einen Tag nachdem die Falle zugeschnappt war und einer der Nekromanten die Sache fast zum Scheitern gebracht hätte, war sie selbst im Dorf eingetroffen. In dem Augenblick hatte sie vor Wut geschäumt.

Inzwischen war nämlich ihre Neugier geweckt: Sie wollte sich einen der entfernten Verwandten Alenaris einmal mit eigenen Augen ansehen. Wie stark sich das Geschlecht der Falken wohl in all den Jahrhunderten verändert hatte? Und ob der Charakter eines dieser Nachfahren wenigstens noch einen Tropfen der Launenhaftigkeit Alenaris erkennen ließ?

Vier Nabatorer führten nun den Gefangenen herein. Sein edles Gesicht war zerschlagen, und in seinem Schnurrbart klebte Blut. Dennoch sah der junge Ritter sie herausfordernd an.

»Geht hinaus!«, verlangte Mithipha mit leiser Stimme. Kaum hatte sie die Worte ausgesprochen, war sie auch schon allein mit dem Gefangenen. »In deinem Land nennt man mich die Verdammte Scharlach.«

»Ich weiß, wer du bist.«

Er blickte sie unverwandt an und hielt es offenbar nicht für nötig, ihr mit der gebotenen Höflichkeit zu antworten. Mithipha gefiel das. Zuweilen ertrug sie die ewigen Verbeugungen, die Liebedienerei und schönen Worte nur mit größter Mühe.

»Umso besser«, erwiderte sie. »Darf ich dann auch deinen Namen erfahren?«

»Lofer rey Gant.«

»Mhm. Ich habe von deinen Vorfahren gehört. Eine edle und ehrenswerte Familie.«

»Dann sollte dir auch bekannt sein, dass wir niemals mit unseren Feinden kooperieren.«

»Verzeih mir, aber ich kann mich nicht erinnern, dich um ein Entgegenkommen dieser Art gebeten zu haben, Ritter«, antwortete sie mit einem verschlagenen Grinsen.

»Weshalb bin ich dann hier? Und warum lebe ich noch?«

Shider stieß ein heiseres Krächzen aus.

»Bisher war mir nicht bekannt, dass du so erpicht darauf bist zu sterben. Aber diesen Wunsch kann ich dir natürlich gern erfüllen. Soll ich?«

Darauf antwortete Lofer mit keinem Wort.

»Das habe ich mir gedacht. Wie alle Menschen hast auch du es nicht allzu eilig, ins Reich der Tiefe einzugehen«, höhnte sie und rief die Nabatorer wieder herein: »Löst ihm die Fesseln. Gebt ihm seine Waffen zurück und stattet ihn mit einem Pferd und Proviant aus. Dann lasst ihn frei.« Als sie bemerkte, dass die Männer sie ungläubig ansahen, fragte sie: »Was ist?«

»Nichts, Herrin«, antwortete einer von ihnen rasch.

»Ihr haftet mir mit eurem Kopf für sein Leben.«

Mithipha betrachtete den fassungslosen Ritter mit einem Lächeln auf den Lippen. Der Mann vermochte nicht zu glauben, dass ihm gerade das Leben geschenkt worden war.

Sie trat wieder zu ihrer Ruhestatt, wartete, bis alle das Zelt verlassen hatten, und streckte sich genüsslich noch einmal aus.

Im Bett zu liegen liebte sie nicht weniger als ihre Lektüre. Gleichwohl stand ihr im Augenblick nicht der Sinn danach, ein Buch aufzuschlagen. Leise summte sie eine alte Nabatorer Ballade über eine unvergängliche Liebe vor sich hin.

Der Gesichtsausdruck des Ritters fiel ihr wieder ein. Sie musste grinsen. Er hatte tatsächlich geglaubt, sie lasse ihn aus einer flüchtigen Laune heraus ziehen.

»Folge ihm, Shider«, befahl sie dem satten Raben, der sofort die Flügel spannte und – wenn auch widerwillig – davonflog.

Sollte dieser Herr rey Gant den Ort kennen, an dem sich seine Gefährten treffen wollten, würde er sich mit Sicherheit unverzüglich dorthin begeben. Unter diesen Männern gab es aber einen, in dessen Adern das Blut der Falken floss. Damit böte sich ihr, Mithipha, doch noch die Gelegenheit, Alenari eine freudige Überraschung zu bereiten. Falls sie sich jedoch täuschte … sei's drum.

Dann hatte sie dem Mann tatsächlich das Leben geschenkt. Sie konnte getrost auf seinen Tod verzichten, denn im Unterschied zu Rowan war sie eine satte Katze: Überflüssige Beute gab sie wieder frei.

Sie verbrachte noch mehr als eine Stunde voller Genuss im Bett, dann stand sie frisch und munter auf. Es wurde Zeit, sich wieder ernsthaften Dingen zuzuwenden. Nachdem sie die Bronzeschüssel mit Wasser zum Bett gebracht hatte, setzte sie sich hin, schlug die Beine unter und wirkte ein Silberfenster, wobei sie sich das Gesicht ihres Gegenübers vorstellte.

Letzteres bereitete ihr in diesem Fall stets gewisse Probleme, galt es doch, etwas heraufzubeschwören, das in dieser Weise schon lange nicht mehr existierte. Am Ende gelang ihr der Zauber indes.

Dabei hatte Mithipha kaum auf eine Antwort zu hoffen gewagt, denn seit einiger Zeit ignorierte Alenari sie geflissentlich. Diesmal aber griff sie den Zauber auf, und im Wasser zeichnete sich ihr von der Maske verborgenes Gesicht ab.

Da es regnete, trug Alenari einen schwarzen Umhang, dessen Kapuze sie sich tief ins Gesicht gezogen hatte.

»Ich grüße dich«, sagte Mithipha.

»Sei auch du gegrüßt«, erwiderte Alenari. »Was habt ihr für Wetter?«

»Es unterscheidet sich kaum von dem in der Steppe. Es regnet in Strömen.«

Alenari schnaubte unzufrieden. Sie machte keine Anstalten, einen Schild zu wirken und sich gegen den Regen zu schützen. Ihr fast schon geizig zu nennender Umgang mit der Kraft nahm sich bisweilen absurd aus. Andererseits wusste Mithipha genau, dass Alenari im Kampf niemals knauserte. Wenn sie sich in einem Gefecht befand, leuchtete ihr Funken so hell und blendend, dass man ihn nicht einmal anzusehen vermochte.

»Du hast dir Zeit gelassen, ehe du auf meine Rufe geantwortet hast. Es ist lange her, seit ich etwas von dir gehört habe«, bemerkte Mithipha ruhig. Vermutlich hätte Thia an ihrer Stelle die andere wütend angebrüllt.

»Ich war beschäftigt«, entgegnete Alenari und zog die Kapuze zurück, sodass Mithipha ungehindert die Maske aus Grohaner Silber betrachten konnte. Obwohl sie prachtvoll anzusehen war, hielt sie nach Mithiphas Ansicht nicht im Geringsten mit der einstigen Schönheit der Nichte des Imperators mit.

»Und das ist wichtiger gewesen als jener Plan, den wir verfolgen?«, fragte Mithipha.

»Ich habe mich verausgabt. Mein Funken hat in der letzten Zeit kaum noch geglüht.«

»Was soll das heißen?«, hakte Mithipha nach. »Hat es Schwierigkeiten gegeben?«

»*Schwierigkeiten* würden ja wohl bedeuten, dass du in der letzten Woche mit Talki gesprochen hättest und sie sich bei dir über mich beklagt hätte. Hast du das? Eben! Die alte Spinne ist seit einer Woche nicht mehr imstande, auch nur ein Wort herauszubringen! Unser Plan ist also aufgegangen«, sagte sie, und unter der Maske drang ein leises, sardonisches Lachen hervor.

Mithipha schloss kurz die Augen, um ihre Erleichterung zu verbergen.

Es war vollbracht! Beim Reich der Tiefe, es war vollbracht! Ihr Plan war aufgegangen!

»Wer hat sie getötet?«

»Hast du dich etwa noch nicht mit Rowan in Verbindung gesetzt?«, fragte Alenari erstaunt.

»Nein«, antwortete Mithipha leichthin. »Du weißt, dass ich ihn nicht gerade ins Herz geschlossen habe.«

»Das hat niemand!«, schnaubte Alenari. »Man hätte diese kleine Schlange schon damals zerquetschen müssen, als sie im Regenbogental erschienen ist! Dieser Nichtsnutz hätte die ganze Angelegenheit beinahe zum Scheitern gebracht.«

»Weihst du mich in die Geschichte ein?«

»Warum nicht? Vor allem, da sie hinlänglich interessant ist.«

Mithipha unterdrückte ein Lächeln. Typisch Alenari … Hinlänglich interessant – dieses Urteil konnte sie genauso gut über den Besuch einer Waffenschmiede wie über die Lektüre eines Liebesromans oder den Mord an Talki fällen.

»Nachdem die alte Vettel deine Mär über die Aufzeichnungen des Skulptors geschluckt hatte, habe ich ihr gegenüber angedeutet, ich sei darüber im Bilde, dass sie mit unseren Feinden gemeinsame Sache macht.«

Mithipha nickte. Die Aufzeichnungen des Skulptors gab es tatsächlich, und Talki, diese gierige alte Spinne, begehrte sie ebenso heißen Herzens wie einen neuen Körper. Als Schülerin der Alten kannte Mithipha etliche der Geheimnisse ihrer Lehrerin und wusste daher wie niemand sonst, welchen Köder sie auswerfen musste. Sobald Talki also von diesen Schriften gehört hatte, antwortete sie auf jeden Ruf Mithiphas, erhoffte sie sich doch weitere Einzelheiten. Deshalb war Mithipha stets im Bilde, wo sich die alte Spinne aufhielt.

»Diese meine Andeutungen haben ausgereicht, sie aus ihrem Bau zu locken und dazu zu bringen, mir nur mit wenigen Leibwachen gegenüberzutreten. Genau wie du vermutet hattest, hat sie sich prompt auf mich gestürzt«, fuhr Alenari fort.

»Sie hat mir gesagt, sie wolle versuchen, dich auf dem Weg zum Regenbogental abzupassen. Sie tat so, als mache sie sich Sorgen, wenn du ohne sie in der Schule der Schreitenden eintriffst.«

»Sie lügt, wenn sie nur den Mund aufmacht. Hast du gewusst, dass sie die Aufzeichnungen des Skulptors als Vorwand nutzen würde, um Rowan nach Alsgara zu entsenden?«

»Ich habe es angenommen«, gab Mithipha zu. »Sie war von Anfang an darauf erpicht, uns zu trennen. Aber da hat sie die Rechnung ohne den Wirt gemacht, denn letzten Endes kam uns das sogar zugute. Vor allem, da Rowan eben doch zur rechten Zeit am rechten Ort war.«

»Ich verstehe bis heute nicht, wie es dir gelingen konnte, ihn zu diesem Schritt zu bewegen«, bemerkte Alenari.

»Er bringt Talki genauso wenig Zuneigung entgegen wie du.«

»Nur habe ich meine Gründe dafür.«

O ja, das ließ sich nicht abstreiten. Sie alle waren überzeugt davon, dass Talki Alenari ihr einstiges Gesicht durchaus hätte zurückgeben können. Aus Gründen, die aber nur die alte Spinne selbst kannte, hatte sie das unterlassen. Deshalb dürstete Alenari schon seit Jahrhunderten nach Rache. Als sich ihr nun diese Gelegenheit geboten hatte, da hatte sie sie, ohne auch nur eine Sekunde darüber nachzudenken, genutzt. Indem sie sich auf Mithiphas Ränke eingelassen hatte, konnte sie endlich ihren Wunsch befriedigen, es Talki heimzuzahlen.

»Und Rowan braucht gar keine Gründe«, sagte Mithipha. »Wenn er die Möglichkeit hat, jemanden zu töten, zögert er nie.«

»Talki hat ein ums andere Mal versucht, sich mit mir in Verbindung zu setzen«, fuhr Alenari fort. »Ich habe jedoch bis zum letzten Moment nicht auf ihren Ruf geantwortet, sodass sie nicht wusste, wo ich mich aufhielt. Alles Weitere war das reinste Kinderspiel. Als wir endlich miteinander in Verbindung getreten sind, haben wir beide vorgegeben, nicht zu wissen, dass die jeweils andere sich bereits seit geraumer Zeit in der Steppe herumtrieb. Sie hat mir dann in den leuchtendsten Farben ausgemalt, warum wir uns unverzüglich treffen sollten. Daraufhin habe ich eingewilligt, sie aufzusuchen.«

Bei diesen Worten musste Mithipha lächeln: Wenn Talki eine Kunst beherrschte, dann die, einen saftigen Köder auszuwerfen.

»Sie hat mich in irgendeinem Nest erwartet. Rowan hat die Geschichte dann zum Abschluss gebracht.«

»Soll das heißen, du selbst bist gar nicht dabei gewesen?«, fragte Mithipha erstaunt, denn sie vermochte sich keinen Reim darauf zu machen, warum Alenari es diesem Skorpion überlassen hatte, die alte Spinne zu erledigen.

»Am Ende nicht mehr. Aber ich habe ihm Thias Auserwählte dagelassen, nachdem ich mich mit dem Hasensprung zurückgezogen hatte.«

Abermals nickte Mithipha bloß. Das hätte sie sich eigentlich auch denken können. Jede und jeder von ihnen verfügte über besondere Fähigkeiten. Talki war eine Heilerin gewesen, womit im Grunde alles über sie gesagt war. Rowan war der Einzige aus ihrem Kreis, der gern den Weg der Gespenster wählte, welcher über die dunkle Kehrseite der Welt führte. Ley vermochte durch Mauern hindurchzugehen. Alenari wusste sich des Hasensprungs zu bedienen. Dabei verließ sie den Körper, um sich an eine Stelle zu begeben, die viele League entfernt lag.

»Ist es schnell gegangen?«

»Schneller, als wir angenommen hatten.«

Mit einem Mal geriet das Silberfenster in Bewegung, trübte und kräuselte sich, bis es wieder still und klar ruhte.

»Das sind die Folgen des Hasensprungs«, erklärte Alenari. »Wir sollten dieses Gespräch wohl besser beenden. Rowan kann dir den Rest erzählen.«

»Warte! Weiß Ley etwas von unserer Geschichte?«

»Ja. Er hat vor zwei Tagen davon erfahren.«

»Wie hat er Talkis Tod aufgenommen?«

»Frag ihn selbst danach. Meiner Ansicht nach ist er zwar nicht allzu glücklich, versteht aber, dass es keinen anderen Ausweg gab. Ich setze mich wieder mit dir in Verbindung, sobald ich im Regenbogental bin. Und nun leb wohl.«

Mithipha betrachtete mit gerunzelter Stirn ihr eigenes Bild auf der Wasseroberfläche.

Talki war also ins Reich der Tiefe eingegangen. Und ob das nun zum Guten oder zum Schlechten sein mochte – es ließ sich nicht mehr rückgängig machen. Von diesem Ort gab es keine Umkehr.

In nur zwei Monaten hatte Mithipha diesen grandiosen Plan ausgeheckt. Bis zum letzten Augenblick wollte sie nicht glauben, dass er von Erfolg gekrönt sein könnte. Nun aber, da ihnen die alte Spinne nicht mehr in die Quere kam, würden sie das Imperium endlich in die Knie zwingen und den Turm in Staub und Asche legen. Ohne Talki, die sich wie niemand sonst gegen diesen Schritt gesträubt hatte, würde all das wesentlich leichter zu erreichen sein. Daran hegte Mithipha nicht die geringsten Zweifel.

Jetzt musste sie mit Ley und Rowan sprechen. Den einen galt es zu beruhigen, von dem anderen wollte sie die letzten Einzelheiten des Mordes in Erfahrung bringen.

Sie schlüpfte wieder in jene Rolle, die ihr so zuwider war. Schließlich kannte Ley die wahre Mithipha Danami nicht. Und das sollte vorerst ruhig so bleiben.

Er antwortete unverzüglich auf ihren Ruf.

Jener Mann, der im Turm einst nie anders als Träger des Lichts geheißen worden war, hielt die eisblauen Augen fest auf sie gerichtet. Sein dunkles, von Falten durchfurchtes Gesicht war von der Sonne noch stärker gebräunt und vom Wind gegerbt worden. Auf seiner Miene lag ein mürrischer, verschlossener Ausdruck. Kaum sah er Mithipha, schnaubte er in seinen buschigen Schnurrbart, der bereits stark ergraut war.

»Das war unglaublich dumm!«, stieß er aus.

»Verzeih mir, ich wollte dich nicht stören«, stammelte Mithipha. »Aber Alenari hat mir gesagt …«

»Ich bin über eure törichte Intrige im Bilde! Wundere dich also nicht, dass ich wütend bin.«

»Das verstehe ich doch, Ley. Wie sollte es anders sein?«, beteuerte sie rasch. »Aber glaub mir, Alenari und ich haben uns die Sache nicht leicht gemacht. Und wir waren auch nicht allein. Rowan war der Dritte im Bunde.«

»Aber mit mir habt ihr euch nicht abgestimmt!«, brüllte Ley.

»Leider nicht. Das ist meine Schuld. Weißt du, ich hatte geglaubt, du seist zu beschäftigt mit dem Krieg und …«

»Ganz genau, das ist allein deine Schuld! Nur weil Talki uns loswerden wollte, muss man sie doch nicht gleich umbringen. Vielleicht hätte sie uns ja erst in hundert Jahren ins Reich der Tiefe geschickt! So aber fehlt uns heute dieser Trumpf im Ärmel!«

»Du musst doch einsehen, dass dieser Schritt unvermeidlich war«, redete Mithipha in sanftem Ton weiter auf ihn ein. »Für unsere gemeinsame Sache. Talki wollte sich an die Mutter verkaufen, wollte ihr all unsere Geheimnisse offenbaren, sofern diese im Gegenzug zustimmte, eine graue Schule zu gründen. Gemeinsam hätten uns die beiden zu Staub verwandelt, ohne dass es sie auch nur die geringste Mühe gekostet hätte.«

»Das ist mir durchaus klar«, brummte Ley schon ruhiger. »Es musste wohl wirklich sein. Außerdem hattet ihr großes Glück, denn Talki hätte euch auch über kleiner Flamme rösten können! Weiht mich aber beim nächsten Mal in Entscheidungen dieser Art ein! Ich will nicht erst Wochen später erfahren, was ihr getan habt!«

»Da hast du selbstverständlich recht. Es wird nicht wieder vorkommen, das verspreche ich«, log Mithipha, ohne mit der Wimper zu zucken.

Er murmelte noch etwas von närrischen Weibern, zog den schweren Umhang aus Bärenfell zurecht und bedachte sie erneut mit einem durchdringenden Blick aus seinen eisblauen Augen.

»Aber du verstehst hoffentlich, dass wir mit ihrem Tod einen Teil unseres Vorteils eingebüßt haben?!«, bohrte er weiter.

»Dennoch werden wir am Ende aber siegen, oder?«, fragte sie einfältig und klimperte mit den Augen. »Und dann ist es besser, wenn sie nicht mehr dabei ist …«

»Schon möglich«, knurrte Ley. »Wer weiß, wohin sie uns noch gebracht hätte.«

»Ins Reich der Tiefe«, behauptete Mithipha im Brustton der Überzeugung. »Bedenke doch nur, wie wir ihretwegen heute dastehen. Rowan kämpft vor Alsgara, Alenari ist im Regenbogental, und ich bin in den Blinden Bergen. Von Thia wissen wir nicht einmal, wo sie sich gerade aufhält und was sie treibt. Obendrein können wir nur mutmaßen, wie unser Unternehmen ausgegangen wäre, wenn Talki tatsächlich ein Bündnis mit dem Turm eingegangen wäre und sich gegen uns gestellt hätte. Doch wenn wir jetzt zusammenhalten, uns wieder zusammenschließen, dann werden wir es schaffen. Das … glaube ich zumindest.«

»Alles, was ihr beide, du und Alenari, mir über Talki erzählt habt, sind reine Spekulationen. Ihr habt nicht einen Beweis vorgebracht, dass sie wirklich schuldig ist! Nicht einen einzigen! Wenn ich dich nicht besser kennen würde, könnte ich glatt annehmen, du habest dir all das nur ausgedacht, um eine persönliche Rechnung mit Talki zu begleichen!«

»Weshalb hätte ich Hass gegen meine Lehrerin hegen sollen?«, fragte Mithipha. »Nein, glaube mir, uns hätte ein schlimmes Schicksal gedroht, wenn wir ihr nicht das Handwerk gelegt hätten. Und Alenari wäre die Erste gewesen, die es getroffen hätte, denn Talki hatte sie bereits zu sich kommen lassen.«

»Beweise!«

»Oh, verzeih mir, das habe ich ganz vergessen«, sagte Mithipha, stand auf und ging zum Tisch, um den Deckel einer Lackschatulle zu heben und dem Behältnis einige Briefe zu entnehmen, die von einem Seidenband zusammengehalten wurden. Mit ihnen kehrte sie zum Bett zurück. »Hier hast du deine Beweise«, sagte sie und hielt die Briefe über das Silberfenster. »Du musst wissen, dass Hamsy eigentlich in meinen, nicht in ihren Diensten stand. Er hat etliche Dinge erfahren, von denen er, wäre es nach Talki gegangen, nie hätte erfahren dürfen. Das sind seine Berichte aus den letzten zwei Jahren. Dort findet sich auch manches zu den Gesprächen zwischen Talki und dem Turm.«

»Und das soll ich glauben?!«, fragte Ley empört. »Dieser Auserwählte lügt doch das Blaue vom Himmel herunter.«

Mithipha lächelte scheu und entrollte eines der Schreiben, um es Ley zu zeigen. Als er sich über das Silberfenster beugte, verfinsterte sich sein Gesicht. Er bewegte die Lippen, während er den Text überflog.

»Woher hast du das?«, fragte er schließlich.

»Von Hamsy, wie gesagt. Er war ein äußerst treuer Mann. Ich hoffe, du erkennst das Siegel der Mutter?«

»Warum ist Talki der Verlust eines derart wertvollen Schreibens nicht aufgefallen?«

»Sie war stets ausgesprochen nachlässig«, antwortete Mithipha leichthin. »Um ihre Habseligkeiten habe immer ich mich gekümmert. Glaubst du mir jetzt, dass ich nicht lüge?«

»Ja«, gab Ley, wenn auch ungern, zu.

»Verzeih, dass ich das sage, aber du solltest dir ihren Tod nicht so zu Herzen nehmen. Denk nur einmal an dein Bein. Sie wollte es nicht heilen, obwohl sie dazu durchaus in der Lage gewesen wäre.«

»Was hast du nun vor?«, wechselte er das Thema.

»Ich komme zu dir.«

»Aber schnellstens, wenn ich bitten darf! Mir reicht es, in diesem Krieg den Kopf für euch hinzuhalten.«

»Das kann ich mir vorstellen. Ich komme ja auch so bald wie möglich. Wie stehen die Dinge?«

»Ich habe bereits den Zugang zur Treppe des Gehenkten genommen und den Pass gesichert. Die Männer des Imperiums leisten zwar immer noch erbitterten Widerstand, aber im nächsten Monat werde ich sie in die Täler zurückdrängen. Danach gilt es allerdings, den Winter abzuwarten, denn ich muss mit den Reserven haushalten und ausreichende Versorgung sichern. Sobald der Frühling da ist, vernichten wir dann den Norden. Begib dich also unverzüglich zu mir. Hast du Thia gesehen?«

»Seit wir die Burg der Sechs Türme genommen haben, nicht mehr«, log sie. »Sie scheint abgetaucht zu sein.«

»Wie kann sie es wagen! Wir wären dringend auf ihre Hilfe angewiesen! Solltest du mit ihr sprechen, sage ihr, dass sie sich ebenfalls hier herbequemen soll!«

Sobald das Gespräch beendet war, rief Mithipha Rowan. Der zerriss den Verbindungszauber jedoch noch in der Sekunde, als sie ihn wirkte. Mithipha stieß lediglich einen bitteren Seufzer aus, verlangte nach einer Dienerin und erteilte ihr den Befehl zu packen. Obwohl es ihr missfiel, bei Regen loszureiten, blieb ihr nichts anderes übrig: Auf besseres Wetter dürfte sie bis zum nächsten Frühjahr warten können. Ley jedoch brauchte rasch Unterstützung. Mit Sicherheit würden die Schreitenden demnächst zur Treppe vorstoßen. Eine solche Auseinandersetzung ginge womöglich über die Kräfte des Glimmenden …

Sie nahm ihren Umhang, warf ihn sich über die Schultern und trat aus dem Zelt, um einen freudlosen Blick hinauf zu den tief hängenden Wolken zu werfen.

Im Lager liefen alle wild durcheinander. Wer nicht mit Zamir aufgebrochen war, hatte den Befehl erhalten, die Zelte abzubauen. Trotz des bedeckten Tages klangen die Stimmen der Soldaten fröhlich, konnten sie es doch kaum erwarten weiterzuziehen.

Die Pferdeknechte spannten die Tiere vor die Kutsche. Bei den schlechten Straßen werden wir ständig im Schlamm stecken bleiben, ging es ihr durch den Kopf. Doch im Unterschied zu Thia nahm sie lange Strecken, unbequeme Nächte und andere Beschwerlichkeiten voller Geduld hin – was indes nicht hieß, dass nicht auch sie den Verlust der Wegblüten bedauerte.

Als sie anfing zu zittern, kehrte sie ins Zelt zurück, warf den durchnässten Umhang einer herbeigeeilten Sklavin zu, beaufsichtigte das Einpacken ihrer Bücher, wobei sie penibel darauf achtete, dass nicht eine einzige Seite umgeknickt wurde. Schließlich bedeutete sie den Dienern hinauszugehen, um einen weiteren Versuch zu unternehmen, mit Rowan in Verbindung zu treten.

Und diesmal antwortete er, wenn auch erst nach zwei Minuten.

Der Anblick Rowans, Herr des Wirbelsturms und Beil des Westens, im Imperium nur als der Verdammte Schwindsucht bekannt, überraschte sie. Seine gesamte rechte Gesichtshälfte war mit offenen, teilweise noch blutenden Geschwüren bedeckt. In ihr funkelte wie ein wütender Stern das braune Auge, das wundersamerweise unversehrt geblieben war.

»Hol mich doch das Reich der Tiefe!«, hauchte Mithipha fassungslos.

»Ganz recht! Und zwar bald!«, zischte Rowan giftig zurück. »Was ist? Willst du dir ansehen, was ich deinem Plan zu verdanken habe?!«

»Du weißt genau, wie leid mir das tut«, heuchelte Mithipha. »Aber so, wie dein Gesicht aussieht, muss …«

»Spar mir dein Mitleid!«, brüllte Rowan sie an. »Im Gegensatz zu mir hast du dich schließlich keiner Gefahr ausgesetzt.«

»Sicher, es bestand die Möglichkeit, dass du verletzt werden würdest«, erwiderte sie gelassen. »Aber nach Talkis Tod hätte eine beachtliche Menge Kraft freigesetzt werden müssen. Die hätte ausreichen sollen, alle Wunden zu heilen.«

Rowan schluckte seine Erwiderung hinunter, lief puterrot an, drehte sich um und schlug mit einem Zauber auf eine Kiefer ein. Der Baum erzitterte vom Stamm bis zum Wipfel, knarzte und zerbarst in zwei Hälften.

»Machst du dich über mich lustig?«, wandte er sich wieder an Mithipha.

»Das würde ich doch niemals wagen, Rowan«, säuselte diese. »Im Übrigen verstehe ich nicht, was du meinst.«

»Dass wir nicht einen Tropfen Kraft bekommen haben, das meine ich!« Er sah ihr fest in die Augen, runzelte dann aber die Stirn und fuhr mit ruhigerer Stimme fort. »Was ist? Hast du das etwa nicht gewusst?!«

»Nein, davon hat mir Alenari kein Wort gesagt. Das Einzige, was sie mir erzählt hat, ist, dass Talki tot ist.«

»O ja. Mittlerweile dürften sich bereits die Aasgeier an ihr laben. Schade. Wenn ich mehr Zeit gehabt hätte, dann hätte ich mir ihre Eingeweide gern selbst gesichert. Um damit mein Zelt zu schmücken!«

»Würdest du mir jetzt endlich erzählen, was genau sich auf dem Anwesen abgespielt hat?«, fragte Mithipha, die den widerlichen Leidenschaften ihres Gegenübers keinerlei Neugier entgegenbrachte.

»Zunächst gestaltete sich alles so, wie du es vorausgesagt hast«, antwortete er. »Talki war durch Alenari abgelenkt und rechnete überhaupt nicht damit, dass auch ich ihr einen kleinen Besuch abstatte.« Er grinste zufrieden. »Ihre Auserwählten waren auf unserer Seite. Du hast Hamsy wirklich von unserer Sache überzeugt, meinen Glückwunsch.«

Daraufhin neigte Mithipha bescheiden den Kopf, um sich für dieses Kompliment zu bedanken, selbst wenn es ihr nichts bedeutete.

»Dann lief jedoch etwas aus dem Ruder«, fuhr Rowan fort und ballte die Hände zu Fäusten. »Die alte Hexe musste gespürt haben, dass auch ich anwesend war. Das hat sie offenbar misstrauisch werden lassen. Zumindest hat sie danach einen Schild gewirkt. Und den konnten weder Alenari noch ich durchbrechen. Unsere Kraft reichte lediglich aus, ihren Angriff abzuwehren.«

»Am Ende habt ihr es aber doch geschafft …«

»Nein.«

»Warum ist sie dann tot, während ihr lebt? Wenn es sich so verhält, wie du sagst, müsste es doch genau umge…«

»Vertrau dem Reich der Tiefe deine Überlegungen an, aber verschone mich damit!«, unterbrach Rowan sie barsch. »Wenn da nicht ihre Schülerin gewesen wäre …«

»Halt!«, fiel ihm nun Mithipha ins Wort. »Was für eine Schülerin?!«

»Offenbar warst du nicht der einzige Schützling unserer hochverehrten Heilerin«, höhnte Rowan. »Und glaub mir, diese Schülerin hat mich weit mehr verblüfft als die Entdeckung … deines wahren Charakters.«

Mithipha verzog nicht eine Miene. Rowan hatte ihr Geheimnis an dem Tag erfahren, als Alenari und sie ihn in ihre kleine Verschwörung einbezogen hatten. Zuvor hatte er sie – genau wie Thia! – stets für eine ausgemachte Närrin gehalten.

Im Grunde hatte ihr diese Einschätzung nichts ausgemacht.

Doch nachdem sie jahrhundertelang tagein, tagaus die Rolle der einfältigen Grauen Maus gespielt hatte, hing ihr diese Komödie allmählich zum Halse heraus. Und all das nur, weil Talki keine kluge Schülerin an ihrer Seite ertrug. Bei ihrem Misstrauen hätte die alte Spinne niemals eine starke oder eigenständige Persönlichkeit in ihrer Nähe geduldet. Deshalb hatte sich Mithipha verstellen und zu einer anderen werden müssen, um das Vertrauen Talkis zu gewinnen.

»Bist du sicher, dass es keine Schreitende war, die Talki mal wieder umgeschmiedet hat?«

»Stell nicht so dumme Fragen!«, fuhr er sie an. »Ich weiß genau, wie ein Weibsbild nach einer Umschmiedung durch die Alte aussieht! Davon konnte bei dieser Frau keine Rede sein! Zunächst hatten Alenari und ich sie für eine Dienerin gehalten.«

»Offenbar ein Irrtum.«

»Wie scharfsinnig du sein kannst!«, giftete er, und in seinen Augen blitzte Hass auf Mithipha, aber auch auf jene Unbekannte auf. »Als ihr Funken aufloderte … war dieser ebenso dunkel wie licht.«

»Diese alte Vettel!«, spie Mithipha aus und gab die Rolle der freundlichen Frau damit endgültig auf.

Nicht nur, dass Talki eine Frau gefunden hatte, die sie hatte ausbilden können, nein, sie hatte sie obendrein derart gut vor allen versteckt, dass niemand auch nur etwas von ihrer Existenz ahnte. Selbst Hamsy, der ständig um Talki herumschwirrte, hatte ihr nichts davon berichtet.

»Aber das hat sie nun davon! Von der eigenen Schülerin umgebracht! Während Talki noch auf uns einschlug, holte dieses Weibsbild kurzerhand den Funkentöter aus einem Büfett und rammte ihn ihr in den Hals, bevor wir auch nur begriffen, was geschah!«

»Was faselst du da für Unsinn?! Der Funkentöter wird im Turm verwahrt!«

»Du darfst davon ausgehen, dass ich durchaus imstande bin, die Klinge zu erkennen, mit der sowohl der Skulptor als auch Ossa ins Reich der Tiefe geschickt wurden! Das war der Funkentöter, ohne Zweifel! Und ich will lieber nicht darüber nachdenken, wie lange er schon im Besitz der alten Schabracke war und für wen von uns sie ihn sich besorgt hatte. Frag mich nicht, warum diese Frau Talki ermordet hat, aber sie hat uns allen einen großen Dienst damit erwiesen.«

»Was hat sie gesagt, warum sie es getan hat?«

»Machst du dich über mich lustig?!«, entgegnete er von oben herab. »Du scheinst zu vergessen, dass sich Alenari in meiner Gesellschaft befand. Ich muss dich ja wohl nicht daran erinnern, wie sehr unsere alte Freundin gut gebaute Weiber schätzt?! Noch ehe ich den Mund aufmachen konnte, hatte sie diese Unbekannte bereits mit einem Zauber angegriffen.«

»Hat Alenari sie auf der Stelle getötet?«

»Nein! Aber dafür hätte dieses Mädchen beinahe mich umgebracht!«

»Dann hat sie also dein Gesicht ...«

»Ganz genau! Das Weibsbild war genauso stark wie wir. Oder höchstens geringfügig schwächer. Weißt du, was sie getan hat, um in Schwung zu kommen?! Nichts Geringeres, als alle Auserwählten auf dem Anwesen zu vernichten! Alle, hast du verstanden?! Von denen ist nicht ein heiler Knochen übrig geblieben.«

»Das kann nicht wahr sein!«

»Verschließ von mir aus ruhig die Augen vor der Wahrheit! Für mich aber besteht kein Zweifel daran, dass diese Furie den Sonnenkreis eingesetzt und wie eine Tollwütige gekämpft hat! Die Zauber flogen aus ihr heraus wie Hirse aus einem geplatzten Sack. Talki hat sie wesentlich besser ausgebildet als dich.«

Auf diese Bemerkung verbiss sich Mithipha jeden Kommentar.

»Aber nur Ghinorha hat den Sonnenkreis beherrscht«, gab sie stattdessen zu bedenken.

»Anscheinend nicht«, erwiderte Rowan. »Glaub mir, dir ist ein eindrucksvolles Schauspiel entgangen. Nachdem sie die Auserwählten erledigt und das halbe Haus in Schutt und Asche gelegt hatte, ist Alenari nichts Besseres eingefallen, als sich mittels Hasensprung aus dem Staub zu machen. Ich durfte mich dann allein mit dieser Irren auseinandersetzen. Die hat mir dann auch dieses hübsche Andenken verpasst …«

»Hast du genug Verstand besessen, die Frau erst umzubringen, nachdem sie dir alles über sich gesagt hat?«, fragte Mithipha, obwohl sie die Antwort bereits kannte: In einem Kampf durfte niemand einen kühlen Kopf vonseiten Rowans erwarten.

»Das war leider nicht möglich. Als dieser liebreizende Schützling von Talki den Sonnenkreis gewirkt hat, hatte sie sich kaum noch unter Kontrolle. Sie hat derart geleuchtet, dass sie mich geradezu geblendet hat. Dann ist sie mit einem Mal weggegangen …« Er verstummte kurz. »Vielleicht wollte sie mich auch von jemandem weglocken. Jedenfalls ist sie in die Steppe gestürzt. Da muss ihre Gabe vollends die Gewalt über sie gewonnen haben, denn der Funken hat sie am Ende ausgebrannt. Zu bedauerlich, dass ich ihr nicht vorher noch die Augen ausreißen konnte! Und noch bedauerlicher, dass ich ihre Kraft nicht in mich aufnehmen konnte.«

O ja, dachte Mithipha. Die Unbekannte kann von Glück sagen, dass sie dir nicht in die Hände gefallen ist. Denn so ist sie recht glimpflich davongekommen, falls man das über eine tote Frau sagen darf.

»Hast du den Funkentöter an dich gebracht?«

»Nein.«

»Soll das heißen, du hast ihn im Hals von Talki stecken lassen?«, fragte Mithipha entsetzt.

»Für wie dämlich hältst du mich eigentlich?!«

»Was, bitte schön, soll ich denn sonst von dir halten?«, erwiderte Mithipha mit sanfter Stimme. »Wir beide wissen genau, wie wertvoll diese Klinge ist.«

»Anscheinend hast du mir nicht zugehört! Das Mädchen hat mich vom Haus weggelockt! Mir ist gar keine Zeit geblieben, noch einmal dorthin zurückzukehren! Das Tor zum Weg der Gespenster steht nämlich nicht ewig offen! Die Nekromanten auf der anderen Seite mussten jede Minute fünfzehn Mann töten! Ich habe es gerade noch geschafft durchzuschlüpfen, bevor das Tor samt Pfad geschmolzen ist!«

»Damit hast du dich wie ein ausgemachter Dummkopf verhalten!«

»Bitte?!«

»Du hast mich genau verstanden!«, fuhr Mithipha ihn an. »Weshalb musstest du unbedingt nach Alsgara zurück?! Als ob diese Stadt wichtiger ist als der Funkentöter! Wenn dieses Artefakt in fremde Hände gerät ...«

»Ich verbitte mir diesen Ton, du widerwärtiges Miststück!«, brüllte Rowan und griff nach seinem Schwert.

»Ich rede genau in dem Ton mit dir, den du verdienst«, parierte Mithipha gelassen. »Alsgara ist völlig belanglos, der Funkentöter dagegen von unermesslichem Wert. Das dürftest du genauso gut wissen wie ich. Obendrein ...«

Doch noch ehe sie den Satz beenden konnte, schlug Rowan wütend mit dem Schwert auf das Silberfenster ein, um auf diese Weise das Gespräch abzubrechen. Das Wasser aus der Schüssel spritzte hoch auf und rieselte fröhlich aufs Bett nieder.

»Gesprächig wie eh und je«, brummte sie, stand auf und wrang sich die nassen Haare aus.

Sie konnte nur mutmaßen, wie viel Wahrheit in Rowans Worten steckte. Ihm war durchaus zuzutrauen, dass er sie angelogen hatte, was den Funkentöter anging. Sie selbst hätte es jedenfalls so gehandhabt. Daher schien ihr größte Vorsicht geboten: Rowan war nicht nur krank im Kopf, sondern auch außerordentlich nachtragend. Nicht, dass er auf den Gedanken verfiel, ihr die Schwierigkeiten bei der Begegnung mit Talki sowie die Verletzungen, die ihm diese Unbekannte zugefügt hatte, anzulasten ...

»Die Kutsche wartet auf Euch, Herrin«, flüsterte eine Sklavin, die leise das Zelt betreten hatte.

»Bring mir auf der Stelle ein neues Kleid! Und ein Handtuch!«

Die Sklavin stürzte hinaus, den Befehl auszuführen. Als sie zurückkam, half sie Mithipha beim Umkleiden. Währenddessen verdrängte diese jeden unangenehmen Gedanken, blieb ihr in der Kutsche doch noch ausreichend Zeit, sich über Talkis seltsamen Tod und diese Unbekannte den Kopf zu zerbrechen.

Kapitel

10

Den Raum erhellte nur trübes Licht. Über die Wände tanzten fahle, unangenehm purpurrote Punkte. Ich kniff die Augen zusammen, um meine Umgebung besser erkennen zu können, machte aber nur bis zu vierzig Schritt vor mir noch etwas aus.

Platten aus Karneol verbrannten mir mit ihrer Kälte die bloßen Füße. Es schmerzte nicht, ich hatte lediglich den Eindruck, meine Füße würden augenblicklich an ihnen haften bleiben, hielte ich auch nur einen Moment inne. Deshalb bewegte ich mich unablässig vorwärts, selbst wenn ich mich gerne erst noch länger umgesehen hätte.

Am ehesten erinnerte dieser Ort an den Turm der Schreitenden. Auch hier wiesen alle Linien eine gewisse Strenge auf, waren die Säulen, Bögen und Strebepfeiler elegant gestaltet. Der gleiche Baumeister musste diese beiden Anlagen geschaffen haben. Allerdings war der Turm bei all seiner Größe nie derart menschenleer gewesen …

Die eingeschlagenen Türen, die verbrannten Vorhänge, das zerfetzte Leinen in den vergoldeten Rahmen sowie vereinzelte Rußflecken an der Decke zeugten von einem Kampf, der hier stattgefunden haben musste. Eine Leiche hatte ich bisher jedoch noch nirgends entdeckt. Auch keine Blutspuren.

Da ich keine unmittelbare Gefahr witterte, lief ich durch die Räume, ohne irgendwo Deckung zu suchen. Ich lauschte auf die Stille, sah mich aufmerksam um und versuchte, mir darüber klar zu werden, wo ich mich eigentlich befand.

Durch zahllose Säle gelangte ich in einen riesigen Raum, dessen Boden unter Wasser stand und mit Glasscherben bedeckt war, den Resten der zerschlagenen Kuppel. Die Scherben bildeten eine dicke Schicht. Wie sollte ich barfuß über sie gehen, ohne mir die Haut aufzuschlitzen? Kurz entschlossen zog ich meine Jacke aus und zerschnitt sie. Am anderen Ende wartete jemand auf mich, das wusste ich genau. Deshalb durfte ich keine Sekunde zögern und opferte lieber meine Jacke.

Kaum hatte ich mir die Lappen um die Füße gewickelt, durchquerte ich vorsichtig den Saal. Es regnete. Der Regen murmelte, raunte und flüsterte vom nahenden Winter. In ihm meinte ich die Worte: »Spute dich!« zu vernehmen.

Doch wohin? Im Saal gab es unendlich viele Treppen und Gänge. Woher sollte ich wissen, welchen Weg ich wählen musste?

Das Rauschen des Regens durchbrach nun ein zarter, melodischer Triller, als blase jemand auf einer Holzflöte. Der Ton kam von rechts über mir. Ihm folgend, begab ich mich über eine Treppe zwei Stockwerke hinauf. Das Lied klang sogleich wesentlich lauter.

Ich löste die nassen Lappen von meinen Füßen, warf sie weg und trat in einen breiten Gang mit Gewölbedecke sowie großen Fenstern, die die gesamte rechte Wand einnahmen. Die Scheiben waren beschlagen, hinter ihnen dräute die Nacht. Obwohl die Melodie jäh verstummte, hegte ich keinen Zweifel daran, mich in die richtige Richtung zu bewegen.

Im Gegensatz zum Erdgeschoss entdeckte ich hier nirgendwo Spuren eines Kampfes oder von Zerstörung. Alle Statuen waren unversehrt, in massiven und nach meinem Dafürhalten recht geschmacklosen Rahmen prangten Bilder, die jedoch zu stark nachgedunkelt waren, als dass ich in ihnen etwas hätte erkennen können. Eine offene Tür führte in einen Raum mit zahlreichen Stühlen.

Zwei Minuten später bemerkte ich an einer der Treppenabzweigungen einen Mann. Sein Gesicht vermochte ich zwar nicht zu erkennen, aber das beunruhigte mich nicht. Das Zeichen, das er mir machte, war dagegen eindeutig: Er winkte mich zu sich heran, während er langsam die Treppen hinaufstieg. Ich folgte ihm.

Die Stufen waren geschmiedet und so warm wie ein Lebewesen. Die Treppe brachte uns zu einer Galerie mit Säulen, die als Baumstämme gestaltet waren, um die sich schwarzer Wein rankte. Zu meiner Überraschung handelte es sich dabei um echte Reben. Der Unbekannte verschwand durch eine weitere Tür in den nächsten Raum.

In diesem brannten Kerzen. Sie standen auf dem Fußboden und zogen sich in drei Kreisen um einen einzelnen massiven Tisch. Obwohl die Tür zu einem Balkon offen stand und draußen ein Unwetter tobte, flackerten die Flammen nicht. Weder die Zugluft noch die hereinspritzenden Regentropfen konnten ihnen etwas anhaben.

Am Tisch saß Yola, die roten Flügel auf dem Rücken zusammengeklappt. Über ihren Augen trug sie eine purpurrote Binde, sodass sie die Karten blind mischen musste. Die schmalen Finger mit den lilafarbenen Nägeln glitten geschmeidig über den dicken Stapel und verteilten die Karten auf dem Tisch. Jede von ihnen fand den ihr bestimmten Platz. In weniger als einer Minute schuf sie ein Ornament in Form einer Blume.

Ich trat näher an sie heran, um sehen zu können, was die Karten zeigten. Den Tod, die Jungfrau und den Wahnsinnigen. Diese Motive wiederholten sich wieder und wieder. Nur zeigten sie nicht die vertrauten Gesichter, sondern die der Verdammten und das von Lahen.

Sobald Yola meine Anwesenheit spürte, sammelte sie die Karten zusammen und wies mit dem Finger in Richtung Balkon.

Die Nacht war ungewöhnlich finster und rau. Der Wind fuhr durch die Wipfel der Kastanien, zauste die kahlen Äste, Regen ging nieder. Ohne Jacke und noch dazu barfuß setzte mir die Kälte sofort zu. In einem kleinen Kohlenbecken fauchte eine wütende Flamme, auf der nassen Brüstung saß Garrett.

Er nickte mir zu, als sei ich ein alter Bekannter von ihm. »Wie stehen die Dinge, Grauer?«

»Nicht gut.«

»Verstehe.«

»Du verstehst überhaupt nichts!«, brüllte ich ihn an.

»Gibst du etwa mir die Schuld für das, was geschehen ist?«, fragte er mit zur Seite geneigtem Kopf.

»Nein«, antwortete ich leise. »Aber warum bin ich hier?«

»Um zu sehen.«

»Was?«

»Etwas, das zu erfahren nur dir bestimmt ist.«

»Spar dir deine Rätsel! Die hängen mir zum Halse heraus!«

»Mir auch«, sagte er, als ihm eine Böe die Kapuze vom Kopf fegte. Trotzdem klärte er mich nicht auf. Entweder weil er es nicht wollte oder weil er es nicht konnte.

»Was ist das für ein Ort? Der Turm?«

»Nein. Das ist das Regenbogental.«

»Hier hat es einen Kampf gegeben. Blicke ich also in die Zukunft? Oder in die Vergangenheit? Oder ist das alles bloß ein Traum?«

»Es ist etwas, das nicht existiert«, brachte er langsam heraus, nachdem er eine Weile nachgedacht hatte. »Jedenfalls bislang noch nicht. Ob es je eintritt, entzieht sich meiner Kenntnis.«

»Wer bist du?«

»Nur dein Traum«, versicherte er lachend und sprang von der Brüstung.

»Träume haben die unangenehme Eigenschaft, sich allzu oft zu bewahrheiten.«

Garrett lächelte, doch sein Blick blieb dabei seltsam ernst.

»Lass mich dir einen Rat geben«, fuhr er schließlich fort. »Du hast den Wind gefunden und ihn sogar gefangen. Halte ihn jetzt gut fest. Vielleicht trägt er dich dann noch weiter.«

»Nur bringt mir das Lahen auch nicht zurück. Es ist meine Schuld, dass sie …«

»Wir alle tragen die Schuld an irgendetwas!«, unterbrach er mich. »Und für unsere Fehler müssen häufig andere bezahlen. Diejenigen, die uns nahestehen, diejenigen, die wir lieben, gehen manchmal von uns, das brauche ich dir nicht zu sagen. Es ist ein Gesetz des Lebens, mein Freund. Halte du nur den Wind fest und tu, was getan werden muss!«

In diesem Augenblick platzte das Kohlenbecken mit einem lauten Knall.

Und ich wachte auf.

Schwarze Nacht umgab mich. Das Lagerfeuer war fast heruntergebrannt. Ghbabakh schnaufte leise. Yumi spitzte die Ohren, öffnete die Augen, erwähnte seinen Hund und schlief wieder ein. Die Verdammte Typhus war ebenfalls wach. Sie hatte sich eine warme Decke über die Schultern geworfen und saß neben den glimmenden Holzscheiten. Als sie meinen Blick auf sich spürte, drehte sie sich um. Die nächsten Sekunden sahen wir einander unverwandt an, dann drehte ich mich auf die andere Seite. Bis zum Morgen fand ich keinen Schlaf mehr.

Jäh hörte die Saiga zu grasen auf, riss den Kopf hoch, spähte in unsere Richtung und schnüffelte aufmerksam mit der großen, braunen Nase in der Luft.

Yumi saß neben mir auf der Lauer und hielt sein beinernes Blasrohr bereit. Nadeln, die er von Sträuchern am Straßenrand gepflückt und mit dem Gift aus Ghbabakhs Stacheln eingeschmiert hatte, gaben seine Pfeile ab. Diese bewahrte er sonst in einem kleinen Lederbeutel am Gürtel auf. Ich hoffte inständig, dass Yumi sich nie selbst zufällig an den Dingern stach, denn Ghbabakhs Gift brachte unvermeidlich den Tod. Im Moment verzichtete er jedoch glücklicherweise darauf, eine Nadel durch das Rohr zu schicken. Er wusste genau, dass niemand ein vergiftetes Tier essen würde.

Die Saiga wähnte sich offenbar in Sicherheit, denn sie senkte den Kopf wieder. Sofort war ich auf den Beinen und gab mit dem Bogen einen Schuss ab. Das Tier sprang auf, hetzte noch zehn Yard, fiel dann aber zu Boden. Der schwere Pfeil hatte es zur Gänze durchbohrt.

»Aus, du Hund!«, rief Yumi triumphierend und lief los, um sein Abendessen zu begutachten.

Ghbabakh tauchte ebenfalls aus dem Gras auf, zudem völlig

lautlos. Es verblüffte mich immer wieder, wie geschmeidig und leise sich dieser Muskelberg bewegte.

»Gwut gwemacht«, lobte er meinen Schuss. »Das gwibt ein leckweres Abendessen. Wie das Tier wohl hier hergwekwommen ist?«

»Er hat was zu futtern gesucht. Bis zur Steppe sind es nur zwei Tage, das ist keine allzu große Entfernung. Schon gar nicht für jemanden mit vier Beinen.«

»Aus, du Hund!«, sagte Yumi.

»Er sagwat, wir sollten langwasam anfangwen, Fleisch zu dörren. Der Winter steht vor der Tür.«

Das stimmte. Bald würde das Wild nach Süden ziehen. Und selbst wenn wir nicht durch menschenleeres Ödland ritten, könnten wir Probleme mit der Versorgung bekommen. Vor allem, da im Land Krieg herrschte.

Der Blasge übernahm es, das Tier zu unserem Rastplatz zu bringen, und weder Yumi noch ich erhoben Einwände dagegen. Er schulterte die Saiga, als sei sie eine Feder, und stapfte los. Wir folgten ihm.

Irgendwann hatten die vermaledeiten Steppen unversehens geendet. Shens Stimmung hatte sich daraufhin schlagartig gebessert, ja, vorübergehend hatte er sogar aufgehört, sich mit Typhus zu streiten. Nun ritten wir durch lichtes Waldgebiet mit zahlreichen Schluchten und Bächen sowie kleineren Flüssen, die der Regen hatte übertreten lassen. Zweimal hatten wir das Glück gehabt, in Dörfern übernachten zu können. Allerdings waren beide völlig verlassen gewesen …

Auf der Straße begegnete uns ebenfalls niemand. Wer wollte in dieser Zeit auch schon hierher? In eine Gegend, die weitgehend von den Nabatorern kontrolliert wurde. Das Land schien ausgestorben, als habe die Pest in ihm gewütet – die allein wir überlebt hatten.

Gestern Abend war Yumi in einem Straßengraben auf zwei Leichen gestoßen, die mit Armbrustbolzen gespickt und bereits vermodert waren. Daraufhin hatte er die nähere Umgebung abgesucht, aber wie vermutet keine Menschenseele entdeckt.

»Was hältst du von diesem Krieg?«, fragte ich Ghbabakh, nachdem er das erlegte Tier von einer Schulter auf die andere gepackt hatte.

»Willst du eine Binsenweisheit hören?«, erwiderte er. »Kwariegwa ist immer schlecht. Aber ich kwämpfe gwern. Das stellt den Sinn meines Lebens dar.«

»Was glaubst du, ist das Sumpfheer bereits ausgezogen?«

»Nein. Als ich aufgwebrochen bin, waren noch viele Khagher zu Hause. Einigwe haben sich auch in Kworunn aufgwehalten. Ich werde kwämpfen, aber erst, wenn ich bei meinen Leuten bin. Wie sagwat ihr Menschen doch: Ein einzigwer Soldat richtet im Feld nichts aus.«

»Dann gehst du deshalb nach Korunn? Um dort die anderen zu treffen.«

»Inzwischen ja. Erst habe ich mir nur das Land ansehen wollen, aber jetzt suche ich meine Leute auf. Um zu kwämpfen. Warum gwarinst du?«

»Du kämpfst für ein fremdes Land. Das verdient Respekt.«

»Aus, du Hund!«

»Das stimmt nicht«, widersprach Ghbabakh. »Dieses Land ist gwenauso meins wie deins. Wir alle leben im selben Haus. Wir alle verteidigwen dasselbe Haus. Sogwar Yumi bereitet sich auf den Kwariegwa vor, auch wenn er das gwar nicht müsste.«

»Aus, du Hund!«

»Wirst du auch kwämpfen?«, wollte Ghbabakh von mir wissen.

»Nur, wenn es nicht anders geht«, antwortete ich. »Noch hat uns der Krieg ja nicht eingeholt, bisher sind wir ihm ganz gut entkommen. Vielleicht stoßen wir ja bis Korunn auf keinen einzigen Feind, schließlich haben die Nabatorer ihr ganzes Augenmerk auf die Treppe des Gehenkten gerichtet.«

»Noch einen Monat, dann werden sie bis zum Ende des Winters feststeckwen. Dann sind die Pässe voller Schnee. Der Kwariegwa wird aber im Frühjahr weitergehen. Dann werden sie sich den Norden vornehmen. Gwalaub mir also, der Kwariegwa holt uns alle ein. Wir kwönnen ihm nicht entkwommen.«

»Da hast du auch wieder recht.«

Der Wagen stand noch immer dort, wo wir ihn abgestellt hatten. Rona saß auf dem Kutschbock. Als sie hörte, dass sich jemand durch die Sträucher näherte, sprang sie auf. Doch kaum erkannte sie uns, beruhigte sie sich sofort und nahm wieder Platz.

Seit Shen sie unter Typhus' Anleitung behandelte, ging es ihr mit jedem Tag besser. Zunächst hatte sie aufgehört, nachts zu schreien, danach hatte sich auch das Weinen gelegt. Mittlerweile unterhielt sie sich sogar ein wenig mit uns, selbst wenn sie die Verdammte weiterhin mied. Nach wie vor fiel das Mädchen allerdings immer wieder in eine Art Starre, brach mitten im Satz ab oder schlief von einer Sekunde auf die andere ein.

Ohne dass ich es gemerkt hatte, war Shen Rona zu einem guten Freund geworden. Sämtliche Vorbehalte ihrerseits waren wie weggeblasen. Trotzdem zweifelte ich nicht daran, dass sie nie vergaß, wen sie da vor sich hatte: einen Mann mit einem dunklen Funken. Was das für den Jungen heißen mochte, wusste ich aber nicht.

Ich nickte dem Mädchen zu, worauf sie mich freundlich anlächelte. Wie sie überhaupt meistens lächelte, wenn sich unsere Blicke begegneten. Mich verunsicherte diese Herzlichkeit ein wenig.

»Sag mal, machst du dich eigentlich über mich lustig?«, fragte ich sie deshalb diesmal.

»Bitte?«, entgegnete Rona verständnislos und zog die feinen Brauen zusammen.

»Sobald wir uns sehen, strahlst du über beide Backen.«

»Und das wundert dich?«, fragte sie. »Schließlich hast du mir das Leben gerettet.«

»Nein, du hast mir das Leben gerettet«, hielt ich dagegen und löste die Sehne vom Bogen. »Wenn du nicht gewesen wärst, hätte mich Kira getötet.«

Das Mädchen erschauderte, als hätte eisiger Wind sie gestreift. »Das stimmt. Aber danach hast du mich nicht in dem Haus zurückgelassen, sondern mitgenommen.«

Sofort kam ich mir wie ein undankbarer Schweinehund vor, denn ich war mehr als einmal versucht gewesen, sie alle sich selbst zu überlassen und meinen Weg allein fortzusetzen.

»Ist doch nicht der Rede wert«, murmelte ich. »Außerdem hat Shen ebenfalls darauf bestanden. Aber ich freue mich, dass es dir jetzt besser geht.«

Sie sprang vom Kutschbock und klaubte ein gelb-braunes Blatt auf, das am Rand rote Sprenkel zeigte. »Ich träume immer noch. Von der Verdammten Lepra, meine ich. Und von Kira. Aber immerhin fasel ich nicht mehr vor mich hin und kann wieder klar denken. Zwar noch nicht die ganze Zeit, aber wenn ich es mir fest vornehme, schon.«

»Aus, du Hund!«, rief Yumi, der dem Mädchen einen ganzen Armvoll Blätter brachte.

Sie lachte fröhlich und nahm den Strauß mit Freuden an sich. Ich streckte mich auf dem Teppich aus welkem Laub aus und schielte zu Rona hinüber. Seit Shen und Typhus sie mit ihren Zaubern behandelten, wirkte ihr Gesicht nicht mehr wie eine leblose Maske. Sie war eine wirklich schöne Frau. Und obendrein keine dumme.

»Hattest du früher eigentlich langes Haar?«, wollte ich von ihr wissen.

»Ja«, antwortete sie. »Wie hast du das denn erraten?«

»Du machst mit der Hand häufig eine bestimmte Geste. Die habe ich auch bei meiner Frau beobachtet, nachdem sie sich ihr Haar hatte abschneiden müssen.«

Das Lächeln kroch aus Ronas Gesicht, und sie wurde ungewöhnlich ernst. »Ich erinnere mich daran, dass ich sie bei der Verdammten Lepra gesehen habe. Sie war sehr hell. Ich meine, ihr Funken war sehr hell«, berichtigte sie sich unverzüglich. »Es tut mir leid für dich.«

Wenn ich auf eins verzichten konnte, dann auf ihr Mitleid.

»Du willst nicht mit anderen über diese Angelegenheit reden, oder?«, brachte sie leise heraus, denn ihr war nicht entgangen, dass ich zusammengezuckt war. Ihre dunklen Augen ruhten mit einem rätselhaften Ausdruck auf mir.

»Ich will nicht einmal mit mir selbst über diese Angelegenheit reden«, antwortete ich zu meiner eigenen Überraschung.

Sie sah mich aufmerksam an, drehte sich dann aber um, als sie das Geräusch von Schritten hörte.

»Wo hast du denn gesteckt?«, fragte ich Shen. »Außerdem hättest du wenigstens eine Waffe mitnehmen können.«

»Hier ist doch niemand«, erwiderte er leichthin. »Und notfalls weiß ich mich meiner Haut schon zu wehren.«

Wen wollte er damit wohl beruhigen? Rona oder mich? Ich meinerseits glaubte nämlich ganz und gar nicht, dass sich der Junge gegen eine Räuberbande oder wilde Tiere würde zur Wehr setzen können. Andererseits musste ich zugeben, dass er wirklich Fortschritte machte: Nachdem Lahen den Jungen unter ihre Fittiche genommen hatte, setzte er seine Gabe mit weitaus größerem Geschick ein.

»Wo steckt Typhus?«, fragte ich Shen.

»Ich hab nicht weiter auf sie geachtet. Als ich weggegangen bin, war sie noch hier. Weißt du es, Rona?«

»Sie ist nach dir weggegangen«, antwortete sie widerwillig. Offenbar wollte sie nicht über die Verdammte sprechen.

»Und wohin?«

Rona zeigte in die entsprechende Richtung.

»Aus, du Hund!«

Mit diesen Worten huschte unser kleiner Späher in den Espenwald. Ich schnappte mir den Bogen und folgte ihm.

Typhus hatte es nicht darauf angelegt, ihre Spuren zu verwischen, sie zeichneten sich klar und deutlich ab. Irgendwann lichteten sich die Bäume, der Boden wurde immer feuchter, bis es schließlich bei jedem Schritt unter den Füßen schmatzte. Eine aufgeschreckte Elster krächzte los.

»Aus, du Hund!«, erklärte Yumi, der mit dreckigen Pfoten und nassem Fell auf mich zukam.

Mit seinem ganzen Gebaren brachte er zum Ausdruck, dass hier nirgendwo eine Gefahr lauere. Dann zeigte er mir mit wilden Gesten die Richtung, die ich nehmen sollte, und kehrte zu den anderen zurück, um sich zu trocknen und einer für ihn heiligen Handlung beizuwohnen: der Vorbereitung des Essens.

Ich blickte zu den hohen, bläulichen Wolken hinauf. Sie zogen wie scheue Pferde über den Himmel. An diesem Tag schlug das Wetter schon zum fünften Mal um. Auf Regen folgte Sonnenschein und umgekehrt. Der Wald leuchtete bald korallenrot, bald prunkte er mit goldenen Streifen, nur damit er dann wieder grau-blau, finster und düster dräuen konnte.

Typhus kam mir entgegen und grinste mich an: »Hast du dir etwa Sorgen um mich gemacht?«

»Aber gewiss doch. Was machst du hier?«

»Sag bloß, das hat dir unser kleiner Spion verschwiegen. Oder reichten seine drei Wörter nicht aus, um es dir mitzuteilen? Also, ich habe versucht, mit Alenari Verbindung aufzunehmen. Leider ohne Ergebnis. Mithipha schweigt ebenfalls. Allmählich habe ich den Eindruck, die beiden hätten sich abgesprochen.«

»Was haben sie davon, wenn sie schweigen?«

»Sie fürchten meine Fähigkeiten. Ich könnte nämlich erkennen, wo sie sich aufhalten.«

»Wie genau?«, fragte ich mit gleichgültiger Stimme, obwohl mich diese Enthüllung beinah aus der Fassung brachte.

»Nicht sehr genau«, gab Typhus zu. »Ich kann bis zu einhundert League danebenliegen.«

Ich stieß ein verächtliches Schnauben aus.

»Trotzdem musst du zugeben, dass das besser als nichts ist«, bemerkte Typhus.

»Weshalb sollten sich die beiden vor dir verstecken wollen?«, bohrte ich weiter.

»Vielleicht haben sie einen Plan geschmiedet, in den sie mich nicht einzuweihen gedenken. Solange sie schweigen, muss es schon mit dem Zufall zugehen, damit wir sie finden. Andererseits kann ich mir kaum vorstellen, dass ausgerechnet diese beiden unter einer Decke stecken.«

»Dann meinst du also nicht, dass sie Talki einen Besuch abgestattet haben?«

»Ausschließen würde ich es nicht«, sagte Typhus, während

sie ein Taschentuch herauszog und sich die Hände abwischte. »Dagegen spricht allerdings, dass weder Mithipha noch Alenari je einen Weg durch eine Welt voller Dämonen nehmen würden. Zumindest nicht, wenn es nicht unbedingt nötig wäre.«

»Meiner Ansicht nach würde der Tod der Verdammten Lepra dieses Risiko durchaus rechtfertigen.«

»Ich würde es trotzdem nicht eingehen.«

»Du bist aber nicht das Maß aller Dinge.«

»Hat man noch Töne!«, brachte sie unter schallendem Gelächter heraus. »Da versucht ein Mann, der ein paar Jahrhunderte weniger auf dem Buckel hat als ich, mich das Leben zu lehren. Obendrein ein Mann, bei dem ich mich bis heute frage, warum ich ihn eigentlich noch immer nicht umgebracht habe. Dabei hab ich mir den ganzen Sommer über nichts sehnlicher gewünscht als das. Schon komisch, denn inzwischen ist es mir fast einerlei, ob du am Leben bist oder nicht.«

»So was kommt vor«, sagte ich ernst, obwohl ich ihr nicht glaubte: Mein Tod dürfte ihr keinesfalls gleichgültig sein.

»Was hast du im Zusammenhang mit dem Regenbogental entschieden?«, wechselte sie das Thema. »Shen und ich, wir sollten keinen Fuß in dieses Tal setzen.«

»Bis zum Regenbogental sind es noch drei Tage, genug Zeit also, damit er sich die Sache anders überlegt. Ich werde mit Rona darüber sprechen.«

»Sie ist eine Schreitende. Deshalb hält sie uns beide für ihre Feinde. Ein Gespräch mit ihr bringt daher gar nichts. Das Mädchen wird uns den Närrinnen aus dem Turm nur zu gern ausliefern.«

»Warum hast du dann geholfen, sie zu heilen?«

»Weil eine Verrückte, die ihre Gabe nicht mehr zu kontrollieren vermag, eine noch größere Gefahr darstellt«, antwortete sie. »Darum war es besser, ihr den Verstand zurückzugeben, als die ganze Zeit gewärtig zu sein, dass sie nicht mehr weiß, was sie tut. Sag mal, darf ich dir eine Frage stellen?«

»Kommt drauf an, welche.«

»Deine Frau, Lahen, war eine starke Autodidaktin. Ungewöhnlich stark sogar. Und ebenso begabt. Trotzdem muss es jemanden gegeben haben, der sie ausgebildet hat, sonst hätte sie mir keinen Widerstand leisten können.«

»Du meinst, sonst hätte sie dich nicht *bezwingen* können?«

»Nenn es, wie du willst. Also, wer war es?«

»Ghinorha.«

Kaum hörte sie diesen Namen, fiel sie in eine Art Starre.

»Du scherzt?«, presste sie heraus, sobald sie die Gabe der Rede zurückgewonnen hatte.

»Die Mutter und die Verdammte Lepra haben das wesentlich schneller geglaubt.«

»Aber das ist unmöglich! Ghinorha ist in den Sümpfen gestorben!«

Daraufhin erzählte ich auch ihr Lahens Geschichte.

»Dann hat sie dich entweder angelogen oder ist selbst einer Lüge aufgesessen«, urteilte Typhus.

Bevor ich jedoch nachhaken konnte, tauchte Ghbabakh auf.

»Die anderen machen sich schon Sorgwen um euch«, erklärte er.

»Dazu besteht überhaupt kein Grund«, beruhigte ich ihn. »Wir kommen gleich.«

Zufrieden mit dieser Antwort kehrte der Blasge sofort um und zog gemächlich ab.

»Wieso glaubst du diese Geschichte nicht?«, wandte ich mich wieder an Typhus.

»Lassen wir die Sache auf sich beruhen.«

»Nein, ich will das jetzt wissen.«

»Die Zauber deiner Frau haben ohne Frage Ghinorhas Handschrift getragen. Sie haben mich immer an jemanden erinnert, aber ich wusste nie, an wen. Jetzt ist mir das klar. Ghinorha. Es war ihr Stil, auch wenn sich die Ausführung ein wenig vom Original unterschied. Bei allen Sternen Haras! Warum habe ich das nicht gleich begriffen?! Gut, ich könnte mir also vorstellen, dass Lahen sie noch gekannt hat. Aber eine Sache lässt mir keine Ruhe: Ghinorha konnte keine Frauen ausbilden! Sie hatte immer nur Schüler, nie auch nur eine einzige Schülerin. Rethar hat mir einmal gestanden, alle Versuche Ghinorhas, Mädchen zu unterrichten, seien gescheitert.«

»Dann muss sie es am Ende doch noch gelernt haben.«

Bei dieser Vermutung zog die Verdammte lediglich vielsagend eine Braue hoch.

»Na, habt ihr gepflegte Konversation miteinander betrieben?«, stichelte Shen, als wir zurückkamen.

»Könnte man so sagen, mein Kleiner.«

Ghbabakh hatte der Saiga bereits das Fell abgezogen, während Yumi und Rona ein Feuer entfacht hatten.

»In einer Woche haben wir Mitte Herbst«, sagte Shen und setzte sich neben mich vor den Wagen.

»Dann werden wir wohl anfangen, mit den Zähnen zu klappern.«

»Das Regenbogental ist ganz in der Nähe. Das erreichen wir schon noch vorher.«

»Du willst also wirklich dorthin?«

»Ich bin kein geringerer Sturkopf als du«, erklärte er mit müdem Lächeln und fuhr sich durchs Haar. »Sei unbesorgt, es wird schon keine Schwierigkeiten geben. Rona …«

»Rona leidet noch immer ein wenig unter der Umschmiedung Lepras«, fiel ich ihm ins Wort. »Und nur weil sie dir freundlich begegnet, heißt das noch lange nicht, dass sämtliche Schreitenden es ebenfalls tun werden.«

»Glaubst du allen Ernstes, Rona würde den Schreitenden brühwarm erzählen, dass mein Funken nicht mehr ganz so licht ist wie früher?«

»Ich lege für niemanden außer für mich selbst die Hand ins Feuer.«

»Hör mal, sie ist nicht so …«

»Ich würde dir gern glauben, mein Junge. Aber wenn du dir die ganze Angelegenheit auch nur eine Sekunde lang unvoreingenommen durch den Kopf gehen lässt, dann musst du zugeben, dass ich recht habe. Es zwingt dich niemand, auch nur einen Fuß in die Schule der Schreitenden zu setzen …«

»Ins Reich der Tiefe mit dir!«

Ich grinste ihn bloß an, holte aus meiner Tasche die Kette und ließ sie durch meine Finger gleiten. Die Sonne brach durch die Wolken und färbte den Spinell blutrot. Keiner von uns beiden sagte ein Wort.

»Die Pferde haben nichts mehr zu futtern«, beendete Shen nach einer Weile das Schweigen. »Mit einem bisschen Gras bringen wir sie nicht über den Winter.«

»Ich weiß.«

Die Kette klackerte beruhigend. Entspannt schloss ich die Augen. Das Feuer knisterte. Yumi schrie mal wieder etwas von seinem Hund, Rona fing an zu lachen. Mit einem Mal fiel jedoch ein Schatten auf mein Gesicht. Sofort öffnete ich die Augen.

»Was willst du schon wieder?«, blaffte ich Typhus an.

»Was hast du da für eine interessante Kette?«

»Du weißt, was sie zu bedeuten hat?«, fragte ich und hielt sie ihr hin.

Typhus starrte auf meinen Handteller, nahm die Kette aber nicht an sich. »Mhm. Schreitende führen diese Kette zuweilen mit sich. Du hast sie im Anwesen gefunden, oder?«

»Hast du die Leichen gesehen?«

»Ja«, gab sie offen zu. »Diese Kette gehörte früher Soritha. Ceyra Asani ist klug, wenn sie sich dieses Artefakts erinnert. Es bekräftigt das Wort der Mutter.«

»Davon habe ich noch nie gehört«, bemerkte Shen in einem so ungläubigen Ton, dass sofort klar war: Er glaubte, Typhus lüge.

»Diese Kette ist seit Langem in Vergessenheit geraten. Soweit ich weiß, hat nach dem Krieg der Nekromanten niemand mehr Gebrauch von ihr gemacht.«

»Ist Kraft in ihr gespeichert?«, wollte ich wissen.

»Nein. Das ist lediglich hübscher Tand – allerdings mit einem klaren Symbolcharakter. Wenn die Mutter eine wichtige Entscheidung trifft, übergibt sie die Kette einer Schreitenden, die als Gesandte fungiert. Das Artefakt unterstreicht, dass die Mutter fest zu ihrer Entscheidung steht. Ceyra Asani scheint mit diesem alten Brauch vertraut zu sein. Und wenn sie die Kette jemandem anvertraut hat, muss es sich um eine Angelegenheit von äußerster Wichtigkeit gehandelt haben.«

»Falls du die Wahrheit sagst«, hielt Shen fest.

»Hüte deine Zunge, Kleiner!«, fuhr Typhus ihn an. »Deine Verdächtigungen reichen mir allmählich.«

»Du bist eine Verdammte. Da verlangst du ja wohl nicht, dass ich dir vertraue?!«

»Und du bist ein Kindskopf! Warum sollte ich dich denn bitte schön anlügen?«

»Hört auf«, bat ich. »Wenn ihr euch beharken wollt, geht in den Wald.«

Daraufhin sahen mich beide nur finster an.

»Könnten Blicke töten, würde ich wohl schon längst nicht mehr unter euch weilen«, murmelte ich, steckte die Kette wieder weg, stand auf und wandte mich Shen zu: »Genieß die letzten Tage deiner Freiheit, mein Junge, denn bis zum Regenbogental ist es nicht mehr weit.«

»Du konntest ihn also nicht davon überzeugen, besser keinen Fuß in die Schule zu setzen?«, erkundigte sich Typhus.

»Ness will ja selbst dorthin!«, brummte Shen.

»Ich bin kein Funkenträger. Und ich habe keine andere Wahl. Im Unterschied zu dir.«

»Lass dir eins gesagt sein, Shen: Du bist für die Schreitenden jetzt Aussatz«, rief ihm Typhus in Erinnerung. »Genau wie ich.«

»Nur bin ich nicht du!«, brüllte er und funkelte sie zornig an.

»Aber vielleicht wirst du einmal so werden wie ich … Wie hat Talki immer gesagt: Der dunkle Funke verändert uns alle. Urteile also nicht vorschnell über andere. Wir wollen doch erst einmal abwarten, was nun mit dir geschieht und wie du deine neue Gabe nutzt.«

»Weit besser als du, davon darfst du ausgehen. Ich setze einen Sol, dass …«

»Und ich setze einen Soren, dass du noch zehn Jahre lernen musst, damit du überhaupt etwas Ordentliches zustande bringst. Seit wir uns das erste Mal begegnet sind, bist du zwar stärker geworden, und dein Funke brennt heute auch gleichmäßiger. Aber das heißt noch lange nicht, dass du einmal bedeutender sein wirst als ein durchschnittlicher Schreitender.«

»Worauf willst du hinaus?«, fragte Shen misstrauisch.

»Ich könnte deine Ausbildung fortsetzen.«

»Bitte?!«, entfuhr es ihm. »Wie kommst du darauf, dass ich mich je auf dich als Lehrerin einlassen würde?«

»Weil ich hoffe, dass du am Ende doch nicht der Dummkopf bist, für den du dich gern ausgibst. Deine Ausbildung steckt noch in den Kinderschuhen. Es ist bedauerlich, dass sie so plötzlich endete. Aber wenn du etwas erreichen willst, musst du sie abschließen. Da du den ersten Schritt gemacht hast, solltest du auch den zweiten wagen. Sonst wären alle Anstrengungen Lahens umsonst gewesen. Und das willst du doch nicht, oder? Außerdem …«, sie zögerte kurz, ehe sie fortfuhr, »… außerdem wirst du nur dann eine Chance haben, den Schreitenden etwas entgegenzusetzen.«

»Ich bin auch so imstande, mich zu verteidigen!«

»Und das sagt mir ein Mann, den ich mühelos in den Dreck getaucht habe«, bemerkte Typhus. »Oder hast du das bereits vergessen? Ich nämlich nicht. Aber wenn du auch in Zukunft das Leben eines Wurms führen willst, bitte.«

»Wir haben das Regenbogental fast erreicht«, erwiderte er. »Was sollte ich mir in der kurzen Zeit schon noch aneignen …?«

»Mehr, als du denkst. Vor allem, wenn du dich geschickt anstellst. Obendrein sind diese wenigen Tage besser als gar nichts. Ich kann dich nicht in der Heilkunst unterweisen – aber dunkle Kampfzauber, die kann ich durchaus beibringen. Und zwar ohne Zahl.«

Shen sah mich entgeistert an. Ich zuckte bloß die Achseln.

»Das ist deine Entscheidung«, sagte ich dann doch. »Ich kann dir keinen Rat geben. Denn ich verstehe von alledem nichts.«

»Was versprichst du dir davon, mich auszubilden?«, wandte er sich daraufhin an Typhus.

»Zum einen bin ich einfach neugierig zu sehen, wozu du fähig bist. Zum anderen ist es immer von Vorteil, wenn nicht nur ein Mensch von uns seine Gabe sicher kontrollieren kann, sondern zwei.«

Was ich von dieser rührenden Sorge Typhus' hielt, ließ ich mir nicht anmerken.

»Und zu guter Letzt ist mir langweilig. Da kommst du mir gerade recht, um mir ein wenig die Zeit zu vertreiben.«

»Bringst du es eigentlich irgendwann mal fertig, nicht an dich zu denken?«, murmelte ich.

»Was willst du?«, entgegnete Typhus. »Wir denken doch alle immer nur an uns. Und jetzt lasst uns etwas essen. Dem Duft nach zu urteilen ist das Fleisch durch.«

Ich widersprach ihr nicht. Während ich Typhus folgte, grübelte ich weiter darüber nach, warum sie Shen ausbilden wollte. Denn verraten hatte sie uns den wahren Grund nicht.

Am nächsten Morgen war es sehr kalt, auch wenn am blauen Himmel die Sonne strahlte. Typhus setzte ihre Überredungskünste fort. Wenn sie nur wollte, wickelte diese Frau jeden um den Finger. Sie legte mir hundertundeinen Grund dar, einer überzeugender als der andere, warum wir uns auf gar keinen Fall ins Regenbogental begeben durften.

Ich fluchte halbherzig. Die Entscheidung war längst getroffen. Und Typhus hatte letzten Endes nicht mehr anzubieten als ihr ständiges: »Ich will den Tod der Mörder genauso sehr wie du.« Doch je näher wir dem Regenbogental kamen, desto unruhiger wurde sie.

Bei der nächsten Rast versuchte sie erneut, mir klarzumachen, wie dumm unser Verhalten sei. Ich parierte, indem ich sie fragte, ob sie etwas Neues über die Ereignisse im Anwesen erfahren habe. Als sie mir darauf keine Antwort gab, zuckte ich bloß mit den Achseln.

Nach wie vor zog sich die Straße ohne Abzweigungen dahin. Uns blieb also ohnehin nichts anderes übrig, als ins Regenbogental zu fahren. Ich befingerte wieder die Kette und nahm mir vor, unbedingt eine der Schreitenden in der Schule nach ihr zu befragen.

Zu meiner unbeschreiblichen Verwunderung hatte sich Shen tatsächlich überwunden und dazu bereit erklärt, sich von Typhus weiter ausbilden zu lassen. Kaum legten wir die erste Rast ein, nahmen sie den Unterricht auf.

Ob sie Erfolg hatten, vermochte ich nicht zu sagen. Erkennen ließ sich jedenfalls nichts. Shens neue Lehrerin stellte sich als noch strenger, giftiger und ungeduldiger heraus als Lahen. Nachdem ich die beiden eine Weile beobachtet hatte, langweilte mich das Schauspiel aber, erschöpfte es sich doch in dem verächtlichen Geschnaube Typhus'.

Auch Rona hatte die beiden einige Minuten beobachtet, war dann allerdings verschwunden.

»He, ihr zwei!«, rief ich den beiden zu. »Kommt allmählich zum Schluss. Wir müssen weiter.«

Danach machte ich mich auf die Suche nach Rona, die ich ohne Mühe fand. Sie stand etwas abseits gegen den Stamm einer Esche gelehnt, hatte den Kopf in den Nacken gelegt und untersuchte die Wolken, die über den Himmel zogen, vielleicht aber auch ein riesiges Spinnennetz, das zwischen den Ästen glitzerte.

»Was meinst du?«, fragte sie. »Werden wir diesen Winter überleben?«

»Zweifelst du daran?«

Sie ballte die Hände zu Fäusten, entspannte sich jedoch gleich wieder und atmete tief durch.

»Diese Verdammte wird uns alle töten«, presste sie schließlich heraus.

»Wenn sie uns nicht mehr braucht, bestimmt. Aber ich glaube kaum, dass sie in den zwei Tagen, die dich noch vom Regenbogental trennen, ihr Ziel erreicht.«

Rona ließ sich meine Worte durch den Kopf gehen und wechselte dann überraschend das Thema: »Mein ganzes Leben lang habe ich gehört, dass diejenigen, die über den dunklen Funken gebieten, Böses anrichten. Dass ihre Natur es so will. All die Geschichten vom hinterhältigen Sdiss, der Spaltung unter den Funkenträgern, über die Verdammten und die Kriege. Nie hat auch nur irgendjemand ein gutes Wort über die Abtrünnigen verloren. Immer hieß es nur: Wenn du auf einen dunklen Funkenträger triffst, bring ihn um – sonst bringt er nämlich dich um. Denn so einer ist unser Feind. Der Feind des Turms, meine ich.«

Ihre Stimme klang müde, und sie sprach stockend, als wolle sie das Thema eigentlich lieber meiden. Doch in ihren Augen lag keine unbändige Ablehnung, keine Verachtung, kein Zorn, wie es doch für all diejenigen typisch ist, die über ihren Erzfeind herziehen.

»Als ich das erste Mal halbwegs zu mir gekommen bin und dann Shen gesehen habe, da ... gut, ich brauche dir nicht zu sagen, was ich dann getan habe, du dürftest das kaum vergessen haben.« Sie lächelte traurig. »Später habe ich jedoch erkannt, dass er noch immer der gleiche junge Mann ist wie damals in der Schule. Trotz des dunklen Funkens. Das verstehe ich nicht.«

»Warum nicht?«, fragte ich leise und verschränkte die Hände vor der Brust. »Nur weil dir über viele Jahre hinweg eingetrichtert worden ist, dass jemand, der den dunklen Funken in sich trägt, widerwärtig ist? Der Funken meiner Frau sah auch nicht anders aus als der von Shen. Sie ist übrigens von einer Verdammten ausgebildet worden. Aber ich glaube nicht, dass dieser Umstand Lahen zu einer bösen Frau gemacht hat. Sie ist die geblieben, die sie immer war. Ein Mensch wie du und ich. Ich würde sogar behaupten, ein recht guter Mensch. Vielleicht liegt es also gar nicht am Funken, sondern an den Menschen selbst, ob sie böse sind oder nicht?«

»Schon möglich«, räumte sie ein. »Aber ... du malst dir nicht aus, was ich gerade durchmache. Alles in mir verlangt danach, gegen den dunklen Funken anzukämpfen. Dieser Drang ist fast stärker als ich. Ich muss mich förmlich dazu zwingen, nie zu vergessen, dass du denjenigen, die dir aufrichtig helfen wollen, keinen Schaden zufügen darfst. Allein dieser Gedanke hilft mir, mich zu beherrschen. Aber ich fürchte, wenn ich noch einmal ...«, an dieser Stelle verstummte sie, sprach dann aber weiter: »... wenn mich der Wahn noch einmal überkommt, dass ich dann ...«

»Ich bin mir sicher, dass du diese Angst nicht zu haben brauchst. Mit deinem Kopf ist wieder alles in Ordnung.«

»Woher kannst du das wissen?«, fragte sie und stieß sich vom Baum ab.

Ich zuckte nur die Schultern und beobachtete, wie sie sich einige Strähnen aus der Stirn strich.

»Typhus behauptet es jedenfalls«, antwortete ich nach einer Weile.

»Aber sie lügt, das ist allgemein bekannt.«

»Stimmt, das hab ich auch schon gehört. Aber ich vertraue dem, was ich mit eigenen Augen sehe. Und ich sehe, dass es dir wirklich besser geht. Mach dir keine Sorgen, es kommt alles wieder in Ordnung. Du musst nur noch wenige Tage durchhalten, dann bist du im Regenbogental.«

»Weißt du was? Als ich in Lepras Anwesen war, da habe ich wirklich geglaubt, ich würde das Regenbogental nie wiedersehen«, gestand sie, als wir langsam zum Wagen gingen. »Schließlich ist der Verdammten noch nie jemand lebend entwischt.«

»Wir haben halt alle Glück gehabt«, murmelte ich, um mich gleich selbst zu verbessern. »Fast alle.«

»Ja. Vor allem ich. Und es tut mir sehr leid, dass deine Frau gestorben ist.«

»Obwohl ihr Funken dunkel war?«

»Ich kannte sie ja nicht – aber ich kenne dich. Deshalb tut es mir so leid«, versicherte sie noch einmal. »Denn du bist kein schlechter Mensch.«

Ich konnte gar nicht anders, als in schallendes Gelächter auszubrechen. In *unfrohes* schallendes Gelächter allerdings.

»Ein Gijan ist mit Sicherheit kein guter Mensch, Rona. Das wird dir jeder sagen.«

»Die einen hassen eben gedungene Mörder, die anderen die Verdammten. Und wieder andere die Schreitenden. Aber mittlerweile frage ich mich immer öfter, wie berechtigt dieser Hass ist. Ob wir nicht besser …?«

»Soll das heißen, du willst dir auch den dunklen Funken aneignen?«

»Ganz gewiss nicht«, entgegnete sie. »Mir wird speiübel, wenn ich Shens Funken betrachte. Oder wenn ich auch nur Typhus' Gesellschaft ausgesetzt bin. Du hast ja keine Ahnung, was allein ihr Blick in mir auslöst! Ich fühle mich dann wie ein Küken vor einem Fuchs. Und dabei ist es völlig einerlei, ob der Fuchs satt ist oder nicht. Früher oder später wird er schon wieder hungrig werden.«

»Keine Sorge, sie wird dich nicht fressen.«

»Im Grunde meines Herzens glaube ich das auch nicht. Aber was will sie dann von uns? Warum bildet sie Shen aus? Und deshalb bleibe ich dabei: Sie bedeutet eine große Gefahr.«

»Meinst du etwa, das wüsste ich nicht?«, fragte ich. Da wir bereits in der Nähe des Wagens waren, blieben wir stehen. »Aber ich bin auf sie angewiesen.«

»Um Rache üben zu können?«

»Ja.«

»Und wie weit bist du bereit, dafür zu gehen?«

»Bis zum Ende. Und sogar noch weiter. Ich habe nichts mehr zu verlieren.«

»Wenn der Orkan zur Rache dich treibt, ein Grab auch für dich liegt bereit. So hat es der Skulptor ausgedrückt.«

»Willst du die beiden ausliefern? Sag's mir ganz offen.«

»Ich versteh nicht, was du meinst«, wich Rona einer Antwort aus.

»Im Regenbogental wimmelt es von Schreitenden. Wenn du ihnen erzählst, was du weißt, begeben sich beide in Lebensgefahr. Ich möchte aber nicht, dass dem Jungen ein Leid geschieht. Und die Verdammte brauche ich, wie schon gesagt, auch noch. Deshalb bin ich nicht bereit, sie deinen Freunden und Freundinnen auszuliefern.«

Sie sah mich lange an, dabei auf der Unterlippe kauend. Schließlich hüllte sie sich fröstelnd fester in die Jacke mit dem Pelzkragen.

»Ich bin völlig durcheinander, Ness. Ich weiß nicht mehr, was ich tun soll. Was richtig ist …«, gestand sie. »Aber jetzt lass uns weitergehen, mir ist kalt.«

»Warum unterweist ihr die Sdisser eigentlich nicht gleichzeitig im Gebrauch des dunklen und des lichten Funkens?«, wandte sich Shen an Typhus, nachdem er mir die Zügel übergeben hatte.

Rona saß neben ihm und versuchte, ihre eisigen Finger zu wärmen, indem sie gegen sie blies. Sie lauschte dem Gespräch zwischen Shen und Typhus ebenso aufmerksam wie ich. Zu dritt war es auf dem Kutschbock zwar recht eng, aber darüber klagte niemand. Typhus bevorzugte wie meist ihr eigenes Pferd. Sie warf Shen einen spöttischen Blick zu.

»Weil es nur so klappt«, beantwortete sie seine Frage. »Wenn du sie gleichzeitig in beiden Funken unterweist, kommt dabei lediglich ein erbärmlicher Abklatsch echter Funkenträger heraus, die nichts Gescheites zustande bringen. Sie werkeln drei, vier Jahre vor sich hin, dann sterben sie.«

»Aber weshalb?«

»Bei allen Sternen Haras, du stellst Fragen! Talki und Ley haben sich darüber schier den Kopf zerbrochen, konnten das Rätsel aber auch nicht lösen. Deshalb unterweisen wir sie zunächst im dunklen Funken. Wenn die Auserwählten dann erste Erfolge vorweisen können, versuchen wir, ihnen auch den lichten Funken nahezubringen. Nur ist es dann im Grunde bereits zu spät, sodass wir keine überzeugenden Ergebnisse mehr erzielen. Wenn in jemandem zu viel Dunkel lodert, stirbt das Licht.«

»Yumi!«, rief ich.

Sofort steckte der Waiya den Kopf zwischen den Planen des Wagens heraus.

»Sieh doch bitte mal in dem Kram nach, den wir aus dem Anwesen mitgenommen haben, ob sich darunter Handschuhe für Rona finden.«

»Aus, du Hund«, erwiderte Yumi und machte sich auf die Suche.

Das Mädchen nickte mir dankbar zu.

»Aber wie konnte dann Ghinorha Lahen gleichzeitig in beiden Aspekten der Gabe unterweisen?«, bohrte Shen weiter.

»Ich habe keine Ahnung. Vielleicht hat sie das Geheimnis entdeckt, wie das möglich ist, vielleicht litt sie aber auch nicht an dem Mangel, der diesen Erfolg bei uns verhindert.«

»Welcher Mangel?«

»Talki hat mir einmal erklärt, dass der dunkle Funken seinen Träger oder seine Trägerin verändert und ihm oder ihr … bestimmte Eigenschaften nimmt. Möglicherweise haben wir seinetwegen die Fähigkeit eingebüßt, andere gründlich zu unterrichten.«

»Aber du unterrichtest doch mich.«

»Ich gebe mir alle Mühe, denn sonderlich geschickt stellst du dich ja nicht gerade an«, stichelte Typhus. »Abgesehen davon lege ich bei dir keine Grundlagen. Dein dunkler Funken war bereits entfacht, als ich dich unter meine Fittiche genommen habe. Wenn ich es jetzt aber bei Rona versuchen würde …«

»Niemals!«, zischte sie und ballte voller Wut die Fäuste. Shen legte ihr beruhigend die Hand auf den Unterarm.

»… dann stießen wir beide, sie und ich, auf etliche Hindernisse«, fuhr Typhus völlig ungerührt fort. »Denn in diesem Mädchen steckt nicht ein Tropfen Dunkel. Sie ist so licht und unschuldig wie ein kleines Lämmchen.«

In diesem Augenblick tauchte Yumi wieder auf und reichte Rona mit vor Freude glänzenden Augen ein Paar Fäustlinge aus weißem Schaffell. Prompt brach Typhus in Gekicher aus. Rona überging ihr Lachen jedoch und dankte dem Waiya herzlich für die Handschuhe. Der zwitscherte höchst zufrieden etwas von seinem Hund.

»Ghbabakh ist noch immer nicht zurück«, bemerkte Shen, ohne sich an jemand Bestimmten zu wenden. Vermutlich verspürte er den heftigen Wunsch, das Thema zu wechseln.

»Da vorn liegt ein Dorf«, teilte uns Typhus mit, die sich in ihren Steigbügeln aufgerichtet hatte.

Sie hatte recht. Die recht große Ansiedlung erstreckte sich neben einem Kiefernwald, der rechter Hand die Straße säumte.

»Wollen wir zu ihm fahren?«, fragte Shen.

»Aus, du Hund!«, rief Yumi, der bereits das Dach des Wagens erklommen hatte.

»Was dachtest du denn?«, antwortete ich. »Die Pferde brauchen Futter. Und wir müssen wissen, was sich in der Zwischenzeit ereignet hat. Hier, Shen, übernimm mal kurz die Zügel.«

Typhus trieb bereits ihr Pferd an und ritt voraus.

»Was willst du denn mit dem Bogen?«, erkundigte sich der Junge, als er sah, dass ich die Waffe an mich nahm.

»Der ist nur für alle Fälle.«

»Rechnest du mit Gefahren?«

Doch ich kam nicht mehr dazu, ihm auf diese Frage zu antworten.

»Aus, du Hund!«, kreischte Yumi und sprang vom Dach, um sich unserer Aufmerksamkeit zu versichern. »Aus, du Hund!«

»Anscheinend hat er was entdeckt.«

»Und nicht nur er«, murmelte ich, denn inzwischen zügelte Typhus ihr Pferd.

»Da wurden Männer gehenkt!«, schrie sie uns entgegen. »Zwei. Und zwei weitere wurden niedergemetzelt. Sie liegen mitten auf der Straße.«

Shen und Rona wechselten einen besorgten Blick.

»Und was bitte sind das nun schon wieder für Kindsköpfe?«, fragte Typhus, als sie ein paar Männer sah, die die Straße herunterkamen.

»Soldaten, aber anscheinend keine Nabatorer«, antwortete Shen unsicher. »Ich glaube, das sind unsere Leute.«

»Stimmt«, bestätigte ich, empfand bei ihrem Anblick jedoch keinerlei Freude. Zu bedauerlich, dass Ghbabakh immer noch verschwunden war. »Halte deine Gabe bereit, Typhus. Und auch du, mein Junge.«

»Was sollten wir vor denen denn zu fürchten haben?«, gab Rona leise zu bedenken, streifte aber dennoch die Fäustlinge ab.

»Es sind Deserteure und Marodeure«, antwortete ich. »Und die sind gefährlich.«

Solche Herren kannte ich noch aus dem Krieg im Sandoner

Wald. Dieses Pack hatte vermutlich mal als irreguläre Einheit in einer fernen Garnison gedient und streifte jetzt auf eigene Faust durchs Land. Eine Weile genießen sie ihr Leben, dann laufen sie in alle Winde auseinander. Meist ist es kein Vergnügen, ihnen zu begegnen, schließlich haben sie nichts mehr zu verlieren. Es sind Verbrecher. Wer sie schnappt, hat das Recht, sie am nächsten Baum aufzuhängen. Weshalb sie natürlich alles daran setzen, ihr Gegenüber zuerst am Ast baumeln zu sehen.

Ich zählte sieben Mann, doch aus dem Dorf rückten noch mehr an. Und alle trugen Waffen.

»Wie kann sich ein solcher Aussatz nur in der Nähe des Regenbogentals herumtreiben! Haben die Schreitenden mittlerweile gänzlich die Hände in den Schoß gelegt?«, fragte Typhus amüsiert. Offenbar erheiterte sie die Situation tatsächlich.

Ich nahm Shen die Zügel wieder ab und ließ die Pferde acht Yard vor diesen liebreizenden Gesellen anhalten.

»Wer seid ihr?«, fragte der kräftigste Kerl, der bei diesem Pack anscheinend das Sagen hatte. Er hielt ein grauenvolles Langschwert lässig auf der Schulter.

»Reisende.«

»Was hat euch dann ausgerechnet hierher verschlagen?«

»Wir wollen Futter für unsere Pferde kaufen.«

Drei der Männer hatten Armbrüste.

»Wir verkaufen aber nichts. Wir haben nicht mal genug für unsere eigenen Gäule. Was ist in dem Wagen?«

»Unser Hab und Gut.«

»Das wollen wir uns mal näher ansehen.«

Auf sein Zeichen hin stapften die Kerle mit den Armbrüsten auf uns zu. Ich hoffte auf Shen und Typhus und sprang mit bereits gespanntem Bogen vom Kutschbock. Das ließ sie innehalten. Allerdings richteten sich die Armbrüste nun auf mich.

»Mach keine Dummheiten!«, verlangte der Dreckshund mit dem Schwert. Ich stellte für ihn keine Bedrohung dar. Was sollte ein einziger Bogenschütze gegen eine solche Überzahl schon ausrichten? »Nimm dir lieber ein Beispiel an deinen Freunden. Die verhalten sich friedlich.«

»Ihr habt das Dorf, wir den Wagen, einigen wir uns doch darauf«, schlug ich vor. »Und nun amüsiert euch ruhig weiter, während wir unseres Weges gehen.«

»Daraus wird nichts.«

In diesem Augenblick riss Typhus der Geduldsfaden. Sie schlug auf dieses Pack ein: Indem sie lediglich einmal mit dem Finger schnippte, tötete sie die drei Armbrustschützen und zwei weitere Marodeure. Die Erde bebte, die Pferde wären beinahe durchgegangen, die Männer schrien. Ein paar stürzten davon, die anderen gingen zum Angriff über.

Ich erledigte einen der Burschen und wollte mir gerade den nächsten vornehmen, als Shen eingriff. Auf die Flüchtenden peitschte Licht ein. Typhus sprang von ihrem Pferd, das sich nicht mehr kontrollieren ließ, und setzte das Werk ihrer Zerstörung fort. Vier Angreifer flohen eilig in die Büsche, doch zwei von ihnen erwischte Rona, die nun ebenfalls nicht länger tatenlos zusah. Die Männer schwankten, eine Reihe von Blitzen lief über sie. Sobald die versengten Körper zu Boden krachten, zerfielen sie zu kleinen Kohlestücken.

»Zwei sind entkommen!«, schrie ich aus vollem Hals, um das Gedonner zu übertönen.

Gleichsam als Antwort darauf klangen Schreie aus den Büschen herüber, schließlich knackten die Zweige, und Ghbabakh erschien auf der Bildfläche, in jeder Pranke einen Toten.

»Ich kwann nicht so schnell laufen. Tut mir leid, dass ich zu spät gwekwommen bin. Das war wirkwalich ein schöner Kwampf.«

Mhm, zwölf Leichen innerhalb von knapp dreißig Sekunden, das konnte man wohl als einen *schönen Kampf* bezeichnen.

»Langsam gehen mir die Vorteile auf, die es hat, mit Funkenträgern zu reisen«, bemerkte ich, um überhaupt etwas zu sagen.

Typhus grinste, aber Rona verzog das Gesicht.

»Das ist das Gebiet des Turms!«, empörte sie sich. »Diese Scheusale haben nichts anderes verdient!«

»So gefällst du mir schon wesentlich besser«, schnurrte Typhus.

»Von den Burschen kwönnten sich noch mehr im Dorf rum-treiben«, sagte Ghbabakh, der die Leichen ablegte, um statt-dessen das Langschwert und eine Streitaxt an sich zu nehmen. »Ich seh mich mal um. Hoffentlich leben wenigwastens noch ein paar Bauern.«

»Das hoffe ich auch.«

Wir stapften gemeinsam zum Dorf.

Kapitel

11

Der Kräuteraufguss war längst erkaltet, aber Gilara hatte ihn immer noch nicht angerührt. In diesen leidvollen Tagen bewegte die alte Leiterin der Schule im Regenbogental immer wieder der Gedanke, was für ein jämmerliches Bild sie bot, wenn sie sich derart an das Leben klammerte, das ihr doch wie Sand durch die Finger rann.

Keine Medizin würde ihr mehr helfen, das stand für sie außer Frage. Mit etwas Glück blieben ihr noch zwei Monate, danach würde sie der ruinierte Körper unweigerlich im Stich lassen. Dieses Wissen ängstigte sie. Doch nicht einmal sich selbst wollte Gilara eingestehen, dass sie den Tod fürchtete, dass sie nicht sterben, diese Welt nicht verlassen wollte und deshalb Nacht um Nacht Meloth um Gnade anflehte.

Oder um Kühnheit. Um den Mut, dem sich nahenden Tod ins Auge zu sehen. Meloth indes hüllte sich in Schweigen, sodass sie, Gilara, nach wie vor den Aufguss aus Berg- und Sumpfkräutern trank. Diesen bitteren, süßen, sauren, würzigen und … nutzlosen Kräutern.

Über eine Stunde saß sie nun schon in dem hohen, nicht sehr bequemen Lehnstuhl, gehüllt in ein dunkelblaues Tuch, und beobachtete, wie die Regentropfen über die Fensterscheibe liefen.

Als ihr irgendwann die Augen schmerzten, atmete sie scharf durch und schlug die Hände vors Gesicht. Die Winkel ihres altersschlaffen Mundes zogen sich in tiefen Falten zum Kinn. Schwäche und Schwindel suchten sie erneut heim, diese ersten Vorboten kommenden Schmerzes. In wenigen Stunden würde eine heiße Welle über sie hinweggehen, die ihre Schläfen in eine eiserne Zange nehmen, sich erbarmungslos in ihr Hirn bohren und schließlich ihren ganzen Körper peinigen würde. Und die ihr jeden Willen sowie die Fähigkeit, klar zu denken, rauben würde. Die sie zwänge, mit zusammengebissenen Zähnen all diese Qualen zu erdulden, bis der Anfall, der ihr Fleisch versengte, abklang.

In solchen Momenten verfluchte Gilara ihren eigenen Funken, diese nutzlose Gabe, die es ihr nicht einmal gestattete, der tödlichen Marter Herr zu werden. Ihre Magie, die langen Jahre, die sie für ihre Ausbildung geopfert hatte – all das hatte ihr nur eine vermeintliche Macht verliehen, nur den Wahn echten Könnens. Denn dem Tod vermochte auch sie nicht die Stirn zu bieten. Ihm zu entkommen – dazu waren einzig die Verdammten imstande.

Ein Gedanke, mit dem Gilara sich nicht abzufinden gedachte. Nicht bei ihrem inbrünstigen Hass auf jene Abtrünnigen. Nicht, solange sie keine Antwort auf die Frage erhielt, warum Meloth ihr, seiner treuen Tochter, diese Kreaturen vorzog.

Und warum musste sie ausgerechnet jetzt sterben, da die Schule im Regenbogental ihre schwerste Stunde durchlebte? Zumal ihre Nachfolgerin noch immer nicht eingetroffen war. Dabei hatte sie Ceyra Asani doch bereits Ende des Frühlings darum gebeten, sie von ihrem Amt zu entbinden. Doch die Mutter schwieg, und Gilara musste unter Schmerzen tagtäglich Stunden im Stuhl der Leiterin zubringen, Hunderte von Entscheidungen treffen, durfte ihre letzten Tage nicht in Ruhe und Frieden verleben.

Vor gut zwei Wochen, als sie ihre Pein bereits bar jeder Hoffnung auf eine Antwort aus dem Turm ertrug, hatte sie dann endlich einen Brief von Ceyra Asani erhalten, in dem diese Irla zu ihrer, Gilaras, Nachfolgerin bestimmte.

Die Wahl hatte sie mehr als verblüfft. Was mochten im Turm für Dinge vorgehen, wenn Ceyra ihre Erzfeindin für dieses hohe Amt auserkor? Doch ihr blieb nicht die Muße, über die Frage nachzusinnen, warum diese beiden Rivalinnen nach all den Jahren an einem Strang zogen. Sie begehrte nur noch eins: ihre Pflichten so schnell als möglich ihrer Nachfolgerin zu überantworten und das Regenbogental zu verlassen, damit niemand sie mehr mit den Belangen der Schule behelligen konnte.

Diese Hoffnung indes schwand von Sekunde zu Sekunde.

Vor wenigen Tagen nun hatte sie neue Kunde aus dem Süden erreicht. Schlimme Kunde: Alsgara wurde belagert, einer der Verdammten stand vor den Mauern der Stadt. Niemand aus dem Turm konnte die Stadt verlassen. Folglich durfte sie in der nächsten Zeit wohl kaum mit Irlas Ankunft rechnen.

Im Osten des Landes standen die Dinge nicht besser. Die Armee Nabators belagerte Gash-shaku, Altz war bis auf die Grundfesten niedergebrannt worden. Die Bluttäler schienen bereits weitgehend in der Hand des Feindes. Wie es am Adlernest aussah, wusste niemand, Okny hatte sich ergeben, mittlerweile tobten die Kämpfe bereits an der Treppe des Gehenkten.

All diese besorgniserregenden Neuigkeiten deuteten darauf, dass sich der Süden des Imperiums nicht über den Winter würde retten können. Damit schwebte die Schule in unmittelbarer Gefahr. Früher oder später würden die Feinde ihre Aufmerksamkeit auf sie richten. Dann wäre nicht nur die Zukunft des Landes bedroht, sondern auch der Funke selbst.

Deshalb hatte Gilara beschlossen zu handeln, weder auf die Ankunft Irlas zu warten noch die Billigung der Mutter einzuholen: Die Schüler und Schülerinnen mussten das Tal verlassen und sich mit den Lehrkräften an einen möglichst weit entfernten Ort begeben, an dem sie sicher vor dem tödlichen Krieg waren.

Sie hatte die Lehrer und Lehrerinnen im Saal Cavalars versammelt, um ihnen diesen Entschluss mitzuteilen. Nicht alle hatten ihn gebilligt, denn solche Fragen sollten nicht entschieden werden, ohne dass der Turm sein Einverständnis gab. Sicher, sie hatte sich mit dieser eigenmächtigen Weisung eine ungeheure Verantwortung aufgebürdet, doch das beunruhigte sie nicht. Und das hatte sie Alia Maxi, der Wortführerin der Kritiker und Kritikerinnen, auch unmissverständlich klargemacht.

Das Leben ihrer Schüler und Schülerinnen bereitete ihr, Gilara, weitaus mehr Kopfzerbrechen als die Möglichkeit, sich den Zorn Ceyra Asanis zuzuziehen, die Hunderte von Leagues entfernt weilte.

Dieses Argument hatte sich als überzeugend erwiesen. In der Tat, der Turm und die Mutter waren weit weg, die Armeen der Verdammten jedoch nahe.

Noch am selben Tag hatte man angefangen, das Regenbogental zu evakuieren. Zunächst wurden die jüngsten Schüler und Schülerinnen fortgebracht.

Die verängstigten Kinder, die kaum verstanden, was geschah, sollten sich nach Loska begeben und von dort aus über Burg Donnerhauer weiter nach Norden ziehen. Nach Korunn, das der Krieg noch nicht erreicht hatte, in den zweiten Turm der Schreitenden, der den Schutz des Koloss genoss.

Gestern hatten die obersten Klassen das Regenbogental verlassen. Sie würden ihre Abschlussprüfungen, in denen sie ihre Fähigkeit, den Funken vorbehaltlos zu kontrollieren, unter Beweis stellen mussten, im nächsten Jahr ablegen. Ihnen hatte sich der größte Teil des Lehrkörpers und der Dienerschaft angeschlossen. Geblieben waren somit einzig diejenigen, die sich weigerten zu fliehen.

Die große Schule war verödet.

In den endlosen Gängen ließ sich kein Gelächter, kein Schwatzen mehr vernehmen, in den Klassen leierte niemand mehr mit monotoner Stimme die Zaubersprüche herunter, in der Bibliothek brannten keine magischen Kugeln mehr, ja, schlimmer noch, die Bibliothek gab es überhaupt nicht mehr, denn alle wertvollen Bücher waren fortgeschafft worden. Ebenso die Artefakte.

Das Herz der Schule, ihr Fleisch und Blut, befand sich fernab vom Regenbogental …

Als jemand an der Tür klopfte, schlug Gilara verärgert die Augen auf.

»Ja«, rief sie.

Algha betrat lautlos das Zimmer. Die junge Frau wirkte wegen ihrer golden schimmernden Haut wie eine Bewohnerin aus den südlichen Provinzen. Sie war nicht sehr hochgewachsen, aufbrausend, hinterhältig, stur, zuweilen geradezu unerträglich und ein wenig eitel, andererseits aber auch ungemein begabt und treu. Letzteres hatte sie veranlasst, im Regenbogental an der Seite ihrer Lehrerin zu bleiben, selbst wenn Gilara ihr noch gestern strikt befohlen hatte, zusammen mit den anderen fortzugehen.

Ihre Freude darüber, dass Algha geblieben war, gestand sich Gilara nicht einmal selbst ein. Denn wäre auch dieses Mädchen gegangen, würde ihr die Einsamkeit vermutlich noch mehr zusetzen, als sie es ohnehin tat.

»Fühlt Ihr Euch nicht wohl, Herrin?«, erkundigte sich Algha, kaum dass sie den Becher mit der kalt gewordenen Neige des Aufgusses erblickte.

»Das ist keine Medizin«, antwortete Gilara gelassen. »Sondern lediglich ein Trank, der meine Müdigkeit vertreibt.«

Die schwarzen Brauen Alghas zogen sich zweifelnd zusammen, die braunen Augen spiegelten Misstrauen. »Aber Amarant, vermengt mit Kornblumen, soll doch ...«

»Es ist alles in Ordnung, Algha, mir geht es ausgezeichnet. Du brauchst dir wirklich keine Sorgen um mich zu machen. Wolltest du mir etwas mitteilen?«

Da Algha begriff, dass das Gespräch über die Gesundheit ihrer Lehrerin nicht vertieft werden würde, beantwortete sie lieber die letzte Frage: »Es geht um Alia Maxi, Herrin. Sie und die anderen Angehörigen der Schule sind Eurer Bitte nachgekommen, sich im Saal der Schneewolken zu versammeln. Sie erwarten Euch dort.«

»Hervorragend«, sagte Gilara und erhob sich bedächtig von ihrem Stuhl. Auf ihren Stock gestützt, versuchte sie, das Schwindelgefühl zu vertreiben. »Gehen wir, mein Mädchen. Wir wollen unsere Freundin doch nicht über Gebühr warten lassen.«

»Unsere Freundin?«, fragte Algha verächtlich zurück. »Verzeiht mir die Offenheit, Herrin, aber Alia Maxi würde ich, bei allem Respekt Euch gegenüber, nicht als Freundin bezeichnen. Wenn diese Schlange nicht gewesen wäre ...«

»Ich verbiete dir, in diesem Ton über die Leiterin der höheren Klassen zu sprechen!«, fiel ihr Gilara ins Wort. »Überhaupt solltest du deine Worte in Zukunft besser abwägen! Lass dir das gesagt sein, denn du bist zu jung, als dass du bestimmte Dinge laut aussprechen dürftest. Das könnte übel für dich enden. Alia ist eine einflussreiche Frau und enge Freundin Ceyra Asanis. Sie könnte dir ohne Weiteres Hindernisse in den Weg stellen und damit deinen Aufstieg vereiteln. Dann wären dir die Türen zum Rat der Schreitenden ein für alle Mal verschlossen. Und du willst doch nicht unter deiner allzu flinken Zunge leiden, oder, mein Mädchen? Sei also bitte fürderhin so gut und behalte deine Meinung für dich.«

Sie verließen das Zimmer und traten in einen kalten, verschmutzten Gang hinaus. Er war schon zuzeiten des Skulptors in diesem erbärmlichen Zustand gewesen und bildete einen scharfen Gegensatz zu allen übrigen Teilen der Schule.

Gilara lief aufrecht, nur lässig auf den wertvollen Stock gestützt. Dieses Utensil war aus echter Syner Zeder gefertigt, dem heiligen Baum für die Pilger aus Sdiss, Syn und den Goldenen Marken. Wer die Alte in diesem Augenblick gesehen hätte, der hätte nie vermutet, dass alle zehn bis fünfzehn Schritt die Vorboten kommender, noch entsetzlicherer Pein in ihrem Unterleib aufheulten, sie innerlich verbrannten und benagten, nur um dann für kurze Zeit Ruhe zu geben.

»Wird uns die Herrin Maxi ebenfalls verlassen?«, erkundigte sich Gilara leise.

»Ja, heute Abend noch. Die Dienerschaft packt schon ihre Sachen.«

»Nach diesem Gespräch wirst auch du das tun.«

»Aber warum?«, rief Algha.

»Weil du mit ihr fortgehst. Widersprich mir nicht! Und versuch ja nicht, dich meinem Befehl zu widersetzen! Die Zeit der Schule ist vorbei. Dies hier ist nunmehr ein Ort voller Gefahren. Und ich will nicht, dass du stirbst. Ich werde schon ohne deine Hilfe zurechtkommen. Pack also bitte deine Sachen. Ich habe bereits den Befehl erteilt, dass meine Kutsche vorbereitet wird. Du fährst mit Luja, Mitha und … wie heißt dieser junge, mürrische Mann doch gleich?«

»Dagg«, antwortete Algha verstimmt. Die Entscheidung ihrer Lehrerin missfiel ihr über die Maßen.

»Ja, richtig. Ich hoffe, Galyna und Relth werden ebenfalls so freundlich sein, sich mit euch nach Westen zu begeben. Ich traue euch allen nämlich nicht. Ihr seid jung und hitzköpfig, folglich muss man bei euch jederzeit mit einer Dummheit rechnen.«

»Wir sind Schreitende!«

»Und? Was ändert das?«, wollte Gilara wissen, wobei sie ihre Schülerin mit einem spöttischen Blick aus ihren trüben grünen Augen bedachte. »Ihr bleibt trotzdem junge Geschöpfe, die erst vor wenigen Monaten die letzte Stufe erklommen haben. Auf unvernünftige Kinder muss man aufpassen. Da brauchst du gar nicht zu schmollen!«

Als Antwort hielt Algha nur ein beleidigtes Schweigen für ihre Lehrerin bereit.

Sie bogen in einen weiteren Gang, dessen Wände aus rosafarbenem Marmor bestanden und den Kerzen in massiven Haltern in ein warmes Licht tauchten. Auf der gläsernen Kuppel hafteten Regentropfen. Als sie einen rautenförmigen Saal erreicht hatten, schlug dumpf eine aus Eiche gefertigte Uhr. Sie stiegen über eine Treppe in den ersten Stock hinauf, der von blau leuchtenden magischen Kugeln erhellt wurde, in denen fliederfarbene Blitze zuckten.

Auf ihrem Weg begegneten ihnen lediglich zwei Diener, die sich tief vor Gilara verbeugten und sogleich weitereilten.

Die silbrig-weiße Flügeltür stand bereits offen, die Versammelten warteten nur auf die Leiterin der Schule.

Alia Maxi, eine große Frau, die weit jünger auszusehen trachtete, als es ihrem Alter entsprach, unterhielt sich leise mit Rutzess und Galyna. Das unzertrennliche Paar Mitha und Dagg flüsterte ebenfalls miteinander, die Köpfe zusammengesteckt. Relth, ein Glimmender, langweilte sich und hatte die Beine auf dem Tisch abgelegt. Luja und Ilma fehlten.

Algha gesellte sich zu Mitha und Dagg und fasste die letzten

Neuigkeiten für sie zusammen. Die Mienen der beiden verfinsterten sich.

Gilara begrüßte alle Anwesenden mit einem Nicken und versuchte, sich ihre Erleichterung, dass sie auf einer Bank Platz nehmen und den Stock neben sich stellen konnte, nicht anmerken zu lassen.

»Luja und Ilma sind aufgehalten worden?«, wollte sie wissen.

»Sie werden nicht kommen. Sie arbeiten noch in den Laborstätten«, berichtete ihr Alia Maxi mit kalter Stimme. Ihrer Ansicht nach ließen es diese beiden Schreitenden nicht nur an jedem Respekt mangeln, sondern handelten obendrein auch noch äußerst dumm. »Sie bitten, sie zu entschuldigen. Sie werden später mit Euch sprechen.«

»Dann wollen diese beiden Dickschädel also hierbleiben«, brummte Gilara.

»Genau wie Ihr«, entfuhr es Alia.

»Du weißt genau, dass ich keine andere Wahl habe«, erwiderte Gilara eisig. »Die Mutter hat mir das Regenbogental anvertraut. Solange Irla noch nicht eingetroffen ist und keine unmittelbare Gefahr droht, darf ich die Schule nicht im Stich lassen. Alle anderen müssen sie jedoch verlassen. Eure Kraft und auch eure Erfahrung werden in Korunn gebraucht.«

»Wir werden Euch ewig in Dankbarkeit verbunden bleiben, dass Ihr uns in dieser Situation fortschickt«, murmelte Galyna, eine ältere, hübsche Frau mit goldenem Haar und einer hohen Meinung von sich selbst.

»Ich habe nicht das Recht, euch hier festzuhalten, Galyna. Wann brecht ihr auf?«

»In zwei Stunden, würde ich meinen«, antwortete diese, wobei sie jedes Wort in die Länge zog. »Sobald die Herrin Maxi ihre zahllosen Reisetruhen aufgeladen hat.«

Auf diese Spitze ging Alia nicht ein.

»Was ist mit dir, Relth?«

»Ich fahre morgen«, erklärte der Glimmende. »Ich habe die Hoffnung immer noch nicht aufgegeben, dass ich Rutzess überreden kann, mich zu begleiten.«

»Ich bin zu alt für eine solche Reise«, sagte der weißhaarige Mann bloß. »Ich bleibe bei dir, Gilara.«

»Deine Gesellschaft wird mir eine Freude sein«, versicherte diese lächelnd.

»Wir würden auch gerne bleiben«, erklärte Dagg für das Trio.

»Das kommt überhaupt nicht infrage, mein Junge! Ich habe bereits mit eurer Lehrerin gesprochen, und sie stimmt meiner Entscheidung vorbehaltlos zu. Galyna, sei so gut und achte auf sie.«

»Selbstverständlich, Herrin Gilara.«

»Gibt es Neuigkeiten?«, wollte Alia Maxi nun wissen.

»Ja. Ebendeshalb habe ich euch gebeten, hier zusammenzukommen. Heute Morgen ist ein Bote eingetroffen.« Eine sengende Welle des Schmerzes wogte über ihre Wirbelsäule. Gilara verstummte kurz, hatte die Beherrschung jedoch im Nu zurückgewonnen und fuhr fort, als sei nichts gewesen. »Er ist der Einzige, der die Reihen der Nabatorer hat durchbrechen können. Von ihm weiß ich, dass Gash-shaku belagert wird.«

»Wie sieht es in Alsgara aus?«, erkundigte sich Relth.

»Aus dem Süden wissen wir nichts Genaueres. Doch von den ersten Truppen der Nabatorer trennen uns lediglich knapp zwei Wochen. Sie rücken von Osten heran. Damit bleibt uns nur noch wenig Zeit.«

»In dem Fall dürft Ihr unter keinen Umständen hierbleiben!«, erklärte Algha.

»Ich reise erst im allerletzten Moment ab. Sorg dich nicht um mich, mein Mädchen.«

»Ihr solltet es wirklich nicht länger hinauszögern«, mischte sich nun Relth mit einem freundlichen Lächeln ein. »Möglicherweise müsst Ihr sonst überstürzt aufbrechen. Hier sind nur noch fünfhundert Soldaten stationiert – und in deren Hände möchte ich mein Leben wahrlich nicht legen. Diese Hasenherzen werden den Sdissern kaum Widerstand leisten. Obendrein würdet Ihr überhaupt nicht mehr aus dem Regenbogental herauskommen, sollten unsere Feinde auf den glorreichen Gedanken verfallen, die Straße nach Westen abzusperren.«

Gilara nickte dem Glimmenden zu, um ihm zu bedeuten, dass sie seine Worte zur Kenntnis genommen hatte.

»Gibt es noch weitere Neuigk…?«, setzte Alia Maxi an.

Doch sie konnte ihren Satz nicht zu Ende sprechen, denn der Fußboden erzitterte mit einem Mal leicht, während das Syner Porzellan über den Tisch hüpfte.

»Was ist das?!«, schrie Galyna panisch.

»Jemand setzt den dunklen Funken ein!«, rief Gilara, die bereits aufgesprungen war.

Die Wände des Saals verschwammen, gewannen jedoch gleich darauf ihre klaren Konturen zurück. Draußen knisterte etwas und fiel stumpf zu Boden. Schreie waren zu hören.

»Alia! Galyna! Rutzess! Zum Haupteingang! Haltet sie auf, solange ihr könnt! Lasst niemanden weiter als bis zu den Türkisfarbenen Hallen vordringen!«, befahl Gilara. »Sollte der Feind in unbezwingbarer Überzahl sein, zieht ihr euch zum Westturm zurück!«

Sofort stürzten die drei hinaus.

»Relth! Kümmere dich um diese jungen Kindsköpfe! Flieh mit ihnen durchs Südtor. Sie dürfen den Sdissern unter keinen Umständen in die Hände fallen!«

»Wir sind bereit zu kämpfen!«, empörte sich Mitha.

»Die Nekromanten verwandeln euch in Asche! Seht zu, dass ihr euch etwas anderes anzieht, sobald ihr in Sicherheit seid. Sonst verraten euch eure Gewänder. Und löscht euren Funken so weit wie möglich. Geht nach Norden. In die Berge. Schlagt euch zu Burg Donnerhauer durch! Relth, du bist mir für sie verantwortlich! Und jetzt los! Möge Meloth euch beistehen!«

Unter ihnen heulte etwas in einem widerwärtigen Ton auf, verstummte jedoch gleich wieder.

»Und Ihr, Herrin? Was ist mit Euch?«, schrie Algha an der Tür, zu der der Glimmende sie am Arm gezogen hatte.

»Ich werde sie in der Tigergalerie in Empfang nehmen, um euch etwas mehr Zeit zu verschaffen. Sorge dich nicht um mich, mein Mädchen, alles wird gut werden«, versicherte Gilara lächelnd.

Bis in die Fingerspitzen hinein spürte Algha, wie sich der dunkle Funke im Regenbogental ausbreitete. Bislang hatte sie von einem solchen Phänomen nur gelesen, jedoch nicht gewusst, wie es sich anfühlte: Ihre Ohrläppchen glühten, die Fingernägel brannten, ein Jucken ging ihr durch die Gelenke und strömte in die Schultern. Zunächst war es lediglich unangenehm, wuchs sich dann aber rasch zu echten Schmerzen aus.

In der Ferne donnerte und krachte es. Über ihre Haut zuckten Zauber, wenn auch durch die Entfernung geschwächt. Alles deutete auf einen heftigen Kampf. Algha rief sich die Zauber *Netz des Tagediebs* und *Liebkosung des Tieres* in Erinnerung – alle anderen Kampfzauber hatte sie in ihrer Panik völlig vergessen.

Dieser Angriff erfolgte so überraschend, nahm sich so unwirklich, widersinnig, unmöglich und schrecklich aus, dass die Schreitende sich ein ums andere Mal bei dem Gedanken ertappte, sie könnte sich all das nur einbilden. Das unangenehme Gefühl in ihren Fingerspitzen verriet ihr jedoch, dass es kein Albtraum war und die Nekromanten – wie auch immer! – in das Regenbogental, das Allerheiligste der Magier und Magierinnen des Imperiums, eingedrungen waren.

Sie bedauerte unendlich, Gilaras Befehl Folge geleistet zu haben. Warum war sie bloß nicht bei ihrer Lehrerin geblieben! Sie wollte sogar zurückkehren, war sich aber nicht sicher, ob sie die Herrin in der weitläufigen Schule überhaupt finden würde. Was, wenn sie dabei auf Sdisser stieß? Nein, da war es schon besser, Relth zu folgen.

Der gedrungene Glimmende vor ihr spähte aufmerksam in jeden Gang. Seine Hände verströmten ein angenehm rötliches Licht. Hinter Algha kam die aufgelöste Mitha. Den Abschluss bildete Dagg, der sich immer wieder umsah. Nervös kaute er auf der vollen Unterlippe und spendete ihnen ebenfalls Licht, das von seinen Handflächen ausging, jedoch weit trüber war als das Relths.

Dieser blieb während ihrer Flucht immer wieder stehen, um den Kopf auf die Seite zu legen und auf das Donnern zu lauschen, das sich zunehmend entfernte. Er lief ohne zu zögern an einer Galerie vorbei, wählte die entgegengesetzte Richtung und führte sie aus dem Gebäude heraus. Es regnete nach wie vor. Algha senkte den Kopf und lüpfte den Rock ein wenig, damit er nicht durch die Pfützen schleifte, die sich auf der mit fliederfarbenen Platten ausgelegten schmalen Straße gebildet hatten. Schon bald musste sie allerdings einsehen, wie vergeblich diese Versuche, ihre Kleidung zu schonen, waren. Daraufhin eilte sie Relth hinterher, ohne auf den nassen Stoff zu achten, der ihr an den Beinen klebte.

Sie kamen zum Apfelgarten und schlüpften erleichtert durch eine Tür, die Relth ihnen aufhielt, in den Nordflügel der Schule. Eine Treppe führte in die oberen Stockwerke, ihr Geländer zierten Kugeln, in denen Blitze zuckten.

Mitha zog die Nase hoch, aus ihrem Haar tropfte Wasser. Dagg hatte zu ihr aufgeschlossen und reichte ihr sein Halstuch, das wie durch ein Wunder trocken geblieben war.

»Die Hälfte des Weges hätten wir geschafft«, durchbrach Algha das Schweigen.

Mit Erleichterung stellte sie fest, dass sie den dunklen Funken nicht mehr spürte – doch genau da betäubte neuerlicher Schmerz ihre Finger. Auf Relth fiel ein grauer Schatten … Die Beine knickten dem Glimmenden weg, er sackte lautlos auf den roten Teppich. Beim Aufprall platzte sein Körper wie eine faule Frucht und zerfiel zu schwarzer Asche.

Mitha wich mit einem entsetzten Aufschrei zurück, beinahe hätte sie dabei sogar Algha umgerissen, die sich aber gerade noch rechtzeitig in Deckung brachte. Auf dem nächsten Treppenabsatz nahm sie eine Bewegung wahr. Sofort schickte sie das Netz des Tagediebs die Treppe hoch. Die Figur in dem weißen Umhang ließ den Stab fallen und polterte die Stufen hinunter. Dagg stellte sich schützend vor Mitha und Algha. Von seinen Händen spritzten orangefarbene Tropfen auf, die jedoch nicht den gelähmten Nekromanten trafen – sondern die gläsernen Kugeln. Diese barsten bei der ersten Berührung mit der Flüssigkeit. Die Blitze aus den Kugeln schnellten ins Freie, schlängelten sich die Stufen hinauf und schlugen in die Wände und die Decke ein.

Inzwischen hatte Mitha den ersten Schreck überwunden und stellte einen Schild auf, der alle drei gegen die wild zuckenden Blitze schützte. Als die Explosionen endeten, lag auf den Stufen nur noch der verkohlte Körper des Nekromanten.

»Wie kommt der hierher?«, hauchte Algha, den fassungslosen Blick auf den schwarzen Haufen stinkenden Fleisches gerichtet.

Da Mitha lautlos weinte, nahm Dagg sie in den Arm. »Das spielt nun auch keine Rolle mehr«, antwortete er Algha. »Haltet die Augen offen! Falls sich noch mehr von dem Gesindel hier rumdrückt.«

»Relth … das darf einfach nicht wahr sein!«, flüsterte Mitha.

»Er ist tot«, fuhr Algha sie an. »Werd jetzt also nicht hysterisch.«

»Das hast du gut gemacht«, wandte sich Dagg an Mitha. »Dein Schild kam gerade recht. Und nun lasst uns gehen.«

Sie mieden jeden Blick auf den Toten, als sie die Treppe hinaufstiegen, um dann so schnell sie konnten durch einen breiten Gang zu eilen. Die Schritte hallten dumpf von der Decke wider, das Echo wurde durchs ganze Gebäude getragen. In einem Saal mit hoher Gewölbedecke lag auf den silbergrauen Platten des Fußbodens die Leiche eines ihrer Diener.

Plötzlich erschallte hinter ihnen eine scharfe, krächzende Stimme. Obwohl sie die Worte nicht verstanden, wirbelte Dagg herum und schlug zu.

Es donnerte.

Noch im selben Atemzug erfolgte der Gegenangriff.

Abermals rettete sie der Schild, der diesmal allerdings von beiden Schreitenden aufgestellt wurde. Nachdem der Zauber des Feindes an ihm abgeprallt war, bohrte er sich in die Decke. Der Boden bebte, in den Wänden zeigten sich Risse. Die beiden Frauen verloren das Gleichgewicht und fielen zu Boden. Algha schlug schmerzhaft mit dem linken Knie auf, sprang jedoch sofort wieder hoch, um den Zauber für den Schild, der sich aufzulösen drohte, aufrechtzuerhalten. Dagg sandte einen Kampfzauber in die Tiefe des Ganges.

»Weg hier!«, schrie er danach.

Sie rannten weiter.

An der nächsten Abzweigung flog etwas heulend über Alghas Kopf hinweg. Sie sprang nach rechts, hinein in einen Gang, und huschte an dessen anderem Ende wie ein flinkes Mäuschen die Treppe hinunter, um das ganze Erdgeschoss zu durchqueren, vorbei an den Lehrsälen für die untersten Klassen. Erst hier begriff sie, dass sie die beiden anderen verloren hatte.

»Wo ist Algha?« Mitha drehte sich verängstigt um, aber Dagg zog sie bereits am Arm weiter.

»Sie ist zurückgeblieben«, sagte er.

»Dann müssen wir auf sie warten!«

»Das können wir nicht! Der Nekromant ist uns auf den Fersen! Wir dürfen nicht stehen bleiben!«

»Aber Algha …«

»Sie schafft das schon. Ich bin mir sicher, dass wir sie am Ausgang wiedertreffen. Komm jetzt!«

Sie liefen, bis sie völlig außer Atem waren. Ihr Verfolger hatte die Jagd offenbar aufgegeben. Die Gänge lagen ruhig, aber mittlerweile wussten sie beide, wie trügerisch diese Stille sein konnte.

»Was meinst du? Ob außer uns noch jemand am Leben ist?«

»Aber sicher«, antwortete Dagg in möglichst festem Ton. »Ich glaube, die anderen werden es diesen Missgeburten ordentlich gegeben haben!«

Mitha nickte bloß, voller Hoffnung, er möge recht haben.

»Von hier ist es nicht mehr weit bis zu den Ställen«, sagte sie. »Wir brauchen dringend Pferde.«

»Nein!« Energisch schüttelte Dagg den Kopf. »Reiter fallen viel zu sehr auf. Besser, wir schlagen uns zu Fuß durch. Ich könnte mir auch vorstellen, dass die Feinde uns suchen. Deshalb sollten wir uns bis zum Einbruch der Dunkelheit außerhalb der Schule in irgendeinem Haus der Händler verstecken. Danach halten wir uns strikt an die Anweisungen der Herrin Gilara.«

»Gut«, willigte Mitha ein. »Weißt du, wo wir jetzt sind?«

»Das ist der alte Teil der Schule, der schon seit vielen Jahren nicht mehr genutzt wird. Früher, als ich die zweite Stufe absolviert habe, bin ich mit den anderen Jungen hier herumgestromert. Irgendwo in den oberen Stockwerken findet sich eine der drei Wegblüten, die hier im Tal aufgestellt worden sind. Bis zum Südtor brauchen wir noch etwa fünf Minuten. Ich erinnere mich an den Weg, wir werden uns also nicht verlaufen.«

Ohne ein Wort zu sagen, fassten sie sich bei der Hand und eilten den Gang hinunter – nur um an dessen Ende einem Nekromanten in die Arme zu laufen, der gerade um die Ecke bog.

Er war noch jung, kaum älter als sie beide. Wer sich stärker über diese Begegnung wunderte, ließ sich nicht entscheiden. Der Schädel am Hilss des Sdissers bleckte wütend die Zähne. Obwohl Mitha fast zu Tode erschrocken war, spürte sie, wie Dagg ihre Gabe mit seinem Funken auflud.

»Schlag zu, Mitha!«, schrie er.

Ihr Funke loderte mit einer wesentlich helleren Flamme als gewöhnlich. Sie schien förmlich in einer warmen Welle zu ertrinken, in ihrem Bauch züngelten Peitschen von schier überwältigender Kraft. Doch erst als sie meinte, innerlich zu verbrennen, schlug sie zu.

Ein heißer Wind beleckte ihre Haut. Von dem Nekromanten blieb nur eine kleine Lache übrig, aus der Dampf aufstieg. An der Stelle, wo er gestanden hatte, waren die Wände ausgeblichen, der Bernstein, der diese Ecke geschmückt hatte, war geschmolzen und zu Boden geflossen.

»Wir haben es geschafft!«, stieß Dagg erleichtert aus. »Wir haben es tatsächlich geschafft!«

Doch mit einem Mal erschauderte er und fuhr sich mit der Hand übers Gesicht. Entgeistert starrte er auf das Blut, das an ihr klebte. Ein schmaler Strom rann ihm aus der Nase, nach einer Weile sickerte etwas aus seinen Ohren, schließlich tropfte es ihm sogar aus dem Mund. Er warf Mitha einen verängstigten Blick zu, verdrehte die Augen und rutschte an der Wand zu Boden.

Mitha indes taumelte zurück, wie gebannt eine Frau anstarrend, die lautlos aus einer der Türen herausgetreten war.

Sie trug ein teures, streng geschnittenes schwarzes Reitkostüm mit Silberstickerei an Ärmeln und Kragen, mit silbernen Knöpfen und einem tiefen Ausschnitt, der ihre vollendete Figur unterstrich. An ihrem funkelnden Silbergürtel hing ein leichtes Schwert. Sein Griff war schlicht, das Heft dagegen aufwändig gearbeitet. Die prachtvollen, silbern schimmernden Haare waren in zwei Zöpfen um den Kopf gelegt. Eine Maske aus Grohaner Silber, dessen Weiß an Porzellan gemahnte, verbarg das Gesicht von Daggs Mörderin.

Diese Maske mit den fest zusammengekniffenen, blutroten Lippen, der geraden Nase, der hohen Stirn, den scharf hervortretenden Wangenknochen und den dunklen Augenschlitzen jagte Mitha nackte Angst ein. Durch sie schien das Reich der Tiefe selbst zu lugen.

Die Verdammte Blatter neigte nachdenklich den Kopf und musterte Mitha, die sich nicht vom Fleck rührte.

Schritte. Schritte im Gang.

Algha schmiegte sich rasch gegen die Wand und hielt die Luft an. Panik ließ ihr Herz hämmern – und zwar, wie sie meinte, so laut, dass es jedes andere Geräusch übertönte.

Algha dämmte ihren Funken ein, da sie fürchtete, er werde sie verraten. Angestrengt spähte sie in das Halbdunkel des Ganges, den sie eben durchquert hatte. Der Verfolger, dem sie bisher glücklich entkommen war, stellte sich als ausgesprochen hartnäckig heraus, blieb ihr auf der Spur, während er Dagg und Mitha völlig vergessen zu haben schien.

Sie wartete nicht, bis er sie entdeckt hatte, sondern zog lautlos ihre Schuhe aus, nahm sie in die linke Hand und huschte barfuß über die kalten Platten. Am liebsten hätte sie vor Wut und Verzweiflung aufgeschrien: Sie hatte sich verirrt!

In diesem Teil der Schule war sie noch nie gewesen. Der Skulptor hatte ihn in unvordenklichen Zeiten geschaffen. Ihr war schleierhaft, wo das Südtor lag, das heute niemand mehr benutzte.

Stundenlang könnte sie durch dieses Labyrinth von Räumen und Stockwerken irren. Womöglich würde sie dabei nicht nur einem Nekromanten, sondern auch einer oder einem Verdammten in die Arme laufen. Oder irgendwelchen Ausgeburten aus dem Reich der Tiefe. Deshalb musste sie schnellstens eine Entscheidung treffen. Sollte sie durch den Gang zurückgehen, um wieder in jenen Teil der Schule zu gelangen, den sie seit ihrer Kindheit kannte? In dem Fall bestand die Gefahr, ihrem Verfolger zu begegnen …

Deshalb lief sie geradeaus weiter, rüttelte dabei jedoch an jeder Tür: Alle waren verschlossen. Als sie um die nächste Ecke bog, fand sie sich in einer Sackgasse wieder.

In ihren Fingerspitzen kribbelte es abermals unangenehm. Sie stöhnte leise auf vor Angst – und wagte es: Vor der nächstliegenden Tür ließ sie ihren Funken aufflammen, zerstörte das Schloss und suchte in dem Raum dahinter Zuflucht.

In dem kleinen, halbrunden Zimmer standen allerlei Truhen unterschiedlicher Größe und Form, über die sich zahllose Spinnweben zogen. Zwei Fenster, die nicht minder verstaubt waren als der Rest der Einrichtung, fesselten Alghas Aufmerksamkeit. Sie schlängelte sich auf einem schmalen Pfad zwischen all den Kisten zu ihnen hindurch.

In diesem Augenblick knarrte die Tür hinter ihr, wenn auch sehr, sehr leise. Sofort duckte sie sich hinter eine der Truhen. Nach einer Weile fasste sie sich ein Herz und spähte hinter ihrem Versteck hervor.

In der Tür stand eine Frau, die in einen regennassen, weißen Umhang gehüllt war, den ein blauer Gürtel zusammenhielt. In ihren Händen ragte der Hilss auf, der sie als Angehörige des Sechsten Kreises auswies. Das volle Gesicht der angejahrten Nekromantin wirkte freundlich, abgesehen vielleicht von den ernst dreinblickenden Augen, die noch dazu mit schwarzer Farbe umrandet waren.

Sie besah sich das verkohlte Schloss und die Rußspuren am Türpfosten. Anschließend wanderte ihr Blick über die Truhe, hinter der sich Algha verborgen hielt. Trotzdem bemerkte sie die junge Frau nicht. Die Abdrucke nackter Füße in dem staubigen Boden entgingen der Nekromantin allerdings nicht.

»Komm lieber freiwillig heraus, dann könnte die Sache durchaus glimpflich ausgehen«, forderte sie Algha mit einem angenehmen östlichen Akzent auf.

Gleichwohl misstraute Algha ihr. Sie wusste, dass sie einer Nekromantin des Sechsten Kreises nichts entgegenzusetzen hatte. Dennoch trat sie einen Schritt vor, einzig von der Hoffnung auf eine günstige Gelegenheit und Meloths Gnade erfüllt.

Mittlerweile war Algha ein weiterer Kampfzauber eingefallen, ein kleines, kaum zu erkennendes Geflecht, das die Waagschale jedoch zu ihren Gunsten senken konnte. Gilara hatte ihr diesen uralten Zauber beigebracht, ohne den Rat der Schule davon wissen zu lassen, ja, selbst ohne die Billigung der Mutter einzuholen. Nur sie hätte jedoch darüber entscheiden können, ob Algha ihn überhaupt kennen durfte. Doch Gilara hatte wie stets ihren eigenen Kopf durchgesetzt ...

Algha ging zum Angriff über. Die Nekromantin wehrte die zitronengelben Nadeln mit ihrem Hilss jedoch mühelos ab und setzte ihrerseits an, auf Algha einzuschlagen.

Doch kaum hatte sie den Hilss gehoben, als ihr Körper sich krümmte. Sie fiel zu Boden, ihr Leib zuckte in Krämpfen, immer wieder stieß sie mit dem Hinterkopf oder den Ellbogen auf.

Mit rachsüchtiger Freude beobachtete Algha, wie ihre Gegnerin an jenem Zauber erstickte, der eigentlich für sie, die Schreitende, bestimmt gewesen war.

Als die Alte endlich reglos dalag, stieß Algha den Hilss mit dem Fuß weg und beugte sich über die Nekromantin. Sobald sie sich überzeugt hatte, dass diese tot war, löste sie flink den blauen Gürtel und nahm der rasch erstarrenden Leiche mit einiger Mühe den Umhang ab. Den Blick auf die Tür gerichtet, zog sie ihr Kleid aus und hüllte sich in den Umhang.

Zwar war er ihr zu groß, aber ihr blieb jetzt keine andere Wahl. Sie schloss den Gürtel, wenn auch nicht in der vorgeschriebenen Weise, und streifte sich die Kapuze über, um ihr Gesicht zu verschatten. Diese lächerliche Maskerade würde ihre Feinde vermutlich kaum täuschen – doch im Gewand der Schreitenden hatte sie erst recht keine Chance. Den Hilss an sich zu nehmen getraute sie sich freilich nicht, denn sie hatte schon allerlei Geschichten darüber gehört, welche Folgen es haben konnte, wenn man diesen Stab auch nur berührte.

Sie schielte ein letztes Mal auf die tote Frau, ging zum Fenster hinüber, schaffte es unter Aufbietung all ihrer Kräfte, den Bronzegriff zu bewegen, kletterte aufs Fensterbrett, reckte sich zum oberen Griff hoch, drehte auch diesen, öffnete das Fenster und schaute vorsichtig hinaus.

Nach wie vor regnete es. Die Luft roch angenehm nach nassem Laub. Und da, was für ein Glück! Etwas weiter rechts erblickte sie das Südtor, dessen Gitter weit offen stand. Nirgends war jemand auszumachen. Auch der schmale Weg, der hinter dem Turm des Südtors zu einem der zahllosen Eingänge ins Schulgebäude führte, war menschenleer, zumindest soweit sie ihn einzusehen vermochte. Bis zum Boden waren es nicht mehr als eineinviertel Yard. Sie wagte den Sprung. Im Schutz der Mauern pirschte sie sich an das rettende Tor heran.

Niemand hielt sie auf, rief oder entdeckte sie. Den Turm, hinter dem der Feind jederzeit auftauchen konnte, behielt sie fest im Auge. Doch Meloth erwies ihr seine Gnade: Sie war und blieb allein. Schon hatte sie das Tor erreicht und eilte hindurch – als sie sich drei Nabatorern gegenübersah, die sich um ein Dutzend Pferde kümmerten.

Sofort verbeugten sie sich vor ihr, einer fragte sie ehrerbietig etwas in seiner Sprache – und starb auf der Stelle. Zusammen mit seinen Gefährten.

Algha wunderte sich über sich selbst, dass sie den Tod dieser unbekannten Menschen so ungerührt hinnahm, weder Mitleid noch Bedauern oder Furcht verspürte. Das waren ungebetene Gäste, die mit dem Schwert zu ihnen gekommen waren. Damit hatten sie ihr Schicksal gewählt …

Sie hoffte inständig, dass Dagg und Mitha ihre Verfolger ebenfalls hatten abschütteln und sich aus der Schule hatten schleichen können. An die anderen, vor allem an Gilara, wollte sie lieber nicht denken. Sie schwang sich auf eines der Pferde, schob die schwere Kapuze nach hinten und sah ein letztes Mal zu den zahlreichen Türmen im Regenbogental zurück, die jedoch von einem Regenschleier verhüllt wurden. Als Tränen in ihr aufstiegen, suchte sie diese hinunterzuschlucken. Dann preschte sie davon.

Obwohl ihr in der Tigergalerie niemand begegnete, gab sich Gilara keinen falschen Hoffnungen hin: Irgendwann würden die Feinde auftauchen …

Sie stand in der breiten Galerie, deren Wände zahlreiche helle Quadrate zeigten. Das war alles, was von den Bildern, die hier über viele Jahrhunderte gehangen hatten und sich nun auf dem Weg nach Loska befanden, geblieben war. Eine Weile lauschte sie auf den Regen, der auf die gläserne Kuppel schlug, dann ging sie gemessenen Schrittes zu jenem Saal, in dem die Treppen aus allen Lehr- und Wohnteilen zusammenkamen.

Schon seit mehr als zehn Minuten spürte sie jetzt kein Auflodern des Funkens mehr. Das konnte nur eines heißen: Alle Schreitenden, die sie zum Haupteingang geschickt hatte, mussten tot sein. Ihre ganze Hoffnung ruhte nun auf Relth. Wenn es ihm doch bloß gelänge, Algha und die anderen aus der Schule herauszuschmuggeln. Innerlich wappnete sie sich für einen Kampf, um ihm Zeit zu verschaffen.

Nun brach auch noch der Schmerz mit aller Wucht über sie herein, fiel über ihre Wirbelsäule und ihre Leber her. Obwohl sie immer wieder nach Luft ringen musste und ihr schwarz vor Augen wurde, zwang sie sich weiterzugehen. Zu ihrem Erstaunen erloschen die feurigen Nadeln sogleich – vermutlich nur, um in einem besonders ungelegenen Moment erneut zuzustechen.

Der Saal der Tausend Treppen wurde ebenso wie die Tigergalerie von einer gläsernen Kuppel überspannt. Darunter brannten Tausende von Lichtkugeln. Kurz entschlossen schleuderte Gilara einige Zauber gegen die Wände und auf den Fußboden, mit ihnen magische Fangeisen auslegend. An eines dieser Geflechte koppelte sie zudem den Spiegel Cavalars an.

Anschließend richtete sie sich aufs Warten ein.

Es vergingen nur wenige Minuten, als fünf Nekromanten in den Saal kamen. Einer von ihnen war bereits verwundet. Gilara warf ihren Stock zur Seite. Kraft durchströmte sie, der lodernde Funken schenkte ihren Muskeln und Gelenken die verlorene Jugend zurück.

Der erste Nekromant, der in eine ihrer Fallen trat, starb auf der Stelle. Daraufhin gingen die übrigen zum Angriff über. Der älteste und erfahrenste unter ihnen setzte alles daran, die Fallen zu entschärfen, ein anderer wehrte einen harmlosen Zauber Gilaras ab, verfing sich dann jedoch in einem anderen – und starb an der Kraft seines eigenen Schlages, der durch den Spiegel Cavalars zu ihm zurückgeworfen worden war.

Die drei noch lebenden Nekromanten stürzten sich wie wilde Tiere auf Gilara, die sich unablässig durch den Saal bewegte, mühelos die dunklen, von allen Seiten auf sie einprasselnden Zauber abwehrte und ihrem Feind ein ums andere Mal mit einem noch komplizierteren Geflecht antwortete.

Ein verletzter Nekromant sank in den Boden ein, als handle es sich um eine zähe Brühe, und zappelte ungestüm, erstarrte aber schließlich zu einer grotesken Statue, kaum dass die Flüssigkeit so hart geworden war wie der beste morassische Leim.

Die Kuppel barst, und klirrend fielen Abertausende spitzer Scherben zu Boden, auf ihrem Weg nach unten die Regentropfen einholend. Aus den Splittern gedachte sich einer der beiden verbliebenen Nekromanten einen zusätzlichen Schild zu formen. Gilara kam ihm jedoch zuvor und fügte Scherben wie Regentropfen zu drei gewaltigen spitzen Lanzen. Eine nach der anderen schlug in den bisherigen Schild des Mannes ein. Die erste schwächte ihn, die zweite zersplitterte ihn, und die dritte flog durch ihn hindurch, um sich in den Nekromanten zu bohren und ihn in Stücke zu reißen.

Nun stand Gilara nur noch ein einziger Gegner gegenüber. Der jedoch stapfte, vom Tod seiner Gefährten gänzlich unbeeindruckt, stur und voller Entschlossenheit auf die Schreitende zu. Unermüdlich griff er an. Der Spiegel Cavalars warf indes jeden seiner Zauber gegen ihn selbst zurück. Schon bald ertrank der Saal in grell blendendem Licht. Als Gilara endlich wieder Einzelheiten wahrzunehmen vermochte, gab es auch diesen letzten Nekromanten nicht mehr.

Erst jetzt wurde sie ihre Erschöpfung gewahr. Sie schaffte es kaum, noch einen Fuß vor den anderen zu setzen, fürchtete, jederzeit zu fallen. So schleppte sie sich zu ihrem Stock und hob ihn unter peinigenden Schmerzen auf. Für die wilde Bestie, die ihr die halbe Leber zu zerfleischen schien, hatte sie nur ein Stöhnen übrig.

Mit einem Mal hörte sie in ihrem Rücken das Geräusch langsamer, aber fester Schritte. Als sie sich umdrehte, sah sie eine Frau vor sich. Die eine Maske aus Grohaner Silber trug …

Doch die Verdammte Blatter würdigte sie keines Blickes. Ihre ungeteilte Aufmerksamkeit galt dem Kampfplatz.

»Recht beeindruckend«, erklärte sie mit klarer und voller Stimme. »Wer hätte ahnen können, dass es im Turm noch ein paar begabte Köpfe gibt? Unterwirf dich, und du bleibst am Leben.«

Darauf wäre Gilara beinahe in Lachen ausgebrochen. Nicht einmal Blatter stand es zu Gebote, ihr das Leben zu schenken, ja, selbst Lepra dürfte sich an ihrer Krankheit die Zähne ausbeißen.

In diesem Augenblick begriff sie, dass sie den Tod nicht länger fürchtete. Ihr Funken loderte auf, ein Kampfzauber löste sich von ihren Fingern.

Sie wusste genau: Nach diesem Duell würden sie niemals wieder Schmerzen peinigen.

KAPITEL

12

»Früher, noch vor der Geburt des Skulptors, wurden die Schreitenden in Korunn ausgebildet. Cavalar mochte die Hauptstadt jedoch nicht, auch die Gesellschaft des Imperators mied er lieber, was auch immer eure historischen Quellen da behaupten mögen. Deshalb hat der legendäre Zauberer – mit *legendär* meine ich selbstverständlich: wie ihr ihn in euren Legenden darstellt«, erklärte Typhus mit erhobenem Zeigefinger, »diese Stadt so weit wie möglich hinter sich gelassen. Doch auch Alsgara schien ihm nicht der rechte Ort, seine neue Schule aufzubauen. Erst ein malerisches Tal in nicht allzu großer Entfernung vom Vorgebirge der Katuger Berge bezauberte ihn. Ein wunderbareres Fleckchen Erde wird man schwerlich finden. Sonne durchflutete es, allenthalben leuchtete grünes Gras, ergossen sich Wasserfälle. Und überall gab es Regenbögen. Daraufhin machte er sich an den Bau der Schule. Doch dann setzte der Winter ein …«

Typhus ritt neben dem Wagen und sah immer mal wieder zu den Hügeln hinüber, die sich rechter Hand an der Straße dahinzogen. Der Himmel war heute erstaunlich klar, die Stimmung der Verdammten hatte sich gebessert, weshalb sie in einem fort plapperte.

»Und von einem Tag auf den anderen, eben mit Einbruch des Winters, war das hier dann kein bezaubernder Ort mehr. Der Skulptor gab seinen Plan dennoch nicht auf, war er doch ein ausgesprochen hartschädliger Mann. Darin gleichst du ihm schon jetzt, Shen. Unverdrossen baute er weiter an seiner Schule.

Auf dass sich alle nachfolgenden Generationen sommers an der wunderschönen Natur ergötzen, winters mit den Zähnen klappern und das ganze Frühjahr über auf wärmeres Wetter warten.«

Gegen ihren Willen mussten Shen und Rona grinsen.

»So wie du es schilderst, ist das Regenbogental im Sommer offenbar wirklich sehr hübsch«, sagte ich.

»O ja. Und das ganze Jahr – weil hier der Funke entfacht wird, gewöhnliche Menschen in außergewöhnliche verwandelt werden.«

»Dir scheint diese Verwandlung allerdings nicht gerade gut bekommen zu sein.«

»Der Skulptor hat einen großen Teil all der Bauten geschaffen, die bis heute genutzt werden«, fuhr sie fort, ohne mir meine spitze Bemerkung zu verübeln. »Den Rest haben dann seine Schüler vollbracht.«

»Wie groß ist diese Schule denn?«

»So groß, dass man sich mühelos in ihr verirren kann. Aus der Luft betrachtet, gleicht sie einer riesigen Raute. Ihr Inneres ist übrigens noch größer. Ich weiß nicht, ob du dir das überhaupt vorstellen kannst.«

»Das kann ich durchaus«, sagte ich in Erinnerung an den Turm in Alsgara. »Aber warum musste der Skulptor eine derart gewaltige Anlage bauen? Es gibt doch gar nicht so viele Funkenträger.«

»Heute nicht mehr, aber damals schon. Heute ist die Magie insgesamt im Niedergang begriffen, wohingegen sie in der Vergangenheit eine nie versiegende Quelle darstellte. Doch bereits zu meiner Zeit stand die Hälfte der Säle und Galerien leer. Einige Räumlichkeiten hat monatelang niemand betreten. Heutzutage dürfte es noch schlimmer sein. Vermutlich wird lediglich eine kleine Schar dummer Hühner durch wenige, kaum beheizte Säle watscheln. Verzeih mir, Rona, ich wollte dich nicht beleidigen«, sagte sie, doch in ihrer Stimme schwang nicht das geringste Mitgefühl mit.

Rona würdigte sie keines Blickes.

»In seinen letzten Lebensjahren war der Skulptor zu der Ansicht gelangt, er müsse das Regenbogental noch weiter verändern. Doch von den vierzig Türmen, die sich auf den Hügeln erheben sollten, hat er nur fünfzehn fertiggestellt. Weitere sieben konnte er halb vollenden, die sind dann von anderen zu Ende gebaut worden, der letzte von ihnen übrigens erst, als ich die dritte Stufe absolviert habe. So ist der grandiose Plan Cavalars, die Hauptstadt zu übertrumpfen, wie eine Seifenblase geplatzt.«

»Wenn ich mich nicht irre, war es der Imperator, der die Pläne des Skulptors vereitelt hat«, warf Shen ein.

Typhus nickte und zügelte ihr Pferd, das wild vorwärtsdrängte.

»Völlig richtig«, bestätigte sie. »Indem er den Skulptor nach Korunn rufen ließ.«

»Davon hab ich auch schon gwehört«, sagte Ghbabakh, der auf der anderen Seite des Wagens neben uns hermarschierte. »Damit er den Kwoloss von Kworunn schafft, dieses Bauwerkwa, das schöner ist als all seine anderen Werkwe und sich gwolden über die Dächer der Häuser und über die Stadtmauern erhebt. So heißt es jedenfalls bei uns in den Sümpfen.«

»Der Anblick ist in der Tat überwältigend«, bestätigte Typhus. »Man macht den Koloss bereits aus einer Entfernung von etlichen Leagues aus. Nachts spiegelt er das Licht des Mondes und der Sterne wider. Hat ihn einer von euch schon einmal gesehen?«

»Ich bin noch nie in Korunn gewesen«, erklärte ich.

»Aber ich habe den Koloss gesehen«, sagte Rona. »Ich stamme nämlich aus Korunn.«

»Die Legende versteift sich ja auf die schöne Mär, der Koloss habe Cavalar die letzten Kräfte und damit das Leben gekostet. Darüber, dass ihm jemand den Funkentöter ins Herz gerammt hat, schweigt sie sich dagegen aus«, fuhr Typhus grinsend fort.

»Was soll das denn heißen?«, fragte Rona.

»Wusst ich's doch«, trumpfte Typhus auf. »Nur bist du anscheinend die Einzige, die ich mit diesem Wissen überrasche. Shen und Ness wissen offenbar mehr als du. Aber gut, diese Unwissenheit sei dir verziehen. Der Turm hat sich schließlich immer große Mühe gegeben, die Erinnerung an diesen ersten Aufstand aus dem Gedächtnis der Menschen zu tilgen. Vor allem aus dem seiner Schüler und Schülerinnen.«

Rona warf Shen einen fragenden Blick zu.

»Das erzähle ich dir später«, versprach dieser.

»Ich würde die Gweschichte aber auch gwern hören«, bat Ghbabakh.

»Aus, du Hund!« Yumi stieß ein bittendes Fiepen aus.

»Erzähl sie also besser gleich, Shen«, riet ich dem Jungen. »Viel zu sagen gibt's da ja eh nicht.«

»Gut«, willigte er ein. »Ich werde euch das berichten, was ich von Lahen weiß. Und sie hat diese Geschichte von Ghinorha.«

»Und die wiederum von Ossa«, fügte Typhus hinzu.

Da ich die Geschichte, dass sich der Skulptor den dunklen Funken angeeignet hatte, den Turm verändern wollte und die Schreitenden ihm daraufhin jenen Funkentöter, der jetzt an meinem Gürtel baumelte, in die Brust getrieben hatten, bereits kannte, hörte ich nur mit halbem Ohr auf Shens Erzählung und achtete stattdessen auf die Pferde.

»Nie und nimmer werde ich diese Lüge glauben«, erklärte Rona aufgebracht, nachdem Shen geendet hatte.

»Da bist du aber in der Minderheit«, giftete Typhus. »Außerdem lese ich in deinen hübschen Augen Zweifel. Leugne das ja nicht, ich seh es ganz genau. Aber glaub mir, mein Mädchen, nichts lässt sich so virtuos handhaben wie die Vergangenheit. Bürste sie nur früh genug gegen den Strich, dann sorgt die Zeit schon dafür, dass die neue Frisur als einzig wahre angenommen wird. Von mir aus darfst du ruhig große Augen machen, die Hände über dem Kopf zusammenschlagen und alles als Hirngespinst abtun – aber Shen hat die Wahrheit gesagt.«

»Nein«, fuhr Rona sie an. »Das ist ein Märchen, das ihr euch ausgedacht habt.«

»Wenn ich dich daran erinnern darf: Auch ich war in den letzten Jahrhunderten in diesem Land nicht mehr als ein grausames Märchen, mit dem ihr eure Kinder erschreckt habt. Aber wie du siehst: Ich bin sehr wohl aus Fleisch und Blut.«

»Leider«, knurrte Shen. Innerlich stimmte ich ihm zu, während Typhus auch diese Spitze überging.

»Was ist dieser Funkentöter?«, fragte Rona.

»Ein Zauber«, antwortete ich, noch ehe Shen überhaupt den Mund aufmachen konnte.

Das hätte mir gerade noch gefehlt, dass Rona von diesem Artefakt an meinem Gürtel erfuhr. Wer weiß, ob sie dann nicht doch der Versuchung erliegen würde, jemanden damit zu erstechen. Typhus blinzelte amüsiert und wandte sich ab, um ihr Grinsen zu verbergen. Immerhin gab sich Rona mit meiner Erklärung zufrieden. Lahen hatte recht gehabt: Nicht alle Schreitenden wussten von diesen Artefakten der Vergangenheit.

»Das war jetzt aber auch schon alles, was ich euch über das Regenbogental zu erzählen gedenke«, sagte Typhus, ohne meine Lüge aufzudecken. »Selbstverständlich birgt es noch viele weitere Geheimnisse, aber in die werde ich euch nicht einweihen. Nachdem der Koloss vollendet war, begab sich Cavalar nach Alsgara. Dort starb er unter den bekannten Umständen. Ich würde übrigens vorschlagen, hier rechts abzubiegen.«

»Die große Straße stellt mich vollauf zufrieden«, widersprach ich.

»Nein, bieg lieber rechts ab«, sprang Rona da Typhus bei. »Es ist eine Abkürzung, die geradewegs zu einem Tor in die Schule führt. Andernfalls müssten wir noch durch drei Dörfer und durch die Viertel der Händler auf der anderen Seite reiten. Das würde uns mehr als vier Stunden kosten, dann kämen wir erst nachts an.«

»Ich habe nichts gegen ein paar Dörfer«, murmelte ich.

Shen war jedoch ebenfalls dafür, die Abkürzung zu nehmen, sodass ich an der Kreuzung nach rechts abbog.

Nach dem Dorf mit den Marodeuren, die uns diesen liebreizenden Empfang bereitet hatten, waren wir noch durch zwei weitere Dörfer sowie eine kleine Stadt am Ufer eines Sees gekommen. In ihnen hatten wir erfahren, was sich im Land tat – und zwar in einer Weise, dass wir getrost ein Jahr lang auf jede weitere Neuigkeit verzichten konnten.

Selbstverständlich hatten alle über den Krieg im Süden und im Osten gesprochen und darüber gerätselt, wann er sie wohl erreichen würde. Die meisten Gespräche kreisten darum, ob sie Heim und Herd aufgeben und nach Loska oder nach Burg Donnerhauer gehen oder lieber bleiben sollten.

Die Menschen erschreckte die Aussicht, ihr Land zu verlieren, weit mehr als die Gefahr, von Nekromanten angegriffen zu werden. Die Nabatorer fürchteten sie im Grunde gar nicht, denn sie hofften, diese würden ihnen schon nichts Übles tun, da ja alle Arbeitskräfte und bestellte Felder brauchten. Darüber hinaus gingen die Männer davon aus, dass bei einem Angriff auf sie oder ihre Frauen Äxte und Heugabeln immer zur Hand wären. Obendrein war der Wald nahe.

Auf den Gedanken, dass sie nach einer Begegnung mit diesen Feinden den Weg in den Wald mit den Beinen voran antreten dürften, kam meiner Ansicht nach keiner von ihnen.

So war nur ein kleiner Teil der Menschen nach Westen gegangen.

Manche hatten auch behauptet, sie hätten hier oder da die Verdammten gesehen. So wollten Matrosen beispielsweise Typhus in der Nähe von Loska getroffen haben, wo sie auf den Wellen geritten sei und dem Imperium Sturm, Angst und Hunger gebracht habe.

Als Typhus diese Märchen gehört hatte, wäre sie beinahe in schallendes Gelächter ausgebrochen.

Weiter hatte es geheißen, die Verdammte Lepra habe die Treppe des Gehenkten genommen und ziehe jetzt gegen Korunn. Dagegen sei der Verdammte Pest in den Erlik-Sümpfen ertrunken, nachdem die Nekromanten ihn verraten hätten. Scharlach beabsichtigte angeblich, alle Kinder des Imperators zu töten und ihre Leichen an das Reich der Tiefe zu verfüttern. Ganz zu schweigen von all den lebenden Toten, die in den Gemüsebeeten auftauchten, oder einer geheimnisumwitterten Frau, die mit einer großen Einheit die Straße heruntergeritten, dann auf die Felder abgebogen und in den Himmel hinaufgeflogen sei.

Nur über die Schreitenden und das Schicksal der Schule

konnten sich diese Schwatzschnäbel nicht einigen. Die einen hatten versichert, die Schule habe sich inzwischen zu einer uneinnehmbaren Festung gemausert und der Turm heize den Verdammten tüchtig ein, während die anderen überzeugt waren, die Schreitenden seien längst geflohen, entweder nach Korunn oder über das Meer. Dritte wiederum hatten beteuert, die Schreitenden hielten sich mittlerweile alle in Alsgara auf, während das Regenbogental unter dem Schutz der Leibgarde des Imperators stünde.

Typhus hatte diese Geschichten und Geschichtchen aus vollem Herzen genossen, gewiehert wie ein Pferd, sich vor Lachen den Bauch gehalten und am Ende sogar selbst ihr Garn gesponnen, um den Bauern eine Gänsehaut über den Rücken zu jagen.

Shen dagegen hatte diese Lügenmärchen mit verkniffener Miene aufgenommen. Es wollte ihm einfach nicht in den Kopf, wie diese Menschen derart dummes Zeug glauben konnten, vor allem, da das Regenbogental doch gewissermaßen um die Ecke lag, sie es also wirklich hätten besser wissen müssen. Mich hatte ihr Gerede weniger verblüfft. Nachbarn erzählen schließlich oft Sachen übereinander, dass einem die Haare zu Berge stehen. Und so, wie sie hier lebten, völlig abgeschieden und in Furcht vor Marodeuren und Räubern, musste jedes Gerücht mit unzähligen Einzelheiten ausgeschmückt werden – bis es am Ende nur noch puren Unsinn darstellte.

»Trotzdem glaube ich Shens Geschichte nicht«, riss mich Rona aus meinen Gedanken.

Ich warf einen Blick auf Shen und Typhus, die jetzt beide vor dem Wagen herritten, und antwortete leise: »Warum sollten wir dich anlügen? Der Turm hütet seine Geheimnisse. Das solltest du doch eigentlich am besten wissen.«

»Aber keine Geheimnisse dieser Art! Ich hasse diese Verdammte!«

Sie durchbohrte Typhus mit einem wütenden Blick.

»Noch stärker als Kira?«, fragte ich nach.

»Kira war ein Miststück, das sich für etwas Macht verkauft hat. Sie ist es nicht einmal wert, dass wir uns an sie erinnern.«

»Trotzdem tust du es«, rief ich ihr sanft in Erinnerung.

»Verrat vergisst niemand«, erwiderte sie. »Sie ist meine Freundin gewesen. Meine liebste Freundin. Und dann hat sie bei der erstbesten Gelegenheit unsere Freundschaft in den Dreck getreten. Ich glaube, wenn die Verdammte Lepra meiner überdrüssig geworden wäre, dann hätte Kira mich umgebracht. Mit dem größten Vergnügen sogar. Aber Typhus …? Sie ist der Inbegriff des Bösen. Das lese ich in ihren Augen. Du darfst nicht annehmen, der neue Körper habe ihren Charakter verändert. Ihr Funken und ihre Seele sind noch genau so wie früher.«

»Aus, du Hund«, pflichtete ihr Yumi bei, der eingerollt zwischen uns lag. Ghbabakh folgte weit hinter uns dem Wagen.

»Vielen Dank«, wandte sich Rona an den Waiya. »Sie wird Shen vergiften …«

»Er war bereits *vergiftet,* wie du es nennst. Obwohl ihm das ganz gut bekommen ist, wenn du mich fragst. Wenn er nicht über den dunklen Funken verfügt hätte, dann säßen wir jetzt wohl kaum alle zusammen. Aber damit wären wir wieder bei unserem alten Thema, nämlich wer oder was eigentlich böse ist, die Magie an sich oder der Funkenträger …«

»Aber jetzt bildet Typhus ihn aus, nicht Lahen! Kannst du dir wirklich nicht vorstellen, wie das endet?«

»Vertraust du Shen?«, wollte ich wissen.

»Ja«, antwortete sie zögernd. »Ja, das tue ich.«

»Dann muss sich etwas in dir verändert haben, seit du ihn angegriffen hast«, erwiderte ich lächelnd.

»Worauf willst du damit hinaus?«

»Mir ist nicht entgangen, wie ihr euch in letzter Zeit anseht, sobald ihr glaubt, allein zu sein.«

Röte überzog Ronas Wangen, doch den Blick senkte sie nicht.

»Aus, du Hund!«, bekräftigte auch Yumi.

»Damit will ich ja nur sagen, dass ich jetzt ruhig schlafe, weil ich nicht mehr davon ausgehe, du würdest ihn zum Duell fordern«, behauptete ich.

»Dann verstehst du also, warum ich mir wegen Typhus solche Sorgen um ihn mache, oder?«, fragte sie.

»Ich will dir ja nichts vorschreiben, Mädchen, aber meinst du nicht, du solltest mal darüber nachdenken, ob Vertrauen nicht weitaus mehr zählt als jeder Zweifel? Echtes Vertrauen wird nicht mal von einem Sturm erschüttert, während der leiseste Windhauch Zweifel schürt. Solange du jemandem vertraust und ihn unterstützt, ist es höchst unwahrscheinlich, dass dir etwas Schlimmes widerfährt. Zweifel stellen jedoch den ersten Schritt in Richtung Grab dar. Oder ins Reich der Tiefe, das du so sehr fürchtest und vor dem du ihn unbedingt beschützen willst. Ich kenne Shen noch nicht sehr lange. Manchmal führt er sich wirklich wie ein dickschädliger kleiner Junge auf. Aber er ist nicht dumm. Sonst hätte Lahen ihn auch nicht ausgebildet.«

»Das alles spielt keine Rolle, wenn ihn jetzt eine Verdammte in die Lehre nimmt.«

»Da hast du ja recht«, brachte ich ruhig hervor, auch wenn ich innerlich anfing zu kochen. »Aber zwischen euch beiden gibt es einen großen Unterschied: Du bist eine Schreitende, er ist ein Heiler.«

Dieses Argument beeindruckte sie nicht sehr, mein überzeugter Ton brachte sie jedoch zum Nachdenken. Die nächsten zwanzig Minuten fuhren wir schweigend dahin.

Doch schließlich wandte sich Rona erneut an mich: »Das Regenbogental liegt hinter diesem Hügel.«

»Ziemlich menschenleer, die Gegend.«

»Die Straße ist alt, die nimmt nur selten jemand.«

»Mhm.«

»Normalerweise treiben allerdings die Hirten ihr Vieh hierher. Wir haben ihnen erlaubt, unsere Weiden zu benutzen. Alle anderen bevorzugen aber die südliche Straße.«

»Warum gibt es die hier dann überhaupt noch?«

»Für die Boten. Diese Straße führt geradewegs in die Berge. Dort beginnen dann die Pfade. Das ist der kürzeste Weg nach Loska.«

Typhus wendete ihr Pferd und kam auf uns zugeritten.

»Willst du vielleicht reiten, Rona?«, fragte sie.

»Nein.«

Typhus sprang im Ritt von ihrem Pferd auf den Kutschbock: »Dann fahre ich mit euch.«

»Ich hab's mir gerade anders überlegt«, presste Rona hervor. »Ich will doch reiten.«

Ich zügelte die Pferde, damit Rona auf Typhus' Tier aufsteigen konnte.

»Wir müssen etwas besprechen«, teilte Typhus mir mit, nachdem sie einen Blick auf Yumi geworfen hatte und Rona zu Shen geritten war.

»Das habe ich mir schon gedacht.«

»In ein paar Minuten erreichen wir das Regenbogental. Was machen wir dann mit dem Heiler?«

Schicksalsergeben schnalzte ich mit der Zunge.

»Was bitte soll das heißen?«, knurrte Typhus.

»Das soll heißen, dass wir nichts mit ihm machen«, log ich, obwohl ich bereits mehrmals mit dem Gedanken gespielt hatte, Shen eins über den Schädel zu ziehen und ihn zu fesseln. »Woher rührt bloß deine Sorge um den Jungen?«

»Er ist immerhin mein Schüler.«

»Lass dir eine bessere Antwort einfallen«, antwortete ich gelangweilt. »Die kauf ich dir nämlich nicht ab.«

»Und ich kaufe dir nicht ab, dass dich sein Schicksal nicht im Geringsten schert!«, fauchte sie. »Was glaubst du denn, was mit ihm geschieht, wenn er den Schreitenden in die Hände fällt?!«

»Das ist er bereits«, sagte ich und nickte zu Rona hinüber. »Deine Fürsorge kommt also zu spät. Außerdem ist er selbst ein Schreitender. Und so dumm, wie du offenbar annimmst, ist er auch wieder nicht. Shen wird seinen dunklen Funken nicht einsetzen. Dazu wird er sich nicht hinreißen lassen.«

»Ihr seid beide Narren«, erklärte Typhus freiheraus, »wenn ihr sehenden Auges in einen Bienenstock greift. Soll euch doch das Reich der Tiefe holen! Ich werde jedenfalls hierbleiben und auf eure Rückkehr warten.«

»Daraus wird aber nichts.«

»Ich habe dich nicht um deine Erlaubnis gefragt.«

»Trotzdem verbiete ich es dir.«

»Ach ja? Und wie willst du mich zwingen, dich zu begleiten? Dürfte ich das vielleicht erfahren?«

»Ganz einfach«, antwortete ich, holte die Kette aus meiner Tasche und ließ sie vor ihren Augen baumeln.

»Ja, und?«

»Lass mich wiederholen, was du ohnehin weißt: In Lepras Anwesen fanden sich die Leichen von einer Schreitenden und zwei Glimmenden. Dir ist bekannt, was es mit dieser Kette auf sich hat. Die Spuren kamen aus dem Regenbogental. Jemand von denen muss also wissen, was auf diesem Anwesen geschehen ist. Es ist meine feste Absicht, die Wahrheit in Erfahrung zu bringen – und zwar noch heute. Wenn ich mich nicht irre, hast du mir deine Hilfe angeboten. Ja, das ist sogar der einzige Grund, warum wir dich überhaupt mitgenommen haben.«

»Das alles ist ja schön und gut, aber leider vergisst du, dass wir es mit mehr als zwei oder drei Schreitenden zu tun bekommen. Wie wollen wir da diejenige finden, die uns Auskunft geben kann?!«

»Indem wir die Leiterin fragen.«

»Und wenn die sich weigert, auf unsere Fragen zu antworten?«

»Du bist doch eine Verdammte, oder?«

Ihr Blick spiegelte Unglauben wider. Meine kindische Idee, mit ihrer Hilfe Druck auf die Leiterin auszuüben, gefiel ihr überhaupt nicht. Was ich im Grunde sogar verstehen konnte.

»Hör mal, es gibt noch eine andere Möglichkeit«, bemerkte sie. »Oh! Bei allen Sternen Haras!«

Wir hatten den Hügel inzwischen hinter uns gelassen, vor uns lag das Regenbogental.

Obwohl wir in den letzten Tagen ausschließlich an fast kahlen Bäumen vorbeigekommen waren, prunkte das Tal mit seinem Blattwerk. Alles loderte in einer grellen Farbenpracht. Roter Ahorn und goldene Kastanien zogen sich die sanften Hänge hinauf, um den acht Wasserfällen und der Straße fünfzig Yard vor uns Schatten zu spenden.

Über den in ihrem Herbstkleid schlafenden Bäumen ragten die Türme auf, die an Nadeln erinnerten und im Sonnenschein in allen Farben des Regenbogens schillerten, als seien sie mit der Haut eines Drachen bespannt oder mit Hunderten von Schuppen aus Perlmutt besetzt. Sie schienen aus einem Material geschaffen, das nicht von dieser Welt sein konnte, so vollendet und luftig wirkte es. Kein Bauwerk, das ich bislang in meinem Leben gesehen hatte, konnte sich mit der Schönheit dieser Türme messen. Selbst der Turm in Alsgara und die alten Tempel der Spitzohren im Sandoner Wald hielten nicht mit ihnen mit. Auch wenn die anderen behauptet hatten, der Koloss in Korunn sei noch schöner und prachtvoller als die Schule der Schreitenden – meine Vorstellungskraft überstieg das.

Mir blieben jedoch nur wenige Sekunden, um mich an dem Anblick dieser Wunder zu weiden. Dann nämlich entdeckte ich das, was Typhus ihren Ausruf entlockt hatte: Zwei der Türme waren zerstört. Vom ersten ragte nur noch ein Stumpf auf, der kaum hinter den Bäumen hervorlugte, aus dem zweiten stieg Qualm auf, und der obere Wehrgang stand in Flammen. Kohlschwarzer Rauch verrußte den hohen blauen Himmel.

Sofort fiel mir mein Traum von Garrett ein. Wie sich gerade zeigte, musste er prophetisch gewesen sein.

»He!«, schrie Typhus. »Bleibt stehen, ihr Narren!«

Ich riss mich vom Anblick des brennenden Turms los und sah, wie Shen sein Pferd antrieb, um Rona einzuholen, die bereits in Richtung Tal sprengte. Schon in der nächsten Sekunde waren beide hinter den Bäumen verschwunden.

»Hol sie doch das Reich der Tiefe!«, fluchte Typhus, entriss mir die Zügel und peitschte auf die Pferde ein.

Kapitel

13

Die Pfützen, die der gestrige Regen hinterlassen hatte, wiesen an ihren Rändern bereits eine Eiskruste auf. In ihnen spiegelte sich der Himmel. Die Stille setzte uns nicht schlechter zu, als es ein paar wild gewordene Untote getan hätten. Selbst die Luft schien ob der Gefahr zu klirren. Yumis Nackenfell hatte sich gesträubt, und er hielt sein beinernes Blasrohr bereit. Ghbabakh hatte sich mit einer Streitaxt bewaffnet, die sich in seinen Pranken wie ein Spielzeug ausnahm.

»Wir können darauf verzichten, uns zu verstecken. Vermutlich hat man uns eh längst entdeckt«, erklärte Typhus und sprang vom Kutschbock, den Blick fest auf den brennenden Turm gerichtet. »Bleibt in meiner Nähe.«

Uns gegenüber befand sich ein Springbrunnen, der nicht sprudelte. Vor einem alten Gebäude standen zwei abgehetzte Pferde. Als in den Zweigen der Bäume ein Rabe krächzte, fuhren wir alle zusammen, sogar Ghbabakh, und sahen uns um.

»Das war bloß ein Vogwel«, stieß der Blasge aus. Sein giftiger Kamm leuchtete purpurrot.

»Schon möglich«, erwiderte Typhus in einem Ton, der ihren Zweifel deutlich zum Ausdruck brachte.

Yumi war bereits am Eingang des Hauses und schnupperte vorsichtig.

»Aus, du Hund!«

»Er sagwat, dass sie hier reingwegwangwen sind.«

»Was denn sonst?«, murmelte Typhus und warf einen zornigen Blick auf die Pferde, als trügen die Tiere die Schuld an dem, was geschehen war. »Einer unserer beiden Hitzköpfe hat die Tür eingeschlagen.«

»Wo sind wir hier eigentlich?«

»Zu unserem Glück hat das Mädchen während ihres wilden Ritts nicht völlig den Verstand verloren«, spie Typhus aus. »Wir befinden uns hier im ältesten Teil des Regenbogentals. Wenn wir der Straße folgen, erreichen wir in zehn Minuten das Südtor. Diese Gebäude wurden übrigens schon zu meiner Jugend nicht mehr genutzt, vielleicht begegnen wir also niemandem. Die Teile, in denen heutzutage die Ausbildung absolviert wird, liegen auf der anderen Seite.«

»Soll das heißen, du bist noch nie hier gewesen?«, fragte ich, während ich den Bogen spannte, obwohl er mir in dem Haus wohl keine große Hilfe sein würde.

»Richtig. Die Schule hat derart viele Häuser, Gänge und Türme, dass sich sogar Meloth in ihnen verlaufen würde. Wahrscheinlich hat sich hier nur der Skulptor selbst mühelos zurechtgefunden. Abgesehen davon habe ich fünfhundert Jahre keinen Fuß ins Regenbogental gesetzt.«

»Ich hege übrigens nicht gerade den dringenden Wunsch, mich in dieser Schule zu verlaufen.«

»Das wirst du schon nicht«, versprach Typhus. »Ich bin ja bei dir. Weitaus schwieriger dürfte es werden, unsere beiden Schlauköpfe aufzuspüren. Die können sonst wo stecken.«

»Aus, du Hund!«, fiepte Yumi.

»Er wird sie finden«, übersetzte Ghbabakh für uns. »Er hat nämlich eine gwute Nase.«

»Seid jetzt leise«, schärfte Typhus uns ein und überließ dem Waiya den Vortritt.

In der großen, von Staub durchwirbelten Eingangshalle führten drei Treppen zu vollkommen gleich aussehenden Gängen hinauf.

»Aus, du Hund«, entschied unser Spurenriecher, huschte zielsicher auf die Treppe vor uns zu, erklomm flink die Karneolstufen und schlich dann unter unablässigem Geschnuppere an den Wänden entlang.

Ihm auf dem Fuß folgte Typhus, dann kam ich. Den Abschluss bildete Ghbabakh.

»Wohin gehen wir?«, wollte ich wissen.

»Wenn wir nicht abbiegen, gelangen wir früher oder später in den Sternensaal. Von da aus sind es noch fünfzehn Minuten bis zu den Räumen im Hauptteil. Dort liegen der Saal der Tausend Treppen, die Tigergalerie …«

Sie verstummte, weil sie bemerkte, dass mir diese Bezeichnungen nicht das Geringste sagten.

»Wie heruntergekommen hier alles ist«, brachte Typhus nachdenklich hervor, während sie mit der Hand über einen Bilderrahmen fuhr und den Staub betrachtete, der an ihren Fingern haften geblieben war. »Sieh dir doch bloß mal diese Spinnweben an der Decke an.«

»Mich beunruhigt gerade weniger der Dreck als vielmehr die Frage, was in Rona gefahren sein könnte«, gestand ich.

»Die? Die ist eben nicht normal.«

»Da bin ich anderer Ansicht.«

»Stimmt, sie benimmt sich wie jeder andere auch«, unterstützte mich Ghbabakh. »Wenn du siehst, dass dein Haus in Flammen steht, dann rennst du los, um es zu retten. Gwenau das hat sie gwemacht: Sie ist losgwerannt.«

»Und dieser Heiler musste ihr natürlich hinterher. Bei allen Sternen Haras! Das kommt alles so ungelegen. Was grinst du, Ness?«

»Du hast in einen Bienenstock gegriffen – obwohl ich vor einer halben Stunde noch vergeblich versucht habe, dich hier herzulocken.«

»Ich nehme an, die Erklärung, dass ich mir Sorgen um meinen Schüler mache, überzeugt dich auch diesmal nicht«, knurrte sie.

»Selbstverständlich nicht. Darüber kann selbst Meloth nur lachen. Dir geht es schließlich immer nur um deinen eigenen Vorteil.«

»Übrigens werde ich diese beiden Herzchen, sobald wir sie gefunden haben, fesseln und von hier wegbringen, koste es, was es wolle.«

»Was gwalaubst du, warum brennt der Turm?«, wollte Ghbabakh von Typhus wissen.

Sie spähte in einen Raum hinein, während sie antwortete: »Entweder haben die Schreitenden vollends den Verstand verloren, sodass sie sich jetzt gegenseitig die Augen auskratzen, oder ... hier ist noch jemand aufgetaucht.«

»Zum Beispiel einer von deinen Freunden.«

»Das wäre durchaus denkbar«, räumte sie ein und leckte sich nervös über die Lippen. »Deshalb vergiss den Bogen und schnapp dir besser deinen heißgeliebten Zahnstocher, der hilft uns hier auf alle Fälle weiter. Gehen wir.«

Wir kamen an verschiedenen Abzweigungen und unzähligen nach oben führenden Treppen vorbei. Nach einer Weile erreichten wir einen Saal in Form eines achteckigen Sterns. In ihm herrschte unbeschreibliches Chaos. Keine Frage, hier hatte jemand wild mit Zaubern um sich geschleudert ...

»Hier sind nirgwends Leichen«, sagte Ghbabakh, der den ganzen Raum durchsuchte und sogar hinter den Säulen, die sich an den Wänden entlangzogen, nachsah.

»Aus, du Hund!« Yumi war mit gespitzten Ohren und unentschlossen vor einer Treppe stehen geblieben, die weiter nach oben führte.

»Hast du die Spur verloren?«, fragte ich.

Typhus fluchte leise.

»Yumi sagwat, dass der Gweruch sich trennt. Einmal gweht er hinauf, einmal bleibt er in diesem Stockwawerkwa.«

»Warum hätten sie sich trennen sollen?«, wollte Typhus wissen.

»Shen wird das Mädchen verloren haben!«, vermutete ich und wendete mich an den Waiya. »Wo ist Shen langgegangen?«

»Aus, du Hund!«

»Hier unten«, übersetzte Ghbabakh.

»Dann sollten wir uns auch trennen«, wandte ich mich an den Blasgen. »Sucht ihr beiden nach Rona. Überredet sie, mit euch zu kommen. Wir treffen uns dann wieder hier. Bei Gefahr, flieht. In den Wald.«

»Aus, du Hund!«

»Yumi fragwat, was ist, wenn Rona sich nicht überreden lassen will? Eine klugwe Fragwe, würde ich sagwen.«

»Dann bleibt ihr bei ihr«, zischte Typhus. »Wir werden euch schon finden. Gehen wir!«

Typhus und ich eilten davon.

»Wozu brauchst du die Schreitende?«, wollte Typhus von mir wissen. »Glaubst du etwa, Shen wäre ohne sie dem Tod geweiht?«

»Ich glaube, dass dich das überhaupt nichts angeht. Spürst du etwas?«, fragte ich und zog, wie mir Typhus schon vorhin geraten hatte, den Funkentöter blank.

»Nein«, antwortete sie. »Um uns herum setzt niemand seine Gabe ein. Und ich hoffe inständig, dass unsere beiden ausgeflogenen Vögel es ebenfalls unterlassen, ihren Funken anzurufen. Sonst entdeckt sie womöglich noch jemand vor uns.«

»Überleg dir lieber, was wir den Schreitenden sagen, wenn wir ihnen in die Arme laufen.«

»Du wolltest vermutlich sagen, *falls* wir ihnen in die Arme laufen. Ich glaube nämlich nicht, dass das Feuer im Turm ausgebrochen ist, weil irgendeine alte Schabracke vergessen hat, eine Kerze zu löschen.«

Auch ich rechnete mit dem Schlimmsten.

Typhus ging jetzt voran, ich folgte ihr mit einem Abstand von fünf Schritt und drehte mich immer wieder um. Wir kamen durch unzählige Säle, doch in allen herrschte gähnende Leere. Selbst ein Friedhof wirkt nicht so beklemmend. Die dicke Staubschicht auf dem Fußboden, in denen sich Shens Fußabdrücke klar abzeichneten, bezeugte, dass hier in den letzten Jahrzehnten niemand außer ihm entlanggegangen war. An der Decke und in den Fenstern hingen Spinnennetze. Einmal flatterte sogar eine weiße Motte an mir vorbei.

»Was für ein Wanzennest«, murmelte ich. »Da ist meine Scheune ja sauberer.«

Typhus lachte, jedoch keineswegs hämisch.

»Die Magie geht ein«, sagte sie. »Sie ist dem Niedergang geweiht. Aber diese Närrinnen wollen das einfach nicht wahrhaben.«

»Meinst du nicht, es ist etwas spät, dich für deine Sünden zu rechtfertigen?«

»Wir waschen unsere Hände nicht in Unschuld, das stimmt. Aber im Gegensatz zu den Schreitenden haben wir die Gabe am Leben erhalten«, erwiderte Typhus kalt. »Diese dummen Gänse können doch nur noch eins: ihren Hochmut pflegen.«

»Also, wenn du mich fragst, solltest du die Schreitenden nicht unterschätzen.«

»Schon möglich«, stimmte sie mir zu. Dann legte sie den Kopf in den Nacken, um die oberen Galerien zu betrachten. »Aber wie du siehst, haben sich die Feinde nicht von ihnen abschrecken lassen. Im Frühjahr werden die Nabatorer die Treppe des Gehenkten genommen haben. Falls es nicht schon längst geschehen ist.«

»Lepra ist tot. Sie hat euch alle zusammengehalten. Eure Stärke hattet ihr letzten Endes ihr zu verdanken.«

»Red doch keinen Unsinn, Ness!«, fuhr mich Typhus an. »Ihr im Imperium habt Talki immer viel zu viel Bedeutung beigemessen. Ich glaube aber durchaus, dass wir auch ohne sie bestens zurechtkommen. Der Verlauf des Krieges beweist es.«

»Bisher ist mir gar nicht aufgefallen, dass du dich so für den Krieg interessierst.«

»Zugegeben, im Moment gilt mein Interesse in erster Linie mir selbst«, parierte sie grinsend. Obwohl sie sich selbstsicher gab, spähten ihre Augen so aufmerksam umher, dass sie einer Katze glich, die in einen Zwinger voll schlafender Hunde geraten war. »Und ich will meine Rache stillen. Alles andere kann warten. Sie werden schon ohne mich zurechtkommen.«

»Und was, wenn du deine Rache gestillt hast? Werden sie dich dann wieder in ihren erlauchten Kreis aufnehmen?«

»Keine Ahnung. Das hängt vermutlich davon ab, wer Talki ausgeschaltet hat. Sag mal, hörst du das?!«

Sie war stehen geblieben und bedeutete mir mit dem Zeigefinger zu lauschen.

»Rona!«, vernahmen wir ein leises Echo über uns.

»Wie hat es der Junge bloß geschafft, bis auf den heutigen Tag zu überleben?«, murmelte Typhus. »Mit diesem Geblöke lockt der doch das ganze Regenbogental an. Aber ich habe ja schon immer gesagt, dass Meloth ihn bei der Verteilung von Hirnmasse übergangen haben muss!«

Sie stürzte weiter, ich folgte ihr.

Wir rannten durch zahlreiche leere Räume. Typhus bog immer wieder ab, musste sich aber in die richtige Richtung bewegen, denn das Geschrei wurde lauter und lauter. Ich hoffte inständig, wir seien die Einzigen, die Shens Rufe hörten.

Da wir inzwischen eine gewaltige Strecke zurückgelegt hatten, musste der Schall hier in der Schule anderen Gesetzen folgen als außerhalb. Mit dem schweren Bogen in der Hand geriet ich allmählich außer Atem.

Schließlich erreichten wir einen Gang, der so schmal war, dass wir uns seitlich durch ihn hindurchzwängen mussten.

»Du bist sicher, dass das der richtige Weg ist?«

»Es ist eine Abkürzung. Shen ist direkt über uns, in der Zwölften Bibliothek«, stieß Typhus aus. »Dieser Gang erspart uns etwa fünf Minuten. Weiter! Nach rechts! Beweg deine müden Füße!«

Wir gelangten in einen kleinen Raum mit niedriger Decke, der vor Gerümpel aus den Fugen zu platzen schien. Deshalb entdeckte ich die geschmiedete Wendeltreppe auch nicht auf Anhieb. Über sie erreichten wir im Nu das nächste Stockwerk. Dort empfingen uns nur noch leere Regale, von Bibliothek nicht die geringste Spur.

»Was haben diese Gänse bloß mit den Büchern angestellt?«, presste Typhus heraus.

Der Anblick schien sie tief zu erschüttern.

»Rona!«

Typhus und ich sahen uns an. Ihre Augen funkelten golden. Ich brauchte eine Sekunde, um zu begreifen, dass sie ihren Funken angerufen hatte.

Wir liefen an den kreuz und quer stehenden Regalen vorbei –

und mir drängte sich der Eindruck auf, ich würde mich in ein Labyrinth vorwagen. Ohne Typhus und ihr beeindruckendes Gedächtnis hätte ich wesentlich länger gebraucht, um diesen tristen, düsteren Ort zu durchqueren.

Nachdem sie erneut abgebogen war, schmiegte sie sich gegen die Wand und suchte im Halbdunkel zwischen zwei Regalen Schutz. Ich folgte ihrem Beispiel. Ein Nekromant schlich an uns vorbei.

Ich schielte zu Typhus hinüber, aber das Auftauchen des Kerls ließ sie recht gleichgültig. Fast, als ob sie mit ihm gerechnet hätte. Nun war auch der letzte Zweifel ausgeräumt: Der Brand im Turm stellte keinen der üblichen Unfälle dar! Die Sdisser waren ins Regenbogental eingefallen. Blieb die Frage, wie. Von Loska aus? Von Alsgara? Oder über die Küstenstraße? Denn auf der Straße, die wir genommen hatten, war weit und breit nichts von ihnen zu sehen gewesen.

»Rona-a-a!!!«

Innerlich stöhnte ich auf. Ohne auf Typhus zu achten, stahl ich mich weiter. Der Nekromant musste diese Schreie ebenfalls gehört haben. Der würde doch sicher mal nachsehen wollen, wer hier so ein Spektakel veranstaltete …

Shen stand in einem runden, kuppelförmigen Raum voller Tische. Die geputzten Buntglasfenster erlaubten es ihm, eine gründliche Inspektion des Saals vorzunehmen – nur dass er dabei nicht auf die schlichte Idee kam, sich auch mal umzudrehen. Dann nämlich wäre ihm der Nekromant aufgefallen, der vierzig Schritt hinter ihm lauerte …

Da ich verhindern wollte, dass der Sdisser seiner Verblüffung über ein derart unverfrorenes Gebrüll Herr wurde und zum Angriff überging, pirschte ich mich von hinten an ihn heran und rammte ihm den Funkentöter in den Hals. Für den Bruchteil einer Sekunde lag der Raum in strahlendem Licht.

Der Nekromant sackte vor mir zu Boden. Shen wirbelte herum und schlug mit etwas aus seiner Trickkiste zu, noch ehe ich mich auch nur wegducken konnte. Ohne Typhus wäre ich ein toter Mann gewesen. So aber sorgte sie dafür, dass sich die Luft vor mir zu einem Schild verdichtete. An diesem Hindernis zerschellte Shens silberne Lanze zu den Kristallen eines mir unbekannten Materials, die rasch schmolzen.

»Vielen Dank auch, mein Junge«, wetterte ich. »Ich bin entzückt, dass du mal wieder praktische Erfahrung im Zaubern sammeln konntest.«

»Beim Dunkel aber auch, das tut mir leid! Wirklich! Das wollte ich nicht!«

»Es hätte nicht viel gefehlt, und du hättest dich bei meinen Gebeinen entschuldigen müssen.«

»Bei allen Sternen Haras! Was seid ihr bloß für Dummköpfe! Alle beide!«, fuhr Typhus dazwischen, sodass ich mich nicht länger an Shens schlechtem Gewissen weiden konnte. »Warum musstest du als Erster vorpreschen, Ness?!«

»Weil ich keine Lust hatte, Shens Überreste von der Wand abzukratzen!«

»Lasst uns von hier verschwinden!«, verlangte Typhus. »Sofort!«

Ohne weitere Erklärungen abzugeben, geschweige denn, auf uns zu warten, stürzte sie davon. Shen und ich sahen uns an – und eilten ihr hinterher.

»Ich muss Rona finden!«, schrie Shen.

»Brüllst du hier deshalb in einer Lautstärke herum, dass es bis zum anderen Ende des Regenbogentals zu hören ist?«, höhnte Typhus.

»Weshalb die Eile, Verdammte?«, wollte Shen von ihr wissen. »Der Nekromant ist doch tot!«

»Ich heiße Thia!«, polterte sie. »Geht das denn nicht in deinen dummen Schädel rein?! Thia! Und wir haben es so eilig, weil Ness einen Auserwählten abgemurkst hat, obwohl es wesentlich klüger gewesen wäre, ihn nur vorübergehend außer Gefecht zu setzen. Und weil du Narr deinen Funken eingesetzt hast. Auf den werden sich gleich alle Schakale stürzen!«

Schon schlüpften wir durch die nächste Tür …

»Ein erfahrener Funkenträger spürt, wenn jemand gestorben ist«, fuhr Typhus fort. »Und er weiß auch, um wen es sich dabei gehandelt hat. Damit dürfte seine Neugier geweckt sein, und er wird sich ein Bild darüber verschaffen wollen, was hier geschehen ist. Deshalb wird er uns suchen.«

»Aber ich überlasse Rona nicht ihrem Schicksal!«

»Stell dir vor, das ist mir durchaus klar!«, schnaubte Typhus. »Gut, suchen wir also deine kleine närrische Freundin. Offenbar kannst du ohne sie ja nicht leben! Obwohl es ihr meiner Ansicht nach nicht schadet, hier rumzuirren. Vielleicht begreift sie dann, dass sie nicht Hals über Kopf losstürmen kann!«

»Als sie den brennenden Turm gesehen hat, war sie schier außer sich und …«

»Ja, ja, ja«, winkte Typhus müde ab. »Mir sind die Flammen auch nicht entgangen.«

»Das Regenbogental ist ihr Zuhause. Wenn dein Zuhause …«

»Mir kommen gleich die Tränen!«, fiel ihm Typhus ins Wort. »Und jetzt fang mal an, dein bisschen Hirn zu gebrauchen, und tu, was ich sage … Halt, bleibt stehen. Ich glaube, ich habe mich verlaufen. Wir müssen zurück und dann nach links. Ja, genau, hier lang. Zurück zu dir, Shen! Ruf dir deine Verteidigungszauber in Erinnerung. Ich will doch hoffen, dass du welche kennst.«

»Nur die, die alle Schreitenden lernen.«

»Lächerlich! Mit denen wirst du nicht lange leben! Ich habe angenommen, Ness' Frau hätte dir schon ein paar ordentliche Zauber beigebracht.«

»Dazu ist sie nicht mehr gekommen.«

»Verstehe. Also, pass genau auf. Das hier musst du an das Geflecht anbinden, das ich dir gestern gezeigt habe.« Typhus zeichnete eine Figur in die Luft. Ich konnte rein gar nichts erkennen, für Shen stellte das Ganze aber anscheinend kein Buch mit sieben Siegeln dar. »Und dann flichtst du noch das hier an.«

Erneut malten ihre Finger eine bizarre Figur in die Luft.

»Das dürfte dein hübsches Gesäß retten. Halte die Augen offen. Du bist für deine eigene Sicherheit und für die von Ness verantwortlich, denn ich habe so das Gefühl, dass ich mich nicht auch noch um euch kümmern kann. Wenn du angreifen musst, zögere nicht.«

Typhus wollte uns offenbar den gleichen Weg zurückführen, doch das glückte ihr nicht.

»Es wäre einfacher, wenn wir uns zum Saal der Tausend Treppen begeben würden!«, platzte es schließlich aus Shen heraus. »Der ist nur einen Katzensprung entfernt, wir brauchen bloß den Gang da zu nehmen und dann noch ein Stockwerk hoch. Der Saal liegt gleich hinter den Bernsteinsälen. Von ihm aus finden wir schnell und ohne Mühe hinaus.«

Wortlos machte Typhus kehrt und bog in den Gang ein, auf den Shen sie hingewiesen hatte. Sie bewegte sich entschlossen und selbstsicher vorwärts. Die linke Hand hielt sie auf dem Rücken, als verstecke sie etwas, die Finger der rechten Hand schienen in einem fort unsichtbare Fäden zu verknüpfen.

Kaum dass wir den Saal der Tausend Treppen betraten, begann mein Herz heftig zu hämmern: Den kannte ich. Und zwar aus meinem Traum. Die zahllosen Treppen, die zerstörte Kuppel und den mit Glasscherben bedeckten Boden – all das war mir nicht neu. Hier musste ein erbitterter Kampf getobt haben. Die Wände waren völlig verrußt, ein Stück sogar gänzlich verbrannt. Etliche Treppen waren zerstört. Am Boden lagen die Leichen mehrerer Nekromanten sowie, dicht neben ihnen, eine tote Schreitende.

»Kennst du sie?«, wollte Typhus von Shen wissen, als sie an die Tote herantrat.

»Ja«, presste Shen heraus. »Das ist die Herrin Gilara. Sie ist … sie war die Leiterin der Schule.«

»Sie hat einen würdigen Tod gefunden. Anscheinend sind einige von euch doch noch zu etwas fähig. Die Überreste der Zauber deuten darauf, dass sie sich den Auserwählten allein entgegengestellt und ihnen ordentlich Saures gegeben hat. Ihr Tod tut mir aufrichtig leid.«

Erstaunt nahm ich die Achtung gegenüber der Schreitenden wahr, die sich auf Typhus' Gesicht spiegelte.

»Du willst ja wohl nicht behaupten, dass du sie nicht getötet hättest?«, höhnte Shen.

»Was versprichst du dir davon, darüber zu mutmaßen, wie

ich gehandelt *hätte*?«, entgegnete Typhus. »Außerdem bedauere ich weniger den Verlust der Alten als den ihrer Gabe. Mit jedem Jahr gibt es weniger Schreitende, die noch ein paar anständige Zauber zustande bringen.«

In diesem Augenblick hörten wir alle das Geräusch von schweren Schritten. Sofort stürzten wir zur nächstgelegenen Treppe.

Soldaten stürmten in den Raum. Sie trugen Uniformen, die ich bereits kannte.

»Im Namen Nabators!«, schrie ein Offizier. »Bleibt stehen, wenn euch euer Leben lieb ist!«

Im Bruchteil von Sekunden drehte ihm Typhus mit unsichtbaren Händen den Hals um, belebte ihn dann wieder und ließ ihn gegen die eigenen Männer ziehen. Einer der Soldaten schaffte es zwar noch, einen Schuss mit der Armbrust auf uns abzugeben, doch der Bolzen blieb in dem Schild stecken, den Shen aufgestellt hatte.

»Dieses Geflecht kostet mich zu viel Kraft!«, murrte er. »Ich werde den Schild nicht lange aufrechterhalten.«

»Das solltest du aber, wenn du noch ein Weilchen am Leben bleiben willst!«, zischte Typhus. »Wann lernst du endlich, die Kraft, die dir von der Natur geschenkt wurde, vernünftig einzusetzen?!«

Hinter mir polterte etwas. Ich wirbelte herum. Einer der Kristalllüster, der wie ein Schiff aussah, war zu Boden gekracht. Gerade folgte ihm der nächste.

»Ist das dein Werk?«, wollte ich von Typhus wissen.

»Wie kommst du denn darauf? Dahinter wird sicher dein Freund Yumi stecken!«, spie sie aus. »Ness, ehrlich, wessen Werk sollte das sonst sein?! Damit ist den Nabatorern der Weg versperrt. Und wenn sie sich auf der Suche nach einem Umweg verlaufen, soll mir das auch recht sein.«

Das nächste Stockwerk bot einen völlig anderen Anblick. Es war sauber, hell und formvollendet. Typhus brachte dieser Schönheit jedoch nicht den geringsten Respekt entgegen. Mit einer einzigen Bewegung ihrer Hände zerstörte sie eine zweiflüglige Tür, trat in einen Saal und sah sich um.

»Bist du hier schon einmal gewesen?«, fragte sie Shen.

»Ja«, antwortete er. »Wir müssen geradeaus weiter.«

Da bebte plötzlich der Boden unter unseren Füßen. Die Wände warfen das Echo einer Explosion zurück, zu der es in einiger Entfernung gekommen sein musste.

»Das war Rona!«, rief Shen entsetzt.

»Zumindest war es ein lichter Funke«, bestätigte Typhus.

»Das kam vom Turm des Eisvogels!«, schrie Shen.

Dann erklang ein langgezogenes Heulen. Von der Decke rieselte bläulicher Putz. Ein Knistern und erneutes Gepolter, bei dem die Wände wackelten, schlossen sich an.

»Das Mädchen geizt ja nicht mit seinen Kräften«, stellte Typhus fest. »Da muss es heiß hergehen.«

»Wir kommen bestimmt zu spät!«, stammelte Shen, der kreidebleich geworden war. »Das ist viel zu weit weg!«

Ich blickte in einen Gang, der im rechten Winkel abzweigte, und erschauderte. Durch ihn hatte mich Garrett geführt.

»Hier lang!«, befahl ich, meiner Eingebung folgend.

»Nein«, widersprach Typhus. »Dieser Gang führt in den Turm der Prophezeiungen.«

»Nein! Ness hat recht!«, schrie Shen. »Der Turm der Prophezeiungen liegt ganz nahe beim Turm des Eisvogels. Da können wir rüberspringen!«

»Bitte?!«

»Als wir in der untersten Klasse waren, haben wir das ständig gemacht. Das ist ganz einfach! Ihr werdet schon sehen!«

Er lief in den Gang hinein. Typhus folgte ihm fluchend. Schon bald erreichten wir jenen Raum mit Balkon, den ich ebenfalls aus meinem Traum kannte. Shen kletterte auf die Brüstung, blickte nach links und sprang. Nach ihm erstieg ich das Geländer, besah mir dann aber zunächst in aller Ruhe die Lage.

Beide Türme standen so eng beieinander, dass es wirklich einem Kinderspiel gleichkam, auf den etwas unter mir liegenden Balkon des Nachbargebäudes zu springen.

Shen winkte uns zu. Typhus fluchte noch einmal, erklomm die Brüstung und sprang zum Nachbarturm. Nun folgte ich ihrem Beispiel.

»Wir müssen ein Stockwerk tiefer!«, erklärte Shen.

»Dann los!«, verlangte Typhus und gab ihm einen Schubs.

Im Nu erreichten wir unser Ziel. Hier hing der Staub von den zerschmetterten Wänden als dichter Vorhang in der Luft. Unerbittlich fraß er sich in unsere Lungen. Schützend hielt ich mir den Unterarm vor die Nase. Als dann vor uns ein Schatten auftauchte, fuchtelte Typhus mit beiden Armen. Ein Schrei erklang. Trotzdem schoss noch ein grüner Strahl an meinem Kopf vorbei. Zum Glück zerschellte er an Shens Schild, den der Zusammenprall allerdings beinahe von den Füßen riss.

Typhus stieg über den toten Nekromanten, der in einer stinkenden Brühe zerfloss, und schleuderte einen weiteren Zauber. Abermals schrie jemand – und fiel krachend zu Boden.

»Rona! Wir sind's!«, rief Typhus.

»Aus, du Hund«, kam die Antwort.

Daraufhin erschien in der Tür die massige Gestalt Ghbabakhs. »Die Zauberer hätten uns fast zerkwetscht. Wurde also höchste Zeit, dass ihr kwommt!«

Rona stand kreidebleich und leicht schwankend vor uns. Shen war sofort an ihrer Seite und fasste sie am Ellbogen.

»Ich habe einen von denen umgebracht. Aber diese beiden …«

»… gingen über deine Kräfte«, schloss Typhus unbarmherzig. »Du schuldest mir zwar noch eine Antwort auf die Frage, was dich bitte schön bewogen hat, blindlings in die Schule zu stürmen, aber im Moment fehlt uns leider die Zeit, das zu klären. Es befinden sich nämlich mindestens neun Auserwählte auf dem Weg zu uns. Ich persönlich habe nicht die Absicht, mich auf einen Kampf mit ihnen einzulassen.«

»Aber wir dürfen nicht fliehen!«, schrie das Mädchen. »Vielleicht ist ja noch eine der Schreitenden am Leben.«

»Es sind alle tot, Rona. Diese Männer machen keine Gefangenen«, stellte ich in festem Ton klar. »Das Regenbogental ist verloren. So wenig es dir auch schmecken mag, aber Typhus hat recht. Wir müssen sofort von hier verschwinden.«

Sie hörte mir schweigend zu, sah Shen an, von dem sie sich Unterstützung erhoffte, nickte dann aber zögernd, als sie begriff, dass auch er meine Ansicht teilte. Tränen traten ihr in die Augen.

»Dann lasst uns nach unten gehen«, sagte sie. »Jeder Turm verfügt über einen eigenen Ausgang.«

»Aus, du Hund!«, fiepte Yumi. Er wollte diesen Ort genauso gern verlassen wie ich.

Überall um uns herum heulte und knisterte es. Funken tanzten durch die Luft, die flimmerte, als senge die Sonne vom Himmel herab – dabei strich der Wind mit eisiger Kälte über unsere Haut hinweg. Ein perlmuttfarbenes Licht umschloss mich wie eine Seifenblase. Es hatte mich bereits vor vier eigentlich todbringenden Schlägen bewahrt. Shen hielt diesen Schutz für mich und die geschwächte Rona aufrecht. Ghbabakh war zunächst wie ein Rammbock vorgestürmt und hatte alle Nabatorer, die er zu fassen kriegte, zur Seite geworfen, als wären es Stoffpuppen. Nach einer Weile hatte er sich dann aber zurückgezogen und sich hinter mir aufgebaut, Yumi auf der Schulter.

Nekromanten hatten uns eingekesselt, kaum dass wir einen großen, runden Saal mit Säulen an den Wänden betreten hatten. Vier von ihnen versperrten die Tür, die anderen fünf nahmen uns in die Zange. Was dann geschah, kam einem Sturm gleich, der über uns hinwegfegte – und in dessen Mitte ausgerechnet ich stand.

Es krachte, donnerte und blitzte. Ich hörte und sah nichts mehr, ja, am Ende raubte mir der Gestank, der nach all den magischen Explosionen im Raum hing, sogar die Fähigkeit, etwas zu riechen. Drei Nekromanten lebten inzwischen schon nicht mehr. Shen war bisher mit versengten Brauen und Wimpern davongekommen, ich mit einem leichten Schreck.

Typhus stellte unsere Hauptkraft dar, Shen und Rona sollten nur im Notfall einspringen. Ghbabakh, Yumi und ich waren nicht mehr als nutzloser Ballast, sodass wir alles daransetzten, den dreien nicht in die Quere zu kommen. In den Säulen zeigten sich erste Risse, sie bröckelten und krachten schließlich in sich zusammen. Die glühenden Steinbrocken flogen durch die Luft, knallten gegen die Wände und rissen Löcher in sie. Die Rauchspuren, die diese Geschosse hinterließen, schmolzen nach und nach in der Luft.

Unter unseren Füßen knisterten Eis- und Stahlkristalle. Sie stammten aus den Hilssen. Die purpurroten Schädel der Stöcke jaulten unter der Decke und feuerten von dort aus immer wieder ihre Ladung auf uns ab. Zwei weitere Nekromanten hatten inzwischen den Weg zu ihren Vorvätern angetreten, allerdings nicht ohne uns zum ewigen Angedenken mit etwas zu beschießen, das Shen aufstöhnen und sich an die Schläfen fassen ließ. Prompt verblasste der Schild, trübte sich und erzitterte.

»Thia!«, schrie ich.

»Ich hab's gesehen!«, sagte sie, hob zwei Hilsse vom Boden auf und rief Shen zu: »Nimm die!«

Der Junge fing die Stöcke auf und erklärte mit angewidertem Gesichtsausdruck: »Ich kann mit diesen Dingern nicht umgehen!«

»Dann wird es höchste Zeit, dass du es lernst!«

Ghbabakh nahm derweil die geschwächte Rona, die kaum Widerstand leistete, auf den Arm.

Wir hatten noch einen Nekromanten vor uns und drei hinter uns, das wussten wir alle nur zu genau.

Mit einem Mal erklangen in unserem Rücken aufgeregte Schreie. Ich drehte mich um – und erstarrte.

Eine Frau mit silbernem Haar kam entschlossenen Schrittes auf uns zu. Ihr Gesicht lag hinter einer Maske verborgen. Links und rechts neben ihr pirschten tief zu Boden geduckt Wesen dahin, die an Hunde erinnerten, auch wenn sie eher den Körperbau von Katzen zeigten.

Ich richtete den Bogen auf sie und gab einen Schuss ab. Eines dieser seltsamen Geschöpfe heulte auf. Ehrlich gesagt, hatte ich gar nicht damit gerechnet, dass ich diese Wesen verletzen könnte. Die Verdammte Blatter offenbar genauso wenig. Während sich dieser Katzenhund in Todeskrämpfen wand, bereitete ich mich innerlich darauf vor, in der nächsten Sekunde ebenfalls zu sterben. Zum Glück pfuschten da aber Rona und Shen der Verdammten ins Handwerk, indem sie beide auf sie einschlugen. Obwohl ihre Zauber das Ziel verfehlten, lenkten sie Blatter damit von mir ab.

Der Schild, der uns alle schützte, war inzwischen geschmolzen, als hätte es ihn nie gegeben. Nur Typhus umhüllte noch bläulicher Rauch. Trotzdem musste keiner von uns den Weg in die Glücklichen Gärten antreten: Typhus riss Shen die beiden Hilsse aus den Händen, rammte sie in den Boden, als bestünde der nicht aus Marmor, sondern aus noch weichem Ton …

Der Himmel schien sich aufzutun. Von oben fiel ein riesiger Quader herab, der zwischen uns und der Verdammten Blatter landete. Der Aufprall war derart stark, dass es auch uns umwarf.

Der aufsteigende Staub kratzte uns in den Kehlen. Hustend tasteten wir uns aus dieser Wolke heraus. Ich schaffte es als Erster. Nach mir tauchte Ghbabakh mit Yumi auf der Schulter und Rona auf den Armen auf. Aus der Nase des Mädchens tropfte Blut, sodass ich schon fürchtete, sie würde gleich das Bewusstsein verlieren.

Shen bot ebenfalls ein Bild des Jammers, hielt sich aber noch auf den Beinen. Der Staub hatte sich auf uns abgesetzt, sodass wir alle grau aussahen.

Schließlich kam auch Typhus zu uns.

»Das dürfte Alenari ein Weilchen aufhalten«, sagte sie. »Und bevor sie die Jagd auf uns wieder aufnehmen kann, muss sie erst mal einen anderen Weg finden.«

»Kannst du nicht gegen sie kämpfen?«, fragte Shen.

»Ich werde mich hüten. Aber wenn du es unbedingt willst, dann bitte«, höhnte Typhus. »Und jetzt lasst uns von hier verschwinden. Unverzüglich!«

»Und wie?«, fragte ich missmutig. »Oder weißt du vielleicht noch, wie wir zu unseren Pferden zurückkommen?«

»Verzeiht mir!«, brachte Rona hervor, während sie vergeblich versuchte, die Blutung zu stillen. »Das ist alles meine Schuld.«

Typhus verzog verächtlich das Gesicht, verkniff sich aber jede Erwiderung. Auch sie war müde. Ihr Gesicht glänzte vor Schweiß. Und ich hatte immer angenommen, für die Verdammten seien solche Auseinandersetzungen ein Kinderspiel.

»Aus, du Hund!«

»Yumi sagwat, dass es kweinen Gwarund gwibt, sich selbst anzukwalagwen, wenn man sich retten muss. Ihr sollt euch also später darüber streiten.«

»Wir schaffen es auch ohne Pferde. Versuchen wir es durch den Park. Er ist groß. Da verlieren sie womöglich unsere Spur. Und gleich an den Park grenzen die Häuser der Händler, die Läden, die ...«

Sofort rannten wir los. Über eine breite Treppe gelangten wir nach unten.

»Da ist der Ausgang«, sagte Rona, die Ghbabakh immer noch auf dem Arm trug.

Er stieß mit der freien Hand gegen das Holz und drückte es mit einem Schlag zusammen mit dem Türrahmen aus der Fassung. Vor uns lag eine Straße, neben uns ragte ein halbrunder Turm auf. Überall wuchs Hagedorn, der seine Blätter noch nicht abgeworfen hatte. Es dämmerte bereits, der Himmel hing voller Regenwolken.

Jenseits der Straße erstreckte sich der Park. Ein mit Steinplatten ausgelegter Weg führte an Blumenbeeten vorbei zu ein paar Bäumen in ihrem rot-goldenen Herbstkleid.

Wortlos suchten wir unter den Kastanien Schutz.

»Folgt dem Weg!«, befahl uns Typhus.

»Dann finden sie uns zu leicht!«, widersprach ich.

»Da vorn liegt ein Pavillon, in dem sind wir sicher. Tut, was ich sage!«

Kaum waren wir weitergestürmt, knisterte hinter uns etwas. Mich traf ein Schlag in den Rücken, der mich ein Yard durch die Luft schleuderte und dann bäuchlings in einen Dornenbusch warf. Yumi landete mit einem Fiepsen auf meinem Rücken.

Benommen schüttelte ich den Kopf. Blut floss mir in die Augen. Ein Fächer aus grünen Blitzen zuckte über den Weg hinweg, um die Kastanien und den Ahorn zu versengen. Nachdem in meiner Nähe etwas gezischt hatte, tropften mir vereinzelte, brennend heiße Wassertropfen auf den Kopf.

Ich versuchte, nach meinem Bogen zu greifen und gleichzeitig das Blut aus den Wunden zu wischen, die die Dornen gerissen hatten. Yumi hatte das Bewusstsein verloren, weshalb ich ihn vorsichtig auf meinen Arm bettete.

Der kurze Kampf war bereits vorüber. Auf der dampfenden Erde lagen reglos die gekrümmten Körper von zwei Nekromanten.

Typhus stand neben ihnen, schwer auf den Hilss gestützt. Sie schwankte sichtlich. Shen kümmerte sich um Rona, Ghbabakh wirkte reichlich mitgenommen, seine Schultern wiesen etliche Schnittwunden auf. Wie durch einen Schleier nahm ich zur Kenntnis, dass das Blut des Blasgen genauso rot war wie mein eigenes.

»Wir müssen weiter«, sagte Shen. »Zum Pavillon.«

»Damit wir dort in der Falle sitzen?!«, wandte Rona ein.

»Die Wände enthalten noch Magie, die wird uns schützen«, hielt Shen dagegen. »Hier sind wir ihnen hilflos ausgeliefert!«

»Wie weit ist es noch bis zu diesem Pavillon?«, fragte ich und spähte mit einem Auge den Weg hinunter. Das andere wurde vom Blut ausgeschaltet, das dann weiter über Wange und Hals floss und vom Kinn auf meine Kleidung tropfte.

»Sechzig Yard. He, Ness, du bist verwundet!«

»Das ist nur ein Kratzer!«, murmelte ich und stieß seine Hand weg.

»Was ist mit Yumi?« Besorgt blickte Ghbabakh auf das dunkelgrüne Fellknäuel in meinen Händen.

»Er lebt. Nimmst du Rona?«

»Ja«, antwortete Ghbabakh. »Aber dass du mir gwut auf den Kwaleinen aufpasst.«

Die sechzig Yard brachten wir hinter uns wie ein Trupp von Invaliden, der auf die Idee verfallen war, fangen zu spielen. Yumi wurde in meinen Armen immer schwerer, denn trotz seiner geringen Größe wog er einiges.

Der Pavillon bestand mittlerweile nur noch aus zwei Wänden und einem halbrunden Säulengang mit schmalen Bögen. Eine aufwändig gearbeitete Treppe führte geradewegs ins Nichts und riss auf doppelter Mannshöhe ab.

»Nennst du diese Ruine etwa Festung?!«, brüllte ich Shen an. »Wie sollen wir uns in dem Gemäuer denn bitte schön verteidigen?!«

»Mithilfe der Magie, die es noch in den Wänden gibt«, erklärte Typhus an Shens Stelle. »In der Vergangenheit hat man nämlich großen Wert darauf gelegt, die Wegblüten zu schützen.«

Ghbabakh untersuchte bereits aufmerksam die sieben türkisfarbenen Steinhauer, die hinter den Säulen lagen. Sie waren wesentlich größer als alle, die ich bisher gesehen hatte. Das Bodenmosaik um die Wegblüte herum war verblasst, auf ihm lag blutrotes Laub.

Ich trug Yumi zu ihnen und legte ihn neben einem der Hauer ab. Der Waiya hatte die Augen immer noch geschlossen, seine eine Seite war deutlich angeschwollen. Shen trennte sich kurz von Rona, um nach mir zu schauen, doch ich bedeutete ihm bloß mit dem Finger, er möge sich den kleinen Spurenriecher ansehen.

Aus meinen Wunden floss noch immer Blut, allerdings längst nicht mehr so heftig. Rona reichte mir ihr buntes Halstuch. Das lehnte ich nicht ab. Rasch legte ich einen Verband an, der mich wie einen Piraten aussehen ließ.

»Bleibt alle im Pavillon! Oder in dem, was noch von ihm übrig ist«, befahl Typhus. »Zumindest eine gewisse Zeit dürften wir in ihm sicher sein.«

Niemand fragte, was uns nach dieser *gewissen Zeit* erwartete. Man musste keine Geistesgröße sein, um die Antwort auf diese Frage zu kennen.

»Auf Gespräche dürfen wir wohl nicht mehr hoffen?«, murmelte ich, den Blick auf den menschenleeren Weg gerichtet.

»Nachdem du einen der beiden Uyg erschossen hast?! Was meinst du, wie Alenari jetzt tobt? Sie dürfte also kaum geneigt sein, uns ihr Ohr zu leihen«, erwiderte Typhus in völlig erschöpftem Ton. »Nein, unsere Sicherheit hängt ausschließlich von mir ab. Aber ich weiß nicht, wie lange ich noch durchhalte.«

»Und du kannst die Verdammte ganz bestimmt nicht erledigen?«, fragte Shen und ballte die Fäuste.

»Nicht in meiner gegenwärtigen Verfassung. Dazu haben mich die Kämpfe mit den Auserwählten zu stark ausgelaugt. Rona, was ist mit deinem Funken?«

»Ich bin leer«, antwortete sie. »Sollte ich auch nur noch einen Zauber wirken, verbrenne ich wahrscheinlich von innen.«

»Shen?«

»Mir dreht sich der Kopf, aber sonst bin ich wohlauf.«

»Gut. Dann improvisiere!«

»Bitte?!«

»Aufs Improvisieren verstehst du dich wirklich. Mir ist völlig unklar, nach welchem Prinzip du deine Zauber aufbaust, aber wenn du sie nach deiner eigenwilligen Methode flichtst, gelingen sie dir wesentlich kraftvoller, als wenn du dich an die Regeln hältst. Dein Funken wird dir schon sagen, was zu tun ist. Glaub mir, das schaffst du spielend.«

Jetzt erschien ein Dutzend Reiter auf der Straße, die in unsere Richtung sprengten. Typhus tötete eines der Pferde, nur um es gleich darauf wiederzubeleben. Das Tier mit seinen nunmehr smaragdgrün funkelnden Augen säte nackte Panik unter seinen Artgenossen. Keiner der Vierbeiner ließ sich noch zügeln, einige warfen ihre Reiter ab, andere stoben davon.

Verzweifelte Schreie und Flüche drangen zu uns heran. Das untote Pferd stürzte den flüchtenden Gäulen hinterher. In der Ferne riefen sich die Männer, die den Park durchkämmten, etwas zu.

Typhus lächelte zufrieden in sich hinein. Als sie meinen Blick auffing, erklärte sie: »Aus irgendeinem Grund hat dieser Zauber bei Menschen einen durchschlagenden Erfolg. Zeige ihnen nur einen Untoten, und sie fliehen in alle Himmelsrichtungen.«

»Ich werde jetzt den Kwampf aufnehmen«, kündigte Ghbabakh an und stellte seinen Kamm auf.

»Lieber nicht«, bat ihn Rona. »Gegen Nekromanten nützt dir deine Kraft nämlich überhaupt nichts.«

»Ich bin ein Khagher! Ich bin für den Kwampf gweboren!«, stieß er in entschlossenem Ton aus. »Ich werde mich nicht hinter euren Rückwen versteckwen!

Noch ehe ihm jemand widersprechen konnte, loderte um uns herum eine regenbogenfarbene Kuppel auf. Mit diesem Zauber versuchten die herbeigeeilten Nekromanten unsere Zitadelle zu knacken. Der Pavillon schützte uns jedoch tatsächlich und warf den Schlag zurück. Typhus und Shen setzten unterdessen alles daran, die Nekromanten zu vernichten.

Bislang jedoch ohne Erfolg. Sämtliche Feinde erfreuten sich noch ihres Lebens. Diese Nekromanten mit den blauen Gürteln waren um einiges zäher als ihre Vorgänger und längst nicht so leicht zu töten wie diese.

Ein Feuertropfen landete auf dem Weg, der die Gegend im Nu in einen Ofen verwandelte. Kurz darauf fiel die Flamme über uns her. Doch auch diesmal hielt die magische Kuppel des Pavillons stand, erstickte sie das Feuer. Der Kampf tobte weiter. Immerhin zierte inzwischen eine Leiche den Boden. Eine einzige jämmerliche Leiche.

Ich gab drei Schuss mit dem Bogen ab, doch die Pfeile zerfielen in der Luft. Der vierte verletzte allerdings einen Sdisser, der durch einen Angriff auf Shen abgelenkt war.

Das, was um uns herum geschah, ließ sich mit Worten nicht beschreiben. Der Himmel selbst schien zu brennen, und zwar mit einer schwarzen Flamme. Im Umkreis von zweihundert Yard stand kein einziger Baum mehr, nur verkohlte Stümpfe ragten noch auf. Aus den Kastanien, die sich am Rand des Schlachtfeldes befanden, stieg blauer und lilafarbener Rauch gen Himmel, der sich mit den Wolken mischte, aus denen schon in der nächsten Sekunde ein Regenguss loszuprasseln drohte.

Der Anblick war ebenso großartig wie unwirklich und grauenvoll. Selbst das Licht schien mittlerweile einen unangenehmen Grünton angenommen zu haben. Sobald es auf unsere Haut fiel, ließ es uns wie lebende Tote aussehen.

Was der Wahrheit allerdings ziemlich nahe kam.

Ghbabakh beobachtete den Kampf und stieß einen tiefen Kehllaut aus. Auch ihm war klar, wie nutzlos seine Kraft bei dieser Auseinandersetzung war. Ich hörte auf, meine Pfeile zu vergeuden. Was sollten diese Ameisenbisse den Nekromanten schon anhaben?

Jedes Mal, wenn ein Nekromant starb, lachte Typhus triumphierend auf. Ich hatte den Eindruck, dass sie einen Teil ihrer Kraft zurückgewonnen hatte, denn sie wirkte frisch und warf sich mit neuem Zorn in den Kampf. Am Ende hielt der Hilss in ihren Händen die magische Belastung jedoch nicht aus. Der Schädel schrie vor Schmerz, und der Stab zerfiel – genau wie damals, als Shen ihn eingesetzt hatte – zu schwarzen Flocken, die noch im gleichen Augenblick vom Wind davongetragen wurden.

Sobald der letzte Nekromant den Tod gefunden hatte, löste sich die regenbogenfarbene Kuppel mit einem Laut auf, als risse eine Saite.

»Das war's! Ich habe aus dem Gemäuer die letzten Reste von Magie herausgepresst«, teilte uns Typhus mit und ließ sich auf die unterste Stufe der zerstörten Treppe sinken.

»O nein«, sagte Rona. »Meloth steh uns bei!«

Sie saß auf dem Boden, klammerte sich mit beiden Händen an einen der türkisfarbenen Hauer, erhob sich jetzt aber mit einem Ruck und starrte entsetzt auf die Straße. Mein Blick dagegen haftete fest auf Typhus.

»Kannst du ihren Schutz zerstören?«, wollte ich von ihr wissen.

»Das würde nichts nutzen«, antwortete sie bitter. »Damit würde ich meine letzten Kräfte vergeuden. Wie sollte ich sie danach noch angreifen?«

»Das brauchst du gar nicht«, entgegnete ich und zog aus dem Köcher einen Pfeil mit weißer Spitze.

»Bei allen Sternen Haras!«, entfuhr es ihr. »Woher hast du den denn?!«

Statt zu antworten, nickte ich in Richtung von Blatter, die auf uns zuritt: »Tu, was ich gesagt habe.«

Sie kniff die Augen zusammen, musterte Blatter eingehend und schüttelte schließlich den Kopf. »Diese Geflechte sind zu stark, die sind nämlich für eine Verdammte gedacht. Genauer gesagt, für mich. Außerdem bin ich völlig ausgelaugt. Shen! Lass es uns zusammen versuchen. Erinnerst du dich noch an das Geflecht des Zaubers?«

Er nickte, sagte dann aber, als er bemerkte, dass sie ihn nicht ansah, mit lauter Stimme: »Ja.«

»Also, auf mein Kommando!«, verlangte Typhus, um sich dann an mich zu wenden: »Wie weit muss sie herankommen?«

»Einhundertundachtzig Yard.«

»Vergiss nicht, dass wir keinen Schutz mehr haben. Ich werde nicht einmal den schwächsten Zauber zerschlagen können.«

Ich zuckte lediglich die Achseln. Das Schicksal würde seine Entscheidung treffen: Entweder überlebten wir oder Blatter.

Ich wartete mit gespanntem Bogen.

Eine seltsame Ruhe erfasste mich. Die Zeit dehnte sich wie jener zähe Sirup, der auf den Märkten im Süden zu Feiertagen verkauft wurde. Mein Herz schlug so langsam, dass ich schon meinte, es werde in der nächsten Sekunde stehen bleiben.

Ich hatte einzig Blatter im Blick. Sie jagte auf uns zu, den Kopf dicht an die schwarze Mähne ihres Pferdes geschmiegt und mit flatterndem silbernen Haar. Eine konzentrierte und entschlossene Rächerin.

Auf der Welt gab es nur noch sie und mich.

Eine Maske. Glatt. Weiß. Mit dunklen Augenschlitzen.

Sie starrte mich an. Und trank unaufhörlich, unablässig, unentwegt meine Seele.

»Jetzt!«, schrie Typhus neben mir. »Schieß!«

»Gut«, brüllte ich zurück und zog die Sehne hinters Ohr.

Dann überschlugen sich die Ereignisse.

Um Blatter herum flimmerte die Luft. Sie vergaß mich, erschauderte, als sie begriff, dass sie ihren Schild eingebüßt hatte. Und ausgerechnet da fiel mir einer meiner Albträume ein …

»Da ist sie!«, schreit die Verdammte, die plötzlich hinter mir aufgetaucht ist. »Schieß!«

Der Pfeil löst sich von der Sehne, zieht einen violetten Schweif hinter sich her und fliegt über das Wermutfeld dahin. Die Spitze leuchtet wie ein nördlicher Stern. Das Ziel reitet auf mich zu: eine Frau, deren Gesicht von einer silbernen Maske verborgen wird. Der Pfeil trifft sie mitten ins Herz. Sie kippt langsam zur Seite, fünf Schritt vor mir rutscht sie vom Pferd. Es dauert einen Moment, bis ich begreife, dass ich die Verdammte Blatter getötet habe. Jetzt liegt sie mit ausgestreckten Armen auf dem Boden. Das Haar, zu einem Zopf zusammengebunden, wirkt wie lebendes Silber, ihr Blut bedeckt das prachtvolle schwarze Reitkleid.

Von Neugier gepeinigt, hocke ich mich neben sie und nehme ihr die Maske ab, die aus dem kostbaren Grohaner Silber gefertigt ist, das fast so weiß wie Porzellan schimmert.

Ich blicke in die toten, gläsernen Augen Lahens.

Meine Hand zitterte, als sich der Pfeil von der Sehne löste und wie ein lilafarbener Komet über die verbrannte Erde flog. Er verfehlte die Verdammte nur um vier Finger. Sie zügelte ihr Pferd und betrachtete ungläubig den Pfeil, der ihr eigentlich den Tod hätte bringen sollen.

Hinter mir stöhnte jemand verzweifelt.

Blatter bewegte die Hand, schöpfte aus den Wolken ein geradezu körperliches Dunkel und schickte sich an, uns alle zu töten.

Genau in dieser Sekunde gab die Wegblüte einen silberhellen, glockenreinen Ton von sich. Die Hauer schoben sich über unseren Köpfen zusammen, als schnappe ein wildes Tier zu. Dann flogen sie in sieben unterschiedliche Richtungen auseinander, brachten Nacht über die Welt und näherten sich wieder, sieben leuchtend türkisfarbene Schnörkel in der Finsternis …

Grelles Licht schlug mir in die Augen. Ich blinzelte, begriff aber trotz meiner Benommenheit, dass es nur die Abendsonne war. Die überraschend warmen Strahlen tauchten die ganze Gegend in satte orangefarbene Töne. Der Himmel lag hoch über uns, immer noch klar, mit nur einzelnen, rosa getünchten Federwolken.

Vor uns erhoben sich Berge und Wälder. Die Hauer der Wegblüte bewegten sich nicht mehr. Es waren nur noch schwarze, von goldenen Adern durchzogene Steine. Um sie herum wuchsen schlanke Kiefern. Rona lehnte an meiner Schulter. Es herrschte eine derart tiefe Stille, dass ich ihr Herz schlagen hörte.

Blatter war nirgendwo zu sehen.

Ich drehte mich nach Typhus um, damit sie mir all das erklärte. Sie schnappte wie ein aus dem Wasser gezogener Fisch nach Luft. Shen war ganz grün, als müsse er sich gleich übergeben. Er saß gegen einen der Hauer gelehnt da, den Kopf in den Nacken gelegt, um sein Nasenbluten zu stillen.

»Mein Junge ... mein Kleiner ... Shen«, stammelte Typhus in einer Mischung aus grenzenloser Begeisterung und unsagbarer Verblüffung. »Du hast ... anscheinend gerade eben eine Wegblüte aufgeweckt!«

KAPITEL

14

Rando träumte vom Herbst.

Die Ahornblätter in den Gärten flammten rot. Die grauen, uneinnehmbaren Mauern und die Turmhelme Korunns verschmolzen mit den schweren, langsam dahinziehenden Regenwolken. Einzig der goldene Koloss des Imperators hob sich gegen den tristen Himmel ab. Wer auch immer sich der Stadt näherte, sei es bei Tag oder bei Nacht, erblickte schon aus weiter Ferne den weichen Glanz dieses Bauwerks. Als Rando noch ein kleiner Junge gewesen war, hatte er es geliebt, dieses Werk des Skulptors aufzusuchen und die raue, warme Oberfläche des gigantischen Baus zu berühren. In diesen Minuten kam ihm das Steinwerk wie ein altes und weises Lebewesen vor, das stets wusste, wer aus welchem Grund zu ihm kam. Der goldene Wächter der Hauptstadt erkannte diejenigen, in deren Adern das Blut der Falken floss. Rando rey Vallion war einer von ihnen.

An diesem Tag strahlte der Koloss besonders hell. Durch die ganze Stadt erklang der Schall von Hörnern und mischte sich mit den Schreien der Menge, die den Sieg am Gemer Bogen feierte. Auch Rando freute sich und dachte für kurze Zeit nicht an all jene, die in die Schlacht gezogen, aber nicht zurückgekehrt waren.

Das Erste, was er beim Aufwachen erblickte, waren die Blätter über ihm, eine schiere Flammenpracht. Er lag unter einem Ahornbaum, durch dessen Zweige warmes Sonnenlicht fiel. Ein Blatt wurde von einer sanften Brise erfasst, segelte zu Boden und verschwand aus Randos Blickfeld.

Der junge Ritter blinzelte. Kaum setzte er an aufzustehen, schoss ein bohrender Schmerz in seinen Nacken. Einen Fluch murmelnd, versuchte er den Schwindel zu unterdrücken. Die Schmerzen, die bis eben friedlich wie er selbst geschlummert hatten, fielen nun über seine Knochen her, pressten seine Schläfen zusammen, schüttelten ihn und trockneten ihm den Mund aus.

Sobald er sich kräftig genug fühlte, rappelte er sich hoch und lehnte sich mit dem Rücken gegen den Stamm. Mit letzter Anstrengung vertrieb er das Schwindelgefühl. Eine Minute später, als es ihm nicht mehr vor Augen flimmerte, ließ er den Blick aufmerksam schweifen.

Keine drei Schritt von sich entfernt entdeckte er zwei Rucksäcke, seinen leichten Harnisch sowie den Gürtel mit dem Schwert seines Vaters und mit einem Dolch. Daneben lag eine Flasche. Erst jetzt begriff er, wie durstig er war. Das Fieber schien ihn von innen ausgetrocknet zu haben. Trotzdem langte er zunächst nach dem Dolch, zog ihn blank und bettete ihn neben sich, damit er ihn bei Gefahr jederzeit griffbereit hatte.

Die Ahornbäume standen recht weit auseinander und ließen ihm freie Sicht auf die Umgebung und die gelbe Wand des Waldes, der sich über vierhundert Yard von der Stelle entfernt erhob, an der er saß.

Die Sonnenstrahlen eroberten sich alle baumlosen Stellen, spiegelten sich in den blendend weißen Grabsteinen und Platten. Die meisten dieser Grabmäler hatten den Jahrhunderten nichts entgegensetzen können, waren umgefallen, lagen unter Sand begraben und bildeten kaum noch erkennbare Erhebungen im Boden. Einige staken wie durch Wind und Regen ausgeblichene Menschenknochen aus dem Erdboden heraus – als fänden sie in der jenseitigen Welt keine Ruhe. Doch gab es auch welche, denen die Zeit nichts hatte anhaben können. In diesem Fall traf sein Blick auf klare Linien voller Harmonie und Poesie, auf Steine, die sich der Sonne entgegenreckten, ihre Wärme in sich aufnahmen und sie an alle weitergaben, die sie nur berührten.

Etwas weiter entfernt stand hinter drei flammend roten Bäumen eine Art Pavillon. Ihn säumten glänzend polierte Säulen, die die gleiche Farbe aufwiesen wie die Grabplatten.

Es war ein seltsamer Friedhof. Nirgends, weder am Obelisk für die Gefallenen in Korunn noch auf irgendeinem Friedhof im Imperium, war ihm je dieses friedliche … Altertum begegnet. Mühelos erkannte er den Stil dieser Anlage und der kühn geschwungenen Linien. Nur ein Volk in Hara schuf solche Bauwerke: Diesen Friedhof mussten die Hochwohlgeborenen in längst vergangenen Zeiten angelegt haben.

Sie liebten und schätzten die Schönheit des Steins nicht weniger als die der Bäume, wie sie sich im Sandoner Wald, in Uloron, vor allem aber in all jenen namenlosen Wäldern offenbarte, die ihnen die Menschen des Imperiums Jahrhunderte vor der Geburt des Skulptors erst geraubt und dann abgeholzt hatten.

So beschlagen in der Geschichte, wie er war, wusste Rando, dass die Spitzohren früher nicht nur in den östlichen Gebieten gelebt hatten, sondern auch im Westen, an den Blinden Bergen, die bei den Elfen Bollwand hießen. Hinter diese hatte der erste Falke die einstigen Herren dieses Landstrichs zurückgeschlagen …

Rando vermochte es nicht zu erklären, aber er hielt seine Anwesenheit auf dem alten Friedhof der Hochwohlgeborenen nicht für Gotteslästerung. Vor allem, weil er hier, auf jenem Boden, in dem die Knochen der Erzfeinde seines Volkes Ruhe gefunden hatten, keinerlei Feindseligkeit empfand. Erdreich, Steine, Bäume und die sterblichen Überreste fragten nie danach, wer diesen Ort aus welchem Grund aufsuchte. Die Toten schliefen unter dem festen Tuch des Vergessens und träumten von einer Vergangenheit, von der all jene, die heute lebten, nichts mehr wussten.

Er hatte nicht bemerkt, wie er auf Knien an eine Grabplatte herangerutscht war. Der zur Hälfte von Blättern bedeckte Stein mit der abgebrochenen Ecke rechts oben und den vielen Rissen hatte seine Aufmerksamkeit auf sich gezogen.

Er konnte seine Neugier nicht bezwingen und fuhr mit den Fingerspitzen behutsam über den Rand des Steins. Kälte kroch ihm in die Glieder. Sie kletterte an den Fingern hoch, hüllte die Handgelenke ein, erfasste die Unterarme, wanderte weiter hinauf zu den Ellbogen, schmolz aber, noch ehe sie seine Schultern erreicht hatte. Die Gräber speicherten ungebrochen Magie, wenn auch in einem durch das Alter abgeschwächten Ausmaß. Sie vermochte ihm kein Leid mehr zuzufügen.

Trotzdem mied er jede überflüssige Berührung, als er den Stein von den Blättern befreite, um die klaren, halbrunden Buchstaben der elfischen Inschrift zu betrachten. Er konnte diese Schrift nicht lesen, obwohl er sich mit den Hochwohlgeborenen bei einer Begegnung durchaus zu verständigen wusste, indem er auf jene schlichten Wörter zurückgriff, die ihm nach den endlosen Übungsstunden noch im Gedächtnis geblieben waren. Wie alle jungen Falken hatte auch er in seiner Kindheit neben dem Fechten die Sprachen der anderen Völker im Imperium gelernt.

Während Rando noch in den Anblick der Grabplatte vertieft war, rief jemand seinen Namen. Als er sich umdrehte, sah er Luk, der gerade zwischen den Bäumen hervortrat. Er ließ einen Armvoll Brennholz neben den beiden Rucksäcken fallen und kam strahlend wie ein frisch geprägter Soren auf Rando zu.

»Habt Ihr ausgeschlafen, Euer Gnaden? Wir haben schon befürchtet, Ihr würdet den Schlag nicht überstehen.«

»Welchen Schlag?«

»Erinnert Ihr Euch etwa nicht mehr daran?!«, fragte Luk fassungslos. »Der Feind hat Euch ordentlich eins über den Helm gezogen. Womit, weiß ich nicht, aber der Helm hatte eine gewaltige Delle. Doch Meloth sei Dank, Ihr habt ja einen kräftigen Schäd… Kopf, Mylord.«

»Wer ist sonst noch bei dir?«

»Ga-nor und Kallen«, antwortete Luk und nahm einen Schluck aus der halbleeren Flasche. »Die beiden sind gerade auf der Jagd. Wir wollen ja schließlich was essen. Allein mit dem Zwieback halten wir nicht lange durch.«

»Was ist mit den anderen?«, erkundigte sich Rando mit finsterer Miene.

Luk rammte die Hände in die Taschen seiner Jacke, holte tief Luft und presste schließlich heraus: »Sonst hat niemand überlebt.«

Die Blätter auf dem alten Friedhof schienen sich mit Blut vollzusaugen. Das unerträgliche Rot schmerzte Rando in den Augen. Nach und nach kehrte die Erinnerung an die Ereignisse zurück. Der Feind hatte sie in dem Moment erwischt, als sie alle schon glaubten, sie seien der Verdammten entkommen. Genau da war eine magische Explosion erfolgt. Ein Pfiff, ein Schlag – danach war er in Ohnmacht gefallen. Was für ein ruhmloser Kampf! Nichts hatte er dem Feind entgegengesetzt! All seine Männer waren tot – er aber lebte, obgleich er doch an ihrer Seite hätte liegen sollen …

Ihre drei Gruppen hatten das Dorf zur Stunde des Wolfes verlassen, als das schlechte Wetter seinen Höhepunkt erreichte. Das Wasser im Fluss schäumte, er trat fast über die Ufer und schoss doppelt so schnell wie gewöhnlich dahin. Die Flöße, die sie in aller Schnelle gezimmert hatten, wurden vom Ufer weggerissen und verschwanden im Nu im Dunkel, um die Verwundeten und ihre Begleiter gen Norden zu bringen.

»Da fahren sie also«, sagte Woder und knirschte mit den Kieferknochen. »Möge Meloth ihnen beistehen. Aber Glum wird sie schon durchbringen, da bin ich mir sicher.«

Rando nickte. Er hatte seinen vertrauten Harnisch gegen einen leichteren eingetauscht, der für lange Fußmärsche bequemer war. Den Brustpanzer, die Schulterplatten, die Armschienen und den offenen Helm ohne Visier hatten die besten Schmiede aus Morassien gefertigt. Sie kamen dem Ritter so schwerelos vor, dass er sich in ihnen nackt und schutzlos fühlte.

»Jurgon wird dich begleiten«, eröffnete ihm Woder in einem Ton, der keinen Widerspruch duldete. »Und nimm dir noch ein paar Leoparden mit.«

»Gut, Kallen, Yoger und Lofer können mich begleiten, die anderen gehen mit dir.«

»Du musst am Leben bleiben.«

»Mit ein bisschen Glück schaffe ich das.«

»Und wenn du noch mehr Glück hast, erreichen wir sogar Burg Adlernest«, mischte sich nun Jurgon ein, der gerade auf sie zukam. »Treffen wir uns dort?«

»Nein«, sagte Woder. »Wir dürfen nicht aufeinander warten, dazu liegt das Adlernest zu nahe an der Treppe des Gehenkten. Deshalb muss jede Gruppe so schnell wie möglich weiterziehen.«

»Was, wenn unsere Soldaten die Treppe bereits aufgegeben haben?«

»Dann müssen wir den Winter hier im Süden verbringen. Oder durch die Schluchten gehen. Aber darüber zerbreche ich mir jetzt noch nicht den Kopf. Lasst uns erst alle aus dieser Falle heraus sein, dann sehen wir weiter. Meloth wird es schon richten.«

»Nur weil man aus einem Kessel herauskommt, heißt das noch lange nicht, dass der Koch nicht mehr auf einen achtet«, entgegnete Jurgon. »Meist schadet es nicht, auch Pläne zu schmieden, die über die nächsten Stunden hinausreichen … Aber gut, lassen wir das. Ich wünsche dir viel Glück, Woder.«

Nach diesen Worten ließ der Glimmende die beiden Ritter allein.

»Ich hoffe, du hast dir gemerkt, was ich gesagt habe, mein Junge? Wartet nicht auf uns, wendet euch nach Norden, nehmt den Weg vorbei an den Blinden Bergen. Wenn ihr euch beeilt, schafft ihr es noch. Sollte uns das Schicksal hold sein, treffen wir uns schon irgendwo wieder«, sagte Woder und schloss seinen Neffen in seine Bärenpranken. »Halte Augen und Ohren offen, trenn dich nie von deinem Schwert und sei guten Mutes.«

»Dich möchte ich aber auch gern wiedersehen, Onkel. Wenn du meine Mutter siehst, sag ihr … also … du wirst schon wissen, was.«

Der Riese umarmte den jungen Mann noch einmal – ehe er sich in ein Monstrum verwandelte: Eine riesige, schwarze bepelzte Schlange wand sich um Rando, zog sich immer fester um ihn, bis ihm die Rippen brachen. Die Knochen bohrten sich dem Ritter in die Lungen und ließen ihn sich an seinem eigenen Blut verschlucken. Der quadratische Schädel mit den seelenlosen, türkisfarbenen Augen näherte sich ihm, und noch ehe Rando verstand, wie ihm geschah, rammten sich giftige Hauer in sein Gesicht.

Als Luk ein Stöhnen hörte, seufzte er. »Da platzt doch die Kröte, er hat schon wieder einen Albtraum.«

Ga-nor lag auf dem Boden. Jetzt hob er den Kopf, um dem unverständlichen Gemurmel Randos zu lauschen. Nach einer Weile stand er auf, nahm einen kleinen Kessel mit einem dampfenden Aufguss vom Feuer und gab etwas davon in einen Becher, den ihm Luk hinhielt.

»Deine Medizin hilft ihm nicht«, murrte Kallen und legte seine Streitaxt zur Seite.

»Es ist noch viel zu früh, das zu beurteilen«, entgegnete Ga-nor.

»Er wird auf diesem verfluchten Friedhof sterben!«

»Wenn du weißt, was ihm hilft, dann hilf ihm. Wenn nicht, halt den Mund. Wir müssen abwarten.«

»Und was? Seinen Tod?«, fauchte Kallen, den Ga-nors Gelassenheit außer sich geraten ließ.

»Oder seine Genesung. Alles liegt in Ugs Hand. Entweder hilft er uns, die Krankheit zu besiegen, oder er nimmt ihn zu sich in seine Eishallen.«

»Und obwohl alles dein Freund regelt, gibst du ihm weiter dieses Gebräu?«

»Schlimmer wird es davon auf keinen Fall«, erklärte Ga-nor, während er den Aufguss mit kaltem Wasser aus der Flasche verdünnte. »Halt seinen Kopf hoch«, bat er Luk.

Mit vereinten Kräften flößten sie Rando einige Schlucke ein. Luk tupfte dem Ritter die schweißbedeckte Stirn mit einem nassen Lappen ab.

»Er ist jetzt schon seit mehreren Tagen bewusstlos. Das gute Wetter wird sich nicht ewig halten. Bald müssen wir mit Frost rechnen.«

»Ihr wollt ja wohl nicht andeuten, dass ihr ihn im Stich lasst?«, stieß Kallen aus.

»Hast du eigentlich völlig den Verstand verloren oder was?«, ereiferte sich Luk. »Da brauchst du gar nicht so zu glotzen! Ich rede immer, wie mir der Schnabel gewachsen ist. Du bist zwar ein Ritter, aber kein Adliger, dass ich dir um den Bart gehen muss. Natürlich lassen wir ihn nicht im Stich. Aber hier in den Wäldern überlebt er nicht. Wir müssen die Straße erreichen. Und uns dann zu einem Dorf durchschlagen.«

»Dort wimmelt es von Nabatorern«, gab Ga-nor zu bedenken.

»Das ist trotzdem besser, als hier zwischen den Tannen zu erfrieren. Die Nabatorer werden schon nicht überall sein. Die meiste Zeit können wir uns auch weiter in den Wäldern verstecken. So viele, dass sie uns da aufspüren, dürften es sicher nicht sein.«

Ga-nor hängte den Kessel wieder übers Feuer und wandte sich Kallen zu.

»In den nächsten Stunden entscheidet sich, ob Mylord stirbt oder überlebt. Behalt den Aufguss im Auge und gib ihm regelmäßig davon zu trinken«, verlangte Ga-nor, bevor er sich mit seiner Jacke zudeckte und dem Feuer den Rücken zukehrte. »Weck mich bei Tagesanbruch.«

Noch ehe der Schlaf den Irbissohn überkam, hörte er, dass Randos Atem immer gleichmäßiger ging, ein Hinweis darauf, dass das Schlimmste überstanden war.

Rando brauchte vier Tage, um wieder zu Kräften zu kommen und aufstehen zu können. Dann ließen sie den alten, von allen vergessenen Friedhof der Hochwohlgeborenen hinter sich. Am übernächsten Tag erreichten sie die westlichen Ausläufer der Blinden Berge.

Luk sah diese Bergkette zum ersten Mal. Im Vergleich zu den Buchsbaumbergen fand er sie allerdings eher belanglos. Obwohl die Berge nicht sehr hoch waren, bedeutete der Anstieg der waldbestandenen Hänge jedoch eine echte Herausforderung. Die Blinden Berge glichen Rippen, die den westlichen Teil des

Imperiums vom östlichen trennten. In einem sichelförmigen Bogen zogen sie sich nach Norden, zu den Katuger Bergen, endeten aber einige Dutzend Leagues vor ihnen. Burg Adlernest oblag die Sicherung der Straße, die von den Städten im Süden zur Treppe des Gehenkten führte.

»Du stapfst los, als würdest du den Weg kennen«, sagte Rando keuchend bei einer Rast zu Ga-nor. Zwar hielt er sich tapfer, doch am Ende ihrer langen Märsche zitterten ihm zuweilen immer noch die Knie.

»Der ist einfach«, erwiderte Ga-nor zwischen zwei Bissen Dörrfleisch. »Die Berge müssen immer rechter Hand von uns liegen.«

»Ob wir nicht doch die Straße nehmen könnten?«, wollte Luk wissen.

»Ich hab dir doch schon hundertmal gesagt, dass Straßen für uns zu gefährlich sind«, fuhr Kallen ihn an, der gerade seinen Dolch mit einem Wetzstein schärfte.

»Außerdem sind sie weiter entfernt, als du meinst«, unterstützte ihn Ga-nor. »Aber bald gelangen wir in eine Gegend, die ist flach wie ein Esstisch. Da gibt es keine Hügel oder Schluchten, nur dichten Wald. Und durch den schlagen wir uns zu Burg Adlernest durch.«

Kapitel
15

Entlang der Blinden Berge wuchsen hauptsächlich Tannen, die am Fuße der Hänge kümmerlichen Hainbuchen wichen. Das Unterholz war nicht sehr dicht. Die Berge schienen sich jedoch gegen sie verschworen zu haben, die Flüsse tosten so wild, dass sie mehrere Stunden Rast einlegen mussten, nachdem sie einen von ihnen durchwatet hatten. Zum Glück verstand Ga-nor etwas von seiner Sache und wählte gewöhnlich den unbeschwerlichsten Weg. Mit jedem Tag gelangten sie weiter nach Norden.

Während ihrer endlosen, ermüdenden Märsche sprachen sie kaum miteinander. Alle versuchten, mit Ga-nor Schritt zu halten. Rando fiel das besonders schwer, gewann er seine alte Kraft doch nur langsam zurück. Ihn rettete freilich seine Hartschädligkeit. Kaum schlugen sie jedoch abends ihr Nachtlager auf, aß er rasch noch etwas – und schlief unverzüglich ein.

Die Verpflegung bereitete ihnen erfreulicherweise keine Sorgen. Kallen besaß nicht nur eine Streitaxt, sondern auch einen Bogen, was die Jagd ganz entschieden erleichterte. Auf Wasser stießen sie bei all den Bächen, die von den Bergen heruntersprudelten, ohnehin ständig. Das Wetter war für die Jahreszeit herrlich. Luk freute sich wie ein kleines Kind, dass es nicht mehr regnete, sang den lieben langen Tag vor sich hin und würfelte gegen sich selbst. Eine Weile konnte sich Kallen noch beherrschen, dann erlag er der Versuchung und setzte sich zu Luk. In drei Partien nahm er ihm sein letztes Hab und Gut ab.

»Also, das ist doch …!«, stammelte Luk fassungslos.

»Wag es ja nicht, mir Schummelei zu unterstellen«, drohte Kallen lachend.

»Bei der nächsten Rast verlange ich Revanche!«

»Hast du überhaupt noch ein paar Sol, die du einsetzen kannst?«

»Die werden sich schon finden«, antwortete Luk von oben herab und gab sich den Anschein, Ga-nors missbilligende Miene nicht zu bemerken.

»Du musst es ja wissen«, erwiderte Kallen amüsiert. »Aber ich warne dich: Ich werde nicht zögern, dich auszunehmen wie einen Fisch.«

»Das werden wir ja noch sehen!«, knurrte Luk und ließ die Würfel behutsam in die Tasche gleiten. »Beim nächsten Mal habe ich mit Sicherheit mehr Glück.«

»Anscheinend haben die beiden eine gemeinsame Vorliebe entdeckt«, bemerkte Rando grinsend, der das Gespräch verfolgt hatte.

»Hauptsache, das ewige *Ich zahl's dir heim* hört bald auf«, brummte Ga-nor.

»Pack deine Sachen, Kallen«, befahl Rando. »Ihr könnt heute Abend weiterspielen, wenn wir unser Nachtlager aufschlagen. Jetzt müssen wir weiter.«

Nach gut einer Stunde blieb Ga-nor das erste Mal stehen und betrachtete aufmerksam den Boden.

»Stimmt etwas nicht?«, fragte Rando.

»Ja, wenn wir geradeaus weitergehen, stoßen wir auf Gowen. Deshalb sollten wir einen Haken schlagen.«

Rando und Kallen wechselten einen beredten Blick.

»Dieser Haken könnte uns teuer zu stehen kommen. Bist du sicher, dass du dich nicht irrst?«, wollte Kallen wissen, knüpfte aber dennoch den Riemen auf, mit dem er die Streitaxt auf dem Rücken trug, und nahm die Waffe in die Hand.

»Bei dem Gestank …!«, antwortete Ga-nor.

»Ich rieche nichts. Jedenfalls nichts außer Tannennadeln.«

»Eben. Dieser Geruch kommt von den Gowen. Bäume riechen niemals so stark. Und dann sieh dir das mal an«, verlangte

Ga-nor und hob einen Tannenzapfen vom Boden auf. »Die Spitzen der Schuppen schimmern golden. Hier sind ohne Frage Gowen in der Nähe.«

»Ihr Nordländer aber auch!«, murmelte Kallen. »Etwas Tannengeruch, ein heruntergefallener Zapfen – und schon schließt ihr auf ein Geschöpf aus dem Reich der Tiefe. Wie kommt es da nur, dass ich noch nie von dieser untrüglichen Methode, einen Gow aufzuspüren, gehört habe?!«

»Ich meine gelesen zu haben, dass diese Wesen im Herbst in Winterschlaf fallen«, mischte sich Rando ein.

»Die halten doch fast das ganze Jahr Winterschlaf. Zum Glück auch!«, polterte Luk. »Aber was glaubt Ihr wohl, Mylord, wie glücklich dieses Drecksviech wäre, sollten wir es wecken?«

»Die Waldgowen sind noch gefährlicher als ihre Artgenossen in den Bergen«, erklärte Ga-nor. »Trotzdem haben die letzte Begegnung mit einem Berggow nur zwei von zehn meiner Klansbrüder überlebt. Der eine davon war übrigens ich.«

Eine bedrückende Stille breitete sich aus. In der Tat: Diese Geschichte rief bei keinem von ihnen den Wunsch wach, es mit den noch stärkeren Waldvertretern dieser Gattung zu tun zu bekommen.

Luk spähte ängstlich um sich, doch seine Befürchtungen erwiesen sich als unbegründet. Niemand bahnte sich einen Weg durchs Unterholz, um sie anzugreifen.

»Aber Spagen gibt es hier doch nicht, oder?«, fragte er Ga-nor.

»Nein. Die leben nur am Waldsaum.«

»Trotzdem jagt mir die Gegend irgendwie Angst ein.«

»Hier haben früher die Hochwohlgeborenen gelebt.«

»Ja – und?«

»Spagen sind nicht gerade dafür bekannt, viel für Spitzohren übrig …«

»Da platzt doch die Kröte! Der letzte Elf wurde hier vor tausend Jahren gesehen! Inzwischen könnten also jede Menge Spagen …«

»Nein! Der Boden speichert bis zum heutigen Tag die elfische Magie.«

Daraufhin setzten sie ihren Weg durch den schummrigen Nadelwald fort. Ein dichter Teppich aus gelbspitzigen Tannennadeln und weißlichem Moos breitete sich unter ihnen aus, der das Geräusch ihrer Schritte vollständig schluckte. An den dürren Zweigen leuchteten ihnen bereits aus großer Entfernung rote Beeren entgegen. Ein altes Spinnennetz ruhte gleich einem Leichentuch über diesen Sträuchern.

Am Nachmittag gelangten sie dicht an die Berge, da ihr Weg an einem tosenden Fluss entlangführte, dessen gegenüberliegendes Steilufer in die Felshänge überging. Es war ein schwerer Marsch. Immer wieder behinderten undurchdringliche Büsche ihr Vorwärtskommen. Erst nach über einer Stunde führte Ganor sie wieder vom Fluss weg, nachdem er vorab noch die Flaschen mit Eiswasser nachgefüllt hatte.

Am Abend wanderten sie an einem düsteren Wald mit tiefen, sprudelnden Bächen vorbei, wobei sie immer wieder über glatte, von grau-grünen Flechten bedeckte Findlinge springen mussten. Irgendwann erblickten sie die Spitze einer milchweißen Stele, die auch über die höchsten Tannen noch etliche Yard aufragte.

»Stammt die auch von den Elfen?«, fragte Luk.

»So, wie sie aussieht, würde ich denken, ja«, antwortete Rando. »Was ist das da oben für ein Symbol? Ein Vogel?«

»Ein Schmetterling«, erklärte Ga-nor, der mit zusammengekniffenen Augen hinaufspähte.

Sie verließen die von der Abendsonne durchflutete Ebene, um wieder in den dichten Wald einzudringen.

Hier schien die Dämmerung seit geraumer Zeit Einzug gehalten zu haben und bereits der Nacht zu weichen. Nach einer Stunde schimmerte weißer Stein zwischen den Bäumen hindurch. Sofort hielten sie an einer Böschung an.

Dort spähten sie hinunter. In einem Talkessel lag eine verlassene Stadt. Am Rand türmten sich nur Berge weißen Steins und massive, moosbewachsene Platten, die ihnen nicht mehr erzählen konnten, zu welchen Bauwerken sie sich einst gefügt hatten.

Zur Mitte des Talkessels hin machten sie jedoch weitgehend erhaltene Bauten – wenn auch mit eingestürzten Dächern – und die sechsseitige Stele aus. Der Schmetterling auf ihrer Spitze schien hoch über diesem Ort zu schweben.

»Diese Missgeburten aber auch! Wer hätte gedacht, dass die Hochwohlgeborenen solche Bauten erschaffen können«, stieß Kallen aus, doch der grobe Ton bemäntelte seine aufrichtige Begeisterung nur schlecht.

»Angeblich hat sich der Skulptor sogar einiges bei ihnen abgeguckt«, bemerkte Rando, der die Stele aufmerksam betrachtete. Sie erinnerte ihn ein wenig an den Koloss von Korunn. »Sicher, er hat seine eigene Handschrift gehabt – aber das grundlegende Prinzip ihrer Bauweise muss er tatsächlich übernommen haben.«

»Was meint Ihr, Mylord, wie alt ist dieser Ort?«, erkundigte sich Luk.

»Mindestens dreitausend Jahre. Die Stadt ist schlecht erhalten, der Wald hat sie schon fast ganz geschluckt.«

»Diese Elfen soll einer verstehen!«, wetterte Luk. »In einer solchen Grube eine Stadt anzulegen! Die kann doch selbst der dümmste Feldherr im Handumdrehen einnehmen! Und dann haben sie noch nicht mal Verteidigungsmauern und Türme errichtet!«

»Das brauchten sie auch nicht«, erklärte Rando. »Denn sie hatten ja keine Feinde. Das Land, aus dem später das Imperium hervorging, hat diese Gegend hier geflissentlich übersehen und nur Augen für das Küstengebiet gehabt. Wie hätten die Hochwohlgeborenen ahnen sollen, dass sich daran einmal etwas ändern würde?«

»Da drüben führt ein Weg nach unten«, sagte Luk.

An der bezeichneten Stelle war der Hang wesentlich flacher, außerdem ließen sich sogar Stufen erahnen. Als sie hinunterstiegen, knirschten kleine Steine unter ihren Füßen, um die ersten Gäste seit langen Jahren zu begrüßen.

Sie liefen durch die Hauptstraße, die von halb verfallenen Häusern und geborstenen Marmorsäulen flankiert wurde. Vertrockneter Efeu, Winden und gelbe Farne wucherten bis auf Mannshöhe. Auch hier wuchsen Ahornbäume. Ihre Blätter zeigten das gleiche Rot wie jene auf dem Elfenfriedhof.

Rando fragte sich, ob die Wirkung, die die verfallene Stadt auf ihn hatte, beabsichtigt oder reiner Zufall war. Doch so oder so – sie war überwältigend: Der vom Wald gesäumte Talkessel bildete einen Brunnen, der bis auf den Grund von Sonnenlicht durchstrahlt war.

»Warum haben sie die Stadt eigentlich nicht zerstört?«, fragte Luk.

»Hättest du das denn getan?«, fragte Rando zurück und zog seine Handschuhe aus, um sie hinter den Gürtel zu stecken.

»Ich weiß nicht, ich hab ja noch nie gegen die Spitzohren gekämpft.«

»Vielleicht hat es hier überhaupt keinen Kampf gegeben«, sinnierte Rando. »Die Stadt besitzt keine Verteidigungsmauern, darauf hast du selbst gerade eben hingewiesen. Vielleicht haben die Bewohner sie also ohne Kampf verlassen, um in den Sandoner Wald oder nach Uloron zu ziehen.«

»Aber in all den Jahren hätte doch jemand …«

»Dieser Ort liegt weitab«, fiel Kallen Luk ins Wort. »Und das Imperium ist groß. Man kann nicht jeden Wald durchkämmen, nicht jeden Berg erklimmen.«

»Aber dann gibt's hier vielleicht noch Reichtümer!«, rief Luk.

»Klar«, erwiderte Kallen grinsend. »Die Fußlappen des Delben. Mit seinem persönlichen Monogramm.«

»Da platzt doch die Kröte! Warum ziehst du ständig über mich her? Wenn die Elfen fliehen mussten, dann kann hier gut und gern noch ein ganzer Schatz …«

»Nun mal ganz sachte, Luk«, bat Ga-nor. »Die Elfen hatten nie viel für Gold übrig. Und sie haben ihren Feinden nie etwas von Wert überlassen.«

»Wenn das Erste zutrifft, scheidet das Zweite sowieso aus.«

»Die Schlussfolgerung bleibt trotzdem dieselbe: Hier findest du nichts mehr.«

Die Straße, die sie hinuntergingen, roch wie ein sterbender

Garten. Überall wucherten Disteln. Abgestorbener Efeu hing noch immer in den Rissen der weißen Steine und weigerte sich hartnäckig herabzufallen. Seine grauen Blätter erinnerten von Weitem an ein verblasstes Mosaik. Rando berührte einen der gewundenen Zweige. Sofort segelte die ganze pflanzliche Pracht auf ihn nieder. Er klaubte sie sich aus den Haaren und schloss zu Ga-nor auf.

Der Nordländer gefiel ihm, weil er nicht viele Worte machte und stets Umsicht an den Tag legte. Nicht ein einziges Mal hatte er bisher überstürzt oder unüberlegt gehandelt. Sobald er jedoch von einer Schwierigkeit hörte, schritt er unverzüglich zur Tat. Dann hielt ihn nichts mehr auf. In solchen Momenten meinte Rando, es sei leichter, mit einem wild gewordenen Nashorn aus Syn fertigzuwerden als mit diesem zornigen Irbissohn.

»Wolltest du eigentlich immer Soldat werden?«, fragte ihn Rando.

Ga-nor lächelte.

»Habe ich etwas Komisches gesagt?«, hakte Rando nach.

»Wenn im Irbisklan ein Junge geboren wird, dann ist sein Schicksal vorbestimmt. Alle Männer meines Volkes sind Soldaten. Und Ihr, Mylord?«, fragte er, obwohl seine ungeteilte Aufmerksamkeit nach wie vor den Häusern und der gewundenen Straße galt. »Wolltet Ihr schon immer Soldat werden?«

»Nein«, gab Rando zögernd zu, um dann zu seiner eigenen Überraschung fortzufahren: »Als ich ein kleiner Junge war, wollte ich ein Glimmender werden.«

»Was hat Euch daran gehindert?«

»Mir fehlte der Funke«, presste er in einem Ton heraus, der Rando zu verstehen gab, dass dem jungen Ritter dieses Thema nicht behagte.

Plötzlich blieb Ga-nor stehen und hob die Hand, damit seine Gefährten ebenfalls haltmachten. Er lauschte eine Weile, kam dann aber zu dem Schluss, sich das Geräusch nur eingebildet zu haben. Alles in der toten Stadt war ruhig.

»Stimmt was nicht?«, erkundigte sich Luk, der bereits nach der Waffe gegriffen hatte.

»Ich weiß es nicht«, räumte Ga-nor ein.

»Seht mal da vorn«, forderte Kallen die anderen auf.

In der Mitte des großen, in der Form eines Schmetterlings gehaltenen Platzes vor ihnen erhob sich die Stele. Sie standen gerade an der einen Spitze des nördlichen Flügels, der südliche reichte bis an den Hang des Talkessels heran. Hier hatten die Elfen einen Wasserfall angelegt, indem sie den Fluss über eine Basaltplatte geleitet hatten. Diese Abzweigung ergoss sich nun in ein rautenförmiges Becken.

»Wieso tritt das Wasser nie über?«, fragte Luk verständnislos.

»Weil es unter die Erde geleitet wird«, erklärte Rando, »entweder in einen Tunnel oder in eine Höhle.«

Sie liefen zu dem Becken, und Luk beugte sich über die Brüstung, um den sauberen Marmorboden mit einem Mosaik aus kleinen, glänzend polierten Steinen zu betrachten. Das Mosaik zeigte, in allen Regenbogenfarben schillernd, Schmetterlinge.

»In dieser Stadt haben die Bestien aus dem Haus des Schmetterlings gelebt!«, zischte Kallen und spuckte verächtlich ins Wasser. »Soll sie doch alle die Pest holen!«

»Da platzt doch die Kröte!«, polterte Luk, der gerade seine Flasche füllen wollte. »Warum musstest du unbedingt in dieses Wasser spucken?«

»Falls es hier Gräber gäbe, würde ich auch mit Freuden auf denen tanzen. Denn wenn du jemanden unter die Erde bringen musst, dann ist es dieses Scheusal Olve.«

»Olve aus dem Haus des Schmetterlings ist seit Langem tot«, warf Rando ein.

»Was spielt das für eine Rolle? Ob es nun der ist oder ein anderer – am Ende sind die Spitzohren doch alle wilde Tiere. Die ausgerottet gehören.«

»Stell dir vor, sie denken von uns dasselbe. Deshalb hassen wir das Haus des Schmetterlings von allen Elfenhäusern auch am meisten.«

»Es dunkelt bald. Wir sollten uns nach einem Ort für unser Nachtlager umsehen«, wechselte Ga-nor das Thema.

Sie überquerten den Platz noch einmal und hielten auf ein recht intaktes Haus mit einer kleinen Marmortreppe und Säulen davor zu. Das Schrägdach war an den Rändern geschwungen, sodass es wie die Mütze eines Seemanns aussah. Weder die Jahre noch der Regen hatten es zum Einsturz gebracht. Die Fenster zeigten die Form von Blättern, Zierbögen ahmten ineinander verschlungene Weinreben nach.

»Das ist mit Sicherheit der Palast ihres Königs gewesen«, meinte Luk.

»Der heißt bei den Hochwohlgeborenen Delbe«, verbesserte ihn Rando.

»Außerdem ist das Haus für einen Palast zu klein«, gab Kallen zu bedenken. »Und auch die Stadt wirkt nicht wie die Hauptstadt, auch sie ist dafür zu klein … Beim Reich der Tiefe, was ist das denn?!«

»Da platzt doch die Kröte«, stieß Luk aus.

»Wolltest du nicht auf ihren Gräbern tanzen?«, fragte Ga-nor ruhig, der auf der Schwelle stehen geblieben war und in das abendliche Halbdunkel eines großen Saals starrte. »Bitte, jetzt hast du die Gelegenheit.«

Der Boden war von Gebeinen übersät.

»Ich glaube, die Lust, das Tanzbein zu schwingen, ist mir vergangen«, brummte Kallen, beugte sich über einen Toten, schnalzte mit der Zunge und ging langsam weiter zum nächsten. »Hier stimmt was nicht. Das sind keine Spitzohren, das sind Menschen.«

»Die Knochen sind sehr alt«, sagte Ga-nor. »Was auch immer hier geschehen ist, hat sich vor langer Zeit zugetragen.«

»Damit dürftest du recht haben«, stimmte ihm Rando zu. Er versuchte, die gelb-braunen Gerippe nicht zu berühren, als er sich langsam an der Wand entlang vorwärtsbewegte. »Es muss weit vor unserer Geburt zu diesem Kampf gekommen sein.«

»Weswegen wohl?«

»Das werden wir sowieso nie erfahren«, polterte Luk. »Sollten wir nicht allmählich von hier verschwinden?«

»Gleich«, antwortete Ga-nor, der gerade etwas in der Mitte

des Raums entdeckt hatte. »Kommt mal her. Bei Ug, das solltet ihr euch anschauen!«

Luk murmelte einen Fluch, folgte der Aufforderung seines Freundes aber. »Und was gibt es hier nun wieder zu sehen?! Dieses Haus jagt mir eine Gänseh…«

»Hat man Töne!«, stieß Kallen aus und wollte den Gegenstand, den Ga-nor bemerkt hatte, schon aufheben. Doch Rando fing seinen Arm noch in der Luft ab.

»Das lässt du lieber«, warnte ihn der Ritter.

»Wie Ihr befehlt.«

»Den müssen wir verbrennen«, meinte Luk, den angewiderten Blick auf den schwarzen Stab mit der Spitze in Gestalt eines menschlichen Schädels gerichtet.

»Die Spielzeuge der Nekromanten sind selbst nach dem Tod ihrer Besitzer noch gefährlich«, erklärte Rando. »Ich würde hier nichts anrühren.«

»Euer Gnaden! Aber das Ding ist wirklich gefährlich!«

»Genau das habe ich eben gesagt. Und genau deshalb sollten wir es nicht anrühren«, erwiderte Rando, zog das Schwert blank und fuhr mit der Spitze über ein Stück fahlen Stoffs, das bei der Berührung sofort zerfiel. »Also waren hier Nekromanten am Werk. Das ist höchst interessant. Das rot-grüne Banner … Die Skelette müssen bereits seit dem Krieg der Nekromanten in diesem Haus liegen.«

»Hört mal, Männer, ich werde bestimmt nicht in dieser Stadt schlafen«, hielt Luk fest und schüttelte so heftig mit dem Kopf, dass die anderen bereits fürchteten, er werde ihm gleich abfliegen. »In letzter Zeit jagen mir die Toten einen Schrecken ein, dass es nicht mehr feierlich ist. Wer weiß denn, ob die nachts ruhig liegen bleiben und nicht Jagd auf unsere Seelen machen?«

»Was ist mit dem Nekromanten, Mylord?«, wollte Kallen wissen. »Ihr kennt doch die Legenden, dass sie es selbst nach ihrem Tod nicht sonderlich eilig haben, sich ins Reich der Tiefe zu verziehen. Es sind Liche. Jedenfalls meine ich, dass diese Wesen so heißen.«

Prompt zitierte Luk nicht nur seine vielgeliebte Kröte, sondern auch deren Mütterchen und Großmütterchen. Rando runzelte die Stirn, fuhr sich mit der Hand über die Bartstoppeln und dachte über die Frage nach. »Nein«, antwortete er schließlich. »Mit dem hier werden wir keine Schwierigkeiten bekommen. Nur die höchsten Nekromanten können dem Tod ein Schnippchen schlagen. Sein Hilss weist ihn jedoch als Angehörigen des Dritten Kreises aus. Trotzdem sollten wir uns wohl besser nach einem anderen Ort für unser Nachtlager umsehen. Selbst die Tiere haben sich nicht an diese Knochen herangewagt. Lassen wir sie also ebenfalls in Ruhe.«

Daraufhin verließen sie das Haus, das zum Grab für einige Dutzend Menschen geworden war. Als Luk die Treppe hinunterging, sah er sich beständig um, als erwarte er, die aufgestörten Toten würden ihnen hinterherstürzen.

»Seid ihr sicher, dass in den anderen Häusern keine Toten herumliegen?«, wollte er wissen.

Doch seine Frage blieb unbeantwortet.

Immerhin hielten jetzt alle nach einem schlichteren Bau Ausschau, auch wenn das gar nicht so einfach war, denn jedes Haus in dieser Stadt bestach durch seinen Schmuck. Am Ende fanden sie jedoch ein einstöckiges Haus mit acht Säulen. Ein Flügelpaar auf dem Dach wusste Rando auf Anhieb zu deuten: Das musste einst die Bibliothek gewesen sein. Ein entsprechendes Symbol kannte er aus den Büchern über die Hochwohlgeborenen.

Hinter der Eingangstür führte eine Galerie, deren Fußboden lediglich eine dicke Staubschicht bedeckte, zu einem großen, runden Saal. Auch in diesem herrschte gähnende Leere, fanden sich weder Möbel noch andere Dinge. Und auch keine Leichen. Letzteres hob Luks Laune zumindest ein wenig. Nachdem er über eine Marmortreppe in den ersten Stock hochgegangen war, spähte er in einen kleinen Raum. Doch auch hier entdeckte er nichts, was seinen Unmut hätte wecken können. Er steckte den Kopf zu einem Fenster hinaus und wollte von Ga-nor wissen, ob sie vor dem Eingang ein Feuer machen und Essen zubereiten könnten. Sobald er eine Bestätigung erhielt, hatte er sämtliche Sorgen vergessen.

Der Irbissohn kehrte unterdessen zu dem Marmorbecken zurück, um sich genüsslich zu waschen. Als sein Blick abermals auf die bunten Schmetterlinge am Boden fiel, begriff er endlich, was ihm an dem Ort nicht behagte. Entschlossenen Schrittes eilte er zurück.

»Packt eure Sachen! Rasch! Wir ziehen weiter.«

»Weshalb das denn?«, fragte Kallen, der gerade aus dem Haus kam. »Stört dich irgendwas?«

»An diesem Ort lauert eine Gefahr.«

»Beim Reich der Tiefe aber auch! Ich wusste doch, dass wir besser nie einen Fuß in diese Stadt gesetzt hätten!«, polterte Luk und trat sofort das Feuer aus. »Mylord Rando ist übrigens verschwunden!«

Ga-nor sah Kallen fragend an.

»Zuletzt habe ich ihn im Erdgeschoss gesehen«, erklärte dieser und deutete auf das Innere des Hauses.

»Ich find ihn schon. Packt derweil.«

»Du bist aber leichtgläubig, Luk«, stichelte Kallen, sobald Ga-nor gegangen war. »Du hast ja nicht mal gefragt, was eigentlich los ist.«

»Du ja auch nicht«, antwortete Luk. »Ist aber auch nicht nötig, denn auf Ga-nors Nase ist Verlass. Ich hoffe bloß, wir kriegen es nicht mit Untoten zu tun. Und jetzt steh hier nicht rum wie angewurzelt, sondern pack. Sonst kommen wir aus dieser Stadt nämlich nicht mehr lebend raus.«

Die Bibliothek hatte Randos Aufmerksamkeit bereits von außen angezogen, als er das Flügelpaar auf dem Dach gesehen hatte. Nun wollte er sie genauer in Augenschein nehmen.

Dabei hoffte er keineswegs darauf, noch etwas Interessantes zu entdecken. Selbst wenn die Spitzohren damals einen Teil ihrer Bücher zurückgelassen haben sollten, dürften diese längst zu Staub zerfallen sein. Ga-nor hatte recht: In dieser Stadt waren keine Schätze mehr zu heben. Allerdings fesselten drei dunkle Statuen in den Wandnischen gegenüber dem Eingang seinen Blick.

Rando durchschritt den runden Saal. Durch die Spitzbogenfenster fielen die Strahlen der untergehenden Sonne. Tausende von einem leichten Luftzug aufgewirbelte Staubkörner hingen in der Luft und funkelten im Licht wie die silbrigen Schuppen eines Fisches bei Vollmond.

Rando hielt auf die erste Nische zu. Mit einem Mal spürte er, dass der Boden unter seinem Gewicht nachgab. Sofort blieb er stehen und setzte vorsichtig, jede abrupte Bewegung vermeidend, die Füße zurück. Die schmutzige, beinahe durchscheinende Oberfläche, die ihm eben noch so stabil vorgekommen war, flößte ihm nun nicht mehr Vertrauen ein als eine brüchige Eisdecke.

Ihn trennten nur noch wenige Schritte von der Tür, als der Boden an allen Seiten ein Netz aus feinen Rissen aufwies. Rando drehte sich um, setzte zum rettenden Sprung an – doch da hatte er schon keinen Boden mehr unter sich.

Immerhin hatte er Glück im Unglück. Er stürzte nicht tief und landete in einer Grube, an deren Boden eine dicke Sandschicht lag, die den Aufprall abmilderte.

Er legte den Kopf in den Nacken, um die Höhe abzuschätzen: etwa drei Yard. Das Loch, durch das er gefallen war, war nicht sehr groß. Glitzernde Brocken, die von dem eingestürzten Teil herrührten, knirschten unter seinen Füßen und zerbröckelten wie Muscheln, sobald er darauf trat. Der restliche Boden lag völlig unbeschadet über der weiträumigen Grube und schloss sie ab wie ein Deckel den Topf. Als Rando nun den Inhalt dieses Topfes erblickte, wünschte er sich auf der Stelle weit, weit weg.

Trotz der Finsternis in der Grube zeichnete sich das riesige Ungeheuer, das zusammengerollt zehn Schritt vor ihm lag, hervorragend ab, denn die krankhaft weiße Haut war mit rosafarbenen Flecken überzogen und schimmerte leicht. Erst jetzt fiel Rando auch der benebelnde Geruch nach Veilchen auf.

Innerlich dankte er Meloth, dass er nicht auf dem Kopf dieser Kreatur gelandet war und diese nicht geweckt hatte. Anschließend verfluchte er das Reich der Tiefe für seine Ausgeburten, nur um gleich darauf erneut Meloth zu danken – denn von oben vernahm er ein schwaches Geräusch. Schon in der nächsten Sekunde steckte Ga-nor den Kopf durch das Loch.

Der Irbissohn legte den Finger vor die Lippen. Rando bedeutete ihm mit einem Nicken, dass er ihn verstanden habe. Ga-nor ließ einen Gürtel zu ihm herunter. Da er etwas zu kurz war, sprang Rando hoch und fasste mit beiden Händen nach ihm. Ga-nor erwies sich glücklicherweise als kräftig genug, ihn nach oben zu ziehen. Danach flüchteten die beiden sofort aus dem Haus.

Luk und Kallen warteten bereits mit gepackten Rucksäcken auf sie. Von dem ausgetretenen Feuer stieg nur noch ein feiner Faden bläulichen Rauchs auf.

»Da platzt doch die Kröte!«, stieß Luk hervor. »Ich dachte schon, wir müssten ewig auf euch warten!«

»Mich hat ein Monster aufgehalten«, sagte Mylord Rando. »Jetzt aber nichts wie weg hier.«

Hals über Kopf stürzten alle vier aus der toten Stadt der Hochwohlgeborenen.

Luk und Kallen liefen vorneweg, ohne sich umzusehen. Deshalb bemerkten sie auch nicht, dass sie über einen kleinen elfischen Friedhof am Stadtrand jagten. Von ihm war allerdings kaum noch etwas übrig, einzig zwei Grabsteine ragten aus dem Boden auf.

»Kallen erzählen wir besser nichts davon«, flüsterte Rando Ga-nor zu, als sie den Friedhof erreichten. »Sonst macht er seine Drohung noch wahr.«

»Als ob den Toten nicht völlig einerlei wäre, ob jemand auf ihren Gräbern tanzt«, erwiderte Ga-nor leise.

»Kann schon sein. Trotzdem möchte ich es nicht an Respekt gegenüber den Toten mangeln lassen. Das wäre nur eine billige Rache. Und, recht bedacht, auch eine völlig aussichtslose. Mögen alle, die von uns gegangen sind, Frieden in den Glücklichen Gärten finden.«

»Oder im Reich der Tiefe.«

Als sie Kallen einholten, hatte dieser bereits den Waldrand erreicht.

»Wo ist Luk?«, fragte Ga-nor.

»Der ist wie aufgelöst«, erklärte Kallen. »Deshalb überprüft er gerade die Straße.«

»Wie konntest du von diesem Untier wissen?«, wandte sich Rando an Ga-nor.

»Ihr habt mir selbst davon erzählt, Mylord. Nur habe ich nicht gleich begriffen, was Eure Worte bedeuten. In dem Haus mit den Leichen habt Ihr gesagt, nicht einmal Tiere hätten die Knochen angenagt. Das ist doch eigentlich seltsam. Wo der Wald so nah ist, meine ich. Da wimmelt es von Tieren – und in diesem Haus liegt Fleisch im Überfluss. Aber die Skelette waren noch alle vollständig, die Knochen zeigten keine Abdrücke von Zähnen. Als wir die Straße hinuntergegangen sind, haben wir auch nirgends Spuren von Hufen oder Pfoten entdeckt, keinen Kot und kein Fell. Nichts. Nicht ein einziges Tier hat sich in diese Stadt gewagt. Nicht mal eine Ratte. Und diese Viecher sind sich nicht zu fein, auch einen lebenden Toten anzuknabbern.«

»Wo Tiere fernbleiben, Dämonen ihr Unheil treiben«, schloss Rando.

»Richtig.«

»War das ein Gow?«

»Nein«, antwortete Ga-nor. »Ich konnte das Biest nicht klar erkennen, aber es war viel größer als ein Gow.«

»Außerdem hat es nicht nach Tannen, sondern nach Veilchen gerochen«, fügte Rando hinzu, der noch immer die fahle, im Dunkeln schimmernde Haut des Ungeheuers vor sich sah.

»Das Biest muss bereits den Krieg der Nekromanten miterlebt haben, denn als die Menschen starben, hat es schon sehr lange geschlafen.«

»Dann muss es aber einen festen Schlaf haben«, bemerkte Kallen.

»Es hat sich ja auch ein gemütliches Nest geschaffen. Und zu Eurem Glück, Mylord, wird der Speichel dieses Tieres ungewöhnlich fest.«

»Der Speichel?«

»Aus ihm bestand der Boden. Das ist ähnlich wie bei einem Spag. Der Speichel wird an der Luft fest.«

»So fest war er dann doch nicht …«, widersprach Rando.

»Er hat Euch immerhin eine ganze Weile getragen. Nur gut, dass Ihr nicht in der Mitte des Raums eingebrochen seid. Oder auf dem Dämon gelandet.«

»Aber warum schläft er so lange?«, fragte Kallen. »Hat er kein Essen gefunden?«

»Wäre Giss jetzt bei uns, könnte er uns das erklären. Ich verstehe nicht viel von Dämonen.«

»Wer ist Giss?«

»Ein Dämonenbeschwörer aus Alsgara.«

»Verschon mich mit diesem Pack!«, verlangte Kallen. »Die Männer im Purpurumhang sind kaum besser als die Nekromanten. Denen traue ich nicht über den Weg.«

»Du bist dumm, wenn du einem Dämonenbeschwörer Böses unterstellst.«

»Diese Worte nimmst du besser zurück!«, schrie Kallen, der flammend rot angelaufen war. »Du Barbar!«

»Und du solltest besser nicht von Dingen sprechen, von denen du nichts verstehst. Dieser Rat könnte dir sogar mal das Leben retten.«

»Bei Meloth!«, keifte Kallen und griff nach seiner Streitaxt.

»Beruhige dich«, mischte sich Rando ein.

»Gut, Mylord«, presste er zähneknirschend heraus. »Ihr habt recht. Das ist weder die Zeit noch der Ort für eine Auseinandersetzung.«

»Ga-nor! Ga-nor!« Luk kam auf sie zugestürmt, mit beiden Armen winkend. Sein Gesicht spiegelte Verblüffung wider. »Da sind, glaube ich, Verwandte von dir!«

»Was?«

»Also … Männer aus deinem Volk. Nordländer halt.«

»Was redest du da? Hast du Schnaps im Rucksack versteckt?«, stichelte Kallen. »Und wenn ja, wann hast du ihn getrunken?«

»Wenn den einer getrunken hätte, dann ja wohl du!«, giftete Luk. »Da sind Nordländer! Keine fünf Minuten von hier.«

Kallen brach in schallendes Gelächter aus. »Wie sollen die Kämpfer in Kilts denn auf einmal in die Nähe der Blinden Berge kommen? In Altz haben wir nämlich gehört, dass sie noch immer hoch im Norden sind.«

»Nehmen wir mal an, sie trügen keine Kilts ...«

»Laufen die etwa nackt durch die Gegend?«, höhnte Kallen. »Echt, Ga-nor, schöne Verwandte hast du.«

»Jetzt reicht's aber!«, polterte Luk. »Wenn du mir nicht glaubst, geh doch hin und überzeug dich selbst!«

»Luk«, sagte Rando. »Tragen deine ... haben die Nordländer Lanzen?«

»So viele, dass ihr sie gar nicht mehr zählen könnt.«

»Dann beschreib sie mal.«

»Ein kurzer Schaft und eine breite, blattförmige Spitze.«

Ga-nor entglitten die Gesichtszüge. Kallen schluckte die nächste giftige Bemerkung herunter. Rando hielt hinter Luks Rücken Ausschau, doch da war nichts zu sehen außer den fast mit der Dunkelheit verschmelzenden Tannen. Nur Luk verstand nach wie vor nicht, was all das zu bedeuten hatte.

»Das sind Spitzohren, verflucht aber auch. Rothaarige. Aus dem Haus des Schmetterlings«, erklärte Kallen. »Das gefällt mir nicht, Mylord.«

»Bitte?!« Luk klappte der Unterkiefer herunter.

»Wie viele sind es?«, fragte Kallen, inzwischen ernst geworden.

»Vierzig«, presste Luk heraus.

»Haben sie dich bemerkt?«, fragte Ga-nor.

»Äh ... ja. Ich hab sie gerufen, danach bin ich aber sofort zurückgerannt. Es sind etwa zweihundert Yard gewesen. Kaum war ich aus dem Wald heraus, da hab ich sie gesehen. Woher sollte ich denn wissen, dass ...«

»Zurück! Wir gehen wieder in die Stadt!«, befahl Rando. »Im Wald haben wir nicht die geringste Chance.«

»Aber da ist dieses Monster!«, sagte Luk.

»Und hier kriegen wir es mit den Schlächtern aus dem Haus des Schmetterlings zu tun!«, fuhr ihn Kallen an. »Glaub mir, mein Freund, es ist wesentlich angenehmer, von irgendeinem Dämon gefressen zu werden, als in den Klauen dieser Drecksbiester zu landen. Die kennen keine Gnade!«

Daraufhin stürzten sie geschlossen zurück. Niemand, nicht einmal Luk, zweifelte daran, dass sie dem Tod geweiht waren. Selbst wenn sie ihre Spuren verwischt hätten, hätte sie das nicht gerettet. Die Hochwohlgeborenen waren keine Menschen. Die kannten jeden Grashalm im Wald, denen würde kein einziger Stiefelabdruck entgehen. Und vier gegen vierzig – da würden sie nicht einmal im Innern eines Hauses lange durchhalten.

Der Sieg der Verdammten im Süden hatte die Spitzohren prompt jeden Friedensvertrag vergessen lassen. Wie alle im Imperium hatten auch die Männer um Rando gehört, dass die Elfen den Sandoner Wald und Uloron verlassen hatten. Aber wer hätte ahnen können, dass sie sich derart weit in den Westen vorwagten?

Doch nun waren sie da, die Hochwohlgeborenen aus dem Haus des Schmetterlings, die in jene Stadt zurückzukehren gedachten, die sie vor vielen Jahrhunderten hatten verlassen müssen. Dabei waren sie auf Fremde gestoßen. Es würde ihnen ein Vergnügen sein, ihre Stele vom Sockel bis hinauf zu dem Schmetterling an der Spitze mit dem Blut dieser Menschen zu beschmieren.

KAPITEL
16

Inzwischen war die Nacht hereingebrochen. Durch Risse in der Wolkendecke schickte ein fahler Mond sein Licht zu ihnen herunter, und abermals setzte Regen ein. Die Ruinen empfingen sie mit feindlicher Stille – als seien sie nach langem Schlaf erwacht und harrten nun voller Ungeduld der Rückkehr ihrer einstigen Herren.

Kleine Steine knirschten laut unter ihren Füßen, kündeten von der Anwesenheit Fremder. Farnwedel versuchten sie zu umschlingen. Die Männer eilten zu dem Platz in Schmetterlingsform. Im Gehen bereitete Kallen seinen Bogen vor.

»Ich brauche Eure Handschuhe, Mylord«, sagte Luk.

Rando gab sie ihm, ohne nachzufragen, wofür. Luk nickte dankbar, streifte sie sich über, murmelte: »Ich bin gleich wieder da!«, und lief zu dem Haus mit den Toten.

»Was hat er jetzt schon wieder ausgeheckt?«, stieß Ga-nor aus, der seinen Gefährten am liebsten festgehalten hätte, doch Kallen verhinderte das.

»Dein Freund versucht, uns aus den Glücklichen Gärten herauszubringen«, erklärte er. »Das kann er aber nur, wenn er sich mit dem Reich der Tiefe einlässt. Mit anderen Worten, der wackere Soldat aus der Burg der Sechs Türme hat beschlossen, unter die Nekromanten zu gehen.«

Als Luk zu ihnen zurückgerannt kam, hielt er den Hilss mit beiden Händen weit von sich gestreckt. Es stand ihm ins Gesicht geschrieben, was er dabei empfand.

»Raus mit der Sprache, wo genau ist dieser mistige Dämon?!

Antwortet doch! Dieses verfluchte Ding brennt sogar durch die Handschuhe hindurch!«

»Komm mit!«, befahl Rando, wandte sich dann aber noch einmal an Ga-nor und Kallen. »Wartet am Hang mit den Stufen auf uns.«

»Nein!«, widersprach Ga-nor. »Treffen wir uns am Wasserfall. Da habe ich eine Treppe gesehen. Wir müssten den Fels also hochkommen.«

»Einverstanden.«

Dann eilten Rando und Luk zur Bibliothek.

»Ganz schön tief!«, urteilte Luk. »Da müsst Ihr mich festhalten, Mylord!«

Rando packte Luk um die Taille, während dieser sich über das Loch beugte und den Hilss in der Dunkelheit hin und her schwenkte.

Nichts rührte sich.

»Was jetzt?«, fragte Luk entmutigt.

»Wir müssen gehen.«

Schon erschallten, wenn auch noch durch die Entfernung gedämpft, die Stimmen der Elfen, denn die Spitzohren aus dem Haus des Schmetterlings hielten es nicht für nötig, sich zu verbergen. Da platzte mit einem Mal der Boden schmatzend weiter auf. Aus der Dunkelheit der Grube schoben sich fahlweiß schimmernde knochige Pfoten mit drei langen, knorrigen Fingern hervor.

»Meloth steh mir bei!«, stöhnte Luk und wich zurück, stolperte dabei, fiel schmerzhaft auf den Rücken, sprang jedoch gleich wieder hoch. »Das Biest ist aufgewacht!«

Rando schnappte sich ein paar Steine und bewarf damit das Untier, das dort aus der Tiefe kam, Luk schleuderte den Hilss gegen das Monster. Prompt stieß es einen tiefen, dumpfen und unzufriedenen Laut aus.

Luk gab sofort Fersengeld, Rando folgte ihm. Keiner von beiden hegte die Absicht, dem Dämon auseinanderzusetzen, aus welchem Grund sie ihn geweckt hatten.

Ga-nor und Kallen warteten bereits ungeduldig am Wasserfall. Dieser toste derart, dass sie kein Wort miteinander wechseln konnten. Ga-nor zeigte den Hang hinauf, an dem sich die schmale Treppe nach oben schlängelte.

Hintereinander weg erklommen sie die rutschigen Stufen. Da sie unablässig darauf achteten, wohin sie ihre Füße setzten, sahen sie sich kein einziges Mal um. Rechts von ihnen ragte der Felsen auf, links rauschte das Wasser.

Endlich oben angelangt, rangen sie alle nach Atem. Die zerstörten Bauten der alten Stadt lagen weit unter ihnen, eingetaucht in das Licht des fahlen Mondes – und das der zahlreichen Fackeln in den Händen der Elfen, die, einem gewaltigen flammenden Wurm gleich, durch die Straße zogen. Kaum hatte dieser Wurm die Abdrücke der feindlichen Stiefel entdeckt, kroch er flink auf den Platz zu, um dort in kleine Lichter zu zerfallen.

Die Hochwohlgeborenen durchsuchten alle Häuser.

»Früher oder später kriegen sie raus, wo wir sind«, spie Kallen aus.

»Mhm. Aber zunächst stoßen sie auf die Toten in dem Haus – und dann noch auf jemand viel Besseren«, entgegnete Luk.

»Nur fürchte ich, von diesem Biest geht keine allzu große Gefahr für sie aus«, gab Rando zu bedenken. »Schließlich hat es noch nicht mal die Bibliothek verlassen. Wenn der Dämon versagt, müssen wir die Treppe mit eigenen Kräften verteidigen.«

»Die Hochwohlgeborenen könnten uns auch von hinten angreifen. Wenn sie durch den Wald gehen«, warf Ga-nor ein. »Diese Möglichkeit dürfen wir nicht außer Acht lassen. Dann werden wir uns hier nämlich nicht lange halten.«

In diesem Augenblick stürzte endlich die Kuppel der Bibliothek ein. Das Krachen übertönte sogar das Tosen des Wassers. Dichte Staubwolken wirbelten auf. Nun fielen auch die Wände des Baus in sich zusammen. Alle Spitzohren in der Nähe wichen zurück, sodass zwischen ihnen und der eingestürzten Bibliothek eine freie Fläche entstand. Hinter dem Staubvorhang traten ganz langsam die funkelnden Konturen eines gigantischen Körpers hervor.

»Wie sieht der denn aus?! Hat der keinen Kopf?«, stieß Luk verblüfft aus. »Und auch keine Hände?!«

»Anscheinend nicht«, antwortete Rando, der sich insgeheim selbst über seine Gelassenheit wunderte. Das, was sie zunächst für Hände gehalten hatten, stellte sich bei genauerer Betrachtung als muskulöse Beine heraus. Insgesamt hatte das Vieh fünf davon.

Der quadratische Körper hing schwankend wie ein Betrunkener über dem Platz, bevor der Dämon einen unbeholfenen Schritt in Richtung der Spitzohren machte. Die Elfen nahmen den Dämon sofort mit ihren Armbrüsten unter Beschuss, ergrimmten ihn damit aber nur umso mehr – worauf er sich schneller bewegte. Die langsamsten Hochwohlgeborenen, die nicht mit dieser Flinkheit des Dämons gerechnet hatten, wanderten unverzüglich in einen schwarzen Schlund, der sich im Bauch des Untiers aufgetan hatte.

»Der fängt sie ja wie die Fliegen!«, stieß Luk aus, der selbst nicht zu sagen gewusst hätte, welches Gefühl bei ihm überwog: Beigeisterung oder Panik.

Nachdem sich die Hochwohlgeborenen von der ersten Erschütterung erholt hatten, fassten sie neuen Mut. Es hagelte Lanzen auf den Dämon. Ein kleiner goldener Stern löste sich von der Hand eines Elfen, traf das Ungeheuer in der Brust, wuchs zu einer Feuerqualle an und schleuderte den fünffüßigen Gegner rücklings nach hinten. Er fiel krachend in ein Haus, riss es bis auf die Grundfesten ein und verschwand unter Staubwirbeln.

»Die haben einen Magier dabei«, zischte Kallen.

»Der wird sich nicht lange halten«, versicherte Ga-nor.

Der Magier griff noch zweimal an, schleuderte seine Sterne, fügte dem Untier damit aber keinen nennenswerten Schaden zu. Die Haut des Dämons trübte sich lediglich an einigen Stellen. Gleich darauf strahlte sie jedoch wieder ungetrübt, ja, mehr noch, sie fing sogar an, in einer Weise zu blinken, als gebe jemand auf einem Kriegsschiff ein Lichtsignal. Und mit jeder Sekunde blinkte der Dämon schneller, bis er schließlich in so grellem Licht dastand, dass die vier, die ihn von oben beobachteten, die Hände schützend vor die Augen legen mussten.

Als Erster wagte es Ga-nor, wieder in die Tiefe zu blicken. Ihm tanzten zwar noch immer bunte Flecken vor den Augen, dennoch konnte er erkennen, wie der Dämon die geblendeten, sich am Boden wälzenden und völlig hilflosen Spitzohren fraß.

»Was war das denn?! Verflucht, meine Augen brennen immer noch!«, schimpfte Kallen, während er sich die Tränen abwischte, die ihm über die Wangen liefen.

Rando schüttelte den Kopf, um die Benommenheit zu vertreiben. Luk verspürte nur noch einen Wunsch: diesen Ort unverzüglich weit hinter sich zu lassen. Ga-nor verstand ihn nur zu gut.

»Wo ist mein Bogen?«, fragte Kallen ungehalten.

»Nimm den«, sagte Luk und reichte ihm die Waffe.

Die Elfen, die überlebt hatten, flüchteten in den Wald. Der Dämon hatte zwar sein Frühstück beendet, ließ sich die Gelegenheit jedoch nicht entgehen, auch noch dem Mittagessen hinterherzujagen. Wie eine kleine, aber keineswegs freundliche Sonne setzte er den Spitzohren nach.

»Keine Ahnung, was das für ein Viech ist«, stieß Luk aus, »aber bei Meloth, bringen wir einen möglichst großen Abstand zwischen ihn und uns. Noch weiß er nämlich nicht, wer ihn eigentlich geweckt hat.«

Gegen diesen Vorschlag hatte niemand etwas einzuwenden.

Luk zählte längst nicht mehr, wie oft er schon geflohen war. Seit die Burg der Sechs Türme gefallen war, tat er schließlich nichts anderes ...

Der Wald kam ihm inzwischen wie jener mit einem Zauber belegte Kreis vor, der als Opferaltar der Hexen bekannt war: Einmal in ihm gefangen, konnte man anstellen, was man wollte – man entkam ihm nicht mehr. So erging es auch ihnen: Hunger oder Müdigkeit würden am Ende ihren Tribut fordern. Und den Weg nach Hause – mochte er auch ganz in der Nähe verlaufen, nur einen Schritt von ihnen entfernt – würden sie nie finden.

Seit Beginn des Sommers hetzte er nun schon, gejagt wie ein Tier, durch Wälder und Haine, über Felder und Steppen, durch Städte und Dörfer – und überall lauerte der Tod auf ihn. Sogar in Alsgara, als er schon geglaubt hatte, Meloth habe endlich aufgehört, ihn auf die Probe zu stellen, sodass er sich eine Zeit lang guten Gewissens dem Würfelspiel hingeben könnte – selbst da hatte das Unglück zugeschlagen. Der Verdammte Schwindsucht musste unbedingt seine gierigen Hände nach der Stadt ausstrecken. Damals war es ihm und Ga-nor nur dank unglaublichen Glückes und auch dank der Gewitztheit des Irbissohns gelungen, der Belagerung zu entkommen. Nur dass sich ihre Rettung danach erneut in das endlose Fangspiel mit dem Tod verwandelt hatte …

Für Luk stand selbstverständlich außer Frage, dass er zu gegebener Stunde in die Glücklichen Gärten eingehen würde. Trotzdem verlangte es ihn nicht danach, diesen glückseligen Moment schon vor der Zeit herbeizuführen. Warum auch? In den Gärten würde er noch genug Zeit verbringen. Warum also vorher nicht möglichst lange das Leben genießen? Doch seit einigen Wochen winkte er bei dem Gedanken an die Freuden des Lebens immer öfter ab …

Denn er war unendlich müde. Am liebsten hätte er auf alles gespuckt und sich einmal richtig ausgeschlafen. In solchen Augenblicken erfüllte ihn ein grausamer Hass auf die Nabatorer, die Sdisser, die Verdammten, Untoten, Ascheseelen, Hochwohlgeborenen und auch auf dieses leuchtende Monster, das ihm noch jetzt eine Gänsehaut über den Rücken jagte.

Er überschlug, wie lange sie nun schon nicht geschlafen hatten. Mehr als einen Tag. Frühmorgens waren sie aufgebrochen, die Rast in der Elfenstadt war gescheitert. Nicht einmal etwas essen hatte er können. Selbst sein Magen hatte bereits alle Lust verloren, mit lautem Geknurre das ausgefallene Abendbrot einzuklagen, und schwieg seit einer Stunde beleidigt vor sich hin.

Ihr verschlungener Weg führte sie abermals zu einem Fluss im Vorgebirge. Ga-nor verlangte ihnen allen mit seinem Tempo das Äußerste ab. Bei der nächsten Rast ließ sich Luk erschöpft auf den Teppich aus braunem, feuchten Laub fallen.

»Da platzt doch die Kröte! Und wenn ihr mich hier begrabt – bis zum Morgen werde ich keinen Fuß mehr vor den anderen setzen.«

»Und ob du das wirst«, erklärte Kallen und warf sich neben ihm zu Boden. »Wenn es sein muss, sogar noch doppelt so schnell wie bisher. Aber ehrlich, Ga-nor, du hast einen Schritt am Leibe!«

»Ich will nur verhindern, dass die Schmetterlinge sich uns vorknöpfen.«

Dafür hatte Kallen nur ein verstehendes Grinsen übrig.

»Was macht dich eigentlich so sicher, dass einer von denen die Begegnung mit diesem Ungeheuer überlebt hat?«, wollte Luk wissen.

»Solang du mir nicht das Gegenteil beweist, gehe ich davon aus, dass sie noch alle am Leben sind und nicht die Absicht haben, uns in Frieden ziehen zu lassen. Die sind starrköpfig, diese Spitzohren.«

»Hast du schon einmal gegen sie gekämpft?«, erkundigte sich Rando.

»Nein. Aber mir reichen die Geschichten, die ich gehört habe. Steh auf, Luk, du hast lange genug im Nassen herumgelegen.«

»Lass mich endlich in Frieden«, bat er stöhnend. »Was spielt das jetzt noch für eine Rolle? So durchnässt, wie wir ohnehin schon sind, meine ich. Dieser verfluchte Regen hängt mir zum Hals heraus!«

»Spar dir dein Lamento!«, fuhr Kallen ihn an, während er aufstand und sich mit dem Rücken gegen einen Baumstamm lehnte. »Uns geht es schließlich nicht besser als dir.«

Luk murmelte etwas vor sich hin, das niemand verstand, setzte sich aber auf. »Bei diesem Wetter kriegen wir nicht mal ein Feuer angezündet. Obendrein schlafen wir wie Tiere unter einem Gebüsch. Dabei steht der Winter schon vor der Tür! Passt auf, es dauert nicht mehr lange, und wir krepieren alle.«

»Ich persönlich habe die Absicht, zu Beginn des Winters bereits jenseits der Katuger Berge zu sein«, erklärte Ga-nor und hockte sich neben ihn.

»Erzähl mir ein wenig von dem Stab des Nekromanten, Luk«, bat Rando. »Woher hast du gewusst, dass du den Dämon damit aufwecken kannst?«

»Das würd ich auch gern wissen«, versicherte Kallen.

»Kennt ihr etwa die alten Bauernmärchen über Cram den Dummkopf nicht?«, fragte Luk unter schallendem Gelächter. »Wie der einen menschenfressenden Dämon überlistet hat? Wirklich nicht …? Also, er hat ihn auch mit so einem Stock geschlagen. Den hat er einem Nekromanten geklaut und dem Ungeheuer in den Bauch gerammt. Daraufhin ist es verreckt.«

»Dann hat der Dummkopf richtig gehandelt«, erklärte Kallen nach langem Schweigen. »Und? Hat der Nekromant Cram nach dem Verlust des Stabes noch einmal in die Finger bekommen?«

»Das gehört doch gar nicht hierher«, maulte Luk, dem erst jetzt aufging, dass der Dummkopf aus dem Märchen eine solche Begegnung kaum überlebt haben dürfte. »Und der Nekromant, dessen Stock ich *geliehen* habe, ist ja schon lange tot. Der braucht das Ding sowieso nicht mehr. Der Rest ist dann genau wie im Märchen abgelaufen: Dämonen ertragen es nicht, wenn sie mit etwas berührt werden, das ein Nekromant geschaffen hat. Und die Spitzohren haben ein paar schöne Tritte abgekriegt!«

Tanhe aus dem Haus des Schmetterlings lauschte dem Regen.

Der Hochwohlgeborene wusste ihm etwas abzuhören und liebte diese Beschäftigung. Im Unterschied zu seinen Brüdern und Schwestern erschlossen sich ihm zarte, kaum hörbare Worte.

Der Regen sprach davon, dass der Wald müde war, dass er schlafen wollte, auf Ruhe ebenso wie auf den Winter wartete. Dass er das warme Kleid aus dichtem, flockigem Schnee und Vergessen anzulegen begehrte, um es bis zu jenem Tag, da abermals der Frühling Einzug hielt, nicht wieder abzustreifen. Bis abermals eine warme Brise ging und über die freiliegenden Wurzeln der gigantischen Hainbuchen Bäche aus Schmelzwasser sprudelten. Der Wald wünschte zu schlafen, und nichts und niemand würde imstande sein, ihn davon abzuhalten.

Der Regen sprach davon, dass der alte Braunbär, der Liebhaber des rotscheckigen Lachses und der Berghimbeere, in der letzten Woche eine gewisse Umtriebigkeit gezeigt hatte. Und nachdem er eine ruhige Höhle gefunden hatte, ging er nun daran, diese zu vergrößern, damit er sich bequem in ihr zur Ruhe legen konnte.

Der Regen erzählte Tanhe auch, dass einen Tag von hier entfernt, an einer Stelle, an der ein Biberdamm den Fluss hatte anschwellen lassen, sodass er sich in einen unruhigen See verwandelte, an dessen Grund die Gebeine eines namenlosen und von allen vergessenen Ungeheuers ruhten, in einem Eulenloch eine kleine Allwisserin lebte. Sie hatte ein zänkisches Gemüt und trug Bernsteinperlen in den Ohren, weshalb es sich nicht empfahl, sich dem Heim dieses Waldgeistes zu nähern. Am besten machte man einen großen Bogen um diese Stätte, dann lebte man länger.

Der Regen flüsterte davon, dass im Süden Eichelhäher einen Nekromanten gesehen hätten, der jedoch nur auf einem Feld gerastet habe, um anschließend mit seinen toten Kriegern weiter nach Westen zu ziehen.

Der Regen sang ein Lied, in dem es hieß, er werde schon bald mit seiner Wolkenmutter gen Osten ziehen, hinter die Blinden Berge, weiter zu den Sümpfen, den endlosen Wäldern und den Wolkengipfeln. Dort wollte er zu Schnee werden, um sich hernach erneut in Wasser zu verwandeln und in diese Gegend zurückzukehren.

Und ganz leise raunte der Regen von vier Fremden, die sich in einem Hain an einer Flusskrümmung aufhielten, vier Stunden von der Stelle entfernt, an der Tanhe im Baum saß.

Der Elf dankte dem Regen und sprang behände aus den Zweigen. Er hatte erfahren, was er wollte, nun war die Zeit gekommen, Rache zu üben. Die drei Tage ermüdender Jagd hatten ihr Ende gefunden. Binnen Kurzem würde dieses dreckige Ungeziefer für sein Tun mit dem Leben bezahlen. Tanhe genoss schon jetzt die Freude an den Qualen, die seine Opfer erleiden würden.

»Sie sind an der Flussbiegung. Und sie schlafen«, teilte er seinen sieben Artgenossen mit, die gerade aus dem Dunkel heraustraten. Obwohl ihre Gesichter unter Kapuzen verborgen lagen, erahnte Tanhe das Lächeln auf ihren Lippen.

Ihre Zahl übertraf die ihrer Beutetiere um das Doppelte, sodass Tanhe nicht an ihrem Erfolg zweifelte. Einem von ihnen würde er mit Freude die Augen ausbrennen! Die anderen müssten das mitansehen – nachdem er ihnen zuvor die Zunge abgeschnitten hatte. Denn jemand würde verantworten müssen, was in Koliina am Yon, der Stadt ihrer Vorfahren, geschehen war.

Tanhe tat es ... leid.

Viele Jahre hatte er davon geträumt, den Ersten Schmetterling wiederzusehen, jenes Symbol ihres großen Hauses. Die Stele des Sonnenuntergangs, von der er Legenden gehört hatte, als er noch ein kleiner Elf gewesen war. Alle Brüder, die mit ihm aus dem Sandoner Wald aufgebrochen waren, dürsteten danach, am Grab des Gründers ihres Hauses auf die Knie zu fallen und dieser heiligen Erde im Schatten der legendären purpurroten Ahornbäume die Asche Olves zu übergeben, jenes größten aller Schmetterlinge, der den Menschen zu einer wahren Geißel geworden war.

Die besten Hochwohlgeborenen, die den Gemer Bogen und die Schande des Friedensvertrags überlebt und sich den Nekromanten aus Sdiss angeschlossen hatten – diese Hochwohlgeborenen waren in das verlassene Land aufgebrochen. Sie hatten Koliina am Yon bereits fast erreicht, als sie auf Frevler stießen. Diese hatten sich erdreistet, den Stein ihrer Straßen zu berühren, die geweihte Luft zu atmen und – dies vor allem – sich vor dem Zorn der Hochwohlgeborenen in der Stadt zu verstecken.

In der Gewissheit, ihnen stünde für ihre Vergeltung eine Ewigkeit zur Verfügung, waren sie in die Stadt eingezogen. Die Menschen sollten noch vor dem Kampf jede Hoffnung auf Rettung verlieren, sollten zittern, ehe sie ihnen überhaupt in die

Hände fielen, sie sollten erfüllt von dem Wissen sein, dass die Stele schon am nächsten Morgen in ihrem Blut erstrahlen würde.

Und dann diese Wendung! Er, Tanhe, hatte nicht bedacht, nicht gewusst, nicht wissen können, dass in der heiligen Stadt ein Sonnendämon lebte.

Sechsunddreißig Söhne der Schmetterlinge waren verloren, die Urne des großen Olve zerstört, seine Asche zwischen den Ruinen verstreut und vom Regen davongespült. Nie mehr würde sie eine würdige Ruhestatt finden. Lediglich acht von ihnen waren der Saat aus dem Reich der Tiefe entkommen und hatten sich in den Wald flüchten können.

Die Schmach indes würden sie nie vergessen. Sie hatten Koliina am Yon verlassen, das sie nun für immer verloren geben mussten, war es doch zur Höhle eines Sonnendämons geworden, und sich auf die Jagd nach diesen flinken Menschen gemacht, damit diese für ihre Taten sühnten.

Wie Nebel hatten sie sich durch den nächtlichen Wald bewegt, kein einziges Blatt, kein einziger Zweig hatte von ihrer Anwesenheit gekündet. In ihm, im Wald, fühlten sich die Hochwohlgeborenen in ihrem Element, spürten sie das verwandtschaftliche Blut. Ihn, den Wald, kannten und verstanden sie. Er würde, er könnte sie nie an Fremde verraten.

Acht Schatten huschten durch den leichten Dunst, der in der Luft hing, acht Schatten näherten sich Schritt um Schritt dem Fluss. Tanhe bedeutete Yove, Shathe und Nare, sich weiter links zu halten, damit sie sich dem Rastplatz der ahnungslosen Simpel von der gegenüberliegenden Seite her nähern konnten, während er selbst mit den vier restlichen Kriegern geradeaus weiterzuschleichen beabsichtigte.

Der Fluss war nun ganz nah, strömte unmittelbar hinter dem dichten Nusswäldchen dahin.

Galhe riss den Arm hoch und deutete auf eine Stelle vor ihnen. Tanhe nickte. Auch ihm war nicht entgangen, dass dort, eingehüllt in ihre Umhänge, die Menschen schliefen. Drei lagen dicht beieinander, der vierte aber, der zur Wache abgestellt war, saß in seinen Umhang gehüllt auf dem Boden, mit dem Rücken gegen einen Baum gelehnt, den Kopf auf die Brust gesenkt. Die Feiglinge hatten sich nicht einmal getraut, ein Feuer zu entfachen.

Was für Dummköpfe! Glaubten sie denn wirklich, sie könnten der Rache der Hochwohlgeborenen entkommen, wenn sie auf ein Feuer verzichteten?!

An der gegenüberliegenden Seite der Lichtung nahm Tanhe eine flüchtige Bewegung wahr. Yove und die anderen zwei warteten dort auf sein Signal. Als Zalvhe neben ihm die geladene Armbrust hochriss, schüttelte Tanhe verärgert den Kopf.

»Wir wollen sie lebend«, flüsterte er, fast ohne die Lippen zu bewegen.

Er langte nach seiner Gürteltasche, um ein feines, jedoch robustes Fangnetz herauszuholen, dessen Ränder stählerne Kugeln beschwerten. Nachdem seine Gefährten es ihm gleichgetan hatten, nickte er ihnen zu.

Die Netze flogen wie ein einziges in die Luft und fielen – ebenfalls wie ein einziges – auf die schlafenden Menschen nieder. Im nächsten Augenblick umzingelten die Hochwohlgeborenen lachend die Gefangenen. Doch ehe Shathe dem Mann vor ihm einen Tritt geben konnte, sirrte eine Bogensehne, und er fiel, von einem Pfeil in der Brust getroffen, zu Boden.

Ein Laubberg neben Yove wirbelte auf – und hackte dem Elfen die Beine ab. Als sich zwei Schmetterlinge auf den Kerl warfen, sprang von einem Baum ein Soldat auf sie, der brüllte wie ein hungriger Gow. Einer der Hochwohlgeborenen büßte seinen Kopf ein, dem zweiten bohrte sich ein Schwert unters Schlüsselbein. Er ließ die Lanze fallen, zog sich zu den Bäumen zurück – und wurde prompt von einem weiteren Menschen erledigt, der sich dort unter den Blättern versteckt hatte.

Aus der Dunkelheit kam ein Pfeil herausgeschossen, der in Nathes Schulter stecken blieb. Trotzdem stürzte er sich zusammen mit zwei anderen Elfen unverdrossen in den Kampf, während sich Tanhe den Bogenschützen vornahm. Dieser wechselte den Bogen gegen eine Streitaxt und stellte sich der Herausforderung.

Durch seinen Panzer geschützt, stellte der gedrungene Mann einen ernst zu nehmenden Gegner dar.

Er handhabte die Streitaxt mit erstaunlichem Geschick, war unablässig in Bewegung und griff in einem fort an, sodass Tanhe die Vorteile der Lanze nicht auszuspielen vermochte. Den nächsten Schlag wehrte der Elf nur mit größter Mühe ab. Die Streitaxt von sich drückend, wich er zurück und zog ein Messer, um es seinem Gegner in die Seite zu rammen. Die Schneide glitt indes scheppernd am Stahl ab – dafür wurde sein Handgelenk wie von einem Schraubstock gepackt.

Himmel und Erde überschlugen sich, der Boden glitt ihm unter den Füßen weg. Tanhe flog durch die Luft, verlor dabei seine Lanze und schlug mit aller Wucht bäuchlings in feuchten Blättern auf.

Sofort drehte ihm der Mensch die Hand mit dem Messer auf den Rücken und drückte sein Knie darauf, sodass Tanhe nicht einmal mehr die Klinge zum Einsatz bringen konnte. Doch obwohl sich seine Finger vom Griff des Messers lösten, leistete er ungebrochen Widerstand. Mit aller Kraft versuchte er, dieses Untier von sich zu werfen – das ihm gerade die Knochen brach. Noch während er einen Schmerzensschrei unterdrückte, traf ihn eine stählerne Faust in den Nacken und erlöste ihn von jeder Pein. Tanhe aus dem Haus des Schmetterlings verlor das Bewusstsein und sollte nie mehr erfahren, dass er durch sein eigenes Messer starb.

»Da platzt doch die Kröte!«, schrie Luk, um den Armbrustschützen von Rando und Ga-nor abzulenken. Dieser bedachte ihn tatsächlich mit einem Bolzen, den Luk jedoch mit dem Rundschild abwehrte. Nach diesem Schuss ging er sofort zum Angriff über. Der Streitflegel traf das Spitzohr am Schenkel. Obwohl der Elf mit zerschmetterten Knochen zu Boden ging, versuchte er dennoch, Luk mit der Lanze zu treffen. Dieser riss abermals den Schild schützend vor sich, um dem Spitzohr dann mit einem zweiten Einsatz seines Flegels den Brustkorb zu zertrümmern.

Damit war der kurze Kampf vorüber. Ga-nor fesselte dem

einzigen überlebenden Hochwohlgeborenen gerade Arme und Beine.

»Ihr habt euch alle wacker geschlagen«, lobte Rando sie.

»Wir hatten Glück«, erwiderte Ga-nor, der den wie eine Natter zischenden Elfen bei den Haaren packte und ihn zu einem Baum zog. »Sie sind auf unsere Täuschung hereingefallen. Entweder müssen sie noch sehr jung sein oder sie haben uns völlig unterschätzt.«

»Wohl eher Letzteres. Die halten doch alle Menschen für Hohlköpfe!«, rief Luk. Als er den Blick des Elfen auffing, verzog er das Gesicht. »Da brauchst du gar nicht so zu glotzen! Wir sind eben längst nicht so blöd, wie ihr glaubt!«

Der Hochwohlgeborene murmelte nur etwas in seiner unverständlichen Sprache.

»Was hat er gesagt, Mylord?«, fragte Kallen.

»Diesen Dialekt verstehe ich nicht besonders gut. Etwas von einer Mutter und von Hunden.«

Schweigend stellte sich Kallen vor den rothaarigen Elfen und trat ihm ins Gesicht.

»He!«, polterte Luk. »Der kann sich doch schon nicht mehr wehren!«

»Was meinst du denn, was die mit uns gemacht hätten, wenn wir ihnen in diese Netze gegangen wären?«, erwiderte Kallen und wies auf die Fangnetze über ihren Umhängen. »Ich gehe jede Wette ein, dass dir dann als Erstes etwas zwischen den Beinen fehlen würde. Wenn wir es nicht mit dem da, sondern mit einem Kerl aus dem Haus der Rose oder der Weide zu tun hätten, würde ich mich vielleicht anders verhalten. Aber die Schlächter aus dem Haus des Schmetterlings dürfen keine Gnade erwarten. Im Übrigen weiß das niemand besser als dieses dreckige Spitzohr selbst.«

Der Elf spuckte Blut aus, das ihm aus den aufgeschlagenen Lippen in den Mund gelaufen war, sagte aber kein Wort, sondern funkelte Kallen nur zornig an.

»Du verstehst unsere Sprache ganz genau, nicht wahr, du Bestie?«

Erneutes Schweigen.

»Woher hast du gewusst, dass sie kommen?«, wollte Rando von Ga-nor wissen.

»Der Wald hat es mir verraten«, antwortete Ga-nor grinsend. »Nicht nur die Hochwohlgeborenen fühlen sich in ihm wie zu Hause.«

»Trotzdem hätte ich nicht gedacht, dass wir sie so leicht überwältigen.«

»Wir haben eben Glück gehabt«, wiederholte Ga-nor. »Wie gesagt, sie dürften sehr unerfahren gewesen sein.«

»Jedenfalls habe ich zwei von diesen Schlächtern erwischt!«, wetterte Kallen. »Und darauf bin ich stolz. Nein, Ga-nor, wenn du mich fragst, ist das wirklich eine gute Leistung von uns gewesen.«

»Schon möglich«, meinte er nur.

»Sind außer dir noch weitere Artgenossen von dir im Wald unterwegs?«, nahm Rando nun den Elfen ins Verhör.

Dieser maß ihn zunächst mit einem überheblichen Blick, um dann mit grauenvollem Akzent herauszupressen: »Von mir erfährst du kein Sterbenswörtchen, du Dreckstück!«

»Wir hätten den nicht gefangen nehmen sollen!«, stöhnte Luk. »Jetzt müssen wir ihn durchfüttern, ihn mitschleppen und ständig im Auge behalten – und ihm obendrein auch noch den Hintern abwischen. Als ob wir nicht schon genug Sorgen hätten!«

»Nimm mir die Fesseln ab und gib mir eine Waffe! Dann zeig ich dir, wie Hochwohlgeborene kämpfen!«

»Nicht nötig«, erklärte Kallen, packte den Elfen bei den Haaren und drückte seinen Kopf gegen den Baumstamm, um dem Gefangenen den Dolch an die Kehle zu halten. »Das habe ich schon oft genug mitangesehen.« Er trieb die Klinge in den Körper des Gefangenen und beobachtete teilnahmslos, wie die nussbraunen Augen hinter dem Nebel des Todes brachen. »Und das will ich nie wieder erleben. Deshalb wirst du keinen einzigen Kampf mehr ausfechten.«

Er gab den Feind frei und trat zurück. Der Hochwohlgeborene versuchte noch, etwas zu sagen, doch sein Kopf fiel ihm kraftlos auf die blutige Brust.

»Niemand hat je vorgehabt, ihn durchzufüttern, Luk«, versicherte Kallen. »Und sieh mich nicht so an! Wir befinden uns im Krieg – und der ist nicht immer eine saubere Angelegenheit. Ich habe dir gesagt, was mit dir geschehen wäre, wenn du denen in die Hände gefallen wärst. Glaub mir, du wärest nicht mit einem so schnellen Tod davongekommen. Und wenn es nach mir gegangen wäre, dieses Miststück da auch nicht.«

»Schluss jetzt, Kallen!«, verlangte Rando.

»Lasst uns ihre Rucksäcke überprüfen«, schlug Luk vor. »Vielleicht finden wir ja was zu essen.«

Wortlos steckte Kallen den Dolch in die Scheide zurück.

Kapitel 17

Im Licht der untergehenden Sonne dünkten ihn die Mauern, die Befestigungstürme und die zahllosen Turmhelme Alsgaras mit frischem Blut übergossen. Die Luft schien erstarrt, während die Stadt vom Feuer verschlungen wurde. Hunderte schwarzer Rauchsäulen vereinigten sich am Himmel zu einer einzigen undurchdringlichen Wolke, die noch weithin zu erkennen war. Die sanfte Orsa vergaß ihre wahre Natur und ließ ihr schwarzes Wasser wütend brodeln. Der Schaum, der immer wieder über die Ufer trat, zeigte dasselbe Purpur wie die Stadtmauern.

Blut.

Allerorten Blut. Blut, das sich ins Wasser mengte, über gelbes Straßenpflaster floss und den Boden tränkte, Blut, das in feinen Teilchen in der Luft schwebte, im Haar verkrustete und sich auf der Haut absetzte. Allein der Geschmack trieb einen in den Wahnsinn.

Der Ufersand hatte sich in eine Scheibe aus mattem Glas verwandelt, die unmittelbar am Fluss ein Netz aus Rissen zeigte. Obgleich der Boden nach und nach erkaltete, drang seine Hitze sogar durch die Sohlen der Stiefel. Die Luft erfüllten noch immer der Widerhall magischer Explosionen und die Schreie der im Todeskampf sterbenden Schreitenden.

Entkräftet und mit vor Anspannung grauem Gesicht, der Bart versengt, das Wams aufgerissen, der linke Arm zertrümmert, beschwor Rethar Thia, sich zu erheben. Sie kauerte am Heck eines zerschlagenen Kahns und weinte lautlos vor Erschöpfung, Verzweiflung und Zorn. Mithipha war nicht zu ihnen nach Alsgara gestoßen. Diese Feigheit, diese Verantwortungslosigkeit hätte sie beide beinahe das Leben gekostet.

Ihr Angriff hatte sich totgelaufen, ihre Truppen waren zerschlagen. Nicht einer der fünfzehntausend Gefolgsleute, die an sie glaubten, hatte überlebt. Selbst ein Jahr nach dem Beginn der Kämpfe, selbst nach all den Niederlagen, die die Schreitenden hatten hinnehmen müssen, stand der Turm fest wie eh und je. Auch der heutige Tag hatte ihn nicht in die Knie gezwungen.

»Du hast mir geschworen, stark zu sein«, sagte Rethar leise.

Da endlich stand Thia, beschämt über ihre Schwäche, auf. Die Wunde, die sie sich am Morgen zugezogen hatte, schmerzte bei jeder Bewegung. An der rechten Seite ihrer Jacke klebte getrocknetes Blut, die Haare im Nacken waren verbrannt, die Fingernägel abgebrochen und blau verfärbt. Immer wieder sah sie alles doppelt, immer wieder drohte die Welt in einen wilden Tanz auszubrechen, sich in einem Reigen zu drehen und ihr den Boden unter den Füßen wegzuziehen. Seit dem Morgen hatte sie gekämpft, sodass ihr Funke jetzt kaum noch glühte und ihre letzten Kräfte verschlang.

Rethar und Thia spürten beide, wie eine der Schreitenden ihren Funken anrief, denn ein Feuer, das in der Ferne aufloderte, schien sie zu verbrennen.

»Sie werden bald hier sein. Deshalb will ich, dass du diesen Ort sofort verlässt.«

»Nein!«, schrie sie entsetzt auf. Da er ansetzte, etwas zu sagen, fügte sie rasch hinzu: »Glaub ja nicht, dass du mich loswerden könntest, Rethar Neho! Ich werde dich niemals im Stich lassen!«

»Diese Schreitenden haben bisher noch nicht an den Kämpfen teilgenommen. Und es sind sehr viele!«

»Das schaffen wir! Das schaffe *ich!*«

Er schenkte ihr das gleiche Lächeln wie an jenem Tag, als sie sich kennengelernt hatten. »Dir ist es noch nie gelungen, mich anzulügen, Thia. Du hast heute viel geleistet. Du hast Dinge getan, die niemand sonst getan hätte. Ich bin stolz auf dich. Sehr stolz sogar. Aber nun bist du ausgelaugt.«

Seine sonst stets teilnahmslosen roten Augen leuchteten in unverfälschter Begeisterung und Liebe.

»Trotzdem lasse ich dich nicht allein!«, beharrte sie. »Wenn du den Tod suchst, dann werde ich an deiner Seite sterben.«

»Nein!«, schrie er und schüttelte heftig den Kopf, um dann in leiserem Ton fortzufahren: »Nein – denn du musst etwas erledigen, das von größter Wichtigkeit für uns alle ist.«

Rethar blickte zu dem Hain hinüber. In wenigen Minuten würden dort die ersten Schreitenden auftauchen. Er schob die Hand in den Ausschnitt seines Hemdes und zog einen ockergelben, grau gefleckten Stein hervor, der die Größe und Form eines Hühnereis hatte. Ein bronzener Käfig umfasste ihn, er baumelte an einer Kette, deren flache Glieder aus einem unbekannten Metall gefertigt waren.

»Du musst das Herz des Skulptors von hier wegbringen.«

»Aber …«

»Ghinorha, Ley und Rowan kommen an der Treppe des Gehenkten nicht weiter. Doch mit dem Herz des Skulptors können wir die Schreitenden dort in die Knie zwingen«, erklärte er ruhig. »Das weißt du genauso gut wie ich. Deshalb musst du den anderen das Artefakt bringen. Sonst war der ganze heutige Tag, der Tod von all denen, die an unserer Seite gekämpft haben, sinnlos. Noch ist der Sieg nicht errungen. Mit diesem Kleinod aber«, er schwenkte die Kette hin und her, »haben wir eine reale Chance, diesen Krieg zu gewinnen. Unser Leben zählt nichts, einzig unser Ziel ist von Bedeutung.«

»Dann lass uns gemeinsam zur Treppe gehen!«

»Wir hätten nur eine halbe Stunde Vorsprung, danach würden die Schreitenden zur Jagd auf uns blasen. Nein – ich muss sie hier aufhalten. Und zwar so lange wie möglich.«

»Aber du bist verwundet!«

»Was mich jedoch nicht hindert, Zauber zu wirken! Zweihundert Yard flussabwärts warten bei den Platanen am Ufer einige meiner treuen Anhänger mit Pferden auf dich. Sie werden dich begleiten.«

»Lass mich hierbleiben! Bei dir!«

»Du würdest dich nicht eine Minute halten können! Dazu ist dein Funken nach all den Duellen viel zu schwach. Meiner dagegen glüht noch stark genug, um diese Schreitenden ins Reich der Tiefe zu schicken.«

Er zwang ihr das Artefakt förmlich in die zitternden Hände. Thia empfand eine solch unüberwindbare Verzweiflung, dass die Welt zu verblassen schien. Sie wollte schreien, ihn überzeugen, dass er irrte, aber sie wusste, dass es aussichtslos wäre. Rethar würde keinen Fußbreit von seinem Standpunkt abrücken. Tränen rannen ihr über die Wangen.

»Ich bringe Mithipha um!«, schwor sie voller Hass.

»Übergib das Herz des Skulptors Ghinorha«, ließ er ihre Drohung unbeachtet. »Halte dich an sie. Sie war immer gut zu mir. Und sie wird dir helfen. Sag ihr … Nein, es ist nicht nötig, ihr etwas zu sagen. Und nun brich auf! Die Zeit drängt!«

Er umarmte Thia etwas unbeholfen mit einem Arm, sog den Duft ihrer Haare ein und flüsterte: »Weine nicht! Ich liebe dich!«

Mit diesen Worten stieß er sie von sich und wandte sich den Schreitenden zu, die in diesem Augenblick hinter den Bäumen hervortraten. Ganz kurz zögerte Thia noch, denn nichts wünschte sie sehnlicher, als zu bleiben, mit ihm Leben wie Tod zu teilen. Am Ende wagte sie es indes nicht, sich ihm zu widersetzen. Voller Verzweiflung schickte sie den Schreitenden die letzten Reste ihres Funkens entgegen, traf eine von ihnen – und stürzte blind vor Tränen davon.

Hinter ihr donnerte es …

Ein Knall riss Thia aus dem Schlaf. Reglos sah sie zu den wenigen Sternen hinauf. In ihren Ohren hallte der Lärm jenes Kampfes nach, der vor fünfhundert Jahren an den Ufern der Orsa stattgefunden hatte. Fast zweihundert Jahre war sie nun von diesem Albtraum verschont geblieben.

Immer wieder hatte sie sich einzureden versucht, sie habe Alsgara am Tag des Aufstands zum letzten Mal gesehen. Mit aller Kraft hatte sie jenen Kampf zu vergessen gesucht, der sie ein Jahr danach noch einmal in die verhasste Stadt gebracht hatte.

Stets vergeblich. Die Ereignisse hatten sich ihr allzu fest ins Gedächtnis eingeschrieben.

Wenn sie nach einem solchen Albtraum erwachte, warf sie sich jedes Mal vor, auf Rethar gehört und ihn dem sicheren Tod überlassen zu haben. Und mehr als einmal wünschte sie, damals mit ihm gestorben zu sein.

Wie hatte sie nur etwas auf ihre gemeinsame Sache, auf den Sieg an der Treppe des Gehenkten geben können?! Mit Rethars Tod war ihr Leben ein anderes geworden. Ein Teil ihrer Seele war mit ihm gestorben, zurückgeblieben war eine Verwundete. Eine tobende Wölfin, wie Alenari es einmal ausgedrückt hatte. Eine Frau, die sich um nichts und niemanden mehr scherte.

Allein bei der Erinnerung würgte es Thia. Sie setzte sich auf und zog bibbernd vor Kälte ihre Jacke an. Am Ende des zweiten Herbstmonats spendete der Wollpullover mit der Kapuze bereits keine ausreichende Wärme mehr.

Die anderen schliefen noch. Nur Yumi hockte am Lagerfeuer, das er regelmäßig mit Holz nährte. Allem Anschein nach hatte er die Kämpfe recht gut verkraftet. Von den anderen ließ sich das leider nicht behaupten.

Als Thia sich erhob, funkelten im Schatten der Kiefern goldglänzende Augen auf. Ghbabakh hielt es nach wie vor für seine Pflicht, sie zu beobachten. Er und Yumi waren die beiden, die ihr aus dieser Gruppe noch am freundlichsten begegneten. Noch nie hatten sie sie mit einem schrägen Blick oder einem gehässigen Wort bedacht. Das hieß jedoch nicht, dass dieses Pärchen die Bewachung einstellte …

Sie alle vertrauten ihr nicht.

In der Regel perlten solche Vorbehalte an Thia ab, nur selten regte sich deswegen Zorn in ihr, und selbst wenn, dann erlosch er sogleich wieder.

Sie nickte dem Blasgen zu, fragte sich aber insgeheim, was er wohl unternehmen würde, wenn sie ihrem Zorn einmal die Zügel schießen ließe. Ness umrundend, hielt sie auf das Wäldchen zu.

Die Bäume umschlossen sie geradezu, die Wipfel schirmten

sie gegen die Sterne ab. Die nächsten zwei Minuten lief sie nur zögernd weiter, um sich an die Finsternis zu gewöhnen. An der Wegblüte blieb sie stehen und legte ihre Hand auf einen der steinernen Hauer. Wärme durchströmte sie. Mit angehaltenem Atem lauschte sie – fast als wolle sie das Schlagen eines fremden Herzens wahrnehmen.

Minute um Minute verging, doch Thia rührte sich nicht, verharrte reglos neben dem riesigen schwarzen Stein mit den goldenen Adern. Nach einer Weile seufzte sie enttäuscht. Während sie jeden einzelnen Hauer der Wegblüte ablief, dachte sie abermals an Rethar. Wenn Soritha diese Schöpfungen des Skulptors nicht lahmgelegt hätte, dann hätten sie beide aus Alsgara fliehen können …

Wie mochte diese Wegblüte wohl hierher, an solch einen abgelegenen Ort, gekommen sein? Noch rätselhafter war freilich die Frage, warum sie nur einmal zum Leben erwacht war. Bis zum Einbruch der Nacht hatte sie Shen bedrängt, er möge die Wegblüte noch ein weiteres Mal erwecken – doch jeder Versuch seinerseits, das Portal zu öffnen, war gescheitert.

Nun gut, der Junge war zu müde gewesen, die Duelle im Regenbogental hatten ihn erschöpft. Deshalb hatte sie ihn irgendwann in Ruhe gelassen – um trotz peinigenden Schmerzes in der Wirbelsäule und in den Schläfen die Wegblüte selbst zu wecken. Sie hatte alle Zauber, die sie kannte, zum Einsatz gebracht – vorsichtshalber sogar zweimal hintereinander, doch stets vergeblich. Die Steine schliefen, antworteten weder auf ihre Gebete noch auf ihre Flüche.

Am Ende hatte sie aufgegeben.

Nachdem sie eine Fläche mit trockenen Tannennadeln ausgelegt hatte, ließ sie sich darauf nieder und schlang die Arme um die Knie. Das, was geschehen war, wollte ihr einfach nicht in den Kopf. Wie konnte ein unerfahrener grüner Junge vollbringen, was Generationen von Zauberern nicht geglückt war?!

Sie durchforstete lange das Labyrinth ihres Gedächtnisses, bis sie irgendwann einschlief – und geweckt wurde, weil Pork aufwachte. Den Tölpel hatte sie bereits völlig vergessen. Da sie heute jedoch einen großen Teil ihres Funkens verbraucht hatte, konnte sich der Junge rühren und mal wieder losplärren, sie möge ihn doch bitte, bitte freilassen. Das Gejammer zerrte derart an ihren Nerven, dass sie die kläglichen Reste ihrer Gabe zusammenklaubte und damit auf den angestammten Besitzer ihres Körpers einschlug, ihn zwang, abermals in tiefen Schlaf zu sinken.

Keiner von denjenigen, die jetzt am Feuer schliefen, konnte sich auch nur vorstellen, wie viel ihr der Kampf gegen die Auserwählten abverlangt hatte. All die Kraft, die sie nach dem Tod Talkis hatte sammeln können, war nun wieder verloren, denn nach wie vor verlangte der Verlust ihres eigenen Körpers einen hohen Preis. Um wenigstens wieder einigermaßen anständige Zauber wirken zu können, würde sie mit Sicherheit eine, vielleicht sogar zwei Wochen brauchen.

Während der Auseinandersetzung am Pavillon hatte Thia befürchtet, vor Kopfschmerz in Ohnmacht zu fallen. Nur mit einer schier übermenschlichen Willensanstrengung hatte sie Angriff um Angriff abgewehrt. Hinzu kam, dass sie bei einer offenen Konfrontation das Moment der Überraschung nicht mehr ausnutzen konnte ...

Zum Glück ahnten weder Shen noch Rona etwas von ihrer Schwäche. Der Heiler mochte ja noch auf Ness hören – aber das Mädchen war völlig unberechenbar. Wenn sie von ihrer, Thias, Schwäche erführe, ließ sich nicht abschätzen, auf welch reizende Gedanken sie verfiele. Nicht bei dem inbrünstigen Hass, den sie gegen Thia hegte. Und in ihrer gegenwärtigen Lage konnte sie sich nicht einmal mit dieser kleinen Schreitenden auf ein magisches Duell einlassen. Sollte sie das Mädchen jedoch trotz ihrer Schwäche töten, dann verlöre sie zwangsläufig jenes zarte Vertrauen, das Shen ihr inzwischen entgegenbrachte. Ihn aber brauchte sie noch. Dringend sogar.

Das war ihr an dem Tag, da Talki den Tod gefunden hatte, klar geworden. Als sie den Heiler im strömenden Regen ausgemacht hatte, da hatte sie mit einem Mal gewusst, dass er tatsächlich ihre einzige Chance darstellte, ihr früheres Leben zurückzuerlangen. Vor allem jetzt, nach dem Tod von Talki und dem blonden Weibsbild.

Deshalb hatte sie ihn nicht umgebracht. Deshalb war sie ihm gefolgt.

Als sie dann im Matsch gelegen hatte, die irren grauen Augen des Bogenschützen vor sich, hatte sie für einen Moment geglaubt, er würde ihr den Funkentöter in den Hals rammen. Doch dann hatte sie die Worte gesagt, die sie ihm hatte sagen müssen …

Und sie waren noch nicht einmal gelogen. Auch sie wollte das Gleiche wie er: Rache nehmen. Nur gesellte sich ihrem Rachedurst noch ein anderes, ein viel entscheidenderes Ziel hinzu: Sie musste wieder sie selbst werden.

Dass Ness den Funkentöter noch immer bei sich trug, beunruhigte sie nicht. Zu gegebener Zeit würde sie das Artefakt schon an sich bringen. Ebenso die Pfeile, diese sogenannten Brennenden Fäden.

Und wieder einmal fragte sie sich, was sie mit ihnen allen machen würde, wenn sie ihr Ziel erreicht hatte. Oder – doch da seien die Sterne Haras vor – wenn sie eine Niederlage hatte hinnehmen müssen. Würde sie sie umbringen? Sich für all das rächen, was Shen und Ness ihr angetan hatten? Vermutlich schon …

Mitunter zürnte sie den beiden so sehr, dass sie das Versprechen vergaß, welches sie sich selbst gegeben hatte: sich in Geduld zu fassen. In solchen Momenten fehlte nicht viel, und sie hätte die beiden auf der Stelle getötet. Ohnehin kostete es sie in letzter Zeit all ihre Willenskraft, ihre Wut zu bändigen. Einzig der Gedanke, dass es ihren Untergang bedeutete, ließe sie ihrer Rage die Zügel schießen, half ihr dann noch. Denn mit Shens Tod verlöre sie auch die letzte Hoffnung, den verhassten fremden Körper je wieder zu verlassen.

Das Schlimme war, dass ihr nicht nur blinde Wut zusetzte. Thia verstand grundsätzlich nicht mehr, was in ihr vorging. Zuweilen schlug ihre Stimmung von einer Sekunde auf die andere um. Häufig schnürten ihr Tränen die Kehle zu. Tränen, für die es nicht den geringsten Grund gab. Ob Talki am Ende recht hatte? Veränderte der neue Körper ihr Wesen?

In dieser Sekunde berührte eine weiche Kaninchenpfote scheu ihre Wirbelsäule und tastete sich ängstlich bis zum Hals hinauf. Rasch kehrte Thia zum Lagerfeuer zurück, nahm Ness' Wasserflasche an sich, die nur noch zu einem Viertel voll war – im Übrigen ihr letztes Wasser –, zwinkerte Yumi zu und stiefelte erneut in Richtung Wald, mied diesmal aber vorsichtshalber die Wegblüten.

Sie spritzte ein wenig Wasser auf den Boden, um ein kleines Silberfenster zu schaffen.

Sofort erschien das Bild. Mithipha saß auf einem Bett, das Haar zu zahllosen Zöpfen geflochten, die Beine nach östlicher Art untergeschlagen. Sie trug ein elegantes Wollkleid mit Stehkragen und eine Jacke von kornblumenblauer Farbe.

»Gut, dass du antwortest. Ich habe fast vermutet, du würdest dich weigern, mit mir zu sprechen«, erklärte sie lächelnd. »Wie geht es dir?«

»Ich kann nicht klagen. Was willst du? Ich bin beschäftigt«, herrschte Thia sie an, der das unangenehme Funkeln in den Augen Mithiphas überhaupt nicht gefiel. »Und wo hast du dein ewiges *Tut mir leid, Entschuldige* und *Verzeih* gelassen?«

»Oh, ich hätte gar nicht gedacht, dass du diese Floskeln vermissen würdest. Aber du hast hoffentlich nichts dagegen einzuwenden, wenn ich mich auf das Wesentliche beschränke. *Ich* bin nämlich auch beschäftigt.«

»Und dieses Wesentliche besteht in der Mitteilung, dass Talki tot ist, oder?«

»Oh, du bist bereits im Bilde«, erwiderte Mithipha und kicherte leise. »Schade, ich hätte dir die freudige Neuigkeit gern selbst mitgeteilt.«

»Warum sollte mich diese Neuigkeit freuen?«, fragte Thia. »Nein, ich muss dich leider enttäuschen, diese Nachricht lässt mich nicht gerade Luftsprünge machen vor Begeisterung.«

»Du bist im Wald?«

»Das spielt keine Rolle. Verrat mir lieber, was heute in dich gefahren ist? Hast du Wein getrunken?«

»Wie kommst du denn darauf?«

»Weil ich dich gar nicht wiedererkenne. Du bist so … freiheraus.«

»In dem Fall möchte ich dich darauf hinweisen«, tönte Mithipha von oben herab, »dass ich schon immer freiheraus gewesen bin. Nur habe ich es in den letzten fünfhundert Jahren vorgezogen, diese Eigenschaft nicht zur Schau zu tragen.«

»Dass du die Graue Maus nur gespielt hast, ist mir immer klar gewesen«, log Thia ungeniert. Doch sie empfand bei dieser Offenbarung weder Verblüffung noch Verzweiflung oder Wut. Nur unsagbare Müdigkeit. Deshalb wollte sie dieses Gespräch so schnell wie möglich beenden und sich endlich schlafen legen.

»*In dem Fall* verdient dein Verhalten aufrichtige Bewunderung!«, rief Mithipha aus. »Mit welcher Geduld du mein Geplapper ertragen hast …! Gut, aber jetzt, da Talki tot ist, brauche ich nicht länger in diese Rolle zu schlüpfen.«

»Weshalb musstest du das denn bisher?«

»Weil die alte Spinne nun mal neidisch bis ins Mark war«, antwortete Mithipha. »Deshalb hat sie nur eine dumme Gans an ihrer Seite geduldet. Glaub mir, diese Rolle hat mich ebenso angewidert wie dich all unsere Gespräche.«

»Damit musst auch du über die Geduld eines Eiswurms verfügen.«

»Das fasse ich als Kompliment auf«, gab Mithipha zurück und neigte höflich den Kopf. »Immerhin hat die Maskerade auch Vorteile mit sich gebracht. Talki hat mir zum Beispiel in all den Jahren hervorragend als Schild gegen dich gedient.«

»Damit stündest du jetzt ohne Schutz da.«

»Nur habe ich jetzt nichts mehr zu befürchten. Das ist einer der Gründe, warum Talki ins Reich der Tiefe eingegangen ist. Nicht nur, dass du mittlerweile in diesem Körper steckst«, höhnte Mithipha, »nein, auch dein Funke glüht längst nicht mehr mit der alten Intensität. Von dir dürfte also keine Gefahr für mich ausgehen.«

»Wolltest du mich sprechen, um mir das zu sagen?«, erkundigte sich Thia, die ihren Zorn mit aller Gewalt unterdrückte: Hatte Talki am Ende also doch etwas ausgeplaudert.

»Durchaus nicht. Vielmehr wollte ich mich mit dir in Verbindung setzen, um dich wissen zu lassen, warum Talki gestorben ist.«

»Weshalb sollte mich das interessieren?«

»Weil du schon immer eine neugierige Katze gewesen bist. Also ... Talki hat sich hinter unserem Rücken mit dem Turm eingelassen. Sie wollte uns mit Haut und Haar verkaufen.«

Thia fiel die Kette ein, die sie bei Ness gesehen hatte. Dann waren da noch die Toten aus dem Turm in dem Anwesen ...

»Fahr fort«, forderte sie Mithipha auf. »Allmählich interessiert mich die Geschichte wirklich.«

»Im Gegenzug hat Talki verlangt, ungeschoren davonzukommen und ihre Pläne verwirklichen zu können. Sie wollte die Mutter ausbilden und sich auf die Seite des Turms stellen – wir waren ihr nämlich nicht mehr gut genug. Meiner Ansicht nach hat sie ihren Tod damit selbst herausgefordert.«

»Dann warst du es, die das alles eingefädelt hat?«

»Nein, der Vorschlag kam von Alenari. Ich habe nur einige Verbesserungen an ihrem Plan vorgenommen. Wir haben Talki von Gash-shaku weggelockt und uns mit Rowan abgesprochen ... den Rest kennst du.«

»Ich habe vermutet, dass dieser Grabwurm Rowan seine Finger dabei auch im Spiel hatte. Aber gut, du machst deiner Lehrerin wirklich alle Ehre. Eigentlich schade, dass sie dein wahres Gesicht nicht kannte.«

»Das hat niemand gekannt«, tröstete Mithipha sie. »Weder du noch Rowan. Alenari ist da die einzige Ausnahme gewesen.«

»Dann hast du mich also angelogen, als du behauptet hast, du könntest nicht mit ihr in Verbindung treten. Ich hätte dich wirklich umbringen sollen, als ich die Gelegenheit dazu hatte.«

»Aber diese Gelegenheit hast du nicht genutzt ... Du kannst es natürlich jederzeit nachholen. Falls du so mutig sein solltest, mich aufzusuchen. Du findest mich bei den Katuger Bergen. Ich folge Rowan und bleibe in der Nähe von Ley. Und glaub mir, ich würde dich mit Freuden ins Reich der Tiefe schicken.«

»Du hast eine zu hohe Meinung von dir selbst. Wie merkwürdig, dass dich die Ausbildung im Regenbogental nicht davon kuriert hat.«

»Ich darf dir versichern, dass ich meinen Wert genau kenne – und deinen auch. Versuch also gar nicht erst, mir etwas vorzumachen. Um dein Potential ist es zurzeit miserabel bestellt.«

»Selbst wenn, würde mich das nicht veranlassen, die Rolle der Närrin zu spielen«, spie Thia voller Hass aus. »Im Gegensatz zu dir. Deshalb warte also besser nicht auf mich.«

Zumindest so lange nicht, wie mein Funken nicht wieder in alter Weise leuchtet, ergänzte sie in Gedanken.

»Früher oder später kommst du«, entgegnete Mithipha kalt. »Da bin ich mir ganz sicher. Dazu bist du viel zu unbeherrscht. Und wenn ich dir erst einmal die Geschichte erzählt habe, wie …«

»Ich habe nicht die Absicht, meine Zeit damit zu vergeuden, mir dein Geplapper anzuhören!«

»Dieses *Geplapper* betrifft Rethar!«, zischte Mithipha und brachte Thia allein dadurch zum Zittern, dass sie diesen Namen nannte. »Du weißt, warum ich Scharlach heiße?«

»Selbstverständlich!«, spie sie aus. »Weil du alle Kinder …«

»Ach ja, die lieben kleinen Kinderchen«, höhnte sie, und mit jeder Silbe verhärtete sich der stählerne Glanz in ihren Augen. »All die braven Schüler und Schülerinnen aus der ersten Klasse. Wir brauchten damals die Bücher aus dem Regenbogental. Wer hätte denn ahnen können, dass die Kinder nicht fortgebracht worden waren? Warum haben diese einfältigen, diese närrischen Schreitenden nicht für ihre Sicherheit gesorgt?« Ihr Gesicht verzerrte sich. »Rethar hat mich auf diesem kleinen Ausflug begleitet. Und er ist es auch gewesen, der mich gezwungen hat, die Kinder zu töten. Alle! Bis auf das letzte!«

»Du lügst!«, schrie Thia, die nun doch die Beherrschung verlor. »Er hätte niemals …«

»… niemals jemanden zu einem Mord überredet?«, fragte sie giftig. »Korrigiere mich, wenn ich mich irre, aber bist du nicht eigentlich strikt dagegen gewesen, Soritha zu töten? Noch am Tag des Aufstands hast du bis zur letzten Sekunde geschwankt, auf wessen Seite du dich stellen solltest. Aber als dann Rethar auf der Bildfläche erschienen ist, da gab es für dich kein Zaudern und kein Zögern mehr, da hast du die Mutter getötet, ohne auch nur mit der Wimper zu zucken. Woher nimmst du also die Frechheit zu behaupten, er habe andere nicht zu einem Mord bringen können?« Ihre Stimme sank zu einem pfeifenden Flüstern herab. »Die Schreie der Kinder gellen mir heute noch in den Ohren. Und all das Blut! Du malst dir nicht aus, wie viel Blut damals geflossen ist. Noch immer träume ich davon – ganz zu schweigen von dem Geruch dieses Blutes, der mich bis heute verfolgt.«

Erschaudernd dachte Thia an jenen Albtraum, der sie vorhin selbst heimgesucht hatte.

»Ich hasse mich dafür, dass ich Rethars Befehl gehorcht habe«, fuhr Mithipha fort. »Und ich hasse ihn dafür, dass er mir diesen Befehl erteilt hat. Aber dieser Kerl hat zugesehen, wie ein Kind nach dem anderen gestorben ist. *Feixend* zugesehen. Glaub mir, er ist keinen Deut besser als sein Bruder!«

»Er wird seinen Grund gehabt haben, warum er dich gehasst hat.«

»Spielst du damit auf die Tatsache an, dass er es mir verdankt, dich kennengelernt zu haben?«, giftete Mithipha zurück. »Im Regenbogental stand ich vor der Wahl, ihm den Befehl zu verweigern oder mir den *Zorn* seiner kleinen eitlen Seele zuzuziehen. Aber ich habe für diesen Tag Rache genommen. Für jedes Kind, über das er seine Witze gerissen hat! Sogar für jenes Blut, das heute noch in meinen Albträumen fließt. Möchtest du gern wissen, wie meine Rache ausgesehen hat? Ich habe euch beide nach Alsgara gelockt – nachdem ich die Schreitenden zuvor von eurem Kommen in Kenntnis gesetzt hatte. So ist dieses rotäugige Ungeheuer für immer am Ufer der Orsa geblieben. Und er ist – wie ich voller Genugtuung gehört habe – einen ausgesprochen qualvollen Tod gestorben, denn der Turm hat es sich angelegen sein lassen, ihm für sein Sterben etliche Tage zu gewähren. Zu schade, dass du ihm nicht Gesellschaft geleistet hast.«

»Ich bringe dich um, du Dreckstück!«, zischte Thia. Der grausame Hass, der in ihrem Innern brodelte, tauchte alles um sie herum in ein purpurnes Licht.

»Du bist mir jederzeit willkommen«, höhnte Mithipha.

Danach zerfloss das Silberfenster. Das Gespräch war beendet.

Thia al'Lankarra starrte blind in die Dunkelheit. Von Krämpfen geschüttelt, biss sie sich auf die Unterlippe, um nicht wie eine verletzte Wölfin aufzuheulen.

Alles in ihr drängte danach, dieses abgefeimte Biest von Mithipha in die Finger zu bekommen und ihr den gepflegten Hals durchzubeißen.

Als ihr Atem wieder gleichmäßiger ging und ihr keine grellen Flecken mehr vor den Augen tanzten, wusste sie, was sie als Nächstes tun musste. Bedenkenlos verspritzte sie auch noch das restliche Wasser und rief Alenari.

Diese saß an einem von Kerzen beleuchteten Tisch und arbeitete verschiedene Papiere durch. Bis eben hatte sie keine Maske getragen, jetzt aber griff sie danach. Und erst als sie sich vergewissert hatte, dass sie richtig saß, schenkte sie dem Ruf Thias Aufmerksamkeit.

»Wie konntest du es wagen!«, spie sie aus.

»Sei froh, dass wir beide die Sache überlebt haben«, parierte Thia. »Ich habe dir einen Vorschlag zu unterbreiten.«

»Bitte«, erwiderte Alenari gelangweilt. »Aber erwarte nicht von mir, dass ich dir noch sonderlich wohlgesonnen bin.«

»Nun hör aber auf! Du willst mir diese kleine Rauferei ja wohl nicht vorwerfen.«

»Ich kann nicht gerade behaupten, dass mir und den überlebenden Auserwählten diese *kleine Rauferei* besonders gefallen hätte.« Alenari langte nach etwas, das Thia zunächst nicht sehen konnte, zeigte ihr dann aber einen zerbrochenen Pfeil, dessen Spitze ihr sattsam bekannt war. »Es kommt einem Wunder gleich, dass dieser Mann sein Ziel verfehlt hat. Du wolltest meinen Tod, das weiß ich genau. Und das werde ich dir nie verzeihen. Sobald ich dich vor mir habe, wirst du mir für dieses Verhalten Rede und Antwort stehen.«

»Glaub mir, du wirst mich mit Samthandschuhen anfassen.«

»Wie bitte kommst du denn auf diese Idee?«

»Oh, ich denke da an die Wegblüten. Ich weiß jetzt, wie sie wieder aktiviert werden können. Dieser junge Heiler, der sich in meiner Gesellschaft befindet, hat mich auf den richtigen Weg gebracht.«

»Red keinen Unsinn! Ihr seid beide viel zu schwach, um ...«

»Unsinn?«, fragte Thia mit hämischem Grinsen. »Immerhin bin ich jetzt hier, während du immer noch im Regenbogental festsitzt. Wie das wohl kommt? Ja, wenn auch du die Wegblüten benutzen könntest, sähe die Angelegenheit vermutlich völlig anders aus ...«

Schweigend legte Alenari den Pfeil auf die Papiere.

»Komm zu mir«, sagte sie nach einer Weile. »Damit wir in aller Ruhe miteinander reden können.«

»Nein. Aber ich werde mir deinen Vorschlag durch den Kopf gehen lassen. Und zu gegebener Zeit werde ich dich unter Umständen in das Geheimnis der Wegblüten einweihen. Allerdings nur dich.«

»Als Gegenleistung wofür?«

»Oh, mir schwebt da lediglich eine lächerliche Kleinigkeit vor: Mithiphas Kopf auf einem silbernen Tablett. Ihr Leben im Tausch gegen das Wissen, das ich dir anbiete.«

Alenari schwieg erneut, diesmal noch länger.

»Wir brauchen sie in diesem Krieg noch«, erklärte sie dann endlich. »Aber nach dem Sieg sollst du ihren Kopf haben.«

»Geduld war schon immer meine starke Seite. Melde dich bei mir, wenn du der Ansicht bist, ihr hättet gewonnen.«

»*Ihr?* Soll das heißen, du sagst dich von unserer gemeinsamen Sache los?«

»Vorübergehend. Im Moment gilt mein vordringliches Interesse den Wegblüten und diesem jungen Heiler. Deshalb müsst ihr eine Weile ohne mich auskommen.«

»Halt!« Alenari hinderte Thia mit einer energischen Handbewegung daran, den Verbindungszauber zu kappen. »Eine Frage sollten wir noch klären. Dieser Mann, der einen meiner Uyg er-

305

mordet hat … Für Mithiphas Kopf verlange ich nicht nur das Geheimnis der Wegblüten, sondern auch sein Leben.«

»Das kannst du haben. Wo ist Rowan zurzeit?«

»Er hat Alsgara verlassen, ein Teil seiner Armee hält nun dort die Stellung. Ich werde mir etwas für Mithipha einfallen lassen. Sobald sich eine Gelegenheit ergibt, hörst du von mir. Nun denn, pass auf dich auf.«

Das Silberfenster trübte sich, das Wasser sickerte in die Tannennadeln. Thia fuhr sich mit dem Finger vorsichtig über die aufgebissene Lippe. *Pass auf dich auf!* Was für eine rührende Sorge Alenaris! Als ob sie beide nicht ganz genau wüssten, worum es hier ging: Wenn sie, Thia, stürbe, stürbe mit ihr auch das Geheimnis der Wegblüten.

Ob Alenari Wort hielt? Thia wusste es nicht. Zumindest würde die alte Spinne nicht eher etwas unternehmen, bis sie das Geheimnis dieser Schöpfung des Skulptors kannte – das ihr, Thia, bislang allerdings auch noch verschlossen war.

Sie blieb noch eine Weile stehen und erwog ihre Chancen auf einen Sieg in diesem Spiel. Schließlich ging sie zurück.

Zu den anderen.

KAPITEL

18

Alenari legte die benutzte Feder behutsam auf dem Rand des Tintenfasses ab und las noch einmal in aller Ruhe ihren Brief durch, bevor sie ihn in einen Umschlag steckte. Der obersten Schreibtischschublade entnahm sie bordeauxfarbenen Siegellack, schmolz diesen mithilfe ihres Funkens und drückte ihren Ring in die weiche Masse.

»Ich bin der Falke, der die Feinde selbst durch die Ewigkeit hindurch vernichtet«, flüsterte sie den Leitspruch ihrer Familie, während sie den Abdruck des Vogels betrachtete, der im getrockneten Siegellack prangte. Seit vielen Jahrhunderten galt sie nun schon als Abtrünnige, doch jener Worte erinnerte sie sich noch immer.

Sie griff nach einer kleinen Glocke und wartete, bis der Diener eintrat.

»Bringe mir etwas Wein!«

»Sofort, Gebieterin. Und die Herrin Batul bittet darum, empfangen zu werden.«

»Sie mag noch warten. Ich werde sie später empfangen.«

Der Diener verneigte sich, verschwand wieder und schloss leise die Tür. Alenari erhob sich von ihrem Stuhl und begab sich in das angrenzende Zimmer, doch auch dieser Raum kam ihr leer und unbehaglich vor – ebenso wie die ganze Schule. Vielleicht rührte dieser Eindruck jedoch einfach nur daher, dass in den zahlreichen Bücherregalen gähnende Leere herrschte.

Sie nahm in jenem hohen Stuhl Platz, welcher der Leiterin der Schule vorbehalten war, und legte die Hände auf die Armlehnen. Sie dachte nach, kalt und vorbehaltlos wie stets. Sobald sie sich ein Ziel gesetzt hatte, stimmte sie ihr Verhalten darauf ab. Weder Wut noch Hitzköpfigkeit oder eine niedergedrückte Stimmung, ja, nicht einmal Hass brachten sie dazu, eine unwiderrufliche Dummheit zu begehen. Man nehme nur die Geschichte mit Talki …

Nach dem Aufstand war Alenari in flammenden Hass gegen die alte Spinne entbrannt. Nichts hatte sie von der Überzeugung abbringen können, dass die Heilerin imstande gewesen wäre, ihr zu helfen – wenn sie denn nur gewollt hätte. O ja, sie hätte ihr das alte Gesicht zurückgeben können. Sie hätte sie von den grauenvollen Schmerzen befreien können, die die einstige Schönheit nahezu ein Jahrhundert lang gemartert hatten.

All diese Qualen hatte Alenari indes erduldet. Niemanden hatte sie wissen lasen, wie sehr es sie drängte, die alte Natter zu zerquetschen. Das wäre unklug gewesen. Dazu wusste Alenari zu genau um die Möglichkeiten ihrer beider Funken: Ihre Chancen, die Widersacherin in einem offenen Duell zu bezwingen, standen lediglich eins zu fünf. Deshalb musste sie auf eine andere Möglichkeit hoffen. Und die hatte sich ihr nun, fünfhundert Jahrhunderte später, geboten.

Nach dem Tod ihrer Feindin hatte sie freilich keine Freudentänze auf deren Grab aufgeführt, nein, sie hatte ihn lediglich als ein zwangsläufiges Ergebnis ihrer Rachepläne zur Kenntnis genommen. Und jede Erinnerung daran sofort aus ihrem Gedächtnis verbannt, damit sie sich neuen, ihrer Ansicht nach wichtigeren Aufgaben widmen konnte.

Doch nun galt es, diese hintanzustellen. Zum ersten Mal in all den Jahrhunderten drohte Alenari, von ihren Gefühlen überwältigt zu werden. Dabei bestürzte sie weniger die Tatsache, dass Thia sich von ihrer gemeinsamen Sache losgesagt hatte. Mit einem solchen Schritt hatte sie immer gerechnet, denn sie vertraute keinem aus ihrem Kreis vorbehaltlos, nicht einmal Ley. Jeder Mensch log und suchte einzig seinen Vorteil – diese Wahrheit hatte sie bereits in ihrer Kindheit hinzunehmen gelernt. Warum Thia sich von ihnen abgewandt hatte, wusste sie nicht, im Grunde interessierte es sie aber auch nicht. Nein, bestürzt hatte sie etwas anderes: jenes Bild, als Thia ihre Auserwählten niedermähte. Da hatte sie sich geschworen, die tollwütige Hündin zu töten.

An diesem Plan hätte sie auch festgehalten und ihn verwirklicht, kühl berechnend und ohne Bedauern – doch ein echtes, ein wahres Wunder vereitelte ihn: Die Wegblüten waren zu neuem Leben erwacht. Der Lauf der Welt hatte seine Richtung geändert, die Zukunft war offen, hing indes von einem Wissen ab, über das ausschließlich Thia verfügte.

Seit Thia in diesem Pavillon von einer Sekunde auf die nächste verschwunden war, hatte sich Alenari den Kopf darüber zerbrochen, wie sie das fertiggebracht haben könnte. Das letzte Gespräch mit ihr hatte all diesen Grübeleien neue Nahrung gegeben ...

Selbstverständlich misstraute Alenari Thia, glaubte, diese wolle sie zur Närrin halten und kenne das Geheimnis der Wegblüten gar nicht. Andererseits wusste sie auch, dass sie nichts unternehmen würde, bis sie in dieser Frage nicht vollständige Klarheit erlangt hatte ...

Der Diener betrat lautlos den Raum und brachte ihr den Becher Weißwein, den er auf ihre Geste hin auf den Tisch stellte.

»Ich will nicht gestört werden«, verlangte Alenari.

Sobald der Mann hinausgegangen war, nahm sie die Maske ab und schielte zu dem Rahmen hinüber, der ihre Zerstörung des Spiegels überstanden hatte. Die Scherben hatte sie schon am Morgen auflesen lassen, nun wollte sie sich vergewissern, dass es nichts mehr gab, das ihr ihr eigenes Abbild entgegenwarf. Sie hasste ihr neues Gesicht so sehr, dass sie sich selbst im Laufe all der Jahre nicht daran hatte gewöhnen können.

Talki hatte oft genug behauptet, Spiegel lögen. Alenaris Ansicht nach war es jedoch die Heilerin gewesen, die gelogen hatte, während ein Spiegel dazu gar nicht imstande war. Er zeigte ihr einzig, was der Wahrheit entsprach: Ein Gesicht, das sie noch heute in Albträumen heimsuchte und schreiend aus dem Schlaf auffahren ließ.

In der ersten Zeit hatte sie sich noch einzureden versucht, jene Frau, die ihr da aus dem Spiegel entgegenschaute, könne gar nicht Alenari rey Vallion aus dem Geschlecht der Falken sein. Denn nie – nicht in einer Sekunde ihres bisherigen Lebens – hatte sie *dieser* Erscheinung geglichen.

Nach einem solchen Albtraum brach sie, die wohlerzogene, vollendete, stolze Frau mit dem scharfen Verstand und dem Geschick, ihre Gefühle zu verbergen, hemmungslos in Tränen aus und verwandelte sich zu einem kleinen, verschreckten Mädchen. In solchen Momenten vermochte es nur Ley, sie zu beruhigen. Diesmal jedoch befand er sich weit von ihr entfernt …

Sie nippte an dem herben Weißwein, wobei sie den Rand des Bechers kaum mit den entstellten Lippen berührte, und behielt den Wein kurz im Mund, ehe sie ihn hinunterschluckte. Seit dem Kampf im Turm, als jene ihr unbekannte Schreitende sie mit diesem schrecklichen Zauber getroffen hatte, schmeckte sie kaum noch etwas. Auch ihr Geruchssinn war beeinträchtigt. Das Augenlicht hatte als Einziges nicht gelitten, wofür sie den Sternen Haras täglich dankte. Denn wäre sie auch noch erblindet, dann hätte sie wohl nie die Kraft in sich gefunden weiterzuleben.

Nachdem sie den Becher geleert hatte, verbarg sie das verunstaltete Gesicht wieder unter der Maske und streifte gedankenversunken die feinen Lederhandschuhe ab, damit ihre schlanken Finger mit den gepflegten Nägeln das Geflecht eines komplizierten Zaubers in die Luft zeichnen konnten. Daraufhin spritzte sie etwas Wein gegen die Wand, und gleich darauf öffnete sich ein Silberfenster.

Ley-ron antwortete unverzüglich auf ihren Ruf.

Der Soldat mit dem roten Schnurrbart brüllte Befehle und fuchtelte wie üblich mit dem Schwert. Waffen klirrten, Schreie und Flüche waren zu hören. Den dunklen Himmel zerrissen immer wieder Kampfzauber, die magischen Explosionen färbten die Berggipfel bald grün, bald rosa.

Im Hintergrund dröhnte eine gewaltige Trommel, die Alenari jedoch nicht sah. Für den Bruchteil einer Sekunde zerklüfteten Risse das Silberfenster, dann nahm eine grüne Flamme es vollständig ein. Hunderte von Stimmen erfüllten derweil den Raum im Regenbogental. Erst als diese Flamme gänzlich erloschen war, sah Alenari Ley wieder vor sich. Er setzte seinen Auserwählten gerade etwas auseinander, anschließend drehte er sich ihr zu und überschrie mit lauter, befehlsgewohnter Stimme das Schlachtgelärm, die Rufe der Soldaten und das Fauchen der Zauber: »Wir haben die Treppe des Gehenkten fast genommen! Ich versuche mit aller Kraft, sie in die Täler abzudrängen! Es fehlt nicht mehr viel, dann ist der Sieg unser! Ich setze mich mit dir in Verbindung, sobald ich dir den Erfolg verkünden kann!«

»Viel Glück!«, wünschte sie ihm, doch da floss der Wein bereits zu Boden.

Sie kehrte in das Arbeitszimmer zurück. Der Uyg auf ihrem Bett öffnete die kornblumenblauen Augen und schlug träge mit dem Schwanz, um seine Herrin zu begrüßen. Damit glaubte er offenbar, der Etikette Genüge getan zu haben, denn er schloss die Augen wieder und schlummerte weiter. Oder gab es zumindest vor.

Alenari läutete erneut mit dem Glöckchen, ganz entzückt von diesem kleinen Ding, einem Erbstück der Leiterin der Schule, die im Saal der Tausend Treppen den Tod gefunden hatte.

»Rufe die Herrin Batul.«

»Wie Ihr befehlt, Gebieterin«, erwiderte der Diener mit einer Verbeugung. Kurz darauf betrat eine Frau in einem weißen, von einem blauen Gürtel gehaltenen Umhang den Raum.

»Seid gegrüßt, Gebieterin!«, sagte die Auserwählte und ließ sich auf ein Knie nieder.

»Steh auf und setz dich«, forderte Alenari sie auf und wies auf einen Stuhl.

Die schon angejahrte Frau tat, wie ihr geheißen. Auf ihrem faltigen, überheblichen Gesicht hatte Müdigkeit einen dunklen Schatten hinterlassen.

»Wann hast du das letzte Mal geschlafen?«, erkundigte sich Alenari.

»Vor zwei Tagen, Gebieterin«, antwortete Batul widerwillig,

während sie sich den Hilss, der sie als Angehörige des Achten Kreises auswies, quer über die Schenkel legte.

»Schlafmangel beeinträchtigt die Aufmerksamkeit. Und ich habe nichts für zerstreute Geister übrig.«

»Ich werde mich hinlegen, sobald unser Gespräch beendet ist«, versicherte die Nekromantin sofort.

»Hervorragend. Soweit ich verstanden habe, hat man Malikas Mörderin noch immer nicht gefunden?«

»Das trifft zu«, antwortete Batul. »Sie hat ihr Pferd laufen lassen. Die Spuren verlieren sich bald hinter der Schule. Ich habe ihr die Untoten hinterhergehetzt, aber sie sind unverrichteter Dinge zurückgekehrt.«

Stille breitete sich aus. Alenari entzündete die Kerzen in dem rasch dunkel werdenden Raum.

»Das Mädchen hatte Glück«, fuhr Batul zerknirscht fort, da sie meinte, es werde von ihr noch erwartet, etwas zu sagen. »Wenn sie mir in die Finger gefallen wäre …«

»Ja, ich kann mir ausmalen, was ihr dann widerfahren wäre, denn wenn ich mich recht erinnere, warst du eine Freundin Malikas. Trotzdem können wir uns vorerst nicht weiter um diese Schreitende kümmern. Wie verhalten sich die Menschen, die vor den Toren der Schule leben?«

»Sie sind zu verängstigt, als dass sie Widerstand leisten würden.«

»Dann schüre ihre Angst noch, verzichte aber auf übermäßige Grausamkeit. Morgen breche ich nach Norden auf. Du bleibst hier, bis die Truppen aus Nabator eintreffen. Ich hoffe, das wird in spätestens einer Woche der Fall sein. Lass einen der Auserwählten bei ihnen und folge mir dann. Ich werde mich über Gash-shaku zur Treppe des Gehenkten begeben.«

»Zu Befehl, Gebieterin. Soll ich hier alles vernichten, bevor ich aufbreche?«

»Nein, denn außer Erinnerungen gibt es hier nichts mehr von Wert. Sollen diese Bauten also ruhig erhalten bleiben. Zum Angedenken, wenn du so willst. Und jetzt geh dich ausschlafen.«

»Was befehlt Ihr, mit der Gefangenen zu tun?«, fragte Batul, nachdem sie bereits aufgestanden war.

»Nichts. Die werde ich mit mir nehmen.«

Daraufhin begab sich Alenari zusammen mit Batul hinaus, verabschiedete sich von ihr und stieg die Treppe in den nächsten Stock hinauf. Sie bog in einen dunklen Gang ein.

Kurz darauf vernahm sie hinter sich leise, verstohlene Schritte, dann berührte die warme, etwas raue Nase des Uygs ihre Hand. Sie kraulte das Tier hinter dem Ohr, woraufhin dieses laut seufzte und voraussprang, um jeden Schatten auszuspähen. Der Uyg setzte alles daran, die Trauer um seinen ermordeten Bruder zu verbergen. Alenari vermisste ihren zweiten Leibwächter ebenfalls. Warum hatte er bloß einen so dummen Tod finden müssen? Dabei hätte sich der Uyg doch transformieren können – wenn nur nicht alles so schnell gegangen wäre.

Das hatte das arme Tier wirklich nicht verdient. Und sie genauso wenig – nachdem sie all die Zeit darangegeben hatte, die Welpen zu finden, zu erziehen und abzurichten.

Sie lief an leeren Sälen vorbei, in denen auch sie einst ausgebildet worden war. Ihr Besuch im Regenbogental war zunächst noch gar nicht geplant gewesen. Doch da die Verschwörung gegen Talki sie ohnehin in diese Gegend gebracht hatte, hatte sie die Gelegenheit genutzt, den Schreitenden eine schmerzliche Ohrfeige zu verpassen. Nun allerdings lenkten sie ihre Schritte zu dem Saal, der allein ihr etwas bedeutete.

Sie betrat ihn ohne jede Scheu. Hier war sie vor langer Zeit selbst zu einer Schreitenden geworden, der ganze Stolz ihrer Familie und des Geschlechts der Falken. Noch heute erinnerte sie sich ebenso an die vor Freude funkelnden Augen ihres schon damals nicht mehr jungen Vaters wie an den Stolz, der sich im Gesicht ihrer Mutter gespiegelt hatte. Das Geschlecht der rey Vallion hatte dem Land einen neuen Funken geschenkt. Den siebten innerhalb der letzten zweihundert Jahre. Noch wusste niemand, Alenari selbst eingeschlossen, welche Wahl diese neue Funkenträgerin in fünfzehn Jahren treffen würde …

Vor einem dunklen Rechteck an der Wand blieb sie stehen.

Zu ihrem aufrichtigen Bedauern waren auch die Portraits schon vor ihrer Ankunft im Regenbogental aus der Schule gebracht worden. Früher hatte hier, geziert von einem schmalen Silberrahmen, ein Bild ihrer Mutter gehangen. Alista rey Vallion war als Leiterin der Schule legendär gewesen – und wäre sicher zur Mutter aufgestiegen, hätte Soritha das nicht verhindert.

Wenige Tage nach dem Aufstand war sie gestorben. Die Schande hatte sie ins Grab gebracht. Das hatte Alenari jedoch erst ein Jahr später erfahren, als der Krieg bereits tobte. Bedauerte sie, dass es so gekommen war?

O ja, das tat sie. Und sie verhehlte es sich keineswegs. Gleichzeitig wusste sie aber auch, dass sie die richtige Entscheidung getroffen hatte. Und sie auch heute wieder treffen würde. Doch sie bereute, dass sie vor dem Aufstand nicht mehr mit ihrer Mutter gesprochen hatte. Zunächst hatte Angst sie vor diesem Schritt zurückschrecken lassen, dann Zweifel und schließlich … schließlich war es zu spät gewesen. Trotzdem hielt Alenari bis heute an der Überzeugung fest, dass ihre Mutter sie verstanden hätte, wenn sie sich je zu diesem Gespräch durchgerungen hätte.

Mit einem Mal spitzte der Uyg die Ohren und jaulte leise auf.

»Herrin«, ließ sich eine unterdrückte Stimme vernehmen, deren Echo jedoch dumpf von den leeren Wänden widerhallte.

»Was willst du, Kadir?«, fragte Alenari kalt, verärgert über die Störung.

»Ich hätte Euch nicht gestört, Gebieterin, wenn die Angelegenheit nicht drängte«, versicherte der Nekromant, der aus dem Schatten heraustrat und eine tiefe Verbeugung machte. »Die Soldaten haben einen Boten gefangen genommen. Er hat versucht, die Patrouillen zu umgehen und zu fliehen.«

»Wollte er uns ausspionieren?«

»Ich glaube nicht.«

»Warum behelligst du dann mich damit? Soll sich der Kriegskommandant mit ihm befassen. Ich kann mich schließlich nicht um jeden dahergelaufenen Kerl kümmern!«

»Wir haben das hier bei ihm gefunden«, erklärte Kadir und zog einen kurzen, mit Rubinen besetzten Stab aus seiner Tasche.

»Der Mann gehört dem Purpurnen Orden an …«

»So ist es, Gebieterin.«

»Hat er Widerstand geleistet?«

»Nein.«

»Umso besser. Bring den Dämonenbeschwörer ins Arbeitszimmer. Ich habe noch etwas zu erledigen, dann nehme ich ihn mir vor.«

»Ja, Gebieterin.«

Er verneigte sich noch einmal, ehe er den Raum verließ, einen Duft von Sandelholz zurücklassend. Alenari warf einen letzten Blick auf die Stelle, an der einst das Portrait ihrer Mutter gehangen hatte. Anschließend machte sie sich auf den Weg zu dem Zimmer, in dem die Gefangene untergebracht war.

Vor der Tür saßen gelangweilt zwei Nabatorer. Kaum erblickten sie die Verdammte, sprangen sie auf und nahmen eine stramme Haltung an.

»Verweigert sie die Nahrung?«, wollte Alenari wissen, als sie eine Schale mit kalt gewordenem Essen bemerkte.

»Ja, Herrin. Sie hat nicht einen Bissen angerührt.«

»Öffnet die Tür.«

Einer der Posten hantierte flink mit den Schlüsseln, öffnete die Tür und trat zur Seite, um Alenari einzulassen.

Da der Raum im Dunkeln lag, schuf Alenari mit einem Zauber einige Kugeln, die ein fahlblaues Licht spendeten. Als sie aufschimmerten, presste sich die junge, schwarzäugige Schreitende zitternd gegen die Wand. Obwohl sie sich alle Mühe gab, ihre Angst zu verbergen, war ihr diese deutlich vom Gesicht abzulesen. In der rechten Ecke stand ein Spiegel. Von Zorn übermannt, ließ Alenari ihn in Scherben aufgehen. Die Gefangene riss die Hände vors Gesicht, um sich vor den Splittern zu schützen.

»Räumt das weg!«, verlangte Alenari von den beiden Nabatorern. »Sofort!«

Mit bloßen Händen klaubten die zwei die Scherben auf und trugen sie in ihren Jacken hinaus. Einer von ihnen schnitt sich dabei, fluchte leise, setzte seine Arbeit jedoch fort, offenbar sogar noch flinker. In wenigen Minuten waren die Überreste des

Spiegels beseitigt, worauf sich die Männer, die sich unter Alenaris Blick sichtlich unwohl fühlten, in den Gang zurückziehen durften.

»Wie heißt du, Mädchen?«, fragte Alenari.

Doch die Gefangene presste die Lippen lediglich noch fester zusammen.

»Wenn du dich stur stellst und schweigst, schadest du dir nur selbst. Früher oder später werde ich deinen Namen ohnehin erfahren.«

Das Mädchen linste vorsichtig zu der Maske hinüber, gleichzeitig lag in ihrem Blick jedoch auch Hoffnung. Alenari musste innerlich grinsen: Sie wusste, wo sie die Gefangene packen konnte.

»Ich werde dich nicht umbringen«, versicherte sie. »Vorausgesetzt natürlich, du benimmst dich anständig.«

Abermals erntete sie nur Schweigen als Antwort.

»Du bekommst jetzt etwas zu essen. Das wirst du nicht ablehnen. So erpicht, wie du auf dein Leben bist, wäre es töricht, den Hungertod zu sterben. Außerdem würde ich ernstlich böse werden, solltest du diese Mätzchen nicht lassen. Dann würde ich dich eigenhändig füttern – und glaub mir, das wäre kein Vergnügen für dich.«

»Warum hast du ihn umgebracht?«, fragte die Schreitende mit verräterisch zitternder Stimme.

Zunächst begriff Alenari nicht einmal, wen sie meinte. Dann fiel ihr jedoch der Glimmende wieder ein, der sich in Begleitung des Mädchens befunden hatte.

»Weil er keinen Nutzen für mich hatte«, antwortete sie.

Mit diesen Worten verließ Alenari den Raum – nicht ohne einen letzten Blick auf die silberne Locke im schwarzen Haar der Gefangenen zu werfen.

»Kadir«, sagte Alenari gleichsam abwesend.

»Ja, Gebieterin?«

»Hat jemand aus der Dienerschaft überlebt?«

»Ja, Gebieterin. Mehr als zehn Mann. Wir haben noch keinen

Befehl erhalten, was wir mit ihnen tun sollen. Die Herrin Batul wollte sie morgen freilassen.«

»Wir brauchen den Gescheitesten von ihnen. Und vorzugsweise einen, der mit den Schreitenden gesprochen und seine Zeit nicht bloß in der Küche zugebracht hat.«

»Ich werde anordnen, einen solchen Mann zu finden.«

Daraufhin betrat Alenari das Arbeitszimmer, ließ dabei jedoch dem Uyg den Vortritt. In dem Raum wartete ein nicht sehr großer, sehniger Mann, dessen schmutzigen Umhang eine Stickerei zierte, die Stiefel sowie eine Wolke darstellte. Die dunklen Augen glitten über die Verdammte hinweg, hafteten jedoch etwas länger auf der Maske, als es der Anstand eigentlich erlaubte. Schließlich verbeugte er sich.

»Ich befinde mich in einer schwierigen Lage, Dämonenbeschwörer«, eröffnete Alenari das Gespräch, nachdem sie Platz genommen hatte. »Meine Auserwählten glauben, dass du ein Spion bist.«

»Und Ihr, Sterngeborene? Teilt Ihr diese Meinung ebenfalls?«

Bei der Nennung dieses Namens musterte die Verdammte ihr Gegenüber eingehend.

»Wie heißt du?«, fragte sie nach einer Weile.

»Giss.«

»Du weißt also, wie ich unter meinesgleichen genannt werde. Das gereicht dir zur Ehre, Dämonenbeschwörer Giss. Es entbindet dich indes nicht von der Pflicht, meine Fragen zu beantworten. Weshalb bist du ins Regenbogental gekommen?«

Durch die Tür in Alenaris Rücken trat nun Kadir lautlos ein.

»Das ist kein Geheimnis«, antwortete Giss leichthin. »Ich sollte einen Brief ins Regenbogental bringen.«

»Wo ist dieser Brief jetzt?«

»Ich habe ihn vernichtet, als mir klar wurde, dass die Schreitenden diesen Ort verlassen haben«, erklärte er mit fester Stimme. »Was in ihm stand, weiß ich nicht.«

»Umso schlimmer für dich«, entgegnete Alenari. »Woher bist du gekommen?«

»Aus Alsgara.«

»Wie ist es dir gelungen, die belagerte Stadt zu verlassen?«

»Ich hatte Glück und fand ein Schiff.«

»Weshalb bedienst du dich dieser Maskerade?«

»Es ist nicht ungefährlich, im purpurnen Umhang durch die Lande zu ziehen, Sterngeborene.«

Der Mann sprach ruhig, auf seinem Gesicht spiegelte sich keine Furcht.

»Die Tracht gefällt mir. Ich bin bereit, sie gegen frische Kleidung einzutauschen.«

»Wenn es Euch beliebt«, antwortete Giss.

»Das tut es.«

Sie nickte dem Nekromanten zu, der dem Mann daraufhin mit deutlicher Missbilligung den Stab des Dämonenbeschwörers aushändigte.

»Gehe in Frieden, Giss«, wünschte ihm Alenari zum Abschied.

Giss verneigte sich noch einmal und folgte Kadir zum Zimmer hinaus.

Kurz darauf kehrte der Nekromant zu Alenari zurück, um Bericht zu erstatten: »Die Nabatorer geben ihm ein Pferd und geleiten ihn aus der Schule hinaus.«

»Vortrefflich«, bemerkte Alenari, während sie die Flamme einer brennenden Kerze nachdenklich betrachtete.

»Gebieterin …«, setzte Kadir an und räusperte sich. »Darf ich fragen …«

»… warum ich ihn am Leben gelassen habe?«, vollendete Alenari gelangweilt den Satz. »Weil wir darauf verzichten können, uns die Dämonenbeschwörer zu Feinden zu machen. Sie tragen keinen Funken in sich. Abgesehen davon haben sich diese Menschen häufig genug als nützlich erwiesen.«

»Aber …«

»Du stammst nicht aus diesem Land, Kadir, und deshalb weißt du auch nicht, was Dämonen darin anrichten. Wir sind hier nicht in Sdiss, wo du nur in der Wüste, fernab von der Straße des Seidengarns, zuweilen auf einen Dämon triffst. Im Vergleich zu deiner Heimat wimmelt es im Imperium nachgerade von Gowen. Wenn wir hier leben wollen, müssen wir an die Zukunft denken. Es gibt zu wenige Dämonenbeschwörer, als dass wir diese ohne triftigen Grund töten sollten. Habt ihr einen Diener gefunden?«

»Ja.«

Auf eine Geste des Nekromanten hin brachten die Nabatorer einen blassen Mann herein. Kaum erblickte er die Verdammte, knickten ihm in seiner Panik die Beine weg.

»Was ist das denn für einer?«, fragte Alenari verächtlich.

»Er hat in der Bibliothek gearbeitet.«

»Hast du schon von mir gehört?«, fragte Alenari den Mann.

Der wimmerte jedoch bloß leise, worauf Kadir ihm einen Tritt in die Rippen versetzte und ihn anschrie: »Antworte der Herrin gefälligst!«

Alenari runzelte zwar die Stirn, verlor jedoch kein Wort über dieses Verhalten.

»Antworte«, wiederholte der Nekromant. »Dann kannst du wieder gehen.«

Dieses Argument stimmte den Mann etwas zugänglicher. Er beruhigte sich ein wenig, obwohl er immer noch zitterte und ihm Tränen über die faltendurchzogenen Wangen liefen.

»Ich nehme an, du hast dich während deiner Arbeit auch mit den Schreitenden unterhalten?«

»Zuweilen, Herrin.«

»Weißt du, wer von ihnen hiergeblieben ist, nachdem alle anderen die Schule verlassen haben?«

»Ja, Herrin.«

»Mich interessiert eine junge Schreitende. Ihr Haar ist von einer silbernen Strähne durchzogen. Wie heißt sie?«

Der Gefangene runzelte die Stirn, stülpte die schmalen Lippen vor und versuchte, sich an den Namen zu erinnern.

»Mitha, Herrin! Sie heißt Mitha!«

»Weiter?«

»Wie, weiter? Woher soll ich das wissen? Alle haben sie immer nur Mitha genannt. Selbst die Herrin Gilara. Ich als unbedeutendes Licht …«

»Schafft bloß diesen Jammerlappen hinaus«, zischte Alenari.

Der Mann wimmerte erneut, bereits das Schlimmste fürchtend. Die Nabatorer packten ihn ohne viel Federlesens am Kragen und schleiften ihn weg.

»Aus dem bringen wir nicht mehr heraus«, erklärte Alenari und erhob sich. »Frage die anderen Diener, vielleicht kennt ja einer von ihnen den vollen Namen dieses Mädchens.«

»Ich werde mich unverzüglich darum kümmern«, versicherte Kadir mit einer Verbeugung.

»Uyg, folge mir«, befahl Alenari, nahm ihren Umhang und durchquerte federnden Schrittes die leeren, kalten Gänge und die gewaltigen, im nächtlichen Schatten liegenden Säle, durch deren Fenster die bleichen Strahlen des Mondes hereinfielen.

Der Uyg eilte ihr voraus eine breite Treppe hinunter. An den Saal des Kompasses schloss sich eine Galerie an, die in einen der Innenhöfe der Schule hinausführte. Einen mit fliederfarbenen Platten ausgelegten Weg säumten Statuen all jener Frauen und Männer, die aufgrund ihres Funkens zu Ruhm gelangt waren. Seit ich diese Schule verlassen habe, sind es kaum mehr Statuen geworden, dachte Alenari bei sich. Genauer gesagt, es sind nur fünf dazugekommen.

Bei einer von ihnen handelte es sich selbstverständlich um Soritha. Die Schreitenden hätten gar nicht anders handeln können, denn es wäre dumm gewesen, zukünftige Generationen nicht mit den Geschichten über diese *heilige Märtyrerin* zu indoktrinieren. Drei andere Frauen kannte Alenari nicht. Die letzte Statue zeigte ihre Mutter, Alista rey Vallion.

Alenaris Herz hämmerte erst wild, dann setzte es kurz aus. Ihr Blick ruhte wie gebannt auf dem edlen, schönen und so vertrauten Gesicht der bereits angejahrten, silberhaarigen Frau. Die Statue lächelte, stand ein wenig vorgebeugt und streckte Alenari die Hand entgegen. Am Ringfinger funkelte ein Ring. Der Bildhauer hatte das Wappen so meisterlich nachvollzogen, dass die gespannten Flügel eines Falken zu erkennen waren. Im Mondlicht leuchtete der glatte Stein rosafarben. Alenari meinte fast, eine Frau aus Fleisch und Blut vor sich zu haben.

Sie hätte nicht zu sagen vermocht, wie viel Zeit sie reglos vor der Statue zubrachte. Der Uyg wartete geduldig neben ihr, gleichsam selbst zu einem Standbild verwandelt. Inniger und inniger verschmolz der Blick derjenigen, die einst als schönste Frau in der gesamten Geschichte des Imperiums gegolten hatte, mit dem jener Frau, die schon seit Langem tot war.

Erst als die Kälte Alenari bis auf die Knochen durchdrungen hatte, kam sie wieder zu sich. Sie warf sich den Umhang über die Schultern und eilte davon.

Wie sie vermutet hatte, gab es den Kirschgarten, in dem sie in ihrer Kindheit so gern gespielt hatte, nicht mehr. Junge Apfelbäume hatten die alten Kirschbäume verdrängt. Sie bog in einen schmalen Pfad ein und kam schon bald zu einem Teich. Im Unterschied zu allem anderen fand sie ihn unverändert vor.

Der mondrunde Teich glitzerte ölig. In ihm spiegelten sich die Sterne. Da es in diesem Teil des Gartens dunkler war, schuf Alenari abermals Leuchtkugeln. Sie umrundete den Teich, den Blick auf die ruhige Wasseroberfläche gerichtet. Früher hatte es hier zahlreiche Karpfen gegeben. Ob das wohl noch immer so ist?, überlegte Alenari, bezweifelte es jedoch. Das Regenbogental war im Verfall begriffen, da hatte niemand die Muße, sich um Fische zu kümmern.

Als sie damals in die Schule eingetreten war, hatte sie viele Geschichten gehört, in denen es hieß, am Grund des Teiches lebe der Imperator der Karpfen, den der Skulptor selbst dort hineingesetzt habe, damit er auf das Regenbogental achte.

Bei allen Sternen Haras! An was für Albernheiten sie in ihrer Kindheit doch geglaubt hatte!

Mit einem Mal knurrte der Uyg und transformierte sich im Bruchteil einer Sekunde, um als blaue, körperlose Sternschnuppe ein Stück nach vorn zu springen und sowohl seine Herrin abzuschirmen als auch die Umgebung in ein totes Licht einzutauchen, das den Augen gewöhnlicher Menschen Schmerzen verursachte.

Ein massiver Mann trat in diesen Lichtkreis, ging in die Hocke und streckte die Hand nach dem Maul mit den gebleckten Zähnen aus.

»Marhaba, ya sadyki al'kadim. *Sei gegrüßt, alter Freund*«, wandte er sich an den Uyg.

Dieser verwandelte sich daraufhin zurück, das blaue Licht erlosch. Nachdem das Tier widerwillig und einzig aus Ehrerbietung gegenüber dem Mann sacht mit dem Schwanz gewedelt hatte, suchte es sich einen Platz im Schutz der Bäume, um das Geschehen von dort aus aufmerksam zu verfolgen.

Der Mann erhob sich, trat zwei Schritte vor und ließ sich vor Alenari aufs Knie nieder.

»Achlan, ya nadshamata chayati. *Ich grüße Euch, Stern meines Lebens.*«

»Kum min al'-araḍ, Ka! Lyastu fi chadzha li-rukui amami. *Steh auf, Ka! Du brauchst dich vor mir nicht aufs Knie niederzulassen*«, erwiderte Alenari.

Der Mann namens Ka hatte ungewöhnlich breite Schultern, sein Äußeres erinnerte kaum an einen Sdisser, dafür war er zu blond und helläugig, hatte er einen zu schweren Knochenbau. Zudem trug er einen Bart, wie er in der Goldenen Mark gerade Mode war, ein echtes Schandmal für jeden Sdisser. Man hätte in ihm nie einen Nekromanten, noch dazu einen Nachfahren aus dem verehrten Geschlecht Sakhal-Neful, vermutet.

Heute trat Ka als Adliger auf. Diese Maskerade hatte sein Auftrag von ihm verlangt.

»Wo ist dein Bruder?«, wollte Alenari von ihm wissen, nun in der Sprache des Imperiums.

»Dawy achtet darauf, dass niemand unsere Unterhaltung stört. Wir haben alles vorbereitet, Gebieterin.«

»Wie viel Männer hast du bei dir?«

»Zwölf. Zwei weitere haben den Pass bereits überquert. Wir warten nur auf Euren Befehl.«

»Ihr müsst nach Norden ziehen und einen Mann für mich finden. Dieser Auftrag könnte aber gefährlich werden.«

»Sorgt Euch deshalb nicht, Gebieterin. Entweder erfüllen wir den Auftrag oder wir sterben.«

»Ich brauche diesen Mann. Er ist noch jung. Und er besitzt die Gabe des Heilers.«

Ka zog zwar eine Augenbraue hoch, stellte aber keine Frage.

»Ihr müsst mich sofort davon unterrichten, wenn ihr ihn aufgespürt habt. Möglicherweise befindet sich Thia in seiner Begleitung. Achtet darauf, ihr auf keinen Fall zu begegnen.«

»Das versteht sich von selbst.«

»Thia dürfte alles daransetzen, diesen Mann zu schützen.«

»Wie kann ich den Heiler erkennen?«

»Präg dir dieses Geflecht ein«, verlangte Alenari und ließ brennende Linien in der Luft erscheinen. »Das ist leider alles, was ich dir als Erkennungszeichen von ihm mitgeben kann.«

»Es ist der Zauber einer Schreitenden, oder?«, fragte der Mann, während er das verblassende Geflecht aufmerksam betrachtete. »Die Knoten sind auf sehr originelle Weise mit dem Südwind geknüpft. Und es ist ein äußerst interessanter Funken. Ich denke, Dawy und ich werden diese Frau finden, sobald sie ihre Gabe einsetzt.«

»Eure Fähigkeiten in dieser Hinsicht sind unübertroffen«, beteuerte Alenari. »Wenn ihr dieses Mädchen nicht findet, wird es niemandem gelingen.«

»Ich darf wohl annehmen, dass sich der Heiler an der Seite der Schreitenden aufhält?«

»So war es zumindest in der letzten Zeit. Und ich wüsste nicht, was sich daran geändert haben sollte. Seid bitte vorsichtig, denn der Junge verfügt über den lichten und den dunklen Funken.«

Auch diesmal stellte Ka keine Frage, obgleich ihm sein Erstaunen ins Gesicht geschrieben stand.

»Wir brechen morgen früh auf«, erklärte er. »Sobald wir den Mann ausfindig gemacht haben, werde ich es Euch unverzüglich mitteilen, Gebieterin.«

»Tu das, Ka. Ich hoffe fest auf dich.«

»Wir werden Euch nicht enttäuschen, Gebieterin«, versprach der massive Mann, verbeugte sich und wartete auf seinen Bruder, der nun gleich einer Katze hinter den Apfelbäumen hervorgeschlichen kam.

Dawy war wesentlich kleiner, schmaler und unauffälliger. Einzig eine breite Narbe an der Unterlippe entstellte sein ansonsten prachtvolles Gesicht.

»Noch etwas«, sagte Alenari. »Sucht Kadir auf. Er hat die Kleidung eines Boten für euch. Vielleicht erweist sie sich bei diesem Auftrag als hilfreich.«

»Schaden wird sie auf keinen Fall.«

Die zwei Brüder verbeugten sich noch einmal, dann tauchten sie in das Dunkel ab, diese beiden Gespenster und treuen Diener Alenaris, die des Mordes fähig waren.

»Uyg, halte hier Wache.«

Das Tier sprang sofort auf die Beine, um genauso flink wie die beiden Besucher in der Finsternis zu verschwinden. Alenari war sich sicher, dass sie heute von niemandem mehr gestört werden würde.

In diesem Moment erreichte sie jedoch ein Ruf. Sie beugte sich über den Teich, um ihn anzunehmen. Auf der Wasseroberfläche erblickte sie das müde, doch hochzufriedene Gesicht Leys.

»Was für ein Sieg!«, stieß er aus. »Wir haben die Treppe des Gehenkten genommen!«

»Eine wunderbare Neuigkeit!«, erwiderte Alenari. »Seid ihr auf erbitterten Widerstand gestoßen?«

»Bei Ug, und ob! Ich habe mehr als tausend Mann verloren! Aber die Auserwählten haben sich bewährt. Die überlebenden Feinde habe ich übrigens laufen lassen.«

»Ob das ein kluger Schritt war?«

»Ug hätte mir ihren Tod nie verziehen. Es sind hervorragende Soldaten, die bis zu ihrer endgültigen Niederlage wacker gekämpft haben. Sie haben es nicht verdient zu sterben.«

Ley-ron hing seinen ureigenen Vorstellungen von der Ehre eines Soldaten an, von denen er sich durch nichts abbringen ließ.

»Bist du noch im Regenbogental?«, wollte er wissen.

»Ja. Ich muss hier einige Angelegenheiten zu Ende bringen, morgen mache ich mich aber auf den Weg zu dir.«

»Dann werden wir diesen Sieg feiern!«

Er setzte sich hin, wobei er versuchte, sich nicht anmerken zu lassen, wie sehr ihn sein verkrüppeltes Bein schmerzte.

»Hast du das Blut dieses Falken schon an dich bringen können?«

»Nein, der Mann ist Mithipha entwischt.«

Verächtlich verzog er das Gesicht, verlor jedoch kein Wort darüber. Niemals hätte er eine derart wichtige Aufgabe dieser Närrin anvertraut. Die hatte doch nur ihre Bücher im Kopf – wie sollte sie also den Mann fangen, den sie so dringend brauchten?

»Meine Spitzel halten im Norden nach jemandem Ausschau, der infrage kommt«, teilte Ley Alenari mit. »Ich schwöre bei Ug: Mitunter bedaure ich, dass dein Blut ausscheidet.«

»Mir geht es nicht anders«, versicherte Alenari. »Das darfst du mir glauben.«

Denn der Koloss würde sich nicht dem Blut einer Frau unterordnen, die über den dunklen Funken gebot.

»Möglicherweise gibt es aber einen Ausweg«, fuhr Alenari fort. »Wir haben eine Gefangene, bei der es sich um eine entfernte Verwandte von mir handeln könnte.«

»Ihr Haar weist eine silberne Strähne auf?«

»Ebendieses unverwechselbare Merkmal.«

»Bestens! Behalt sie bei dir, bis die Zeit gekommen ist.«

»Das werde ich.«

»Gestern hatte ich übrigens eine kleine Auseinandersetzung mit Thia.«

Als Alenari ihm von dem Kampf am Pavillon berichtete, färbte sich Leys Gesicht dunkelrot vor Zorn.

»Möge Ugs Blitz sie treffen!«, brüllte er. »Hat dieses Weib ihr letztes bisschen Hirn verloren?! Was hat sie sich bloß dabei gedacht?!«

»Sie hat mir keine Gelegenheit gelassen, sie danach zu fragen. Dazu ist sie zu schnell verschwunden.«

»Ja, darin ist sie eine wahre Meisterin!«

»Falls du ihr zufällig begegnen solltest, würde ich dich bitten, sie am Leben zu lassen.«

»Ich habe nicht die Absicht, sie zu töten. Allerdings werde ich wohl mal ein ernstes Wort mit ihr reden müssen.«

»Noch etwas: In ihrer Begleitung befindet sich ein Heiler.«

»Ein Heiler?«, fragte er. »Dieser Schüler Ceyra Asanis?«

»Damit weißt du mehr als ich«, erwiderte Alenari kalt. Dass es sich bei dem Jungen um den Zögling der heutigen Mutter handelte, war ihr neu.

»Weil meine Spitzel besser sind als deine. Und im Imperium dürfte ja wohl kaum noch ein Mann mit diesem Aspekt der Gabe aufgetaucht sein. Deshalb nehme ich an, wir sprechen von demselben Heiler. In dem Fall nehme ich mein Urteil über Thia zurück. Sie hält ihr Hirn noch gut zusammen – sonst könnte sie nicht ihr eigenes kleines Spielchen spielen.«

»Eben. Deshalb erinnere ich dich noch einmal daran: Wenn du sie schnappst, verschon mir den Jungen.«

»Unterstellst du jetzt etwa mir, mein Hirn eingebüßt zu haben? Dem wird nicht ein Härchen gekrümmt. Und jetzt beeil dich, zu mir zu kommen«, forderte er sie lächelnd auf. »Ich vermisse dich.«

»Ich bin bald bei dir«, versprach sie und unterbrach die Verbindung.

Er vermisste sie. Wie auch nicht? Schließlich sehnte sie sich ebenso nach ihm.

Auf dem Weg zurück in ihre Gemächer dachte sie noch einmal über den Heiler nach. Bei allen Sternen Haras! Der Junge musste diesen Krieg überleben! Um jeden Preis! Denn sie brauchte ihn.

War er doch der einzige Mensch, der ihr ein neues Gesicht geben konnte.

KAPITEL

19

»Komm schon! Streng dich an!«, verlangte Typhus in einem Ton, der mir fast weinerlich vorkam. »Dann fällt dir bestimmt ein, wie du es geschafft hast.«

»Was glaubst du eigentlich, was ich die ganze Zeit tue?!«, giftete Shen zurück.

Seit die beiden heute Morgen aufgestanden waren, stritten sie. Seufzend kehrte ich zu unserem Rastplatz zurück und packte unsere Sachen zusammen, während ich innerlich ein Gespräch mit Lahen führte. Diese dämlichen Wegblüten, die mal aufwachten, mal einschliefen, hatten uns zwar das Leben gerettet – unsere weitere Existenz aber stark gefährdet. Wir wussten nicht, wo wir waren, hatten die Pferde, den Wagen sowie fast unser gesamtes Hab und Gut im Regenbogental verloren. Obendrein durften wir jetzt nicht nur hungern, sondern auch noch Durst leiden, denn meine Flasche hatte sich auf wundersame Weise über Nacht geleert. Immerhin waren mir noch der Bogen, der Funkentöter und das Jagdmesser geblieben. Mit den Pfeilen stand es nicht so gut, davon besaß ich nur noch sechs. Sonst war mir lediglich eine kleine Leinentasche geblieben, die jedoch bloß Dinge enthielt, die allein für mich einen Wert hatten.

Bei den anderen sah es mit Waffen noch schlechter aus. Shen verfügte noch über einen Dolch, Ghbabakh nur über die eigenen Fäuste und Stacheln, Yumi über sein beinernes Blasrohr. Rona und Typhus stellten dagegen für niemanden mehr eine Gefahr dar, denn ihr Funken musste sich erst erholen, um wieder mit aller Kraft zu lodern.

Zum Glück hatten wir wenigstens noch einigermaßen angemessene Kleidung. Den Herbst und den ersten Schnee würden wir damit unbeschadet überstehen.

Der Winter – ich meine: der richtige Winter – würde uns dann allerdings vor ernste Probleme stellen. Deshalb sollten wir schnellstens eine Stadt oder ein Dorf finden, um Pelze und warme Stiefel zu erstehen. Bis dahin konnten wir nur beten, dass es nicht wieder wie aus Kübeln regnete, verfügten wir doch nur noch über drei Umhänge für uns alle.

Rona hatte das Haar zu einem kurzen, drolligen Zopf zusammengebunden und streichelte den zufriedenen Yumi, der vor Begeisterung ganz außer sich war: Er verdrehte die Augen, grunzte und zuckte mit der Hinterpfote. Den gestrigen Kampf hatte er völlig vergessen. Vermutlich hatte er die Erinnerungen daran mit seinem Hund weggefiept, sodass sich ihm das Leben heute wieder in freundlicherem Licht darstellte.

Ich setzte mich neben die beiden und lehnte den gespannten Bogen gegen einen Baum. Der frühe Morgen war noch neblig gewesen, aber jetzt strahlten die Berggipfel im Sonnenlicht.

»Hast du schlecht geschlafen?«, erkundigte sich Rona, während sie mit ihren langen Fingern weiter Yumis grünes Fell kraulte. Als sie meinen fragenden Blick bemerkte, erklärte sie: »Du hast im Schlaf gesprochen.«

»Das passiert mir häufig. Ich leide unter Albträumen«, gab ich widerwillig zu, während meine Gedanken zu der brennenden Steppe und zu Lahen wanderten.

Nach dieser Erklärung stellte Rona keine Fragen mehr, sondern lächelte mir nur aufmunternd zu, wohl in der Annahme, das helfe mir.

»Du hast dich gestern gut geschlagen«, wechselte ich das Thema.

»Danke. Aber das gilt wohl für uns alle. Trotzdem ist es allein Meloth zu danken, dass wir noch am Leben sind.«

»Wohl eher Shen«, hielt ich dagegen. »Schließlich hat er uns von dort weggebracht. Ich kann dieses Wunder noch immer nicht fassen.«

»Wer könnte das? Die Wegblüten zum Leben zu erwecken …
Dass er das geschafft hat. Wenn auch nur ein einziges Mal.«

»Mhm. Ich gehe ihn und Typhus mal holen. Wir sollten allmählich weiter.«

»He, Ness!«, rief sie mir nach, denn ich hatte mich schon erhoben. »Was macht dein Kopf?«

»Das ist bis zum nächsten Frühling verheilt. Es sind ja nur
Kratzer.«

Gestern Abend hatte Ghbabakh irgendwelche bitteren Wurzeln ausgegraben, sie ordentlich durchgekaut und mir dann
trotz meines lautstarken Protests auf die Stirn gelegt. Dieser
Brei hatte dafür gesorgt, dass sich um die Wunden herum sofort
Wärme ausbreitete. Keine Ahnung, was das für Wurzeln waren,
aber heute fühlte ich mich tatsächlich weitaus besser.

Typhus und Shen standen natürlich immer noch bei der Wegblüte.

»Wie hast du das gemacht?!«, fuhr Typhus den Jungen an.

»Ich weiß es nicht! Das hat irgendwie von selbst geklappt! Der
Zauber hing sozusagen in der Luft! Ich habe einfach nur nach
ihm gegriffen – eigentlich wollte ich damit auf Alenari einschlagen …«

»Nur dass wir dann in diesem Nest gelandet sind! Alle Achtung, mein Junge«, lobte ich ihn, fügte jedoch, als ich seinen verstörten Blick auffing, hinzu: »Das meine ich ernst. Du hast das
wirklich gut gemacht, auch wenn du nicht weißt, wie. Und es ist
ohne Zweifel besser, lebend im Wald zu hocken, als tot vor Alenari zu liegen.«

»Lenk ihn nicht ab!«, herrschte mich Typhus an, um dann erneut auf Shen einzureden: »Versuch es noch einmal. Stell dich
zwischen die Hauer. Ich helfe dir.«

»Nein, jetzt reicht's!«, brüllte ich. »Damit verlieren wir nur
Zeit! Jedem Idioten ist doch klar, dass wir auf diese Weise nicht
von hier wegkommen. Aber wir haben kein Essen und kein
Wasser mehr. Außerdem haben wir nicht die leiseste Ahnung,
wo wir überhaupt sind. Wir müssen von hier verschwinden. Ihr
könnt eure Übungen an anderen Wegblüten fortsetzen.«

»Lass es uns noch ein einziges Mal versuchen. Wir müssen uns Korunn vorstellen.«

»Ja, wunderbar«, knurrte ich. »Sollte sich das Portal öffnen, darfst du davon ausgehen, dass dir im Turm von Korunn ein besonders herzlicher Empfang bereitet wird. Die Schreitenden erwarten dich nämlich sehnsüchtig ... Nein, ihr kommt jetzt sofort mit mir zurück. Das hätte mir noch gefehlt, dass ihr mir beide abhanden kommt.«

Shen folgte mir, doch Typhus schielte noch eine Weile auf die schwarzen, goldgeäderten Hauer, ehe sie uns hinterhertrottete.

»Bei allen Sternen Haras!«, fluchte sie. »Noch nie habe ich so bedauert, dass Talki tot ist. Sie hätte Shens Zauber entschlüsseln können.«

»Ich bin ganz froh, dass sie tot ist«, erklärte Shen. »Aber mich würde mal interessieren, wie in diese Ödnis eigentlich eine Wegblüte kommt.«

»Zu meiner Zeit gab es sie in fast jeder Stadt.«

»Nur ist das hier gar keine Stadt«, hielt ich dagegen. »Vermutlich war es auch nie eine, denn ich habe nirgends Ruinen gesehen.«

»Dann hast du sicher nicht richtig hingeguckt, sonst hättest du ein paar kümmerliche Überreste entdeckt. Allerdings muss ich zugeben, dass auch ich diesen Ort nicht kenne. Aber gut, seien wir froh, dass uns der Junge hier hergebracht hat und nicht auf den Grund des Austernmeeres oder in den Turm von Alsgara.«

»Shen, geh schon mal voraus. Wir kommen gleich nach.«

Er sah mich neugierig an, sagte aber kein Wort und stiefelte davon. Typhus und ich blieben allein zurück. Sie runzelte die Stirn. Ich wartete noch, bis Shen hinter den Kiefern verschwunden war, dann holte ich die Verdammte mit einem geschickten Haken von den Beinen. Schon im nächsten Moment presste ich ihr die linke Hand gegen den Hals, während ich ihr mit der rechten den Funkentöter gegen die Schlagader drückte.

»Wir beide sollten uns mal unterhalten«, eröffnete ich ihr,

als ich merkte, wie die Verblüffung in den braunen Augen dem Zorn wich.

»Hast du keine andere Möglichkeit, ein Gespräch zu führen?«, krächzte sie. Daraufhin lockerte ich den Griff etwas.

»Lass dir das eine Lehre sein. Ich werd nicht gern angelogen! Merk dir das!«

»Was meinst du denn damit? Weißt du überhaupt, welches Risiko du gerade eingehst? Ich könnte dir nämlich immer noch den Hintern rösten!«

»Nicht in den nächsten Tagen«, nahm ich ihr den Wind aus den Segeln. »Du bist zurzeit nicht stärker als Rona. Du hast gewusst, wen wir in der Schule der Schreitenden treffen, nicht wahr? Deshalb wolltest du nicht zu ihr und hast versucht, uns davon abzuhalten. Du hast mich angelogen, was Alcnari betrifft. Sie war nicht an der Treppe des Gehenkten, sondern im Regenbogental. Oder auf dem Weg dahin. Weshalb wolltest du nicht, dass wir ihr begegnen?!«

»Weil sie stärker ist als ich und eine Gefahr für euch darstellt!«

»Woher rührt diese Sorge?«

»Daher, dass ich ihr den Heiler nicht überlassen will!«, schrie sie. »Und jetzt steck diesen Zahnstocher wieder weg. Stell dir vor, ich rede freiwillig mit dir – zufällig fallen unsere Interessen in diesem Punkt nämlich zusammen.«

»Lüg mich nie wieder an«, schärfte ich ihr noch einmal ein, bevor ich das Messer von ihrem Hals löste. »Allmählich solltest du mit der Sprache herausrücken: Was willst du eigentlich von uns?«

»Du verfluchter, dämlicher Schwachkopf! Du hättest mich beinahe erwürgt!«, wetterte sie, als sie sich aufsetzte und den Hals rieb. »Und falls du es vergessen haben solltest: Wir haben ein gemeinsames Ziel! Wir wollen beide Rache nehmen!«

»Dafür brauchst du uns nicht. Unsere Kraft und unsere Möglichkeiten sind im Vergleich zu deinen doch geradezu lächerlich.«

»Selbst Ameisen sind imstande, die Welt zu verändern.«

»Freut mich zu hören, welch hohe Meinung du von uns hast.«

»Das war metaphorisch gesprochen, du Hornochse!«

»Gilt aber nicht als Antwort auf meine Frage. Also, was willst du von uns?«

»Den Jungen und seine Gabe«, gab sie seufzend zu.

»Das ist mir klar.«

»Bei allen Sternen Haras, nichts ist dir klar! Ich passe auf ihn auf. Denn er bedeutet die einzige Möglichkeit für mich, wieder aus diesem erbärmlichen Körper herauszukommen, in den ich durch deine gütige Mithilfe geraten bin!«

»Du willst ihm beibringen, seine Gabe zu entwickeln. Für deine eigenen Zwecke, versteht sich. Aber woher soll er wissen, wie er dich in einen anderen Körper verfrachten kann, wenn du das nicht einmal selbst weißt?«

»Das, was wir beide nicht wissen, weiß sein Funke nur zu genau. Denk doch bloß an die Wegblüte, da war es genauso. Außerdem wird er viel lernen und sich vervollkommnen. Möglicherweise gelingt es ihm also eines Tages, mich aus diesem Körper zu holen. Das ist meine einzige Hoffnung – und die gebe ich nicht auf.«

»Nur wird er dir kaum helfen wollen.«

»Das kann sich ja noch ändern«, erwiderte sie lächelnd.

»Dir bleibt aber nicht mehr viel Zeit.«

»Bitte?!«

»Du drängst auf Eile, das ist mir nicht entgangen. Stimmt irgendetwas mit dir nicht? Oder mit ihm?«

Sie schüttelte den Kopf und klaubte die langen, gelben Tannennadeln von ihrer Kleidung, um sie auf die Erde zu werfen.

»Talki hat gesagt, meine Seele werde mit diesem Körper zu einer Einheit verschmelzen«, gestand sie leise. »Deshalb wird es schon bald unmöglich sein, sie wieder aus dieser Behausung loszueisen. Was ist?«, fragte sie, da sie meinen zweifelnden Gesichtsausdruck bemerkt hatte.

»Diese Geschichte hinkt doch«, sagte ich. »Wenn es eine solche Verbindung von Körper und Seele gibt, dann hättest du ja wohl an deinen eigenen Körper geradezu angeschmiedet sein müssen. Aus dem hat Shen dich aber gelöst wie eine Auster aus der Schale. Wieso solltest du dann also in diesem fremden Körper viel stärker verwurzelt sein?«

Diese Worte ließ sie sich erst einmal durch den Kopf gehen.

»Möglicherweise hast du ja recht«, murmelte sie. »Übrigens habe ich heute Nacht mit Alenari gesprochen. Und erfahren, was auf dem Anwesen von Talki geschehen ist.«

»Wer war es?«, hauchte ich.

»Rowan. Genau wie ich vermutet hatte. Er hat Talki und deine Frau ermordet. Und auch die Auserwählten … meine Auserwählten, die ihm Alenari für dieses Vorhaben ausgeliehen hatte. Sie selbst hat Talki von Rowan abgelenkt, den Plan hat Mithipha ausgeheckt.«

»Dann hatten also alle drei ihre Finger im Spiel.«

»Ja. Aber getötet hat nur Rowan.«

»Erzähl mir alles.«

»Wo wart ihr denn?! Ich hab schon gedacht, ihr hättet die Wegblüte doch noch mal zum Leben erweckt und euch davongemacht«, empfing uns Shen, als wir zum Rastplatz zurückkehrten. »Was ist mit dir, Ness? Du bist ja nicht wiederzuerkennen.«

»Rowan«, brachte ich bloß heraus. »Der Verdammte Schwindsucht.«

Er wusste sofort, worum es ging.

»Weihst du mich in die Einzelheiten ein?«

»Bei der nächsten Rast. Seid ihr fertig?«

»Aus, du Hund!«, bestätigte Yumi, der gerade auf Ghbabakhs Schulter kletterte.

»Wohin wollen wir jetzt gwehen?«, fragte Ghbabakh.

»Wir müssen eine Straße finden. Und es wäre auch sehr schön, wenn wir in ein Dorf kämen. Aber so, wie es hier aussieht, sind wir fernab von allem. Irgendwo im Osten.«

»Dann also nach Norden oder nach Süden?«, hakte Ghbabakh nach.

»Nach Süden. Im Norden müssen wir längst mit Frösten rechnen. Wir sind hier in den Bergen. Und so, wie sie sich von

Norden nach Süden ziehen, würde ich annehmen, dass es die Blinden Berge sind.«

»Oder die Wolkengipfel«, gab Shen zu bedenken.

»Nein«, mischte sich jetzt auch Rona ein, die einen warmen Schal um ihren Hals wickelte. »Die Wolkengipfel haben ihren Namen wegen ihrer Höhe erhalten. Diese hier erscheinen mir viel zu flach.«

»Das stimmt. Diese Berge sind nicht hoch genug, dafür aber alt und verwittert, außerdem sind die Gipfel abgeschliffen. Das sind mit Sicherheit die Blinden Berge. Bleibt die Frage, in welchem Teil von ihnen wir uns befinden.«

»Ich würde nach Norden gehen«, sagte Typhus. »Im Süden kämen wir zum Waldsaum, und den sollten wir besser meiden. Aber Richtung Norden müssten wir irgendwann auf Dörfer stoßen.«

»Und wie dann weiter?«, brummte Shen. »Über die Treppe des Gehenkten kommen wir nicht.«

»Wieso das nicht?«, hielt Typhus dagegen. »Wer sollte uns denn bitte schön daran hindern?«

»Seit wann bist du allmächtig?«

»Wie stark ich bin, spielt überhaupt keine Rolle. Die Nabatorer sind kluge Leute. Alle Städte, die sich ergeben haben, wurden nicht verheert. Falls Ley die Treppe des Gehenkten schon genommen hat – und davon gehe ich aus –, dürfte er mittlerweile auf der anderen Seite der Katuger Berge sein. Den Pass hat er dann aber mit Sicherheit nicht zerstört.«

»Nur – was wollen wir im Norden?«, fragte Shen.

»Und was wollen wir im Süden?«, konterte ich. »Abgesehen davon zwingt dich niemand, mir nachzustapfen. Wie sieht es mit eurer Gabe aus?«

»Ich kann nicht klagen«, brachte Typhus zögernd heraus und blinzelte in die Sonne.

»Ich brauche eine Woche, vielleicht zwei«, antwortete Shen, der Typhus ungläubig ansah. »Kleinigkeiten dürften aber auch jetzt schon klappen.«

»Das heißt, du bist imstande, deine Ausbildung fortzusetzen«, bemerkte Typhus entzückt. »Gleich heute Abend nehmen wir den Unterricht wieder auf.«

Der Junge setzte eine angesäuerte Miene auf, sagte aber keinen Ton. Den Unterricht wollte offenbar auch er fortsetzen.

Rona warf einen raschen Blick auf ihn, dann sah sie mich an und erklärte: »Für mich gilt das Gleiche. Ich kann mindestens eine Woche nicht mit meiner Gabe in Verbindung treten. Ihr müsst also auf meine Unterstützung verzichten. Tut mir leid.«

Yumi hatte es recht bald satt, auf Ghbabakhs Schulter zu sitzen, weshalb er auf den Boden sprang und in den Wald huschte. Als er wieder auftauchte, machte er uns auf einen Tierpfad aufmerksam. Dankbar folgten wir ihm.

Da es mehr als genug Bäche gab, konnten wir uns endlich satt trinken und unsere einzige Flasche füllen. Unsere Mägen knurrten allerdings noch immer, aber bisher war uns kein Tier über den Weg gelaufen, und eine richtige Jagd hätte zu viel Zeit gekostet.

»Die Tiere sind schon wegwagwezogwen«, sagte Ghbabakh niedergeschlagen. »Die Kwälte kwommt zu uns. Wir müssen Vorräte anlegwen.«

Die Kiefern wichen bald Buchen. Auf dem dichten Teppich, der aus heruntergefallenen dunkelbraunen Blättern gewebt war, lagen Unmengen von Bucheckern.

Ich sammelte eine Handvoll davon auf und steckte sie in die Tasche. Roh durfte man die Dinger nicht essen. Nicht nur, dass sie bitter waren, sie enthielten auch Stoffe, die einem das Hirn zum Kochen brachten. Aber wenn man sie röstete, dann sah die Sache schon anders aus, dann waren sie nicht nur lecker, sondern sättigten auch.

Über einen kleinen Fluss mit sehr schneller Strömung mussten wir von Stein zu Stein springen. Diese Heldentat vollbrachten wir ohne Verluste. Bald darauf stießen wir auf einen großen Biberdamm, der die Bäume auf einer Lichtung bereits ein wenig unter Wasser gesetzt hatte. Auf dem öligen, trägen Wasser schwammen Hunderte, wenn nicht gar Tausende abgefallener Blätter.

Nachdem Ghbabakh die benagten und umgestürzten Bäume eingehend betrachtet hatte, verkündete er uns sein Urteil: Dies könne nicht das Werk von Tieren sein, sondern müsse auf andere Wesen zurückgehen.

Den ganzen Weg über dachte ich an die drei Verdammten. Mit ihnen beabsichtigte ich Dinge zu tun, die mehr als finster waren. Die drei hatten einen enormen Fehler begangen, als sie sich mit mir angelegt hatten. O ja, die hätten wirklich besser die Finger von Lahen lassen sollen. Denn nun würde ich keine Ruhe mehr geben – es sei denn, sie schickten mich zur ewigen Ruhe. Solange das jedoch noch nicht geschehen war, würde ich sie mir, wenn ich Glück hatte, vorknöpfen und mich mit ihnen in einer Weise *unterhalten*, wie sie es sich selbst in ihren schwärzesten Träumen nicht ausmalten.

Wer sagt denn, dass ein gewöhnlicher Sterblicher nicht imstande ist, einen oder eine Verdammte zu töten? Vor allem, wenn dieser Sterbliche nichts zu verlieren hat. Eben!

An Lahen dachte ich natürlich auch, und zwar ständig. Sogar dann, wenn ich mich mit jemand anderem unterhielt. Das gab ich aber nicht mal vor mir selbst gern zu. Doch ich hörte ununterbrochen ihre Stimme, spürte ihren Atem. Manchmal meinte ich sogar, ich bräuchte mich bloß umzudrehen, dann würde ich in ihre lachenden blauen Augen sehen, und mitunter war die Versuchung derart groß, dass ich mich tatsächlich umdrehte – aber selbstverständlich war Lahen nie da.

Tagsüber lebte ich vor mich hin, erst im Schlaf blühte ich auf, denn da kam sie zu mir. Wenn ich dann aufwachte, wollte ich heulen wie ein Wolf.

Manchmal suchten mich auch noch Albträume heim. In denen die Steppe brannte, purpurrote Funken vom Himmel regneten und die Spielkarten mit dem Bild der Jungfrau vorkamen. Meiner Jungfrau. Lahen fiel in einen Abgrund, und ich konnte sie nicht halten, verlor sie Mal um Mal. Sie machten mir das Leben noch unerträglicher.

Garrett hatte recht behalten. Wenn man den Wind einfängt, darf man nichts Gutes erwarten. Und derjenige, der vom Wind gepackt wird, hat nur selten Grund zur Freude. Wie oft hatte ich schon über die letzten Worte des Diebes nachgedacht: Halte du nur den Wind fest und tu, was getan werden muss! Es konnte kein Zweifel daran bestehen, dass ich den Wind noch immer in der Faust gepackt hielt. Nur hieß das, dass ich – und mit mir all meine Gefährten – mich im Zentrum eines Sturms befand. Wenn ich jetzt die Finger öffnete, würden wir alle vermutlich weggefegt werden ...

Wir kamen wesentlich schlechter voran, als ich gehofft hatte. Typhus und Rona verstanden nicht viel davon, wie man sich im Wald bewegt. Doch während die Verdammte dank ihres neuen, strapazierfähigeren Körpers sturköpfig weiterstapfte, stolperte Rona bei jedem Schritt. Da sie außerdem immer noch geschwächt war, nachdem sie sich magisch verausgabt hatte, hielt sie sich nur mit letzten Kräften auf den Beinen. Deshalb ließ ich weit vor Einbruch der Nacht in der Nähe eines Baches mit einem Steinufer haltmachen. Weil es noch gut drei Stunden hell bleiben würde, brach ich zur Jagd auf. Doch das Glück war mir nicht hold.

Als ich in der Abenddämmerung wütend und enttäuscht zurückkehrte, erblickte ich neben dem Feuer zwei Dutzend silbrig glänzender Fische.

»Wer hat uns denn vor dem Hungertod gerettet?«

»Ich«, antwortete Ghbabakh. »Im Bach gwibt es viele Fische.«

Yumi und Shen bereiteten das Essen zu. Shen nörgelte die ganze Zeit herum, weil es keinen Kessel, keine Pfanne, ja, noch nicht mal einen Becher gab, während die Stöcke, auf die sie die Fische gespießt hatten, jede Sekunde in Flammen aufzugehen oder ins Feuer zu fallen drohten.

»Kannst du uns einen Kessel machen?«, wandte ich mich an Typhus.

»Mhm«, murmelte sie mit vollem Mund. »Dazu darf es vermutlich noch ein Vierspänner und ein Zuber mit heißem Wasser sein, oder? Lass mich nur wissen, welche Wünsche du sonst noch hast, mein Junge, ich bin jederzeit gern bereit, sie dir zu erfüllen.«

»Heißes Wasser wäre schon nicht schlecht.«

Dem stimmten alle anderen zu. Typhus dachte kurz nach und sagte: »Im Prinzip könnte ich den Bach erhitzen. Aber was würde das nutzen? Die Strömung trägt ja doch das ganze Wasser davon.«

»Die Gabe, der Funken, die Kraft«, knurrte Shen, der als Einziger von uns ohne Appetit aß. »Wozu ist das eigentlich alles gut, wenn wir damit weder Brot noch Salz herbeizaubern können?«

Auch seine Äußerung wurde mit billigendem Schweigen aufgenommen.

»Warum hast du nicht getroffen?«, fragte mich Shen, als wir am nächsten Abend gemeinsam Feuerholz sammelten.

Ich zog meine Handschuhe hinterm Gürtel hervor und streifte sie mir ohne Eile über die kalten Finger.

»So was kommt immer mal wieder vor«, antwortete ich dann.

»Das kauf ich dir nicht ab, denn ich hab dich schon schießen gesehen. Um aus dieser Entfernung dein Ziel zu verfehlen, hast du dich wahrscheinlich gewaltig anstrengen müssen. Sogar ich hätte da getroffen. Aber deine Hand hat gezittert. Warum? Was ist geschehen?«

Ich sammelte jedoch nur den nächsten Zweig auf und warf ihn auf den Haufen.

»Ich habe mich an einen dämlichen Traum erinnert«, murmelte ich dann aber doch.

»Was für einen Traum?«

»Als Lahen noch gelebt hat, hab ich mal geträumt, dass ich sie verliere. Davon träume ich selbst jetzt noch manchmal. In dem Traum töte ich Blatter mit einem Pfeil, aber als ich ihr die Maske abnehme, hat die Verdammte Lahens Gesicht.«

Shen hörte mir schweigend zu, die Hände in den Taschen seiner Jacke vergraben.

»Tut mir leid, dass ich uns mit diesem Fehlschuss dermaßen in Schwierigkeiten gebracht habe.«

338

»Ach, das ist doch nicht der Rede wert«, sagte er zu meiner Überraschung. »Mir wäre es vermutlich ähnlich gegangen. Ich weiß auch nicht, wie ruhig meine Hand gewesen wäre, wenn …« Ich hatte den Eindruck, er wollte Ronas Namen nennen, doch stattdessen fuhr er fort: »… wenn diejenige gestorben wäre, die ich liebe.«

»Ich hoffe, dir bleibt dieses Schicksal erspart. Pass auf sie auf.«

»Auf wen?«

»Auf Rona.«

Er nickte bloß. Und anscheinend war er froh, dass wir einander verstanden.

»Was hat dir die Verdammte gesagt?«, wechselte er das Thema.

Ich erstattete ihm einen kurzen Bericht. Unterdessen wuchs der Haufen mit Brennholz gewaltig an. Jetzt mussten wir ihn nur noch zu den anderen schleppen …

»Was meinst du? Hat dich Typhus angelogen?«

»Ich glaube nicht. Warum sollte sie?«

»Und was hast du jetzt vor?«

Ich hockte mich neben das Brennholz und trank einen Schluck Wasser aus der Flasche, wobei ich bedauerte, dass sie keinen Shaf enthielt oder sonst etwas Kräftiges. Schnaps zum Beispiel.

»Ich glaube …«, brachte ich zögernd hervor. »Ich glaube, ich werde versuchen, sie zu töten. Ich weiß schon, was du sagen willst. Aber du hältst mich nicht auf. Ich ziehe keinen von euch in diese Angelegenheit mit hinein, ich will nämlich nie wieder das Leben eines anderen Menschen aufs Spiel setzen. Der Süden ist bereits verloren, der Norden kann sich aber vielleicht halten. Ich gehe mit euch bis zur Treppe des Gehenkten, und dort … sehen wir weiter. Man weiß ja nie, was das Leben für Überraschungen bereithält.«

»Was soll das heißen?«

»Vielleicht kommen ja morgen alle Verdammten zu mir und bitten mich, sie zu töten? Damit ich nicht länger durch die Lande streifen muss.«

»Du bist schon ein seltsamer Mann, Grauer«, erklärte er mir unter schallendem Gelächter. »Wer soll aus dir bloß schlau werden? Oder aus Lahen? Aber glaub mir, ich freue mich ehrlich, euch beide getroffen zu haben.«

Bei diesem Bekenntnis kroch die eine meiner Augenbrauen in die Höhe.

»Ich brauche eine neue Pfeilspitze. Die hast du doch noch, oder?«, nutzte ich die günstige Gelegenheit.

»Damit du wieder danebenschießt?«, murmelte er, griff aber nach seiner Gürteltasche und überreichte mir eine Spitze. »Ich hoffe, das nächste Mal triffst du.«

»Dein Glaube an meine Fähigkeiten wird mich in dieser kalten Nacht wärmen.«

»Wenigstens etwas«, bemerkte er, packte einen Teil des Brennholzes zusammen und stapfte zurück.

Ich sah ihm lange nach. Dann machte ich mich daran, den Rest zu den anderen zu schleppen.

Die Tage glichen einander wie Eier. Wir standen noch in der Morgendämmerung auf und zogen weiter, vor Kälte bibbernd. Manchmal war der Weg kaum zu bewältigen, sodass wir ein Stück in Richtung der Berge wandern mussten, wo die Buchenwälder Tannen wichen, nur um nach einer Weile, wenn der Weg wieder leichter zu werden schien, zu unserer alten Strecke zurückzukehren.

Der Herbstwald wirkte finster, uns allen kam es vor, als sauge er die letzte Kraft aus uns heraus. Selbst Ghbabakh hatte ein wenig von seinem Optimismus eingebüßt.

Ein kleiner Trost in diesen Tagen war immerhin, dass es endlich aufgehört hatte zu regnen, schließlich wollte niemand bei dieser grimmigen Kälte auch noch durchnässt durch die Gegend ziehen.

Abends wärmten wir uns alle am Feuer. Rona beobachtete misstrauisch, wie Typhus den Unterricht mit Shen fortsetzte. Seit dem Jungen einmal ein Fehler bei einem Zauber unterlaufen war, der Ghbabakh fast den Kopf gekostet hätte, jagten wir die beiden allerdings immer ein gutes Stück vom Lagerfeuer fort, damit sie sich an einer Stelle mit ihrer Magie beschäftigten, an der sie sich nur gegenseitig umbringen konnten.

Das hinderte Rona jedoch nicht, sich zu ihnen zu gesellen. Weder Typhus noch Shen hatten dagegen etwas einzuwenden.

Ich hätte gern gewusst, warum das Mädchen die Entladungen des dunklen Funken ertrug, fand aber keine Antwort auf diese Frage. Rona verfolgte stets gebannt, wie an Typhus' Händen schwarze Blumen erblühten oder wie ein Rabe zum Himmel aufstieg und sich in stählerne Federn auflöste, die die unschuldigen Bäume verbrannten. Für Rona musste es so sein, als habe sie eine Kobra aus Sdiss vor sich: giftig, tödlich, aber dennoch betörend.

Nach dem Unterricht der beiden schwieg Rona meist lange, die Stirn von tiefen Falten durchzogen. Fragte ich sie, was sie bedrücke, lächelte sie bloß traurig und schüttelte den Kopf. Deshalb drang ich nicht weiter in sie. Sie würde es mir schon von sich aus erzählen, sollte sie irgendwann den Wunsch danach verspüren.

Die Sturheit oder Unzulänglichkeit Shens brachte Typhus häufig genug derart auf, dass sie sich weigerte, sich weiter mit ihm zu beschäftigen. Dann zogen sich Shen und Rona zurück, um miteinander zu sprechen. Überhaupt verbrachten sie jetzt viel Zeit gemeinsam, liefen manchmal weit voraus oder blieben ein gutes Stück hinter uns. Anfangs hatte mich dieses Verhalten noch beunruhigt, denn ich fürchtete, sie würden sich verirren, doch mit der Zeit begriff ich, dass sich die beiden recht gut zu orientieren wussten, sodass ich mir bald keine Gedanken mehr machte, wenn sie mal wieder auf Abwegen waren.

An einem der Abende, als wir an einem Bach entlangliefen, auf dem sich bereits eine Eiskruste gebildet hatte, las ich zahlreiche glatte Steine auf, die uns als Spielsteine dienen sollten. Das entsprechende Brett zeichneten wir direkt in den Sand. Bis zum Einbruch der Nacht vergnügten wir uns dann damit. Ghbabakh und Typhus gewannen Partie um Partie, Shen und ich verbuchten nur in Ausnahmen einen Sieg für uns.

Nach einer Woche lichtete sich der Wald, es gab weniger Bäche, und diese waren auch längst nicht mehr so sprudelnd wie bisher. Alles wies darauf hin, dass wir die Blinden Berge bald hinter uns lassen würden.

Wir alle hofften, dann endlich eine Straße zu erreichen.

Am achten Tag stießen wir auf eine kleine Jagdhütte. Die Tür war zwar mit Brettern vernagelt, was uns jedoch nicht daran hinderte, diese kurzerhand herunterzureißen. Zu unser aller Enttäuschung fand sich in dieser Hütte nichts, was wir hätten gebrauchen können. Der ersehnte Kessel blieb nach wie vor ein Wunschtraum. Aber immerhin hatten wir mal wieder für eine Nacht ein Dach über dem Kopf.

Wir alle schliefen süß und selig, selbst mich suchten keine Albträume heim.

Am nächsten Morgen wachte ich als Erster auf, als eine aprikosenfarbene Sonne die Wolken golden färbte. Beim Aufstehen wäre ich beinahe auf Yumi getreten, der sich zu einer Kugel zusammengerollt hatte. Ich trat in die Kälte hinaus, ein paar Minuten später folgte mir Rona.

Obwohl sie Einwände erhob, bestand ich darauf, dass sie sich meine Jacke anzog, während ich ein Feuer entfachte.

»Hast du geweint?«, fragte ich sie, denn sie hatte ganz rote Augen.

»Wir alle haben mal schlechte Träume …«

»Und du träumst immer noch von Kira?«, hakte ich sanft nach und gab dürre Zweige in die noch kleine Flamme.

»Ja. Obwohl ich sie ermordet habe, gibt sie mich nicht frei. Genau wie die Verdammte Lepra.«

Was hätte ich darauf sagen sollen?

»Weshalb bist du eigentlich im Regenbogental so blindlings davongestürmt?«, wechselte ich das Thema.

»Das verstehst du vermutlich nicht«, antwortete sie nach langem Schweigen. »Das meine ich nicht böse … Dafür gibt es verschiedene Gründe, aber ich werde dir nur einen nennen. Die Schule war das Wichtigste in meinem Leben. Als ich die Zerstörungen und die Flammen gesehen habe, da habe ich förmlich den Kopf verloren. Ich hatte solche Angst um die Schule, dass ich keinen klaren Gedanken mehr fassen konnte. Natürlich ist es dumm von mir gewesen, einfach loszurennen – das habe ich dann auch begriffen, als ich den Nekromanten in die Arme gelaufen bin. Es tut mir wirklich leid, dass ich euch alle in diese Geschichte hineingezogen habe.«

»In der haben wir sowieso schon dringesteckt.«

»An dem Tag war ich zum ersten Mal froh, dass wir eine Verdammte auf unserer Seite haben.«

»Oh, die steht ausschließlich auf ihrer eigenen Seite«, hielt ich dagegen.

»Ihr Funken ist zurzeit nicht stärker als unserer, obwohl sie uns das Märchen auftischt, sie sei im Vollbesitz ihrer Kräfte. Aber Typhus ist genauso erschöpft wie wir alle.«

»Wundert dich das?«

»Ein wenig schon«, gab sie zu. »Uns wurden jahrein, jahraus nur Gräueltaten über die Verdammten erzählt. Thia al'Lankarra, Typhus, die Tochter der Nacht, die Reiterin auf dem Orkan, die Mörderin Sorithas. Als ich noch ein kleines Mädchen war, haben mich allein diese Bezeichnungen – Abtrünnige, Feinde des Turms und der Magie, Wesen der Nacht und Geschöpfe aus dem Reich der Tiefe – in Angst und Schrecken versetzt. Und dann … dann stellt sich auf einmal heraus, dass sie Menschen wie du und ich sind. Eben nur mit einer außergewöhnlich starken Gabe und unschätzbarer Erfahrung. Nimm zum Beispiel Typhus: Sie isst, schläft, flucht, lacht – und wird müde.«

»Hört sich in der Tat nicht wie eine Göttin an«, bestätigte ich grinsend.

»Aus, du Hund!«, begrüßte uns da Yumi.

»Guten Morgen«, erwiderte Rona, die sich inzwischen die Hände über dem Feuer wärmte. »Hast du gut geschlafen?«

»Aus, du Hund!«, antwortete er mit hochzufriedener Miene.

»Das habe ich mir gedacht«, sagte Rona.

»Weck doch bitte die anderen, wir müssen bald weiter«, bat ich Yumi.

Der Waiya bemühte zum dritten Mal seinen Hund und huschte wieder in die Hütte. Rona lachte leise, und endlich blitzten ihre Augen wieder vor Vergnügen.

»Eine Schreitende wie dich trifft man selten«, sagte ich und musste unwillkürlich lächeln.

»Was meinst du damit?«, fragte sie zurück, denn sie wusste nicht, worauf meine Bemerkung abzielte.

»Du wirkst wie eine ganz gewöhnliche Frau.«

»Und andere Schreitende tun das nicht?«

»Mhm. Nimm beispielsweise eure Mutter. Die hat mir überhaupt nicht gefallen. Du aber bist ganz anders als Ceyra Asani und viele andere, mit denen ich es leider schon zu tun hatte. Du hast nichts Hochnäsiges an dir, im Gegenteil, du bist freundlich, für eine Funkenträgerin sogar erstaunlich freundlich. Ich weiß nicht, wie du früher warst, aber ich glaube, deine Gabe hat dich nicht verändert.«

»Die Herrin Gilara, die Leiterin der Schule im Regenbogental, hat immer behauptet, nicht die Gabe verändere den Menschen, sondern sein Verhalten. Darf ich dir vielleicht eine Frage stellen?«

»Sicher.«

»Du hast während des Kampfes im Regenbogental immer ein Auge auf Shen gehabt. Warum eigentlich?«

»Er ist der Einzige, der einen lichten und einen dunklen Funken in sich trägt – und sich trotzdem von den Verdammten unterscheidet. Möglicherweise könnte er Lahens Traum also Wirklichkeit werden lassen. Deshalb werde ich mich wohl noch ein Weilchen um ihn kümmern. Zumindest so lange, bis der Kleine auf eigenen Beinen steht.«

»Aber das tut Shen doch schon«, entgegnete Rona lachend.

»Trotzdem werde ich im Rahmen meiner Möglichkeiten auf ihn achtgeben.«

»Bei allen Sternen Haras!«, nörgelte Typhus, die gerade aus der Hütte trat. »Warum schlaft ihr nicht mehr?! Die Nacht ist ja noch gar nicht herum! Und wer weiß, wann wir das nächste Mal ein Dach über dem Kopf haben! In den verfluchten Wäldern habe ich mir schon meinen Hintern wundgelegen.«

»Nicht deinen, sondern Porks«, stellte ich klar.

»Was spielt das schon für eine Rolle?«, knurrte sie. »Das Ergebnis bleibt das gleiche.«

Am Nachmittag krochen von Osten über die Blinden Berge Regenwolken heran, leichter Frost hielt im Wald Einzug. Typhus, die ihren Umhang eingebüßt hatte, spannte über sich jene Kuppel, die wir bereits kannten. Yumi schlüpfte ohne viel Federlesens darunter. Sie warf einen bohrenden Blick auf den Waiya, verkniff sich aber jede Bemerkung, ja, sie jagte ihn nicht einmal davon.

Dann setzte ein wahrer Sturzbach ein. Der Wald rauschte, die Bäume schwankten wie irr, die Blätter stoben in alle Richtungen davon … Eine Stunde später lag das Unwetter jedoch schon in seinen letzten Zügen, eine weitere Stunde später ließ es uns zitternd und erschöpft zurück.

Wir rasteten an einer Stelle, von der aus wir einen Felsen sahen, der fast gänzlich von hohen Sträuchern umgeben war. An ihnen prangten nur noch vereinzelte bordeauxfarbene Blätter. Der feuchte schwarze Stein stellte eine Art Spiegel dar. Weder der Wind noch der Regen oder die Wurzeln der Pflanzen hatten ihm Schaden zufügen können. Der Fels erinnerte an Gottes zum Himmel erhobenen Finger und überragte die Buchen hinter ihm. Weitere Felsen dieser Art hatten wir im Wald gesehen, als wir uns den Blinden Bergen ziemlich weit genähert hatten.

»Ich habe schon viel über die Wegwablüten gwehört«, kam Ghbabakh auf das Thema zurück, das ihm keine Ruhe ließ. »Aber bis heute fragwe ich mich, wie dergwaleichen mögwalich sein kwann. Das ist eine sehr nützliche Erfindungwa. Der Skwulptor Kwavalar war ein gwaroßer Mann.«

Der Blasge kam einfach nicht aus dem Staunen heraus, dass uns die Wegblüte zur Flucht aus dem Regenbogental verholfen hatte. Yumi lauschte seinem Freund aufmerksam und nickte immer wieder gewichtig, mit jedem einzelnen Wort einverstanden.

In der letzten Zeit hatten der Blasge und ich häufig lange Gespräche miteinander geführt. Er war ein kluger, guter und manchmal sogar ironischer Gefährte. Und weit menschlicher als viele Menschen.

»Was wir da erleben durften … Shen hat ein Wunder gwe-wirkwat, und wir …«, er klatschte laut in die Hände, »… wir waren ein Teil davon.«

»Stimmt schon«, sagte ich, »nur hätte ich mir gewünscht, an einem wärmeren und angenehmeren Ort herauszukommen.«

»Die Bergwe liegwen bald hinter uns. Dann werden wir sicher die berühmte Burgwa Adlernest sehen. Die Festungwa des Skwulptors.«

»Wo wir höchstwahrscheinlich auf Nabatorer treffen …«

Wir erläuterten die Frage, ob wir es wagen durften, uns der Burg zu nähern. Da sich Typhus nicht für die Vor- und Nachteile der einen oder anderen Route interessierte, stand sie auf und umrundete den Felsen, der sie wesentlich mehr faszinierte. Shen und Rona waren auch mal wieder verschwunden. Yumi kroch gerade in ein paar Büsche, kam aber nach einer Weile mit verschmiertem Gesichtchen, dafür jedoch hochzufrieden wieder heraus. Wahrscheinlich hatte er etwas gefunden, womit er sich stärken konnte.

»Ich glaube, ich weiß, was es mit diesen Felsen auf sich hat«, sagte Typhus, als sie zurückkam. »Sie sind magisch geschaffen worden.«

»Im Krieg der Nekromanten?«

»Nein, viel früher. Ich würde eher sagen, im Zeitalter der Spaltung, vielleicht sogar noch eher. Sie müssen schon bestanden haben, als es den sogenannten Westlichen Kontinent noch gab.«

»Aus, du Hund?«

»Er fragwat, wozu sie gweschaffen wurden.«

»Wer vermag das heute, nach all der Zeit, noch zu sagen? Möglicherweise gehören diese Felsen ja zu einem umfassenden System, das wir uns nicht mehr erklären können. Vielleicht hat sich aber auch nur jemand im Gebrauch der Gabe geübt und neue Zauber ausprobiert. Oder es handelt sich um das Fundament eines riesigen Baus, von dem heute niemand mehr etwas weiß.«

»Dann sind sie also ähnlich rätselhaft wie die Flöten Alistans?«

»Die sind ja wenigstens noch vollständig erhalten – und wenn wir den alten Handschriften glauben, dienten sie früher dem Schutz eines bestimmten Gebiets. Damals, als noch Magie in ihnen steckte, meine ich. Aber hier ist mir wirklich schleierhaft, worum es sich handelt oder wozu es dienen könnte.«

Yumi und ich bemerkten gleichzeitig, wie sich über dem Wald zwei Vögel erhoben und mit kräftigen Flügelschlägen davonstrebten.

»Aus, du Hund!«, knurrte Yumi, der stocksteif dastand.

»Such Shen und Rona und bring sie her. Aber sei vorsichtig«, bat ich, um mich dann an Typhus zu wenden, deren fragender Blick mir nicht entgangen war. »Jemand hat diese Vögel aufgeschreckt. Wie sieht's aus, hast du nicht Lust, jemandem den Hintern zu verschmurgeln?«

»Feuer bedeutet Qualen«, erwiderte sie trotz meines Tons ernsthaft. »Das ist Rowans Sache. Ich ziehe es vor, einen Feind schnell zu töten.«

Sie schnalzte mit den Fingern, und für den Bruchteil einer Sekunde wurde es um uns herum duster. Die Schatten nahe den Felsen verdichteten sich und formten sich zu einem schwarzen Raben. Er spreizte die Federn, krächzte heiser, schlug mit den Flügeln und erhob sich gen Himmel.

»Wir müssen herausfinden, mit wem wir es zu tun haben«, erklärte sie – und ihr Blick wurde leer.

Ich nahm den Bogen an mich, schulterte den Köcher und sah dem Vogel nach. Der legte sich auf die Seite, beschrieb einen Kreis und verschwand hinter den Gipfeln.

»Wir sind hier völligwa ungweschützt. Um uns herum gwibt es nur Büsche. Besser, wir versteckwen uns im Wald.«

»Warten wir erst noch auf Rona und Shen«, sagte ich zu ihm und fragte dann Typhus: »Siehst du was?«

Sie antwortete erst fünf Sekunden später. »Ja. Vier Männer, alle bewaffnet.« Ihre Stimme klang trocken und brüchig. »Wenn sie in den nächsten drei Minuten nicht irgendwo abbiegen, gehen sie an uns vorbei, ohne uns überhaupt zu bemerken.«

»Behalt sie im Auge.«

»Das ist nicht so einfach. In zwei oder drei Minuten versiegt der Zauber.«

»Sind es Nabatorer?«, fragte Ghbabakh mit purpurrotem Kamm.

»Ich glaube nicht. Einer von ihnen ist ein Nordländer.«

Falls das tatsächlich unsere Leute waren, konnte das nur von Vorteil sein. Falls nicht, bekämen wir ein echtes Problem, denn Nordländer waren Männer aus Stahl.

»Sehen wir sie uns mal an?«, fragte Ghbabakh mich und legte die giftigen Stacheln an den Armen frei.

»Ja. Aber stürz dich nicht Hals über Kopf auf sie.«

»Natürlich nicht.«

»He!«, empörte sich Typhus. »Und was wird aus mir?«

»Du wartest auf Rona und Shen. Im Wald wärst du uns eh nur ein Klotz am Bein, so wie du trampelst. Wir sind gleich wieder da.«

Ich gab dem Blasgen ein Zeichen und rannte los. Ohne uns abzusprechen, trennten wir uns, sobald wir den Wald erreicht hatten. Ich lief geradeaus weiter, Ghbabakh machte einen großen Bogen, der ihn von hinten an die Unbekannten heranführen würde. Die Richtung, die uns Typhus genannt hatte, deutete darauf hin, dass sie einen Tierpfad nutzten. Hinter einer dicken Buche blieb ich stehen, bohrte zwei Pfeile in den Boden und richtete mich darauf ein, die werten Herren in Empfang zu nehmen.

Es dauerte nicht lange, bis ich Stimmen hörte. Genauer gesagt, eine Stimme. Was der Mann sagte, verstand ich zwar nicht, aber offenbar hielt er es keineswegs für nötig, leise zu sprechen.

Als Erster kam ein hochgewachsener junger Mann in leichter Rüstung um die Biegung. Nicht einmal die gebrochene Nase konnte das edle Gesicht entstellen. Seine Schläfen schimmerten silbern. Als ich den zweiten Mann erblickte, wären mir beinahe die Augen herausgefallen. Das war niemand anderes als mein guter alter Bekannter Luk, abgemagert zwar, hohlwangig und mit Dreitagebart, aber ohne Frage er. Und sollte es doch noch Zweifel geben, wurden sie ausgeräumt, als er laut und schmollend seine vielgeliebte Kröte zitierte.

Bei dem Dritten handelte es sich um einen Ritter in noch schlichterer Rüstung, die aber durchaus stabil wirkte. Über dem Rücken trug er eine Streitaxt, dazu aber auch noch einen Bogen und einen Köcher voller Pfeile. Der Mann war kleiner als der erste, dafür aber breiter in den Schultern.

Ein paar Sekunden später tauchte dann Ga-nor auf, überholte die anderen drei und blieb zehn Schritt vor meinem Versteck mit blankgezogenem Schwert stehen. Wie er meine Anwesenheit hatte spüren können, war mir ein Rätsel.

Ich trat auf den Pfad hinaus. Ohne auf die Waffe zu achten, schob ich die Kapuze vom Kopf und strahlte den verblüfften Ga-nor an.

»Dein Ug muss ohne Frage etwas für uns übrighaben, Irbissohn«, begrüßte ich ihn. »Ich bin froh, dass er euch aus Alsgara herausgebracht hat.«

»Ich hätte nie gedacht, dich in dieser Ödnis zu treffen, Gijan«, erklärte Ga-nor mit einem ebenso strahlenden Lächeln und steckte das Schwert in die Scheide zurück. »Und recht hast du: Ug muss uns wohlgesonnen sein, wenn unsere Wege sich nun schon zum dritten Mal kreuzen.«

»Da platzt doch die Kröte!« Luk stürmte auf mich zu und klopfte mir im Überschwang der Gefühle auf den Rücken. »Du bist doch kein Gespenst, oder? Hol mich das Reich der Tiefe! Dich hier zu treffen! Das reinste Wunder!«

»Ihr kennt euch offenbar«, sagte der hochgewachsene Ritter. Von ihm ging keine Feindseligkeit aus, aber die blauen Augen verloren nicht eine Sekunde lang ihre Wachsamkeit.

»Ja, Mylord Rando. Das ist Ness.«

Der Mann nickte und warf einen Blick auf meinen Bogen.

»Das sind Mylord Rando und Kallen«, stellte mir Ga-nor die beiden anderen vor.

Sie sahen mich neugierig an.

»Was hast du hier im Wald verloren?«, brachte Rando heraus, während ich die Sehne vom Bogen löste. Seine Stimme klang befehlsgewohnt, aber mich brachte er mit diesem Ton nicht auf.

»Das Gleiche wie Ihr, Mylord. Ich versuche, aus ihm herauszukommen. Bis Burg Adlernest fehlt nicht mehr viel.«

»Dann können wir den Weg ja gemeinsam zurücklegen. Oder spricht etwas dagegen?«, fragte er, weniger um meine Antwort zu hören, als um der Höflichkeit Genüge zu tun.

»Im Gegenteil. An Orten wie diesen kann man nie genug Klingen haben.«

»Oder Pfeile. Das war ein kluger Hinterhalt.«

»O nein, Mylord, Ga-nor hat mich schließlich bemerkt.«

»Nein, nicht dich«, erklärte dieser grinsend, »sondern den Kerl, der hinter uns hergestiefelt ist.«

»Komm raus, mein Freund«, rief ich unter schallendem Gelächter in Richtung Wald. »Das sind Freunde.«

Ghbabakh, der in einem Berg von Blättern gelegen hatte und von diesen überhaupt nicht zu unterscheiden war, trat auf den Pfad.

»Beim Dunkel!«, hauchte Kallen fassungslos und griff unwillkürlich nach seiner Streitaxt. »Ein Khagher!«

»Darf ich vorstellen? Ghbabakh aus den Östlichen Sümpfen. Wir sind zusammen unterwegs.«

»Khaghun sagwat, man soll für wichtigwe Aufgwaben Freunde sammeln«, bemerkte er lächelnd. »Es freut mich, euch kwennenzulernen.«

»Gehen wir zu unserem Rastplatz«, schlug ich vor. »Übrigens, Shen ist auch bei uns.«

»Wahrscheinlich wollte Meloth uns wirklich alle wieder zusammenführen«, sagte Luk verblüfft. »Dass wir Shen und Lahen noch einmal wiedertreffen …«

Er verstummte, als er bemerkte, wie mir die Gesichtszüge gefroren.

»Äh … mein Freund …«, stammelte er. »Habe ich etwas Falsches gesagt?«

»Nein«, presste ich heraus. »Das konntest du ja nicht wissen. Lahen ist tot.«

Ein bedrückendes Schweigen antwortete mir.

Kapitel

20

Im roten Laub lagen gelbe, braungesprenkelte Äpfel, die nach Honig rochen. Ich gab der Verlockung nach und sammelte zwei von ihnen auf, rieb einen am Jackenärmel ab und rammte meine Zähne in ihn hinein. Irgendwo in weiter Ferne kreischten Kraniche, doch stimmte mich das nicht wehmütig.

Über dem Obstgarten hing feiner Abendnebel. Ich spazierte an den Bäumen vorbei, wobei ich darauf achtete, nicht auf die herabgefallenen Früchte zu treten.

Der Garten endete vor einer Schlucht. Ich trat an den Rand heran, wo zwei Apfelbäume gleich traurigen Jungfrauen über den Abgrund gebeugt standen, die Wurzeln im steinigen Grund verkrallt, und ihre Apfeltränen in den breiten Fluss vergossen, der weit unten dahinströmte.

Ein Tisch mit einer kleinen Holzbank lud zum Verweilen ein. Ich setzte mich, legte den noch nicht angebissenen Apfel auf den Tisch, gesellte ihm meine Tasche sowie meinen Bogen zu und zog das Messer hinter dem Gürtel hervor.

So richtete ich mich aufs Warten ein.

Zeit hatte ich. Von hier aus eröffnete sich eine wunderbare Aussicht auf die bestellten Felder, die goldenen Gärten und die zahlreichen kleinen Häuser mit den rot-grauen Ziegeldächern. Der weiße Glockenturm am Tempel des Meloth ragte weit über das Dorf hinaus. Sein goldener Turmhelm funkelte in den Strahlen der untergehenden Sonne. Kraniche zogen in Keilformationen über den Himmel. Die Vögel schienen ohne Zahl. Lächelnd lauschte ich ihren Rufen.

Dann hörte ich ihre Schritte in meinem Rücken.

»Ich habe schon befürchtet, du würdest nicht kommen«, sagte ich zu ihr.

Lahen umarmte mich wortlos, schmiegte ihre Wange fest an die meine. Ich rührte mich nicht, versuchte nicht einmal, mich umzudrehen, um sie anzusehen. Sie sagte nach wie vor kein Wort. Wir beide genossen die kurzen Minuten dieser Begegnung.

Ich spürte ihren Herzschlag, ihre Wärme und Gelassenheit, die beide auf mich übergingen. Die Sonne erstarrte in ihrem Lauf, weigerte sich, hinterm Horizont zu verschwinden ... Trotzdem rann der endlose Augenblick unseres Beisammenseins im Nu dahin.

Schwer seufzend gab Lahen mich wieder frei.

»Du musst gehen?«

»Ja«, antwortete sie traurig – worauf die Sonne erzitterte, in die Tiefe fiel, und der Himmel nachtschwarz wurde.

Verstohlen linste ich zu Lahen hoch. Sie stand neben mir, den Kopf in den Nacken gelegt, den Blick zum Himmel gerichtet. Ihr Haar, das zu meinem Erstaunen dunkel, nicht blond war, wehte im Wind. Am Himmel flammte ein purpurroter Stern auf.

»Du musst sofort verschwinden!«, schrie sie, während ihre Augen grün wie die Ghinorhas funkelten.

Der Stern verwandelte sich in einen Kometen. Die gewaltige Kugel fiel vom Himmel, tauchte alles um uns herum in gleißendes Licht. Seinen Feuerschweif hinter sich herziehend, krachte er auf das Dorf nieder und streckte seine flüssigen purpurroten Zungen in alle Richtungen aus. Im Bruchteil einer Sekunde stand alles in Flammen, die weißen Häuser, der Tempel samt Glockenturm, die Bank, der Tisch mit den Äpfeln, der alte Garten ...

Da wachte ich auf.

»Ich würde wirklich gern wissen, wie oft sie dir schon das Leben gerettet hat?«, sagte Garrett zu mir, während er das Feuer anfachte. Vorsichtig gab er einige Zweige hinein und sah mich nachdenklich an.

Es tagte bereits, doch noch schliefen alle. Nicht einmal Yumi mit seinem feinen Gehör hatte den Dieb gehört.

»Das war ein Traum. Genau wie das, was jetzt geschieht. Und in Träumen kann man nicht sterben«, sagte ich, als ich mich vom Boden erhob.

»Da unterliegst du einem schweren Irrtum«, erwiderte er, während er den Kessel über dem Feuer aufsetzte. »Manchmal wacht man nämlich nicht auf. Du hast Glück, dass du eine so gute Frau hast.«

»Hatte«, presste ich heraus. »Weshalb bist du gekommen?«

»Muss ich dafür einen besonderen Grund vorweisen? Muss deine Phantasie wirklich eine so schlichte Frage beantworten?«

»Du lebst schließlich nicht nur in meiner Phantasie«, hielt ich dagegen. »Abgesehen davon bewahrheiten sich Träume allzu häufig, wenn auch in verzerrter Form. Du willst mir helfen, gut, aber ich möchte gern wissen, warum.«

»Ich helfe dir?«, fragte er zurück. »Was bin ich dir denn schon für eine Hilfe gewesen …?«

Daraufhin nahm er den Kessel vom Feuer, ohne zu fürchten, sich dabei zu verbrennen, goss die heiße Flüssigkeit in einen Becher und hielt ihn mir hin. Sie roch nach Shaf.

»Das wird dir sicher nicht schaden«, meinte er grinsend.

»Was ist mit dir?«

»Ich gebe Wein den Vorzug«, erklärte er. »Kennst du dieses Sprichwort der Ye-arre? Je weniger du dem Wind nacheilst, desto leichter kannst du ihn einfangen. Ich wünsche dir viel Glück. Du wirst es brauchen.«

Luk stieß mich an und trottete herzhaft gähnend davon, um die anderen zu wecken. Ich war bis auf die Knochen durchgefroren. Das Feuer war erloschen, und niemand hatte es bisher neu entzündet. Ich rappelte mich hoch und kreiste mit den Armen, damit mein Blut ein bisschen schneller durch meine Adern floss. Innerlich war ich noch bei meinen Träumen, auf der Zunge lagen mir nach wie vor der Geschmack des Apfels und des Shafs.

In die anderen kam auch allmählich Leben. Yumi zischte etwas von seinem Hund, Luk hielt die Kröte dagegen, Ga-nor seinen Ug und Ghbabakh Khaghun. Rona lachte leise über einen harmlosen Scherz von Shen, Rando betastete mit entsetztem Ausdruck sein Brustblech, das sich über Nacht in einen Eisblock verwandelt hatte, Kallen wollte um jeden Preis noch weiterschlafen und zog sich die Jacke über den Kopf.

Inzwischen waren wir zu einer recht stattlichen Gruppe angewachsen. So konnten wir uns zwar schwerer verstecken, dafür fühlte ich mich mit den neuen Soldaten an unserer Seite aber wesentlich sicherer als nur mit drei Funkenträgern, von denen zudem zwei noch immer unter den Folgen der Kämpfe im Regenbogental litten und der dritten sowieso nicht vorbehaltlos zu trauen war.

Shen hatte sich über die Wiederbegegnung mit Luk und Ga-nor sehr gefreut. Sie hatten uns ihre Geschichte erzählt, wir ihnen die unsere. Dabei hatten wir nur ausgelassen, um wen es sich bei dem *Glimmenden Pork* tatsächlich handelte. Selbst Shen hatte so viel Verstand besessen, nicht mit der Wahrheit herauszuplatzen.

Typhus dagegen zeigte sich von ihrem neuen Namen nicht sonderlich entzückt, verstand aber, dass es besser war, wenn die vier nicht wüssten, wer sie eigentlich war. Immerhin wollte das ganze Land nur zu gern ihren Kopf auf einen Pfahl gespießt sehen …

Die beiden Ritter begegneten Rona mit ausgesuchter Verehrung. Mylord Rando sprach sie nie anders als mit *Herrin* an. Mich erstaunte das über die Maßen, und erst als ich mir die Sache in Ruhe durch den Kopf gehen ließ, begriff ich, dass ich mich in einer vergleichbaren Situation ihr gegenüber selbst genauso verhalten hätte.

Nur unter den Umständen, unter denen wir uns kennengelernt hatten, durfte ich dem Mädchen gegenüber einen bestimmten Ton anschlagen – den ich unverdrossen beibehielt, mochten unsere vier neuen Gäste darüber auch den Kopf schütteln. Rando beäugte uns beide den ganzen ersten Tag über verständnislos, als wir über allerlei Nebensächlichkeiten plauderten.

Typhus wiederum amüsierte die Situation sehr. Anscheinend musste sie insgeheim herzhaft bei dem Gedanken lachen, wie erschüttert der adlige Soldat wäre, wenn er gewusst hätte, dass er aus dem gleichen Kessel aß wie eine Verdammte.

Mir gegenüber verhielt sich Mylord freundlich, aber gleichgültig.

Kallen zeigte sich dagegen gesprächiger. Der blonde Junge war ziemlich aufbrausend, musste aber ein hervorragender Soldat sein, immerhin wies ihn sein Panzer als Leoparden aus. Wenn wir rasteten, würfelte er stets mit Luk, da er von unserem Brettspiel nichts hielt. Etliche Münzen wanderten von einer Hand in die andere. Sobald einer der beiden haushoch verloren hatte, händigte ihm der Gewinner ein paar Sols aus, damit das Spiel von Neuem beginnen konnte.

Jetzt sah ich mich auf dem Rastplatz um, nickte allen einen *Guten Morgen* zu und versuchte die purpurroten Flämmchen zu vertreiben, die mir immer noch vor Augen tanzten. Weil es sonst nichts zu tun gab, packte ich meine Tasche neu: Ich sortierte die Bucheckern aus, die ich eh nicht geröstet hatte, auch ein paar kleine Steine und ein Klappmesser, dessen Schneide bereits verrostet war. Eine Weile betrachtete ich das kleine Buch in dem braunen, zerschlissenen Einband. Das hatte ich Lahen geben wollen. Daraus war zwar nichts mehr geworden – aber wegwerfen konnte ich es auch nicht.

»Was hast du denn da?«, fragte Typhus, die sich mir leise genähert hatte und mit langem Hals nach dem Buch schielte.

Ich zuckte bloß mit den Achseln.

»Lass mich das mal sehen«, bat sie und streckte die Hand aus.

»Nein, gib es lieber mir«, sagte Rona, die plötzlich neben uns stand.

Typhus durchbohrte sie mit einem sengenden Blick, doch Rona erschauderte nicht. Lächelnd reichte ich ihr das Buch.

»Danke«, sagte sie. »Ich hatte geglaubt, es sei verloren.«

»Gehört das etwa dir?«, fragte ich ungläubig.

Typhus schnaubte verächtlich und trabte beleidigt ab.

»Ja. Mir und ... Kira«, den Namen brachte sie immer noch

nur mit Mühe hervor. »Wir hatten es bei uns, als wir aus Gashshaku ins Regenbogental geritten sind. Aber die Verdammte Lepra hat es uns abgenommen.«

»Ich habe es in einem Büfett gefunden.«

»Gut, dass es nicht in fremde Hände gefallen ist.«

Mir war klar, wen sie damit meinte.

Typhus beobachtete uns von Weitem aufmerksam.

»Ist es so wertvoll?«

»Dieses Buch stammt vom Skulptor selbst. Für alle Funkenträger stellt es damit einen unermesslichen Schatz dar, selbst wenn nur belanglose Gedanken darin festgehalten worden wären.«

»Aber hier stehen keine belanglosen Gedanken drin?«

»Ich glaube nicht«, antwortete sie und linste kurz zu Typhus hinüber, die uns nicht aus den Augen ließ. »Ich habe es noch nicht gelesen. Aber das werde ich jetzt nachholen.«

In diesem Moment kam Ga-nor auf uns zu, um die weitere Route mit mir zu besprechen. Heute wollten wir ein großes Stück hinter uns bringen. Mylord Rando schloss sich unserem Gespräch an.

»Wo hast du eigentlich gekämpft?«, fragte er mich unvermittelt.

»Im Sandoner Wald. Bei den Maiburger Schützen.«

»Die Roten Pfeile«, erwiderte er wissend. »Bist du am Gemer Bogen dabei gewesen?«

»Nein, zu dieser Zeit bin ich durch die Wälder des Elfenkönigs spaziert.«

»Ich glaube, ich habe schon von dir gehört«, sagte er, um nach kurzem Grübeln fortzufahren: »Aber sicher! Luk nennt dich doch manchmal Grauer! Hast du diesen Beinamen schon damals im Krieg getragen?«

»Mir war nicht klar, dass er so bekannt ist.«

»Unter Veteranen schon. Sie sagen, du solltest wegen Mordes gehenkt werden. Dann hat man dich aber zwei Hochwohlgeborenen übergeben, mit denen du im Wald verschwunden bist. Zahlreiche Männer haben deinen Tod bedauert …«

»Nur habe ich, wie Ihr seht, überlebt. Irgendwann wurde dann jener Waffenstillstand unterschrieben, der uns den Frieden gebracht hat.«

»Den ewigen und freundschaftlichen Frieden«, höhnte Mylord Rando. »Ich kann dir nur beipflichten. Wir hätten diese Hochwohlgeborenen nach der Schlacht am Gemer Bogen vernichten müssen, ihnen aber keine Freundschaft anbieten dürfen.«

Mit diesem Ritter verband mich also schon mal eine Gemeinsamkeit: unsere überschwängliche Liebe für die Hochwohlgeborenen.

Die Blinden Berge, die sich bisher stur von Süden nach Norden gezogen hatten, knickten nun nach Osten ab. Der Buchenwald wich lotrechten schwarzen Felsen, deren flache Gipfel die tief hängenden Wolken zu berühren schienen.

Auf den Felsen dräute eine Burg über der menschenleeren Straße. Sie musste früher einmal äußerst beeindruckend gewesen sein, nahm sich jetzt aber recht erbärmlich aus. Ein Teil der Mauern und der äußeren Befestigungsanlagen war zerstört, überall auf dem Boden türmten sich Berge verkohlter Steine. Drei der quadratischen Türme waren zerstört, der vierte hielt sich nur noch wie durch ein Wunder aufrecht, war völlig durchlöchert und hing einzig an der erhaltenen Ostwand, die jedoch drohte, jederzeit vom Wind weggefegt zu werden.

Ga-nor, Rando und ich starrten lange Zeit auf Burg Adlernest. Wir lagen in dichtem Gebüsch, gegen alle Blicke geschützt. Der Boden verbrannte uns mit seiner Kälte, trotzdem stand keiner von uns auf.

»Wann ist das geschehen?«, krächzte Rando.

»Vor etwa drei Monaten, würde ich sagen, vielleicht sogar schon vorher«, antwortete Ga-nor, der unverwandt auf die Ruinen stierte.

»Aus, du Hund!«, fiepte es von oben.

Rando schauderte zusammen, da er immer noch nicht an unseren Waiya gewöhnt war. Ich legte jedoch bloß den Kopf in den Nacken, um nach Yumi Ausschau zu halten. Dieser hatte den Schwanz um einen Ast geschlungen und baumelte kopfüber nach unten.

»Er sagwat, dass in der Burgwa alles leer ist. Da ist niemand. Yumi hat alles gwenau ausgwespäht.«

Wir hatten nicht einmal gehört, wie sich Ghbabakh uns genähert hatte. Ga-nor schnalzte ob der Anschleichkünste des Blasgen anerkennend mit der Zunge.

»Ich habe angwenommen, ihr bräuchtet Hilfe, falls da doch noch jemand ist. Aber jetzt gwehe ich wieder zu Lukwa und Kwallen zurückwa.«

»Aus, du Hund!«

»Yumi will aber bei euch bleiben.«

»Soll er«, sagte Rando und erhob sich vom Boden.

Wir krochen aus unserem Versteck und hielten auf die Burg zu.

»Ob jemand überlebt hat?«, fragte Ga-nor, den Blick auf die grauen Ruinen gerichtet.

»Möglich wär's«, antwortete ich. »Wenn der Skulptor kein Narr war, hat er an geheime Gänge gedacht. Vielleicht konnte sich durch die jemand retten.«

Die Raben krächzten heiser in den zerstörten Mauern. Ich fluchte leise und widerstand nur mit Mühe der Versuchung, einen von diesen Vögeln abzuschießen. Der Anblick der verheerten Burg stimmte mich schwermütig. Dabei beschlich mich das bange Gefühl, wir könnten diesen Krieg niemals gewinnen. Die Armee wich zurück, die Städte kapitulierten, die Schreitenden flohen oder fanden den Tod.

»Was auch immer hier geschehen sein mag, es kann nur eine Schlussfolgerung geben«, durchbrach ich das Schweigen. »Der Weg zur Treppe des Gehenkten muss frei sein. Wenn die Nabatorer nicht in der Burg geblieben sind, kann das nur eines bedeuten: Sie haben im Norden alle Hände voll zu tun.«

Die anderen nahmen die Neuigkeit, dass Burg Adlernest gefallen sei, mit finsterem Schweigen auf. Luk ballte in seiner Verzweiflung sogar die Fäuste und spuckte aus.

»Lasst uns beraten, wohin wir jetzt gehen«, sagte Rando.

»In der Nähe gibt es Dörfer«, mischte sich Pork mit einem Mal in unser Gespräch ein. Er – sie – saß auf dem untersten Ast einer Eiche und baumelte mit den Beinen.

»Wie weit ist es bis zum nächsten Dorf?«, fragte ich.

»Bis nach Faltz sind es zwei Tage. Das ist übrigens kein Dorf, sondern eine Stadt«, bemerkte Pork, der natürlich beweisen musste, dass er sich in der Gegend besser auskannte als wir alle zusammen.

»Ob wir es wagen können, uns dort hinzubegeben?«, gab Shen zu bedenken. »Was ist mit den Nabatorern?«

»Falls die Stadt noch nicht dem Erdboden gleichgemacht worden ist, sollten wir es auf alle Fälle wagen«, erklärte Pork im Brustton der Überzeugung. »Mit den Nabatorern kommen wir schon zurecht. Und wenn wir noch irgendwo Pferde erwerben wollen, ist das die letzte Gelegenheit.«

»Wir sind aber zu auffällig«, erklärte Rando und drehte nachdenklich den Dolch in seiner Hand hin und her.

»Deshalb sollten wir auf gar keinen Fall alle in die Stadt gehen. Ich werde mich mit dem Kommandanten ins Benehmen zu setzen wissen, da braucht Ihr Euch keine Sorgen zu machen.«

Rando, Ga-nor, Luk und Kallen sahen Typhus an, als nähmen sie sie zum ersten Mal wahr. Vermutlich fragten sie sich, was das für ein Glimmender sei, wenn er über solche Kraft verfügte. Wir anderen fragten uns dagegen, wie weit wir der Verdammten trauen durften.

»Im Übrigen sollte sich Mylord Rando den Kopf rasieren, bevor wir weiterziehen.«

»Das werde ich auf keinen Fall tun!«, begehrte Rando auf.

»Dann bekommen wir Schwierigkeiten«, entgegnete Typhus mit einem bezaubernden Lächeln und sprang leichtfüßig vom Ast. »Der erste bestechliche Posten wird dafür sorgen, dass keiner von uns das nächste Frühjahr erlebt. Und das nur, weil einige sturköpfige Herren der Wahrheit nicht ins Gesicht sehen wollen.«

»Wie kannst du es wagen, solche Reden zu führen?!«, fuhr Rando Typhus rot vor Zorn an.

»Das reicht!«, rief Rona. »Schluss! Halt den Mund, Ty… Pork. Aber vorher entschuldige dich noch bei Mylord Rando. Und Ihr, Mylord, tut, was er sagt. Denn er hat recht. Das ist nicht die Zeit, in der wir uns Stolz erlauben dürften. Mit unserem Tod helfen wir unserem Land ganz gewiss nicht!«

Ich sah sie mit großen Augen an. Mit einem Mal stand eine echte Schreitende vor mir, kein verängstigtes Mädchen mehr. Was für eine Veränderung! Sie hatte eine völlig andere Stimme, eine andere Körperhaltung, ja, sogar einen anderen Blick.

»Verzeiht mir, Herrin Rona«, sagte Rando. »Ihr habt selbstverständlich recht.«

Nun wanderte Ronas Blick zu Typhus …

»Verzeiht auch Ihr mir, Mylord. Ich wollte euch nicht beleidigen«, heuchelte Typhus, denn in ihren Augen stand beißender Spott. Allem Anschein nach erheiterte sie diese Wendung der Dinge ungemein. Doch aus Gründen, die nur sie kannte, hatte sie beschlossen, sich auf Ronas Spiel einzulassen.

Rando nickte, auf eine Fortsetzung des Streits offenbar nicht erpicht.

»Ich kenne diese Gegend«, brachte Ga-nor die Sprache auf unser eigentliches Thema zurück. »Dörfer finden wir etwas weiter östlich. Dort gibt es zahlreiche Straßen, die zu den Wolkengipfeln, zum Gelobten Land und nach Okny führen. Nach Faltz bräuchten wir einen Tag, es liegt weiter im Nordosten. Wir könnten die Straße meiden und über die Hügel gehen.« Er wies in die entsprechende Richtung. »In den Bergen gibt es genug Pfade. Und dort laufen wir niemandem in die Arme.«

Shen und ich verständigten uns mit einem Blick.

»Ich bin für Ga-nors Vorschlag«, erklärte ich.

»Aus, du Hund!«, beendete Yumi das Gespräch.

Wir machten uns daran, unsere Sachen zu packen.

Einen Großteil des Tages mussten wir uns querfeldein über flache Hügel schlagen, die im unteren Teil spärlich mit Heidekraut bewachsen waren. Das Wetter besserte sich, der Himmel klarte auf, und dann schaute auch die Sonne hervor. Leider ging immer noch ein kalter Wind.

Gegen Abend erreichten wir einen Laubwald, gut eine Stunde später beschlossen wir, unser Nachtlager aufzuschlagen.

»Wohin willst du?«, erkundigte sich Ghbabakh bei mir, als ich den Bogen an mich nahm.

»Mal sehen, ob ich Jagdglück habe. Selbst du hast vor fünf Tagen zum letzten Mal etwas gegessen.«

»Vor vier Tagwen«, verbesserte er mich. »Aber mach dir um mich kweine Sorgwen. Selbst wenn ich eine Woche langwa nichts esse, verkwarafte ich das gwut. Aber vielen Dankwa, dass du an mich gwedacht hast.«

»Aus, du Hund.«

»Und Yumi dankwat dir auch.«

»Bisher hab ich ja noch gar nichts erlegt. Bei Einbruch der Nacht bin ich zurück.«

»Soll ich dich begleiten?«, fragte Kallen, der unser Gespräch mitangehört hatte.

»Ich glaube, das ist nicht nötig.«

»In dem Fall«, erwiderte er und schnappte sich seine Würfel, »werd ich mal sehen, ob ich Luk ein paar Münzen abknöpfen kann.«

Rona und Shen hatten sich abgesetzt, um wie üblich zu zweit durch die Gegend zu streifen. Ga-nor und Rando schliefen. Typhus warf mir einen langen Blick zu, fragte aber nicht, wohin ich wolle.

Im Laufe des Tages hatte ich bereits zahlreiche Tierspuren gesehen, aber sie alle waren ein oder zwei Tage alt. Nach einer Weile stieß ich auf einen Tierpfad, der mich zu einem kleinen See in einer Senke führte.

Ich baute mich etwas abseits des Pfades auf, an einer Stelle, von der aus ich gute Sicht auf den See hatte und mich der Wind nicht verriet. Nun galt es, in regloser Stellung gleichzeitig entspannt und aufmerksam zu bleiben, mit dem Wald zu verschmelzen und jedes Blatt, jeden Grashalm zu spüren.

Ein rotschwänziger Fuchs sprang auf und verschwand in den Büschen. Nach einer Weile näherten sich zwei Auerochsen dem See. Die kräftigen Tiere tranken gierig, schnaubten laut und schüttelten die Köpfe. Sich durch das Unterholz pflügend, trotteten sie gen Süden davon. Ich ließ diese Fleischberge ziehen. Nicht nur, dass ich mit einem Pfeil nicht viel hätte ausrichten können, nein, wenn ich ein solches Tier bloß verletzte, durfte ich mit dem Schlimmsten rechnen: Vor einem tobenden Auerochsen flohen sogar Bären.

Endlich erspähte ich einen Hirsch. Er trat aus dem Dickicht heraus, schnupperte und näherte sich dann vorsichtig dem See, unterwegs immer wieder verharrend und lauschend.

Als er wieder einmal stehen blieb, schoss ich. Der Pfeil hatte sich jedoch kaum von der Sehne gelöst, als das Tier von irgendetwas aufgeschreckt wurde. Deshalb traf ich es wesentlich weiter oben als beabsichtigt. Verletzt sprang der Hirsch davon.

Ich setzte ihm nach. Das Tier war dem Tod geweiht, das stand außer Frage. Es war getroffen, irgendwann würde der Blutverlust zu groß sein.

Die Spur ließ sich deutlich erkennen und führte nach Nordosten, also weg von den Hügeln. Noch musste der Hirsch über recht viel Kraft verfügen, denn er stob ohne innezuhalten davon.

Ich beschleunigte meinen Schritt, achtete aber aufmerksam auf den Boden. Das Tier hatte seine Richtung geändert und wurde jetzt offenbar schwächer, denn es war bereits mehrfach stehen geblieben. Mittlerweile hatte mich der Hirsch recht weit von unserem Nachtlager weggelockt, sodass ich bereits mit dem Gedanken spielte umzukehren. Einzig meine Sturheit hielt mich davon ab.

Während ich die Jagd fortsetzte, lauschte ich weiter auf den Wald – und dachte nach. Über alles Mögliche. Über Lahen und Rowan, über die zerstörte Burg Adlernest und den anhaltenden Krieg, über diesen Herbst, den ich eigentlich nicht hätte erleben dürfen … In letzter Zeit meinte ich oft, es wäre richtiger gewesen, wenn ich in der Steppe den Tod gefunden hätte und neben meinem Augenstern begraben worden wäre.

Die Dunkelheit senkte sich rasch herab, es wurde immer kälter. Ich streifte mir Handschuhe über, knöpfte die Jacke zu und stellte den Kragen auf. Wie sich bei dieser Kälte Nebel bilden konnte, war mir zwar schleierhaft, doch er waberte forsch über den Boden und beleckte meine Stiefel. Ich gab mir selbst das Versprechen, in vier Minuten kehrtzumachen, sollte ich den Hirsch bis dahin nicht gefunden haben.

Der Himmel war inzwischen nachtschwarz. Ich drehte mich um. Über den mit Heidekraut bewachsenen Hügeln ging der Mond auf. Ein Vollmond, der ohne jede Eile höher stieg, fast wie eine alte Frau, die sich eine Treppe hinaufmühte. Er spendete goldenes Licht.

Erschaudernd erkannte ich den Ort wieder. Ich fuhr herum. Mir sträubten sich die Haare, und eine Gänsehaut rieselte mir über den Rücken: Vor mir lag ein riesiger Friedhof, hinter dem sich ein Wald anschloss, der wie ein Pfahlzaun anmutete.

Mein Albtraum war Wirklichkeit geworden.

Den Hirsch vergessend, stürzte ich davon. Auf einen nächtlichen Spaziergang über die Gräber konnte ich getrost verzichten.

Nur hielt das Schicksal anderes für mich bereit: Nachdem ich mich durch das Dickicht geschlagen hatte und wieder in den Wald eingedrungen war, lief ich etwa vierzig Yard – bis ich erneut auf diesen Pfad stieß, der sich zwischen den Gräbern dahinwand. Hinter mir lagen die Hügel im Mondlicht, vor mir ragte dräuend der Wald auf, über die Erde kroch Nebel.

»Das kann nicht sein!«, murmelte ich, wenn auch nicht sehr überzeugt, und rannte auf die rettenden Hügel zu. Doch abermals stieß ich nur auf Gräber. Von diesem Friedhof gab es kein Entkommen.

Ich versuchte meiner Panik Herr zu werden und blieb stehen. Eine überstürzte Flucht half mir ganz bestimmt nicht weiter, im Gegenteil, sie würde alles nur noch schlimmer machen. Mit einem solchen Verhalten gliche ich einer Fliege, die sich immer weiter im Spinnennetz verfängt, je stärker sie gegen die Fäden ankämpft.

Um mich herum befanden sich umgeworfene oder gespaltene Grabsteine, klafften aufgerissene Gräber.

Vermutlich blieb mir nichts anderes übrig, als wieder auf den Wald zuzurennen. Genau wie damals, in meinem Traum. Vielleicht entkam ich dort ja diesem verzauberten Kreis.

Die Hügel lagen jetzt in Nebel gehüllt, meinem Blick fast entzogen. Ich lief weiter, bis ich auf den toten Hirsch stieß. Mein Pfeil steckte noch in seiner Flanke. Vorsichtig näherte ich mich dem Tier. Dabei streifte ich eine Hagebutte – und erblickte rechts von mir eine auffällige Grabgruft mit einem beschädigten Wasserspeier am Eingang. Abermals fiel mir mein Traum ein. Ich drehte mich um – und rettete damit mein Leben.

Der Kerl sprang lautlos auf mich zu. Ich packte ihn mit einer Hand unterm Kinn, damit er gar nicht erst auf die Idee kam, mich anzuknabbern. Mit der anderen versuchte ich, ihn über meine Schulter zu schleudern. Dabei verlor ich jedoch das Gleichgewicht, denn der Junge war zu schwer für mich, und fiel rücklings zu Boden. Sofort saß der Untote auf mir, mit den Zähnen klappernd wie eines dieser mechanischen Spielzeuge der Meister aus Morassien.

Ich achtete weder auf den Übelkeit erregenden Gestank noch auf das Fleisch, das unter meinen Fingern abfiel, sondern kämpfte tapfer gegen dieses Scheusal. Innerlich murmelte ich ein Stoßgebet, es mögen sich nicht weitere Kumpane von ihm in der Gegend herumtreiben. Mit einem Mal erblickte ich keine fünf Yard von mir entfernt Typhus, die auf einer Grabplatte thronte. Sie verfolgte unser Handgemenge mit großer Aufmerksamkeit, machte aber keine Anstalten, mir zu Hilfe zu eilen.

Um nach dem Funkentöter zu greifen, musste ich den Arm des Untoten kurz loslassen. Sofort packte er mich bei den Haaren. In letzter Sekunde trieb ich ihm die kurze Klinge in den Hals. Die grünen Augen erloschen im Nu.

»Eine höchst bemerkenswerte Wirkung«, sagte Typhus.

»Wir können gern versuchen, ob diese Klinge bei dir dieselbe Wirkung zeigt«, spie ich aus. Schnaufend stieß ich den zerfallenden Körper von mir herunter. Ich hatte eine solche Wut auf Typhus im Bauch, dass ich ernsthaft mit dem Gedanken spielte, sie zu töten.

»Ach nein, verzichten wir lieber darauf!«, entschied sie sorglos. »Im Übrigen wäre ich dir natürlich zu Hilfe gekommen, wenn es denn nötig gewesen wäre. Aber erst mal wollte ich mir ansehen, wie weit du ohne … Achtung! Hinter dir!«

Ich rollte flink zur Seite. An der Stelle, an der ich eben noch gelegen hatte, landete ein weiterer Untoter. Für Typhus hatte er keinen Blick übrig, sein Interesse galt ausschließlich mir. Da mir keine Zeit mehr blieb aufzustehen, kroch ich auf dem Rücken liegend zurück, wobei ich den Funkentöter die ganze Zeit über auf den Kerl richtete.

Doch mit einem Mal verdrehte er die Augen und krachte neben seinem toten Gefährten zusammen.

»Siehst du«, trumpfte Typhus auf. »Diesmal kannst du mich nicht beschuldigen, ich hätte dich im Stich gelassen. Was bist du doch für ein dummer Mann! Dass du dich wegen ein paar lächerlicher Stücke Fleisch in diese Gegend vorwagst! Es hätte nicht viel gefehlt, und du wärst selbst zum Abendbrot für jemanden geworden!«

Ich stand auf, den Funkentöter mit beiden Händen gepackt, kochend vor Wut und immer noch von dem heißen Wunsch erfüllt, dieses doppelgesichtige Scheusal umzubringen.

»Übrigens brauchst du nicht mit weiteren Untoten zu rechnen. Du darfst mir dafür danken, dass ich den Rest dieser liebreizenden Gemeinschaft bereits ausgeschaltet habe.«

Ich schluckte mehrmals schwer und steckte den Funkentöter weg.

»Du meinst, ich soll dir dafür danken, dass du eine raffgierige Krähe bist.«

»Sollte ich diese fremde Kraft etwa ungenutzt lassen, nur damit du zu einer kleinen Balgerei kommst?«, schnaubte sie. »Tut mir leid, aber so uneigennützig bin ich nun auch wieder nicht.«

»Warum haben sie dich eigentlich nicht angerührt?«, wollte ich wissen.

»Weil sie spüren, wer ich bin.«

Ich wischte mir die Hände mit ein paar Gräsern ab, doch das half auch nicht: Nach wie vor ging ein fürchterlicher Gestank von mir aus.

»Sag mal, bist zu zufälligerweise imstande, jemanden von Drecksgeruch zu befreien?«

»Durchaus«, antwortete sie leise – und der Geruch verschwand sogleich, Meloth sei gepriesen. Mit diesem Odeur hätte ich jeden einzelnen unserer Gefährten in die Flucht geschlagen.

»Hast du dieses kleine Spektakel eigentlich veranstaltet? Den Hirsch, den Friedhof und die Untoten, meine ich.«

»Spar dir deine Unterstellungen!«, empörte sie sich. »Ich bin ein paar Minuten nach dir hier eingetroffen. Und während du wie ein Wahnsinniger gekämpft hast, habe ich in diesem Irrenhaus für Ordnung gesorgt.«

»Ich konnte hier nicht weg. Egal, wohin ich gegangen bin, ich blieb auf dem Friedhof. Was hat das zu bedeuten?«

»Das weiß ich auch nicht. Du bist wie ein Tor ständig im Kreis herumgerannt. Eigentlich sah es sogar höchst komisch aus. Deshalb habe ich mich auch hier hergesetzt, gespannt darauf, was noch alles geschieht. Du bist sogar an mir vorbeigelaufen, ohne mich zu bemerken. … He!«, rief sie da plötzlich erstaunt. »Hast du nach der ganzen Geschichte noch immer nicht genug von diesem Hirsch?! Du Sturkopf, lass den liegen!«

»Er hat mich viel zu viel gekostet«, grummelte ich, über das Tier gebeugt. »Hilf mir lieber!«

»Ich denk ja gar nicht dran!«

Schweigend machte ich mich nun also allein daran, den Hirsch zu zerlegen.

Wie entzückend! Da hockte ich nachts und bei Mondschein auf einem ziemlich ruhelosen Friedhof, zwei inzwischen wirklich tote Untote neben mir, die Hände bis zu den Ellbogen voller Blut – und all das in Gesellschaft einer Verdammten.

Auf so etwas konnte eigentlich nur ein Hirnloser im Fiebertraum kommen.

»Das ist ein seltsamer Friedhof«, sagte Typhus. »In der Nähe gibt es nämlich kein einziges Haus. Nicht auszuschließen, dass es sogar nie eins gegeben hat. Ich könnte dir nicht einmal sagen, wer diesen Friedhof angelegt hat.«

»Soll er samt all seinen Bewohnern doch ins Reich der Tiefe eingehen! Warum können diese Kerle nicht ruhig in ihren Gräbern liegen bleiben?«

»Dafür gibt es eine einfache Erklärung. Allem Anschein nach hat beim Kampf in Burg Adlernest auch ein Dutzend sehr starker Auserwählter das Leben gelassen. Das dürfte der Grund dafür sein, warum sich die Toten aus ihren Gräbern erhoben haben und nun durch die Gegend streifen. Mit jeder Menge herrlicher Kraft …«

»Wer steckt dahinter? Ich meine, wer hat Burg Adlernest zerstört?«, fragte ich.

»Ich würde auf Ley oder Alenari wetten. Vielleicht auch noch auf Talki. Die Burg wurde zerstört, sobald eure Truppen Okny aufgegeben hatten. Also noch im Sommer, als Talki noch am Leben war. Bedauerst du den Fall der Festung?«

»Ja.«

»Das Adlernest galt immer als das schwächste Werk des Skulptors. Angeblich hat er dafür weniger Zeit und Kraft aufgebracht als für all seine anderen Schöpfungen. Deshalb stellte die Magie in den Mauern auch keinen Brunnen dar, der nie versiegte. Die Burg hat bereits im Krieg der Nekromanten gelitten, denn Ghinorha hat ihr ordentlich zugesetzt. Danach dürfte die Magie in den Steinen weitgehend aufgebraucht gewesen sein, sodass jetzt nur noch das einmal angefangene Werk zu Ende gebracht werden musste.«

»Täusche ich mich, oder bist du vom Fall der Burg ebenfalls nicht sonderlich entzückt?«

»Weshalb sollte ich mich darüber freuen? Etwas zu zerstören, das noch Cavalar selbst geschaffen hat, ist immer bedauerlich, denn jedes seiner Werke stellt einen unschätzbaren Wert dar. Bei der Gelegenheit: Du bist ein ausgemachter Schwachkopf.«

»Warum diesmal schon wieder?«

»Wegen des Buches. Wenn ich doch bloß gewusst hätte, dass du es hast! Eine derartige Kostbarkeit einer unberechenbaren kleinen Närrin zu überlassen! Wo hast du eigentlich deinen Kopf?!«

»Auf dem Hals. Außerdem gehört das Buch Rona.«

»So eine Lüge kannst auch nur du glauben!«

»Dann geh davon aus, dass ich meine Gründe hatte, ihr glauben zu wollen.«

»Weil du mir nicht vertraust?«

»Ganz genau.«

»Selbst nach allem, was ich für dich getan habe, nicht?«

»Als ob es dabei nicht ausschließlich um deinen eigenen Vorteil gegangen wäre«, parierte ich. »Im Übrigen will ich nicht hoffen, dass du mit dem Gedanken spielst, dir das Buch von Rona *auszuleihen*.«

»Also …«

»In dem Fall könnte Shen sehr wütend werden. Und dann kannst du deinen neuen Körper vergessen, dann darfst du deine Behausung auch weiterhin mit Pork teilen.«

»Als ob ich das nicht selbst wüsste!«, murmelte sie. »Aber keine Sorge, diesem charmanten Mädchen wird kein Haar gekrümmt. Und was das Gerede, ich würde immer nur an mich selbst denken, betrifft: Ich habe dir jetzt schon zum dritten Mal das Leben gerettet.«

»Du bist eine echte Heldin«, knurrte ich, zog mir die Jacke aus und stopfte die zerkleinerten Fleischbrocken in diesen behelfsmäßigen Beutel.

»Wirklich, Grauer, du gefällst mir«, erwiderte Typhus lachend. »Zu schade, dass wir uns nicht unter anderen Umständen kennengelernt haben. Ich meine, als ich noch in meinem eigenen Körper gesteckt habe.«

»Das haben wir – und du dürftest nicht vergessen haben, wie das ausgegangen ist.«

»Du hast mich getötet.«

»Wie oft willst du mir das eigentlich noch vorhalten? Vor allem, weil es ja am Ende Shen war. Wobei: Es ist kein feiner Zug, die eigene Verantwortung auf andere abzuwälzen. Daher: Ja, ich habe dich getötet, genauer gesagt, ich habe deinen Körper getötet. Aber wenn du jetzt behaupten solltest, das hätte ich mir getrost sparen können, weil du ja bloß freundlich mit uns hast reden wollen und uns ganz bestimmt nichts zuleide getan hättest, dann werde ich das Versäumte auf der Stelle nachholen.«

»Keine Sorge, ich gebe gern zu, was ich wollte: dir jede Ader einzeln ausreißen und dich zwingen, die Augen des Heilers zu essen.«

»Na bitte. Ich wüsste also nicht, was ich bedauern sollte.«

»Manchmal bin ich wirklich kurz davor, dich umzubringen«, sagte sie sehr ernst und sah mir fest in die Augen.

»Mir geht es nicht anders«, gab ich zu. »Weshalb bist du mir also gefolgt? Weshalb hast du mir das Leben gerettet? Du hättest das ebenso gut unterlassen können.«

»Ich muss einen Anfall von Herzensgüte gehabt haben«, giftete sie. »Dem ich nicht widerstehen konnte.« Dann fügte sie jedoch in freundlicherem Ton hinzu: »Manchmal glaube ich, dass du der Einzige bist, der Einfluss auf Shen ausüben kann. Wenn ich dich also vor deiner Zeit ins Reich der Tiefe schicke, könnte es sein, dass er sich weigert, mir zu helfen.«

»Und warum sollte ich Shen in deinem Sinne beeinflussen?«

»Ich werde mir einen Grund einfallen lassen, sei unbesorgt.«

Kapitel

21

»Habe ich eigentlich schon erwähnt, dass das eine dumme Idee ist?«, fragte Kallen, der finster auf die gehenkten Soldaten starrte, die die Uniform des Imperiums trugen.

»Ja. Vor fünf Minuten«, antwortete Typhus höflich. Die Toten ließen sie recht kalt, hatte sie an ihnen doch einzig in bereits wiederbelebter Form ein Interesse.

»Aber vielleicht hast du mich bisher nicht richtig verstanden. Deshalb kann ich es auch gern noch einmal wiederholen.«

»Ich habe dich hervorragend verstanden. Aber ich werde mir die Möglichkeit, den Weg auf Pferden fortzusetzen, auf keinen Fall entgehen lassen, nur weil du hier rumjammerst. Sei also so gut und hör auf damit. Sonst hängen sie uns nämlich gleich daneben.«

»Das tun sie so oder so«, murmelte Kallen mit einem letzten Blick auf die toten Soldaten. »Ich habe jedoch nicht die Absicht, mein Leben am Galgen zu beenden.«

»Kannst du eigentlich mal ein paar Minuten den Mund halten?!«, zischte Typhus. »Oder musst du mir unbedingt auch noch die letzten Nerven rauben?!«

Kallen warf ihr einen finsteren Blick zu, verkniff sich aber jede Bemerkung.

Von der Stadt trennten uns nur noch dreihundert Yard.

Da wir nicht das Leben aller riskieren wollten, waren Kallen, Typhus und ich ausgesucht worden, dort Pferde zu besorgen.

Kallen hatte sich aus diesem Grund von seiner allzu auffälligen Rüstung getrennt, sodass er jetzt eher wie ein gewöhnlicher

Reisender aussah. Es hatte ihm von Anfang an missfallen, zu den Nabatorern zu reiten, trotzdem hatte er darauf bestanden, uns zu begleiten, da er der Ansicht war, dass es – wenn wir in Schwierigkeiten gerieten – sonst niemanden gäbe, der uns wieder aus diesen herausholen könnte.

»Kennst du dieses Kaff?«, fragte ich ihn.

»*Kaff* würde ich das nicht nennen«, antwortete Typhus an seiner Stelle. »Faltz ist ein kleines, aber feines Handelsstädtchen. Die Soldaten aus Burg Adlernest sind oft hier hergekommen. Von der Straße nach Okny und zur Treppe des Gehenkten sind es vier Tage, danach kommen nur noch ein paar Dörfer und schließlich Wälder und Berge. Wenn wir also noch irgendwo Pferde auftreiben wollen, dann müssen wir es hier tun.«

»Es wundert mich, dass die Nabatorer die Stadt nicht dem Erdboden gleichgemacht haben.«

»Warum sollten sie?«, fuhr mich Typhus an. »Ich hab dir doch schon hundertmal gesagt, dass sie darauf verzichten können!«

»Mich würde wirklich interessieren, weshalb dir eigentlich bisher noch niemand den Hals umgedreht hat«, knurrte Kallen, während er sein langes Haar zu einem Zopf zusammenband.

»Wieso sollte jemand diese Absicht haben?«, fragte Typhus.

»Bei deiner Zunge?!«

»Die ist schon einigen unangenehm aufgefallen«, gab sie zu. »Aber noch bin ich ja am Leben. Im Gegensatz zu anderen.«

In ihrem heiteren und fröhlichen Ton schwang etwas mit, das Kallen von weiteren Scherzen absehen ließ.

»Du meinst also, mit dir an unserer Seite hätten wir nichts zu befürchten?«, brachte er heraus.

»O ja, das kann man durchaus so sehen«, bestätigte sie, diesmal wieder aufrichtig amüsiert. »Übrigens hat man uns gerade bemerkt.«

Vor dem Stadttor standen vier schwarzhaarige Männer in warmer Kleidung. Ihre Umhänge zeigten die Farben der Nabatorer Armee. Als sie uns bemerkten, lief einer von ihnen zu dem nächststehenden Haus. Als wir den Posten erreichten, erwarteten uns bereits drei Männer mehr. Ein nicht sehr hochgewachsener Soldat mit schwarzem Schnauzbart maß uns mit einem aufmerksamen Blick.

»Führen euch Geschäfte in die Stadt oder seid ihr auf der Durchreise?«, fragte er ohne jede Feindseligkeit, aber mit starkem Akzent.

»Wir suchen einen Ort, an dem wir den Winter verbringen können«, erklärte Typhus.

»Wird es euch in den Wäldern zu kalt?«, stichelte einer der anderen Männer.

»Habt ihr eine Erlaubnis, Waffen zu tragen?«, erkundigte sich der Mann mit dem Schnauzer, zu Kallens Streitaxt und meinem Bogen hinnickend.

»Nein«, gab Typhus zu.

»Dann gibt es drei Möglichkeiten. Entweder ihr zahlt dem Nabatorer König eine Gebühr, mit der ihr das Recht erwerbt, einen Monat lang Waffen zu tragen. Danach könntet ihr die Erlaubnis gegen Entrichtung einer neuerlichen Gebühr verlängern. Oder ihr gebt die Waffen ab. Oder ihr werdet gehenkt.«

»Was kostet die Erlaubnis und wo müssen wir die Gebühr entrichten?«, wollte ich wissen.

»Drei Sol je Nase. Die Gebühr ist beim Magistrat zu entrichten.«

»Und wenn wir diese Summe nicht haben?«

»Dann werden eure Waffen eingezogen, bis ihr die Gebühr entrichten könnt. Die Erlaubnis gilt übrigens nur für Dolche und Jagdmesser. Hast du gekämpft?«

»Ja«, gab ich zu.

»Wo?«

»Im Sandoner Wald.«

Er sah mich aufmerksamer an.

»Und in diesem Krieg?«, hakte er nach.

»Hab ich meinen verdienten Urlaub genossen.«

Irgendeinen Spaßvogel brachte diese Antwort zum Lachen.

»Und du?«, wandte er sich an Kallen. »Hast du auch nur im Sandoner Wald gekämpft?

»Ja«, log dieser.

»Wir verschonen alle Soldaten, die Seiner Hoheit einen Eid leisten«, stellte er uns grinsend in Aussicht. »Mit Ausnahme von Kriegsverbrechern, versteht sich. Wo wollt ihr Quartier nehmen?«

»Jetzt bringt uns erst mal zu eurem Kommandanten«, verlangte Typhus nun.

Kallen sah sie ungläubig an, die Nabatorer taten es ihm nach.

»Sonst hast du keine Wünsche?«, blaffte sie der Mann mit dem Schnauzer an.

»Du bist doch ein schlauer Kerl«, entgegnete Typhus, »also vergeude bitte weder deine noch unsere Zeit. Ich muss dem Befehlshaber dieser Garnison etwas mitteilen.«

»Soll ich ihm eine verpassen?«, fragte einer der Männer und trat bereits näher an uns heran.

»Noch nicht«, entschied der Mann mit dem Schnauzer. »Also gut, mein Junge. Ich bringe dich zu jemandem, allerdings nicht zu unserem Kommandanten. Sondern zu unserem Hauptmann. Soll der entscheiden, was mit euch geschieht. Falls ihr seine Zeit aber nur vergeudet, bekommt ihr ernsthafte Schwierigkeiten. Gebt eure Waffen ab!«

Wir gehorchten. Danach bedeutete er uns mit einem Wink, ihm zu folgen. In Begleitung unserer Ehrengarde trotteten wir durch die Stadt.

»Weiß Pork, was er tut?!«, fragte mich Kallen im Flüsterton.

»Keine Sorge, er versteht sich ganz hervorragend aufs Lügen.«

Diese Auskunft beruhigte ihn zwar nicht, aber immerhin verzichtete er darauf, das Problem eingehend mit mir zu erörtern. Seine nervösen Blicke deuteten jedoch darauf, dass er fest glaubte, zur Schlachtbank geführt zu werden.

Die Straßen waren eng, dreckig und voller Menschen, die allesamt ihren Geschäften nachgingen. Einige musterten uns erst neugierig, senkten dann aber rasch den Blick und eilten weiter. Hier und da blitzte in der Menge zwar ein Umhang der Nabatorer auf, insgesamt wunderte ich mich aber darüber, wie wenig Soldaten sich in der Stadt aufhielten. Die Garnison, die hier stationiert worden war, konnte nicht besonders groß sein …

Die Soldaten brachten uns zum Magistrat, einem massiven Steinbau am Rand des Marktplatzes, der dem Meloth-Tempel gegenüber stand.

»Wartet hier«, befahl der Mann mit dem Schnauzer und verschwand in dem Haus.

Wir blieben unter der Bewachung der anderen Soldaten zurück. Als der Nabatorer zehn Minuten später wiederkam, winkte er uns hinein.

»Du bleibst draußen«, zischte Typhus Kallen zu. Als der schon zum Widerspruch ansetzte, fügte sie hinzu: »Das ist nur zu deinem Besten.« Anschließend wandte sie sich an unsere Eskorte: »Wir brauchen ihn da drinnen nicht, mag er hier warten.«

»Auf deine Befehle kann ich verzichten, Junge!«, herrschte einer der Männer Typhus an, verlangte dann aber von zwei Soldaten: »Passt auf ihn auf!«

Der Raum, in den man uns brachte, war ausgesprochen schlicht. An einem Tisch saß ein Nabatorer mit den Schulterstücken eines Hauptmanns. Er sah erst Typhus, dann mich finster an, erschauderte und nahm die Verdammte noch einmal genauer ins Auge.

»Hauptmann Nay«, begrüßte sie ihn freundlich.

Aus seinem Gesicht wich alle Farbe.

»Schick deinen Mann raus, damit er etwas auftreibt, worauf wir sitzen können«, verlangte Typhus. »Wir haben miteinander zu reden.«

Nay sprang auf, befahl dem ungläubigen Mann mit dem Schnauzer, er solle sofort den Raum verlassen, und bot Typhus seinen Stuhl an.

»Herrin!«, stammelte er. »Verzeiht mir! Ich habe Euch nicht auf Anhieb erkannt!«

»Umgekehrt war das nicht der Fall. Ihr seid also nicht mehr in Hundsgras. Auch gut. Das entbindet mich von überflüssigen Erklärungen. Ich brauche deine Hilfe.«

»Was soll ich tun?«, fragte er. Da erkannte auch ich den Offizier wieder, der zu Beginn des Sommers mit seinen Truppen unser Dorf eingenommen hatte.

»Wir brauchen zehn, besser noch zwölf kräftige Pferde sowie Futter für zwei Wochen. Ferner einen Brief, der uns freies Geleit gibt, damit uns nicht jede übereifrige Patrouille aufhält.«

»Das lässt sich machen«, sagte er. »Die Pferde bringe ich binnen einer Stunde zusammen, den Brief lasse ich sofort aufsetzen. Aber er ist nur im Umkreis von zwanzig Leagues gültig. Danach bräuchtet Ihr ein Schreiben von anderen Kommandanten. Wollt Ihr etwas essen?«

»Meine Männer erhalten ihre Waffen«, überging sie seine Frage, während sie mit ihrem Blick eine Kerze entzündete. Nay zuckte zusammen. »Halten sich Auserwählte in der Stadt auf?«

»Nein.«

»Bevor wir etwas essen, sorg dafür, dass mir ein Zuber mit heißem Wasser bereitgestellt wird«, kam sie nun doch auf sein Angebot zurück. »Das würde mich über die Maßen glücklich machen.«

»Ich ordne es sofort an«, gab er sich beflissen. »Mit Eurer Erlaubnis werde ich Euch jetzt für kurze Zeit allein lassen.«

»Da haben wir aber noch mal Glück gehabt«, flüsterte ich, sobald Nay die Tür hinter sich geschlossen hatte. »Nur gut, dass er dich in diesem Körper erkannt hat.«

»Wenn das nicht der Fall gewesen wäre, hätte ich hier alles in Schutt und Asche gelegt, ihn mit den Füßen unter der Decke festgenagelt und ordentlich durchgeschüttelt. In der Regel bringt dich das ganz wunderbar an dein Ziel.«

In der Tat. Auch diese Möglichkeit wäre wohl nicht ohne Reiz gewesen.

Auf dem Rückweg brachte Kallen kein einziges Wort heraus. Immer wieder drehte er sich um, um sich zu vergewissern, dass unsere Pferde noch da waren. Wir hatten die Stadt am Nachmittag wieder verlassen, ohne dass uns irgendjemand aufgehalten hätte. Eher im Gegenteil. Kallen vermochte es immer noch nicht zu glauben, Typhus grinste bloß in sich hinein.

»Was hast du denen gesagt?«, wollte er irgendwann doch wissen.

»Ich bin zum Hauptmann gegangen und habe verlangt, dass er unverzüglich Buße tun solle, andernfalls träfe ihn Meloths Zorn. Da es sich um einen gläubigen Mann handelte, hat dieser Trick bestens gewirkt, sodass wir nun Pferde und ein paar weitere Annehmlichkeiten unser Eigen nennen können.«

»Das war eine ernst gemeinte Frage!«

»Auf die ich dir eine ernst gemeinte Antwort gegeben habe! Anscheinend hast du vergessen, dass es ein Kinderspiel für mich ist, Blitze vom Himmel fahren zu lassen. Oder hältst du uns Glimmende etwa für völlige Taugenichtse?! Wir haben Glück gehabt – nimm das hin, danke Meloth, dass dieser Kommandant so eine taube Nuss war, und lass uns zu den anderen reiten, damit wir von hier verschwinden, bevor dieser Nabatorer begreift, dass er hereingelegt worden ist.«

Sie log tatsächlich, ohne rot zu werden.

Als wir wieder zu den anderen stießen, empfing uns fassungsloses Schweigen – das sogleich von begeisterten Schreien abgelöst wurde. Es hagelte Fragen. Als Shen und Rona sich Typhus' Geschichte anhörten, bedachten sie mich mit einem fragenden Blick. Ich zuckte bloß die Achseln – und überließ der Verdammten auch weiter ihren Auftritt. Mylord Rando glaubte Typhus das Märchen ebenfalls nicht, was sie derart aufbrachte, dass sie eine unschuldige Birke mit einem Blitz in zwei Hälften spaltete. Das nahm den Zweiflern ein wenig den Wind aus den Segeln.

Als sich die Gemüter wieder weitgehend beruhigt hatten, suchten wir uns alle ein Pferd aus. Obendrein verfügten wir jetzt über anständige Kleidung für den Winter, Proviant und alles, was sonst noch für eine lange Reise nötig war. Ich hatte sogar drei Dutzend Pfeile ergattert. Damit sah das Leben schon viel besser aus.

Nachdem wir aufgebrochen waren, ritten wir zwei Stunden durch kahle Felder und über menschenleere Pfade Richtung Nordosten.

Erst als wir unser Nachtlager aufschlugen, kamen wir dazu, den anderen die Neuigkeiten zu erzählen, die Typhus von Nay erfahren hatte. Der Süden befand sich mittlerweile vollständig in den Händen der Nabatorer, Alsgara und Gash-shaku hielten sich aber noch. Nach Loska war der Feind noch nicht vorgedrungen, anscheinend hatte er seine ganze Aufmerksamkeit zunächst ausschließlich auf die Treppe des Gehenkten gelenkt, nicht auf Burg Donnerhauer.

Die Soldaten des Imperiums hatten erbitterten Widerstand geleistet und die Nabatorer sogar zweimal zurückgeworfen, doch danach mussten die Männer, durch die Schlachten geschwächt, die Treppe aufgeben und sich in die Vorgebirge im Norden zurückziehen. Seit zwei Wochen zog der Verdammte Pest mit frischen Truppen gen Korunn, beabsichtigte aber offenbar, den Winter in den Tälern abzuwarten und erst zu Beginn des Frühlings weiter auf die Hauptstadt zuzumarschieren.

Rando und die anderen Soldaten erörterten die Aussichten unserer Armee, sich im Winter neu zu formieren und dem Lauf des Krieges eine Wende zu geben. Da mich diese Gespräche nicht interessierten, kümmerte ich mich unterdessen um die Pferde. Yumi und Ghbabakh schlossen sich mir an.

»Morgwen erreichen wir die Bergwe«, teilte er mir voller Nachdruck mit. »Aber Yumi gwalaubt, dass wir dann nicht weiterkwommen. Die Treppe des Gwehenkwaten ist zu engwa, als dass wir sie unbemerkwat überkweren kwönnten, auch wenn sie sich in drei Hauptwegwe teilt.«

»Das stimmt«, räumte ich ein. »Aber es gibt ja auch noch Pfade.«

»Aus, du Hund?«

»Du meinst also wirkwalich, dass wir es über die Bergwe schaffen?«, übersetzte Ghbabakh.

»Aber selbstverständlich«, antwortete ich mit einem Lächeln. »Die Treppe des Gehenkten verbindet beide Teile des Imperiums. Sie ist breit genug, dass über sie in einer Woche eine ganze Armee von der einen Seite auf die andere gelangen kann. Daneben gibt es aber, wie gesagt, auch noch Pfade. Die sind zwar etwas schwerer passierbar, sodass man selbst im Sommer zwei Wochen bis zwei Monate für den Weg durch die Katuger Berge braucht. Für eine Armee bedeutet das den Tod, denn die Soldaten ermüden durch den Marsch. Aber uns kommen sie wie gerufen.«

»Bist du schon einmal dort gwewesen?«

»Nein. Aber in meiner Einheit gab es jemanden aus dieser Gegend.«

»Der Winter wird hart in den Bergwen.«

»Stimmt«, bestätigte ich. »Aber wir haben ja eine Schreitende bei uns. Und nicht nur sie … Vielleicht hilft uns die Gabe unserer Funkenträger ja, die schwierigen Stellen zu überwinden, bevor sich das Wetter richtig verschlechtert.«

»Aus, du Hund …«

»Und wenn nicht?«, fragte Ghbabakh.

»Dann müssen wir umkehren. Und den Winter auf dieser Seite der Berge abwarten.«

Ghbabakh stieß ein nachdenkliches Quaken aus und machte sich zusammen mit Yumi auf, Wasser zu besorgen.

»Was ist in der Stadt geschehen?«, wollte Shen wissen, der gerade auf mich zukam.

»Sprechen die anderen noch immer über unsere Aussichten in diesem Krieg?«

»Ja«, antwortete er. »Mylord Rando glaubt fest an unseren Sieg. Er sagt, die Atempause gereiche dem Land zum Vorteil.«

»Seinen Glauben möchte ich haben … In der Stadt ist nichts geschehen. Der Hauptmann kannte Typhus und hat ihr alles gegeben, worum sie gebeten hat.«

Ich schilderte ihm kurz, was sich in Faltz zugetragen hatte.

»Ich fürchte, Rando und Ga-nor werden früher oder später begreifen, wer sie ist. Das könnte … unangenehm werden.«

»Mit Schwierigkeiten würde ich nur vonseiten des Ritters rechnen«, erwiderte ich. »Ga-nor ist ein vernünftiger Mann. Und Luk ebenfalls, selbst wenn er ohne Punkt und Komma plappert. Aber er wäre niemals so dumm, sich mit Typhus anzulegen.«

»Für mich ist sie immer noch ein Rätsel. Was will sie von uns? Warum verlässt sie uns nicht? Sie braucht uns nicht nur für ihre Rache, das liegt ja wohl auf der Hand.«

Mir blieb nichts anderes übrig, als ihm auch jenes Gespräch wiederzugeben, das ich jüngst mit Typhus geführt hatte.

»Sie muss wahnsinnig sein. Wie soll ich ihr zu einem neuen Körper verhelfen?!«

»Deshalb musst du doch nicht gleich so schreien!«, zischte ich und sah mich ängstlich um. »Solange Typhus glaubt, dass du es könntest, droht uns keine Gefahr von ihrer Seite. Obendrein können wir uns so ihre Möglichkeiten zunutze machen und …«

»Wenn wir da mal bloß nicht mit dem Feuer spielen …«

»Du solltest dir von ihr trotzdem alles beibringen lassen, was sie dir beibringen kann. Jenes Wissen, das sie mit dir zu teilen bereit ist, stellt einen unschätzbaren Wert dar.«

»Mir gefällt die ganze Sache nicht …«, murmelte er.

»Ich verlange ja nicht, dass du in helles Entzücken ausbrichst. Aber wenn sie dich in der Kampfmagie der Nekromanten unterweist – wer weiß, vielleicht rettest du uns allen damit noch einmal das Leben. Deshalb bitte ich dich, den Unterricht fortzusetzen. Nicht nur um deinetwillen.«

»Glaubst du, Lahen hätte das gewollt?«

»Spielt das eine Rolle?«

Er nickte.

»Weißt du …«, setzte ich an. »Also, wahrscheinlich hätte Lahen nicht gewollt, dass ihr Schüler stirbt, weil er noch nicht genug weiß. Vergiss also Typhus. Denk an andere. Das, was sie dir geben kann, muss nicht zwangsläufig dazu führen, dass du Böses anrichtest. Im Gegenteil, möglicherweise rettest du damit sogar Leben.«

»Das behaupten die Verdammten auch immer von sich. Ich meine, dass sie ja eigentlich gar nichts Böses anrichten wollen. Aber sieh dir doch mal an, was aus ihnen geworden ist.«

»Du bist nicht wie sie. Du wirst deinen eigenen Weg finden.«

»Und wenn nicht?«

»Ich bin mir sicher, dass du es schaffst«, sagte ich im Brustton der Überzeugung – und verjagte die Erinnerungen an jenen Traum, in dem eine Armbrust klickte und ich sagte: *Verzeih mir, mein Junge.*

Typhus weckte mich mit ihrem Wimmern. Anscheinend peinigten sie Albträume. Auch Ga-nor hob kurz den Kopf, um in ihre Richtung zu spähen, legte sich dann aber wieder hin. Luk, der Wache hielt, wirkte verstört.

Wir hätten noch anderthalb Stunden schlafen können.

Trotzdem stand ich auf, gab Holz ins Feuer und bot Luk an, den Rest der Wache für ihn zu übernehmen. Daraufhin ließ er vor Begeisterung mal wieder seine Kröte platzen und haute sich aufs Ohr.

Zehn Minuten später kam Typhus zum Lagerfeuer. Sie war kreidebleich. Anscheinend bemerkte sie gar nicht, dass ein verhärmter Zug um ihren Mund lag und ihre Finger leicht zitterten.

»Wenn ich nicht wüsste, wen ich vor mir habe, würde ich sagen, dass dich dein Gewissen plagt«, sprach ich sie an.

Sie bedachte mich mit einem zornigen Blick, erwiderte jedoch kein Wort. Schweigend saßen wir am Feuer und beobachteten, wie der Morgen heraufzog.

»Dieser Mann …«, flüsterte sie mir nach einer Weile zu. »Der, mit dem ich dich an den alten Piers in Alsgara gesehen habe … Du hast dich mit ihm unterhalten … Wer ist das?«

»Du hast mich dort beobachtet?«, fragte ich fassungslos zurück.

»Ja.«

»Und nicht versucht, mir den Kopf abzureißen? Immerhin standen wir damals nicht gerade auf bestem Fuße miteinander.«

»Dein Gesprächspartner hat mich daran gehindert.«

»Was soll das heißen?«

»Er hat mir Angst eingejagt«, gestand sie wütend. »Ich hatte den Eindruck, wenn ich auch nur einen Schritt auf dich zu täte, würde er mich in Asche verwandeln.«

All meine Träume fielen mir ein …

»Wenn es anders gewesen wäre«, erwiderte ich schließlich, »würden wir heute wohl kaum hier sitzen und uns so friedlich unterhalten.«

»Stimmt auch wieder«, gab sie zu. »Also … Wer war das?«

»Ein Dieb.«

»Ein gemeiner Dieb?«, fragte sie ebenso ungläubig wie enttäuscht zurück.

»Nein«, entgegnete ich grinsend. »Ein vorzüglicher Dieb.« Daraufhin maß sie mich erneut mit einem zweifelnden Blick.

»Was meinst du?«, wechselte ich das Thema. »Kommen wir über die Treppe des Gehenkten? Ich meine, wenn du den Nabatorern sagst, wer du …«

»Dieser Trick könnte sicher noch ein-, vielleicht sogar zweimal klappen«, unterbrach sie mich, während sie sich vorsichtig umsah, ob uns jemand hörte. »Aber auf der anderen Seite der Treppe würden wir uns genau damit Schwierigkeiten einhandeln, denn ich bin mir sicher, dass mich Rowan und Mithipha suchen. Deshalb sollten wir davon ausgehen, dass die Auserwählten und die Kommandeure entsprechend instruiert sind. Außerdem will Alenari hinter das Geheimnis der Wegblüten kommen, weshalb sie ein noch größeres Interesse an meiner Person hat als die beiden anderen. Aber Ga-nor kennt die Pfade, so wie ich übrigens auch. Die musste ich während des Krieges der Nekromanten erkunden, als Ley und Ghinorha an der Treppe des Gehenkten feststeckten. Über die werden wir gehen. Zumindest anfangs.«

Ich sah sie aufmerksam an und dachte darüber nach, dass wir alle voller Überraschungen stecken. Nur bedauerlich, dass sich die meisten dieser Überraschungen für die Menschen um uns herum immer wieder als *böse Überraschungen* herausstellen.

Wir ritten den ganzen Tag über verlassene Landstraßen und braune Felder in Richtung Nordosten. Die Berge am Horizont wuchsen mit jeder Stunde an.

Am Mittag des nächsten Tages hatten wir uns ihnen so weit genähert, dass ihre Gipfel uns die freie Sicht auf den halben Himmel nahmen. Die Spitzen bildeten eine Art abgebrochene Treppe. Und während die untersten Stufen noch grau-orangefarben waren, zeigten die mittleren eine blaue Farbe und die höchsten eine weiße, denn auf ihnen schmolz der Schnee selbst in der brütenden Hitze des Sommers nicht.

Das Gelände war karg, nur hier und da wuchsen ein paar kümmerliche Tannen, die sich im stechenden Wind bogen. Allein ihr Anblick ließ uns frieren.

Als wir das Vorgebirge erreichten und uns von dem Pfad, der sich an den Ausläufern entlangzog, nicht mehr als eine League trennte, brach die Nacht herein. Schlagartig wurde es kalt, eisige Windböen zerrten an unserer Kleidung. Wir alle klapperten mit den Zähnen. Niemand fand Schlaf … Irgendwann erbarmte sich Typhus unserer und setzte unter großem Widerwillen etwas von ihrer ach so kostbaren Gabe ein: Sie schuf einen Schild – die beiden Ritter, Ga-nor und Luk dachten, das sei Ronas Werk –, der uns gegen den Wind schützte. Außerdem spendete uns und den Pferden eine lilafarbene Flamme Wärme.

Am nächsten Morgen knisterte das gefrorene Gras unter unseren Füßen, dafür pfiff der Wind aber nicht mehr ganz so unbarmherzig, peitschte nicht länger mit eisigen Gerten auf uns ein. Im Südwesten ballten sich blau-violette Wolken, doch über uns wölbte sich ein klarer Himmel. Ich konnte mich nur wundern, wieso kleine Eiskristalle von ihm herabrieselten, die fürchterlich auf der Haut brannten.

Über Nacht hatten sich die Hänge mit einer staubfeinen Schneeschicht bedeckt, die aber bereits drei Stunden nach Sonnenaufgang geschmolzen war. Einige Minuten funkelten die Berge wie Edelsteine im Sonnenlicht.

Ga-nor, Kallen und Typhus ritten weit voraus, Rando neben, Rona, Luk und Shen hinter mir. Mit finsterem Gemüt betrachtete ich die Berge.

»Da platzt doch die Kröte!«, schrie Luk mit einem Mal. »Bleibt stehen!«

Als ich mich umdrehte, sah ich, dass Rona aus dem Sattel geglitten war und bäuchlings auf dem Boden lag. Shen und Luk waren bereits bei ihr.

Ich riss mein Pferd herum und ritt zu ihnen. Rando schrie Ga-nor und Kallen etwas zu.

»Was ist mit ihr?«, fragte ich Shen.

»Keine Ahnung!«, fuhr er mich an. Aufgelöst und bleich

machte er schwer durchschaubare Handbewegungen über dem Körper des Mädchens.

In Erwartung, von Luk eine aufschlussreichere Antwort zu erhalten, sah ich diesen an.

»Ich habe nichts getan!«, beteuerte er jedoch bloß. »Sie ist vor mir hergeritten und dann einfach aus dem Sattel gekippt! So schnell, dass ich sie noch nicht mal auffangen konnte!«

»Beruhige dich, es macht dir ja niemand einen Vorwurf. Shen, was ist jetzt?«

»Keine Ahnung!«, wiederholte er. »Sie ist bewusstlos.«

»Lass mich mal sehen!«, brummte Typhus, die uns inzwischen erreicht hatte. Sie berührte mit den Fingerspitzen sanft Ronas linke Schläfe. Plötzlich erschauderte sie. »Geht alle zur Seite!«, ordnete sie an. »Nur Shen soll bei mir bleiben. Ihr anderen macht, dass ihr wegkommt. Richtet einen Rastplatz her und facht ein Feuer an. Setzt Wasser auf und wartet auf uns.«

»Aus, du Hund?«, fiepte Yumi und sah mich fragend an. Dann entfernten sich er und Ghbabakh. Die anderen folgten ihrem Beispiel.

»Das Reich der Tiefe soll mich holen, wenn ich auch nur einen Fuß von hier wegsetze!«, zischte ich Typhus an.

Eigentlich rechnete ich mit ihrem Widerspruch, doch sie sagte bloß: »Bestens. Dann kannst du mir helfen, sie zum Feuer zu bringen. Aber komm mir nicht in die Quere.«

Noch einmal musterte sie das Mädchen genau. Ronas Gesicht zeigte eine erdgraue Farbe, unter ihren Augen lagen dunkelviolette Schatten, die Nase und die Jochbeine traten spitz hervor. Ich hatte den Eindruck, sie würde nicht mehr atmen. Als ich mich überzeugen wollte, ob ihr Herz noch schlug, fuhr mich Typhus wütend an. Daraufhin beschloss ich, mich aus der Behandlung herauszuhalten.

Von Shens Händen löste sich ein fahles Licht, das auf das Mädchen zuströmte, anscheinend aber nicht das Geringste ausrichtete.

»Was kann ihr nur widerfahren sein?«, fragte er.

Typhus schaute sich kurz um, um sich zu vergewissern, dass

uns die anderen nicht mehr hören oder sehen konnten. Anschließend verpasste sie Shen ohne jede Vorankündigung eine derart saftige Ohrfeige, dass er das Gleichgewicht verlor und umkippte.

»Du Narr!«, fauchte sie ihn an. »Du selbstgefälliger, dummer Idiot!«

»Er hat nichts damit zu tun«, hauchte Rona, die gerade zu sich kam. »Das ist alles meine Schuld.«

Schon in der nächsten Sekunde würgte es sie. Ich nahm sie in den Arm und sah Shen finster an. Auf seiner Wange prangte deutlich der rosafarbene Abdruck einer Hand.

»Was ist mit ihr?«, fragte ich Typhus, obwohl ich die Antwort bereits kannte.

»Dieser Kindskopf von Heiler hat beschlossen, sie im Gebrauch des dunklen Funkens zu unterweisen«, antwortete sie. »Ihr Leben hängt in dieser Sekunde an einem seidenen Faden.«

Rona stöhnte leise auf und verlor erneut das Bewusstsein.

KAPITEL
22

»Geht es der Herrin besser?«, erkundigte sich Rando.

Er saß zwischen mir und Yumi, doch der Waiya war zu beschäftigt, als dass er unserem Gespräch hätte folgen können: Mit größtem Vergnügen leckte er seine Schale aus.

»Bisher noch nicht«, antwortete ich.

»Wie kann ein Funken seine Trägerin töten?«

Ich zuckte mit den Achseln und wich dem Blick des Ritters aus. Außer mir, Shen und Typhus wusste niemand, warum Rona so litt. Die Erklärung, die Typhus den anderen aufgetischt hatte, war nicht allzu überzeugend, schon gar nicht für diejenigen, die ein wenig von der Gabe verstanden. Aber was hätten wir denn tun sollen?

Shen und Typhus hatten sich in ein Zelt verzogen, das wir an der äußersten Ecke unseres Rastplatzes notdürftig errichtet hatten. Dort kümmerten sie sich um Rona, deren Zustand seit zwei Tagen unverändert war. Sie war nicht wieder zu sich gekommen, das Fieber nicht für eine Minute gesunken.

Ga-nor, Kallen und Luk waren schon früh am Morgen zur Jagd aufgebrochen. Ghbabakh dagegen schlief noch in der tiefen Grube, die er für sich ausgehoben hatte, unter Blättern begraben. Da er verstand, dass er uns nicht helfen konnte, hielt er es für geraten, sich auszuruhen und Kräfte zu sammeln. Blasgen mochten eigentlich keine Kälte und fielen normalerweise am Ende des Herbstes in Winterschlaf.

»Aus, du Hund?!«, sagte Yumi und hielt Rando seine blitzblank geputzte Schale hin.

»Ich glaube, das war alles, was wir haben, Yumi«, erklärte er dem Waiya. »Wir müssen warten, bis unsere Jäger zurückkommen. Mit Beute, wie ich hoffen will.«

»Aus, du Hund …«, fiepte Yumi niedergeschlagen, sprang von seinem Baumstamm herunter und begab sich zu Ghbabakh.

»Ness!«, rief Typhus, die vor dem Zelt stand. »Komm mal her!«

»Warum bringst du bloß nie ein *Könntest du vielleicht bitte für eine Minute herkommen?* über die Lippen?«, fragte ich sie, als ich bei ihr war.

»Sie stirbt«, überging Typhus meine Bemerkung.

»Warum könnt ihr dem Mädchen nicht helfen?!«, polterte ich. »Shen ist schließlich Heiler! Und du? Du musst ihm doch sagen können, was er tun soll?!«

»Jetzt hör mir mal zu«, verlangte sie in erschöpftem Ton. »Das ist eine Wiedergeburt. Die haben wir alle durchgemacht. Wir, damit meine ich die Verdammten. Diejenigen, in denen zunächst nur ein lichter Funke brannte und die sich dann entschieden haben, sich auch den dunklen Funken anzueignen. Shen musste diesen Weg ebenfalls nehmen.«

»Aber er ist nicht daran gestorben«, brachte ich heraus.

Auf meiner Zunge lag ein derart bitterer Geschmack, als hätte ich Wermutkraut gegessen.

»Andere sind aber daran gestorben. Drei von denjenigen, die zusammen mit mir versucht haben, den dunklen Funken in sich zu entfachen, haben es nicht überstanden. Rowan wäre beinahe gestorben. Er war genauso krank wie dieses Mädchen jetzt«, erklärte mir Typhus. »Talki vermochte ihm nur noch im letzten Moment zu helfen. Ich habe versucht, Shen den nötigen Zauber beizubringen, aber es ist mir nicht geglückt. Mir muss irgendein Fehler unterlaufen sein.«

»Wenn wir nichts mehr machen können, warum hast du mich dann gerufen?«

»Shen meint, du solltest es als Erster erfahren.«

Mit bangem Gefühl ging ich ins Zelt. Typhus folgte mir.

Sie hatten Rona mit mehreren Decken zugedeckt. Shen saß

neben ihr. In den letzten Tagen hatte er kein Auge zugetan, sodass er inzwischen kaum besser aussah als das Mädchen.

»Was bin ich für ein Heiler, wenn ich sie nicht retten kann?«, flüsterte er.

Ich erschauderte. Lahens Tod stand mir vor Augen.

»Ich schaffe es nicht … Ness, ich bin ein solcher Dummkopf … Warum habe ich mich bloß von ihr überreden lassen? Die Verdammte hat recht, ich bin ein selbstgefälliger, dummer Idiot!«

»Warum hast du Typhus nicht gesagt, dass du sie im Gebrauch des dunklen Funkens unterweist?«

»Weil Rona nicht wollte, dass irgendjemand davon erfährt …«

Schweigend lauschte ich dem schweren Atem des Mädchens.

»Ich würde ihren Verlust nicht verwinden«, erklärte Shen mit schmerzverzerrter Miene.

»Dann erinnere dich! Erinnere dich an das, was Lahen dir gesagt hat, als sie dich geheilt hat.«

»Hat sie damals etwas zu ihm gesagt?«, mischte sich Typhus sofort ein.

»Ja. Es waren Worte, die nur für ihn gedacht waren.«

»Mit diesen Worten habe ich es bereits versucht«, teilte mir Shen mit. »Aber es hat nicht geklappt.«

»Sprich die Worte aus«, verlangte Typhus.

»Der Nordstern vom Osten, zwei Handbreit über dem Horizont, verbindet sich mit dem Ostwind zu dreifacher Kraft. Zwei Knoten … am Anfang, gehalten in der Erde, bannen den Funken bei der Drei. Nach zwei Sekunden wechseln sie auf die Acht …« Er verstummte kurz, fuhr aber gleich hastig fort: »… und gehen dann auf die Vier. Ich glaube, das waren ihre Worte.«

»Nein, du hast das Ende vergessen«, widersprach Typhus. »Es wird die Meereswelle in das fünfzehnte Band gewoben.«

»Richtig!«, rief er aus und sprang auf. »Deshalb hat es nicht geklappt. Lass es uns gleich …«

»Nein!«, unterbrach ihn Typhus. »Glaubst du etwa, das hätte ich nicht längst versucht?! Diesen Zauber braucht man, um den dunklen Funken wiederherzustellen. Aber in dem richtigen Geflecht zur Heilung muss es noch etwas geben, um das Gleichgewicht zwischen Dunkel und Licht zu schaffen. Doch was, das wussten nur Talki und Ghinorha. Das ist immer ein Geheimnis gewesen.«

»In diesem Unsinn gab es noch ein paar Worte«, brachte ich langsam heraus. »Daran erinnere ich mich genau.«

»Das ist kein Unsinn«, fuhr sie mich an. »In einem Geflecht verändert ein einziger Knoten die Struktur des Ganzen. Weißt du etwas, das wir nicht wissen?«

»Nein«, sagte ich, den Blick auf Rona gerichtet.

»Dann können wir ihr nicht mehr helfen«, erklärte Typhus seufzend. »Es sei denn, dir fällt das Ende dieses Zaubers doch noch ein. Oder du zeichnest es auf.«

»Lahen hat nichts gezeichnet. Sie hat nur etwas gesagt.«

»Schade. Wir werden nichts ausrichten, solange wir nicht den vollständigen Zauber kennen.«

»Versuch, dich zu erinnern«, flehte mich Shen an.

»Dazu muss ich in aller Ruhe nachdenken.«

»Aber schnell«, verlangte Typhus. »Ihr bleibt nicht mehr viel Zeit.«

Sofort fing ich an, immer wieder die gleichen Worte vor mich hinzumurmeln. Als es tagte, meinte ich, ich hätte die ganze Nacht im Hafen Säcke geschleppt. Die Worte waren mir aber immer noch nicht wieder eingefallen.

Shen, der noch erschöpfter wirkte als ich, saß entkräftet vor dem Zelt, behelligte mich aber nicht. Er wusste ganz genau, dass uns das auch nicht weiterbringen würde. Typhus wich nicht von Ronas Seite, nur einmal kam sie in der Nacht heraus, um ein paar Worte mit Shen zu wechseln und einen fragenden Blick auf mich zu werfen.

Als die Sonne die Gipfel in goldenes Licht tauchte und ich schon fast jede Hoffnung verloren hatte, durchzuckte es mich wie ein Blitz: Jemand schien mir die richtigen Worte zuzuflüstern. Ich sprang auf und eilte zu Shen hinüber. Der sah mich mit rot geränderten Augen an, war aber sofort auf den Beinen, als er mein strahlendes Gesicht bemerkte.

»Und?!«, keuchte er.

»Gib dem Stern acht Spitzen und führe ihn durch das Haus der Kraft in das Haus der Liebe. Ich glaube, das waren die Worte.«

»Wie geht es ihr?«, fragte ich Typhus, als eine neue Nacht hereinbrach und sich die Verdammte, die immer noch kein Auge zugetan hatte, erschöpft neben mich auf den Boden fallen ließ.

»Du erstaunst mich immer wieder«, gab Typhus zu. »Eine Sdisser Schatulle ist im Vergleich zu dir gar nichts. Die hat nur zwei Böden, du aber hast mindestens drei.« Sie verstummte kurz, ehe sie fortfuhr: »Rona geht es ausgezeichnet. Sie ist zwar noch schwach und schläft die ganze Zeit, aber das ist nur gut. Shen schafft jetzt den Rest. Weißt du was, Grauer? Manchmal glaube ich, dass dieses Mädchen mehr Glück gehabt hat als jede andere Schreitende in den letzten fünf Jahrhunderten. Nicht nur, dass sie den Klauen Talkis und Alenaris entkommen ist und die Prozedur der Umschmiedung überstanden hat, nein, sie überlebt auch die Wiedergeburt. Wie eine Katze verfügt sie über mehr als ein Leben. Damit gleicht sie mir.«

Ich hielt ihr einen Becher mit heißem Wasser hin. Dankbar nahm sie ihn an sich.

»Das Mädchen ist stärker, als ich dachte«, fuhr Typhus fort. »Und klug obendrein, denn sie hat rasch verstanden, dass sie es allein mit dem lichten Funken nie zu wahrer Meisterschaft bringt. Nur gut, dass es Shen war, der sie zu Beginn ausgebildet hat, nicht ich. Ich hätte vielleicht alles verhunzt. Es fällt mir natürlich nicht leicht, das zuzugeben, vor allem vor mir selbst nicht, aber unsere Schüler taugen durch die Bank nichts. Shen jedoch ist von deiner Frau ausgebildet worden, und anscheinend ist sie nicht mit den Fehlern behaftet gewesen, die bei uns sogenannten Verdammten den Erfolg verhindern. Mir ist schleierhaft, wie Ghinorha das zustande gebracht hat.«

Ich hörte Schritte. Shen gesellte sich uns zu.

»Vielen Dank«, wandte er sich an mich.

»Ich habe damit nichts zu tun, mein Junge. Wenn Lahen diese Worte damals nicht ständig wiederholt hätte …«

»Nein, ich bin dir wirklich zutiefst dankbar.«

Noch ehe ich etwas darauf sagen konnte, verschwand er jedoch schon wieder.

Nach drei weiteren Tagen brachen wir auf. Rona war so weit zu Kräften gekommen, dass wir ihr einen Tagesritt zumuten durften.

Seit vorgestern setzte uns Schneeregen zu. Die steinernen Pfade verwandelten sich in gefährliche Rutschbahnen, sodass wir nur mit der Schnelligkeit gepanzerter Fußsoldaten vorankamen und uns halbtot froren. Lediglich Ga-nor, der an Kälte gewöhnt war, und Typhus, die sich mithilfe ihres Funkens wärmte, litten nicht unter dem Wetter.

Etwas Ekelhafteres, als im letzten Herbstmonat durch die Katuger Berge zu ziehen, lässt sich schwerlich vorstellen. Im Reich der Tiefe musste es dagegen regelrecht anheimelnd sein. Hier jedoch beglückten uns Wind, Kälte, Nässe und Nebel als ständige Wegbegleiter. Der Nebel stieg mal aus den Flussbecken auf, mal senkte er sich aus bleigrauen Wolken auf die Berge herab. Die Feuchtigkeit fraß sich durch unsere Kleidung bis auf Haut und Knochen durch. Da wir alle ständig husteten und niesten, musste Shen immer wieder seine Gabe einsetzen, um uns vor einer Erkältung zu schützen. Jede Behandlung schwächte seinen Funken stärker.

Das Vorgebirge hatten wir längst hinter uns gelassen, inzwischen kämpften wir uns durch die ersten der Katuger Berge. An diesem unwirtlichen Ort begegnete uns nicht eine Menschenseele. Es gab nur raue Natur, wilde Tiere, ekelhaftes Wetter und noch ekelhaftere Pfade – denn selbst die flachsten unter ihnen stellten eine ernst zu nehmende Herausforderung dar. Sollten wir an der Treppe des Gehenkten keinen anständigen Weg finden, müssten wir unsere Pferde aufgeben, das war uns allen klar. Die Tiere würden die steinigen, steilen Pfade dort nie bewältigen.

Mit jedem Tag, den wir uns in Richtung Norden bewegten, fürchtete ich deshalb mehr, dass unser Abenteuer, über die Berge zu gehen, ein Vorhaben bedeutete, das dem Untergang geweiht war.

Weiter oben lag gewiss bereits Schnee, sodass es Selbstmord gleichkäme, wenn wir über vereiste Pfade kraxeln würden, die selbst im Sommer nicht leicht zu erklimmen waren. Obendrein konnte das Wetter sekündlich umschlagen und sich hinter jedem Steinbrocken ein Tor befinden, das ins Reich der Tiefe führte – und offen stand.

Als ich Ga-nor meine Befürchtungen mitteilte, nickte er zustimmend.

»Stimmt, wir verlieren viel Zeit im unwegsamen Gelände. Vor dem ersten Schnee werden wir die Treppe des Gehenkten vermutlich nicht erreichen. Wenn sich die Wege als völlig unpassierbar erweisen, müssen wir umkehren.«

»Da platzt doch die Kröte!«, rief Luk. »Und wohin willst du dann gehen?!«

Ga-nor sparte sich jede Antwort auf diese törichte Frage und deutete mit dem Finger nach Osten, in die neblige Düsternis, die sich vor die Berge geschoben hatte.

»Die Treppe liegt hinter diesem Kamm. Bis dahin brauchen wir noch zwischen viereinhalb und acht Tagen. Hoffen wir also auf Ug.«

»Aus, du Hund!«, fiepte Yumi und schmiegte sich zitternd an Rona. Sein Fell schützte ihn in keiner Weise gegen die winterliche Kälte.

»Er sagwat, dass die Treppe des Gwehenkwaten gwefährlich ist.«

»Das weiß ich. Aber entweder nehmen wir die Treppe, die uns fünf Tage kostet, oder die Pfade – die uns einen Monat kosten. Wir müssen das Risiko wohl eingehen.«

»Völlig richtig«, pflichtete ihm Typhus bei. »Und so gefährlich ist es gar nicht. Einen Teil der Strecke können wir durchaus über die Treppe zurücklegen. Anfangs meiden wir sie noch und nehmen die Pfade. Fast alle Kräfte Nabators befinden sich ja bereits im Norden. Mit etwas Glück begegnen wir bis zur Burg oben an der Treppe keinem feindlichen Soldaten.«

»Gibt es noch einen anderen Vorschlag außer dem, umzukehren?«, fragte Mylord Rando.

Niemand antwortete.

»Dann schlagen wir uns zur Treppe des Gehenkten durch«, entschied er.

Auch jetzt erhob niemand Einwände.

Ich übte mich im Schießen, indem ich versuchte, den Wind zu überlisten, der unablässig die Richtung wechselte. Bald legte er sich, bald griff er mich aus den gelben Lärchen heraus an oder stürzte sich von oben auf mich herab, bald fiel er von hinten über mich her oder drosch von vorn auf mich ein. Unter diesen Bedingungen einen Treffer zu landen, war alles andere als ein Kinderspiel: Ich schaffte es nur ein einziges Mal, einen Pfeil in die Mitte meiner selbst gebauten Zielscheibe zu schicken, zwei weitere trafen sie immerhin noch am Rand, der dritte jedoch war ein glatter Fehlschuss und blieb sechzig Yard vor mir in einem Baum stecken.

Zuweilen trugen die Böen auch Fetzen von Gesprächen heran. Typhus schrie etwas. Sie hatte sich mit Shen auf einen Steinvorsprung in meiner Nähe zurückgezogen und lehrte ihn gerade … das Leben. Der Junge scheiterte mal wieder daran, einen weiteren todbringenden Zauber zu erlernen. Die Verdammte konnte das in ihrer grenzenlosen Enttäuschung selbstverständlich nicht schweigend hinnehmen.

Ich beendete meine Übungen, sammelte die Pfeile ein, steckte sie in den Köcher und löste die Sehne vom Bogen. Der Schnee schmolz nun nicht mehr auf dem bereits tief durchfrorenen Boden, sondern legte sich als weiße Decke über das graue Gras.

»Jetzt reiß dich gefälligst zusammen!«, fuhr Typhus Shen an.

Sie hackte wie ein Geier auf Shen ein, der auf der Erde saß und auf einen Punkt stierte.

»Dieser Zauber ist zu aufwändig! Was ist das überhaupt für ein Geflecht?!«, stöhnte er und deutete mit dem Finger in den leeren Raum. »Bei dem kann man ja nur eine Seite des Funkens anwenden! Wenn ich beide gleichzeitig einsetze, zerfällt es!«

»Was für ein schlaues Köpfchen du doch bist«, giftete Typhus. »Glaubst du etwa, das wüsste ich nicht?! Gleichzeitig! Wie kann man nur auf eine solche Idee kommen?! Nein, mein Junge, du setzt die beiden Aspekte hübsch nacheinander ein!« In diesem Moment entdeckte sie mich. »Ah, Grauer, hast du dich gut mit deinen Pfeilen unterhalten?«

»Nicht so gut wie du mit deinem Unterricht. Versprichst du dir eigentlich irgendeinen Erfolg davon, ihn so anzuschreien?«

»Das hebt ihre Laune«, grummelte Shen. »Im Übrigen ändert es gar nichts, wenn ich die beiden Aspekte nacheinander einsetze. Der dunkle Funken schluckt den lichten völlig. Wie also soll ich …«

»Überleg dir selbst, wie!«, fiel sie ihm ins Wort. »Fang jetzt endlich an! Du musst diese Hürde nehmen, wenn du Fortschritte machen willst!«

Ich wollte schon weggehen, als Yumi mit Rona im Schlepptau angesprungen kam.

»Aus, du Hund!«, begrüßte uns der Waiya und machte schon wieder kehrt, denn seine Rolle als Begleiter hatte er damit erfüllt.

»Komm her, Schreitende!«, befahl Typhus.

»Sprich nicht mit mir, als sei ich eine Hündin, Verdammte!«, zischte Rona und verschränkte die Arme vor der Brust.

»Eher bist du eine störrische Eselin«, brummte Typhus. »Hilf deinem Freund mal. Versuch, diesen Zauber zu wirken.«

Mit leichter Hand zeichnete sie ein aufwändiges Ornament in die Luft.

»Das wird dir zwar noch nicht gelingen«, warnte Typhus Rona, »denn so weit bist du noch nicht. Aber vielleicht verstehst du zumindest das grundlegende Prinzip. Das wäre schon sehr erfreulich.«

»In diesem Zauber ist das Dunkel eingewoben«, sagte Rona.

»Was für eine überwältigende Auffassungsgabe!«, höhnte Typhus. »Und? Stört dich das?«

»Ich möchte nicht ohne Not …«

»Tu nicht so, als seist du eine Heilige«, rief Typhus unter schallendem Gelächter. »Du hast den Köder doch längst geschluckt! Jetzt musst du entweder lernen, den dunklen Funken in dir zu lenken und zu kontrollieren – oder er wird dich verbrennen. Mit Haut und Haar. Du kannst dich natürlich auch weiterhin hinter dem Schild edler Ideale verschanzen, aber ich würde dir empfehlen, diese Dinge lieber zu lernen. Wenn du dich schon dazu durchgerungen hast, deine Gabe ein wenig zu … verdunkeln, musst du dem Funken auch zeigen, wer von euch beiden das Sagen hat. Solltest du allerdings den Wunsch verspüren, dir die Welt schon bald aus dem Reich der Tiefe heraus anzusehen, dann kannst du es selbstverständlich auch gern unterlassen.«

»Du brauchst dir das nicht anzuhören«, beteuerte Shen, nahm Rona bei der Hand und sah mich Unterstützung heischend an.

Ich schwieg jedoch, denn ich meinte, es stünde mir nicht zu, Rona zu sagen, wie sie sich verhalten solle.

»Nein, sie hat recht«, erklärte Rona und trat tapfer einen Schritt vor, den Blick herausfordernd auf Typhus gerichtet. »Entweder arbeitest du dich aus einem Sumpf heraus oder du gehst darin unter.«

Dann konzentrierte sie sich.

Eine der Lärchen hinter uns schrumpfte prompt zusammen und zerfiel zu grauem Staub, der sich auf die Zweige der Nachbarbäume und die Erde absetzte, den Schnee unter sich begrabend.

»Erstaunlich!«, sagte Typhus und klaubte sich ein Ascheflöckchen vom Ärmel. »Ich bin beeindruckt. Nimm dir ein Beispiel an ihr, mein Junge. Sie hat diesen Zauber auf Anhieb bewältigt. Aber jetzt setz dich hin, Mädchen, dir wird gleich schwindlig.«

Rona starrte wie gebannt auf die Stelle, an der sich eben noch ein kräftiger Baum erhoben hatte, ließ sich dann jedoch zitternd auf dem Boden nieder.

»Und jetzt du!«, forderte Typhus Shen auf. »Nimm Ronas Zauber als Grundlage. Seine Reste hängen ja noch in der Luft, du brauchst also bloß danach zu greifen! Und dann hör auf, wild um dich zu schlagen! Setze etwas Geschick und Verstand ein! Du sollst schließlich nur eine Feder in die Luft befördern, nicht einem Gowen die Pfote ausreißen!«

Shen seufzte.

»Weshalb hast du das getan?«, fragte ich Rona leise.

»Hatte ich denn eine andere Wahl?«

»Ich meine nicht den Baum, den du gerade gefällt hast, sondern die Entscheidung, die du davor getroffen hast. Ich muss zugeben, dieser Schritt hat mich erstaunt. Es ist noch gar nicht lange her, da hast du vom dunklen Funken völlig anders gedacht. Woher rührt dieser Sinneswandel?«

Diese Fragen waren ihr nicht angenehm, das merkte ich. Deshalb rechnete ich eigentlich nicht mit einer Antwort. Sie runzelte die Stirn und bewegte lautlos die Lippen. Anscheinend zählte sie bis zehn. Danach atmete sie tief durch.

»Mittlerweile sehe ich alles mit anderen Augen«, holte sie aus. »Die Menschen kommen mir völlig verändert vor. Du, Shen und ich, ja, sogar sie, die Verdammte. Immer habe ich gedacht, sie sei widerwärtig und ungerecht, aber dann habe ich mit einem Mal eine neue Seite an ihr kennengelernt. Shen und ich haben viel miteinander gesprochen. Dabei ist mir klar geworden, dass du recht hast. Die Magie verändert den Menschen nicht. Das Dunkel kann durchaus nur im Funken leben, es braucht sich nicht unbedingt im Herzen einzunisten.«

»Das sind Worte. Zutreffende, das will ich gar nicht bestreiten. Aber von den Worten ist es nicht so einfach, zu Taten überzugehen. Noch dazu derart schnell.«

»Du meinst, es sei nicht so leicht, die eigenen moralischen Vorbehalte zu überwinden?«

»Etwas in der Art, ja.«

Ich schielte zu Typhus hinüber, die jedoch nur Augen für Shen hatte, dem sie nach wie vor gehörig einheizte.

»Du darfst mich jetzt ruhig auslachen, aber zunächst war alles nur ein Spiel. Wie bei kleinen Kindern. Shen hat damit angefangen, und ich bin darauf eingegangen, ohne mir etwas dabei zu denken. Das Ganze hat uns dermaßen in seinen Bann gezogen, dass wir alles andere darüber vergessen haben. Und als wir dann endlich wieder einen klaren Gedanken fassen konnten, war es bereits zu spät. Der dunkle Funke hatte bereits ein Plätzchen in meiner Gabe gefunden.«

»Ich hätte nicht gedacht, dass es so leicht ist, sich den dunklen Funken anzueignen.«

»Das hat wohl niemand gedacht, nicht einmal Typhus. Ich habe vor ein paar Tagen mit ihr darüber gesprochen. Die Verdammte hat mir erklärt, es sei keineswegs ein *Kinderspiel,* das bisherige Gewebe der Gabe zu durchstoßen. Dafür bräuchte man viel Erfahrung, außerdem müsse man mit dem gebotenen Ernst vorgehen«, sagte sie. »Wir alle haben dabei wohl vergessen, was die Gabe eines Heilers vermag. Nur ihretwegen, nur weil Shen über diesen Aspekt der Gabe verfügt, hat sich mein Funken im Nu verändert. Ehe wir selbst dessen überhaupt gewahr wurden.«

Ich hüllte mich in Schweigen. Diese beiden dummen Kinder – die da ein tödliches Spielzeug in die Hand genommen hatten …

»Shens Kraft ist einmalig und ausgesprochen vielgestalt. Obendrein ist sie wesentlich stärker als die gewöhnlicher Schreitender.«

»Warum bringst du dann Zauber zustande, an denen er scheitert?«

»Ich weiß nicht, woran das liegt«, gestand sie und fuhr mit der Hand über die raue Rinde eines Baumes. »Aber dieses Geflecht eben stellte wirklich keine Herausforderung für mich dar.«

»Aber dir ist klar, dass du dich bei den Schreitenden mit deinem neuen Funken zur Ausgestoßenen machst? Sie werden dich töten, wenn sie verstehen, dass er nicht mehr rein licht ist. Und Shen übrigens auch.«

Ihr entglitten die Gesichtszüge, Tränen traten ihr in die Augen.

»Ja«, hauchte sie. »Aber Meloth ist mein Zeuge, dass ich das nicht wollte.«

Sie drehte das Gesicht zur Seite, um sich verstohlen die Tränen abzuwischen.

»Lass uns zum Lagerfeuer zurückkehren«, schlug ich vor. »Hier ist es kalt.«

»Geh schon vor«, erwiderte sie. »Ich komme gleich nach. Ich möchte noch sehen, ob Shen diesen Zauber wirken kann.«

»Weißt du inzwischen, ob du dich weiter aus dem Sumpf herausarbeiten wirst?«

»Das werde ich wohl müssen, schließlich will ich nicht untergehen«, antwortete sie. »Deshalb werde ich lernen, mit meinem neuen Funken zu leben.«

»Das heißt, Shen soll dich weiter ausbilden?«

»Ja.«

Ohne noch ein Wort zu sagen, ging ich davon.

»Ness!«, rief mir Rona nach, und ich blieb stehen. »Ich wollte dir noch danken. Dafür, dass du mich in jener Nacht gerettet hast. Ich …« Sie verstummte, setzte dann aber tapfer neu an. »Ich wäre damals am liebsten gestorben. Wie kostbar das Leben ist, das habe ich erst begriffen, als ich wieder gesund war. Deshalb bin ich dir sehr dankbar, dass ihr mich mitgenommen habt und …«

»Halt!«, schrie Typhus und fuchtelte mit den Armen. »Hör sofort damit auf!«

Shen hatte seinen Zauber endlich gewirkt – und der Wald am Westhang des Nachbarberges verwandelte sich in eine graue Düne.

»Warum vergeudest du so viel Kraft an ein paar lächerliche Bäume?!«, wetterte sie. »Was hast du dir dabei nun schon wieder gedacht?«

»Aber du wolltest doch …«

»Du hast Ronas Geflecht als Grundlage genutzt, aber damit einen ganz anderen Zauber gewirkt. Indem du wieder etwas aus eigenem Antrieb in das Geflecht eingewoben hast. Wer hat dir beigebracht, die Kraftströme in dieser Weise einzusetzen?«

»Lahen.«

»Und dahinter steckt Ghinorha … Zeig mir das Geflecht noch mal, aber langsam. Und richte diesen Zauber ja nicht auf irgendein Ziel!«

Typhus und Rona beobachteten genau, was Shen tat.

»Gut, das reicht für heute«, entschied Typhus. »Du erinnerst dich inzwischen nicht zufällig daran, wie du die Wegblüte geweckt hast?«

»Nein.«

Typhus fluchte leise, bedachte Soritha mit verschiedenen unschönen Worten und sparte auch nicht mit spitzen Bemerkungen, die sie auf alle Hohlköpfe mit löchrigem Gedächtnis münzte. Letztere überhörte Shen geflissentlich.

»Wie war Soritha eigentlich?«, fragte Rona nach dieser Tirade.

»Mit Sicherheit nicht so helllicht, wie der Turm sie gern hinstellt«, antwortete Typhus. »Aber in der untersten Klasse setzen sie euch ja allerlei Flausen in den Kopf. Da dürft ihr die *Taten der frommen und wohlwollenden Soritha* auswendig lernen, nicht wahr? In Wahrheit liebte sie jedoch nur zwei Dinge: ihre Schneeglöckchen und die Macht. Falls sie sich je dazu durchgerungen hätte, den Weg zu gehen, den wir, die ihr nur die *Verdammten* nennt, gewählt haben – sie hätte uns mit Sicherheit in den Schatten gestellt. Deshalb kann die Welt von Glück sagen, dass sie nicht unsere Seite gewählt hat.«

»Die Welt vielleicht – ihr aber nicht.«

»Da bin ich mir nicht sicher«, erklärte Typhus, nachdem sie kurz über diese Bemerkung nachgedacht hatte. »Wie auch immer, sie befindet sich heute genau an dem Platz, der ihr gebührt: im Grab. Und welchen Lauf die Geschichte genommen hätte, wenn sie unsere Seite gewählt hätte, das lässt sich überhaupt nicht sagen.«

»Dann bedauerst du also nicht, dass du sie getötet hast?«

»Ich bedauere ohnehin höchst selten etwas«, entgegnete Typhus. »Und dass ich Soritha vor ihrer Zeit ins Reich der Tiefe geschickt habe, das habe ich nun wahrlich nie bereut. Lass dir das einmal durch den Kopf gehen … Schülerin.«

KAPITEL

23

Rando machte einen Ausfallschritt, riss das Schwert nach oben und ging vom Angriff zur Verteidigung über. Ga-nor rollte nach dem Schlag geschickt ab, war schon wieder auf den Beinen und hob die Klinge hoch über den Kopf. Ghbabakh sprang ein gutes Stück in die Luft und ließ sich mit aller Wucht auf die Stelle knallen, an der noch vor einer Sekunde Ga-nor gestanden hatte. Diesen hatte nur ein Sprung zur Seite gerettet. Danach stürzte er sich sofort auf den Blasgen, doch die Klinge streifte lediglich dessen Kampfkamm. Prompt packte er im Gegenzug den Schwertarm des Irbissohns. Rando eilte ihm zwar zu Hilfe, aber Ghbabakh ließ sich nicht in die Zange nehmen und erledigte Ga-nor spielend, bevor er sich den Ritter vornahm. Dieser holte mit dem Schwert aus, doch selbst damit konnte er den anstürmenden Blasgen nicht aufhalten.

Sechzig Yard vom Kampfplatz entfernt saß Kallen auf den Steinbrocken und stieß elende Flüche aus, während er dem hochzufriedenen Luk den Gewinn auszahlte. Der blonde Ritter war als Erster aus diesem Wettkampf ausgeschieden. Seine sichere Überzeugung, dass drei erfahrene Soldaten in der Lage sein würden, der Kraft eines Sumpfbewohners etwas entgegenzusetzen, hätte sich nicht als haltloser erweisen können: Binnen anderthalb Minuten waren zwei dieser drei aus dem Kampf ausgeschieden. Mit schlecht verhehlter Verwunderung verfolgten er und Ga-nor jetzt, wie Ghbabakh Rando das Leder gerbte.

Ich sah mir das Spektakel ebenfalls an. Einmal mehr konnte ich nur darüber staunen, wie geschickt und leichtfüßig sich der

Blasge bewegte. Rando keuchte bereits wie ein geschundenes Pferd, während Ghbabakh noch immer völlig gleichmäßig atmete. Wie auch nicht? Schließlich kämpfte er ja nicht mal mit ganzer Kraft.

Nach wenigen Sekunden war auch dieses Duell entschieden. Rona klatschte dem Sieger Beifall.

»Aus, du Hund!«, schrie Yumi triumphierend.

»Willst du nicht auch eine Runde kwämpfen, Ness?«, wollte der strahlende Ghbabakh von mir wissen.

»Kannst du schneller laufen als ein Pfeil?«, fragte ich zurück.

»Nein«, antwortete er mit einem erheiterten Quaken.

»Dann sollten wir wohl lieber auf einen Kampf verzichten.«

»Ug steh mir bei. Gegen ihn richten wahrscheinlich nur fünf Mann etwas aus!«, stöhnte Ga-nor und fing die Jacke auf, die Luk ihm zuwarf. »Warum gehörst du nicht dem Sumpfheer an?«

»Das habe ich früher, als ich noch viel gwekämpft habe. Danach habe ich dann selbst viele jungwe Kwariegwer ausgwebildet.«

»Aus, du Hund!«, bestätigte Yumi gewichtig.

»Dann wollte ich mir eigwentlich die Welt ansehen. Woher hätte ich denn wissen sollen, dass wieder ein Kwariegwa begwinnt? Und der Kwariegwa ist eine schlechte Sache.«

»Aber sind die Khagher nicht für den Kampf geschaffen?«, fragte Ga-nor lächelnd.

»Stimmt, ich kwämpfe gwern. Aber ich weiß auch, dass ein Kwariegwa immer Unheil bringwat«, antwortete Ghbabakh. »Yumi und ich wollten das gwanze Imperium kwennenlernen. Wir haben auch schon viel gwesehen. Doch in den Norden, nach Kworunn, kwommen wir jetzt nicht mehr, weil wir nun kwämpfen müssen. In einem Heer oder ohne. Wir werden eine Armee finden und uns ihr anschließen. Deshalb begwaleiten wir euch auch.«

»Aus, du Hund.«

»Und außerdem, weil wir alle inzwischen gwute Freunde gweworden sind«, übersetzte der Blasge Yumis Worte.

»Auch wir sind auf der Suche nach der Armee«, sagte Rando,

stand auf und klopfte Ghbabakh freundschaftlich auf den Rücken.

»Ihr, Mylord, solltet besser nicht in die nächste Schlacht streben, sondern geschützt in einer soliden Burg sitzen, deren Tor mit mehreren Schlössern gesichert ist«, ergriff nun Typhus das Wort, die sich als Einzige nicht für den Kampf gegen den Blasgen interessiert hatte. Stattdessen saß sie mürrisch am Feuer und wärmte sich die kalten Hände, um ihren wertvollen Funken nicht dafür zu vergeuden.

Ihre Laune wurde mit jedem Tag schlechter. Es verging nicht eine Stunde, in der sie uns nicht mit einem ach so klugen Rat oder einer spitzen Bemerkung erfreute. Meiner Ansicht nach war sie kurz davor, die Kontrolle über sich zu verlieren. Zuweilen funkelten ihre Augen derart zornig, dass ich unwillkürlich immer wieder die Hand an den Funkentöter legte.

»Willst du etwa behaupten, Mylord sei ein Feigling, Pork?«, fuhr Kallen sie an.

»Eher leichtsinnig«, antwortete Typhus.

»Ich weiß, worauf du anspielst«, mischte sich nun Rando ein.

»Das wissen alle. Vor allem die Verdammten. Ihr wäret ein wertvoller Gefangener.«

»Männer wie mich findest du dutzendweise.«

»Selbstverständlich. Vielleicht haben sie sogar schon einen aus Eurem vielköpfigen Geschlecht gefangen genommen. Aber das heißt nicht, dass sie auf einen weiteren Falken verzichten würden. Wenn Ihr nur Euer eigenes Leben aufs Spiel setzen würdet, würde ich ja nichts sagen. Aber Ihr gefährdet die Sicherheit Korunns. Falls die Legenden nicht lügen, versteht sich.«

»Du denkst an den Koloss von Korunn?«, wollte Rona wissen.

»Genau. Dieses Werk des Skulptors schützt die Hauptstadt. Und nur die Nachfahren des damaligen Imperators können über den Koloss gebieten. Sollten die Nekromanten jedoch etwas von Mylords Blut in die Hände bekommen, könnten sie versuchen, ihr eigenes Spiel zu spielen. Zuzeiten Cavalars ist die Familie des Imperators noch nicht sehr groß gewesen. Der Stamm hat sich erst im Laufe der Jahrhunderte verzweigt, sodass das richtige Blut, das einst einen sicheren Schutz bedeutete, sich heute in sein Gegenteil verkehrt hat.«

»In meinen Adern fließt aber ein recht dünnes Imperatorenblut.«

»Die silbernen Schläfen bezeugen, dass es nicht zu dünn ist. Ich glaube, der Koloss könnte damit durchaus ausgeschaltet werden.«

»Ach, das ist doch bloß eine Legende«, hielt Shen dagegen. »Dieses Werk des Skulptors hat noch nie versagt. Nicht einmal im Krieg der Nekromanten!«

»Du hast doch keine Ahnung, wovon du sprichst«, wies ihn Typhus in die Schranken. »Damals ist nämlich niemand von u…«, sie hüstelte, »… niemand von den Verdammten bis nach Korunn gekommen. Das ist der einzige Grund, warum der Koloss nicht auf die Probe gestellt wurde. Im nächsten Jahr dürfte es jedoch zum Ende des Frühlings vor den Mauern der Stadt heiß hergehen. Und wenn es sich nicht um eine Legende handelt, wenn der Koloss sich mit dem Blut eines Falken manipulieren lässt, dann werden die Verdammten mit Sicherheit dafür sorgen, dass sie einen entsprechenden Trumpf im Ärmel haben.«

Typhus bedachte Rando mit einem gierigen Blick, den dieser allerdings nicht bemerkte.

»Deshalb würde ich an Eurer Stelle sehr auf der Hut sein«, riet Typhus Mylord Rando.

»Du erinnerst mich an einen anderen Glimmenden, den ich kenne, Pork. Der erteilt mir auch immer so kluge Ratschläge. Was du sagst, stimmt ja. Aber deshalb werde ich mich nicht vor Furcht bibbernd hinter irgendwelchen Mauern verschanzen.«

Am Himmel standen unzählige blaue Sterne. Die Götter hatten nicht gegeizt, sondern ihn geradezu mit ultramarinblauen Saphiren überschüttet. Die hellen, geheimnisvoll funkelnden Sterne gaben der kalten Nacht etwas Wunderschönes. Vor diesem edlen Hintergrund nahmen sich die unwirtlichen Berge wie schwarzweiße Zähne aus, die sich ins Firmament verbeißen wollten.

Der Schnee, der gestern gefallen war, schmolz nun, und der wolkenlose Himmel versprach in den nächsten Stunden gutes Wetter.

»Darf ich dich einmal sprechen?«, wandte sich Ga-nor an mich.

Ich schälte mich aus der Decke, streifte den Pelz ab und trat mit dem Nordländer aus dem Kreis heraus, den unsere drei Feuer bildeten. Sie spendeten ausreichend Wärme, sodass wir selbst bei Nacht nicht froren. Luk und Kallen unterhielten sich leise und würfelten, wobei sie sich beide so weit über eine flache Steinplatte beugten, dass ihre Köpfe fast zusammenstießen. Wirklich hervorragende Wachtposten!

Ga-nor und ich liefen ein kleines Stück und blieben dann unter einigen schiefen Kiefern stehen, die am Rand der Schlucht wuchsen.

»Was ist los?«, fragte ich, von dem Wunsch nach Geheimhaltung ein wenig verwundert.

»Wer ist dieser Pork?«, kam Ga-nor ohne Umschweife zur Sache.

Ich verzichtete darauf, den Unwissenden zu spielen und ihn zu fragen, warum er das denn bitte schön wissen wolle. Dazu schätzte ich den Nordländer zu sehr. Außerdem meinte ich, ihn gut genug zu kennen, um auf eine Lüge verzichten zu können. Und nicht zu vergessen: Er war ein aufmerksamer Bursche. Es wäre nicht leicht, ihn zu täuschen.

»Bei ihm handelt es sich um die Verdammte Typhus«, erklärte ich deshalb freiheraus.

Die nächsten Sekunden sah mich Ga-nor schweigend an.

»Erzähl mir die ganze Geschichte«, verlangte er schließlich.

Ich erfüllte ihm die Bitte.

»Glaubst du, dass du dieses Geheimnis noch lange wirst hüten können?«, wollte er wissen.

»Keine Ahnung«, antwortete ich. »Wenn du uns auf die Schliche gekommen bist, muss ich bei den anderen auch damit rechnen.«

»Die Herrin Rona erträgt ihre Gegenwart aus irgendeinem Grund, und Shen schwirrt sogar ständig um sie herum. Ich nehme daher an, die Funken der beiden sind nicht mehr ganz so licht wie früher, oder?«

»Kann man vor dir eigentlich irgendwas verbergen?«, fragte ich grinsend zurück, um mich dann in ernstem Ton zu erkundigen: »Ändert diese Tatsache etwas für dich?«

»Du meinst, dass sich in ihrer Seele jetzt das Dunkel eingenistet hat? Nein. Ich weiß seit langer Zeit, dass das wenig bedeutet. Die Schreitenden, deren Seele als licht gilt, habe ich nämlich auch nicht fester ins Herz geschlossen als die Nekromanten. Deshalb jagen mir die beiden auch jetzt keine Furcht ein.«

»Da bist du eine seltene Ausnahme.«

»Ebenso wie du. Aber die anderen dürften sich unserer Sicht der Dinge kaum anschließen. Die Menschen nehmen nur das Dunkel wahr, wollen aber nicht genauer hingucken. Wenn die beiden Ritter erfahren ...«

»Ich hoffe sehr, sie erfahren es nicht.«

»Ich auch. Aber sei auf alles gefasst. Und vermutlich wäre es besser, wenn du sie schonend darauf vorbereitest.«

»Mach du das, falls sich eine günstige Gelegenheit ergibt.«

Darauf antwortete Ga-nor nichts.

»Bist du sicher, dass wir die Berge bis zum Einbruch des Winters hinter uns bringen können?«

»Einfach wird es nicht sein«, räumte er ein. »Uns stehen schwierige Pässe in großer Höhe bevor. Wenn wir scheitern, dann dort.«

Ich nickte nur.

Wir ritten durch eine steinige Schlucht, in deren Mitte ein breiter Fluss dahintrieb. Er wies zahlreiche ruhige Buchten auf, führte grünes Wasser, am Grund schimmerte hellgrauer Sand. Die kümmerlichen Kiefern, deren Stämme sich verknotet zu haben schienen, krallten sich mit aller Kraft in den Basalt der Hänge. Vor uns erhob sich ein dreihöckriger, blendend weißer Gipfel über die sonst grau-braunen Berge.

»Gibt es über diesen Klotz da vorn einen Pass?«, wollte ich während einer Rast von Ga-nor wissen.

»Nein, soweit ich weiß, kommt man über diesen Riesen nicht hinüber. Wir umrunden ihn im Osten. Da verlaufen genügend Pfade.«

»Wie weit ist es noch bis zur Treppe des Gehenkten?«, fragte Kallen.

»Die haben wir bald erreicht.«

»Worauf warten wir dann noch?«, erkundigte sich Ghbabakh, der bis eben geschlummert hatte. »Bringwen wir das letzte Stück hinter uns.«

»Aus, du Hund!«, fiepte Yumi.

Bereits vor ein paar Minuten hatte ich einen Schwarm Vögel am Himmel erblickt, ihm aber keine Bedeutung beigemessen. Ein Fehler, wie sich jetzt herausstellte.

Die Biester fielen wie ein sommerlicher Wirbelsturm über uns her. Die Fangnetze dieser Geschöpfe setzten Ghbabakh, Shen, Luk und Mylord Rando sofort außer Gefecht. Ga-nor und ich konnten uns noch retten. Kallen zögerte jedoch, zur Seite zu springen, sodass auch ihn eines dieser leichten Netze mit den Gewichten an den Rändern erwischte.

Auf Ga-nor segelte ein weiteres golden schimmerndes Fangnetz herab, das er aber geschickt mit dem Schwert zerhackte.

»Rührt euch nicht«, erklang ein scharfer Befehl.

Über uns schwebte, gleichmäßig mit den weißen Flügeln schlagend, ein Dutzend Ye-arre in der Luft. Einer von ihnen bleckte die Zähne und wollte seine Lanze in mich hineinbohren, als mit einem Mal ein milchiger Schild zwischen uns aufloderte. Im nächsten Moment fiel der Ye-arre von einem Pfeil durchbohrt zu Boden. Das hielt einen seiner Kumpane allerdings nicht ab, sein Beil gegen mich zu schleudern. Der Schild schirmte mich jedoch auch diesmal sicher ab.

Plötzlich hagelte es dann von allen Seiten Pfeile, aus allen Richtungen erschallten Rufe, klatschten Flügel. Die Ye-arre stoben auseinander, vergaßen uns völlig – und stürzten sich auf ihre rotgeflügelten Artgenossen. Immer wieder krachten tote Ye-arre zu Boden, während weiße und rote Federn durch die Luft wirbelten. Die Beile pfiffen, die Klingen klirrten.

Aus Typhus' Händen riss sich ein rubinroter Faden los, der sich um einen der feindlichen Bogenschützen wand und ihm die Flügel absäbelte.

»Die Roten rührt aber nicht an!«, brüllte Ga-nor, der gerade das Netz über Kallen auftrennte.

In einer anderen Lage hätte ich die ungewollte Komik dieses Ausrufs sicher gewürdigt, aber wenn vor dir ein Schild funkelt und Pfeile an dir vorbeizischen, vergeht dir das Lachen.

Ich griff erst gar nicht nach meinem Bogen, denn ich war mir nicht sicher, ob überhaupt ein Pfeil durch den magischen Schild gehen würde. Deshalb zog ich mein Messer und rannte zu Shen und Rona hinüber. Sie hatten sich jedoch inzwischen selbst befreien können, indem sie das Netz in Luft aufgelöst hatten. Daraufhin eilte ich weiter zu Rando und Luk. Die beiden waren derart in den Maschen verfangen, dass sie nicht einmal ihre Dolche ziehen konnten.

Ghbabakh sprang auf und zerriss das Netz, als sei nicht die geringste Kraft dafür nötig. Doch da war der Kampf bereits vorüber. Auf dem Boden lagen zwölf weiße und fünf rote Ye-arre. Ein weiterer der weißen Flieger lebte aber noch und versuchte jetzt wegzukriechen. Kallen griff wütend nach seiner Streitaxt und eilte ihm nach.

Niemand hinderte ihn daran.

Typhus hielt den Schild aufrecht und maß die sieben roten Yearre, die in unserer Nähe zu Boden gingen, mit einem unschönen Blick. Keiner von ihnen machte Anstalten, sich uns zu nähern, alle hoben die Hände. Das Äußere unserer unverhofften Verbündeten flößte uns nicht gerade Vertrauen ein, allerdings schienen sie uns auch keinen Hass entgegenzubringen. Einer der Flatterer musterte uns aufmerksam. Aus irgendeinem Grund blieb sein Blick an Kallen hängen. Schließlich wandte er sich seinen Gefährten zu, teilte ihnen etwas mit, gab ihnen sein Beil und kam langsam auf uns zu.

»Da platzt doch die Kröte!«, empörte sich Luk. »Was will dieser miese Verräter?«

»Das werden wir gleich erfahren«, beruhigte ich ihn, während ich die Tätowierung auf dem kahlen Kopf des Unterhändlers betrachtete.

Der Feuerklan. Ein Artgenosse Yolas.

»Wir kommen in Frieden!«, erklärte der geflügelte Krieger.

»Aus, du Hund!«, murmelte Yumi unfreundlich. Mit seinem Blasrohr und einer seiner Giftnadeln hatte er einen unserer Angreifer erledigt.

»Wir sind nicht gerade entzückt, euch zu sehen!«, erklärte Rando. »Warum, dürfte dir wohl klar sein.«

»Ach ja?«, entgegnete die Ye-arre in schon nicht mehr ganz so freundlichem Ton und mit vor Zorn funkelnden Augen. »Dabei haben wir euch geholfen, als die anderen euch wie kleine Kätzchen gefangen haben.«

»Stimmt, ihr habt uns geholfen«, bestätigte Rona. »Aber du glaubst doch nicht allen Ernstes, dass eine Schreitende und zwei Glimmende diesem Angriff nichts entgegenzusetzen gehabt hätten? Netze hin oder her.«

»Seid gegrüßt, Herrin«, wechselte der Ye-arre erneut den Ton und verneigte sich tief. »Verzeiht meine scharfen Worte. Wir sind stolz und glücklich, einer Angehörigen des Turms zu begegnen. Ich bin Yagul aus dem Windnest des Feuerklans. Es ist uns eine Ehre, an Eurer Seite zu kämpfen.«

»Erwartest du wirklich von mir, dass ich mich über dein Auftauchen freue, Yagul aus dem Windnest?«, fragte Rona kalt. »Immerhin stehen wir in diesem Krieg auf verschiedenen Seiten. Oder hast du das vergessen?«

»Da irrt die Herrin. Dass wir die Angreifer aus dem Schneeklan vernichtet haben, beweist ja wohl zur Genüge, dass wir auf derselben Seite stehen. Wir machen mit den Feinden des Imperiums keineswegs gemeinsame Sache.«

»Und woher rührt diese Solidarität mit dem Imperium?«, fragte Typhus voller Hohn. »Hat euch nicht gefallen, was der Verdammte Schwindsucht und die Ascheseelen mit euch getan haben?«

»Du weißt gut Bescheid«, antwortete Yagul und durchbohrte Typhus mit seinem Blick. »Anscheinend bist du aber nicht darüber im Bilde, dass die Ältesten meines Klans nicht gegen das Imperium in den Krieg gezogen sind. Die Klane des Feuers, des Regens und der Wolken haben stets in unverbrüchlicher Treue zu ihm gestanden.«

»Was hat euch dann in diese Gegend verschlagen?«, wollte Rando wissen, der sein Schwert noch immer gezückt hielt.

»Wir kämpfen genau wie ihr gegen die Nabatorer. Das Volk der Ye-arre ist jedoch gespalten. Diejenigen, die sich den Verdammten angeschlossen haben, gehören nicht mehr zu uns. Und wir werden nicht eher ruhen, als bis die Verräter samt und sonders vom Himmel gestürzt sind!« Er spreizte kurz seine gewaltigen Flügel. »Wir spüren kleinere Einheiten der Feinde auf und vernichten sie. Auch Nabatorer. Glaubt mir, nicht alle Himmelssöhne kämpfen auf Seiten der Verdammten.«

»Du lügst doch, wenn du den Mund aufmachst«, giftete Kallen. »Wer würde denn so dumm sein, eurem Volk noch zu vertrauen, nachdem ihr das Imperium verraten habt?«

»Ich verstehe euer Misstrauen«, lenkte der Flatterer ein, obwohl in seinen Augen nicht die Spur von Verständnis lag. Die Himmelssöhne waren schon immer stolz, ehrgeizig und streitbar. »Aber ich hoffe auf euren Verstand. Wenn meine Worte nicht der Wahrheit entsprächen, warum hätten wir uns dann in diesen Kampf einmischen sollen? Warum hätten wir dann unsere Freunde für euch in den Tod schicken sollen?«

»Das stimmt«, erklärte Rando. »Aber du hast noch immer nicht gesagt, was ihr eigentlich von uns wollt.«

Yagul sah sich nach seinen Gefährten um, wohl in der Hoffnung, dass sie ihn unterstützten. Nachdem sie ihm aufmunternd zugenickt hatten, fuhr er fort: »Wir sind zu wenig. Wir haben zwar bereits Verbündete gefunden, aber wenn wir uns euch anschließen würden, wären wir eine wirklich große Einheit. Eine solche hätte weit bessere Aussichten, nach Norden vorzustoßen. Damit wir gemeinsam an den kommenden Schlachten teilnehmen können.«

»Wer sind diese anderen?«, wollte Rona wissen. »Und wie viele sind es?«

»Es sind nicht so viele, wie wir es gern hätten, Herrin«, antwortete Yagul mit einem traurigen Lächeln. »Ich werde Euch gern zu ihnen führen.«

Sieben Ye-arre flogen uns voraus, manchmal so weit, dass wir sie aus den Augen verloren. Doch immer wieder kehrten sie zurück. Die Menschen im Imperium hatten diesem Volk nie große Zuneigung entgegengebracht, hielt man sie doch für wetterwendisch. Was man diesen zarten, kleinen Geschöpfen jedoch nicht absprechen konnte, das war ihr Kampfesmut. Schließlich war es kein Kinderspiel, das Gelobte Land gegen die Spitzohren aus dem Sandoner Wald und Uloron zu verteidigen. Doch nicht einer der Hochwohlgeborenen hatte in seine ehemalige Heimat zurückkehren können …

Deshalb waren die sieben Ye-arre durchaus willkommen, vor allem jetzt, kurz vor der Treppe des Gehenkten. Die Frage war lediglich, ob wir uns bei einem Kampf auch wirklich auf sie verlassen konnten – oder ob uns die frischgebackenen Verbündeten nicht unvermutet in den Rücken fallen würden.

Noch auf dem Weg zu ihren Kumpanen mussten wir daher eine Entscheidung treffen, wie wir uns verhalten sollten. Typhus war die ganze Sache einerlei. Ob die Ye-arre nun bei uns blieben oder weiterflogen – sie war sich sicher, dass sie ihnen im Notfall jederzeit die Flügel abreißen könnte. Kallen und Shen sprachen sich entschieden gegen sie aus. Rona schwankte noch. Ghbabakh, Yumi, Ga-nor und Luk hatten nichts gegen die neuen Gefährten einzuwenden, meinten aber, man solle sie trotz allem im Auge behalten. Ich dagegen hegte nicht die geringsten Vorbehalte gegen Yagul und seine Flatterer.

Schließlich fällte Rando die Entscheidung, indem er sich für die Erweiterung unserer Gruppe aussprach.

»Halte deinen Bogen bereit«, bat er mich danach.

»Misstraut also auch Ihr den Ye-arre?«

»Sagen wir es so: Ich vertraue ihnen nicht in dem Maße, dass ich es an Vorsicht missen lassen möchte.«

Wir bahnten uns einen Weg durch Geröll, das von den Felsen gebrochen war. Hinter jedem Steinblock konnte der Feind lauern ...

»Woher kommt es, dass du ihnen vertraust?«, fragte Rando, wobei er den Weg nicht eine Sekunde aus den Augen ließ und das Schwert fest gepackt hielt.

»Die Ye-arre haben noch nie gegeneinander gekämpft«, antwortete ich. »Die Federn ihrer Brüder galten ihnen immer als heilig. Wenn sie jetzt die Waffen gegeneinander erheben, heißt es, dass die Lage wirklich ernst ist. Außerdem kenne ich Angehörige aus dem Feuerklan, und denen vertraue ich – sofern es nicht um Geschäfte und Gewinn geht, versteht sich. Aber hier dürften sie wohl kaum auf ein paar Soren hoffen.«

»Warum das nicht? Unsere Feinde könnten sie doch bezahlt haben.«

»Yagul macht mir nicht den Eindruck, als würde er sich zu einer solchen Dummheit hinreißen lassen. Sollte er uns verraten, dürfte er genau wissen, dass ihn einer unserer drei Funkenträger erledigen würde, selbst wenn er uns mit allen Ye-arre in die Zange nähme. Und Tote können getrost auf Geld verzichten.«

Für meine Sicht der Dinge hatte Rando nur ein Grinsen übrig.

Über einer Waldlichtung ging Yagul tiefer und landete schließlich. Neben einem Gebirgsbach weideten neun abgemagerte und erschöpfte Pferde. In ihrer Nähe saßen traulich vereint Menschen und Ye-arre. Ich zählte drei Flatterer.

»Ich heiße euch in unserer bescheidenen Runde willkommen«, erklärte Yagul.

Mit einem Mal kniff Rando die Augen zusammen und trieb sein Pferd mit einem Schrei an. Kallen jagte ihm nach. Auch er stieß einen verwunderten Laut aus. In weniger als drei Minuten fand sich Rando an der Seite eines riesigen Kriegers wieder, der ihn in seine Bärenpranken schloss.

»Hol mich doch das Reich der Tiefe!«, brüllte er. »Was für eine Freude, dich zu sehen!«

»Kennen die sich?«, fragte mich Shen.

»Hast du keine Augen im Kopf?! Das sieht ja wohl jeder.«

»Das ist Mylord Woder, sein Onkel«, klärte Luk uns auf.

»Dass wir ihm noch mal über den Weg laufen! Was Besseres hätte uns gar nicht passieren können!«

Ich ritt näher an die beiden Ritter heran.

»Jetzt lass dich erst mal ansehen, mein Junge!«, donnerte der Riese und schob Rando auf Armeslänge von sich. »Bist du es wirklich?! Othor!«

»Ich bin ja schon da«, antwortete der Priester lächelnd. »Meloth muss Gefallen daran gefunden haben, das Leben Eures Neffen zu retten und dafür zu sorgen, dass sich Eure Wege kreuzen.«

»Das meine ich doch gar nicht! Aber er hat sich den Kopf geschoren!« Dann wandte er sich wieder an Rando: »Wenn meine Schwester dich so sieht, fällt sie in Ohnmacht! Was hast du dir nur dabei gedacht?!«

»Warst du nicht immer derjenige, der mir gesagt hat, das Silber in meinem Haar bringe mich in Gefahr? … Oh, bist du verwundet?«

Erst jetzt bemerkte er, dass Woder unter seinem Umhang einen blutverschmierten Verband trug.

»Das ist nur ein Kratzer!«, winkte er ab. »Da hab ich schon ganz andere Sachen wegstecken müssen! Ah, Kallen! Auch du erfreust dich also noch bester Gesundheit! Wunderbar!«

Rando ließ seinen Blick flugs über die anderen Männer schweifen.

»Ich kenne nur drei von ihnen«, flüsterte er seinem Onkel zu. »Lartun, den Leoparden, der deiner Gruppe zugeteilt war, und zwei Soldaten, die früher unter Iltz gedient haben. Sind das alle, die überlebt haben?«

»Ja«, brummte Woder. »Aber ihr hattet auch nicht mehr Glück, oder?«

»Das kannst du laut sagen.«

»Die anderen Männer kommen übrigens aus Burg Adlernest. Sie konnten fliehen.«

»Weiß jemand etwas von Glum?«, erkundigte sich Rando.

»Nein. Er ist wie vom Erdboden verschluckt. Ich hoffe aber, dass er mit seiner Einheit mehr Glück hatte als wir. Wo ist Jurgon?«

»Er ist tot.«

»Möge ihm die Erde ein Federbett sein!« Nach diesen Worten drehte er sich zu uns um und rief aus: »Oh, ihr habt ja eine Frau dabei!«

»Das ist eine Schreitende.«

»Stell mich vor.«

Rando und Woder hielten laut schwatzend auf Rona zu, während ich absaß, meinen neuen Bekannten zunickte und mich am Lagerfeuer niederließ.

Noch vor wenigen Minuten waren selbst die Gipfel der höchsten Berge klar zu erkennen gewesen, aber jetzt wurden sie von Wolken eingehüllt. Nur vier Spitzen im Süden glänzten noch in den Sonnenstrahlen. Mittlerweile hatten wir eine stattliche Höhe erklommen. Bis zum nächsten Hochplateau wäre es nur noch ein Katzensprung, nur wollten wir da nicht hinauf. Wir würden wieder ein Stück herabklettern – und dann zur Treppe des Gehenkten vorstoßen.

In dieser Höhe bekamen wir alle schwer Luft. Uns schwindelte, das Blut pochte in den Schläfen.

Ich stand auf einem Steinblock und beobachtete, wie der tosende Fluss bergab strömte und sich an Sandbänken Schaum bildete. Es regnete nicht mehr. Das Wasser der Gletscher war klar und von geradezu zauberischem Türkis. Wenn man es zu lange ansah, schmerzten einem davon sogar die Augen.

Lahen hatte Flüsse im Herbst geliebt, vor allem ihre Farbe. Nach wie vor sprach ich jeden Tag mit ihr, manchmal stundenlang. Ich erzählte ihr meine Erlebnisse, vertraute ihr meine Gedanken an, teilte ihr meine Erinnerungen mit. Manchmal redete ich sogar laut mit ihr, womit ich mir prompt erstaunte Blicke meiner Gefährten einhandelte.

Ein Stück stromaufwärts watete ein Ye-arre durch das kniehohe eisige Wasser, um mit einem Wurfspieß auf Fischfang zu gehen. Mehr als zwei Dutzend großer Forellen lagen bereits am Ufer.

Mein Vertrauen in die Ye-arre war begründet gewesen, ja,

es handelte sich bei ihnen eigentlich um ganz anständige Burschen. Sie hatten sich den Soldaten von Randos Onkel bereits vor einiger Zeit angeschlossen und ihnen mit ihren Spähflügen mehr als einmal das Leben gerettet, indem sie sie vor Einheiten der Nabatorer gewarnt hatten, denen wir nur wie durch ein Wunder nicht in die Arme gelaufen waren.

Zweimal hatten die Ye-arre auch schon an der Seite dieser Männer gekämpft, das letzte Mal in den Bergen, vier Tage bevor sie uns begegnet waren. Auch da hatten sie es mit dem Schneeklan zu tun bekommen, der auf Seiten der Verdammten stand, genauer gesagt: der für Rowan kämpfte. Trotz des Gemetzels, das seine Ascheseelen unter ihnen angerichtet hatten …

Woder hatte die gleiche Entscheidung getroffen wie wir: Auch er wollte den Beginn der Treppe des Gehenkten meiden, indem er durch Schluchten und über verschiedene Pässe zog.

Da es seinen Leuten an Pferden fehlte, waren ihnen unsere Packtiere mehr als willkommen. Mitunter machten es sich auch die Ye-arre hinter einem Reiter auf den Tieren bequem, wenn sie vom Flug erschöpft und durchgefroren waren und sich eine Pause gönnen wollten. Nach einer Weile erhoben sie sich dann aber immer wieder in die Lüfte.

Wie sich herausstellte, hatten die neuen Männer keine geeignete Kleidung. Woher auch? Schließlich hatten sie keine Verdammte an ihrer Seite gehabt, die einem Nabatorer Hauptmann Feuer unterm Hintern machen konnte, damit er sie mit allem ausstattete, was nötig ist, um im Winter die Berge zu durchqueren. Wir gaben ihnen alles, was wir entbehren konnten, aber selbst das reichte nicht. Schon waren die ersten Scherze im Umlauf, dass uns ein Kampf gerade recht käme, denn dann würden wir mal wieder richtig durchgewärmt. Oder wir könnten ein paar Untoten ihre Jacken abnehmen …

Zu einer derart großen Gruppe angewachsen, kamen wir selbstverständlich nur langsam voran. Immerhin brauchten wir uns um Nahrung keine Sorgen mehr zu machen, denn Yaguls Artgenossen waren vom Jagdglück verwöhnt: Sie erlegten mühelos jeden Steinbock, der über die Felsen sprang.

In diesem Augenblick hörte ich, wie Rona nach mir rief. Ich winkte ihr zu. Leichtfüßig über die Steine springend, kam sie auf mich zu.

»Wo hast du Shen gelassen?«, fragte ich sie.

»Er bespricht mit Rando und Woder unseren weiteren Weg. Und ich bin Typhus entwischt. Seit sie auf die glorreiche Idee gekommen ist, mich auszubilden …«

»Ich dachte, du würdest das inzwischen selbst wollen.«

»Manchmal betören mich der Funken und meine neuen Möglichkeiten. Aber ich würde nicht sagen, dass mir die Gesellschaft dieser verlogenen Schlange angenehm ist. Und ich will nicht mir ihr allein sein, denn sie jagt mir nach wie vor Angst ein. Sie ähnelt einer Löwin, die mit einer dünnen Schnur an einen klapprigen Baum gebunden ist. Du weißt nie, was als Nächstes geschieht, ob nicht vielleicht die Schnur reißt oder der Stamm durchbricht.«

»Weder das eine noch das andere wird geschehen, glaub mir. Sie braucht Shen, denn sie hat die Hoffnung noch nicht aufgegeben, endlich wieder einen neuen Körper zu bekommen. Und den kriegt sie nun mal nur mit Shens Hilfe.«

»Glaubst du wirklich, er wäre dazu imstande?«, fragte Rona nachdenklich.

»Selbst wenn, dann wird er vermutlich nicht sonderlich darauf erpicht sein, dieses Wissen mit jemandem zu teilen. Genau wie bei den Wegblüten. Denn sobald Typhus erhalten hat, was sie will, würde ich keinen Sol mehr auf unser Leben setzen. Aber bis zu diesem Zeitpunkt wird sich diese Löwin, wie du sie nennst, noch friedlich gebärden. Du brauchst also keine Angst vor ihr zu haben.«

»Weißt du, was merkwürdig ist? Ich durchschaue ihren Funken einfach nicht. Manchmal habe ich den Eindruck, er könne mich in Asche verwandeln, sobald sie mich nur etwas länger ansieht, dann wieder meine ich, dass er kaum glüht. In solchen Augenblicken fühle ich mich wesentlich sicherer.«

»Sprich mit Shen über diese Dinge«, riet ich ihr. »Ich habe davon nämlich nicht die geringste Ahnung.«

»Warum lächelst du?«

»Das Leben überrascht einen doch immer wieder. Es ist viel seltsamer als jedes Märchen. Denn nicht einmal im Märchen unterhält sich ein einfacher Mann mit einer Schreitenden und teilt sein Brot mit einer Verdammten.«

»Und in ihnen stirbt auch niemand – und bleibt dabei trotzdem am Leben«, ergänzte Rona.

Dem konnte ich nur zustimmen.

Wir zogen in einer langen Kette über einen schmalen Pfad, der zu einer breiten Schlucht führte, in der es etliche riesige Steine gab, die wie Pilze aussahen und uns immer wieder den Weg versperrten. An einer rauen, schmutzig-weißen Gletscherzunge ritten wir so weit hinunter, dass wir in einen Bereich kamen, in dem wieder Tannen wuchsen, die ebenso grau waren wie die Berge um uns herum. Schlagartig verließ uns auch das gute Wetter, das uns weiter oben begleitet hatte: Es schneite erneut.

Ein leichter Wind sorgte dafür, dass die Schneeflocken trügerisch langsam zu Boden segelten. Die Erde nahm sie wohlwollend auf und hatte keine Eile, sie in Wasser zu verwandeln.

Es war noch keine Stunde vergangen, als alles um uns herum weiß war. Die Ye-arre, die von ihrem Spähflug zurückkehrten, schüttelten sich die Flocken von den Federn und nahmen hinter den Reitern Platz. Auf mein Pferd setzte sich ein wortkarger, finster dreinblickender Kerl, der vor Kälte zitterte wie ein Blatt im Wind. Irgendwann hielt ich sein Zähneklappern nicht mehr aus und gab ihm meinen Umhang. Die warme Jacke würde mir schon reichen. Der Flatterer nickte dankbar – was ihm auch in dieser Situation jedes Wort ersparte.

Wegen des Schnees erreichten wir die Treppe des Gehenkten auch an diesem Tag noch nicht. Die Dunkelheit fiel über uns herein, als wir erst den halben Weg hinter uns gebracht hatten. Wir beschlossen, unser Nachtlager in einem Tannenwald aufzuschlagen. Nachdem wir Decken über die Pferde gelegt hatten, entzündeten wir zahlreiche Feuer.

Ghbabakh fällte zusammen mit drei Männern ein paar

Bäume und zerhackte sie, damit wir Feuerholz hatten. Ohne uns um unsere Sicherheit zu scheren, ließen wir die ganze Nacht über große Feuer brennen und saßen dicht gedrängt um sie herum. Die Einzige, die nicht fror, war Typhus – aber sie dachte gar nicht daran, ihren Funken mit uns anderen zu teilen.

Rona versuchte zwar, etwas Vergleichbares zu vollbringen, doch nach kurzer Zeit war der Zauber verpufft. Offenbar überstieg er ihre Kräfte.

Der Morgen war dann durch und durch winterlich. Auf den Bäumen lag Raureif, alles um uns herum war weiß. Von nun an durften wir nicht mehr auf die Pferde hoffen: Wir mussten die Tiere am Zügel führen, während wir unseren Weg unter der Schneedecke ertasteten.

Ga-nor führte uns und blieb immer wieder stehen, um die gangbarsten Stellen zu finden. Wir kraxelten einen steilen und gefährlichen Pfad hinunter. Jede Minute konnte einer von uns abstürzen und ins Unbekannte fallen.

Luk, der hinter mir ging, rief leise seine Kröte an und hatte für Kallen nur barsche Worte übrig, als dieser ihn bat, doch bitte nicht einzuschlafen und ein wenig schneller zu gehen. Typhus befand sich irgendwo am Ende unserer Kette, unter Aufsicht von Ghbabakh, und zürnte der ganzen Welt. Sie machte ein Gesicht, als würde sie gleich den Zahnschmerztod sterben. Die verwöhnte Dame, die so unvermutet in einem Männerkörper gelandet war und diesen Verlust vorerst ertragen musste, schien oft genug kurz davor, uns alle umzubringen.

Rona hielt sich tapfer, wäre aber sicher längst gescheitert, wenn Shen ihr nicht immer wieder geholfen hätte, der stets in ihrer Nähe war. Für niemanden in unserer vielköpfigen Schar war es ein Geheimnis, was die beiden füreinander empfanden. Die Männer rückten ihnen sowieso nie auf die Pelle, denn vor Funkenträgern hatten alle Respekt. Deshalb wunderten sie sich auch über gewisse Absonderlichkeiten unseres *Glimmenden Pork* nicht allzu sehr, nahmen sie sowohl seinen wilden Charakter als auch seine Allüren hin.

Vor mir lief der Priester. Er hatte einen zottigen Bart, listige braune Augen und einen unauslöschlichen Glauben. Jeden Morgen begann er mit einem Gebet, jeden Abend beendete er mit einem. In der Regel dankte er Meloth für einen weiteren Tag, den er erleben durfte, bat um Kraft und Glück für sich und die Menschen in seiner Begleitung. Um Othor herum versammelten sich dann immer ein paar Mann, aber diejenigen, die nicht zum Gebet eilten, riefen keineswegs sein Missfallen hervor. Nie tadelte er einen deswegen, was ich bei keinem der Priester, die ich kannte, je erlebt hatte.

Das gefiel mir schon mal ganz gut.

Denn es gab nur einen Gott, und der war gerecht und liebte dich, selbst wenn er unglaublich viel um die Ohren hatte. Selbst wenn du das letzte Mal vor hundert Jahren gebetet und ihm noch nie ein Opfer gebracht hattest. Und er tat gut daran, jedenfalls wesentlich besser als die Priester mit ihrem ewigen: Er wird dich mit Blitzen treffen, verfluchter Sünder, denn du hast vergessen, zur Nacht ein *Gepriesen sei Meloth* zu beten.

Manchmal fragte ich mich sogar, ob Gott unsere Gebete überhaupt brauchte. Vermutlich nicht. Vermutlich waren sie nur für einen selbst wichtig – was aber einige dieser ach so klugen Tempelangehörigen nicht einsehen wollten. Meloth wiederum dürfte sich meiner Ansicht nach recht wohlwollend gegenüber denjenigen zeigen, die ihn nicht mit ihrem ständigen Gejammer langweilten, sondern die Sache selbst in die Hand nahmen und das eine oder andere auch ohne Hilfe von oben zustande brachten. Wie sollte sich denn auch jemand darüber freuen, jahrhundertelang Klagen und Betteleien anhören zu müssen? Oder diese Schmeichler – wie bitte sollte jemand die ertragen? Also, ich an Meloths Stelle könnte es jedenfalls nicht.

Die Wände der Schlucht wurden immer höher, wir kamen der Treppe mit jedem Schritt näher. Jetzt holte mich Typhus ein. Offenbar hatte sie jede Geduld verloren.

»Wenn wir doch bloß im Süden geblieben wären«, jammerte sie. »An einem warmen Fleckchen Erde. Mit einem Zuber heißen Wassers, gutem Essen und einem bequemen Bett. Hätten wir doch bloß den Winter irgendwo abgewartet! In der Zeit hätte ich Shen ausgebildet. Vielleicht hätte er mir dann schon helfen können. Oder wir hätten die Wegblüten wieder erweckt. Stattdessen stolpern wir wie ruhelose Seelen durch diese Eisberge, klappern mit den Zähnen, essen Fleisch, das noch nie mit einem Körnchen Salz in Berührung gekommen ist, und haben schon völlig vergessen, worum es sich bei Seife eigentlich handelt.«

Ich schnaubte bloß. Man könnte ja fast denken, ich hätte sie gezwungen, sich uns anzuschließen.

Manchmal erinnerte mich Typhus wirklich an ein verwöhntes kleines Mädchen.

»Du kannst jederzeit umkehren.«

Sie murmelte ein paar unflätige Worte und holte aus einer der Satteltaschen ein kleines Buch heraus, in dem ich auf Anhieb die *Feldaufzeichnungen. Cavalar.* wiedererkannte.

»Hat deine Mutter dir nicht beigebracht, dass man nicht stiehlt?«

»Spar dir deine Predigten!«, herrschte sie mich an. »Das hat mir Rona selbst gegeben.«

»Das glaube ich nie im Leben.«

»Dann frag sie doch!«

Ich entblödete mich nicht, aus der Reihe auszuscheren, um auf Rona zu warten.

»Sag mal, hast du Typhus tatsächlich die Aufzeichnungen des Skulptors gegeben?«, fragte ich sie im Flüsterton.

»Sie kann sehr überzeugend sein«, gestand Rona verlegen.

»Aber sie lügt doch schlimmer als jede Schlange!«

»Jetzt reicht's aber, Ness«, fuhr mich Rona an. »Von dir brauche ich mir nichts vorwerfen zu lassen. Ich glaube, dass ich richtig gehandelt habe. Und schaden wird es auf keinen Fall.«

Ich las jedoch in ihren Augen, dass sie ihre Schwäche bereits bereute, und hob die Hände, um ihr zu verstehen zu geben, dass jeder nach seinem eigenen Willen leben sollte. Daraufhin stapfte ich zu Typhus zurück.

»Und? Glaubst du mir jetzt?«, zischte sie, während sie mit eisigen Fingern die Seiten umblätterte. »Warum sollte ich dich anlügen? Vor allem, wenn es um derartige Nichtigkeiten geht. Cavalar ist ein komischer Verrückter.«

»Tatsächlich?«

»O ja! Aus diesem Geschwafel soll einer klug werden. Es enthält fast nichts, was von Wert ist.«

»Das behauptest du.«

»Mir ist völlig einerlei, ob du mir glaubst oder nicht«, erklärte sie, schlug das Buch zu und steckte es zurück.

»Antworte mir doch bitte auf eine Frage.«

»Nur zu«, brummte sie mit ausgesuchter Höflichkeit.

»Was ist das Herz des Skulptors?«

»Wo hast du denn diesen Ausdruck aufgeschnappt?«

»Den hast du im Schlaf gemurmelt.«

»Eine schlimme Angewohnheit«, gab sie kleinlaut zu. »Ich hoffe, so ein Fehler wird mir nicht noch einmal unterlaufen. Also gut, ich antworte auf deine Frage, schließlich steckt kein Geheimnis dahinter. Das Herz des Skulptors ist ein Artefakt, das Cavalar in seinen letzten Lebensjahren eigenhändig geschaffen hat. Mit ihm kann man jedes seiner Werke zerstören. Der Turm hat dieses Artefakt lange besessen und versucht zu verstehen, wie es funktioniert. Doch dann haben Rethar und ich es gestohlen und mit seiner Hilfe die Treppe des Gehenkten genommen, sodass wir endlich weiter nach Norden vorstoßen konnten. Dazu musst du wissen, dass den Zugang zur Treppe des Gehenkten früher eine solide Burg geschützt hat, die der Burg der Sechs Türme in nichts nachstand.«

»Ach ja?«

»Hast du etwa noch nie das *Lied von der Silberträne* gehört? Mhm … Andererseits ist das so überraschend nun auch wieder nicht, schließlich zeugen von dieser Festung heute nicht einmal mehr Ruinen. Mit dem Herz des Skulptors haben wir sie nämlich in Schutt und Asche verwandelt.«

»Und wo ist dieses bemerkenswerte Dingelchen jetzt?«

»Für immer verloren. Unseretwegen, denn wir haben es über Gebühr beansprucht. Die Kraft, die wir in dieses Artefakt geleitet haben, hat es gleichsam gesprengt. Bedauerlicherweise, denn sonst wäre der Krieg der Nekromanten mit Sicherheit anders verlaufen. Dann wären wir nicht an jeder Burg ins Stocken geraten.«

»Du gestattest mir, dazu meine eigene Meinung zu haben?«

Sie schnaubte nur verächtlich.

KAPITEL

24

»Du bist dran«, weckte mich Luk.

Missmutig streckte ich die Nase unter der Decke hervor und blickte ihm in die vor Müdigkeit roten Augen.

»Hast du Lartun schon geweckt?«, wollte ich wissen.

»Ja. Er und Othor haben ihre Posten bereits bezogen.«

»Gut«, sagte ich und überließ ihm meinen Platz. Dabei bemerkte ich, dass Typhus nicht schlief, sondern am Feuer saß.

»Was macht der denn da?«

»Pork? Keine Ahnung! Der ist nicht sehr gesprächig.«

Ich nickte bloß, zog mir die Pelzmütze in die Stirn, schnappte mir den Bogen und machte mich unwillig daran, unseren Rastplatz zu umrunden. Der Schnee reichte mir schon bis zur Wade. Fluchend stapfte ich durch ihn hindurch. Nach der ersten Runde gesellte ich mich zu der Verdammten. Sie hatte sich gefährlich nahe zum Feuer vorgebeugt, um das Buch Cavalars zu lesen.

»Sieh zu, dass du wegkommst«, fauchte sie mich an, ohne den Blick von den Seiten zu heben. »Du störst mich.«

»Du wirst mich ertragen müssen«, parierte ich. »Im Übrigen verdirbst du dir die Augen.«

»Mir reicht das Licht völlig. Geh schlafen. An mir kommt eh niemand vorbei.«

»Glaubst du.«

»Das *glaube* ich nicht, das *weiß* ich«, entgegnete sie, während sie mit kalten Fingern die nächste Seite aufschlug und Rona entdeckte, die gerade auf uns zukam. »Bei allen Sternen Haras! Warum wollt ihr alle bloß nicht schlafen?!«

»Warum ärgert dich das so?«, fragte Rona.

»Weil ich mich dann nicht konzentrieren kann.«

»Hast du etwas Interessantes entdeckt?«, erkundigte sie sich.

»Ness, dreh mit dem Mädchen eine Runde«, flehte mich Typhus an.

»Ich denke ja gar nicht daran.«

Typhus versengte uns beide mit einem zornigen Blick und schlug das Buch zu.

»Seid nicht so neugierig«, verlangte sie. »Was sind das überhaupt für Manieren?«

»Ich weiß schon, warum du so aufgebracht bist«, erklärte Rona. »Ich verstehe diese Sprache auch nicht.«

»Wie könntest du auch?«, giftete Typhus. »Das ist Vagliostrisch. Es gilt als die älteste Sprache der Menschen Haras, war aber zuzeiten des Skulptors bereits ausgestorben. Damals kannten es nur noch wenige. Jetzt ist es völlig in Vergessenheit geraten.«

»Aber du beherrschst diese Sprache?«

»Meine Lehrerin war zwar ein mieses Dreckstück, das von ihren Schneeglöckchen gar nicht genug bekommen konnte, kannte aber immerhin die alten Sprachen. Und hat sie mir beigebracht. Deshalb lese ich solche Texte ebenso mühelos wie Mithipha«, sagte sie und schlug das Buch noch einmal auf.

»Und was steht nun darin?«, fragte Rona.

»Das meiste dürftest du ja wohl selbst lesen können«, wetterte Typhus, »denn das ist ja gar nicht auf Vagliostrisch. Das sind die Aufzeichnungen Cavalars. Seine Gedanken, Überlegungen, Ideen, die Grundlagen von Zaubern, verschiedene Schemata, einige Erinnerungen, Anschriften, Entwürfe für Reden, die er vor dem Rat zu halten gedachte. Im Großen und Ganzen ist das Humbug. Man muss sich schon sehr anstrengen, um ein goldenes Sandkorn in ihm zu finden. Was mich erstaunt, ist, dass die Tinte im Laufe all der Jahre nicht verblasst ist. Sie muss also mit einem äußerst bemerkenswerten Zauber belegt sein, den nicht einmal ich kenne. Aber der Teil, der in Vagliostrisch abgefasst ist, stammt nicht von Cavalar. Das ist eine andere Handschrift.«

»Er könnte sie doch verstellt haben«, warf ich ein.

»Warum hätte er das tun sollen?«, fragte Typhus verwundert.

»Außerdem ist der Text auch mit einer anderen Tinte geschrieben worden. Sie ist heller und kaum noch zu erkennen. Obendrein hat der Skulptor, soweit ich weiß, nie eine Neigung für Sprachen gezeigt und sogar die Dialekte des Imperiums verwechselt. Wie also hätte er eine tote Sprache beherrschen sollen? Und noch etwas ist merkwürdig: Ich habe mir das Buch einmal bei Tageslicht angesehen. Die Seiten sind verklebt. Das aber wurde erst getan, nachdem der Skulptor sein Buch bereits geschrieben hatte.«

»Lies uns doch mal ein paar Stellen vor, die auf Vagliostrisch geschrieben sind.«

»Bitte?!«, empörte sie sich. »Bin ich vielleicht eure Kinderfrau, die euch abends etwas vorliest?«

»Falls du das vergessen haben solltest, dieses Buch gehört mir«, rief ihr Rona in Erinnerung.

»Zum Reich der Tiefe mit euch!«, murmelte Typhus. »Also gut, wenn ihr euch diesen Unsinn anhören wollt. Aber ich warne euch, ein paar Seiten sind herausgerissen worden.«

Dann fing sie an vorzutragen: »In Gash-shaku roch es nach Äpfeln …«

In Gash-shaku roch es nach Äpfeln, dem nahenden Herbst, warmem Gemäuer, Brötchen, die reich mit Zimt bestreut waren, und nach dem Wind, der über endlose Wiesen strich. Mit leichter Hand fing dieser Wind alle Gerüche ein und trug sie durch die ganze Stadt, blies sie in jede Gasse, in jeden Winkel, trieb sie durch jedes offene Fenster.

Zu Beginn des Sommers hatten die kräftigen Pappeln die Stadt noch mit dem weichen Schnee ihrer Blüten überzogen, doch nun zeigten die Blätter schon keine rein grüne Farbe mehr, sondern hatten sich gelbe Flecken zugelegt.

Gash-shaku war für seine Gärten berühmt. Ihrer gab es viele, vor allem im östlichen Teil der Stadt, in dem die Viertel der Yearre an die Tempel des Meloth grenzten, aber auch an die einzige Straße, in der die Hochwohlgeborenen, die Abgesandten des Delben Vaske, lebten. Da indes weder die Ye-arre noch die Elfen wohlgelitten waren, suchten die Menschen die Gärten in jenem Teil der Stadt nur selten auf.

Cavalar hingegen bevorzugte Orte, an denen ihn niemand behelligte und von seinem Tun ablenkte. So begab er sich oft in einen Garten im östlichen Teil Gash-shakus. Es war dies einer der wenigen Orte, die er in seiner Heimatstadt schätzte. Tief in seinem Herzen wünschte er sich aber, in Alsgara zu leben, lag diese Stadt doch am Meer, das er vergötterte und dessen Tosen ihm Inspiration war. Nun zog jedoch bereits das zweite Jahr ins Land, da er nach Abschluss der Schule in Korunn an der Seite seiner Lehrerin Mitra in Gash-shaku verweilen musste und von der Stadt im Süden nur träumen konnte.

Die gelb-grauen Mauern und Türme Gash-shakus bedrückten den Jüngling. Da Mitra aber Geschäfte in dieser Stadt banden, hatte er als ihr Schüler bei ihr zu bleiben.

Heute schien ihm eine Laus über die Leben gelaufen. Abermals war er an der Aufgabe, die er sich gestellt hatte, gescheitert. Es wollte ihm einfach nicht gelingen, seinen aufrührerischen Funken zu unterwerfen, sodass all seine Geflechte im Nu zerrissen. Die Herrin Mitra hatte bloß enttäuscht den Kopf geschüttelt. Obschon sie sich jeden Tag mit ihm mühte, blieb er ein Schüler mit nur erbärmlichen Fähigkeiten.

Unter dem Arm trug er ein Buch, in dem er seine Gedanken aufzeichnete. Es war schon alt und zerschlissen. Bereits in der dritten Klasse war es ihm zur Gewohnheit geworden, Gedanken, Überlegungen und Theorien darin festzuhalten. Die Tasche über seiner Schulter, die ebenso alt wie sein Tagebuch war, enthielt Zimtbrötchen, die er in der Nähe gekauft hatte, alte Manuskripte und einen großen Apfel.

Vor der Straße der Hochwohlgeborenen traf er auf eine Patrouille. Die Soldaten schützten die Häuser, in denen die Abgesandten des Delben lebten, vor jenen besonders hitzigen Bürgern, die den Elfen ähnlich freundliche Gefühle entgegenbrachten wie Steuereintreibern oder nächtlichen Einbrechern. So verhinderte die Wache, dass in die Fenster der aufbrausenden Elfen aus dem Sandoner Wald und Uloron Steine oder noch weit schlimmere Dinge flogen. Die Blicke der Soldaten ließen indes vermuten, dass sie genau genommen nichts einzuwenden hätten, wenn die Häuser der Hochwohlgeborenen bis auf die Grundfesten niederbrannten. Allein ihr Dienst verlangte, dass sie niemanden durch diese Straße ließen.

Cavalar hingegen durfte sie benutzen. Die Soldaten kannten den lächelnden Schreitenden mit seinem leicht rötlichen Haar und dem Schuss südlichen Blutes in den Adern.

Die kurze Straße war wie stets menschenleer. Ohne triftigen Grund verließen die Hochwohlgeborenen ihre Häuser nur selten. Auf der Ummauerung des Gartens sonnten sich flinke grüne Eidechsen. Kaum dass sie des Mannes ansichtig wurden, huschten sie ins trockene Gras oder unter einen Stein. Cavalar stieß die Pforte auf und fand sich inmitten von Pappeln wieder. Ein mit türkisfarbenen Platten ausgelegter Weg führte zu einem Brunnen, dessen Sprudeln schon von fern zu hören war. Dort war der Lieblingsplatz des Heilers. Mit einem Zauber brachte er den Brunnen dazu, wie das Meer zu rauschen. Vor diesem Hintergrund versuchte er, die sichere Handhabung seines Funkens eigenständig zu erlernen, während das Tosen der Wellen sein Denken beflügelte.

Der junge Mann war stur und ehrgeizig genug, diesen Ort jeden Tag aufzusuchen. Er verbrachte dort ganze Stunden, in denen er mit der eigenen Gabe rang, um jene Zauber zu wirken, die allen anderen leicht und mühelos von der Hand gingen. Seit Jahren schon rannte er mit dem Kopf gegen die Wand, die ihn daran hinderte, sich seinen Funken zu unterwerfen. Die Beschaffenheit dieses Hemmnisses vermochte er beim besten Willen nicht zu begreifen, obwohl er bereits die gesamte Korunner Bibliothek auf der Suche nach einer Erklärung durchforstet hatte.

Selbst die Bücher aus dem Zeitalter der Spaltung schwiegen darüber, wie der erste männliche Heiler in der Geschichte Haras ausgebildet werden müsse, damit er seine Gabe kontrollieren könne. Cavalar indes beabsichtigte keineswegs aufzugeben. Von einem unbeirrbaren Glauben an sich selbst erfüllt, zweifelte er nicht eine Sekunde daran, früher oder später Erfolg zu haben. Bis dahin hieß es freilich, Theorie zu bimsen und sich in der Praxis zu vervollkommnen.

Er hatte den Springbrunnen noch nicht erreicht, als er stirnrunzelnd stehen blieb. In der Laube – in seiner Laube – saß ein Mann, ein Bein über das andere geschlagen. Diese Überraschung missfiel ihm, zumal an diesem Ort zuvor noch nie jemand gewesen war.

Der Mann auf der Bank musste den Blick spüren, denn er wandte sich zu dem Heiler um. Er hatte ein hageres, sonnengebräuntes Gesicht mit scharf hervortretenden Wangenknochen, einer hohen Stirn und kurzen schwarzen Haaren. An den Schläfen schimmerte ein viel zu frühes Silber. Das Kinn zierte ein Dreitagebart. Die flinken Augen blickten verschmitzt drein. Auf dem Hemdsärmel des Unbekannten prangte zu des Heilers Erstaunen das Zeichen eines Glimmenden. Aber warum wundere ich mich darüber?, fragte sich Cavalar. Als gäbe es nicht zahllose Funkenträger im Land, vor allem in den Städten.

Dieser Mann kommt bestimmt von außerhalb, dachte Cavalar und nickte dem Mann freundlich zu.

Der Glimmende drehte sich jäh zu den schäumenden Strömen des Brunnens zurück. Achselzuckend setzte Cavalar seinen Weg fort, mochte er sich in Anwesenheit eines Fremden doch nicht mit seinen Zaubern beschäftigen. Hinter den Pappeln lag noch eine weitere kleine Laube, zu der er sich nun begab, zunächst noch verdrossen, dass sein angestammter Platz belegt war, dann jedoch wieder heiteren Gemüts.

In der Laube legte er das Buch auf den Tisch und zeichnete voller Eifer verschiedene Schemata auf, die nur er verstand. Als er sieben Seiten mit Varianten gefüllt hatte, fing er an, jeden einzelnen der ersonnenen Zauber zu wirken. Die, die seinen Funken nicht ansprachen, strich er durch. Nach einer Stunde gönnte er sich eine Pause, aß eines der Zimtbrötchen und grübelte darüber nach, ob es nicht einen Fehler bedeutete, die Ströme über den südwestlichen Knoten zu verteilen. Sollte er, da sein Funken nun einmal nur schwach leuchtete, nicht lieber Doppelknoten benutzen, um die Wirkung zu verstärken?

Aufs Neue machte er sich ans Werk. Mit dem sechsten Schema erzielte er einen ersten Erfolg. In seinen Fingern spürte er die vertraute Wärme, die Welt vor seinen Augen zitterte ein wenig, wie es stets der Fall war, wenn er die Herrschaft über seinen Funken errang. Behutsam wie jemand, der auf der Suche nach wildem Honig neben einem Astloch voll surrender Bienen verharrt, hielt er den Atem an und begann den Zauber zu wirken. Linie für Linie, Knoten für Knoten. Doch just als er das Geflecht vervollständigte, flackerte sein Funken und erlosch. Auch dieses Mal wollte ihm der Zauber nicht glücken …

Enttäuscht fasste er sich an den Kopf.

»Tröste dich, du bist schon gut vorangekommen«, bemerkte da der Glimmende von vorhin, der nun neben der Laube stand und Cavalar neugierig beäugte. »Auch ich hatte anfangs … diese Schwierigkeiten. Du behebst sie, indem du lernst, deine Kraft auf die richtige Weise zu schöpfen.«

»Das weiß ich selbst«, grummelte Cavalar, der sich über diesen Besuch keineswegs freute.

»Darf ich dir einen Rat geben?«

»Von mir aus.«

Der Unbekannte stellte eine dunkelgrüne Leinentasche auf den Tisch, langte nach dem Apfel, biss hinein und kaute nachdenklich.

»Was ist die Grundlage der Gabe?«, fragte er schließlich.

»Der Funke.«

»Gewiss. Doch gehe einen Schritt weiter. Was liegt diesem wiederum zugrunde?«

»Die Quelle.«

»Richtig. Die Glücklichen Gärten für den lichten Funkenträger, das Reich der Tiefe für den dunklen Funkenträger – und alles beides für den klugen Funkenträger«, erklärte er mit einem spöttischen Lächeln. »So hat es meine Lehrerin jedenfalls immer ausgedrückt, möge ihre Seele in besseren Welten weilen als dieser. Darüber hinaus gibt es aber noch eine Quelle, die von der klassischen Schule jedoch vollends vergessen wurde.«

Verständnislos runzelte Cavalar die Stirn.

»Ich spreche von den Häusern, mein Freund«, sagte der Glimmende. »Du kennst sie natürlich. Das Haus des Schmerzes, das Haus der Kraft und das Haus der Liebe.«

»Da müsst Ihr etwas verwechseln«, erwiderte Cavalar, der sich alle Mühe gab, ein Lächeln zu unterdrücken. »Die Häuser stellen lediglich Symbole dar, handhabbare Zeichen, um bestimmte Zauber zu wirken. Es gibt verschiedene Geflechte, in denen sie auftreten. Eine Quelle ist indes keines der Häuser …«

»Da irrst du. Früher, als die Menschen noch auf dem Westlichen Kontinent gelebt haben, hielt man die Häuser vielmehr für die entscheidende Kraft. Heute hat sich das freilich geändert. Deshalb vermag sich auch niemand mehr für sie zu entscheiden. Gleichwohl tritt man gewissermaßen in eines der Häuser ein, sobald man den eigenen Funken zum ersten Mal berührt. Nur geschieht dieser Schritt nicht länger bewusst.«

»Ach ja?« Cavalar wollte sich lieber nicht auf einen Streit mit diesem seltsamen Unbekannten einlassen.

»O ja. Die Sdisser wählen meist das Haus des Schmerzes. Wir das Haus der Kraft.«

»Und was ist mit dem Haus der Liebe?«

»Damit wiederum verhält es sich ein wenig … sonderbar. Nicht jeder Funkenträger ist imstande, es zu betreten. Dafür muss er von Liebe in ihrem umfassenden Sinne erfüllt sein. Es heißt, früher hätten es einige glückliche Seelen geschafft, aus dieser Quelle zu schöpfen und sich auf diese Weise gänzlich neue Wege zu erschließen. Angeblich stand ihnen sogar die Möglichkeit der Wiedergeburt offen«, fuhr der Glimmende mit seiner unangenehmen, kalten Stimme fort, deren Ton allerdings freundlich klang.

»Ist es eigentlich auch möglich, zugleich in zwei Häusern zu weilen?«, fragte Cavalar, der selbst nicht wusste, warum er das Gespräch mit dem Unbekannten fortsetzte. Noch dazu ein so absurdes Gespräch, wie er es nie zuvor im Leben geführt hatte.

»Durchaus – sofern du deine Kraft zugleich aus zwei Quellen schöpfst, aus dem Reich der Tiefe und den Glücklichen Gärten.«

»Aber das vermag niemand!«, widersprach Cavalar und brach in schallendes Gelächter aus.

»Gestatte mir in diesem Zusammenhang eine Frage«, bat der Glimmende und warf den Apfelrest zur Seite. »Ist dir bekannt, dass du seit dem Zeitalter der Spaltung der erste Mann mit der Gabe des Heilers bist?«

»Woher wisst Ihr das?«

»Ich habe mich etwas in den Archiven umgetan …«

»Wer seid Ihr überhaupt? Und warum habt Ihr mich angesprochen?«

»Lass dir eins gesagt sein«, überging er Cavalars Frage. »Bis zur Spaltung haben alle Funkenträger, die über jenen Aspekt der Gabe verfügten, über den auch du gebietest, beide Seiten des Funkens genutzt. Was nun deine Zauber anbelangt, da sind dir drei Fehler unterlaufen. Hier, hier und hier.«

Daraufhin zeichnete der Mann ein aufwändiges Ornament in die Luft.

»Euer Funke ist dunkel«, bemerkte Cavalar verstört. »Aber Ihr seid nicht aus Sdiss.«

»Und trotzdem stürzt du dich nicht auf mich und schreist nicht nach Hilfe«, spöttelte der Unbekannte. »Aus dir kann wahrlich noch ein anständiger Funkenträger werden.«

»Warum sollte ich mich auf Euch stürzen? Zur Spaltung ist es vor langer Zeit gekommen, unterdessen ist alle Feindschaft erloschen. Daher empfinde ich keinen Hass gegen Euch.«

»Das ist äußerst klug von dir. Du bist ein aufmerksamer Bursche. Die Schreitenden von heute verstehen nicht mehr allzu viel von den Quellen der Kraft, die ihnen fremd sind.«

»Was wollt Ihr von mir?«

»Eine Kleinigkeit. Versuche einmal, den Zauber zu wirken, den ich dir eben in die Luft gezeichnet habe. Es ist dein Geflecht, an dem ich einige Veränderungen vorgenommen habe. Damit sollte sich ihm auch dein lichter Funken fügen.«

Sobald Cavalar das Geflecht nachwirkte, antwortete ihm sein Funken, streckte sich ihm geradezu entgegen.

Kurz darauf erblühten an einem Zweig der Pappel große, purpurrote Blätter.

»Tatsächlich, es ist gelung…«, rief Cavalar begeistert, während er sich dem Unbekannten zuwandte. Doch der Mann war verschwunden.

Mit zusammengekniffenen Augen spähte Cavalar durch den Garten, verließ die Laube und eilte sogar zum Springbrunnen, doch auch dort fand sich jener Mann nicht. Als er in die Laube hinter den Pappeln zurückkehrte, sah er, dass die dunkelgrüne Leinentasche des Glimmenden noch immer auf dem Tisch stand.

»Was für ein Tagträumer«, murmelte Cavalar. »Wie soll ich ihn bloß je wiederfinden?«

Trotzdem nahm er die Tasche an sich. Möglicherweise begegnete er dem Mann ja noch einmal in der Stadt, dann könnte er sie ihm zurückgeben. Dass der Unbekannte über den dunklen Funken gebot, erschreckte Cavalar in keiner Weise. Für ihn zählte nicht der Weg, sondern allein das Ergebnis.

Als er seine Sachen packte, stieß er versehentlich die Tasche um. Ein grau-gelbes Heft fiel heraus. Er konnte seine Neugier nicht bezwingen und schlug die erste Seite auf. Sie war mit einer feinen, sehr sauberen Handschrift beschrieben. Sein Blick blieb an einem aufwändigen Ornament hängen und …

»Und was?«, fragte ich verärgert, als sich die Pause hinzog.

»Nichts weiter«, antwortete Typhus und schlug das Buch zu. »Das ist alles.«

»Wie? Das ist alles?«, ereiferte ich mich, denn die Geschichte hatte mich in ihren Bann gezogen.

»Wozu hast du eigentlich Ohren?«, giftete Typhus mich an. »Ich habe vorhin doch klar und deutlich gesagt, dass ein paar Seiten herausgerissen sind.«

»Das ist wirklich eine dumme Geschichte«, mischte sich nun Rona ein.

»Aber sicher! Frei aus der Luft gegriffen!«, spottete Typhus. »Hör mal, Mädchen, verkraftest du es immer noch nicht, dass der von den Schreitenden ach so vergötterte Skulptor über beide Funken gebot? Glaub mir, genau so war es. Und den ersten Aufstand im Turm hat es auch gegeben.«

»Aus dem, was du vorgelesen hast«, sagte Rona, »geht jedoch hervor, dass jemand dem Skulptor geholfen hat.«

»Was hast du denn geglaubt, wie wir zu Verdammten wurden?« Sie beugte sich vor, um flüsternd fortzufahren: »Tsherkana hat in Cavalars Zimmer Schriftzeichen an der Wand entdeckt. Dabei handelte es sich um Zauber, mit deren Hilfe wir den dunklen Funken in uns wecken konnten. Möglicherweise stammten sie ja aus diesem Heft, das der Unbekannte für Cavalar zurückgelassen hat ... Bei allen Sternen Haras!«

Ruckartig richtete sie sich auf.

»Was ist?«

»Die Tagebücher des Skulptors! Davon hat Mithipha gesprochen. Ich glaube, mir ist eben klar geworden, wie sie aussehen. Und wohl auch, dass sie früher jemand anderem gehört haben.«

»Dann bleibt dir ja nur noch eine winzige Kleinigkeit zu tun«, erklärte ich grinsend und stand auf. »Du musst diese Tagebücher nur noch finden.«

»Wer war dieser Glimmende?«, fragte Rona.

»Woher soll ich das wissen?«, entgegnete Typhus. »Aber ich verwette meinen Kopf, dass es ein ausgesprochen durchtriebener Bursche war. Wir können nur mutmaßen, welche Ziele er verfolgt hat, als er Cavalar geholfen hat.«

Die beiden blieben am Feuer sitzen, um weiter zu rätseln, während ich die nächste Runde um unser Lager drehte. Vielleicht war das ja ein durch und durch absurder Gedanke. Vielleicht hatte ich inzwischen auch schon den Verstand verloren. Aber ich kannte einen Mann mit silbergrauen Schläfen und einer dunkelgrünen Leinentasche über der Schulter ...

Kapitel 25

Tiom war einer der Soldaten aus Woders Truppe. Er hatte das traurige Gesicht eines Bauern, wässrige Augen und ein heiteres Gemüt. Der Mund stand ihm nie still. Er schwatzte ununterbrochen, sprang ebenso leicht von einem Thema zum nächsten wie ein Floh von Hund zu Hund – und schaffte es damit, mich tüchtig zu ermüden.

Trotzdem ertrug ich ihn stoisch und wünschte ihn im Unterschied zu allen anderen Männern nicht ins Reich der Tiefe, wofür er mich prompt und für alle Ewigkeiten zu seinem besten Freund erklärte. Dieser gewichtige Titel war natürlich so recht nach Shens Herzen, und er brach in schallendes Gelächter aus.

Das wiederum brachte mich dazu, von einem saftigen Kinnhaken zu träumen, den ich Shen verpassen würde.

Die zwei Ye-arre, die vor uns herflogen, berührten mit ihren Flügeln beinah die Wolken. Immer wieder mussten sie waghalsige Kurven beschreiben, um nicht die spitzen, schneebedeckten Felsen zu rammen, die aus dem Nebel herausragten. Tiom hängte seine Armbrust an den Sattel, wärmte sich die Hände unter den Achseln und erinnerte sich daran, wie famos er vor drei Jahren in irgendeiner Hafenstadt gezecht hatte.

Yumi sprang hinter irgendwelchen Steinbrocken hervor, sah mir fest in die Augen und berichtete aufgelöst etwas von seinem Hund. Kurz darauf erschienen auch Ga-nor und Lartun. Der Ritter von Mylord Rando war mit einem Falchion und einem Streitpickel bewaffnet. Im Unterschied zu Kallen, Woder und

433

Rando trug dieser Leopard nicht den üblichen Panzer, sondern nur ein Kettenhemd, über das er sich eine lederne Jacke gezogen und einen Kapuzenumhang aus Fuchspelz gelegt hatte.

»Da vorn sind Nabatorer«, teilte uns Ga-nor mit.

»Ach nee?«, sagte Tiom und griff nach der Armbrust. »Wie viele?«

»Das wissen wir nicht. Wir haben nur eine alte Festung gesehen, in deren Fenstern Licht brennt. Auf der Mauer läuft ein Mann Patrouille«, erklärte Lartun. »Vielleicht haben die Flatterer ja mehr in Erfahrung gebracht. Gehen wir, wir müssen Rando und Woder Bericht erstatten.«

»Es sind mehr als vierzig«, sagte Yagul, sobald sich alle um die Späher versammelt hatten.

»An der Festung kommen wir nicht vorbei«, fuhr Ga-nor fort. »Der Pfad führt nämlich durch sie hindurch.«

»Was ist mit dem Tor?«, fragte ein Soldat, der auf den Namen Kohlkopf hörte.

»Es ist geschlossen. Und für uns werden sie es mit Sicherheit nicht öffnen …«

»Wir müssen da aber durch«, hielt der jüngste der Ye-arre fest.

»Für euch ist das kein Problem, ihr könnt einfach drüber wegfliegen«, entgegnete Othor. »Aber wenn da Nekromanten sind …«

»Das glaub ich nicht«, bemerkte Typhus. »Was hätten die hier, am Ende der Welt, verloren? Dieser Pfad ist doch ohne jede strategische Bedeutung. Deshalb bin ich mir sicher, dass die Garnison lediglich aus den üblichen Tagedieben und Taugenichtsen besteht. Alle erfahrenen Krieger sind längst im Norden.«

»Trotzdem, auch dieses Pack dürfte uns genug Schwierigkeiten bereiten«, brummte Woder.

Der Tag war noch nicht angebrochen. Ein paar unserer Soldaten waren vor anderthalb Stunden zu Fuß losgezogen, Shen und Rona hatten sie begleitet. Mich begeisterte der Gedanke, dass die beiden an diesem Kampf teilnahmen, zwar nicht gerade, andererseits waren sie erwachsene Menschen und bedurften meiner Ratschläge nicht.

Shen hatte ins Gesicht geschrieben gestanden, wie nervös er war, Rona dagegen hatte sich gefasster und entschlossener gezeigt. Lartun und Luk waren ihr als Leibgarde zugeteilt worden. Luk hatte mir zum Abschied auf die Schulter geklopft, ausnahmsweise einmal nicht seine Kröte erwähnt und mir viel Glück gewünscht. Den Wunsch hatte ich gern erwidert und ihm obendrein den Rat mit auf den Weg gegeben, er möge am Leben bleiben.

Nachdem sie, begleitet von Othors Gebet, aufgebrochen waren, waren Kallen, Typhus, ein Dutzend Ye-arre und ich zurückgeblieben. Yagul und Yarag, der wortkarge Flatterer, dem ich mal meinen Umhang geborgt hatte, kümmerten sich höchstpersönlich um mein *Geschirr*. Dreimal überprüften sie die Schnüre, die sich um meine Schultern, den Bauch und die Brust spannten. Selbst das reichte mir aber nicht, sodass auch ich mich noch zweimal vergewisserte, dass sie solide verknotet waren.

»Den Bogen gibst du besser einem von uns«, meinte Yarag. »Du kriegst ihn wieder, sobald wir dich abgesetzt haben. Schließlich bist du auch so schon ziemlich schwer.«

Wortlos überreichte ich die Waffe einem der Ye-arre.

»Bist du bereit?«, fragte Yagul.

»Als ob man für so einen Flug je bereit sein könnte«, antwortete ich mürrisch und erntete ein Lächeln des Ye-arre. »Ihr habt auch wirklich eine geeignete Fläche gefunden? Um mit einem Bogen von dieser Größe …«

»Das hast du schon mal gefragt. Glaub mir, es ist alles in Ordnung. Du wirst zufrieden sein.«

»Ich hoffe, ihr verfliegt euch bei dieser Dunkelheit nicht.«

»Vertrau uns.«

Drei Paar Hände griffen nach den Schnüren. Flügel klatschten und beschworen einen eisigen Wind herauf. Mit einem Ruck wurde ich in die Luft gezogen. Den Wunsch, die Augen zu schließen, verspürte ich nicht, denn unter Höhenangst litt ich schon seit Langem nicht mehr.

Wir flogen recht weit über dem Boden. Mir blieb nur zu hoffen, dass die Ye-arre mich unterwegs nicht fallen ließen, sondern gesund und munter an meinem Zielort absetzten.

Aus der luftigen Höhe schien die Schlucht zusammengeschrumpft. Obwohl ich mir einen Wollschal vors Gesicht gebunden hatte, fraß die Kälte an mir. Feiner Schnee legte sich mir auf die Haut, alle ungeschützten Hautpartien brannten wie Feuer. Es tagte rasch. Die Berggipfel, in denen sich die spärlichen Sonnenstrahlen aus dem Osten verfingen, glänzten im fahlen Morgenlicht.

Da sich die Ye-arre mit ihren großen Flügeln gegenseitig in die Quere kamen, setzte sich Yarag von den beiden anderen ab und stieg höher in die Luft auf, um seinen Artgenossen größere Bewegungsfreiheit und die Möglichkeit eines Manövers zu verschaffen – dies gerade zur rechten Zeit, denn wir waren der linken Felswand der Schlucht bereits gefährlich nahe. Viel hätte nicht gefehlt, und einer von uns hätte sich den Kopf eingehauen.

Nach einer Weile schlugen meine Träger schneller und kräftiger mit den Flügeln, schwebten dicht über einem Steinvorsprung, gaben mir ein Zeichen und lösten die Hände von den Schnüren. Ich landete auf dem vereisten Stein und fing den Bogen auf, den mir einer der anderen Himmelssöhne zuwarf. Die Ye-arre setzten zum Sturzflug an und verschwanden aus meinem Blickfeld.

Mit aller Kraft spannte ich den Bogen. Anschließend knöpfte ich den Gurt ab, mit dem ich einen Beutel mit zwei Dutzend Pfeilen auf dem Rücken getragen hatte. Ich bestückte den Köcher, legte die übrigen Pfeile vor mich hin und sah mich in aller Ruhe um.

Die Wände der Schlucht standen hier so dicht, dass die Festung den Durchgang vollständig versperrte. Der gedrungene Steinbau nahm sich wie eine Verlängerung der Felsen aus und dräute über dem Pfad wie ein finsterer Troll.

Unter mir ragte ein viereckiger Turm mit verschneitem Dach auf, von dem mich nicht mehr als fünfundsechzig Yard trennten. In der Burg gab es eine lange Kaserne, in der wohl dreißig Mann untergebracht werden konnten, sowie einige Holzbauten, die im Laufe der Zeit stark gelitten hatten. Am Tor brannten Fackeln, aber mit jeder Minute wurde ihr Licht fahler und verblasste in den Sonnenstrahlen schließlich ganz.

Auf den Mauern erspähte ich zwei Soldaten mit Bögen, im Hof hielten sich fünf weitere auf. Zwei kamen gerade mit vollen Wassereimern von dem Fluss zurück, der an der Festung vorbeifloss. Ein Mann hackte Holz, zwei andere standen gelangweilt am Tor herum. In den Fenstern der Kaserne brannte kein Licht, vermutlich schlief die halbe Garnison noch.

Im Turm selbst dürfte wohl auch jemand Dienst schieben, aber von meinem Platz aus konnte ich das Fenster nicht einsehen, da mir das Dach die Sicht versperrte. Dafür hatte ich den Innenhof wie auf dem Silbertablett vor mir.

Ich befürchtete nicht, entdeckt zu werden, schauen die Menschen doch nur selten nach oben. Trotzdem versuchte ich, etwas in Deckung zu bleiben. Mit dem Messer befreite ich den Stein vom Eis, denn auf ihm abzurutschen und in die Tiefe zu fallen – das hätte mir gerade noch gefehlt.

Fünfzehn Minuten später beobachtete ich, wie die Ye-arre erneut heranflogen. Sie setzten Kallen auf der gegenüberliegenden Seite der Schlucht ab, etwas näher an der Festung als mich. Damit befand er sich den Fenstern gegenüber – und folglich in größerer Gefahr. Die Wachtposten könnten ihn entdecken, aber eine andere Möglichkeit gab es nicht. Kallens Bogen war wesentlich leichter als meiner, sodass er keine so große Reichweite hatte.

Als Kallen mich entdeckte, hob er die Hand. Ich tat es ihm nach, um ihm zu verstehen zu geben, dass auch ich ihn bemerkt hatte.

Eine dritte Gruppe von Ye-arre brachte nun Typhus, die sie sieben Yard von mir entfernt auf einer äußerst schmalen Fläche absetzten. Immerhin lag diese hinter einer Art natürlicher Brüstung. Damit bot sich der Verdammten ein gutes Versteck, gleichzeitig war sie dagegen geschützt, in die Tiefe zu fallen –

was Typhus jedoch nicht daran hinderte, nach einem Blick in die Tiefe so laut zu fluchen, dass selbst ich es hörte. Sie starrte kurz finster zu mir herüber, ehe sie sich auf den Boden setzte und den Rücken gegen die Felswand lehnte.

Die Ye-arre hatten irgendwo weit über uns auf den Gipfeln Posten bezogen und warteten auf unser Signal. Sie waren mit sehr leichten Bögen und Wurfspießen bewaffnet. Gerade im Gebrauch dieser Spieße hatten sie es zu erstaunlicher Meisterschaft gebracht. Für den Nahkampf verfügten sie außerdem über Macheten, aber diese Art der Auseinandersetzung versuchten sie stets zu vermeiden.

Ich legte den Kopf in den Nacken und machte Yarag aus, der zwanzig Yard über mir saß. Er glich einem der geflügelten Boten des Meloth, wie ich ihn einmal in einem alten Tempel auf einer Freske gesehen hatte. Auch der hatte so dagehockt, die Flügel angelegt, das Kinn auf die Knie gebettet, die Arme um die Beine geschlungen.

Das Glück zeigte sich mir hold. Der Wind war nicht zu stark und sehr gleichmäßig. Die Schneeflocken fielen fast lotrecht zu Boden, tanzten nicht in der Luft.

Und ausgerechnet da suchte mich die Erinnerung an jenen Tag in Alsgara heim, als ich die Schreitende ermordet und damit diese ganze Geschichte eingeleitet hatte …

Noch einmal spähte ich aufmerksam um mich. Endlich entdeckte ich auch unsere Männer. Sie hielten sich am Fluss hinter Steinbrocken versteckt, ganz in der Nähe der Brücke. Die Gruppe, die mir am nächsten war, lauerte zwanzig Schritt von einem Nabatorer entfernt, der dort Wasser holte. Und sie warteten nur auf mein Zeichen.

Ich streifte die Fäustlinge ab, behielt lediglich die Handschuhe an – und gab den ersten Schuss ab. Der Pfeil traf den Mann etwas unterhalb des linken Schulterblattes. Er stürzte kopfüber ins Wasser und wurde sofort von der Strömung unter der Brücke hindurch weiter flussabwärts davongetragen.

Unverzüglich pirschten sich Ga-nor und Mylord Rando zu dem Platz, an dem der Feind gestanden hatte. Als sich neben ihnen ein schneebedeckter Stein rührte, erkannte ich Ghbabakh. Auch er wollte sich diesen Kampf nicht entgehen lassen.

Inzwischen musste jemand einen Befehl erteilt haben, denn unsere Männer liefen alle zur Brücke, vorneweg Ghbabakh, hinter ihm Ga-nor und Rando, schließlich der Rest. Ich verfolgte ihr Vorrücken nicht weiter, sondern nahm mir den Bogenschützen auf der Mauer vor. Leider fiel er in den Innenhof und setzte damit die Nabatorer von unserer Anwesenheit in Kenntnis.

Ein unterdrückter Schrei drang zu mir herauf, jemand eilte in die Kaserne, ein anderer spähte umher, zwei Soldaten rannten zum Tor. Den zweiten Bogenschützen auf der Mauer erledigte dann Kallen, ehe ich die Sehne auch nur zurückziehen konnte.

Im Hof wurden die Männer abgeschossen wie Fasane. Ich schaltete noch die beiden Posten am Tor aus. Aus der Kaserne und dem Turm kamen die Feinde herausgelaufen. Einige besonders schlaue Köpfe versuchten, sich mit Schilden zu schützen. Außerdem hielten sich die Nabatorer dicht an den Mauern, sobald sie begriffen hatten, dass sie von den Bergen aus beschossen wurden.

Vom Turm aus wurden unsere Männer mit Armbrustbolzen angegriffen. Einer fiel, doch die anderen liefen weiter zum Tor. Um sie herum glitzerte eine halb durchscheinende Kuppel, fraglos das Werk von Shen und Rona.

»Pork!«, schrie ich, während ich den nächsten Pfeil seinem Ziel entgegenschickte. »Schlaf nicht!«

Typhus durfte diesmal nicht auf ihre üblichen Zauberspielchen zurückgreifen und beispielsweise Tote wiederauferstehen lassen, um unter den Gegnern Panik zu verbreiten, da dergleichen auf ihre dunkle Gabe hingewiesen hätte. Zum Glück standen ihr aber noch ein paar andere Zauber von durchschlagender Wirkung zu Gebote.

Der Turm erbebte, in die oberen Fenster und die Schießscharten schlug eine kornblumenblaue Flamme ein, die alle fraß, die sich im Innern des Gebäudes aufhielten. Das Feuer loderte nicht länger als zwei Sekunden, dann erlosch es ebenso unvermittelt, wie es ausgebrochen war. Schwarzer Rauch blieb zurück, der langsam zum Himmel aufstieg, sich dabei mit den Schneeflocken vermischend.

Obwohl Kallen und ich mit unseren Pfeilen unter den Nabatorern reiche Ernte einfuhren, schafften sie es, die kleine Pforte zu schließen, durch die man zum Fluss hinuntergelangte. Einige Sekunden wähnten sie sich nun in Sicherheit, da ja niemand mehr über die Brücke zu ihnen vordringen konnte – wie sie meinten. Doch schon im nächsten Moment flogen die Torflügel krachend in den Innenhof und begruben einige Nabatorer unter sich.

Zehn Ye-arre sprangen vom Felsen, setzten zum Sturzflug auf die Feinde an und schleuderten ihre Wurfspieße auf sie. Ich stieß einen üblen Fluch aus: Sie bewegten sich genau in meiner Schusslinie.

Mit einem Mal peitschten von der Burg aus grüne Strahlen in die Höhe. Sechs Ye-arre fielen mit verbrannten Flügeln tot in den Innenhof, vier Flatterer, die den Angriff überlebt hatten, stoben in alle Richtungen auseinander.

Hatte in diesem Turm also doch ein Nekromant gelauert!

Eine gewaltige grüne Kugel schnellte aus der Menge der Nabatorer heraus geradewegs auf mich zu. Und wo bitte hätte ich mich auf diesem Steinvorsprung in Sicherheit bringen sollen? Ich konnte ja wohl schlecht in die Tiefe springen. Aber Typhus schaffte es zum Glück, den feindlichen Zauber abzuwenden, sodass die Kugel in einen Felsen neben mir einschlug und ihm den Gipfel abriss.

Kaum eine Sekunde später nahm die Verdammte den Kampf gegen den Nekromanten auf. Die Luft hallte von den Donnern ihrer beider Zauber wider. Ich versuchte durch diesen Feuersturm hindurch einen Schuss abzugeben, aber die Pfeile zerfielen auf halbem Weg. Da ich mittlerweile nur noch zehn Stück hatte, musste ich mit vor Wut und Enttäuschung zusammengebissenen Zähnen auf eine günstigere Gelegenheit warten.

Ghbabakh fegte durch die Feinde wie ein Besessener, bohrte sich in die Menge hinein, von Ga-nor und Rando auf beiden Seiten gedeckt. Das Gemetzel begann.

Unsere Männer drängten den Feind vom zerstörten Tor zurück, als sich der Feuersturm über der Festung jäh legte. Typhus schrie triumphierend auf und schleuderte etwas Eisiges und Pikendes in die Tiefe, das den nördlichen Teil der Kaserne zerstörte. Shen und Rona konnte ich zwar nicht ausmachen, aber immer wieder nahm ich die Explosionen ihrer Gabe wahr. Am Himmel kreisten erneut alle Ye-arre, die noch am Leben waren. Sie stürzten sich auf die Feinde, warfen ihre letzten Wurfspieße und gingen zum Angriff mit den Macheten über.

Eine Minute später war der Widerstand der Nabatorer gebrochen. Alles war vorbei. Niemand von ihnen hatte überlebt.

Die Ye-arre flogen zu Kallen, um ihn von der Felsplatte herunterzubringen. Kurz darauf erwartete mich das gleiche Vergnügen. Donnernd krachte das Dach des qualmenden Turms ein. Der finstere Himmel bezog sich weiter und weiter mit schwarzem Rauch.

KAPITEL

26

Der Wind war derart stark, dass uns in einem fort die Augen tränten und die Haut an Wangen, Nase und Stirn so straff gespannt schien, dass sie gleich zu reißen drohte. Die Sonne wärmte überhaupt nicht, es wurde kälter und kälter. Unser einziger Trost war, dass es aufgehört hatte zu schneien.

Im Kampf an der namenlosen Festung hatten wir drei Männer und sieben Ye-arre verloren. Vier Soldaten waren verwundet worden, zum Glück aber nur leicht. Shen konnte sich ihrer nicht gleich annehmen, da sein Funken nach diesem Gefecht erst einmal etwas Ruhe brauchte. Unsere Gruppe hatte sich auf zwanzig Köpfe verkleinert.

Wir hatten die Gefallenen in aller Eile an der Südwand der Schlucht beerdigt, denn es wäre gefährlich gewesen, sich hier allzu lange aufzuhalten, schließlich konnten jederzeit weitere Nabatorer anrücken. Deshalb blieb uns nicht viel Zeit für den Abschied von unseren Gefährten. Wir ergänzten rasch noch unsere Essensvorräte, die Pfeile, Bolzen und das Futter für die Pferde sowie warme Kleidung mit allem, was wir in der Burg fanden.

Ich schnitt aus der Felljacke eines gefallenen Feindes ein rechteckiges Stück heraus, um etwas für Yumi zu schneidern. Der Waiya fror erbärmlich, denn das kurze Fell schützte ihn kaum gegen die klirrende Kälte.

In das Rechteck bohrte ich vier Löcher für die Pfoten. Anschließend bat ich Ga-nor um eine Nadel, um mit vor Kälte steifen Fingern drei Haken anzunähen. Yumi beobachtete meine

Anstrengungen voller Neugier. Aus irgendeinem Grund wusste er sofort, für wen ich mich so mühte. Nachdem er in das Gewand geschlüpft war, verschloss ich es mit den Haken.

»Aus, du Hund!«

»Er sagwat, dass er entzückwat ist«, übersetzte Ghbabakh. »Und er dankwat dir, dass du so viel Zeit und Mühe für ihn aufgwewendet hast.«

»Gern geschehen, mein Freund. Was ist mit dir?«, wandte ich mich an den Blasgen. »Frierst du nicht?«

»Meine Haut ist ja dickwa«, antwortete er grinsend. »Aber ich würde gwern schlafen. Der Winter ist nicht die beste Zeit für Reisen. Khaghun sagwat seinen Kwindern, dass sie sich in dieser Jahreszeit in warmen Torf legwen und schöne Träume haben sollten.«

»Ich würde mich auch gern im Torf eingraben und bis zum Frühjahr durchschlafen. Selbst die Ye-arre sind nicht besonders erpicht, in die Lüfte zu steigen. So weit oben kann dir bei starkem Wind aber auch alles abfrieren. Wenn das Wetter noch schlechter wird, dann danke.«

»Aus, du Hund!«

»Er rät euch, eine Gwarube auszuheben, euch in Fell zu hüllen und dann zu wärmen.«

»Es ist nicht gerade leicht, für einen solchen Haufen eine Grube auszuheben. Und das Fell müssten wir vermutlich Mylord Rando aus den Rippen leiern.«

»Aus, du Hund!«

»Yumi ist bereit, dir zu helfen«, übersetzte Ghbabakh mit ernster Miene.

Ich fragte lieber nicht nach, worin seine Hilfe bestehen sollte: im Ausheben einer Grube oder darin, dem Ritter das Fell abzuschwatzen.

Der steinige Pfad zog sich wie eine Schlange dahin, noch dazu in gefährlicher Nähe zu einem Abgrund. Schließlich kamen wir in ein kleines Tal – wo ich glatt den Moment verpasste, als wir die Treppe des Gehenkten erreichten: Es war ein breiter Weg, der nach Norden führte. Zu beiden Seiten erhoben sich lilafarbene, kaum von Schnee bedeckte Berge. Von diesem Hauptweg führten zahlreiche kleinere Pfade in benachbarte Schluchten.

In der kargen Landschaft bewältigten wir mal wieder einen Anstieg. Der Wind pfiff uns um die Ohren. Hier peitschte er noch stärker als in der Höhe. In der dünnen Schneedecke zeichneten sich die Abdrücke etlicher Pferdehufe ab, die noch recht frisch waren, sodass wir uns ihretwegen ernsthaft Sorgen machten. Hier mussten Nabatorer durchgekommen sein …

Mylord Rando schickte einen kleinen Spähtrupp voraus, damit wir dem Feind nicht unvermutet Auge in Auge gegenüberstanden. Die Ye-arre konnten das mit ihren Flügen jetzt nur noch selten übernehmen, dazu war es schlicht und ergreifend zu kalt.

Yagul war gestorben, sodass Yanar jetzt das Kommando bei ihnen innehatte, ein Flatterer mit hakenförmiger Nase und reichlich zerzausten Flügeln. In seiner Begleitung fanden sich stets Yalak und Yakar, seine beiden Brüder, die im Grunde noch Jünglinge waren.

Trotz aller Schwierigkeiten kamen wir schnell voran. Ich konnte mich nur wundern, dass wir auf keine Schneewehen trafen. Typhus erklärte mir daraufhin, in den Felsen sei bis heute die Magie des Skulptors gespeichert. Diese wiederum sorge dafür, dass die Straße selbst im tiefsten Winter passierbar bleibe.

»Wie geht das?«, fragte Tiom und wischte sich die Nase am Ärmel ab. »Schmelzen die Steine den Schnee weg?«

»Weiß ich auch nicht«, musste unser sogenannter Pork zugeben.

»Was sind das für Gänge?«, wollte ich von Shen wissen, als wir zum wiederholten Male an einem riesigen Eingang vorbeikamen, der in den Berg führte. Genauer gesagt ins Unbekannte.

»Die Treppe besteht aus drei Wegen, die parallel zueinander verlaufen«, erklärte er mir. »Untereinander sind sie mit diesen Gängen verbunden. Ein Teil von ihnen ist allerdings seit Langem verschüttet, aber es gibt immer noch welche, die du problemlos benutzen kannst. Im Krieg der Nekromanten ist die Armee der Verdammten über alle drei Straßen gleichzeitig vorgerückt. Sie wurde von Ley, Rowan und Ghinorha, also den Verdammten Pest, Schwindsucht und Cholera, angeführt. Das stimmt doch, oder, Pork?«

»Ja«, murmelte Typhus.

Obwohl sie fürchterlich fror, machte sie keine Anstalten, auf ihren Funken zurückzugreifen. Im Übrigen hatte sie mal wieder eine Stinklaune.

Der Tag zerrte an unser aller Kräfte. Die Späher wechselten sich unablässig ab. Mit jeder Stunde spürte ich die Gefahr stärker, die durch diese Schlucht heranrollte. Und nicht nur ich. Wir alle sahen uns mittlerweile ständig um. Die Ye-arre erwiesen sich in dieser Situation als wahre Helden und stiegen immer wieder in die Luft auf, um über der Straße ihre Kreise zu ziehen. Wenn sie zurückgekehrt waren, schöpften sie nur kurz frische Kraft, ehe sie wieder zum Himmel hinaufflogen. Irgendwann verbot Yanar seinen Brüdern diese Flüge, sodass er bis zum Einbruch der Dunkelheit als Einziger die Gegend ausspähte.

Unser Nachtlager mussten wir direkt auf dem Weg aufschlagen, da wir nirgendwohin ausweichen konnten. Pfade zu anderen Schluchten gab es in diesem Abschnitt nicht, uns umgaben nur lotrechte Felsen.

Die Folge davon war, dass nur die Hälfte von uns schlief, während die andere Hälfte Augen und Ohren offen hielt und Meloth anflehte, er möge seine schützende Hand über uns halten.

Mittlerweile schneite es, als wolle es nie wieder enden, aber trotzdem bedeckte sich der Boden kaum mit Schnee. Er lag nur knöchelhoch. Brennholz gab es ebenso wenig wie ein Dach über dem Kopf. Rona setzte trotz Typhus' missbilligender Miene ihren Funken ein, um einige Wärmekreise für die Menschen und die Pferde zu schaffen. Als sie zu erschöpft war, sie weiter aufrechtzuerhalten, löste Shen sie ab.

Mit Worten lässt sich die Dankbarkeit der Soldaten nicht beschreiben.

Typhus las abermals im Buch des Skulptors, bis sie sich irgendwann mit einem derartigen Schwung aufs Ohr haute, dass sie Yumi beinahe zerquetscht hätte. Der rief verärgert seinen Hund an.

Gegen Mitternacht übernahmen Luk, Tiom und ich die Wache. Die bisherigen Posten vermochten sich vor Müdigkeit kaum noch auf den Beinen zu halten. Drei Stunden später kehrten wir völlig durchgefroren zu unseren Schlafplätzen zurück, nur um ein paar Minuten später aufzubrechen.

Shen sah erschöpft aus und schwankte im Sattel, als sitze er das erste Mal auf einem Pferd. Er schlummerte immer wieder ein, sodass ich nach den Zügeln seines Tieres griff. Er nickte mir dankbar zu und gönnte sich eine Mütze Schlaf.

»Die Nabatorer sind nirgends zu sehen«, sagte Luk, der des Öfteren zum Himmel und zu den über uns dräuenden Felsen hinaufspähte, als müssten die Feinde eben von dort kommen. »Ob sie vielleicht schon weit voraus sind?«

»Die Spuren könnten selbst unter der dünnen Schneedecke verborgen sein.«

»Oder sie lauern da oben. Da könntest du wunderbar ein paar Bogenschützen postieren.«

»Nur muss man da erst mal hochkommen«, hielt ich dagegen. »Obwohl du recht hast: Es wäre ein vortrefflicher Hinterhalt. Aber mich beunruhigt etwas anderes.«

»Was denn?«, fragte Luk.

»Dass es hier keine Untoten gibt.«

Er sah mich erstaunt an.

»Uns ist noch kein einziger Untoter begegnet«, erklärte ich. »Weder ein Mensch noch ein Pferd.«

»Worauf spielst du nun schon wieder an?«, hakte er nach.

»Darauf, dass hier kein Kampf stattgefunden hat. Oder wüsstest du eine andere Erklärung? Ob unsere Leute die Treppe des Gehenkten kampflos aufgegeben und sich sofort zur Burg oben am Pass zurückgezogen haben? Andernfalls hätten sie die Nabatorer in diesen Schluchten doch monatelang festhalten können.«

»Da bin ich mir nicht sicher«, mischte sich nun Lartun ein.

Er hatte sich ein Wolltuch vors Gesicht gebunden, über dem nur seine schwarzen Augen hervorfunkelten. »Die Armee war durch die Kämpfe am Beginn der Treppe geschwächt. Deshalb hätten wir den Feind mit Sicherheit nicht lange in den Straßen halten können. Am Ende wären unsere Soldaten alle krepiert. Dann wäre es noch schwieriger gewesen, den Norden zu verteidigen. Deshalb haben die Feldherren eine kluge Entscheidung getroffen.«

»Sie hätten eine noch klügere treffen können, indem sie die Felsen zerstört hätten, damit die Nabatorer nicht weiter vorrücken können«, brummte Luk.

»Glaubst du, es sei so einfach, ein Werk des Skulptors zu zerstören?«, fragte Lartun lachend.

»Die Verdammten schaffen das ständig«, rief ich ihm in Erinnerung.

»Eben deswegen sind sie ja auch die Verdammten«, konterte Lartun.

Kallen, Lartun und ich waren ausgewählt worden, an der Spitze unserer Gruppe zu reiten. Zu meiner Überraschung hatte sich Typhus uns angeschlossen. Shen meinte daraufhin prompt, mir versichern zu müssen, die Verdammte hecke irgendetwas aus – weshalb er und Rona sich uns ebenfalls zugesellten.

Ich wusste nicht recht, was ich von dieser Sorge der beiden halten sollte. Einerseits erstaunte sie mich, andererseits erheiterte sie mich aber auch. Die beiden glaubten aufrichtig, ihre Kräfte würden ausreichen, Typhus etwas entgegenzusetzen, wenn diese sich plötzlich gegen uns stellen sollte. Ich hatte sie ein wenig beruhigt und mir dann Yumi geschnappt, der unbedingt bei mir mitreiten wollte.

Kallen und Lartun bildeten die Spitze, wir folgten ihnen in einem Abstand von zwanzig Schritt. Die lilafarbene Felsenwand war nun nicht mehr ganz lotrecht, sondern flacher. Wenn man unbedingt wollte, konnte man sie jetzt ersteigen.

»Wie gefällt dir die Treppe?«, fragte mich Typhus.

»Was ist das denn? Bist du etwa zu Plaudereien aufgelegt?«

»Hättest du was dagegen?«

»Nein«, antwortete ich. »Also, ich ziehe die Treppe ohne Frage den Schluchten vor. Sie erspart uns eine Menge Zeit. Aber die Gegend ist scheußlich, wenn du mich fragst. Übrigens habe ich bisher noch gar keine Stufen gesehen.«

»Die befinden sich auf der Nordflanke. Deshalb musste dort eigens eine Spur für die Wagen und Kutschen eingerichtet werden«, sagte sie. »Aber du hast recht, das hier ist ein ziemlich trister Weg. Der rechte ist wesentlich breiter und belebter. Zumindest ist es in meiner Jugend so gewesen«, führte sie lächelnd aus. Offenbar hing sie ihren Erinnerungen nach. »Dort gibt es auch Schenken. In denen kannst du in einem Bett schlafen, anständig essen und die Pferde wechseln.«

»Nur dass es da jetzt von Nabatorern wimmeln dürfte. Vielleicht haben die Feinde sie aber auch niedergebrannt.«

»Wenn ich von etwas überzeugt bin, dann davon, dass niemand von ihnen etwas ohne guten Grund zerstört.«

»Dann habt ihr euch ja ganz einmalige Verbündete ausgesucht«, zischte ich.

»Für mich besteht kein Grund zur Klage.«

Eine Weile ritt sie schweigend weiter. Ich drehte mich um und sah zum Himmel hinauf. Ein kleiner schwarzer Punkt beschrieb einen Kreis und schoss anschließend im Sturzflug nach unten. Einer der Ye-arre hatte seinen Spähflug beendet. Da er nicht zu uns kam, bedeutete das, dass bislang keine Gefahr drohte.

»Warum fliegen sie nicht einfach über die Berge?«, murmelte Typhus, die meinem Blick gefolgt war. »Sie bräuchten sich doch nicht in diesem Schneckentempo hier durchzuquälen wie wir.«

»Nicht jeder lässt seine Gefährten so bereitwillig im Stich wie du.«

»Aber auch ich stapfe mit euch durch diesen Schnee – obwohl ihr noch nicht mal meine Gefährten seid. Bei der Gelegenheit: Hast du mit Shen gesprochen?«

»Worüber?«, fragte ich und linste zu dem Jungen hin, der immer noch schlief.

»Über unseren kleinen Plan natürlich.«

»Shen erinnert sich kaum noch an seinen Namen – und

da willst du, dass er dich in einen anderen Körper verpflanzt? Warte noch zehn Jahre. Bilde ihn aus und hoffe auf ein Wunder.«

»Zurzeit wollen alle nach Norden«, wechselte Typhus das Thema.

»Das liegt an dir und deinen reizenden Freunden«, rief ich ihr mit größtem Vergnügen in Erinnerung. »Den Süden habt ihr uns ja gründlich vermiest.«

»Die einfachen Menschen müssen sich nicht vor uns fürchten.«

»Erzähl das jemand anderem. Der Krieg trifft letzten Endes alle.«

»Aus, du Hund!«, unterstützte mich Yumi.

Sie versengte ihn mit ihrem Blick, doch das beeindruckte ihn überhaupt nicht. Ich vergewisserte mich, dass wir nicht zu dicht an Kallen und Lartun herangekommen waren und sie uns noch immer nicht hören konnten, ehe ich mit gesenkter Stimme fortfuhr: »Lahen hat immer gesagt, dass Ghinorha an eine graue Schule geglaubt hat. Tust du das auch?«

Daraufhin musste sie erst einmal mit gebührendem Interesse die Berge betrachten.

»Ist das irgendwie von Bedeutung?«, ließ sie sich dann doch zu einer Antwort herab.

»Ja.«

»Mittlerweile weiß ich nicht mehr, was ich eigentlich glaube«, gestand sie. »Früher habe ich gedacht, dass es auch mir um eine graue Schule ginge. Aber heute bezweifle ich das. Zumindest ist das schon seit langer Zeit nicht mehr mein Ziel. Ich glaube, dass wir Verdammte voller Fehler stecken und niemals eine neue, eine *reine* Generation heranziehen könnten.«

»Was ist mit Shen und Rona?«

»Am Anfang ihrer Ausbildung habe ja nicht ich gestanden … Ach was, vergiss alles, was ich eben gesagt habe«, meinte sie lächelnd. Doch in ihren Augen lag keine Freude. »Ich habe gelogen. In jedem einzelnen Punkt. Solche wie ich lügen ja, sobald sie nur den Mund aufmachen, das brauche ich dir nicht zu sagen.«

Sie stieß ein unterdrücktes Lachen aus.

»Aus, du Hund«, sagte Yumi, diesmal jedoch traurig, und ich hätte zu gern gewusst, was er meinte.

»Weißt du was? Ich habe einfach die Nase voll davon, mit einem Haufen von Schwachköpfen durch die Gegend zu reiten. Dieser Rando bringt noch alle ins Grab, das kannst du mir glauben.«

»Sagt dir das dein Gefühl?«

»Das sagt mir meine Lebenserfahrung.«

»Du hast die Geschichte der Treppe noch nicht zu Ende erzählt«, erinnerte ich sie.

»Stimmt. Die drei Wege führen alle zur Burg, die ebenfalls *Treppe des Gehenkten* heißt. Sie steht auf dem höchsten Gipfel dieser Berge. Die letzte Viertelleague führen schmale Stufen zu ihr hoch. Du hast vielleicht bemerkt, wie eben der Weg ist. Man nimmt an, Cavalar habe ihn schlicht und ergreifend geschaffen, indem er die Berge geschmolzen hat. An der Burg hat er dann Stufen im Stein angelegt. Ehrlich, das ist doch fast, als sei er ein ebensolcher Nichtsnutz wie diese grandiosen Funkenträger aus der Vergangenheit, die uns um den Westlichen Kontinent gebracht haben.«

»Du solltest ihnen lieber dankbar sein, dass sie uns noch den Östlichen Kontinent gelassen haben.«

Ich musste über die einmalige Fähigkeit verfügen, die Verdammte in Rage zu bringen. Jedenfalls verzog sie mal wieder das Gesicht. Andererseits: Da neckte ich diese Schlange in einem fort – aber sie biss trotzdem nicht zu.

»Das war ein Scherz«, lenkte ich ein. »Weißt du zufällig, warum dieser Ort einen derart merkwürdigen Namen trägt?«

»Die Treppe des Gehenkten? Keine Ahnung. Vielleicht zeigt sich darin Cavalars Sinn für Ironie. Ich erinnere mich zumindest nicht daran, dass hier jemals jemand gehenkt wurde.« Nachdem sie eine Weile geschwiegen hatte, fuhr sie zu meiner Überraschung fort: »Diese Gegend ist wunderschön!«

»Ist mir bisher noch nicht aufgefallen.«

»Ich meine natürlich nicht jetzt, sondern zu Beginn des Sommers. Dann wachsen zahllose Blumen in den Bergen. Die Felsen speichern die Wärme und funkeln in den Nächten, sodass es stets taghell ist. Hol mich doch das Reich der Tiefe! Man kann sich nicht mal mehr in Ruhe unterhalten!«

Lartun wendete sein Pferd und kam auf uns zugeritten. »Riecht ihr das auch? Das ist doch Rauch, oder?«

Typhus schnupperte, schüttelte aber den Kopf und sah mich an.

»Meine Nase ist verstopft«, murmelte ich.

»Aus, du Hund!«

»Riechst du etwas?«, fragte ich Yumi, der sich kerzengerade aufgerichtet hatte.

»Aus, du Hund!«, bestätigte er nickend und sprang zu Boden.

»Anscheinend haben wir uns nicht getäuscht«, sagte Kallen, der jetzt auch zu uns kam und den Waiya beobachtete, der eilig den Weg hinunterlief. »Der kleine Kerl hat eine unübertroffene Nase.«

»Genau wie ich«, erklärte Lartun stolz. »Wir müssen die anderen warnen.«

»Erst mal sehen wir nach, ob da vorn überhaupt Gefahr droht«, entschied Kallen.

Ich nickte ihm zu, Typhus zuckte bloß die Achseln, ihr war das einerlei.

Wir ritten Yumi nach.

Sieben Minuten später roch ich endlich auch, dass jemand ein Lagerfeuer entzündet hatte. Yumi verließ den Weg, kletterte auf einen Steinblock rechter Hand von uns hinauf – und verschwand.

»Hier treffen der linke und der mittlere Weg beinah aufeinander«, erklärte Typhus. »Dann trennen sie sich wieder.«

»Du willst sagen, dass dort Nabatorer lagern?«, hakte Kallen nach.

»Irgendjemand muss das Feuer ja gemacht haben«, schnaubte Typhus angesichts dieser Begriffsstutzigkeit.

»Euer Eichhörnchen kommt zurück«, teilte uns Lartun mit, der sich in den Steigbügeln aufgerichtet hatte.

»Selber Eichhörnchen!«, fuhr ich ihn an. »Er scheint uns zu rufen.«

»Offenbar.«

»Wartet hier«, verlangte ich und sprang aus dem Sattel. Nachdem ich mir den Bogen über die Schulter geworfen hatte, machte ich mich an den Aufstieg der glitschigen Steine. Entgegen meinen Befürchtungen war das gar nicht so schwer. Ich kam recht gut voran und geriet noch nicht mal außer Atem.

»Aus, du Hund!«, meldete sich Yumi und zeigte hinter sich.

Vorsichtig spähte ich über den Steinkamm, der stark an den Schwanz eines Wassermolchs erinnerte.

Dreißig Yard von uns entfernt zog sich der Weg dahin, der dann scharf abbog und sich meinem Blick entzog. Auf der gegenüberliegenden Seite erhoben sich lotrechte Felsen zweihundert Yard in die Höhe, wo sie sich im Schneegestöber verloren.

Ich machte ein kleines graues Zelt, eine Feuerstelle mit einem Kohlenbecken, Pferde und sieben Männer aus. Trotz der Umhänge konnte ich ihre Panzer erkennen. Sie waren schwer und schwarz.

Die Garde des Königs von Nabator! Die war nicht auf die leichte Schulter zu nehmen! Sie hatte Typhus geschützt, als wir ihr das erste Mal begegnet waren.

Neben dem Zelt lag ein formloser Haufen im Schnee. Zunächst begriff ich nicht einmal, worum es sich dabei handelte. Als es mir dann aber doch klar wurde, erschauderte ich. Ich wollte gar nicht daran denken, was man mit einem Mann angestellt haben musste, damit sich seine Überreste in *so etwas* verwandelten.

Nun wurde die Plane des Zeltes zurückgeschlagen. Ein groß gewachsener Mann trat heraus. Als ich ihn erkannte, erschauderte ich ein zweites Mal.

Er trug einen glänzenden Panzer, zog einen langen Dolch aus der Scheide und rammte ihn in das kaum noch glimmende Kohlenbecken, nur um eine Sekunde später einen aufgespießten verkohlten Kopf hochzuhalten. Mit einer geschickten Handdrehung katapultierte er den Schädel in die Luft, ließ ihn aber nicht in den Schnee fallen, sondern fing ihn mit der Klinge auf. Anschließend verschwand er mit seiner Trophäe wieder im Zelt.

»Komm runter«, flüsterte ich Yumi zu. »An meinem Sattel hängt ein Bündel. Darin sind Pfeile. Bring mir das bitte.«

Während der Waiya davonrannte, versuchte ich Kallen mit Fäusten, Fingern und Handtellern klarzumachen, was ich gesehen hatte. Der verstand die Sprache der Späher, nickte und übermittelte es Lartun. Dieser wendete sofort sein Pferd und ritt zurück, um dem Rest von uns Mitteilung zu machen.

Kallen übergab Typhus die Zügel seines Pferdes und wollte schon zu mir hochkraxeln.

Ich bedeutete ihm mit energischen Handbewegungen und einer schauerlichen Grimasse, unten zu bleiben. Er gehorchte widerwillig, die Streitaxt mit beiden Händen gepackt.

Durfte ich das Leben der anderen für den Preis eines Verdammten in Gefahr bringen?

Ja.

Das durfte ich.

Das war nicht nur eine Frage der Rache, obwohl sie für mich an erster Stelle stand. Alles in mir brannte darauf, den Verdammten zu töten, sein Blut fließen zu sehen.

Nein, es ging auch darum, dass ein solches Miststück wie Rowan nicht ungehindert durch die Gegend spazieren durfte. In ihm steckte schon lange nichts Menschliches mehr. Dieses allmächtige, starke, fast gottgleiche Monster hatte für jeden, der ihm über den Weg lief, nur Grausamkeit übrig. Obendrein glaubte dieses Scheusal, er würde immer und ewig ungeschoren davonkommen.

Es würde einer der wenigen Morde sein, die mir Vergnügen bereiteten. Selbst wenn schon Tausende vor mir gescheitert waren, ich wollte es versuchen. Ich musste es versuchen.

»Aus, du Hund!«, sagte Yumi und reichte mir das Bündel.

Das Schicksal sei gepriesen, dass es mir diese Pfeile in die Hand gegeben hatte. Mit dem Funkentöter hätte ich wohl kaum eine Chance gegen Rowan gehabt.

Ich nahm den Pfeil mit der seltsamen weißen Spitze an mich.

Aus den Augenwinkeln bemerkte ich, dass Typhus zusammenzuckte.

»Aus, du Hund«, flüsterte Yumi und holte sein kleines Blasrohr heraus.

»Aber lass zuerst mich schießen«, schärfte ich ihm ein.

Ich atmete tief durch. Der Jagdeifer packte mich, brachte mein Blut zum Brodeln, fast als wolle ich mich auf tödlich dünnes Eis begeben ...

Vor mir wartete mein Ziel.

Die Aufgabe, die ich zu Ende bringen musste.

Jeder weitere Gedanke verbot sich von selbst.

Grabwürmer muss man zerquetschen, sonst fressen sie dich bei lebendigem Leib.

Typhus kam auf mich zugeeilt. In dieser Sekunde flog der Kopf aus dem Zelt. Er fiel in den Schnee, kullerte ein Stück weiter und blieb dann liegen. Danach trat Rowan erneut heraus.

Er verpasste dem Kohlenbecken einen dermaßen wütenden Tritt, dass es umkippte.

»Du hättest Lahen besser nie angerührt«, flüsterte ich.

Ich spürte Typhus' fiebrigen Blick auf mir, erhob mich, richtete mich zu voller Größe auf, hielt den Atem an – und zog die Sehne zurück.

Der todbringende Pfeil löste sich mit einem Flirren von der Sehne, die Spitze leuchtete unerträglich grell, einen Lichtschweif hinter sich herziehend. Ein Nabatorer schrie noch eine Warnung.

Doch zu spät! Viel zu spät!

Die Berge, der Schnee, der Weg, die Gesichter der Soldaten und die Wolken wurden für den Bruchteil einer Sekunde in das Licht einer lilafarbenen Explosion getaucht. Der Pfeil hatte sein Ziel gefunden.

Die Gardisten zogen die Schwerter blank und stürmten zu uns hoch. Ich erschoss zwei von ihnen, indem ich auf die Ritzen zwischen den einzelnen Panzerteilen und die ungeschützten Köpfe zielte. Typhus eilte, wie von Sinnen über die Steine springend, den Hang hinunter.

Yumi spuckte eine seiner Giftnadeln, und ein weiterer Nabatorer fiel zu Boden, wand sich in Todeskrämpfen. Auf seine Lippen trat Schaum. Den Rest erledigte Typhus mit einer lässigen Handbewegung, die die Feinde zu Asche zerfallen ließ.

Ich senkte den Bogen und starrte wie benommen auf die Leiche dieses Monsters, das noch vor wenigen Minuten gedacht hatte, es sei allmächtig und unbezwingbar.

Typhus stand neben ihm.

»Wie viele von diesen Dingern hast du eigentlich?«, schrie sie mich mit heiserer Stimme an.

Mir war klar, dass sie sich nach den Pfeilspitzen erkundigte, aber ich erwiderte nichts, sondern trat an den Toten heran.

Da Typhus begriff, dass sie keine Antwort von mir erwarten durfte, richtete auch sie ihre ungeteilte Aufmerksamkeit auf den Verdammten. Ohne falsche Scham hebelte sie ihn mit dem Fuß auf den Rücken.

Der Pfeil hatte den teuren morassischen Panzer glatt durchbohrt, fast so, als bestünde dieser aus Papier. Ich zog den Pfeil aus der Wunde und bemerkte bedauernd, dass die Spitze zu einer formlosen Masse zusammengeschmolzen war. Genau wie der Brustpanzer des Verdammten Schwindsucht.

Auf das bleiche, spitze Gesicht fielen lautlos Schneeflocken.

Typhus konnte sich das kleine Vergnügen nicht verkneifen, einen Fuß auf die Brust des Toten zu setzen. Dann beugte sie sich über ihn und flüsterte: »Ich habe dir doch gesagt, dass du eines Tages straucheln wirst, mein Freund. Nun ist dieser Tag eingetreten. Und wie ich es dir versprochen habe, bin ich in diesem Augenblick an deiner Seite gewesen. Wohlan, mögest du im Reich der Tiefe schmoren, du Dreckstück!«

Sie spuckte ihm ins Gesicht.

Kallen kam in einer Geschwindigkeit zu uns heruntergerannt, dass er sich alle Knochen zu brechen drohte. Erstaunlicherweise begriff er auf Anhieb, wer da vor ihm lag. Überwältigt blieb er stehen, musterte den toten Körper voller Angst und bedachte mich dann mit einem Blick, als hätte ich gerade eben mit eigenen Händen ganz Hara geschaffen.

Typhus sah sich unterdessen im Zelt um. Kurz darauf hörten wir das Schlagen von Flügeln, und Yanar und Yalak landeten. Yakar war zu den anderen zurückgeflogen, um ihnen die gute Nachricht zu überbringen.

Die Ye-arre brachten kein Wort heraus. Mich erfasste im Nachhinein ein nervöses Zittern …

Hatte ich diesen Giftmolch also erwischt. Der Grabwurm war ins Reich der Tiefe eingegangen. Der erste. Blieben noch zwei. Nur war ich mir keineswegs sicher, dass es auch bei den nächsten Malen so glücklich enden würde.

Die durch den kurzen Kampf gleichsam zum Leben erweckten Berge hüllten sich wieder in einen Schneemantel und sanken in tiefen Schlaf, von dem kaum zu hörenden Flüstern der Dämmerung eingewiegt.

Glossar

Alsgara – größte Stadt im Süden des Imperiums, zwischen Austernmeer und dem Fluss Orsa gelegen, gegründet vor mehr als eintausend Jahren; auch Südliche Hauptstadt genannt. Unter dem Skulptor erlebte die Stadt eine Blütezeit. Er hat zwei Meloth-Tempel, die inneren drei Festungsmauern, den Turm der Schreitenden, die Katakomben, den Palast des Statthalters und vieles mehr erbaut.

Ascheseelen (Shej-sa'nen) – Volk, das den Ye-arre verwandt ist und hinter der Großen Wüste lebt; es ist für seine unübertroffenen Bogenschützen bekannt. Legenden der Ye-arre behaupten, die Ascheseelen hätten sich gegen ihren Gott erhoben, der bei diesen Völkern Schattentänzer heißt; dieser habe sie dann bestraft, indem er ihnen die Seele und die Flügel nahm.

Auserwählter – Eigenbezeichnung der Nekromanten aus Sdiss.

Blasgen – Rasse, die in den Blasgensümpfen im Süden des Imperiums lebt. Die meisten Blasgen verlassen ihre Heimat nie und meiden die Menschen. Sie haben ein abstoßendes Äußeres, die Sprache der Menschen erlernen sie nur mit Mühe, sodass diese nur vereinzelte Vertreter beherrschen. Blasgen gelten als exzellente Kämpfer. Während des Kriegs der Nekromanten verbündeten sie sich mit dem Imperium und stellten das Sumpf-Regiment, eine der effizientesten und kampffähigsten Einheiten der Zweiten Südarmee.

Bragun-San (Tote Asche) – steiniges, totes Ödland, das nach dem Krieg der Nekromanten entstanden ist. Nominell gehört es zum Imperium, obwohl sich die hier lebende Rasse der Nirithen für ein freies Volk hält. Im Zentrum von Bragun-San liegt der schlafende Vulkan Grokh-ner-Tokh (»laut singender Berg«).

Buch der Anrufung – Hauptwerk der Dämonenbeschwörer, in dem die grundlegenden Zauber zum Kampf gegen Dämonen verzeichnet sind.

Burg der Sechs Türme – als uneinnehmbar geltende Festung, durch die der einzige Pass im westlichen Teil der Buchsbaumberge verläuft, der südlich aus dem Imperium herausführt. Die Burg wurde vor tausend Jahren vom Skulptor selbst erschaffen.

Delbe – König der Hochwohlgeborenen (Elfen).

Dunkler Aufstand – von einer Gruppe von Schreitenden angezettelt, mit dem Ziel, die Regeln der Ausbildung und die Anwendung der Magie zu ändern. Nach der Niederschlagung des Aufstands wurden die acht überlebenden Abtrünnigen im Imperium als Verdammte bezeichnet.

Erlika-Sümpfe – weiträumiges Sumpfgebiet im Nordosten des Imperiums. In ihnen hat während des Kriegs der Nekromanten die Verdammte Cholera zusammen mit ihrer Streitmacht den Tod gefunden.

Fisch – ein durch die Magie der Nekromanten geschaffener Untoter, der vollständig mit Schuppen bedeckt ist; er explodiert auf Befehl seines Herrn und tötet damit alles in seiner Nähe.

Funkensucher – Menschen mit der Gabe, die imstande sind, in anderen den Funken zu spüren.

Gash-shaku – bedeutende Stadt im Imperium, südlich der Katuger Berge gelegen; die Befestigungsanlagen hat noch der Skulptor erbaut.

Gebieter, Gebieterin – Eigenbezeichnung der Verdammten.

Gemer Bogen – Gegend nahe des Sandoner Waldes. Hier kam es zur letzten großen Schlacht zwischen den Menschen und den Hochwohlgeborenen, die mit einem Sieg für das Imperium und der Unterzeichnung eines Friedensvertrages zwischen den beiden Rassen endete.

Gerka – Stadt in den Buchsbaumbergen, die während des

Kriegs der Nekromanten aufgegeben wurde; nominell gehört sie bis heute zum Imperium, ist aber seit fünfhundert Jahren verlassen.

Gijan – Meistermörder; das Wort leitet sich vom blasgischen Ausdruck »ghijandshagharrattanda« (»Mörder, dem eine Prämie bezahlt werden muss«) ab.

Glimmende – Magier und Magierinnen, die über die lichte Seite der Gabe verfügen. Im Unterschied zu den Schreitenden sind sie nicht imstande, die Wegblüten zu nutzen oder aufwändige Zauber zu wirken, verfügen dafür aber über die Fähigkeit, ihren Funken mit anderen zu teilen, die die Gabe in sich tragen, und damit deren Kraft zu erhöhen.

Glückliche Gärten – nach dem Volksglauben treten in sie die Seelen aller rechtschaffenen Menschen ein. Die Träger und Trägerinnen der lichten Seite der Gabe schöpfen aus ihnen die Kraft für ihren Funken.

Gow – kleiner Dämon.

Grenzland – Gebiet zwischen dem Imperium und Nabator; es wird Nabator zugezählt, ist aufgrund der hohen Zahl von Gowen, die in diesem Teil der Buchsbaumberge leben, jedoch kaum besiedelt.

Große Wüste – weiträumiges Territorium hinter dem Königreich Sdiss.

Großer Niedergang – Periode zwischen dem Tod des Skulptors und dem Krieg der Nekromanten, die sich über ca. fünfhundert Jahre erstreckte. In diesem Zeitraum gerieten bei den Schreitenden etliche Geheimnisse der Magie in Vergessenheit. Zudem sind sie seitdem außerstande, neue Zauber zu wirken.

Hilss – Stab der Nekromanten; das magische Artefakt ist das Ergebnis verschiedener komplizierter Rituale und stellt einen halb lebenden, halb toten Gegenstand dar. Damit es seine Magie entfaltet, muss der Besitzer oder die Besitzerin die eigene Seele mit dem Stab verbinden und ihm einen Teil der Gabe sowie der eigenen Lebenskräfte überlassen. Die Spitze des Stabs ist als Schädel gestaltet, der seinerseits den Schädel seines jeweiligen Besitzers oder seiner jeweiligen Besitzerin kopiert.

Himmelssöhne – s. Ye-arre.

Hochstehende – Bezeichnung der Nekromanten, die alle Acht Kreise durchlaufen haben; die Ausbildung im letzten und Höchsten Kreis erfolgt unter Aufsicht der Verdammten. Die Hochstehenden halten die Macht in Nabator in Händen und unterstehen einzig den Verdammten.

Hochwohlgeborene – Elfen; sie leben im Sandoner Wald und in Urolon. Nach jahrhundertelangen Kämpfen gegen das Imperium um den östlichen Teil der Buchsbaumberge und die Pässe, die von Südosten in die Unbewohnten Lande führen, wurden die Elfen erst aus Urolon vertrieben, später im Sandoner Wald eingekesselt und beim Gemer Bogen geschlagen. Der damalige Elfenkönig bzw. Delbe Vaske musste einen Friedensvertrag unterschreiben, obwohl sich einige Häuser dagegen aussprachen. Die Elfen halten Pfeil und Bogen für eines Mannes unwürdig, weshalb diese Waffen nur von Frauen geführt werden (Schwarze Lilien). Die Hochwohlgeborenen unterteilen sich in sieben Große Häuser: die Erdbeere (das gegenwärtig herrscht), die Rose, die Weide, der Nebel, der Schmetterling, der Lotos und der Funke. Zu jedem Haus gehören fünfzig Familien.

Irbiskinder – Bezeichnung eines der sieben Klane der Nordländer. Neben den Irbissöhnen gibt es noch die Klane der Schneehörnchen, Bären, Eulen, Marder, Elche und Wölfe.

Krähennest – mächtige Burg an der Straße, die von Osten nach Alsgara führt.

Kreise von Sdiss – Schule der Sdisser Nekromanten, die sich in acht Kreise unterteilt. Die Ausbildung im Achten Kreis wird von den Verdammten übernommen.

Krieg der Nekromanten – Krieg nach dem Dunklen Aufstand, der den gesamten Süden und einen Teil des Nordens des Imperiums erfasst hat. In den fünfzehn Jahren kämpften zunächst ausschließlich die Verdammten gegen das Imperium und die Schreitenden, später schlossen sich Sdiss und Nabator den abtrünnigen Magiern und Magierinnen an. Der Süden des Landes wurde völlig ausgeblutet; Bragun-San blieb nach dem verheerendsten magischen Duell zwischen Schreitenden und Verdammten als verbranntes Land zurück. Am Ende erlitten die Verdammten eine Niederlage (einer der Gründe dafür war der Tod Choleras) und zogen erst nach Sdiss, später bis ins Gebiet hinter der Großen Wüste. Das Imperium seinerseits verlor die Gebiete hinter den Buchsbaumbergen, die dem Königreich Nabator zufielen.

Linaer Moorpfad – einziger Weg durch die Shett-Sümpfe.

Morassien – kleines Land, das in der ganzen Welt Haras durch seine meisterlichen Waffenschmiede, Juweliere und Erfinder bekannt ist.

Nabator – großes und mächtiges Königreich südlich der Buchsbaumberge. Es kämpft mit dem Imperium um den Süden des Landes, der zu Anbeginn der Zeiten noch zu Nabator gehörte.

Nirithen – Rasse, die in Bragun-San lebt. Die Nirithen zeigen sich Menschen gegenüber weitgehend loyal, haben sich aber nominell dem Imperium nicht unterworfen. Es regiert die Königin bzw. San-nakun (Äscherne Jungfrau). Die Nirithen verehren den Vulkan Grokh-ner-tokh.

Okny – große Stadt zwischen den Katuger Bergen und dem Linaer Moorpfad.

Purpurner Orden – dem Statthalter unterstellte Dämonenbeschwörer, die gegen Geschöpfe aus dem Reich der Tiefe kämpfen, sofern diese in die Welt von Hara eindringen, aber auch gegen Geister und Gespenster. Im Unterschied zu den Schreitenden verfügen die Dämonenbeschwörer nicht über den Funken, ihr Können basiert ausschließlich auf magischen Ritualen, Elixieren, Formeln und symbolischen Zeichnungen. Das Oberhaupt des Purpurnen Ordens trägt den Titel Magister.

Reich der Tiefe – Ort, an den Legenden zufolge die Seelen der Sünder gelangen. Im Reich der Tiefe leben dämonische Geschöpfe, denen es mitunter gelingt, in die Welt Haras vorzudringen. Aus dem Reich der Tiefe schöpfen diejenigen die Kraft, die sich der dunklen Seite der Gabe zugewendet haben.

Reinerwarr – größter Wald im Imperium, gelegen im Nordosten, bei den Erlika-Sümpfen.

Sandoner Wald – Wald im Osten des Imperiums, am Fuße der Buchsbaumberge; in ihm leben die Hochwohlgeborenen.

Schneetrolle – kleine Rasse im Norden des Imperiums, die mit den Nordländern verbündet ist.

Schreitende – Magierinnen, in Ausnahmen auch Magier, die über die lichte Seite der Gabe verfügen. Die Meisterschaft ihrer Zauber übersteigt die der Glimmenden beträchtlich. Sie können die Wegblüten nutzen, sind hingegen außerstande, ihren Funken mit anderen zu teilen.

Shej-s'ane – s. Ascheseelen.

Skulptor – größter Magier in der Geschichte Haras, auf den unzählige Bauwerke sowie die Wegblüten zurückgehen.

Soritha – Mutter der Schreitenden, die während des Dunklen Aufstands ermordet wurde.

Südliche Hauptstadt – s. Alsgara.

Treppe des Gehenkten – Treppe, die dreihundert Jahre vor der Zeit des Skulptors von Magiern und Magierinnen geschaffen wurde. Die schmale Treppe verfügt über unzählige Stufen und Befestigungen und führt durch die Katuger Berge.

Uloron (Land der Eichen) – Wälder nahe den Katuger Bergen, Urheimat der Hochwohlgeborenen, die ihnen nach der Unterzeichnung des Friedensvertrags entrissen, aber im Tausch u. a. gegen den östlichen Teil der Buchsbaumberge zurückgegeben wurde.

Untote – Ausgeburten der Sdisser Nekromanten; diese Geschöpfe sind weder lebend noch tot, ihnen fehlt die Nase, in ihren Augen lodert ein grünes Feuer; ihre Gesichter sind durch grauenvolle Narben entstellt. Die Grausamkeit, Zählebigkeit und Wendigkeit dieser Kreaturen sind legendär.

Verdammte – acht aufständische Schreitende, die den Dunklen Aufstand überlebt haben. Ihre eigentlichen Namen sind im Volksmund unbekannt, dort werden sie stets nach Krankheiten benannt. Es sind: Mithipha Danami (Scharlach, Graue Maus, Leisetreterin, Tochter des Morgens, Stilett des Ostens, Mörderin der Kinder), Ley-ron (Pest, Träger des Lichts), Rethar Neho (Fieber, Albino, Älterer), Rowan Neho (Schwindsucht, Herr des Wirbelsturms, Sohn des Abends, Beil des Westens), Ghinorha Railey (Cholera, Geißel des Krieges, Füchsin, Rote), Alenari rey Vallion (Blatter, Henkerin der Spiegel, Sterngeborene, Schwester des Falken), Talki Atruni (Lepra, Vergifterin der Sümpfe, Mutter des Dunkels, Spenderin des Lebens, Finsternis der Wüste) und Thia al'Lankarra (Typhus, Mörderin Sorithas, Tochter der Nacht, Reiterin auf dem Orkan, Flamme des Sonnenuntergangs, Klinge des Südens). Fieber und Cholera starben während des Kriegs der Nekromanten.

Waldsaum – weiträumiges Gebiet, den Buchsbaumbergen unmittelbar im Norden vorgelagert.

Wegblüten – vom Skulptor geschaffene Portale, mit denen Menschen in wenigen Sekunden große Strecken überwinden können. Die Aktivierung eines Portals ist den Schreitenden vorbehalten. Der Skulptor hat das Geheimnis, wie Wegblüten zu konstruieren sind, mit ins Grab genommen, sodass nach seinem Tod keine neuen Portale mehr entstanden. Während des Dunklen Aufstands hat Soritha, die Mutter der Schreitenden, die Portale verschüttet, seitdem funktionieren sie nicht mehr; sämtliche Versuche, sie zu reaktivieren, scheiterten.

Ye-arre – Rasse geflügelter Wesen, die nach der Entstehung der Ascheseelen aus dem Gebiet hinter der Großen Wüste ins Imperium kamen. Die Ye-arre lebten jahrhundertelang mitten unter den Menschen. Sie sind bekannt für die wertvollen Stoffe, die sie herstellten und die ihnen Reichtum brachten. Eine weitere Bezeichnung für die Ye-arre ist Himmelssöhne.

– Die Leseprobe zum großen Finale –

ALEXEY PEHOV

STURM

DIE CHRONIKEN VON HARA 4

Aus dem Russischen
von Christiane Pöhlmann

Es löscht der Sturm
          nicht immer den Funken –
Zuweilen verwandelt er ihn auch
          in ein Feuer.

Kapitel

»Ist dir auch nicht kalt, mein Mädchen?«, fragte der breitschultrige Priester lächelnd. Seine tiefe Stimme hallte mit dumpfem Echo von den Felswänden der Schlucht wider.

»Ein bisschen schon, Bruder Lereck«, antwortete Algha, die sich alle Mühe gab, nicht allzu offenkundig zu zittern.

Der Pelz, den sie nach ihrer Flucht aus dem Regenbogental einem Händler abgekauft hatte, sah zwar recht fadenscheinig aus, hielt jedoch erstaunlich warm. Von ihren Stiefeln und Fäustlingen ließ sich das leider nicht sagen, sodass ihre Finger bereits taub vor Kälte waren. Wenn sie doch bloß einen Zauber wüsste, der sie wärmte …

Lereck sah sie mit gerunzelten Brauen an, stieß einen tiefen Seufzer aus und zügelte das Pferd.

»Meloth sei mein Zeuge, aber wenn du dich weiterhin so stur stellst, bist du demnächst krank!« Daraufhin schob er polternd die Truhen auf dem Wagen hin und her, offenbar auf der Suche nach etwas. Eine der Kisten wäre beinahe auf Algha gekippt, die jedoch im letzten Moment zur Seite rückte.

»Da ist es ja«, stieß der Priester zufrieden aus und reichte ihr ein eingerolltes Eselfell. »Das hat mir jemand in Loska geschenkt. Ich wollte es schon wegschmeißen, doch da hat Meloth selbst mir in den Arm gegriffen. Und wie sich nun zeigt, aus gutem Grund. Damit dürfte deine Zitterei ein Ende haben.«

»Vielen Dank.«

»Gern geschehen, mein Mädchen«, erwiderte Lereck und griff nach den Zügeln. »Hü!«

Der Wagen setzte sich wieder in Bewegung und rumpelte den gewundenen Bergpfad hinauf. Trotzdem meinte Algha, sie kämen seit Stunden nicht von der Stelle, denn obwohl sie bereits seit dem frühen Morgen unterwegs waren, hatten sie den Pass noch immer nicht erreicht.

Der Wallach schleppte sich nur mit Mühe vorwärts, setzte die Hufe voller Bedacht und blieb häufig stehen, um neue Kraft zu sammeln.

Dennoch war der Wagen natürlich jedem Fußmarsch vorzuziehen …

»Was hättest du eigentlich gemacht, wenn ich dich nicht aufgelesen hätte?«, fragte Lereck.

»Dann wäre ich nach Loska zurückgekehrt.«

»Das wohl kaum«, murmelte er. »Du bist ein dickköpfiges Kind, das lese ich dir von der Nasenspitze ab. Deshalb wärest du ganz bestimmt weitergestapft. Und am Ende irgendwo erfroren.«

»So kalt ist es nun auch wieder nicht.«

»Ein Blick auf dich reicht aus, um vom Gegenteil überzeugt zu sein«, erwiderte Lereck lachend. »He, zieh nicht so ein Gesicht, ich wollte dich doch nicht beleidigen. Aber glaub mir, zu Fuß hättest du es nie bis Burg Donnerhauer geschafft. Dazu sind die Berge zu unwirtlich. Hier oben weht ein anderer Wind als unten in den Tälern.«

Das stimmte. Weiter unten war es selbst jetzt noch recht mild, ging immer noch Regen nieder, kein Schnee. Hier oben jedoch … Nach Alghas Empfinden hatte sich der Herbst binnen weniger Stunden zum tiefsten Winter gewandelt.

»Wisst Ihr zufällig, wie lange wir noch bis zur Burg brauchen?«

»Das liegt allein in Meloths Hand. Heute erreichen wir die Burg auf keinen Fall mehr, aber morgen sieht die Sache dann schon anders aus.«

»Können wir in dieser Gegend denn irgendwo über Nacht Quartier nehmen?«

»Wir kommen bald zu einer Schenke. Hoffen wir, dass sich der Wirt nicht davongemacht hat.«

Algha hüllte sich fester in den Pelz. Die lotrechten Felsen bedrängten die Straße, die hinauf zur Burg führte, von beiden Seiten. Wenige Büsche krallten sich förmlich in die Hänge, auf dem braun-grauen Gestein lag Schnee. Ein wehmütiges Gefühl stieg in Algha auf. Noch nie in ihrem Leben war sie durch eine Gegend gezogen, die eintöniger und bedrückender gewesen wäre.

Auf ihrem Weg begegnete ihnen keine Menschenseele. Von Norden wollte niemand nach Loska, und die letzten Flüchtenden gen Norden hatten die Täler vor einer Woche verlassen. Nur die dümmsten Menschen blieben, voller Hoffnung, ihnen werde schon nichts geschehen. Und auch diejenigen, die ohnehin nichts mehr zu verlieren hatten.

Da Algha die letzten Menschen, die nach Norden zogen, verpasst hatte, war ihr nichts anderes übrig geblieben, als sich zunächst auf eigene Faust durchzuschlagen. Denn im Gegensatz zu allen einfachen Menschen, die vor den Feinden tatsächlich nichts zu fürchten hatten, musste sie sich vor ihnen hüten: Die Nekromanten würden niemanden entkommen lassen, der über den Funken gebot.

»Woher bist du?«, nahm Lereck das Gespräch wieder auf. »Aus dem Süden?«

Von ihrer Mutter, die in der Tat aus dem Süden stammte, hatte Algha die wundervolle goldschimmernde Haut und die dichten schwarzen Wimpern geerbt. Deshalb vermuteten viele, sie sei in jenem Gebiet geboren worden, das an die Goldene Mark grenzte.

»Nein«, antwortete sie lächelnd. »Ich komme aus Korunn.«

»Und ich aus Altz.«

»Was macht Ihr dann hier?«, erkundigte sich Algha. »So weit von zu Hause entfernt.«

»Ich mag die Nabatorer halt nicht. Und was ist mit dir? Hast du keine Angst gehabt, als du allein unterwegs warst, Mädchen? In Zeiten wie diesen sind die Straßen nicht ungefährlich.«

»Auf den Straßen sind auch nur Menschen unterwegs«, antwortete Algha gelassen. »Und die jagen mir keine Angst ein.«

Das entsprach der Wahrheit. Nach dem Angriff auf die Schule im Regenbogental fürchtete sie sich kaum noch vor etwas. Zumindest versuchte sie sich das einzureden. Tagsüber …

»Du solltest den Menschen nicht allzu viel Vertrauen entgegenbringen«, sagte Lereck. »Denn zuweilen sind sie übler als die Untoten, die über einsame Frauen auf der Straße herfallen.«

Sie erschauderte und wollte nicht weiter über Gefahren nachdenken.

Die Nacht brach rasch herein. Mittlerweile zeigte auch das Pferd Anzeichen von Müdigkeit und trottete immer langsamer vorwärts. Irgendwann sprang Lereck ab, schnappte sich die Zügel und stapfte voran, dabei aufmunternd auf das Tier einredend. Algha blieb noch ein Weile sitzen, machte sich dann aber daran, sich aus dem wärmenden Fell zu schälen und ebenfalls abzuspringen.

»Das lässt du hübsch bleiben«, verlangte Lereck. »Du bist schließlich leicht wie eine Feder.«

»Aber meine Beine sind schon ganz taub«, log sie.

Lereck schnaubte bloß, redete aber nicht weiter auf Algha ein. Sie würde ganz gewiss von sich aus wieder auf den Wagen klettern, sobald sie müde war. Algha hatte den Kutschbock jedoch aus einem bestimmten Grund verlassen: Sie wirkte heimlich einen Zauber, der die Kräfte des Pferdes wiederherstellte, und berührte mit zarten Fingern die Flanke des Tieres. Das Ergebnis ließ nicht lange auf sich warten.

»Was ist denn auf einmal mit dem alten Klepper los?!«, rief Lereck. »Der ist ja wie ausgewechselt! Wahrscheinlich ahnt er, dass er bald in einen Stall kommt! Meloth sei Dank!«

Lächelnd kletterte Algha wieder auf den Wagen.

Das Einzige, was sie jetzt noch bedauerte, war, dass sie Lereck und sich selbst nicht auch ein wenig neue Kraft schenken konnte.

Als die Nacht vollends über die Berge herabgesunken war, spendeten weder der Mond noch die Sterne Licht, sodass die beiden eine geschlagene Stunde in finsterster Dunkelheit weiter bergauf ziehen mussten. Als sie abermals eine scharfe Kurve hinter sich gebracht hatten, schimmerte ihnen warmes Licht entgegen.

»Da wären wir«, stieß Lereck aus. Algha rang sich ein Lächeln ab. Die Müdigkeit hatte sie fest in keineswegs zarte Arme geschlossen, weshalb sie nur noch einen Wunsch verspürte: auf der Stelle einzuschlafen.

Der Weg erweiterte sich zu einem größeren Platz. Kiefern säumten ein Haus mit schneebedecktem Dach, drei Scheunen, einen Pferdestall und ein Hühnergehege.

»Du wartest hier, Mädchen«, verlangte Lereck. »Ich will erst mal sehen, ob wir nicht mit unliebsamen Überraschungen rechnen müssen.«

Zwischen all den Truhen und Kisten zog er einen knorrigen Ast hervor, der stark an eine Keule erinnerte.

»Das ist nur für alle Fälle«, erklärte er mit einem verlegenen Lächeln, als er Alghas fragenden Blick auffing.

Diese stellte keine Fragen, ging aber rasch alle Kampfzauber durch, die sie kannte. Lereck klopfte bereits an. Zum Glück dauerte es nicht lange, bis die Tür geöffnet wurde. Der Gehilfe des Schankwirts bat ihn herein, rief nach der Magd, versprach, sich um das Pferd zu kümmern, warf sich einen Mantel aus Schaffell über und ging hinaus.

Die Schenke war groß, sauber und hell. Vielleicht ging dieser Eindruck auf das bernsteinfarben glänzende Kiefernholz zurück, vielleicht lag es aber auch daran, dass es sonst keine Gäste gab.

Die aus dem Schlaf gerissene Magd wies den beiden einen Platz in der Nähe des Kamins zu und brachte ihnen heißen Shaf, den Algha jedoch ablehnte. Stattdessen bat sie um warme Milch.

»Die dürften hier schon lange keine Kundschaft mehr gesehen haben, sonst wären sie nicht so beflissen«, bemerkte Lereck, der vorsichtig an dem heißen Getränk nippte. »Glaub mir, so leer hab ich es hier noch nie erlebt. Normalerweise kriegst du in dieser Schenke schon tagsüber keinen Platz, vom Abend ganz zu schweigen.«

Schweigend lauschte Algha seinem Geplauder, seinen Geschichten und Erinnerungen an frühere Fahrten durchs Land, trank etwas Milch und gab sich alle Mühe, dass ihr die Augen nicht zufielen. Nach einer Weile kehrte der Gehilfe zurück und versicherte ihnen, das Pferd sei versorgt. Der Schankwirt selbst, ein beleibter und zufriedener Mann – oder zumindest einer, der den Eindruck der Zufriedenheit erwecken wollte – brachte ihnen je einen Teller Buchweizengrütze mit Entenfleisch, saurer Sahne und eingelegten bitteren Beeren, deren Bezeichnung Algha jedoch nicht kannte.

Als der Wirt den Priester erkannte, begrüßte er ihn voller Freude, während er für Algha nur einen flüchtigen Blick übrig hatte. Dank der einfachen Kleidung vermutete niemand eine Schreitende in ihr, auch dies eine Vorsichtsmaßnahme gegen die Feinde aus Nabator und Sdiss. Obendrein war sie im Gewand jener Nekromantin geflohen, die sie in der Schule getötet hatte – und in dem hätte sie sich erst recht nirgends blicken lassen dürfen.

»Seit drei Wochen bleibt die Kundschaft aus«, berichtete der Wirt gerade. »Gäste wie Ihr fallen ja nicht ins Gewicht, an Euch verdiene ich schließlich nichts, im Gegenteil, da zahle ich noch drauf. Außerdem werdet auch Ihr sicher nicht länger als eine Nacht bleiben, damit Ihr so schnell wie möglich nach Burg Donnerhauer kommt. Oder etwa nicht? Ich weiß doch, wie das ist: Hinter den Mauern dieser Festung fühlen sich nun mal alle sicherer als in meiner kleinen Hütte.«

»Ist das Tor noch offen?«

»Vor einer Woche war das noch der Fall. Aber wie es heute aussieht …?«

»Was ist mit dir? Warum suchst nicht auch du dort Zuflucht?«

»Und wer kümmert sich dann um die Schenke?«, entgegnete der Wirt. »Nein, es hat mich zu viel gekostet, sie aufzubauen, da gebe ich sie jetzt nicht einfach auf.«

»Fürchtest du die Nabatorer denn gar nicht?«

»Nein, die wollen ja schließlich auch ein Dach überm Kopf und etwas Warmes im Bauch haben. Deshalb werden sie mir bestimmt kein Härchen krümmen. Auch wenn es mir natürlich nicht schmeckt, für sie zu kochen, denn die haben mir die ganze treue Kundschaft vertrieben.«

Algha verzog bloß das Gesicht. Ihr gefielen Menschen nicht, die sich zu Dienern zweier Herrn machten. Als sie den Blick des Priesters auf sich spürte, beugte sie sich noch tiefer über ihren Teller. Ob der Mann ihre Gedanken lesen konnte?

»In dem Fall solltest du dich wohl vor unseren Soldaten hüten. Wenn sie zurückkehren, könnten sie es dir übel auslegen, dass du den Feinden Obdach gewährt hast. In den Tälern hätte man dir daraus wahrscheinlich keinen Strick gedreht, aber hier, in der Nähe von Burg Donnerhauer, sieht die Sache anders aus. Glaub mir, du tätest gut daran, auch fortzugehen. Meloth sagt, man soll sich nicht an sein Hab und Gut klammern, wenn es kein Glück mehr bringt.«

»Nur ist Meloth weit weg, mein Hab und Gut aber bei der Hand. Deshalb werde ich nirgendwo hingehen. Verzeiht mir meine offenen Worte, aber mein Entschluss steht fest. Vielleicht kommen die Nabatorer ja gar nicht hierher. Nach allem, was ich gehört habe, richten sie ihr Augenmerk ausschließlich auf den Osten, genauer gesagt auf die Treppe des Gehenkten, nicht aber auf Burg Donnerhauer. So, und jetzt werde ich mal schauen, ob Eure Zimmer vorbereitet sind.«

»Sind wir eigentlich die einzigen Gäste?«

»Nein, ein Bote übernachtet noch bei uns. Aber der schläft bereits.«

Daraufhin ließ er die beiden allein. Nachdem Lereck ein Gebet beendet hatte, erhob sich Algha.

»Schlaf gut, mein Mädchen«, wünschte ihr der Priester. »Morgen müssen wir leider früh aufbrechen.«

Die Magd brachte sie zu ihrem Zimmer im ersten Stock, das warm und anheimelnd war: Im Kamin brannte ein Feuer, auf dem großen Bett lag ein Stapel warmer Decken. Jemand hatte, wie Algha voller Dankbarkeit feststellte, für heißes Wasser gesorgt. Sie verriegelte die Tür, wusch sich ausgiebig und schlüpfte unter die warmen Decken, bis nur noch die Nasenspitze hervorlugte. Trotz der tiefen Müdigkeit, des schweren Kopfs und den in den Schläfen hämmernden Schmerzen konnte sie keinen Schlaf finden. Sie wälzte sich von einer Seite auf die andere, starrte auf die glühenden Flammen im Ofen und beobachtete das wilde Schattenspiel an der Wand. Irgendwann setzte sie sich seufzend hoch, stand dann auf und gab noch etwas Holz ins Feuer.

Nicht einmal sich selbst gegenüber mochte sie sich eingestehen, wie sehr sie sich vor den wiederkehrenden Albträumen fürchtete, diesen ungebetenen Gästen, die sich nicht leicht vertreiben ließen. In diesen Träumen durchlebte sie stets aufs Neue jenen Tag, an dem die Nekromanten die Schule im Regenbogental angegriffen hatten.

Allein bei der Erinnerung stieg ihr der Geruch nach Feuer, Blut und einem heraufziehenden Gewitter in die Nase, hörte sie die Schreie ihrer Freunde, die ebenso verängstigt und bleich waren wie sie selbst, sah sie, wie die Nekromanten durch die leeren, staubigen Gänge eilten, spürte sie den Schmerz, als die Feinde den dunklen Funken anriefen. Selbst jetzt meinte Algha, jemand schleife mit einer groben Feile ihre Knochen.

Und jedes Mal hörte sie im Traum wieder die Nekromantin, die sie in dem Raum voller Truhen aufgespürt hatte und von ihr verlangte: »Komm lieber freiwillig heraus, dann könnte die Sache durchaus glimpflich ausgehen.«

Wieder und wieder biss sie die Zähne zusammen und kämpfte verzweifelt wie eine Katze um ihr letztes Leben. Dabei musste sie die Nekromantin stets auf neue Art und Weise besiegen, weil jede bisherige beim zweiten Mal keinen Erfolg mehr zeigte.

Trotzdem tötete Algha ihre Feindin ein ums andere Mal. Nachdem sie im Traum Dutzende von Zaubern versucht und Hunderte von Geflechten verworfen hatte, schien es ihr mitunter, als übe sie sich in diesen Nächten weit stärker in Magie als während der gesamten Zeit im Regenbogental. Kaum suchte ein neuerlicher Albtraum sie heim, schuf ihr Hirn geradezu wahnwitzige Zauber, die ihr jedoch immer besser gerieten.

Allerdings hätten die meisten von ihnen ihr im wirklichen Leben wohl kaum geholfen. Stark wie sie waren, hätten sie ihren Funken vermutlich vollständig verbrannt. Eine junge Frau, die erst vor wenigen Monaten ihre Ausbildung zur Schreitenden beendet hatte, verfügte nun einmal nicht über die Erfahrung, solche Zauber einzusetzen, ja, einige der Geflechte dürften ohnehin nur von Ceyra Asani oder ihren engsten Vertrauten angewendet werden können.

Zuweilen träumte Algha aber auch von ihrer Kindheit, dem Haus in Korunn, ihren Eltern und ihrer älteren Schwester. Im Traum war alles wie früher, bevor sie ins Regenbogental gegangen war – nur der Pfirsichgarten, den sie so liebte, war aus unerfindlichen Gründen abgeholzt worden, und die Kirschbäume hatten uralten Kastanien mit eisig-feurigen Blättern weichen müssen. Doch auch diese harmlosen Träume brachten sie – ohne dass sie je bemerkt hätte, wie – in jenen Raum mit all den Kisten. Und dann erklang die Stimme mit dem angenehmen östlichen Akzent: »Komm lieber freiwillig heraus, dann könnte die Sache durchaus glimpflich ausgehen.«

Wenn sie aus einem solchen Traum erwachte, galt ihre erste Sorge Dagg und Mitha. Ob sie sich hatten retten können? Gehört hatte sie nichts von ihnen, sodass sie nur hoffen konnte, ihre Freunde hätten den Angriff auf die Schule ebenfalls überstanden. Zwei Tage lang hatte sich Algha in dem Viertel der Händler versteckt und auf die anderen gewartet. Doch niemand war gekommen …

An die Herrin Gilara mochte sie gar nicht erst denken. Tief in ihrem Herzen wusste sie jedoch, dass ihre Lehrerin gestorben war.

Nach zwei Tagen hatte sie das Regenbogental verlassen, um nach Loska zu gehen. Als sie die Stadt endlich erreicht hatte, musste sie die nächste böse Überraschung verkraften: Die Schreitenden hatten sich nach Burg Donnerhauer begeben, der Turm gab den Süden preis und wollte sich im Norden dem Kampf stellen.

In der Stadt machten allerlei Gerüchte die Runde. Eines besagte, mehrere Einheiten der Nabatorer rückten gegen Loska vor, um den letzten Hafen im Süden des Imperiums einzunehmen. Obwohl Algha im Grunde nichts auf dieses Geschwätz gab, wollte sie sich doch nicht leichtsinnig irgendeiner Gefahr aussetzen. Deshalb verließ auch sie Loska, trat den Weg durch die Berge in Richtung von Burg Donnerhauer an.

Ihre einzige Hoffnung bestand darin, zu anderen Schreitenden vorzustoßen.

»Und morgen habe ich es geschafft«, murmelte sie verschlafen. »Dann erreiche ich die Burg, dann bin ich endlich nicht mehr allein.«

Kurz darauf erbarmte sich ihrer der Schlaf – nur um ihr den Traum von leeren Gängen im Regenbogental zu bescheren.